JOHN STEINBECK

A LESTE DO ÉDEN

Obras do autor publicadas pela Editora Record

A leste do Éden
As vinhas da ira

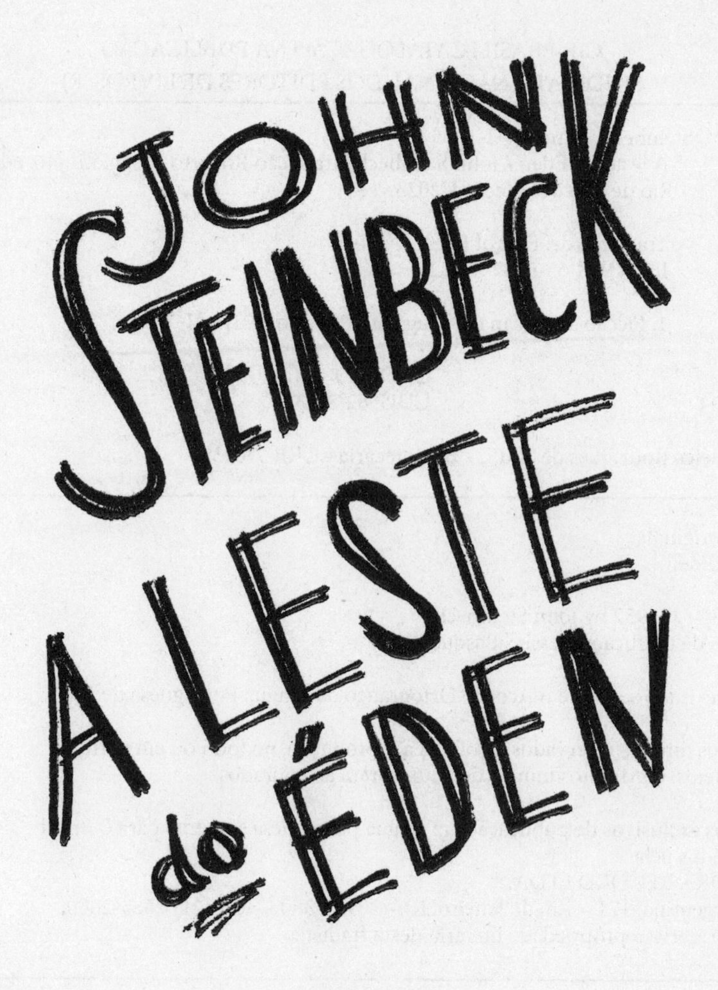

Tradução de
Roberto Muggiati

1ª edição

EDITORA RECORD
RIO DE JANEIRO • SÃO PAULO
2023

CIP-BRASIL. CATALOGAÇÃO NA PUBLICAÇÃO
SINDICATO NACIONAL DOS EDITORES DE LIVROS, RJ

S834L Steinbeck, John, 1902-1968
A leste do Éden / John Steinbeck ; tradução Roberto Muggiati. - [6. ed.].
- Rio de Janeiro : Record, 2023.

Tradução de: East of Eden
ISBN 978-65-5587-424-2

1. Ficção americana. I. Muggiati, Roberto, 1937-. II. Título.

CDD: 813
23-85714 CDU: 82-3(73)

Meri Gleice Rodrigues de Souza - Bibliotecária - CRB-7/6439

Título original:
East of Eden

Revisão de tradução: Messias Basques

Texto revisado segundo o Acordo Ortográfico da Língua Portuguesa de 1990.

Impresso no Brasil

ISBN 978-65-5587-424-2

Nota da revisão de tradução

John Steinbeck nasceu no dia 27 de fevereiro de 1902. Natural da cidade de Salinas, no estado da Califórnia, tornou-se mundialmente reconhecido como um dos maiores escritores do século XX. Aos 60 anos, recebeu o Prêmio Nobel de Literatura. Sua notoriedade, no entanto, nutria-se principalmente do sucesso de *As vinhas da ira*, originalmente publicado em 1939. O livro lhe rendeu o prêmio Pulitzer e o projetou como um dos principais intérpretes do período conhecido como a Grande Depressão.

A crise econômica e social que se seguiu à quebra da Bolsa de Nova York, no dia 24 de outubro de 1929, atingiu duramente os países industrializados. Diante de um cenário de desolação sem precedentes na história do capitalismo, John Steinbeck se dedicou a narrar as vidas e os infortúnios de pessoas comuns e anônimas. Seus personagens revelam as contradições da sociedade estadunidense, assim como evidenciam os prismas por meio dos quais Steinbeck compreendia as causas da ruína do sonho americano: a desigualdade gerada pelo capitalismo e agravada pelas crises climáticas e ambientais; e o individualismo que impede o surgimento de um genuíno senso de coletividade, mesmo quando o destino reúne despossuídos, migrantes e famintos em busca da terra prometida.

Embora o autor tenha vivido e testemunhado um período marcado pela segregação racial nos Estados Unidos, seus livros não abordam o tema de maneira direta. As obras póstumas que reúnem sua correspondência também não demonstram o interesse do escritor pelo assunto. Não obstante, Steinbeck faz uso de uma linguagem marcada pelo racismo e pela xenofobia que caracterizam o período em que ele viveu. É por meio dessa linguagem que indígenas, negros, chineses, mexicanos e migrantes são nomeados, ganham vida e se relacionam nas páginas de seus livros. Por esse motivo, algumas publicações recentes têm se dedicado a examinar com mais atenção o que Gavin Jones (*Reclaiming John Steinbeck*, 2021, p. 36) definiu como "um tema dominante, embora negligenciado", e que percorre toda a obra de John Steinbeck.

A estratégia narrativa por ele empregada visava não ferir a sensibilidade do público leitor, majoritariamente branco e de classe média. O enredo convida o público a simpatizar com os personagens não em função de sua cor, raça ou origem, mas em virtude das condições de vida a que se veem submetidos. O problema, porém, é que existe um descompasso entre os personagens: de um lado, protagonistas brancos que encarnam e simbolizam a ideologia do destino manifesto e o sonho americano; de outro, os coadjuvantes que orbitam a trama, sem colocá-la em xeque, e que são nomeados com termos depreciativos e retratados de maneira estereotipada.

A leste do Éden é um livro parcialmente fictício, pois gira em torno das memórias de Steinbeck acerca do vale do Salinas e de sua família materna, os Hamilton, e da família ficcional dos Trask. O contexto histórico é o da Guerra Fria, que se estendeu de 1947 a 1991. Um dos personagens-chave do romance é um homem sino-americano chamado Lee, cuja identidade evidencia justamente os limites impostos à inclusão (ou americanização) numa sociedade que se orienta por uma estética e por uma ideologia branca, europeia, cristã e protestante. A história da importação de mão de obra asiática seria um registro da crueldade inerente ao capitalismo, uma vez que não é acompanhada pelo reconhecimento da contribuição de chineses, filipinos e japoneses, entre outros, para o desenvolvimento do país e, em especial, do estado da Califórnia. A paranoia do "perigo amarelo" e a proibição de casamentos inter-raciais seriam provas inquestionáveis de um processo de desumanização, cujos efeitos acabam por atingir a todos.

Em um de seus últimos livros (*Viajando com Charley*, 1961/2018), fruto de uma viagem de três meses na companhia de seu cachorro, Steinbeck diz que se sentia "incapacitado de tomar partido no conflito racial". Via-se como um *outsider*, um observador distante e limitado pelos próprios vieses. Após testemunhar o ódio de brancos contra negros em lugares como Nova Orleans, e já ciente de que sua saúde se deteriorava, ele se mostra resignado. John Steinbeck faleceu alguns anos mais tarde, no dia 20 de dezembro de 1968, na cidade de Nova York, em decorrência de problemas cardíacos.

Como sugere Shane Lynn ("A Room of Experience Into Which I Cannot Enter": *John Steinbeck on Race*, 2015, p. 150), aos olhos de Steinbeck, a ganância e a ignorância precedem o racismo, que seria uma das consequências de um sistema social e econômico ancorado na desigualdade. Por isso, Steinbeck acreditava que o racismo seria superado na medida em que a população negra prosperasse. Uma aposta inegavelmente liberal para um autor que costuma ser lembrado como anticapitalista.

É importante ter em mente que Steinbeck foi alvo de protestos até mesmo em sua cidade natal, quando publicou seus primeiros livros. Suas críticas sociais, que hoje podem parecer limitadas, e até mesmo contaminadas por uma linguagem discriminatória, cumpriram um papel importante na cultura e no pensamento do século XX. Mas nada disso reduz o desconforto que a obra pode provocar em pessoas que se propõem a ler seus livros nos dias de hoje. Contudo, vale a pena sugerir que é impossível compreender o racismo e sua história sem estabelecer contato com seus registros. Se atualmente vivemos em um período marcado pela perseguição de autores e pelo banimento de livros sobre raça, gênero, diversidade e temas afins, resta o desafio de cultivar uma postura ao mesmo tempo crítica e capaz de dialogar com diferentes modos de abordar e descrever os problemas humanos no passado e no presente. Nesta edição, cuja tradução foi revista e atualizada, foram mantidas as expressões e o vocabulário originalmente utilizados pelo autor, exceto nos casos em que havia uma alternativa mais pertinente e adequada ao português falado no Brasil.

MESSIAS BASQUES
Mellon Postdoctoral Fellow in Africana Studies
Williams College, MA, USA

PASCAL COVICI

Querido Pat,

Você me viu entalhando uma pequena figura na madeira e disse: “Por que não faz alguma coisa para mim?”

Perguntei o que queria e você me disse: “Uma caixa.”

“Para quê?”

“Para guardar coisas.”

“Que coisas?”

“O que você tiver”, você me disse.

Bem, aqui está a sua caixa. Quase tudo o que eu tenho está nela, e não está cheia. Dor e emoção estão dentro dela, sentimentos bons ou ruins, e maus pensamentos e bons pensamentos — o prazer da obra, algum desespero e a alegria indescritível da criação.

E em cima de tudo isso estão toda a gratidão e o amor que sinto por você.

E a caixa ainda não está cheia.

JOHN

PARTE

I

1

[1]

O vale do Salinas fica no norte da Califórnia. É um pântano comprido e estreito entre duas cadeias de montanhas, e o rio Salinas coleia e serpenteia pelo centro até desaguar na baía de Monterey.

Lembro os nomes da minha infância para ervas e flores secretas. Lembro onde vivem os sapos e a que hora os pássaros acordam no verão — o cheiro das árvores e das estações — a fisionomia das pessoas, seu jeito de andar e até o seu cheiro. A memória dos odores é muito rica.

Lembro que as montanhas Gabilan a leste do vale eram montanhas claras e alegres, cheias de sol, de vida e de uma espécie de convite que dava vontade de subir por seus contrafortes, quase a mesma vontade que se tinha de subir ao colo de uma mãe adorada. Eram montanhas que nos acenavam com o amor da relva dourada. As montanhas de Santa Lúcia se alçavam ao céu a oeste e separavam o vale do mar aberto, e elas eram escuras e soturnas — hostis e perigosas. Sempre senti pavor do oeste e amor pelo leste. De onde tirei essa ideia, eu não sei dizer, a não ser que a manhã tenha passado sobre os picos das Gabilan e a noite se ocultado atrás das cristas das Santas Lúcias. Pode ser que o nascimento e a morte do dia tivessem algo a ver com o meu sentimento em relação às duas cadeias de montanhas.

De ambos os lados do vale, pequenos regatos desciam das gargantas das montanhas e caíam no leito do rio Salinas. No inverno de anos chuvosos, as torrentes vinham em jorros e enchiam tanto o rio que às vezes ele se agitava e espumava, as barrancas repletas, e aí então se tornava um destruidor. O rio arrancava as sebes das terras cultivadas e levava consigo hectares inteiros de plantação; derrubava celeiros e casas, que saíam aos pedaços flutuando para longe. Encurralava o gado, porcos e carneiros, afogando-os em suas águas marrons lamacentas e carregando-os para o mar. Então, quando chegava o final da primavera, o rio encolhia e os bancos de areia apareciam em suas margens. E no verão o rio mal chegava a correr. Ficavam algumas poças nos cantos dos redemoinhos mais profundos junto às ribanceiras mais altas. Espinheiros e relvas voltavam a crescer e os salgueiros se empertigavam com destroços da inundação em seus galhos mais altos. O Salinas era apenas um rio sazonal. O sol do verão o empurrava para o subsolo. Não era um grande rio, mas era o único que tínhamos, e nos orgulhávamos dele — como era perigoso num inverno chuvoso e como era seco num verão árido. Podemos nos orgulhar de qualquer coisa, se ela é tudo o que temos. Quanto menos se tem, talvez mais precisemos nos orgulhar.

O chão do vale do Salinas, entre as cadeias de montanhas e abaixo dos contrafortes, é plano porque este vale era o fundo de uma enseada de cento e cinquenta quilômetros mar adentro. A foz do rio em Moss Landing foi, séculos atrás, a entrada deste longo braço-de-mar. Uma vez, a uns oitenta quilômetros de distância do mar, meu pai perfurou um poço no vale. A broca encontrou primeiro terra, depois cascalho, e por fim areia branca do mar cheia de conchas e até pedaços de ossos de baleia. Havia seis metros de areia e depois terra negra de novo, até um pedaço de sequoia, aquela madeira imperecível que não apodrece. Antes do braço-de-mar, o vale devia ter sido uma floresta. E aquelas coisas tinham acontecido bem debaixo dos nossos pés. Parecia-me às vezes à noite que eu podia sentir o mar e, antes dele, a floresta de sequoias.

Nos vastos hectares planos do vale a terra era profunda e fértil. Era preciso apenas um inverno rico de chuva para que ela explodisse em gramíneas e flores. As flores da primavera num ano chuvoso eram incríveis. Todo o chão do vale e as encostas ficavam atapetados de tremoços e papoulas. Certa vez uma mulher me disse que as flores coloridas pareceriam mais vibrantes quando se acrescentavam flores brancas para dar definição às cores. Cada pétala de tremoço é emoldurada de branco, de modo que um campo de tremoços é mais azul do que se pode imaginar. E vinha entremeado de salpicos de papoulas da Califórnia. Estas têm uma cor flamejante — não laranja, nem ouro, mas, se o ouro puro fosse líquido e pudesse produzir um creme, aquele creme dourado poderia ser da cor das papoulas. Quando acabava a sua temporada, era a vez da mostarda amarela, que crescia bem alta. Quando meu avô chegou ao vale, a mostarda era tão alta que, de um homem a cavalo, só aparecia a cabeça sobre as flores amarelas. Nos terrenos elevados, a relva era entremeada de botões-de-ouro, margaridas e violetas amarelas de centro preto. E um pouco adiante na estação, era a vez das vassourinhas-da-índia vermelhas e amarelas. Estas eram as flores dos locais abertos expostos ao sol.

Debaixo dos carvalhos, sombreados e escuros, floresciam as avencas que exalavam um perfume agradável, e debaixo das ribanceiras cheias de musgo dos cursos de água pendiam inumeráveis fileiras de samambaias e tinhorões. Havia ainda campainhas, minúsculas lanternas, de um branco cremoso e aparência quase pecaminosa, e eram tão raras e mágicas que uma criança, ao encontrar uma delas, se sentia premiada e especial o dia inteiro.

Quando junho chegava, o relvado definhava e ficava marrom, e as colinas assumiam um tom marrom que não era bem marrom, mas uma mistura de ouro, açafrão e vermelho — uma cor indescritível. E a partir daí até as próximas chuvas, a terra secava e os riachos deixavam de correr. Rachaduras apareciam no solo. O rio Salinas afundava sob a sua areia. O vento varria o vale, levantando poeira e palha, e ficava mais forte e mais duro à medida que descia para o sul. E parava à noite. Era um vento rascante e nervoso e as partículas de poeira cortavam a pele de um homem e queimavam seus olhos. Homens que trabalhavam nos campos usavam óculos de motociclista e amarravam lenços cobrindo o nariz para se protegerem do pó.

A terra do vale era profunda e rica, mas as encostas só tinham uma camada de terra não mais espessa do que as raízes do capim; e, quanto mais se subia o morro, mais ralo ficava o solo, espetado de pedras, até que na divisa era apenas uma espécie de cascalho seco que oferecia um reflexo ofuscante do sol quente.

Falei dos anos ricos em que as chuvas eram generosas. Mas havia os anos secos também e eles disseminavam o terror no vale. A água cumpria um ciclo de trinta anos. Havia cinco ou seis anos de chuva maravilhosos, com uma precipitação de 500 a 600 milímetros, e a vegetação explodia da terra. Vinham depois seis ou sete anos muito bons, com uma precipitação de chuva de 300 a 400 milímetros. E vinham depois os anos secos, e às vezes caíam apenas de 150 a 200 milímetros de água. A terra secava e a vegetação não medrava, com poucos centímetros de altura, e grandes espaços áridos salpicavam o vale. Os carvalhos pareciam ásperos e a artemísia se acinzentava. A terra rachava, as fontes secavam e o gado mordiscava apaticamente galhos ressequidos. Então os fazendeiros e os criadores de gado ficavam cheios de desgosto pelo vale do Salinas. As vacas emagreciam e às vezes morriam de fome. As pessoas tinham de ir até suas fazendas buscar água em barris só para terem o que beber. Algumas famílias vendiam tudo o que tinham por quase nada e iam embora. E nos anos de seca as pessoas se esqueciam dos anos ricos e durante os anos de boa chuva elas perdiam toda a lembrança dos anos secos. Era sempre assim.

[2]

E era assim o longo vale do Salinas. Sua história era como a do resto do estado. Primeiro houve os índios, uma raça inferior sem energia, criatividade ou cultura, um povo que vivia de larvas, gafanhotos e moluscos, preguiçoso demais para caçar ou pescar. Comiam o que estava à mão e nada plantavam. Moíam bolotas de carvalho para fazer sua farinha amarga. Até suas guerras não passavam de uma pantomima cansada.

Depois os espanhóis duros e secos chegaram para explorar, cobiçosos e realistas, e sua cobiça era de ouro ou de Deus. Colecionavam almas como colecionavam joias. Conquistaram montanhas e vales, rios e horizontes inteiros, como um homem nos dias de hoje conquistaria a concessão de terrenos para construir prédios. Estes homens valentes e ásperos moviam-se inquietamente pela costa, de cima a baixo. Alguns deles permaneciam, com feudos vastos como principados, doados a eles pelos reis de Espanha que não tinham a menor ideia da dádiva. Estes primeiros proprietários viviam em pobres povoamentos feudais e seu gado pastava livremente e se multiplicava. Periodicamente, os proprietários matavam seu gado pelo couro e sebo e deixavam a carne para os abutres e coiotes.

Quando os espanhóis chegaram tiveram de dar a tudo o que viam um nome. Este é o primeiro dever de qualquer explorador — um dever e um privilégio. Você precisa nomear uma coisa antes de anotá-la no seu mapa desenhado à mão. Naturalmente, eles eram religiosos, e os homens que sabiam ler e escrever, que faziam as anotações e desenhavam os mapas, eram os incansáveis padres que viajavam com os soldados. Assim os primeiros nomes dos lugares eram nomes de santos ou de festas religiosas celebradas nos pontos de parada. Existem muitos santos, mas eles não são inexauríveis e por isso encontramos repetições nos primeiros locais batizados. Temos San Miguel, St. Michael, San Ardo, San Bernardo, San Benito, San Lorenzo, San Carlos, San Francisquito. E também os feriados — *Natividad*, o Natal; *Nacimiento*, o Nascimento; *Soledad*, a Solidão. Mas os lugares também eram nomeados em função do estado de espírito da expedição na ocasião: *Buena Esperanza*, boa esperança; *Buena Vista*, porque a vista era agradável; e *Chualar*, porque era bonita. Os nomes descritivos vieram depois: *Paso de los Robles*, por causa dos carvalhos; *Los Laureles*, por causa dos loureiros; *Tularcitos*, por causa dos juncos do pântano; e Salinas, porque o álcali era branco como o sal.

Depois os locais receberam os nomes dos animais e dos pássaros avistados — *Gabilanes*, por causa dos gaviões que voavam naquelas montanhas; *Topo*, por causa da toupeira; *Los Gatos*, por causa dos gatos selvagens. As sugestões às vezes vinham da natureza do próprio local: *Tassajara*, uma xícara e pires; *Laguna Seca*, um lago seco; *Corral de Tierra*, por causa de um cercado de terra; *Paraiso*, porque era como o Céu.

E então vieram os americanos — mais cobiçosos porque eram em maior número. Tomaram as terras, refizeram as leis para garantir seus títulos de posse. E fazendas se espalharam pela terra, primeiro nos vales e depois subindo pelas encostas, pequenas casas de madeira com telhados de aparas de sequoia, currais de pau a pique. Onde quer que um filete de água escorresse do chão, uma casa se erguia e uma família começava a crescer e se multiplicar. Mudas de gerânios vermelhos e roseiras eram plantadas nos jardins. Estradas de carroças substituíam as trilhas e campos de milho, cevada e trigo expulsaram a mostarda amarela. A cada quinze quilômetros ao longo das estradas, um armazém de secos e molhados e uma ferraria brotavam e tornaram-se o núcleo de pequenos povoados, Bradley, King City, Greenfield.

Os americanos tinham uma tendência maior para dar nomes de pessoas aos locais do que os espanhóis. Depois que os vales foram habitados, os nomes dos lugares se referem mais a coisas que aconteceram ali, e estes para mim são os mais fascinantes de todos os nomes porque cada nome sugere uma história que foi esquecida. Penso em *Bolsa Nueva*, uma bolsa nova; *Morocojo*, um mouro manco (quem era ele e como chegou ali?); *Wild Horse Canyon*, *Mustang Grade* e *Shirt Tail Canyon*. Os nomes dos lugares levam a marca das pessoas que os batizaram, reverentes ou irreverentes, descritivos, poéticos ou depreciativos. Você pode chamar qualquer lugar de San Lorenzo, mas nomear desfiladeiros como fralda de camisa ou mouro manco é algo bem diferente.

O vento assobiava sobre os povoados à tarde e os fazendeiros começaram a erguer quebra-ventos de eucaliptos para impedir que a terra arada fosse soprada para longe. E assim era o vale do Salinas quando meu avô trouxe sua mulher e instalou-se nos contrafortes a leste de King City.

2

[1]

Tenho que depender de rumores, de velhas fotografias, de histórias contadas e de lembranças nebulosas misturadas com fábula para tentar contar-lhes sobre os Hamilton. Não eram pessoas importantes e existem poucos registros a seu respeito, exceto as costumeiras certidões de nascimento, casamento, posse de terra e óbito.

O jovem Samuel Hamilton veio do norte da Irlanda e sua mulher também. Era filho de pequenos fazendeiros, nem ricos nem pobres, que viveram numa terra arrendada e numa casa de pedra durante muitas centenas de anos. Os Hamilton conseguiam ser notavelmente instruídos e versados; e, como ocorre geralmente naquele país verde, eram ligados e aparentados a pessoas muito importantes e a pessoas humildes, de modo que um primo podia ser um baronete e outro primo, um mendigo. E naturalmente descendiam dos antigos reis da Irlanda, como todo irlandês descende.

Por que Samuel deixou a casa de pedra e os verdes hectares dos seus ancestrais, eu não sei. Nunca foi um homem político, então é pouco provável que uma acusação de rebelião o tenha banido, e era escrupulosamente honesto, o que elimina a polícia como o principal agente da sua saída. Havia um murmúrio — não chegava a ser um rumor, era mais um sentimento não declarado — na minha família de que foi o amor que o fez partir, e não o amor da mulher que tinha desposado. Mas se foi um amor bem-sucedido demais, ou se ele partiu espicaçado por um amor não correspondido, eu não sei. Sempre preferíamos pensar que foi a primeira hipótese. Samuel tinha uma bela aparência, era encantador e alegre. É difícil imaginar que qualquer jovem irlandesa do campo o recusasse.

Chegou ao vale do Salinas exuberante e animado, cheio de invenções e energia. Seus olhos eram muito azuis e quando estava cansado um deles escapava um pouco para fora. Era um homem grandalhão, mas de certa forma delicado. Na atividade empoeirada da fazenda, parecia sempre imaculado. Suas mãos eram hábeis. Era um bom ferreiro, carpinteiro e entalhador, e capaz de improvisar qualquer coisa com pedaços de madeira e metal. Estava sempre inventando novas formas de se fazer uma coisa velha e o fazia cada vez melhor e mais rápido, mas nunca em toda a sua vida teve qualquer talento para ganhar dinheiro. Outros homens que tinham talento para isso pegavam as ideias de Samuel, as vendiam e ficavam ricos, mas Samuel mal chegou a ganhar salário na vida inteira.

Não sei o que orientou seus passos para o vale do Salinas. Era um lugar pouco promissor para um homem de um país verde, mas ele chegou cerca de trinta anos antes da virada do século e trouxe consigo sua pequenina esposa irlandesa, uma mulherzinha tensa e dura como o humor de uma galinha. Tinha uma mentalidade presbiteriana austera e um código moral que proibia e tirava a graça de tudo o que era prazeroso.

Não sei onde Samuel a conheceu, como a cortejou e desposou. Acho que devia ter outra jovem gravada em algum lugar do seu coração, pois era um homem de amor e sua esposa não era uma mulher de demonstrar sentimentos. E, apesar disso, em todos os anos da sua juventude até a sua morte no vale do Salinas, nunca houve nenhum sinal de que Samuel tivesse procurado outra mulher.

Quando Samuel e Liza chegaram ao vale do Salinas toda a terra plana estava tomada, o solo rico, as pequenas pregas férteis nos morros, as florestas, mas ainda havia terra marginal a ser cultivada e, nas colinas nuas a leste do que é hoje King City, Samuel Hamilton cultivou.

Seguiu a prática habitual. Tomou um lote que o governo concedia para si mesmo e outro para sua mulher e, como ela estava grávida, tomou outro lote para a criança. Ao longo dos anos, nove crianças nasceram, quatro meninos e cinco meninas, e a cada nascimento outro lote era acrescido ao rancho, que assim chegou a onze lotes, ou setecentos e doze hectares.

Se a terra fosse boa, os Hamilton teriam ficado ricos. Mas os hectares eram ásperos e secos. Não havia fontes de água e a crosta do solo era tão fina que pedaços de pedra apareciam à superfície. Até a artemísia lutava para existir e os carvalhos ficavam nanicos por falta de umidade. Mesmo nos anos relativamente bons havia tão pouco pasto que o gado ficava magro de tanto rodar em busca de algo para comer. Das suas colinas áridas, os

Hamilton podiam avistar no oeste a riqueza das terras planas e as áreas verdejantes ao redor do rio Salinas.

Samuel construiu sua casa com as próprias mãos e construiu também um celeiro e uma ferraria. Descobriu em pouco tempo que mesmo que tivesse cinco mil hectares de terra de encosta não conseguiria viver do solo esquelético sem água. Suas mãos hábeis construíram uma sonda de perfuração e ele cavava poços nas terras dos homens com mais sorte. Inventou e construiu uma debulhadora e corria as fazendas da planície na época da colheita, debulhando o grão que sua própria fazenda não dava. E na sua ferraria afiava arados, consertava charruas, soldava eixos quebrados e botava ferradura em cavalos. Homens de toda a região traziam-lhe ferramentas para consertar e aperfeiçoar. Além do mais, gostavam de ouvir Samuel falar do mundo e do seu pensamento, da poesia e da filosofia que existiam fora do vale do Salinas. Ele tinha uma voz rica e grave, boa para cantar e para falar, e embora não tivesse sotaque irlandês havia uma ondulação, um canto e uma cadência na sua fala que a tornavam doce aos ouvidos dos taciturnos fazendeiros do vale. Eles também traziam uísque e, fora da visão da janela da cozinha e do olho reprovador da sra. Hamilton, tomavam goles ardentes da garrafa e mordiam nacos de anis verde selvagem para disfarçar o bafo de uísque. Era um dia ruim quando não havia três ou quatro homens de pé em torno da forja, ouvindo o malho e a conversa de Samuel. Chamavam-no de gênio cômico e levavam suas histórias cuidadosamente para casa, mas se perguntavam como as histórias podiam se perder pelo caminho, porque nunca soavam iguais se repetidas em suas próprias cozinhas.

Samuel devia ter ficado rico com o seu perfurador de poços, sua debulhadora e sua ferraria, mas ele não tinha tino para negócios. Seus fregueses, sempre com dinheiro apertado, prometiam pagar depois da colheita e então depois do Natal e então depois — até que finalmente se esqueciam. Samuel não tinha nenhum jeito para lembrá-los da dívida. E assim os Hamilton continuavam pobres.

Os filhos vieram tão regularmente como os anos. Os poucos médicos sobrecarregados do condado não iam com frequência aos ranchos para um parto, a não ser que a alegria se transformasse num pesadelo e prosseguisse por vários dias. Samuel Hamilton fez o parto de todos os seus filhos, deu um nó preciso nos cordões umbilicais, os tapinhas no bumbum e limpou a bagunça. Quando o primogênito nasceu com uma pequena obstrução respiratória e começou a ficar roxo, Samuel colou sua boca na da criança, soprou ar dentro dela e sugou o ar até que o bebê conseguisse respirar sozinho. As mãos de Samuel eram tão boas e suaves que vizinhos num raio de trinta quilômetros o chamavam para ajudar nos partos. E ele era igualmente bom com égua, vaca ou mulher.

Samuel tinha um grande livro preto numa estante à mão, com letras douradas na capa — *Medicina da Família do Dr. Gunn*. Algumas páginas estavam dobradas e surradas pelo uso, e outras nunca haviam sido expostas à luz. Folhear o *Dr. Gunn* é conhecer a história médica dos Hamilton. Estes são os capítulos mais consultados: ossos quebrados, cortes, contusões, caxumba, sarampo, dor de coluna, escarlatina, difteria, reumatismo, males femininos, hérnia e, naturalmente, tudo o que tivesse a ver com gravidez e parto. Os Hamilton deviam ser afortunados ou moralistas porque as páginas sobre gonorreia e sífilis nunca foram abertas.

Não existia ninguém como Samuel para acalmar a histeria e aquietar uma criança assustada. Era a doçura da sua língua e a ternura de sua alma. Assim como havia limpeza em seu corpo, havia também uma limpeza no seu pensamento. Homens que vinham à sua ferraria, para falar e ouvir, deixavam de lado os palavrões por um tempo, não por se sentirem restringidos, mas automaticamente, como se não fosse um lugar para aquilo.

Samuel sempre manteve um ar distante. Talvez fosse a cadência da sua fala e isso tivesse o efeito de levar homens e mulheres também a lhe contar coisas que não contariam a parentes ou amigos íntimos. Sua ligeira estranheza o distinguia e fazia dele um repositório seguro.

Liza Hamilton era uma irlandesa de uma cepa muito diferente. Sua cabeça era pequena e redonda e guardava pequenas convicções redondas. Tinha um nariz em forma de botão e um queixo pequeno e recuado, um maxilar duro e resoluto capaz de desafiar até a vontade dos anjos de Deus.

Liza era uma boa cozinheira no trivial e sua casa — era sempre sua casa — era varrida, espanada e lavada. Parir os filhos não interferia muito na sua atividade — precisava só se cuidar durante duas semanas, no máximo. Devia ter a ossatura pélvica de uma baleia, pois deu à luz bebês grandes um após o outro.

Liza tinha uma noção muito elaborada do pecado. O ócio era um pecado, assim como jogar cartas, que era um tipo de ócio para ela. Desconfiava de qualquer tipo de diversão, fosse dançar ou cantar ou até mesmo gargalhar. Achava que as pessoas que se divertiam estavam expostas ao diabo. E isso era uma pena, pois Samuel sempre foi um homem chegado a risadas, mas acho que Samuel estava escancarado para o demônio. Sua mulher o protegia sempre que podia.

Usava os cabelos sempre puxados para trás e amarrados num coque. E, como não consigo me lembrar do seu modo de vestir, deve ser porque usava roupas que combinavam exatamente com a sua personalidade. Não tinha nenhuma centelha de humor e apenas ocasionalmente uma lâmina de ironia. Assustava os netos porque não tinha nenhuma fraqueza. Atravessou a vida sofrendo bravamente sem se queixar, convencida de que era assim que Deus queria que todos vivessem. Sentia que as recompensas viriam depois.

[2]

Quando as pessoas chegavam ao Oeste, vindas particularmente das suas próprias e disputadas pequenas fazendas da Europa, e viam tanta terra que se podia adquirir com uma simples assinatura num papel e a construção de um alicerce, uma contagiante cobiça de terra parecia tomar conta delas. Queriam cada vez mais terras — terras boas, se possível, mas qualquer tipo de terra. Talvez tivessem filamentos de memória da Europa feudal onde grandes famílias se tornavam e permaneciam grandes porque possuíam coisas. Os primeiros colonos pegavam terras de que não precisavam e que nem podiam usar; pegavam terras imprestáveis só para as possuir. E todas as proporções mudaram. Um homem que podia ser próspero em quatro hectares na Europa era pobre como um rato em oitocentos hectares na Califórnia.

Não demorou e toda a terra nas colinas áridas perto de King City e San Ardo foi ocupada, e famílias maltrapilhas se espalharam pelas encostas, dando tudo para arrancar a subsistência do solo ralo e pedregoso. Elas e os coiotes levavam vidas alertas, desesperadas e submarginais. Chegaram sem nenhum dinheiro, sem equipamento nem ferramentas, sem crédito e particularmente sem conhecimento do novo país e nenhuma técnica para usá-lo. Não sei se foi uma estupidez divina ou uma grande fé que os conduziu a isso. Certamente, tal aventura quase que já desapareceu do mundo. E as famílias sobreviveram e cresceram. Tinham uma ferramenta, ou uma arma, que está quase desaparecida, ou talvez esteja apenas adormecida por um tempo. Argumenta-se que, como acreditavam piamente num Deus justo e moral, podiam investir sua fé naquilo e deixar que os detalhes menores se resolvessem por si sós. Mas acho que, por confiarem em si mesmos e se respeitarem como indivíduos, por saberem além de qualquer dúvida que eram unidades valiosas e potencialmente morais — por causa disso podiam dar a Deus sua própria coragem e dignidade e depois recebê-las de volta. Tais coisas desapareceram talvez porque os homens não confiem mais em si mesmos, e quando isto acontece não há mais nada a fazer a não ser encontrar um homem forte e confiável, ainda que ele possa estar errado, e se agarrar às fraldas da sua camisa.

Embora muitas pessoas chegassem ao vale sem um centavo, havia outras que, tendo vendido tudo em algum outro lugar, chegavam com dinheiro para começar uma vida nova. Essas geralmente compravam terra, mas terra boa, e construíam suas casas de madeira aplainada e tinham tapetes e vitrais coloridos em suas janelas. Havia uma quantidade dessas famílias e elas pegaram a terra boa do vale, erradicaram a mostarda amarela e plantaram trigo. Um desses homens era Adam Trask.

3

[1]

Adam Trask nasceu numa fazenda nos arredores de uma cidade pequena que não ficava longe de uma cidade grande em Connecticut. Era filho único e nasceu seis meses depois que o pai foi convocado para um regimento de Connecticut em 1862. A mãe de Adam tomou conta da fazenda, deu à luz Adam e ainda encontrava tempo para abraçar uma teosofia primitiva. Ela achava que o marido certamente seria morto pelos rebeldes bárbaros e selvagens e se preparou para entrar em contato com ele no que chamava de o além. Ele voltou para casa seis semanas após Adam nascer. Sua perna direita foi amputada na altura do joelho. Caminhava numa perna de pau tosca que ele mesmo entalhara em um pedaço de faia. E já estava rachando. Levava no bolso e colocava sobre a mesa da sala de estar a bala de chumbo que lhe deram para morder quando cortaram a sua perna em frangalhos.

O pai de Adam, Cyrus, era uma espécie de demônio — sempre fora turbulento —, guiava uma charrete em alta velocidade e conseguia fazer sua perna de pau parecer vistosa e desejável. Apreciara sua carreira militar, o pouco que ela durou. Sendo de natureza selvagem, gostara do breve período de treinamento e da bebida, da jogatina e das mulheres que faziam parte dele. Então marchou para o sul com um grupo de reforço e se divertiu com isso também — conhecer o país, roubar galinhas e caçar garotas rebeldes nos montes de feno. O cansaço sombrio e desesperador das demoradas manobras não o afetou. A primeira vez que viu o inimigo foi às oito horas de uma manhã de primavera e às oito e trinta foi atingido na perna direita por um balaço que esmagou e estilhaçou os ossos sem nenhuma possibilidade de reparação. Ainda assim teve sorte, pois os rebeldes recuaram e os cirurgiões de campanha entraram em cena imediatamente. Cyrus Trask teve seus cinco minutos de horror enquanto extirpavam os retalhos, serravam o osso e cauterizavam a carne viva. As marcas de dentes na bala eram prova disso. E sentiu muita dor enquanto o ferimento cicatrizava nas condições incomumente sépticas dos hospitais daquela época. Mas Cyrus tinha vitalidade e insolência. Enquanto entalhava sua perna de faia e manquejava apoiado numa muleta, ele pegou uma gonorreia particularmente virulenta de uma garota negra que assobiou para ele debaixo de uma pilha de madeira e cobrou-lhe dez centavos. Quando colocou a perna nova e dolorosamente veio a saber da sua condição, mancou durante dias à procura da garota. Contou aos companheiros de enfermaria o que iria fazer com ela quando a encontrasse. Planejava cortar suas orelhas e o nariz e conseguir seu dinheiro de volta. Entalhando na sua perna de pau, mostrava aos amigos como a cortaria. "Quando eu acabar com ela, sua cara vai ficar muito engraçada", disse. "Vou deixar aquela puta de tal jeito que nem um índio bêbado vai querer saber dela." O alvo do seu amor deve ter sentido suas intenções, pois ele nunca a encontrou. Quando Cyrus foi liberado do hospital e do Exército, sua gonorreia tinha secado. Quando ele voltou para Connecticut, só havia sobrado um pouco dela para a sua mulher.

A sra. Trask era uma mulher pálida e introvertida. Nenhum calor do sol chegava a avermelhar suas faces e nenhum riso aberto levantava os cantos de sua boca. Usava a religião como uma terapia para os males do mundo e de si mesma e adaptava a religião para que se conformasse aos seus próprios males. Quando descobriu que a teosofia que aperfeiçoara para a comunicação com um marido morto não era mais necessária, ela procurou a sua volta uma nova infelicidade. Sua busca foi logo recompensada pela infecção que Cyrus trouxe da guerra para casa. E, assim que se deu conta do seu mal, ela arquitetou uma nova teologia. Seu deus da comunicação tornou-se deus da vingança — para ela a divindade mais satisfatória que tramara até agora — e, como acabou sendo o caso, a última. Era muito fácil para ela atribuir sua doença a certos sonhos que tivera enquanto o marido esteve fora. Mas a doença não era punição suficiente para seus devaneios noturnos. Seu novo deus era um mestre em punição. Exigia dela um sacrifício. Ela buscou em sua mente alguma humildade egoísta adequada e quase feliz chegou ao sacrifício — de si mesma. Levou duas semanas para escrever sua última carta com revisões e correções de ortografia. Nela, confessava crimes que não podia ter cometido e admitia faltas muito além da sua capacidade. E então, vestida numa mortalha que fizera em segredo, saiu numa noite de luar e afogou-se num tanque tão raso que teve de ficar de joelhos na lama e prender a cabeça debaixo da água. Isso exigiu grande força de vontade. Quando a cálida inconsciência finalmente se apossou dela, ficou pensando com alguma irritação como sua fina mortalha branca estaria suja de lama quando a retirassem do lago na manhã. E foi o que aconteceu.

Cyrus Trask pranteou a mulher com um barril de uísque e três velhos amigos do Exército que tinham passado para visitá-lo a caminho de casa no Maine. O bebê Adam chorou muito no começo do velório, pois os pranteadores, sem entender nada de bebês, tinham se esquecido de alimentá-lo. Cyrus logo resolveu o problema. Ensopou um trapo com uísque e deu ao bebê para chupar e, depois de três ou quatro sugadas, o jovem Adam adormeceu. Várias vezes durante o velório ele acordou, queixou-se, e ganhou o trapo embebido de novo e voltou a dormir. O bebê ficou bêbado durante dois dias e meio. O que quer que possa ter afetado o seu cérebro em formação, acabou sendo benéfico para o seu metabolismo: a partir daqueles dois dias e meio, ele ganhou uma saúde de ferro. E, quando ao fim de três dias seu pai finalmente saiu e comprou uma cabra, Adam bebeu o leite vorazmente, vomitou, bebeu mais e seguiu em frente. Seu pai não achou a reação alarmante, pois estava fazendo a mesma coisa.

Dentro de um mês, a escolha de Cyrus Trask recaiu sobre a filha de dezessete anos de um fazendeiro vizinho. A corte foi rápida e realista. Não havia dúvidas na cabeça de ninguém quanto às suas intenções. Eram honradas e sensatas. O pai dela incentivou o namoro. Ele tinha duas filhas mais moças e Alice, a mais velha, estava com dezessete anos. Esta era a sua primeira proposta de casamento.

Cyrus queria uma mulher para cuidar de Adam. Precisava de alguém para tomar conta da casa e cozinhar, e uma empregada custava dinheiro. Era um homem vigoroso e precisava do corpo de uma mulher, e isso também custava dinheiro — a não ser que se fosse casado com o corpo. Em duas semanas Cyrus a cortejou, desposou, levou para a cama e emprenhou. Seus vizinhos não acharam a ação apressada. Era normal naquela época um homem ter três ou quatro mulheres num tempo de vida normal.

Alice Trask tinha inúmeras qualidades admiráveis. Lavava e limpava profundamente todos os cantos da casa. Não era muito bonita, por isso não havia necessidade de vigiá-la. Seus olhos eram pálidos, sua pele amarelada e os dentes irregulares, mas era extremamente saudável e nunca se queixou durante a gravidez. Se gostava ou não de crianças, ninguém jamais chegou a saber. Não lhe perguntaram, e ela nunca dizia nada a não ser que perguntassem. Do ponto de vista de Cyrus essa era possivelmente a maior de suas virtudes. Nunca dava nenhuma opinião ou declaração, e quando um homem falava ela dava a impressão de estar ouvindo enquanto continuava executando as tarefas da casa.

A juventude, a inexperiência e a taciturnidade de Alice Trask transformaram-se todas em trunfos para Cyrus. Enquanto continuava a gerir a sua fazenda como todas as fazendas eram geridas na vizinhança, ele dedicou-se a uma nova carreira — a do velho soldado. E aquela energia que o fizera impetuoso agora o fazia reflexivo. Ninguém fora do Departamento de Guerra conhecia a qualidade e a duração do seu serviço. Sua perna de pau era ao mesmo tempo um certificado de sua atuação como soldado e uma garantia de que jamais a exerceria de novo. Timidamente, ele começou a contar a Alice as suas campanhas, mas à medida que sua técnica aumentava também aumentavam as suas batalhas. Logo no início ele sabia que estava mentindo, mas não demorou para que se convencesse de que cada uma de suas histórias era verdadeira. Antes de entrar no serviço militar, não se interessava muito por guerra; agora comprava todo livro sobre guerra, lia toda notícia, assinava os jornais de Nova York, estudava mapas. Seu conhecimento de geografia era parco e sua informação sobre os combates nula; agora ele se tornava uma autoridade. Não só conhecia as batalhas, os movimentos, as campanhas, mas também as unidades envolvidas, detalhadas até os regimentos e os seus coronéis e suas origens. E ao contar tudo aquilo ficou convencido de que havia estado lá.

Tudo isso teve um desenvolvimento gradual e aconteceu enquanto Adam chegava à meninice e o seu jovem meio-irmão logo atrás dele. Adam e o pequeno Charles ficavam sentados, guardando silêncio e respeito enquanto seu pai explicava como cada general pensava e planejava e onde haviam cometido seus erros e o que deveriam ter feito. E então — ele sabia das coisas naquela ocasião — dissera a Grant e a McClellan onde estavam errados e implorara que levassem em conta a sua análise da situação. Invariavelmente recusavam seu conselho e só depois ficava provado que ele estava certo.

Havia uma coisa que Cyrus não fazia, e talvez fosse esperto da sua parte. Nunca se promoveu sequer a oficial subalterno. Começou como soldado Trask e como soldado Trask ficou. No relato geral, ficou sendo ao mesmo tempo o mais móvel e ubíquo soldado na história da guerra. Era necessário que estivesse em pelo menos quatro lugares ao mesmo tempo. Mas, talvez instintivamente, não contasse estas histórias próximas umas das outras. Alice e os meninos tinham uma imagem completa dele: um soldado raso, orgulhoso da sua condição, que não só conseguiu estar presente onde toda ação espetacular e importante estivesse ocorrendo, como circulava livremente por entre as reuniões do estado-maior e apoiava ou reprovava as decisões dos generais.

A morte de Lincoln atingiu Cyrus na boca do estômago. Lembraria para sempre como se sentiu ao ouvir a notícia. E nunca era capaz de mencioná-la ou ouvi-la sem que as lágrimas rapidamente lhe brotassem dos olhos. Embora nunca chegasse a dizer, dava a impressão indestrutível de que o soldado Cyrus Trask era um dos amigos mais íntimos, calorosos e confiáveis de Lincoln. Quando o sr. Lincoln queria saber sobre o Exército, o verdadeiro Exército, não o das marionetes empertigadas de galões dourados, ele recorria ao soldado Trask. Como Cyrus conseguia transmitir isso sem realmente dizer, era um triunfo da insinuação. Ninguém podia chamá-lo de mentiroso. E isso principalmente porque a mentira estava em sua cabeça e qualquer verdade saída da sua boca tinha a cor da mentira.

Bem cedo começou a escrever cartas e depois artigos sobre a condução da guerra e suas conclusões eram inteligentes e convincentes. Na verdade, Cyrus Trask desenvolveu uma excelente mente militar. Suas críticas ao modo como a guerra fora conduzida e à persistente organização do Exército eram irresistivelmente penetrantes. Seus artigos em várias revistas chamaram a atenção. Suas cartas ao Departamento de Guerra, publicadas simultaneamente nos jornais, começaram a ter um efeito acentuado sobre as decisões do Exército. Talvez se o Grande Exército da República não tivesse assumido força política e direção, a sua voz não fosse ouvida tão claramente em Washington, mas o porta-voz de um bloco de quase um milhão de homens não deveria ser ignorado. E em questões militares Cyrus Trask transformou-se nessa voz. Acabou que era consultado em questões de organização do Exército, relacionamento entre oficiais, pessoal e equipamento. Seu conhecimento era visível a todos que o ouviam. Tinha talento para assuntos militares. Mais do que isso, foi um dos responsáveis pela organização do Grande Exército da República como uma força coesa e poderosa na vida nacional. Depois de várias funções não remuneradas nessa organização, ele assumiu uma secretaria com vencimentos que manteria para o resto da vida. Viajou de uma extremidade do país a outra, participando de convenções, encontros e acampamentos. Esta era a sua vida pública.

Sua vida privada também era marcada por sua nova profissão. Era um homem devotado. Organizou sua casa e sua fazenda em bases militares. Exigia e recebia relatórios sobre sua economia privada. É provável que Alice preferisse assim. Ela não era de falar. Um relatório conciso era mais fácil para ela. Ocupava-se com a criação dos meninos e em manter a casa limpa e as roupas lavadas. E também tinha de conservar suas energias, embora não mencionasse isso em nenhum de seus relatórios. Sem nenhum aviso sua energia a desertava e tinha de se sentar e esperar até que voltasse. À noite ficava empapada de suor. Sabia perfeitamente que o que tinha chamava-se tuberculose, teria sabido mesmo que não precisasse ser lembrada por uma tosse violenta e extenuante. E não sabia quanto tempo ia viver. Algumas pessoas definhavam durante alguns anos. Não havia nenhuma regra naquilo. Talvez não ousasse mencionar ao marido. Ele tinha aperfeiçoado um método para tratar das doenças que parecia uma punição. Uma dor de estômago era tratada com uma purgação tão violenta que era um milagre que alguém escapasse. Se mencionasse sua condição, Cyrus poderia ter encontrado um tratamento que a teria matado antes que a própria tuberculose o conseguisse. Além do mais, à medida que Cyrus se tornava mais militar, sua mulher aprendeu a única técnica pela qual um soldado consegue sobreviver. Nunca se fez notar, nunca falou a não ser que lhe dirigissem a palavra, fazia o que esperavam dela e nada mais, e não buscava nenhuma promoção. Tornou-se um soldado mais do que raso. Era muito mais fácil assim. Alice recolheu-se ao fundo de cena até que mal a conseguiam ver.

O foco se deslocou então para os meninos. Cyrus havia decidido que, embora o Exército não fosse perfeito, ainda era a única profissão honrada para um homem. Lamentava o fato de que não podia mais ser um soldado regular por causa da perna de pau, mas não conseguia imaginar qualquer carreira para os filhos exceto o Exército. Achava que um homem devia aprender a ser militar como soldado raso, como ele aprendera. Só assim saberia de tudo a partir da experiência, não por gráficos ou manuais. Ensinou-lhes o manejo das armas quando ainda mal conseguiam andar. Quando estavam na escola primária, os exercícios de ordem unida eram tão naturais quanto respirar e detestáveis como o diabo. Manteve-os na dureza dos exercícios, marcando o ritmo com uma vareta na perna de pau. Obrigava-os a caminhar quilômetros carregando mochilas cheias de pedras para fortalecer seus ombros. E trabalhava constantemente a pontaria dos meninos no quintal cheio de árvores que davam madeira e lenha atrás da casa.

[2]

Quando uma criança descobre pela primeira vez o que os adultos realmente são — quando entra pela primeira vez na sua cabecinha honesta que os adultos não possuem inteligência divina, que seus julgamentos nem sempre são sábios, nem seu pensamento sincero, nem suas frases justas — seu mundo cai num pânico desolador. Os deuses tombaram e toda a segurança se foi. E há algo de certo em relação à queda dos deuses: eles não caem um pouco; eles despencam e se despedaçam ou mergulham fundo no esterco verde. É um trabalho tedioso reconstruí-los; nunca chegam a brilhar mais. E o mundo da criança nunca mais é o mesmo. É uma espécie de crescimento doloroso.

Adam descobriu a verdade do seu pai. Não que seu pai tenha mudado, mas uma nova qualidade foi percebida por Adam. Ele sempre detestara a disciplina, como todo animal normal, mas ela era verdadeira e inevitável como o sarampo, não era para ser negada ou amaldiçoada, apenas odiada. E um dia — foi muito rápido, quase como um estalo no cérebro — Adam percebeu que, para ele pelo menos, os métodos do pai não tinham referência a nada no mundo senão ao próprio pai. As técnicas e o treinamento não eram destinados de modo algum aos meninos, mas só a fazer de Cyrus um grande homem. E o mesmo estalo no cérebro disse a Adam que seu pai não era um grande homem, que ele era, na verdade, um homenzinho muito obstinado e concentrado, dotado de um ego imenso. Quem sabe o que causa isso — uma expressão no olhar, uma mentira descoberta, um momento de hesitação? —, e o deus despenca por inteiro na cabeça de uma criança.

O jovem Adam sempre foi um menino obediente. Algo nele o fazia evitar a violência, a contenda, as terríveis tensões abafadas que podem dilacerar uma casa. Contribuía para a paz que almejava não oferecendo qualquer violência, disputa, e para fazer isso precisava refugiar-se dentro de si, uma vez que existe um pouco de violência em todo mundo. Cobria sua vida com um véu de alheamento, enquanto por trás dos seus olhos quietos uma vida rica e cheia fluía. Isso não o protegia de ataques, mas lhe dava uma certa imunidade.

Seu meio-irmão Charles, apenas um ano e pouco mais novo, cresceu com a agressividade do pai. Charles era um atleta natural, com um senso de oportunidade e uma coordenação instintivos e com a delicada garra do competidor que quer vencer os outros, o que determina o sucesso no mundo.

O jovem Charles ganhava todas as disputas com Adam, quer envolvessem habilidade, força ou inteligência rápida, e ganhava com tanta facilidade que logo perdeu o interesse e teve de dar vazão à sua competitividade com outras crianças. Por isso, uma espécie de afeição se formou entre os dois meninos, mas era mais como uma associação entre irmão e irmã do que entre irmãos. Charles brigava com qualquer garoto que provocasse ou admoestasse Adam e geralmente ganhava. Protegia Adam da dureza do pai com mentiras e até assumindo a culpa. Charles sentia por seu irmão o afeto que se tem pelas coisas desamparadas, como cachorrinhos cegos e recém-nascidos.

Adam olhava do fundo de seu cérebro protegido — pelos longos túneis dos seus olhos — para as pessoas do seu mundo: seu pai, uma força da natureza perneta a princípio, instalada justamente para fazer meninos pequenos se sentirem menores e meninos burros se darem conta da sua burrice; e depois — quando o deus desabou — via seu pai como o policial nato, uma autoridade que podia ser evitada ou enganada, mas nunca desafiada. E através dos longos túneis dos seus olhos Adam via seu meio-irmão Charles como um ser brilhante de outra espécie, dotado de músculos e ossos, velocidade e prontidão, situado num plano diferente, para ser admirado como se admira o perigo liso e preguiçoso de um leopardo negro, de modo algum comparável a nós mesmos. E jamais ocorreu a Adam fazer do irmão o seu confidente — contar-lhe seus anseios, os sonhos nebulosos, os planos e os prazeres silenciosos que se ocultavam no final do túnel dos olhos — em vez de partilhar seus pensamentos com uma árvore bonita ou com um faisão em voo. Adam apreciava Charles como uma mulher aprecia um grande diamante, e dependia do irmão assim como uma mulher depende do brilho do diamante e da segurança que o seu valor lhe traz; mas amor, afeto e empatia eram inimagináveis.

Em relação a Alice Trask, Adam ocultava um sentimento que se aproximava de uma cálida vergonha. Ela não era sua mãe — sabia disso porque lhe contaram muitas vezes. Não através de coisas ditas, mas pelo tom com que outras coisas eram ditas, sabia que tivera uma mãe e que ela havia feito algo de vergonhoso, como esquecer de recolher as galinhas ou errar o alvo na prática de tiro no quintal. Adam achava às vezes que se pudesse apenas descobrir o pecado que ela havia cometido, e por quê, ele o cometeria também — e não estaria ali.

Alice tratava os meninos com igualdade, dava-lhes banho e os alimentava, e deixava o resto por conta do pai, que fizera saber com clareza e propósito que treinar os meninos física e mentalmente era o seu território exclusivo. Mesmo elogios e reprimendas ele não delegava. Alice nunca se queixava, brigava, ria ou chorava. Sua boca fora reduzida a uma linha que nada escondia e nada oferecia também. Mas certa vez, quando Adam era bem pequeno, ele entrou silenciosamente na cozinha. Alice não o viu. Cerzia uma meia e sorria. Adam afastou-se secretamente e saiu da casa até o quintal, escolhendo um local protegido atrás de um toco de árvore que conhecia bem. Enfiou-se fundo entre as raízes protetoras. Adam ficou tão chocado como se a tivesse encontrado nua. Nervoso, a respiração soava em sua garganta. Porque Alice estava nua — ela havia sorrido. Quis saber como ela ousara entregar-se a tanta lascívia. E desejou-a com um anseio apaixonado e caloroso. Não entendia por que, mas o longo tempo sem que o pegassem nos braços, embalassem, acariciassem, a fome de seio e de mamilo, a maciez de um colo e a voz sussurrada do amor e da compaixão, e o doce sentimento de ansiedade — tudo isso fazia parte da sua paixão e ele não sabia, porque desconhecia que tais coisas existissem, então como podia sentir falta delas?

Naturalmente, ocorreu-lhe que poderia estar errado, que alguma sombra perdida tinha caído sobre seu rosto e perturbado a sua visão. E então voltou à imagem nítida na sua cabeça e viu que os olhos sorriam também. A luz distorcida podia ocasionar uma ou outra coisa, mas não as duas.

Vigiou-a então, como um caçador, como fizera com as marmotas no outeiro quando dia após dia se deitou inanimado como uma jovem pedra para observar as marmotas velhas e desconfiadas trazerem seus filhotes para o sol. Espionava Alice, escondido, insuspeitado, com o canto do olho, e era verdade. Às vezes, quando estava sozinha e sabia que estava sozinha, ela permitia que seu pensamento brincasse num jardim e sorria. Era maravilhoso ver a rapidez com que podia enterrar o seu sorriso, como as marmotas enfiavam os filhotes na toca.

Adam escondeu seu tesouro bem no fundo dos seus túneis, mas resolveu pagar pelo seu prazer com algo. Alice começou a encontrar presentes — na sua cesta de costura, na bolsa surrada, debaixo do travesseiro — duas ramas de canela, uma pena do rabo de um azulão, meio bastão de lacre verde, um lenço roubado. No começo, Alice ficou espantada, mas depois passou, e quando encontrava algum presente inesperado o sorriso do jardim se abria e desaparecia como uma truta atravessa uma lâmina de sol num lago. Não fazia perguntas e não fazia comentários.

Sua tosse piorava muito à noite, era tão alta e perturbadora que Cyrus teve de colocá-la num outro quarto, ou não conseguiria dormir. Mas ele a visitava com muita frequência — saltitando sobre seu pé nu, apoiando-se com a mão na parede. Os meninos podiam ouvir o barulho do seu corpo através da casa enquanto ele manquejava até o quarto de Alice e de volta ao seu.

À medida que crescia, Adam temia uma coisa acima de qualquer outra. Receava o dia em que fosse levado e alistado no Exército. Seu pai nunca o deixava esquecer que tal ocasião chegaria. Falava nela frequentemente. Era Adam quem precisava que o Exército fizesse dele um homem. Charles já era quase um homem. E Charles era um homem, e um homem perigoso, mesmo aos quinze anos, quando Adam tinha dezesseis.

[3]

O afeto entre os dois meninos cresceu com o passar dos anos. É possível que parte do sentimento de Charles fosse de desprezo, mas era um desprezo protetor. Aconteceu de um dia, à tardinha, os meninos jogarem *peewee*, um jogo novo para eles, no pátio perto da porta de entrada. Uma pequena vareta pontuda era colocada no chão e golpeada perto da extremidade com um bastão. A vareta subia ao ar e então era arremessada com outro golpe de bastão o mais longe possível.

Adam não era bom em jogos. Mas, por algum acaso do olho e tempo certos, ele venceu o irmão no *peewee*. Por quatro vezes jogou o *peewee* mais longe do que Charles. Era uma nova experiência para ele e sentiu um calor tomar conta de si e por isso não observou nem percebeu o ânimo do irmão como geralmente o fazia. Na quinta vez que golpeou o *peewee*, a vareta voou zunindo como uma abelha até bem longe no campo. Virou-se feliz para encarar Charles e subitamente sentiu um calafrio no peito. O ódio no rosto de Charles o assustou.

— Acho que foi pura sorte — disse sem jeito. — Aposto que eu não consigo fazer de novo.

Charles colocou o seu *peewee* no chão, golpeou-o e, quando a vareta subiu, tentou o arremesso, mas errou. Charles aproximou-se lentamente de Adam, seus olhos frios e esquivos. Adam afastou-se aterrorizado. Não ousava dar as costas e correr porque o irmão podia alcançá-lo. Recuou lentamente, os olhos assustados, a garganta seca. Charles chegou mais perto e o golpeou no rosto com o seu bastão. Adam cobriu o nariz que sangrava com as mãos e Charles bateu de novo e acertou-o com o bastão nas costelas, tirando-lhe o fôlego, bateu na sua cabeça e o fez desmaiar. E enquanto Adam jazia inconsciente no chão, Charles chutou com força sua barriga e foi embora.

Depois de algum tempo, Adam recobrou os sentidos. Respirava com dificuldade porque o peito doía. Tentou ficar sentado e caiu de novo por causa dos músculos doloridos da barriga. Viu Alice espreitando e havia algo em seu rosto que ele nunca vira antes. Não sabia o que era, mas não era nada brando ou fraco, e podia ser ódio. Ela percebeu que ele a olhava, fechou as cortinas e desapareceu. Quando Adam finalmente se levantou do chão e caminhou, todo curvado, até a cozinha, encontrou uma bacia de água quente à sua espera e uma toalha limpa ao lado. Podia ouvir sua madrasta tossindo no seu quarto.

Charles tinha uma grande qualidade. Nunca se arrependia — jamais. Nunca mencionou a surra, aparentemente nunca pensou nela de novo. Mas Adam decidiu que nunca mais ganharia de novo — em nada. Sempre sentira o perigo no seu irmão, mas agora entendia que nunca mais deveria ganhar a não ser que estivesse preparado para matar Charles. Charles não se arrependeu. Simplesmente sentiu-se realizado.

Charles não contou ao pai sobre a surra, e Adam também não, e certamente Alice também não contou e, no entanto, ele parecia saber. Nos meses que se seguiram ficou mais gentil com Adam. Sua conversa com ele tornou-se mais suave. Não o castigou mais. Quase toda noite passava-lhe um sermão, mas sem violência.

E Adam sentiu mais medo da gentileza do que sentia da violência, pois lhe parecia que estava sendo treinado como num sacrifício, quase como se fosse submetido à bondade antes da morte, como as vítimas destinadas aos deuses eram afagadas e lisonjeadas para que pudessem seguir felizes para a pedra da imolação sem ultrajar os deuses com infelicidade.

Cyrus explicou suavemente a Adam a natureza de um soldado. E embora seu conhecimento viesse de uma pesquisa mais do que da experiência, ele era exato. Contou ao filho da triste dignidade que pode caber a um soldado, como ele é necessário à luz de todos os fracassos do homem — a punição por nossas fraquezas. Talvez Cyrus descobrisse essas coisas em si mesmo enquanto as contava. Era muito diferente da atitude belicosa de agitar bandeiras e proferir gritos dos seus dias de juventude. As humilhações são empilhadas sobre um soldado, dizia Cyrus, a fim de que ele possa, quando a ocasião chegar, não se ressentir demais da humilhação final — uma morte sem sentido e suja. E Cyrus falava com Adam sozinho e não permitia que Charles ouvisse.

Cyrus levou Adam para caminhar com ele num fim de tarde e as conclusões sombrias de todo o seu pensamento e de todo o seu estudo saíram e extravasaram com uma espécie de terror denso sobre o filho. Ele disse:

— Quero que saiba que um soldado é o mais sagrado de todos os humanos porque é o mais testado... o mais testado de todos. Vou tentar lhe contar. Veja só, em toda a história os homens foram ensinados que matar outro homem é uma coisa má e inaceitável. Todo homem que mata deve ser destruído porque matar é um grande pecado, talvez o pior pecado que conhecemos. E então nós pegamos um soldado e colocamos o assassinato na sua mão e dizemos: "Use-o bem, e use-o com sabedoria." Não colocamos nenhum freio sobre ele. Siga em frente e mate tantos dos seus irmãos, segundo um certo tipo de classificação, quantos for capaz. E nós o recompensaremos por isso porque é uma violação do seu treinamento inicial.

Adam umedeceu seus lábios secos, tentou perguntar e não conseguiu, tentou de novo.

— Por que eles têm de fazer isto? — disse. — Por quê?

Cyrus ficou profundamente comovido e falou como nunca tinha falado antes.

— Não sei — disse. — Estudei e talvez tenha aprendido como são as coisas, mas ainda não me aproximei sequer de saber por que são assim. E você não deve esperar que as pessoas entendam o que fazem. Tantas coisas são feitas instintivamente, como a abelha faz mel, como a raposa mergulha as patas num regato para enganar os cães. Uma raposa não é capaz de dizer por que o faz e qual abelha se lembra do inverno ou espera que ele volte? Quando eu soube que você tinha de ir, pensei em deixar o futuro aberto para que você pudesse desenterrar suas próprias descobertas, mas depois pareceu melhor se eu pudesse protegê-lo com o pouco que sei. Você deve ir em breve, já chegou à idade.

— Não quero ir — disse Adam rapidamente.

— Você irá em breve — prosseguiu seu pai, sem lhe dar ouvidos. — E quero lhe contar para que não se surpreenda. Primeiro vão tirar suas roupas, mas irão mais longe do que isso. Vão arrancar qualquer dignidade que você tenha. Você vai perder o que considera seu direito decente de viver e de ser deixado em paz para viver. Vão fazê-lo viver, comer, dormir e defecar perto de outros homens. E quando o vestirem de novo, você não será capaz de se distinguir dos outros. Não poderá sequer usar um retalho ou pregar uma nota com alfinete no seu peito para dizer "Este sou eu, separado do resto".

— Não quero fazer isto — disse Adam.

— Depois de um tempo — prosseguiu Cyrus —, você não vai pensar nada que os outros também não pensem. Não vai conhecer nenhuma outra palavra que os outros não falem. E tudo o que fizer vai fazer porque os outros fazem. Sentirá o perigo na menor das diferenças, um perigo para todo grupo de homens que pensa igual e age igual.

— E se eu não fizer? — perguntou Adam.

— Sim — disse Cyrus —, às vezes isso acontece. De vez em quando aparece um homem que não quer fazer o que é exigido dele. E sabe o que acontece? Toda a máquina se devota friamente à destruição da diferença. Eles arrasam o seu espírito e os seus nervos, seu corpo e sua mente, com bastões de ferro até que a perigosa diferença deixe você. E, se no fim você acaba não cedendo, eles o vomitam e deixam-no fedendo do lado de fora;

sem ser parte deles e, no entanto, sem estar livre. É melhor aderir a eles. Só fazem isso para se proteger. Uma coisa tão triunfalmente ilógica, tão belamente sem sentido, que nenhum Exército pode permitir que qualquer questionamento a enfraqueça. Dentro dela, se você não quiser medi-la com outras coisas para compará-la ou ridicularizá-la, vai encontrar, lenta e seguramente, uma razão, uma lógica e uma espécie de terrível beleza. Um homem que consegue aceitá-la nunca é um homem pior, e às vezes é um homem muito melhor. Ouça bem o que digo, porque meditei muito sobre o assunto. Existem alguns homens que enfrentam o triste massacre da vida de soldado, se entregam, e se tornam homens sem rosto. Mas esses já não tinham muito rosto desde o início. E talvez você seja assim. Mas existem outros que enfrentam o desafio, submergem no atoleiro comum e depois se erguem mais alto do que antes, porque... porque perderam um pouco da vaidade e ganharam todo o ouro da companhia e do regimento. Se você é capaz de descer tão baixo, será capaz de se erguer ainda mais alto do que pode conceber, e conhecerá uma alegria sagrada, um companheirismo quase como aquele de uma companhia celestial de anjos. Então você conhecerá a qualidade dos homens, ainda que sejam inarticulados. Mas, antes de ter caído até o fundo, nunca poderá saber disso.

Enquanto caminhavam de volta para casa, Cyrus virou à esquerda e entrou no quintal entre as árvores, e estava anoitecendo. Subitamente, Adam disse:

— Está vendo aquele toco ali? Eu costumava me esconder entre as raízes e às vezes ia lá só porque me sentia infeliz.

— Vamos lá ver o lugar — disse seu pai. Adam o levou até o local e Cyrus baixou os olhos para ver o buraco em forma de ninho entre as raízes. — Eu sabia disso há muito tempo — disse ele. — Certa vez, quando você ficou um longo tempo sem aparecer, achei que tinha encontrado um lugar assim e o encontrei porque sabia o tipo de lugar de que precisaria. Vê como a terra está amassada e a grama esmagada? E enquanto estava sentado aqui você arrancava pedaços de casca e os quebrava em pedacinhos. Soube que era este o lugar quando topei com ele.

Adam olhou para o seu pai, admirado.

— O senhor nunca veio aqui à minha procura — disse ele.

— Não — respondeu Cyrus. — Eu não faria isso. Não se deve pressionar demais um ser humano. Eu não faria isso. Sempre se deve deixar um escape a um homem antes da morte. Lembre-se disso! Eu sabia, creio eu, como o estava pressionando. Não queria empurrá-lo para o abismo.

Afastaram-se das árvores inquietos. Cyrus disse:

— Há tantas coisas que quero lhe contar. Esqueço a maior parte delas. Quero lhe dizer que um soldado abre mão de tanta coisa para conseguir um pouco de volta. Desde o dia em que nasce é ensinado por toda circunstância, por toda lei, regra e direito, a proteger sua própria vida. Começa com aquele grande instinto e tudo o confirma. E então se torna um soldado e deve aprender a violar tudo isso: deve aprender friamente a se expor ao risco de perder a própria vida sem ficar louco. E se você for capaz de fazer isto, alguns não conseguem, então terá o maior dom de todos. Escute, filho — disse Cyrus com sinceridade. — Quase todos os homens têm medo e nem mesmo sabem o que causa o seu medo: sombras, perplexidades, perigos sem nomes e números, o medo de uma morte sem rosto. Mas se você puder se preparar para encarar não sombras, mas uma morte real, descrita e reconhecível, por bala, sabre ou lança, então nunca mais precisará ter medo, pelo menos não do mesmo jeito de antes. Então você será um homem, distinto dos outros homens, seguro de si enquanto outros homens podem chorar de terror. Essa é a grande recompensa. Talvez seja a única recompensa. Talvez seja a pureza final toda cercada de sujeira. Está quase escuro. Quero falar com você de novo amanhã à noite, quando nós dois tivermos pensado sobre o que eu lhe contei.

Mas Adam disse:

— Por que não fala com meu irmão? Charles deverá ir. Ele é bom nisso, muito melhor do que eu.

— Charles não vai para o Exército — disse Cyrus. — Não haveria sentido nisso.

— Mas seria um melhor soldado.

— Só por fora — disse Cyrus. — Não por dentro. Charles não tem medo e por isso jamais aprenderia algo sobre coragem. Nada sabe fora de si mesmo, por isso nunca poderia absorver as coisas que tentei lhe explicar. Colocá-lo num exército seria dar vazão a coisas em Charles que precisam ser refreadas, não desencadeadas. Eu não ousaria deixá-lo ir.

Adam se queixou.

— O senhor nunca o puniu, deixou que levasse sua vida, elogiou-o, não o perseguiu, e agora o deixa ficar fora do Exército.

Parou, assustado com o que tinha dito, receando a raiva ou o desprezo ou a violência que suas palavras poderiam detonar.

Seu pai não respondeu. Continuou caminhando para longe das árvores, a cabeça tão baixa que o queixo repousava no peito, e o sobe-e-desce do seu quadril quando a perna de pau tocava no chão era monótono. A perna de pau descrevia um semicírculo para o lado quando chegava a sua vez.

Estava completamente escuro agora, e a luz dourada dos lampiões brilhava através da porta aberta da cozinha. Alice veio até a porta e espiou, à procura deles, e então ouviu os passos desiguais se aproximando e voltou à cozinha.

Cyrus foi até o alpendre da cozinha antes de parar e erguer a cabeça.

— Onde está você? — perguntou.

— Aqui, bem atrás do senhor, bem aqui.

— Você fez uma pergunta. Acho que vou ter de responder. Talvez seja bom e talvez seja ruim respondê-la. Você não é muito esperto. Não sabe o que quer. Não tem a impetuosidade necessária. Deixa os outros pisarem em você. Às vezes acho que é um fraco e que nunca chegará sequer a cocô de cachorro. Isso responde à sua pergunta? Eu amo mais você. Sempre amei. Pode ser uma coisa ruim de lhe dizer, mas é verdade. Amo você mais do que todos. Se não, por que me teria dado o trabalho de magoá-lo? Agora cale a boca e vá cear. Falarei com você amanhã à noite. Minha perna está doendo.

[4]

Não houve conversa durante a ceia. O silêncio só foi perturbado pelo sugar da sopa e pelo ruído da mastigação, e seu pai agitou a mão para tentar afastar as mariposas da chaminé do lampião de querosene. Adam achou que seu irmão o observava secretamente. E captou um lampejo no olhar de Alice quando ergueu a vista subitamente. Depois que terminou de comer, Adam empurrou a cadeira para trás.

— Acho que vou dar uma volta — disse.

Charles se levantou.

— Vou com você.

Alice e Cyrus os viram sair pela porta e então ela fez uma de suas raras perguntas. Indagou, nervosa:

— O que foi que você fez?
— Nada — disse ele.
— Vai obrigá-lo a ir?
— Sim.
— Ele sabe?
Cyrus olhou desolado a porta aberta para a escuridão.
— Sim, ele sabe.
— Ele não vai gostar. Não será bom para ele.
— Não importa — disse Cyrus, e repetiu em voz alta: — Não importa. — E seu tom dizia: "Cale a boca. Não é da sua conta."
Ficaram em silêncio por um momento e então ele disse quase em tom de desculpa:
— Não é como se ele fosse seu filho.
Alice não respondeu.
Os garotos caminharam ao longo da estrada sulcada e escura. À frente podiam ver algumas luzes bruxuleantes onde ficava o vilarejo.
— Vamos ver se tem algo acontecendo na estalagem? — perguntou Charles.
— Não havia pensado nisso — disse Adam.
— Então por que diabo está saindo de noite?
— Você não precisava vir — disse Adam.
Charles se aproximou dele.
— O que foi que ele disse a você esta tarde? Vi vocês caminhando juntos. Que foi que ele disse?
— Só conversou sobre o Exército, como sempre.
— Não me pareceu isso — disse Charles, desconfiado. — Eu vi que ele se curvava sobre você, falando como fala com homens, não discursando, mas conversando.
— Estava discursando — disse Adam com paciência, e teve de controlar o fôlego, pois um pouco de medo acabara de se apossar do seu estômago. Respirou tão fundo quanto podia e prendeu o ar para conter o medo.
— O que foi que ele lhe contou? — insistiu Charles de novo.
— Do Exército e do que é ser um soldado.
— Não acredito em você — disse Charles. — Acho que é um grande mentiroso e fingido. O que está tentando esconder?
— Nada — disse Adam.

Charles falou duramente:

— A doida da sua mãe se afogou de propósito. Talvez tivesse dado uma boa olhada em você. Foi o suficiente.

Adam soltou o ar dos pulmões suavemente, esmagando o medo horrível. Ficou em silêncio.

Charles gritou:

— Você está tentando levá-lo embora! Não sei como está armando isso. O que acha que está fazendo?

— Nada — disse Adam.

Charles saltou à frente dele e obrigou Adam a parar, seu peito quase contra o peito do irmão. Adam recuou, mas cuidadosamente, como alguém que se afasta de uma cobra.

— Lembra do aniversário dele? — gritou Charles. — Juntei quase um dólar em moedas e comprei-lhe um canivete fabricado na Alemanha, três lâminas e um saca-rolha, com cabo de madrepérola. Onde está o canivete? Já viu usá-lo? Ele deu para você? Nunca o vi nem afiá-lo. Você está com o canivete no seu bolso? O que foi que ele fez com o canivete? "Obrigado", ele disse, assim mesmo. E foi a última vez que vi o canivete alemão que me custou setenta e cinco centavos.

Havia raiva em sua voz, e Adam sentiu o medo invadi-lo; mas sabia também que lhe restava um momento. Muitas vezes vira a máquina destruidora que derrubava tudo o que estivesse de pé à sua frente. A raiva vinha primeiro e depois uma frieza, um autodomínio; olhos evasivos e um sorriso satisfeito e nenhuma voz, apenas um sussurro. Quando aquilo acontecia o assassinato estava a caminho, mas um assassinato frio, destro, e mãos que trabalhavam com precisão, com delicadeza. Adam engoliu a saliva para umedecer sua garganta seca. Não podia pensar em nada para dizer que fosse ouvido, pois assim que embarcava num acesso de raiva seu irmão era incapaz de ouvir. Avolumava-se sombriamente diante de Adam, mais baixo, mais largo, mais gordo, mas ainda não agachado. À luz das estrelas seus lábios úmidos brilhavam, mas não havia sorriso ainda e sua voz continuava a rugir.

— O que foi que você fez no aniversário dele? Acha que não reparei? Chegou a gastar setenta e cinco ou cinquenta centavos? Você lhe trouxe um filhote de vira-lata que achou no quintal. Você riu como um idiota e disse que daria um bom cão de caça. Aquele cão dorme no quarto dele.

Brinca com ele quando está lendo. Treinou ele direitinho. E onde está o canivete? "Obrigado", ele disse, apenas "Obrigado" — falou Charles num sussurro, e seus ombros caíram.

Adam deu um salto desesperado para trás e ergueu as mãos para proteger o rosto. Seu irmão moveu-se com precisão, cada pé plantado com firmeza. Um punho avançou delicadamente para calcular a distância, e então o trabalho amargo e glacial — um golpe duro no estômago, e as mãos de Adam abaixaram; e então quatro socos na cabeça. Adam sentiu o osso e a cartilagem do nariz se esmigalharem. Levantou as mãos de novo e Charles acertou no seu peito. E durante todo esse tempo Adam olhava para o irmão como o condenado olha sem esperança e com espanto para o carrasco.

Subitamente, para sua própria surpresa, Adam lançou um golpe maluco e inofensivo com as costas da mão sem força nem direção. Charles abaixou-se e o braço desnorteado envolveu o seu pescoço. Adam abraçou-se ao irmão e ficou agarrado a ele, soluçando. Sentiu os punhos fortes fustigando náusea no seu estômago e aguentou firme. O tempo corria mais lento para ele. Com o corpo sentiu o irmão virar-se para o lado a fim de abrir suas pernas. E sentiu o joelho subir, passar por seus joelhos, roçar pelas coxas até se chocar contra seus testículos e o lampejo branco da dor correu em ondas e ecoou através do seu corpo. Seus braços se afrouxaram. Curvou-se e vomitou, enquanto o frio massacre continuava.

Adam sentiu os socos nas têmporas, nas faces, nos olhos. Sentiu os lábios cortarem e se esfrangalharem sobre seus dentes, mas sua pele parecia endurecida e amortecida, como se estivesse coberto de borracha pesada. Atordoado, se perguntou por que suas pernas não dobravam, por que ele não caía, por que a inconsciência não tomava conta dele. A pancadaria continuava eternamente. Podia ouvir o irmão ofegante, com o fôlego rápido e explosivo de um ferreiro na forja, e na escuridão doentia das estrelas podia ver o irmão através do sangue diluído em lágrimas que jorrava dos seus olhos. Viu os olhos inocentes e esquivos, o sorriso pequeno nos lábios úmidos. E enquanto via essas coisas — um lampejo de luz e escuridão.

Charles estava de pé sobre ele, sorvendo o ar como um cão exausto. Então ele se virou e caminhou rapidamente de volta para casa, esfregando as juntas dos dedos machucadas.

A consciência voltou rápida e assustadoramente para Adam. Sua mente rolava numa névoa penosa. Seu corpo estava pesado e denso de dor. Mas quase instantaneamente se esqueceu dos seus ferimentos. Ouviu passos rápidos na estrada. O medo instintivo e a ferocidade de um rato tomaram conta dele. Pôs-se de joelhos e arrastou-se da estrada para a vala de drenagem. Havia uns trinta centímetros de água na vala que era cercada por capim alto. Adam rastejou silenciosamente para dentro da água, tomando cuidado para não fazer barulho.

Os passos se aproximaram, diminuíram, seguiram um pouco à frente, voltaram. Do seu esconderijo, Adam podia ver apenas uma mancha escura na escuridão. E então um fósforo foi riscado e uma pequena chama azul ardeu até que o fogo pegou no palito de madeira, iluminando o rosto do seu irmão grotescamente por baixo. Charles ergueu o fósforo e espiou ao seu redor, e Adam pôde perceber a machadinha na sua mão direita.

Quando o fósforo se apagou, a noite ficou mais negra do que antes. Charles moveu-se lentamente e acendeu outro fósforo, andou mais um pouco e acendeu ainda outro. Procurou sinais na estrada. Finalmente, desistiu. Sua mão direita se levantou e ele jogou a machadinha a distância no campo. Partiu em passos rápidos na direção das luzes oscilantes do vilarejo.

Adam ficou um longo tempo deitado na água fria. Pensou em como seu irmão estaria se sentindo, pensou se agora que a sua paixão estava esfriando ele sentiria pânico, arrependimento ou a consciência culpada ou nada. Essas coisas Adam sentia por ele. Sua consciência lançava uma ponte até o seu irmão e sofria suas dores por ele, assim como em outras ocasiões fizera o dever de casa por ele.

Adam rastejou para fora da água e levantou-se. Seus ferimentos estavam entorpecendo e o sangue havia secado numa crosta no seu rosto. Pensou em ficar do lado de fora no escuro até que seu pai e Alice fossem para a cama. Sentia que não podia responder qualquer pergunta, porque não conhecia nenhuma resposta, e tentar encontrar uma resposta era muito difícil para sua mente massacrada. Uma tontura emoldurada por luzes azuis invadiu a sua testa e sentiu que estava prestes a desmaiar.

Arrastou-se lentamente pela estrada com as pernas bem abertas. No alpendre, deu uma parada e olhou para dentro. O lampião que pendia de uma corrente no teto projetava um círculo amarelo e iluminava Alice e sua cesta de costura na mesa à sua frente. Do outro lado, seu pai mordiscava uma caneta de madeira e mergulhava a pena num tinteiro aberto fazendo anotações no seu livro preto de registros.

Alice, erguendo o olhar, viu o rosto ensanguentado de Adam. Sua mão subiu até a boca e seus dedos se engancharam nos dentes inferiores.

Adam arrastou um pé subindo um degrau, depois o outro, e apoiou-se no umbral da porta.

Então Cyrus ergueu a cabeça. Olhou com uma curiosidade distante. A identidade da distorção lhe veio devagar à mente. Levantou-se, intrigado e pensativo. Enfiou a caneta de madeira no tinteiro e esfregou os dedos nas calças.

— Por que ele fez isso? — perguntou Cyrus suavemente.

Adam tentou responder, mas sua boca estava empastada e seca. Lambeu os lábios e eles recomeçaram a sangrar.

— Não sei — disse.

Cyrus cambaleou até ele e agarrou-o pelo braço tão ferozmente que ele estremeceu e tentou se desvencilhar.

— Não minta para mim. Por que ele fez isso? Tiveram uma discussão?

— Não.

Cyrus o sacudiu.

— Me conte! Quero saber. Me conte! Vai ter de me contar. Vou fazer com que me conte! Com os diabos, você sempre o protege! Acha que não sei? Achou que estava me enganando? Agora me diga, ou por Deus vou deixá-lo de pé aqui a noite inteira!

Adam procurou uma explicação ao seu redor.

— Ele acha que você não o ama.

Cyrus soltou o braço e manquejou de volta à sua cadeira. Tamborilou com a caneta no tinteiro e olhou cegamente para o seu livro de registros.

— Alice — disse ele —, ajude Adam a ir para a cama. Vai ter de cortar a sua camisa, eu acho. Dê-lhe uma mão.

Levantou-se de novo, foi até o canto da sala onde os casacos ficavam pendurados em pregos e, procurando atrás das roupas, puxou a sua espingarda, dobrou-a para verificar a carga e arrastou-se até a porta.

Alice ergueu a mão como se fosse impedi-lo de sair com uma corda de ar. E sua corda quebrou e seu rosto ocultou seus pensamentos.

— Vá para o seu quarto — disse ela. — Vou levar um pouco de água e uma bacia.

Adam se deitou na cama, um lençol puxado até a cintura, e Alice cuidou dos cortes com um lenço de linho embebido em água quente. Ficou em silêncio por um longo tempo e então continuou a frase de Adam como se nunca tivesse havido um intervalo.

— Ele acha que o pai não o ama. Mas você o ama, sempre o amou. Adam não respondeu a ela.

Ela continuou calmamente.

— Ele é um menino estranho. É preciso conhecê-lo. Todo casca dura, todo cheio de raiva, até que você o conhece.

Parou para tossir, debruçou-se e tossiu, e quando o acesso passou suas faces estavam rubras e ela exausta.

— É preciso conhecê-lo — repetiu. — Durante muito tempo, ele me deu pequenos presentes, coisas bonitas que você não acha que ele notaria. Mas ele não os dá diretamente. Esconde os presentes onde sabe que vou encontrá-los. E você pode olhar para ele durante horas que não vai dar o menor sinal de que fez aquilo. É preciso conhecê-lo. Ela sorriu para Adam e ele fechou os olhos.

4

[1]

Charles estava de pé diante do bar na estalagem do vilarejo e Charles ria deliciado das histórias engraçadas que os caixeiros-viajantes perdidos na noite contavam. Puxou sua bolsa de tabaco com o magro tilintar de moedas de prata e pagou um trago aos homens para que continuassem falando. Sorria e esfregava as juntas dos dedos rachadas. E quando os caixeiros, aceitando sua bebida, ergueram os copos e disseram "Um brinde a você", Charles ficou deleitado. Pediu outra rodada para os novos amigos e juntou-se a eles para continuar a algazarra em outro local.

Quando Cyrus saiu mancando noite adentro, estava tomado por uma espécie de raiva desesperada contra Charles. Procurou o filho na estrada e foi até a estalagem atrás dele, mas Charles já tinha saído. É provável que se o encontrasse naquela noite o tivesse matado, ou tentado. O rumo de uma grande ação pode mudar a história, mas provavelmente todas as ações produzem o mesmo à sua maneira, desde uma pedra pisada no caminho até a visão de uma bela jovem ou de uma apara de unha no chão do jardim.

Naturalmente, não demorou para que contassem a Charles que seu pai andava à sua procura com uma espingarda. Escondeu-se por duas semanas e quando finalmente voltou o assassinato havia definhado em simples raiva e pagou sua pena com excesso de trabalho e uma falsa humildade teatral.

Adam ficou quatro dias de cama, tão rígido e dolorido que não podia se mexer sem um gemido. No terceiro dia, seu pai deu prova da sua influência junto aos militares. Fez aquilo como um cataplasma para o seu próprio orgulho e também como uma espécie de prêmio para Adam. Um capitão da cavalaria e dois sargentos em farda azul de gala entraram pela casa e foram até o quarto de Adam. No pátio dianteiro, dois praças seguravam seus cavalos. Deitado na cama, Adam foi alistado no Exército como soldado da cavalaria. Assinou os Artigos de Guerra e prestou o juramento enquanto seu pai e Alice assistiam. E os olhos do pai reluziam com lágrimas.

Depois que os soldados se foram, seu pai ficou sentado com ele um longo tempo.

— Coloquei-o na cavalaria por um motivo — disse. — A vida de quartel não é uma boa vida por muito tempo. Mas na cavalaria sempre há o que fazer. Certifiquei-me disso. Você vai gostar de ir para a terra dos índios. Tem ação a caminho. Não posso lhe dizer como sei. Vem luta por aí.

— Sim, senhor — disse Adam.

[2]

Sempre me pareceu estranho que são geralmente homens como Adam que têm de bancar o soldado. Ele não gostava de lutar, em princípio, e longe de aprender a amar o combate, como acontece com alguns homens, sentia uma repulsa cada vez maior à violência. Várias vezes seus oficiais tiveram sua atenção voltada para ele, suspeitando de que fingisse doença para escapar ao serviço, mas não fizeram nenhuma acusação. Durante seus cinco anos como soldado, Adam fez mais serviço de patrulha do que qualquer homem no esquadrão, mas se matou algum inimigo foi por acidente ou por ricochete. Sendo um perito em tiro ao alvo e exímio atirador, estava peculiarmente preparado para errar. A esta altura o combate aos índios se tornara algo como um perigoso transporte de boiadas — as tribos eram forçadas a se revoltar, empurradas à luta e dizimadas, e os tristes e taciturnos remanescentes se instalavam em terras estéreis. Não era trabalho agradável, mas, dado o modelo do desenvolvimento do país, tinha de ser feito.

Para Adam, que era um instrumento, que não via as futuras fazendas, apenas as barrigas dilaceradas de seres humanos, era revoltante e inútil. Quando detonava sua carabina para errar, estava cometendo uma traição contra sua unidade e não se importava. A emoção da não violência foi crescendo dentro dele até virar um preconceito como qualquer outro preconceito que anula o pensamento. Infligir qualquer ferimento em qualquer coisa por qualquer propósito se tornou uma aversão para ele. Ficou obcecado com essa emoção, pois se tratava seguramente disso, até que apagava qualquer pensamento possível nessa área. Mas nunca houve nenhuma sugestão de covardia na ficha militar de Adam. Na verdade, ele foi recomendado três vezes e condecorado por bravura.

Quanto mais se revoltava com a violência, mais seu impulso tomava a direção oposta. Arriscou a vida inúmeras vezes para resgatar homens feridos. Ofereceu-se como voluntário para trabalhar em hospitais de campanha, mesmo quando já estava exausto de seus deveres regulares. Era encarado pelos companheiros com desdenhoso afeto e com o medo que os homens têm de impulsos que não compreendem.

Charles escrevia ao irmão regularmente — sobre a fazenda e o vilarejo, as vacas doentes e a égua que deu cria, o pasto aumentado e o celeiro atingido por um raio, a morte de Alice sufocada por sua tuberculose e o posto permanente e remunerado do pai junto ao Grande Exército da República em Washington. Como acontecia com muitas pessoas, Charles, que não conseguia falar, escrevia copiosamente. Descrevia sua solidão e suas perplexidades, e colocava no papel muitas coisas que desconhecia a respeito de si mesmo.

Durante o tempo em que Adam esteve fora, conheceu seu irmão melhor do que jamais conhecera antes ou conheceria depois. Na troca de cartas nasceu uma intimidade que nenhum deles poderia ter imaginado.

Adam guardou uma carta do irmão, não porque a entendesse completamente, mas porque parecia ter um significado oculto que ele não conseguia adivinhar. "Querido irmão Adam", dizia a carta, "pego a caneta com a esperança de que esteja gozando de saúde" — ele sempre começava assim para embarcar suavemente na tarefa de escrever. "Não recebi sua resposta a minha última carta, mas imagino que tenha outras coisas para fazer — há! há! A chuva chegou no tempo errado e estragou a floração das maçãs. Não haverá muitas para comer no próximo inverno, mas vou guardar o que puder. Esta noite limpei a casa e ela está úmida e coberta de sabão e talvez não tenha ficado mais limpa. Como é que mamãe conseguia conservá-la como fazia, você tem alguma ideia? Não parece a mesma coisa. Algo fica depositado na casa. Não sei o que é, mas não dá para retirar com o esfregão. Mas consegui espalhar a sujeira mais por igual, de qualquer maneira. Há! Há!

"Papai lhe escreveu alguma coisa sobre a sua viagem? Foi direto até São Francisco para um acampamento do Grande Exército. O secretário da Guerra vai estar lá e papai deverá fazer a sua apresentação. Mas isso é apenas uma ninharia para papai. Já se encontrou com o presidente três, quatro vezes, foi até cear na Casa Branca. Eu gostaria de conhecer a Casa Branca. Talvez você e eu pudéssemos ir juntos quando voltar para casa. Papai podia nos levar lá por alguns dias e ele gostaria de estar com você de qualquer maneira.

"Acho melhor eu procurar uma boa esposa. Esta é uma boa fazenda e, ainda que eu não seja grande coisa, existem garotas que não encontrariam nada melhor do que esta fazenda. O que você acha? Não disse se vem morar em casa quando sair do Exército. Espero que sim. Sinto falta de você."

A carta parava aqui. Havia um rabisco na página e um borrão de tinta e depois ela continuava a lápis, mas a letra era diferente.

O trecho a lápis dizia: "Mais tarde. Bem, exatamente aqui a caneta teve problemas. A pena quebrou. Vou ter de comprar outra pena no vilarejo, esta está toda enferrujada."

As palavras começaram a correr mais suavemente. "Acho que eu devia esperar uma nova pena e não escrever a lápis. Só que eu estava sentado aqui na cozinha com o lampião aceso e acho que comecei a pensar e de repente já era tarde — depois da meia-noite, eu acho, mas não cheguei a olhar. O velho Black Joe começou a cocoricar no galinheiro. E então a cadeira de balanço da mãe rangeu como se ela estivesse sentada nela. Sabe que não acredito nessas coisas, mas fiquei perturbado, você sabe como isso acontece às vezes. Acho que vou rasgar esta carta, porque não vale a pena escrever coisas como essas."

As palavras começavam a correr agora, como se não estivessem saindo suficientemente rápidas. "Se vou jogar fora, tanto faz se a continuo", a carta dizia. "É como se a casa inteira estivesse viva e possuísse olhos por toda parte e houvesse pessoas por trás da porta prontas para entrar se você olhasse para o outro lado. Isso me deixa arrepiado. Quero dizer — quero dizer — isto é, eu nunca entendi — bem, por que nosso pai fez aquilo. Por que ele não gostou daquele canivete que comprei para ele no seu aniversário. Por que não gostou? Era um bom canivete e ele precisava de um bom canivete. Se o tivesse usado ou até mesmo afiado, ou tirasse do bolso e olhasse para ele — era tudo o que precisava fazer. Se ele tivesse gostado do canivete, eu não teria brigado com você. Eu tive de brigar com você. Parece que a cadeira da minha mãe está balançando um pouco. É só a luz. Não estou ligando para isso. Parece que tem uma coisa que não foi acabada. Como quando a gente deixa um trabalho pela metade e não pode saber o que era. Algo deixou de ser feito. Eu não devia estar aqui. Eu devia estar rodando pelo mundo em vez de sentado aqui numa boa fazenda à procura de uma esposa. Tem alguma coisa errada, como se não tivesse sido acabada, como se acontecesse rápido demais e algo ficasse de fora. Eu é que devia estar onde você está e você aqui. Nunca pensei assim antes. Talvez porque seja muito tarde, é mais tarde do que pensei. Dei uma olhada para fora e é o começo da aurora. Não creio que eu tenha adormecido. Como podia a noite passar tão rápido? Não posso ir para a cama agora. Eu não conseguiria dormir, de qualquer maneira."

A carta não estava assinada. Talvez Charles tenha se esquecido de que pretendia destruí-la e a enviou. Mas Adam guardou-a por algum tempo, e sempre que a relia ela lhe dava calafrios e ele não sabia por quê.

5

[1]

No rancho, os pequenos Hamilton começaram a crescer e havia sempre um novo a cada ano. George era um menino alto e bonito, gentil e suave, que teve desde o início um modo cortês. Mesmo pequeno era educado e, como costumavam dizer, "não criava problemas". Do pai herdou o espírito ordeiro nas roupas, nos cuidados pessoais e nos cabelos, e nunca parecia malvestido, mesmo quando estava. George era um menino sem pecado e cresceu para se tornar um homem sem pecado. Nenhuma falta cometida jamais lhe era atribuída e seus crimes de omissão não passavam de pequenos delitos. Na meia-idade, na época em que se fica sabendo dessas coisas, descobriu-se que tinha anemia perniciosa. É possível que a sua virtude se alimentasse de uma falta de energia.

Depois de George, veio Will, atarracado e impassível. Will tinha pouca imaginação, mas muita energia. Desde a infância dava duro, se alguém lhe indicasse um trabalho, e assim que recebia as ordens era infatigável. Era conservador, não só na política, mas em tudo. As ideias que achava revolucionárias, ele as evitava com desconfiança e repulsa. Will gostava de viver de um jeito que ninguém encontrasse faltas nele e, para fazê-lo, tinha de viver igual às outras pessoas o máximo possível.

Talvez seu pai tivesse algo a ver com a aversão de Will por mudanças. Quando menino, o pai ainda não morava o tempo suficiente no vale do Salinas para ser considerado um "veterano". Era, na verdade, um estrangeiro e um irlandês. Na época, os irlandeses eram muito malvistos na América. Eram encarados com desprezo, particularmente na Costa Leste, mas um pouco deste sentimento vazou também para o Oeste. E Samuel não só era inconstante, como era um homem de ideias e inovações. Em pequenas comunidades isoladas um homem destes é sempre olhado com desconfiança até que tenha provado que não oferece nenhum perigo aos outros. Um homem inteligente como Samuel podia, e pode, causar muitos problemas. Poderia, por exemplo, parecer muito atraente às esposas de homens que sabiam serem tediosos. Havia ainda a sua educação e as suas leituras, os livros que comprava e pegava emprestado, seu conhecimento de coisas que não podiam ser comidas, vestidas, ou coabitadas, seu interesse por poesia e seu respeito pelos bons textos. Se Samuel fosse rico como os Thorne ou os Delmar, com suas grandes casas e vastas terras na planície, ele teria uma grande biblioteca.

Os Delmar tinham uma biblioteca — abarrotada de livros e forrada de carvalho. Samuel, por empréstimo, lera muito mais livros deles do que os próprios Delmar. Naqueles tempos um homem rico e culto era aceitável. Podia mandar os filhos para a universidade sem suscitar comentários, podia usar um colete, camisa branca e gravata de dia durante a semana, podia usar luvas e manter suas unhas limpas. E como a vida e os costumes dos ricos eram misteriosos, quem sabe o que eles podiam ou não usar? Mas um homem pobre — que necessidade ele tinha de poesia, de pintura ou de música que não fosse para cantar ou dançar? Tais coisas não o ajudariam a garantir uma colheita ou a ter um pedaço de pano para vestir os filhos. E se, apesar disso, ele insistisse, talvez tivesse razões que não resistiriam a um exame mais sério.

Vejam Samuel, por exemplo. Fazia desenhos dos trabalhos que pretendia executar em ferro ou madeira. O que era bom e compreensível, até mesmo invejável. Mas nas margens das plantas ele fazia outros desenhos, às vezes de árvores, às vezes de rostos ou de animais ou de percevejos, outras vezes de figuras que não se podia perceber muito bem. E isso fazia os homens sorrirem inquietos e constrangidos. Além disso, nunca se sabia de antemão o que Samuel iria pensar, dizer ou fazer — podia ser qualquer coisa.

Nos primeiros anos depois da chegada de Samuel ao vale do Salinas houve uma vaga desconfiança em relação a ele. E talvez Will ainda criança ouvisse comentários no armazém de San Lucas. Os filhos pequenos não querem que seus pais sejam diferentes dos outros homens. Mais tarde, quando os outros filhos nasceram e cresceram, Samuel já pertencia ao vale, que se orgulhava dele como o dono de um faisão se orgulha da sua ave. Não o receavam mais, pois ele não seduzira suas esposas nem as resgatara da sua doce mediocridade. O vale do Salinas se afeiçoou a Samuel, mas àquela altura Will já estava formado.

Certos indivíduos, nem sempre merecedores, são realmente adorados pelos deuses. As coisas lhes vêm sem que se esforcem ou planejem. Will

Hamilton era um destes. E as dádivas que recebeu eram daquelas que podia apreciar. Ainda menino em fase de crescimento, Will teve sorte. Assim como seu pai não conseguia ganhar dinheiro, Will não conseguia deixar de ganhá-lo. Quando Will Hamilton criou galinhas e elas começaram a pôr, o preço dos ovos subiu. Na juventude, quando dois de seus amigos que tinham um pequeno armazém chegaram à beira de uma melancólica falência, pediram a Will que lhes emprestasse algum dinheiro para saldar as dívidas mais urgentes e lhe dariam uma participação de um terço no negócio a troco de quase nada. Will não foi sovina. Deu-lhes o que pediram. A loja se recuperou em menos de um ano, expandindo-se numa segunda e estendendo seus ramos para uma terceira, e suas descendentes formaram um grande sistema mercantil que hoje domina boa parte da região.

Will também assumiu o controle de uma loja de bicicletas e ferramentas em função de uma dívida não paga. Depois alguns ricos do vale compraram automóveis e seu mecânico cuidava deles. Ele foi pressionado por um certo poeta cujos sonhos eram de latão, ferro fundido e borracha. O nome deste homem era Henry Ford e seus planos eram ridículos, quando não ilegais. Will relutantemente aceitou a metade sul do vale como sua área exclusiva e dali a quinze anos o vale estava repleto de Fords e Will era um homem rico dirigindo um Marmon.

Tom, o terceiro filho, era mais como o pai. Nasceu como uma fúria e viveu como um relâmpago. Tom entrou de cabeça na vida. Era um gigante de alegria e entusiasmo. Não descobria o mundo e as pessoas, ele os criava. Quando lia os livros do pai, era o primeiro. Vivia num mundo brilhante e fresco e tão pouco fiscalizado como o Éden no sexto dia. Sua mente mergulhava como um potro num pasto feliz, e quando mais tarde o mundo ergueu cercas ele mergulhou contra o arame farpado, e quando a estacada final o cercou ele mergulhou contra ela, rompeu-a e saiu. Assim como era capaz de uma alegria gigantesca, também podia nutrir uma tristeza imensa, e quando seu cão morreu o mundo acabou.

Tom era tão inventivo quanto o pai, porém mais arrojado. Tentava coisas que o pai não ousaria tentar. Havia também uma grande luxúria a lhe fincar as esporas nos flancos e isso Samuel não tinha. Talvez fosse a sua necessidade sexual compulsiva que o fez ficar solteiro. Tinha nascido numa família muito moral. Podia ser que seus sonhos e anseios, assim como os seus escapes, o fizessem sentir-se indigno e o levassem às vezes a se refugiar lamentoso nas montanhas. Tom era uma bela mistura de selvageria e gentileza. Trabalhava inumanamente, apenas para afogar no esforço seus impulsos esmagadores.

Os irlandeses possuem uma qualidade desesperadora de alegria, mas têm também um espectro melancólico e taciturno que cavalga em seus ombros e espiona seus pensamentos. Basta rirem alto demais e ele enfia um longo dedo dentro de suas goelas. Eles se condenam antes de serem acusados e isso os torna sempre defensivos.

Quando Tom tinha nove anos de idade, ele se preocupava porque sua bonita irmãzinha Mollie tinha dificuldade de falar. Pediu-lhe que abrisse bem a boca e viu que uma membrana debaixo da língua causava o problema. "Posso consertar isso", disse ele. Levou-a a um lugar secreto longe da casa, afiou seu canivete numa pedra e cortou o ofensor que travava a fala. Saiu então a correr e vomitou.

A casa dos Hamilton crescia à medida que a família crescia. Fora projetada para ficar inacabada, de modo que os anexos brotavam sempre que necessários. O aposento original e a cozinha logo desapareceram em meio a uma quantidade de anexos.

Enquanto isso, Samuel não conseguia enriquecer. Criou um péssimo hábito de patentes, uma doença da qual muitos homens sofrem. Inventou uma peça de debulhadora, melhor, mais barata e mais eficiente do que qualquer outra em existência. O advogado de patentes comeu o seu pequeno lucro do ano. Samuel enviou seus modelos para um fabricante, que prontamente rejeitou as plantas e usou o método. Os anos seguintes foram magros por causa dos gastos com o processo, e a drenagem só cessou quando ele perdeu a causa. Foi sua primeira experiência aguda de que sem capital não se pode combater o capital. Mas ele pegara a febre da patente e, ano após ano, o dinheiro ganho debulhando e trabalhando como ferreiro era esvaziado em patentes. Os filhos dos Hamilton andavam descalços, seus macacões eram remendados e a comida às vezes era escassa, para pagar as caprichadas plantas com engrenagens, planos e elevações.

Alguns homens sonham com coisas grandiosas, outros com coisas pequenas. Samuel e seus filhos Tom e Joe tinham sonhos grandiosos e George e Will, sonhos pequenos. Joseph foi o quarto filho — uma espécie de menino distraído, muito amado e protegido por toda a família. Ele aprendeu desde cedo que um desamparo sorridente era a sua melhor proteção contra o trabalho. Seus irmãos eram trabalhadores e davam duro, todos eles. Era mais fácil fazer o trabalho de Joe do que obrigá-lo a fazer por si mesmo.

Sua mãe e seu pai o consideravam um poeta porque não era capaz de fazer nenhuma outra coisa. E de tal maneira inculcaram a ideia nele que começou a escrever versos fáceis para provar isso. Joe era fisicamente preguiçoso e talvez mentalmente preguiçoso também. Passava a vida sonhando acordado e sua mãe o amava mais do que os outros porque o achava indefeso. Na verdade, era o menos indefeso, porque conseguia exatamente o que queria com um mínimo de esforço. Joe era o queridinho da família.

Nos tempos feudais, uma inépcia para a espada e a lança encaminhava um jovem à Igreja: na família Hamilton a incapacidade de Joe de funcionar adequadamente na fazenda ou na forja o encaminhou para uma educação superior. Não era doente, nem fraco, mas não dava para nenhum trabalho; montava mal e detestava cavalos. A família inteira ria afetuosamente quando lembrava de Joe tentando aprender a arar; seu primeiro sulco tortuoso serpenteava como um rio de planície e o segundo tocava no primeiro uma só vez e depois o atravessava para se perder a distância.

Gradualmente ele se fez reprovar em toda tarefa da fazenda. Sua mãe explicava que sua cabeça estava nas nuvens, como se isso fosse alguma virtude singular.

Quando Joe fracassou em cada atividade, seu pai, em desespero, o colocou para pastorear sessenta ovelhas. Era a tarefa menos difícil de todas e a única que classicamente não exigia nenhuma habilidade. Tudo o que ele tinha a fazer era ficar com as ovelhas. E Joe as perdeu — perdeu sessenta ovelhas e não conseguiu encontrá-las onde haviam se amontoado na sombra de uma ravina seca. Segundo a crônica familiar, Samuel convocou a todos, filhos e filhas, e pediu que prometessem cuidar de Joe depois que ele se fosse, pois, se não o fizessem, Joe certamente morreria de fome.

Entremeadas com os meninos Hamilton, havia cinco filhas: Una, a mais velha, uma garota soturna, pensativa e estudiosa; Lizzie — acho que ela devia ser a mais velha, pois fora batizada em homenagem à mãe — não sei muito a respeito de Lizzie. Parece que muito cedo passou a sentir vergonha da família. Casou-se ainda jovem e foi embora e depois só era vista nos enterros. Lizzie tinha uma capacidade para o ódio e a amargura únicos entre os Hamilton. Teve um filho e, quando ele cresceu e se casou com uma moça de que Lizzie não gostava, ficou sem falar com ele por muitos anos.

Depois havia Dessie, cuja risada era tão constante que todo mundo perto dela se sentia feliz de estar ali porque era mais divertido estar com ela do que com qualquer outra pessoa.

A irmã seguinte era Olive, minha mãe. E finalmente vinha Mollie, que era uma pequena formosura com adoráveis cabelos louros e olhos violeta.

Estes eram os Hamilton e foi quase um milagre como Liza, irlandesa pequena e esquelética, os produzira ano após ano e os alimentara, assara o pão, costurara suas roupas e os vestira também com boas maneiras e uma moral de ferro.

É espantoso como Liza marcou o caráter dos filhos. Era completamente destituída de experiência do mundo, não havia lido nada e, excetuando a longa travessia que fizera da Irlanda para a América, nunca viajara. Não tinha experiência com os homens, exceto o marido, e isso ela considerava um dever cansativo e às vezes doloroso. Uma boa parte de sua vida fora absorvida em parir e criar os filhos. Sua única referência intelectual era a Bíblia, e a conversa de Samuel e de seus filhos, mas ela não os escutava. Naquele único livro ela encontrava sua história e sua poesia, seus conhecimentos das pessoas e das coisas, sua ética, sua moral e sua salvação. Nunca estudou a Bíblia ou a analisou; ela simplesmente a lia. As muitas passagens onde parece refutar a si mesma não a confundiam nem um pouco. E finalmente chegou a um ponto em que a conhecia tão bem que a continuava lendo sem ouvir.

Liza gozava do respeito universal porque era uma boa mulher e havia criado bons filhos. Podia andar de cabeça erguida em qualquer lugar. Seu marido, seus filhos e seus netos a respeitavam. Existia uma força pétrea nela, sem qualquer concessão, uma retidão diante de todo o erro, que levava todos a sentirem uma espécie de admiração por Liza, mas nenhum calor humano.

Liza detestava bebidas alcoólicas com um zelo ferrenho. Considerava beber álcool sob qualquer forma um ultraje a uma divindade. Não só não tocava em bebida ela mesma, como resistia a que outros a desfrutassem. O resultado natural foi que seu marido Samuel e todos os seus filhos tinham um amor intenso por bebida.

Certa vez, quando estava muito doente, Samuel perguntou:

— Liza, eu poderia tomar um copo de uísque para me tranquilizar?

Ela empinou seu queixo pequeno e severo.

— Gostaria de se apresentar ao trono de Deus com bafo de bebida? Certamente que não! — disse ela.

Samuel rolou para o lado e prosseguiu a sua doença sem se tranquilizar.

Quando Liza estava com quase setenta anos, sua evacuação ficou mais lenta e o médico lhe receitou uma colher de sopa de vinho do Porto como medicamento. Ela forçou a primeira colherada, fazendo uma careta, mas não era tão ruim. E a partir daquele momento nunca mais teve um hálito completamente sóbrio. Tomava sempre o vinho na colher de sopa, era sempre remédio, mas depois de um tempo estava consumindo quase um litro por dia e se tornou uma mulher muito mais relaxada e feliz.

Samuel e Liza criaram todos os seus filhos e os conduziram à vida adulta antes da virada do século. Era todo um bando de Hamiltons crescendo no rancho a leste de King City. E tornaram-se crianças, depois rapazes e moças americanos. Samuel nunca voltou à Irlanda e aos poucos esqueceu-se dela por completo. Era um homem ocupado. Não tinha tempo para nostalgia. O vale do Salinas era o seu mundo. Uma viagem até Salinas cem quilômetros ao norte na cabeça do vale era acontecimento suficiente por um ano, e o trabalho incessante no rancho, os cuidados, a alimentação e o guarda-roupa de sua abundante família tomavam a maior parte do seu tempo — mas não todo. Sua energia era enorme.

Sua filha Una tornou-se uma estudante aplicada, tensa e sisuda. Orgulhava-se de sua mente inquieta e exploradora. Olive preparava-se para prestar exames no condado, depois de uma temporada na escola secundária de Salinas. Olive ia ser professora, uma honra como a de ter um padre na família na Irlanda. Joe ia ser mandado para a universidade porque não prestava para mais nada. Will estava bem encaminhado para a fortuna acidental. Tom se machucava no mundo e lambia suas feridas. Dessie estudava costura e Mollie, a bonita Molly, obviamente se casaria com um homem próspero.

Não havia questão de herança. Embora o rancho na encosta fosse grande, era terrivelmente pobre. Samuel furava poço após poço e não conseguia encontrar água em sua própria terra. Aquilo teria feito a diferença. A água os teria tornado comparativamente ricos. Um solitário cano de água bombeada do fundo da terra próximo da casa era a única fonte; às vezes ficava perigosamente baixa e por duas vezes secou. O gado tinha de vir da divisa do rancho para beber água e depois voltar para pastar.

No todo, era uma boa e sólida família plantada permanentemente e com sucesso no vale do Salinas, não mais pobre do que muitas e não mais rica do que muitas também. Era uma família bem equilibrada, com seus conservadores e seus radicais, seus sonhadores e seus realistas. Samuel estava bastante satisfeito com os frutos do seu casamento.

6

[1]

Depois que Adam entrou para o Exército e Cyrus se mudou para Washington, Charles passou a viver sozinho na fazenda. Alardeava que ia arranjar uma esposa, mas não recorria ao costumeiro processo de conhecer garotas, levá-las a bailes, verificar suas virtudes, ou a ausência delas, e finalmente deslizar docilmente para o casamento. A verdade da história é que Charles tinha uma timidez abissal diante de garotas. E como a maioria dos homens acanhados, satisfazia suas necessidades normais no anonimato da prostituta. Existe uma grande segurança para um homem tímido junto a uma prostituta. Tendo sido paga, e adiantadamente, ela se tornava uma mercadoria, e um homem tímido pode ser alegre ou até mesmo brutal com ela. Também, não há nada do horror da possível rejeição que mexe com as entranhas dos homens tímidos.

O arranjo era simples e relativamente secreto. O proprietário da estalagem mantinha três quartos no andar superior destinados a ocupação provisória e que ele alugava para garotas por períodos de duas semanas. No final das duas semanas, um novo grupo de garotas entrava em cena. O sr. Hallam, o estalajadeiro, não participava do arranjo. Podia quase dizer sem mentir que nada sabia a respeito. Simplesmente cobrava cinco vezes mais que o preço normal por seus três quartos. As garotas eram escolhidas, alcovitadas, remanejadas, disciplinadas e roubadas por um cafetão chamado Edwards, que morava em Boston. Suas meninas percorriam um lento circuito entre as cidadezinhas e nunca ficavam mais do que duas semanas na mesma localidade. Era um sistema extremamente funcional. Uma garota não ficava na cidade tempo suficiente para ser notada pelos cidadãos ou pelo xerife. Passavam a maior parte do tempo no seu quarto e evitavam locais públicos. Eram proibidas, sob pena de levarem uma surra, de beber, fazer arruaça ou se apaixonar por alguém. As refeições eram servidas em seus quartos e os clientes cuidadosamente selecionados. Nenhum bêbado tinha permissão para subir aos seus quartos. De seis em seis meses cada garota ganhava um mês de férias para se embriagar e se divertir à vontade. No trabalho, bastava uma garota desobedecer às regras que o sr. Edwards em pessoa a deixava nua, amordaçava e açoitava com um chicote de cavalo até quase a matar. Se a faltosa reincidisse, acabava na cadeia, acusada de vadiagem e prostituição pública.

As temporadas de duas semanas tinham outra vantagem. Muitas das garotas estavam doentes, e uma garota quase sempre já tinha deixado a cidade quando o seu mimo incubado finalmente aparecia num cliente. Não havia em quem descarregar a raiva. O sr. Hallam nada sabia e o sr. Edwards nunca aparecia publicamente em seu escritório comercial. Sabia muito bem como tocar o seu circuito. As garotas eram todas muito parecidas — grandes, saudáveis, preguiçosas e burras. Um homem mal podia dizer que houvera uma mudança. Charles Trask se habituou a frequentar a estalagem pelo menos uma vez a cada duas semanas, esgueirar-se até o andar superior, resolver rapidamente o que tinha a fazer, e voltar ao bar para ficar moderadamente embriagado.

A casa dos Trask nunca fora alegre, mas, habitada apenas por Charles, assumiu um ar de decadência sombrio e espectral. As cortinas de renda ficaram acinzentadas, os assoalhos, embora varridos, tornaram-se pegajosos e úmidos. A cozinha estava laqueada — paredes, janelas e teto — com gordura das frigideiras.

A constante esfregação das esposas que tinham morado ali e a faxina geral duas vezes ao ano mantiveram longe a sujeira. Charles raramente fazia mais do que varrer. Desistiu dos lençóis na cama e dormia entre cobertores. De que adiantava limpar a casa quando não havia ninguém para vê-la? Somente nas noites em que ia à estalagem tomava banho e colocava roupas limpas.

Charles era dominado por uma inquietação que o fazia sair de casa ao amanhecer. Trabalhava intensamente na fazenda porque era solitário. Voltando do trabalho, empanturrava-se de frituras, ia para a cama e dormia em consequência do torpor.

Seu rosto sombrio assumiu a gravidade inexpressiva de um homem que está quase sempre sozinho. Sentia falta do irmão mais do que da mãe e do pai. Lembrava-se sem muita exatidão dos tempos antes de Adam ir embora como os tempos felizes e queria que voltassem.

Durante aqueles anos nunca ficou doente, exceto pela indigestão crônica que era universal, e ainda é, em homens que vivem sozinhos, cozinham para si mesmos e comem na solidão. Para isso ele tomava um poderoso purgante chamado Elixir da Vida do Padre George.

Um acidente lhe aconteceu no terceiro ano que passou sozinho. Arrancava pedras do solo e as puxava num trenó até o muro de pedra. Uma rocha maior e arredondada estava mais difícil de remover. Charles a forçava com uma barra de ferro comprida e a pedra se mexia, mas acabava voltando sempre para o seu leito. Subitamente, ele perdeu a paciência. O pequeno sorriso mau voltou ao seu rosto e ele lutou contra a pedra como se fosse um homem, em fúria silenciosa. Enfiou a barra bem fundo por baixo da pedra e jogou todo o seu peso sobre ela. A barra escorregou e sua extremidade superior bateu contra sua testa. Por alguns momentos, ficou caído inconsciente no campo e depois rolou para o lado e cambaleou, meio cego, até a casa. Havia um corte longo e fundo na testa que ia da linha dos cabelos até um ponto entre as sobrancelhas. Durante algumas semanas usou uma atadura na cabeça para proteger uma infecção purulenta, mas aquilo não o preocupou. Naquela época, o pus era considerado benigno, uma prova de que um ferimento cicatrizava adequadamente. Quando a ferida finalmente sarou, deixou uma cicatriz longa e pregueada e, embora a maioria das cicatrizes tenha o tecido mais claro do que a pele ao seu redor, a de Charles ficou marrom-escura. Talvez a barra de ferro tivesse deixado ferrugem debaixo da pele, fazendo assim uma espécie de tatuagem.

O ferimento não havia preocupado Charles, mas a cicatriz sim. Parecia uma longa marca de dedo traçada na sua testa. Ele a inspecionava com frequência no pequeno espelho ao lado do fogão. Penteava os cabelos para a frente sobre a testa para esconder o máximo dela que podia. Acabou criando vergonha de sua cicatriz; odiava sua cicatriz. Ficava inquieto quando alguém olhava para ela e tomado de fúria se alguém lhe perguntasse algo a respeito. Numa carta ao irmão, descreveu seu sentimento em relação a ela.

"Parece", escreveu, "que alguém me marcou como uma vaca. A maldita está ficando cada vez mais escura. Quando você chegar em casa talvez esteja preta. Tudo o que preciso é outra igual atravessada e ficaria parecendo um católico na Quarta-feira de Cinzas. Não sei por que ela me incomoda. Tenho muitas outras cicatrizes. É que parece que fui marcado. E quando vou à cidade, à estalagem, por exemplo, as pessoas olham sempre para ela. Posso ouvi-las comentando quando acham que não consigo escutar. Não sei por que são tão curiosas a respeito. Acaba que não me dá mais vontade de ir à cidade".

[2]

Adam foi dispensado em 1885 e começou a longa jornada de volta para casa. Na aparência havia mudado pouco. Não tinha porte militar. Na cavalaria as coisas não eram assim. Na verdade, algumas unidades se orgulhavam de manter uma postura desleixada.

Adam sentia-se como um sonâmbulo. É difícil deixar qualquer vida profundamente marcada pela rotina, mesmo se você a odeia. De manhã ele acordava em um segundo e ficava deitado à espera do toque de alvorada. Suas panturrilhas sentiam falta das perneiras, e o pescoço parecia nu sem o colarinho apertado. Chegou a Chicago e lá, sem motivo algum, alugou um quarto mobiliado por uma semana, ficou nele dois dias, foi até Buffalo, mudou de ideia e seguiu para as cataratas do Niágara. Não queria voltar para casa e protelou o regresso tanto quanto possível. O lar não era um lugar agradável na sua lembrança. Os sentimentos que tivera lá estavam mortos nele e relutava em trazê-los à vida. Observou as cataratas hora após hora. Seu bramido o atordoava e hipnotizava.

Certa noite, sentiu um anseio terrível pela proximidade dos homens no quartel e nas barracas. Seu impulso foi correr para uma multidão em busca de calor humano, qualquer multidão. O primeiro lugar público cheio de gente que encontrou foi um pequeno bar, apinhado e fumacento. Suspirou de prazer e quase se aninhou na massa humana como um gato se aninha numa pilha de lenha. Pediu uísque, bebeu e se sentiu quente e bem. Ele nada via ou ouvia. Simplesmente absorvia o contato.

À medida que ficou tarde e os homens começaram a ir embora, teve medo do momento em que precisaria ir para casa. Logo estava sozinho com o balconista, que esfregava sem parar o mogno do balcão e tentava com seus olhos e suas maneiras fazer com que Adam fosse embora.

— Vou tomar mais um — disse Adam.

O homem tirou a garrafa. Adam o notou pela primeira vez. Tinha uma marca cor de morango na testa.

— Sou novo por aqui — disse Adam.

— É o que mais temos nas cataratas — disse o homem.

— Estive no Exército. Na cavalaria.

— Verdade?

Adam sentiu subitamente que tinha de impressionar o homem, tinha de prender sua atenção de algum modo.

— Lutando contra os índios — disse. — Tive momentos inesquecíveis.

O homem não respondeu.

— Meu irmão tem uma marca na cabeça.

O balconista tocou o sinal cor de morango com os dedos.

— É de nascença — disse. — Fica maior a cada ano. Seu irmão tem um?

— O dele foi um corte. Escreveu-me a respeito.

— Notou que este meu sinal se parece com um gato?

— Parece mesmo.

— É o meu apelido, Gato. Eu o tive a vida inteira. Dizem que minha velha deve ter sido assustada por um gato quando estava me parindo.

— Estou voltando para casa. Passei muito tempo fora. Não quer aceitar um drinque?

— Obrigado. Onde está hospedado?

— Na pensão da sra. May.

— Eu a conheço. Dizem que ela te enche de sopa para que você não possa comer muita carne.

— Acho que cada negócio tem os seus truques — disse Adam.

— Acho que é verdade. Existem muitos no meu.

— Acredito nisso — concordou Adam.

— Mas o truque de que preciso eu não tenho. Queria muito conhecer este.

— E qual seria o truque?

— Como fazer com que você vá para casa e me deixe fechar esta espelunca.

Adam olhou para ele longamente sem falar.

— É uma brincadeira — falou o homem, apreensivo.

— Acho que vou para casa de manhã — disse Adam. — Quero dizer, minha verdadeira casa.

— Boa sorte.

Adam caminhou através da cidade escura, apressando o passo como se sua solidão fungasse atrás de si. Os degraus curvados da frente de sua pensão rangeram um aviso quando subiu por eles. O vestíbulo estava iluminado por um pingo de luz de um lampião de azeite com a chama tão baixa que parecia prestes a se apagar.

A dona da pensão estava parada diante de sua porta aberta e seu nariz projetava uma sombra na ponta do queixo. Seus olhos frios seguiram Adam como os olhos de um retrato e ela ouviu com o nariz o uísque que o cercava.

— Boa noite — disse Adam.

Ela não respondeu.

No alto do primeiro lance de escadas ele olhou para trás. A cabeça dela estava erguida e agora o queixo é que lançava uma sombra sobre o pescoço e seus olhos não tinham pupilas.

Seu quarto cheirava a poeira que umedecera e secara muitas vezes. Pegou um fósforo da caixa de madeira e o riscou num dos lados. Acendeu o toco de vela num castiçal laqueado e olhou para a cama — invertebrada como uma rede e coberta com uma colcha de retalhos suja, o estofo de algodão saindo pelas bordas.

Os degraus do alpendre se queixaram de novo e Adam sabia que a mulher estaria de novo plantada diante da porta pronta para aspergir hostilidade sobre o recém-chegado.

Adam sentou-se numa cadeira reta, colocou os ombros nos joelhos e apoiou o queixo nas mãos. Um inquilino no final do corredor começou uma tosse incessante contra a noite.

E Adam soube que não podia voltar para casa. Ouvira velhos soldados contarem que fizeram o que ele ia fazer.

"Eu simplesmente não podia suportar aquilo. Não tinha para onde ir. Não conhecia ninguém. Vagueava pelas ruas e logo entrei em pânico como uma criança e a primeira coisa que fiz foi implorar ao sargento para me aceitar de volta — como se estivesse me fazendo um favor."

De volta a Chicago, Adam realistou-se e pediu para ser lotado no seu antigo regimento. No trem a caminho do Oeste, os homens do seu esquadrão pareciam muito amistosos e cordiais.

Enquanto esperava a troca de trens em Kansas City, ouviu chamarem seu nome e uma mensagem foi enfiada em sua mão — ordens para se apresentar em Washington no gabinete do secretário da Guerra. Adam em seus cinco anos tinha absorvido, mais do que aprendido, a nunca pensar demais sobre uma ordem. Para os soldados regulares, os altaneiros e distantes deuses em Washington eram malucos e se um soldado quisesse manter sua sanidade mental deveria pensar o menos possível em generais.

No devido tempo, Adam deu o seu nome a um funcionário e foi sentar-se na antessala. Seu pai o encontrou ali. Adam levou um certo tempo para reconhecer Cyrus, e mais tempo ainda para se acostumar a ele. Cyrus havia se tornado um grande homem. Vestia-se como um grande homem — casaco e calças pretos de casimira fina, um chapéu largo também preto, sobretudo com gola de veludo, bengala de ébano que ele fazia parecer uma espada. E Cyrus portava-se como um grande homem. Sua fala era lenta e suave, compassada e contida, seus gestos largos, e dentes novos lhe davam um sorriso vulpino fora de toda proporção com a sua emoção.

Depois que Adam percebeu que aquele era o seu pai, ainda continuou intrigado. Subitamente olhou para baixo — nenhuma perna de pau. A perna era reta, dobrada no joelho, e o pé estava calçado numa botina de pelica com elástico lateral. Quando ele andava havia um coxeio, mas não o batuque típico da perna de pau.

Cyrus percebeu o olhar.

— Perna mecânica — disse ele. — Funciona com uma dobradiça. Tem uma mola. Não chego sequer a mancar quando me concentro. Vou mostrar-lhe quando a tirar. Venha comigo.

Adam disse:

— Estou cumprindo ordens, senhor. Devo apresentar-me ao coronel Wells.

— Eu sei disso. Fui eu que mandei Wells despachar as ordens. Vamos andando.

Adam disse inquietamente:

— Se não objetar, senhor, acho melhor eu me apresentar ao coronel Wells.

Seu pai mudou de tom.

— Eu o estava testando — falou, magnânimo. — Queria ver se o Exército tem alguma disciplina no dia de hoje. Muito bem, rapaz. Eu sabia que faria bem a você. Você é um homem e um soldado, meu rapaz.

— Estou cumprindo ordens, senhor — disse Adam. Aquele homem era um estranho para ele. Adam sentiu uma leve repulsa. Algo não era verdadeiro ali. E a rapidez com que as portas se abriram para o coronel, o respeito obsequioso daquele oficial, as palavras "O secretário o receberá agora, senhor" não removeram a sensação de Adam.

— Este é o meu filho, um soldado raso, senhor secretário. Exatamente como eu, um soldado raso do Exército dos Estados Unidos.

— Dei baixa como cabo, senhor — disse Adam. Ele mal ouvira a troca de cumprimentos. Estava pensando. Este é o secretário da Guerra. Não consegue ver que meu pai não é assim? Ele está só fazendo teatro. O que foi que aconteceu com ele? É estranho que o secretário não consiga perceber.

Caminharam até o pequeno hotel onde Cyrus morava e no caminho Cyrus mostrou os pontos turísticos, os edifícios, os locais históricos, expansivo como um palestrante.

— Moro num hotel — disse. — Pensei em ter uma casa, mas viajo tanto que não valeria a pena. Estou percorrendo o país quase que o tempo todo.

O funcionário do hotel também não conseguia notar nada. Fez uma mesura para Cyrus, chamou-o de "senador" e indicou que daria um quarto a Adam ainda que fosse preciso botar alguém na rua.

— Mande uma garrafa de uísque para o meu quarto, por favor.

— Posso mandar um pouco de gelo picado se quiser.

— Gelo! — disse Cyrus. — Meu filho é um soldado. — Bateu com a bengala na perna que emitiu um som oco. — Já fui soldado, soldado raso. Para que precisaríamos de gelo?

Adam ficou espantado com os aposentos de Cyrus. Tinha não só um quarto de dormir, mas uma sala de estar ao lado e o banheiro ficava junto ao quarto.

Cyrus sentou-se numa poltrona funda e suspirou. Arregaçou a perna da calça e Adam viu o aparelho de ferro, couro e madeira de lei. Cyrus afrouxou os cordões da bainha de couro que prendia a perna ao cotoco e colocou a imitação de perna ao lado da sua cadeira.

— Aperta muito às vezes — disse ele.

Sem a perna, seu pai voltou a ser o mesmo, o homem de que Adam se lembrava. Havia experimentado um início de desdém, mas agora o medo de infância, o respeito e a animosidade voltaram a ele, de modo que parecia um garotinho testando o humor imediato do pai para se ver livre de encrenca.

Cyrus fez suas preparações, bebeu seu uísque e afrouxou o colarinho. Encarou Adam.

— E então?

— Senhor?

— Por que se realistou?

— Eu... não sei, senhor. Simplesmente me deu vontade.

— Você não gosta do Exército, Adam.

— Não, senhor.

— Por que voltou?

— Eu não queria ir para casa.

Cyrus suspirou e esfregou as pontas dos dedos nos braços da poltrona.

— Vai ficar no Exército? — perguntou.

— Não sei, senhor.

— Posso colocá-lo em West Point. Tenho influência. Posso obter sua dispensa para que se matricule em West Point.

— Não quero ir para lá.

— Está me desafiando? — perguntou Cyrus calmamente.

Adam levou muito tempo para responder e sua mente procurou alguma saída antes de dizer:

— Sim, senhor.

Cyrus disse:

— Sirva-me um pouco de uísque, filho. — E, quando Adam o fez, ele continuou: — Não sei se você sabe quanta influência eu realmente tenho. Posso jogar o Grande Exército em massa a favor de qualquer candidato. Até o presidente gosta de saber o que eu penso em relação a questões públicas. Posso derrotar senadores e conseguir empregos como se apanha maçãs. Posso fazer homens e destruir homens. Sabe disso?

Adam sabia mais do que aquilo. Sabia que Cyrus estava se defendendo com ameaças.

— Sim, senhor. Ouvi falar.

— Eu podia designá-lo para Washington, designá-lo até para mim e ensinar-lhe como são as coisas por aqui.

— Eu preferiria voltar para o meu regimento, senhor.

Ele viu a sombra da perda escurecer o rosto do pai.

— Talvez eu tenha cometido um erro. Você aprendeu a resistência estúpida de um soldado. — Suspirou. — Vou dar ordens para que se apresente ao seu regimento. Você vai apodrecer no quartel.

— Obrigado, senhor.

Depois de uma pausa, Adam perguntou:

— Por que não traz Charles para cá?

— Porque eu... não, Charles fica melhor onde está. Melhor onde está.

Adam se lembrou do tom do pai e da sua aparência. E teve muito tempo para se lembrar, porque apodreceu no quartel. Lembrou que Cyrus estava sozinho e solitário — e sabia disso.

[3]

Charles ansiava pela volta de Adam depois de cinco anos. Pintou a casa e o celeiro e, quando a ocasião se aproximou, chamou uma mulher para limpar a casa, limpá-la até os ossos.

Era uma mulher velha, limpa e rigorosa. Olhou para as cortinas podres acinzentadas de poeira, jogou-as fora e fez cortinas novas. Arrancou do fogão a graxa que se acumulara desde que a mãe de Charles morrera. E eliminou das paredes o tom marrom lustroso e desagradável depositado por gordura de cozinha e querosene de lampiões. Limpou os assoalhos com lixívia, ensopou os cobertores em uma solução de soda, queixando-se o tempo todo para si mesma. "Estes homens são uns animais sujos. Até os porcos são mais limpos. Apodrecem em sua própria sujeira. Não entendo como as mulheres se casam com eles. Fedem como pústulas. Vejam só o forno — gordura do tempo de Matusalém."

Charles mudou-se para um barracão onde suas narinas não seriam assaltadas pelos cheiros imaculados mas dolorosos da lixívia, da soda, da amônia e do sabão amarelo. Ficou, porém, com a impressão de que ela não aprovava a sua maneira de cuidar da casa. Quando finalmente a mulher se foi resmungando da casa cintilante, Charles permaneceu no barracão. Queria manter a casa limpa para Adam. No barracão onde dormia ficavam as ferramentas da fazenda e o equipamento para o seu reparo e manutenção. Charles descobriu que podia preparar suas refeições fritas e cozidas mais rápida e eficientemente na forja do que no fogão da cozinha. Os foles puxavam um calor mais rápido e mais forte do carvão de coque. Não era preciso esperar que o fogão aquecesse. Ele se perguntou por que nunca pensara naquilo antes.

Charles esperou por Adam, e Adam não veio. Talvez Adam tivesse vergonha de escrever. Foi Cyrus quem contou a Charles numa carta zangada sobre o realistamento de Adam contra a sua vontade. E Cyrus indicou que, a certa altura no futuro, Charles poderia visitá-lo em Washington, mas nunca mais o convidou.

Charles voltou para a casa e viveu numa espécie de sujeira selvagem, sentindo uma satisfação em estragar o trabalho da mulher resmungona.

Levou um ano até que Adam escrevesse para Charles — uma carta noticiosa e constrangida tomando coragem para dizer: "Não sei por que me engajei de novo no Exército. Era como se outra pessoa tivesse feito aquilo. Escreva logo e me conte como vai você."

Charles só escreveu depois de receber quatro cartas ansiosas e respondeu friamente: "Eu dificilmente esperava que você voltasse", e prosseguia com um relatório detalhado sobre a fazenda e os animais.

O tempo foi exercendo os seus efeitos. Depois disso, Charles escreveu logo depois do Ano Novo e recebeu uma carta de Adam escrita logo após o Ano-Novo. Tinham se distanciado tanto que houve pouca referência mútua e nenhuma pergunta.

Charles começou a se juntar com uma sucessão de mulheres desleixadas. Quando elas lhe davam nos nervos, ele as jogava fora como se vendesse um porco. Não gostava delas e não tinha nenhum interesse de que gostassem dele. Foi se afastando do vilarejo. Seus únicos contatos eram com a estalagem e o agente do correio. O pessoal do vilarejo podia denunciar seu modo de vida, mas uma coisa ele possuía que equilibrava sua vida feia, mesmo aos olhos deles. A fazenda nunca fora tão bem administrada. Charles limpou a terra, construiu seus muros, aperfeiçoou a drenagem e acrescentou uns quarenta hectares à propriedade. Mais do que isso, começou a plantar tabaco, e um celeiro novo e comprido para o tabaco elevou-se de maneira impressionante atrás da casa. Por essas coisas ele manteve o respeito dos seus vizinhos. Um fazendeiro não pode pensar mal demais de um bom fazendeiro. Charles gastava a maior parte do seu dinheiro e toda a sua energia na fazenda.

7

[1]

Adam passou seus cinco anos seguintes fazendo as coisas que um exército usa para impedir que seus homens enlouqueçam — polimento interminável de metais e couros, parada, ordem-unida e escolta, cerimônia de clarim e bandeira, um balé de ocupações para homens que não estão fazendo nada. Em 1886, estourou a grande greve das fábricas de carne enlatada em Chicago e o regimento de Adam foi treinado, mas a greve se resolveu antes que ele fosse necessário. Em 1888, os índios Seminole, que nunca haviam assinado um tratado de paz, ficaram indóceis e agitados, e a cavalaria foi treinada de novo; mas os Seminole se retiraram para os seus charcos e ficaram quietos, e a rotina sonâmbula se instalou entre as tropas de novo.

O intervalo de tempo é uma questão estranha e contraditória na mente. Seria sensato supor que um tempo de rotina ou um tempo sem acontecimentos pareceria interminável. Deveria ser assim, mas não é. São os tempos monótonos e parados que não têm nenhuma duração. Um tempo salpicado de interesses, marcado pela tragédia, recheado de alegrias — este é o tempo que parece longo na memória. E é assim quando se pensa a respeito. A falta de acontecimentos não tem postes para marcar sua duração. Entre o nada e o nada não há tempo algum.

O segundo período de cinco anos de Adam acabou antes que ele se desse conta. Era o final de 1890 e ele foi dispensado com divisas de sargento no Presídio em São Francisco. Cartas entre Charles e Adam tinham se tornado uma grande raridade, mas Adam escreveu ao irmão pouco antes de dar baixa. "Desta vez estou indo para casa", e foi a última coisa que Charles soube dele por mais de três anos.

Adam esperou que o inverno passasse, subindo o rio lentamente até Sacramento, vagueando no vale do San Joaquin e quando a primavera chegou Adam não tinha mais nenhum dinheiro. Enrolou um cobertor e iniciou uma lenta jornada para o leste, às vezes caminhando e às vezes com grupos de homens nos tirantes debaixo de trens de carga lentos. À noite, ele acampava com vagabundos nos arredores das cidades. Aprendeu a mendigar, não por dinheiro, mas por comida. E antes que percebesse ele mesmo era um vagabundo.

Homens desse tipo são raros hoje em dia, mas nos anos 1890 havia muitos deles, homens errantes, homens solitários, que queriam as coisas daquele jeito. Alguns deles fugiam de responsabilidades e alguns se sentiam injustamente rejeitados pela sociedade. Trabalhavam um pouco, mas não por muito tempo. Roubavam um pouco, mas só comida, e de vez em quando pegavam uma roupa de um varal. Eram todo tipo de homens — homens instruídos e homens ignorantes, homens limpos e homens sujos —, mas todos eles tinham a inquietação em comum. Seguiam o calor, mas evitavam o calor excessivo e o frio excessivo. À medida que a primavera avançava, eles a acompanhavam para o leste, e a primeira geada os impelia para o oeste e o sul. Eram irmãos do coiote que, sendo selvagem, vive perto do homem e dos seus galinheiros: ficavam perto das cidades, mas não dentro delas. Associações com outros homens duravam uma semana, ou um dia, e depois cada um seguia o seu caminho.

Em torno das pequenas fogueiras onde borbulhava o ensopado comunitário, circulava todo tipo de conversa e só os assuntos pessoais não eram mencionados. Adam ouviu falar do surgimento da Central Sindical dos Trabalhadores da Indústria com seus anjos irados. Escutou discussões filosóficas, sobre metafísica, estética e experiência impessoal. Seus companheiros da noite podiam ser um assassino, um padre destituído ou que largou a batina por escolha própria, um professor que deixou um bom emprego numa faculdade enfadonha, um homem solitário perseguido pelas lembranças, um anjo caído e um diabo em treinamento, e cada um contribuía com nacos de pensamento à fogueira assim como contribuía com cenouras, batatas, cebolas e carne para o ensopado. Aprendeu a técnica de fazer a barba com caco de vidro, a estudar uma casa antes de bater para pedir um prato de comida. Aprendeu a evitar ou lidar com policiais hostis e a julgar uma mulher pelo calor do seu coração.

Adam sentia prazer em sua nova vida. Quando o outono tocou as árvores, ele havia chegado tão longe quanto a cidade de Omaha, e sem perguntas, motivo ou pensamento apressou-se a tomar o rumo do oeste e do sul, atravessou as montanhas e chegou com alívio ao sul da Califórnia. Caminhou pelo litoral da divisa norte até San Luis Obispo e aprendeu a pegar moluscos, enguias, mexilhões e percas nas poças formadas pela maré, a achar mariscos cavando em bancos de areia e a capturar coelhos nas dunas com um laço de linha de pescar. E ficava deitado na areia aquecida pelo sol contando as ondas.

A primavera o chamou de novo para o leste, porém mais lentamente do que antes. O verão estava frio nas alturas e o pessoal das montanhas foi bondoso como as pessoas solitárias costumam ser. Adam conseguiu emprego no rancho de uma viúva nos arredores de Denver e compartilhou sua mesa e cama humildemente até que a geada o impeliu de novo para o sul. Seguiu o Rio Grande passando por Albuquerque e El Paso, contornando a Grande Curva, atravessando Laredo e chegando a Brownsville. Aprendeu as palavras espanholas para comida e prazer, e aprendeu que quando as pessoas são muito pobres elas ainda têm algo para dar e o impulso de dar. Criou um amor pelos pobres que não poderia ter concebido se não fosse ele mesmo pobre. E a esta altura era um vagabundo experiente, usando a humildade como o seu princípio de ação. Ficou esguio e bronzeado do sol e podia anular sua personalidade a ponto de não provocar nenhum sentimento de raiva ou inveja. Sua voz tornara-se macia e havia combinado muitos sotaques e dialetos em sua própria fala, de modo a não parecer estrangeiro em lugar algum. Esta era a grande segurança do vagabundo, um véu protetor. Muito raramente viajava como clandestino em trens, pois havia uma hostilidade crescente contra os vagabundos, baseada na raiva violenta da Central Sindical dos Trabalhadores da Indústria e agravada pelas ferozes represálias contra eles. Adam foi detido por vadiagem. A rápida brutalidade dos policiais e dos prisioneiros o apavorou e o fez afastar-se das rodas de vagabundos. Viajava sozinho depois disso e se certificava de estar bem barbeado e limpo.

Quando a primavera voltou, partiu para o norte. Sentia que o seu tempo de descanso e paz estava terminado. Rumou ao norte em direção a Charles e às memórias evanescentes da sua infância.

Adam deslocou-se rapidamente através do interminável leste do Texas, através da Louisiana e dos extremos meridionais do Mississippi e do Alabama, até o flanco da Flórida. Sentia que precisava andar rápido. Os negros eram pobres o bastante para serem generosos, mas ele não podia confiar em nenhum branco, por mais pobre que fosse, e os brancos pobres tinham medo de forasteiros.

Perto de Tallahassee, foi detido pelos homens do xerife, julgado vadio e colocado num grupo de trabalhos forçados. Era assim que se construíam estradas. Sua sentença foi de seis meses. Foi solto e imediatamente detido para cumprir mais seis meses. E agora aprendeu como os homens podem considerar outros homens como bestas e que a melhor maneira de lidar com tais homens era agir como besta. Um rosto limpo, um rosto aberto, um olho erguido para encontrar outro olho — essas coisas chamavam atenção e isso por sua vez trazia punição. Adam pensava como um homem que se machucou enquanto fazia uma coisa feia ou brutal, e que agora precisava punir alguém por causa daquele machucado. Ser vigiado no trabalho por homens com espingardas, ser algemado pelo tornozelo e preso a uma corrente à noite eram simples questões de precaução, mas os selvagens açoites pelo menor sinal de contrariedade, pelo menor resquício de dignidade ou resistência pareciam indicar que os guardas tinham medo dos prisioneiros e Adam sabia, pelos anos passados no Exército, que um homem com medo é um animal perigoso. E Adam, como qualquer um no mundo, temia o que os açoites poderiam fazer ao seu corpo e ao seu espírito. Puxou uma cortina ao seu redor. Removeu qualquer expressão do seu rosto, luz dos seus olhos, e silenciou a sua fala. Mais tarde, não ficou tão espantado que aquilo tivesse acontecido com ele, mas que conseguisse absorver e com um mínimo de dor. Foi muito mais horrível depois do que quando estava acontecendo. É um triunfo do autocontrole ver um homem chicoteado até que os músculos das suas costas se mostrem brancos e brilhantes através dos cortes e não dar nenhum sinal de piedade, raiva ou interesse. E Adam aprendeu isso.

As pessoas são sentidas, mais do que vistas, após os primeiros momentos. Durante a sua segunda sentença nas estradas da Flórida, Adam reduziu sua personalidade ao mínimo. Não causava nenhuma agitação, não emitia nenhuma vibração, tornou-se quase tão invisível quanto é possível ser. E, quando os guardas não podiam senti-lo, não tinham medo dele. Deram-lhe tarefas de limpeza no acampamento, de distribuir o mingau para os prisioneiros, de encher os baldes de água.

Adam esperou até três dias antes da sua segunda liberação. Pouco depois do meio-dia, ele encheu os baldes de água e voltou ao riacho para pegar mais. Encheu seus baldes com pedras e os afundou, então esgueirou-se até a água e nadou um longo trecho rio abaixo, descansou, e nadou mais outro trecho. Continuou deslocando-se pela água até que ao entardecer encontrou um lugar debaixo de um barranco com arbustos para se esconder. Não saiu da água.

Mais tarde na noite ouviu os cães farejadores passarem, cobrindo ambos os lados do rio. Havia esfregado seus cabelos com folhas verdes para ocultar o odor humano. Ficou sentado na água com o nariz e os olhos alertas. De manhã os cães voltaram, desinteressados, e os homens estavam cansados demais para investigar as margens adequadamente. Quando tinham ido embora, Adam puxou um pedaço encharcado de carne de porco frita e comeu.

Havia treinado a si mesmo contra a pressa. A maioria dos homens é apanhada quando foge como um relâmpago. Adam levou cinco dias para percorrer a curta distância até a Geórgia. Não corria riscos, continha sua impaciência com um controle de ferro. Ficou espantado com a sua capacidade.

Nos arredores de Valdosta, na Geórgia, ficou escondido até bem depois da meia-noite, entrou na cidade como uma sombra, esgueirou-se para trás de um armazém barato, forçou uma janela lentamente até que os parafusos da tranca foram arrancados da madeira apodrecida. Recolocou a tranca, mas deixou a janela aberta. Tinha de trabalhar à luz do luar que mal atravessava as janelas sujas. Furtou uma calça barata, uma camisa branca, sapatos pretos, um chapéu preto e uma capa de chuva, e experimentou cada artigo para ver se lhe servia. Certificou-se de que nada parecia fora de ordem antes de saltar para fora pela janela. Tudo o que tirou foi de um estoque farto. Nem chegou a olhar para a caixa registradora. Abaixou a janela cuidadosamente e deslizou de sombra em sombra sob o luar.

Ficava escondido durante o dia e saía em busca de comida à noite — nabos, algumas espigas de milho de uma manjedoura, algumas maçãs derrubadas pelo vento. Tirou a aparência de novo dos sapatos esfregando areia neles e amarrotou a capa de chuva para lhe dar um aspecto de usada. Esperou três dias para que caísse a chuva de que ele precisava ou que, em sua cautela extremada, achava que precisava.

A chuva começou no final da tarde. Adam enroscou-se debaixo de sua capa de chuva, esperando que o escuro chegasse, e então caminhou para a cidade de Valdosta. Seu chapéu preto estava caído sobre os olhos e a capa amarela bem fechada no pescoço. Caminhou até a estação e espiou através de uma janela embaçada pela chuva. O agente da estação, com uma viseira verde e as mangas de trabalho em alpaca preta, estava inclinado para fora da bilheteria falando com um amigo. Levou vinte minutos para que o amigo fosse embora. Adam observou-o da plataforma. Respirou fundo para se acalmar e entrou na estação.

[2]

Charles recebia poucas cartas. Às vezes levava semanas sem ir à agência dos correios. Em fevereiro de 1894, quando chegou um envelope espesso de uma firma de advogados em Washington, o agente dos correios achou que devia ser importante. Foi a pé até a fazenda dos Trask, encontrou Charles rachando lenha, e entregou-lhe a carta. E como se dera todo aquele trabalho, esperou para saber o que continha a carta.

Charles o deixou esperar. Muito lentamente, leu todas as cinco páginas, voltou a lê-las, movendo os lábios de acordo com as palavras. Então dobrou a carta e se dirigiu para a casa.

O agente dos correios foi atrás dele e falou:

— Algum problema, sr. Trask?

— Meu pai morreu — disse Charles, e entrou na casa e fechou a porta.

— Foi um golpe para ele — relatou o agente dos correios na cidade. — Foi um golpe tremendo. É um homem quieto. Não fala muito.

Em casa, Charles acendeu o lampião embora ainda não estivesse escuro. Colocou a carta sobre a mesa e lavou as mãos antes de se sentar para ler de novo.

Ninguém foi capaz de lhe mandar um telegrama. Os advogados encontraram o seu endereço entre os papéis do pai. Lamentavam — ofereciam suas condolências. E estavam também muito excitados. Quando foram verificar o testamento de Trask, acharam que poderia haver algumas centenas de dólares para os filhos. Era o que ele parecia valer. Quando inspecionaram seus talões de cheque descobriram que tinha acima de noventa e três mil dólares no banco e dez mil dólares em títulos valorizados. Sentiram-se muito diferentes em relação ao sr. Trask então. Pessoas com todo aquele dinheiro eram ricas. Nunca teriam de se preocupar. Era o suficiente para começar uma dinastia. Os advogados congratularam Charles e o seu irmão Adam. Segundo o testamento, diziam, os bens deveriam ser divididos igualmente. Depois do dinheiro davam uma lista dos objetos pessoais deixados pelo falecido: cinco espadas cerimoniais presenteadas a Cyrus em várias convenções do Grande Exército da República, um martelo de juiz de madeira de oliva com uma plaqueta de ouro, um relógio-amuleto da Maçonaria com os ponteiros de diamantes, as jaquetas de ouro dos dentes que ele tirou quando colocou dentaduras, um relógio de prata, uma bengala com castão de ouro e assim por diante.

Charles leu a carta mais duas vezes e apoiou a testa na palma das mãos. Começou a pensar em Adam. Queria Adam em casa.

Charles sentia-se perplexo e entorpecido. Acendeu o fogão, botou a frigideira para esquentar e lançou nela fatias grossas de carne de porco salgada. Voltou a dar uma olhada na carta. Subitamente a pegou e colocou-a na gaveta da mesa da cozinha. Decidiu não pensar mais no assunto por um tempo.

Claro que não conseguiu pensar em outra coisa, mas era um pensamento tedioso e circular que voltava repetidamente ao ponto de partida: onde ele conseguira aquele dinheiro?

Quando dois acontecimentos têm algo em comum, em suas naturezas ou no tempo ou local, nós chegamos rapidamente à conclusão de que são similares e, a partir dessa tendência, criamos uma magia e os guardamos para contar de novo depois. Charles nunca antes na vida tivera uma carta entregue para ele na fazenda. Algumas semanas depois, um menino foi correndo até a fazenda com um telegrama. Charles sempre associou a carta e o telegrama assim como juntamos duas mortes e antecipamos uma terceira. Correu até a estação de trem do vilarejo com o telegrama na mão.

— Veja isso aqui — disse ao telegrafista.

— Eu já li.

— Já leu?

— Veio pela linha — disse o telegrafista. — Eu o botei no papel.

— Ah! Sim, por certo. "Necessidade urgente envie cem dólares pelo telégrafo. Voltando para casa. Adam."

— Veio a cobrar — disse o telegrafista. — Deve-me sessenta centavos.

— Valdosta, Geórgia, nunca ouvi falar.

— Nem eu, mas está lá.

— Diga, Carlton, como é que se telegrafa dinheiro?

— Bem, o senhor me traz cento e dois dólares e sessenta centavos e eu mando um telegrama dizendo ao telegrafista de Valdosta que pague cem dólares para Adam. Deve-me sessenta centavos, também.

— Vou pagar, mas, me diga, como posso saber que é Adam? O que vai impedir qualquer outro de pegar o dinheiro?

O telegrafista se permitiu um sorriso mundano.

— Nosso modo de operar, senhor, é o seguinte: o senhor me dá uma pergunta cuja resposta ninguém mais poderia saber. Então eu mando a pergunta e a resposta. O telegrafista faz a pergunta ao sujeito e, se ele não souber responder, não leva o dinheiro.

— Ora, isso é muito inteligente. É melhor eu pensar em algo bem bom.

— É melhor pegar os cem dólares enquanto o velho Breen ainda está com o guichê aberto.

Charles se divertiu com o jogo. Voltou com o dinheiro na mão.

— Já tenho a pergunta — disse.

— Espero que não seja o nome do meio da sua mãe. Muita gente não lembra.

— Não, nada disso. É esta: "O que foi que você deu para papai no aniversário dele pouco antes de partir para o Exército?"

— É uma boa pergunta, mas é comprida como o diabo. Não pode reduzi-la para dez palavras?

— Quem está pagando? A resposta é: "Um filhote de cachorro."

— Ninguém adivinharia isso, eu acho — disse Carlton. — Bem, é o senhor quem está pagando, não eu.

— Vai ser engraçado se ele tiver esquecido — disse Charles. — Nunca mais voltaria para casa.

[3]

Adam saiu a pé do vilarejo. A camisa estava suja e as roupas que roubara estavam amarrotadas e encardidas por ter dormido com elas durante uma semana. Entre a casa e o celeiro parou para escutar e num momento ouviu o irmão martelando alguma coisa no grande celeiro novo de tabaco.

— Ei, Charles! — gritou Adam.

As marteladas pararam e houve um silêncio. Adam sentiu como se o irmão o estivesse inspecionando através das frestas do celeiro. Então Charles saiu rapidamente, correu até Adam e apertou sua mão.

— Como vai você?

— Estou ótimo — disse Adam.

— Meu Deus, como está magro!

— Estou mesmo. E alguns anos mais velho também.

Charles o examinou da cabeça aos pés.

— Não me parece próspero.

— Não sou.

— Onde está sua valise?

— Não tenho.

— Jesus Cristo! Por onde andou?

— A maior parte do tempo perambulando pelo país todo.

— Como um vagabundo?

— Como um vagabundo.

Depois de todos esses anos e da vida que havia transformado a pele de Charles em couro pregueado e avermelhado seus olhos sombrios, Adam sabia pela lembrança que Charles estava pensando em duas coisas — nas perguntas e em alguma coisa mais.

— Por que não voltou para casa?

— Simplesmente comecei a vagar. Não podia parar. É uma coisa que pega na gente. Vejo que ganhou uma cicatriz bem feia.

— Escrevi sobre ela para você. Cada vez fica pior. Por que não escreveu? Está com fome? — As mãos de Charles formigavam em seus bolsos e ele tocou no queixo e coçou a cabeça.

— Pode desaparecer. Conheci um homem, um balconista de bar, que tinha uma parecida com um gato. Era um sinal de nascença. Seu apelido era Gato.

— Está com fome?

— Claro, acho que sim.

— Pretende ficar em casa agora?

— Eu... eu acho que sim. Quer me contar as coisas agora?

— Eu... eu acho que sim. — Charles ecoou Adam. — Nosso pai morreu.

— Eu sei.

— Como foi que soube?

— O agente da estação me contou. Há quanto tempo ele morreu?

— Cerca de um mês.

— De quê?

— Pneumonia.

— Enterrado aqui?

— Não. Em Washington. Recebi uma carta e jornais. Foi levado num caixão coberto pela bandeira. O vice-presidente compareceu e o presidente mandou uma coroa. Tudo nos jornais. Fotos também, vou lhe mostrar. Guardei tudo.

Adam estudou o rosto do irmão até que Charles desviou o olhar.

— Está zangado com alguma coisa?

— Por que deveria estar zangado?

— É que me pareceu...

— Não tenho motivo nenhum para estar zangado. Vamos, vou preparar-lhe alguma coisa para comer.

— Está bem. Ele demorou para morrer?

— Não. Foi pneumonia galopante. Partiu rapidamente.

Charles estava encobrindo algo. Queria dizer, mas não sabia como fazê-lo. Continuava escondendo as palavras. Adam ficou em silêncio. Talvez fosse melhor ficar quieto e deixar Charles farejar e rodar em círculos até desabafar.

— Não acredito muito em mensagens do além — disse Charles. — Mesmo assim, como é que a gente pode saber? Algumas pessoas garantem que receberam mensagens, a velha Sarah Whitburn. Jurou. Você fica sem saber o que pensar. Você não recebeu nenhuma mensagem, recebeu? Ei, qual foi o bicho que comeu sua língua?

Adam disse:

— Estava só pensando.

E ele estava pensando com espanto: Ora, não tenho mais medo do meu irmão! Eu tinha um medo mortal dele, e não o tenho mais. Por que será? Podia ser o Exército? Ou o trabalho nas estradas? Podia ter sido a morte do pai? Talvez — mas eu não entendo. Com a ausência do medo, ele sabia que podia dizer o que bem entendesse, enquanto antes escolhia cuidadosamente as palavras para evitar confusão. Era uma boa sensação a que tinha agora, como se tivesse morrido e agora ressuscitasse.

Caminharam até a cozinha de que ele se lembrava e não se lembrava. Parecia menor e mais encardida. Adam disse quase com alegria:

— Charles, eu estou ouvindo. Você quer me contar algo e está dando voltas como um cão de caça ao redor de uma moita. É melhor falar antes de levar uma mordida.

Os olhos de Charles cintilaram de raiva. Ergueu a cabeça. Sua força o havia abandonado. Pensou com desolação: Não posso mais vencê-lo. Não posso.

Adam abafou um riso.

— Talvez seja errado eu me sentir bem quando nosso pai acabou de morrer, mas, quer saber, Charles, nunca me senti melhor em toda a vida. Nunca me senti tão bem assim. Vamos lá, Charles, desabafe. Não fique remoendo essa coisa.

Charles perguntou:

— Você amava nosso pai?

— Não vou responder enquanto não souber aonde está querendo chegar.

— Amava ou não amava?

— O que isso tem a ver com você?

— Responda.

Uma ousadia livre e criativa percorria os ossos e o cérebro de Adam.

— Muito bem, vou lhe dizer. Não. Eu não o amava. Às vezes ele me apavorava. Algumas vezes sim, algumas vezes eu o admirava, mas a maior parte do tempo eu o odiava. Agora me diga por que quer saber?

Charles baixou o olhar para suas mãos.

— Não entendo — disse ele. — Isso não me entra na cabeça. Ele amava você mais do que qualquer coisa no mundo.

— Não acredito nisso.

— Não precisa acreditar. Ele gostava de tudo que você lhe trazia. Não gostava de mim. Não gostava de nada que eu lhe dava. Lembra do presente que dei a ele, o canivete? Cortei e vendi um lote de lenha para comprar aquele canivete. Ele nem mesmo o levou para Washington consigo, está ali na escrivaninha dele até hoje. E você lhe deu um cãozinho. Estava presente no seu enterro. Um coronel o levava no colo, o cão estava cego, não conseguia andar. Eles o sacrificaram com um tiro depois do velório.

Adam ficou intrigado com a ferocidade no tom do irmão.

— Não estou entendendo — disse. — E não vejo aonde você quer chegar.

— Eu o amava — disse Charles. E pela primeira vez na lembrança de Adam, Charles começou a chorar. Deitou a cabeça sobre os braços e chorou.

Adam começou a se aproximar dele, mas um pouco do velho medo voltou. Não, pensou, se tocasse nele tentaria me matar. Foi até a porta aberta e ficou parado olhando para fora, e podia ouvir os soluços do irmão atrás de si.

Não era uma fazenda bonita nas proximidades da casa — nunca tinha sido. Havia detritos por ali, estava tudo arruinado, descuidado, fora de ordem; não havia flores, pedaços de papel e lascas de madeira espalhavam-se pelo chão. A casa também não era bonita. Era um barracão bem construído para servir de abrigo e cozinha. Era uma fazenda sinistra e uma casa sinistra, mal-amada e sem amor para dar. Não era um lar, não era um lugar ao qual se ansiasse por voltar. Subitamente, Adam pensou na madrasta — tão mal-amada quanto a fazenda, adequada, limpa à sua maneira, mas não mais esposa do que a fazenda era um lar.

Os soluços do irmão tinham parado. Adam virou-se. Charles olhava direto para a frente, para o vazio. Adam disse:

— Conte-me da mamãe.

— Ela morreu. Escrevi para você.

— Conte-me sobre ela.

— Já lhe disse. Ela morreu. Foi há muito tempo. Não era sua mãe.

O sorriso que Adam captara no rosto dela lampejou na sua lembrança. O rosto dela estava projetado à sua frente.

A voz de Charles veio através da imagem e a explodiu.

— É capaz de me dizer uma coisa... Não rapidamente, pense antes de me responder e talvez não responda, a não ser que seja verdade, a sua resposta.

Charles moveu os lábios para formular a pergunta adiantadamente.

— Acha que seria possível que nosso pai fosse... desonesto?

— O que quer dizer com isso?

— Não está claro o bastante? Falei claro. Só existe um significado para desonesto.

— Não sei — disse Adam. — Não sei. Ninguém nunca falou nisso. Veja o que aconteceu com ele. Pernoitou na Casa Branca. O vice-presidente compareceu ao seu velório. Isso soa como um homem desonesto? Ora, vamos, Charles — implorou ele —, me fale o que está querendo me dizer desde que cheguei aqui.

Charles umedeceu os lábios. O sangue parecia ter sumido do seu corpo e, com ele, a energia e toda a ferocidade. Sua voz ficou monótona.

— Papai fez um testamento. Deixou tudo igual para mim e para você.

Adam riu.

— Bem, sempre podemos viver da fazenda. Acho que não vamos passar fome.

— São mais de cem mil dólares — prosseguiu a voz inexpressiva.

— Está louco? É mais provável que sejam cem dólares. Onde iria arranjar tudo isso?

— Não há erro nenhum. Seu salário com o Grande Exército da República era de cento e trinta e cinco dólares por mês. Pagava seu próprio quarto e comida. Recebia cinco centavos por milha e despesas de hospedagem quando viajava.

— Talvez tivesse esse dinheiro o tempo todo e não soubéssemos.

— Bem, por que não escrever para o Grande Exército da República e perguntar? Alguém lá poderia saber.

— Eu não ousaria — disse Charles.

— Veja bem! Não se precipite. Existe uma coisa chamada especulação. Uma porção de gente fica rica com ela. Ele conhecia homens importantes. Talvez tivesse encontrado uma boa oportunidade. Pense nos homens que foram à corrida do ouro na Califórnia e voltaram ricos.

O rosto de Charles estava desolado. Sua voz baixou tanto que Adam teve de se debruçar para ouvir. Era tão impessoal como um relatório.

— Nosso pai entrou para o Exército da União em junho de 1862. Teve três meses de treinamento neste estado. Isso leva a setembro. Marchou para o sul. Em doze de outubro foi ferido na perna e mandado para o hospital. Voltou para casa em janeiro.

— Não sei aonde está querendo chegar.

As palavras de Charles foram breves e pálidas. — Ele não esteve em Chancellorsville. Não esteve em Gettysburg, Wilderness, Richmond ou Appomattox.

— Como sabe?

— Sua dispensa. Veio com seus outros papéis.

Adam suspirou fundo. No seu peito, como uma batida de punhos, havia um surto de alegria. Sacudiu a cabeça quase em descrença.

Charles disse:

— Como foi que ele conseguiu se safar? Com os diabos, como conseguiu se safar? Ninguém chegou jamais a questionar. Você questionou? Eu questionei? Minha mãe questionou? Ninguém. Nem mesmo em Washington.

Adam se levantou.

— O que é que tem para comer na casa? Vou esquentar alguma comida.

— Matei uma galinha na noite passada. Vou fritá-la se puder esperar.

— Algo mais rápido?

— Um pouco de porco salgado e ovos.

— Isso está bom para mim — disse Adam.

Deixaram a interrogação jogada ali, caminharam mentalmente ao redor dela, pisaram sobre ela. Suas palavras a ignoravam, mas suas mentes nunca a largavam. Queriam falar sobre ela e não podiam. Charles fritou carne de porco salgada, aqueceu uma caçarola de feijões e ovos fritos.

— Arei o pasto — disse ele. — Plantei centeio.

— E como foi?

— Deu bem, assim que arranquei as pedras. — Tocou na testa. — Consegui esta coisa maldita aqui tentando arrancar uma pedra.

— Você me escreveu sobre isso — disse Adam. — Não sei se eu lhe disse que suas cartas significavam muito para mim.

— Você nunca escreveu muito sobre o que estava fazendo — disse Charles.

— Acho que eu não queria pensar naquilo. Foi muito ruim, a maior parte da coisa.

— Li sobre as campanhas nos jornais. Você participou de alguma delas?

— Sim. Não queria pensar sobre elas. Ainda não quero.

— Você matou bugres?

— Sim, matamos bugres.

— Acho que eles são uns ordinários.

— É possível.

— Não precisa falar nisso se não quiser.

— Não quero.

Comeram o seu jantar à luz do lampião de querosene.

— Teríamos mais luz se eu conseguisse tempo para lavar o vidro do lampião.

— Deixe que eu faço isso — disse Adam. — É difícil cuidar de tudo.

— Vai ser bom ter você de volta. Que tal dar um pulo até a estalagem depois do jantar?

— Bem, vamos ver. Talvez eu quisesse apenas ficar sentado um pouco aqui.

— Não lhe contei nas minhas cartas, mas tem garotas na estalagem. Não sabia se gostaria de ir lá comigo. Elas mudam de duas em duas semanas. Não sei se gostaria de dar uma olhada.

— Garotas?

— Sim, moram no andar de cima. Ficam bem à mão. E achei que você voltando para casa...

— Não esta noite. Talvez depois. Quanto elas cobram?

— Um dólar. São garotas bonitas na maioria.

— Talvez depois — disse Adam. — Fico surpreso que as tenham deixado entrar na cidade.

— Eu também, no começo. Mas eles criaram um sistema que deu certo.

— Você vai lá com frequência?

— A cada duas ou três semanas. É muito solitário aqui, um homem vivendo sozinho.

— Escreveu certa vez que estava pensando em se casar.

— Bem, eu estava. Acho que não encontrei a moça certa.

E os dois irmãos passavam ao largo do assunto principal. De vez em quando quase pisavam nele e rapidamente se afastavam, voltavam às colheitas, aos mexericos locais, à política e à saúde. Sabiam que voltariam a ele mais cedo ou mais tarde. Charles estava mais ansioso do que Adam para ir fundo, mas Charles tinha tido tempo para pensar a respeito, enquanto para Adam era um novo campo de pensamento e de sentimento. Teria preferido adiar para um outro dia e ao mesmo tempo sabia que o irmão não lhe permitiria isso.

A certa altura disse abertamente:

— Vamos pensar naquele assunto outro dia.

— Claro, se é o que você quer — disse Charles.

Gradualmente esgotaram a conversa trivial. Cada conhecido e cada acontecimento local haviam sido esmiuçados. A conversa se arrastava e o tempo passava.

— Não está com vontade de ir dormir?

— Logo mais.

Ficaram silenciosos e a noite movia-se inquietamente pela casa, aguilhoando-os, pressionando-os.

— Eu bem que gostaria de ter visto aquele enterro — disse Charles.

— Deve ter sido fantástico.

— Quer ver os recortes? Eu os guardei todos no meu quarto.

— Não. Não esta noite.

Charles virou a sua cadeira e colocou os cotovelos na mesa.

— Vamos ter de chegar a uma conclusão — falou, nervoso. — Podemos adiar o tempo que quisermos, mas vamos ter de chegar a uma conclusão sobre o que iremos fazer.

— Eu sei disso — disse Adam. — Eu só queria um pouco de tempo para pensar a respeito.

— E isso adiantaria alguma coisa? Eu já tive tempo, uma porção de tempo, e simplesmente fiquei andando em círculos. Acha que o tempo vai ajudar?

— Acho que não. Acho que não. Do que você quer falar primeiro? Acho que é melhor começarmos logo. Não estamos pensando em nada além disso.

— Temos de pensar no dinheiro — disse Charles. — Mais de cem mil dólares, uma fortuna.

— E qual é o problema do dinheiro?

— Bem, de onde veio?

— Como é que vou saber? Eu lhe disse, ele poderia ter especulado. Alguém poderia ter-lhe indicado um bom negócio em Washington.

— Acredita nisso?

— Não acredito em nada — disse Adam. — Não sei de nada, por isso no que é que vou acreditar?

— É muito dinheiro — disse Charles. — Uma fortuna foi deixada para nós. Podemos viver dela o resto de nossas vidas, ou podemos comprar uma imensidão de terras e fazer que ela dê rendimentos. Talvez não tenha pensado nisso, mas somos ricos. Somos mais ricos do que qualquer um nas redondezas.

Adam riu.

— Você fala como se fosse uma sentença de prisão.

— De onde veio?

— Que me importa? — perguntou Adam. — Talvez a gente devesse simplesmente relaxar e desfrutar o dinheiro.

— Ele não esteve em Gettysburg. Não esteve em nenhuma miserável batalha em toda a guerra. Foi ferido numa escaramuça. Tudo o que contou foram mentiras.

— O que está querendo insinuar? — disse Adam.

— Acho que ele roubou o dinheiro — disse Charles deprimido. — Já que me perguntou, é o que eu acho.

— Sabe de onde ele roubou?

— Não.

— Então por que acha que roubou?

— Contou mentiras sobre a guerra.

— O quê?

— Quero dizer que se ele mentiu sobre a guerra, ora, podia ter roubado também.

— Como?

— Teve empregos no Grande Exército da República, empregos importantes. Podia ter acesso à tesouraria, ter adulterado as contas.

Adam suspirou.

— Bem, se é assim que você pensa, por que não escreve e conta para eles? Faça que revejam os livros de contabilidade. Se for verdade, nós poderíamos devolver o dinheiro.

O rosto de Charles se retorceu e a cicatriz na sua testa escureceu.

— O vice-presidente foi ao enterro dele. O presidente mandou uma coroa. Havia uma fila de quase um quilômetro de carruagens e centenas de pessoas a pé. E sabe quem carregou o caixão?

— O que está querendo sugerir?

— E se nós descobrirmos que ele é um ladrão? Então ficariam sabendo que ele nunca esteve em Gettysburg ou em lugar algum. Todo mundo saberia que ele era um mentiroso, também, e toda a sua vida foi uma grande mentira. Mesmo que às vezes ele tenha dito a verdade, ninguém acreditaria que foi verdade.

Adam ficou sentado imóvel. Seus olhos estavam tranquilos, mas estava vigilante.

— Pensei que você o amasse — falou, calmo. Sentia-se aliviado e livre.

— Eu o amava. Eu o amo. É por isso que detesto esta situação, toda a sua vida jogada fora, tudo jogado fora. E sua sepultura... seriam capazes de desenterrá-lo e jogá-lo para fora. — Suas palavras estavam entrecortadas pela emoção. — Você não o amava nem um pouco? — gritou.

— Eu não estava seguro até agora — disse Adam. — Ficava todo confuso sobre como deveria me sentir. Não. Eu não o amava.

— Então não se importa se sua vida for desgraçada e seu pobre corpo arrancado da terra e... Ah, meu Deus do Céu!

O cérebro de Adam se acelerou, tentando encontrar palavras para o seu sentimento.

— Eu não preciso me importar.

— Não, você não se importa — disse Charles com amargura. — Se não o amava, não se importa. Pode ajudá-los a chutar o seu rosto.

Adam sabia que seu irmão não era mais perigoso. Não havia ciúme para o impelir. Todo o peso do seu pai estava sobre ele, mas era o seu pai e ninguém podia tirar o pai dele.

— Como vai se sentir, caminhando pela cidade, depois que todo mundo souber? — perguntou Charles. — Como vai encarar as pessoas?

— Eu lhe disse, não me importo. Não tenho que me importar porque não acredito nisso.

— Não acredita no quê?

— Que ele roubou qualquer dinheiro. Acredito que na guerra ele fez exatamente o que disse que fez e esteve exatamente onde disse que esteve.

— Mas a prova, e quanto aos papéis da baixa?

— Você não tem nenhuma prova de que ele roubou. Simplesmente inventou isso porque não sabe de onde veio o dinheiro.

— Seus documentos do Exército...

— Podiam estar errados — disse Adam. — Acredito que estão errados. Eu acredito no meu pai.

— Não vejo como pode.

Adam disse:

— Deixe-me lhe dizer uma coisa. As provas de que Deus não existe são muito fortes, mas para muita gente não são tão fortes quanto o sentimento de que Ele existe.

— Mas você disse que não amava nosso pai. Como pode ter fé nele se não o amava?

— Talvez seja essa a razão — disse Adam lentamente, tateando o caminho. — Talvez se o tivesse amado eu viesse a sentir ciúmes dele. Você sentia. Talvez... talvez o amor o deixe desconfiado e em dúvida. Não é verdade que quando se ama uma mulher nunca estamos seguros, nunca estamos seguros em relação a ela porque não estamos seguros em relação a nós mesmos? Posso enxergar com muita clareza. Posso ver como você o amava e o que isso fez a você. Eu não o amava. Talvez ele me amasse. Ele me colocava à prova, me magoava, me castigava e finalmente me mandou para o sacrifício, talvez como alguma forma de compensação. Mas ele não o amava e por isso tinha fé em você. Talvez... ora, talvez seja uma espécie de reverso da moeda.

Charles olhou para ele.

— Não entendo — disse.

— Estou tentando entender — disse Adam. — Eu me sinto bem. Sinto-me melhor do que já me senti em toda a minha vida. Fiquei livre de um peso. Talvez um dia eu vá pensar como você, mas não penso agora.

— Não entendo — disse Charles de novo.

— Não consegue entender que eu não acho que nosso pai era um ladrão? Não acredito que ele fosse um mentiroso.

— Mas os papéis...

— Não vou olhar os papéis. Papéis não são nada diante da minha fé em meu pai.

Charles estava ofegante.

— Então aceitaria o dinheiro?

— Claro.

— Mesmo que ele o tivesse roubado?

— Ele não o roubou. Não podia tê-lo roubado.

— Não entendo — disse Charles.

— Não entende? Bem, parece que esse seria o segredo de toda a coisa. Ouça, nunca mencionei isso: lembra quando você me surrou pouco antes de eu ir embora?

— Sim.

— Lembra o que houve depois? Você voltou com uma machadinha para me matar.

— Não lembro muito bem. Eu devia estar louco.

— Eu não sabia então, mas sei agora. Você estava lutando pelo seu amor.

— Amor?

— Sim — disse Adam. — Vamos usar o dinheiro bem. Talvez fiquemos por aqui. Talvez iremos embora, talvez para a Califórnia. Temos de ver o que vamos fazer. E, naturalmente, precisamos erguer um monumento para o nosso pai, um monumento bem grande.

— Eu jamais poderia ir embora daqui — disse Charles.

— Bem, vamos ver o que acontece. Não há pressa. Vamos descobrir com o tempo.

8

[1]

Acredito que existem no mundo monstros nascidos de pais humanos. Alguns podemos ver, deformados e horríveis, com cabeças enormes ou corpos minúsculos; alguns nascem sem braços, sem pernas, outros com três braços, alguns com rabos ou bocas em lugares estranhos. São acidentes e ninguém é culpado, como se costumava pensar. Houve um tempo em que eram considerados a punição visível de pecados ocultos.

Assim como existem monstros físicos, não poderiam nascer monstros mentais ou psíquicos também? O rosto e o corpo podem ser perfeitos, mas, se um gene deformado ou um óvulo malformado são capazes de produzir monstros físicos, o mesmo processo não poderia produzir uma alma deformada?

Monstros são variações da norma aceita, em maior ou menor grau. Uma criança pode nascer sem um braço, outra pode nascer sem bondade ou sem o potencial de consciência. Um homem que perde os braços num acidente enfrenta uma grande luta para se ajustar a essa carência, mas outro nascido sem braços sofre porque as pessoas o acham estranho. Nunca tendo tido braços, não pode sentir a sua falta. Às vezes quando somos pequenos imaginamos como seria ter asas, mas não há motivo para supor que é a mesma sensação que os pássaros têm. Não, para um monstro a norma deve ser monstruosa, uma vez que todo mundo é normal para ele. Para o monstro interior deve ser ainda mais obscuro, uma vez que não tem nenhuma coisa visível para se comparar com os outros. Para um homem nascido sem consciência, um homem com a alma em conflito deve parecer ridículo. Para um criminoso, a honestidade é uma tolice. Não devemos esquecer que o monstro é apenas uma variação e que para um monstro a norma é monstruosa.

É minha crença que Cathy Ames nasceu sem as tendências, ou com a falta delas, que a dominaram e nortearam por toda a sua vida. Alguma peça da balança estava com o peso mal calculado, alguma engrenagem fora do eixo. Ela não era como as outras pessoas, nunca foi desde o nascimento. E assim como o aleijado é capaz de aprender a utilizar sua deficiência de modo a se tornar mais eficiente do que os normais num campo limitado, assim Cathy, usando sua diferença, causou uma agitação dolorosa e desconcertante no seu mundo.

Houve época em que uma menina como Cathy teria sido considerada possuída pelo demônio. Seria submetida a exorcismo para a retirada do espírito mau e, se depois de muitas tentativas isso não funcionasse, seria queimada como bruxa para o bem da comunidade. A única coisa que não se perdoa a uma bruxa é a sua capacidade de afligir as pessoas, de torná-las inquietas, apreensivas e até mesmo invejosas.

Como se a natureza ocultasse uma armadilha, Cathy teve desde o início o rosto da inocência. Seus cabelos eram dourados e adoráveis; olhos cor de avelã bem separados com pálpebras superiores caídas que tornavam o seu olhar misterioso e sonolento. Seu nariz era delicado e fino e as maçãs do rosto altas e largas, descendo para um queixo pequeno, o que dava ao seu rosto a forma de um coração. Sua boca era bem formada com lábios cheios, mas anormalmente pequena — o que se chamava na época de botão de rosa. Suas orelhas eram muito pequenas, sem lóbulos, e tão próximas da cabeça que mesmo com os cabelos para cima elas não faziam nenhuma silhueta. Eram como finas barbatanas coladas à cabeça.

Cathy sempre teve corpo de criança, mesmo depois de crescida, braços e mãos esguios e delicados — mãos minúsculas. Seus seios nunca se desenvolveram muito. Antes da puberdade, os mamilos cresceram para dentro. Sua mãe teve de massageá-los para fora quando começaram a doer no décimo ano de Cathy. Seu corpo era um corpo de menino, de quadris estreitos e pernas retas, mas seus tornozelos eram finos e retos sem serem esguios. Seus pés eram pequenos, redondos e atarracados, com peitos gordos, quase como pequenos cascos. Foi uma menina bonita e tornou-se uma mulher bonita. Sua voz era suavemente rouca e de uma doçura irresistível. Mas devia ter alguma corda de aço na sua garganta, porque a voz de Cathy era capaz de cortar como uma lâmina quando ela queria.

Ainda criança, possuía uma qualidade que fazia as pessoas olharem para ela, desviarem o olhar e voltarem a olhar, perturbadas com algo estranho. Alguma coisa saltava dos seus olhos e nunca estava lá quando olhávamos de novo. Movia-se silenciosamente e falava pouco, mas não podia entrar num aposento sem levar todo mundo a se virar para ela.

Deixava as pessoas inquietas, mas não a ponto de desejarem afastar-se dela. Homens e mulheres queriam inspecioná-la, ficar perto dela, tentar descobrir o que causava a perturbação que ela distribuía tão sutilmente. E como sempre fora assim, Cathy não achava aquilo estranho.

Cathy era diferente das outras crianças em muitos aspectos, mas algo em particular a colocava à parte. A maioria das crianças abomina a diferença. Elas querem se parecer, falar, vestir e agir exatamente como todas as outras. Se a roupa da moda é absurda, é um sofrimento e uma tristeza para uma criança não vestir aquele absurdo. Se colares de costeletas de porco fossem aceitos, seria uma criança triste aquela que não pudesse usar colares de costeletas de porco. E essa submissão ao grupo normalmente se estende para cada jogo, cada prática, social ou de outro teor. É uma coloração protetora que a criança utiliza para sua segurança.

Cathy não tinha nada disso. Nunca se amoldava em roupa ou conduta. Vestia aquilo que lhe dava na cabeça. O resultado era que muitas vezes as outras crianças a imitavam.

À medida que cresceu, o grupo, o rebanho, que é qualquer ajuntamento de crianças, começou a sentir o que os adultos sentiam, que havia algo de estranho em Cathy. Depois de um tempo, só uma pessoa de cada vez se associava com ela. Grupos de meninos e meninas a evitavam como se ela carregasse um perigo sem nome.

Cathy era mentirosa, mas não mentia como a maioria das crianças mente. A sua não era uma mentira de quem sonha de olhos abertos, quando a coisa imaginada é contada e, para fazê-la parecer mais real, contada como se fosse real. Isso é apenas um desvio banal da realidade externa. Acho que a diferença entre uma mentira e uma história é que a história utiliza as armadilhas e a aparência da verdade no interesse do ouvinte bem como do narrador. Uma história não tem ganho nem perda. Mas uma mentira é um artifício para obter lucro ou escapatória. Suponho que, se nos ativermos rigorosamente a essa definição, um escritor de histórias é um mentiroso — se for financeiramente afortunado.

As mentiras de Cathy nunca eram inocentes. Tinham o propósito de escapar dos castigos, do trabalho, da responsabilidade, e eram usadas para conseguir algum lucro. A maioria dos mentirosos é apanhada ou porque esquece o que contou, ou porque a mentira subitamente se vê diante de uma verdade indiscutível. Mas Cathy não esquecia suas mentiras e aperfeiçoou um método muito eficaz de mentir. Ficava próxima o suficiente da verdade, de modo que ninguém podia nunca ter certeza. Conhecia dois outros métodos também — entremear suas mentiras com verdade, ou contar uma verdade como se fosse uma mentira. Se a pessoa é acusada de mentir e acaba se revelando que o que falou é verdade, ela cria uma reserva de confiança que vai durar muito tempo e proteger uma quantidade de inverdades.

Como Cathy era filha única, sua mãe não tinha um contraste próximo na família. Achava que todas as crianças eram como a sua. E como todos os pais gostam de se preocupar, estava convencida de que todos os seus amigos tinham os mesmos problemas.

O pai de Cathy não estava tão seguro assim. Ele dirigia um pequeno curtume numa cidadezinha de Massachusetts, que lhe dava uma vida relativamente confortável se trabalhasse muito. O sr. Ames tinha contato com outras crianças longe de sua casa e achava que Cathy não se parecia com as outras crianças. Era uma questão mais sentida do que conhecida. Sentia-se apreensivo em relação à filha, mas não saberia explicar por quê.

Quase toda pessoa no mundo tem apetites e impulsos, emoções violentas, ilhas de egoísmo, desejos ardentes logo abaixo da superfície. E quase todos reprimem estes sentimentos ou se entregam a eles em segredo. Cathy conhecia esses impulsos nos outros e sabia como usá-los a seu favor. É bem possível que não acreditasse em quaisquer outras tendências nos humanos, pois, enquanto se mostrava alerta de uma maneira quase sobrenatural em algumas direções, era completamente cega em outras.

Cathy aprendeu ainda muito jovem que a sexualidade, com todos os seus anseios e sofrimentos, ciúmes e tabus, é o impulso mais perturbador que os humanos possuem. E naquela época era ainda mais perturbador do que agora, porque o assunto era inominável e não mencionado. Todo mundo escondia esse pequeno inferno em si mesmo, enquanto publicamente fingia que ele não existia — e, quando alguém se via colhido por ele, ficava completamente desamparado. Cathy aprendeu que através da manipulação e uso deste lado das pessoas ela podia ganhar e manter um poder sobre quase todo mundo. Era ao mesmo tempo uma arma e uma ameaça. Era irresistível. E como o desamparo cego nunca parecia cair sobre Cathy, é provável que ela tivesse pouco deste impulso em si mesma e na verdade sentisse desprezo por aqueles que o tinham. E quando se pensa por este prisma, ela estava certa.

Que liberdade poderiam ter os homens e as mulheres se não fossem constantemente enganados, envolvidos, escravizados e torturados por sua sexualidade! O único empecilho naquela liberdade é que sem esses conflitos a pessoa não seria um ser humano. Seria um monstro.

Aos dez anos, Cathy sabia tudo sobre o poder do impulso sexual e começou friamente suas experiências com ele. Planejava tudo friamente, prevendo dificuldades e preparando-se para elas.

Brincadeiras sexuais entre crianças sempre existiram. Qualquer um, creio eu, que não é anormal, ficou com menininhas em algum lugar sombreado pela folhagem, no fundo de um estábulo, debaixo de um salgueiro, numa vala ao lado de uma estrada — ou pelo menos sonhou em fazê-lo. Quase todos os pais se defrontam com o problema mais cedo ou mais tarde, e então a criança terá sorte se o pai se lembrar da sua própria infância. Na época de infância de Cathy, era mais difícil. Os pais, negando o impulso em si mesmos, ficavam horrorizados ao encontrá-lo nos filhos.

[2]

Numa manhã de primavera, quando com as últimas gotas do orvalho a relva jovem se eriçava ao sol, quando o calor se esgueirava pelo chão e fazia subir os dentes-de-leão amarelos, a mãe de Cathy acabava de pendurar as roupas lavadas no varal. Os Ames viviam na periferia da cidade e atrás de sua casa havia celeiro e cocheira, uma horta e uma área cercada para dois cavalos.

A sra. Ames se lembrava de ter visto Cathy caminhar em direção ao celeiro. Ela a chamou e quando não ouviu resposta achou que podia ter-se enganado. Estava para voltar à casa quando ouviu um riso abafado da cocheira. "Cathy!", gritou. Não houve resposta. A apreensão tomou conta dela. Procurou no fundo da mente o som do riso abafado. Não era a voz de Cathy. Cathy não dava risinhos.

Não dá para saber como o pavor se apossa de um pai. Claro que muitas vezes a apreensão surge sem motivo algum. E acontece mais frequentemente com pais de filhos únicos, pais que se entregam a pesadelos de perda.

A sra. Ames ficou parada, à escuta. Ouviu vozes baixas secretas e caminhou silenciosamente em direção à cocheira. As portas duplas estavam fechadas. O murmúrio de vozes vinha de dentro, mas ela não conseguia distinguir a voz de Cathy. Marchou em passadas largas, escancarou as portas e o sol brilhante invadiu a cocheira. Ficou congelada, a boca aberta, diante do que viu. Cathy estava deitada no chão, suas saias levantadas. Estava nua da cintura para baixo e ao lado dela dois meninos de cerca de catorze anos estavam ajoelhados. O choque da luz súbita os paralisou também. Os olhos de Cathy estavam brancos de terror. A sra. Ames conhecia os meninos, conhecia seus pais.

Subitamente, um dos meninos deu um salto e passou zunindo pela sra. Ames e sumiu pelo canto da casa. O outro menino se afastou apavorado da mulher e com um grito investiu através da porta. A sra. Ames o agarrou, mas seus dedos escorregaram pela jaqueta e ele se foi. Ela podia ouvir seus passos correndo do lado de fora.

A sra. Ames tentou falar, mas sua voz era um sussurro rouco.

— Levante-se!

Cathy olhou atônita para ela e não se mexeu. A sra. Ames viu que os pulsos de Cathy estavam amarrados com uma corda grossa. Ela gritou, jogou-se ao chão e remexeu nos nós. Carregou Cathy para casa e a colocou na cama.

O médico da família, depois de examinar Cathy, não encontrou sinais de que ela tivesse sido violentada.

— A senhora deve agradecer a Deus por ter chegado lá a tempo — disse ele repetidas vezes à sra. Ames.

Cathy ficou muito tempo sem falar. Choque, o médico chamou aquilo. E quando saiu do choque, Cathy se recusou a falar. Quando a interrogavam, seus olhos se abriam até mostrar bem o branco ao redor das pupilas, sua respiração parava, o corpo ficava rígido e suas faces se avermelhavam por causa do fôlego retido.

A reunião com os pais dos meninos foi assistida pelo dr. Williams. O sr. Ames ficou em silêncio a maior parte do tempo. Levava a corda que havia atado os pulsos de Cathy. Seus olhos estavam intrigados. Existiam coisas que não entendia, mas ele não as trazia à baila.

A sra. Ames entregou-se à histeria. Ela estivera lá. Vira tudo. Era a autoridade final. E da sua histeria um demônio sádico perscrutava. Ela queria sangue. Havia uma espécie de prazer em suas exigências de punição. A cidade, o país deviam ser protegidos. Colocou a história nesses termos. Havia chegado a tempo, graças a Deus. Mas talvez da próxima vez não chegasse; e como se sentiriam as outras mães? Cathy tinha apenas dez anos.

Os castigos eram mais violentos do que são hoje. Um homem acreditava piamente que o chicote era um instrumento de virtude. Primeiro individualmente, depois juntos, os meninos foram açoitados, açoitados até ficarem em carne viva.

Seu crime já era mau em si, mas as mentiras se demonstraram um mal que nem o chicote seria capaz de remover. E sua defesa foi desde o início ridícula. Cathy, disseram eles, havia começado tudo, e eles lhe tinham dado cinco centavos. Não tinham amarrado suas mãos. Disseram que se lembravam de que ela estava brincando com uma corda.

A sra. Ames falou primeiro e toda a cidade a ecoou:

— Estão querendo dizer que ela amarrou as próprias mãos? Uma menina de dez anos?

Se os meninos tivessem admitido o crime poderiam ter escapado de uma parte da punição. Sua recusa provocou uma raiva torturante não só nos pais, que os açoitaram, mas em toda a comunidade. Os dois meninos foram mandados para uma casa de correção com a aprovação dos pais.

"Ela está assombrada com essa história", a sra. Ames contou aos vizinhos. "Se apenas pudesse falar a respeito, talvez melhorasse. Mas quando lhe pergunto, é como se tudo voltasse e ela entra em choque de novo."

Os Ames nunca mais tocaram no assunto com ela. O caso estava encerrado. O sr. Ames logo esqueceu suas reservas obsedantes. Teria se sentido muito mal se dois meninos estivessem numa casa de correção por algo que não haviam feito.

Após Cathy se recuperar plenamente do seu choque, meninos e meninas a observavam a distância e depois se aproximavam, fascinados por ela. Ela não tinha paixões de garota, como é comum aos doze ou treze anos. Os meninos não queriam correr o risco de serem caçoados pelos colegas por acompanhá-la da escola até em casa. Mas ela exercia um efeito poderoso tanto sobre meninos como meninas. E se por acaso um menino se encontrasse a sós com ela, sentia-se atraído por ela com uma força que não conseguia entender nem superar.

Ela era delicada e muito suave e sua voz, baixa. Fazia longas caminhadas sozinha e era raro quando algum garoto não saía subitamente de um arvoredo e topava com ela por acaso. Embora corressem rumores, ninguém sabia o que Cathy fazia. Se algo acontecia, apenas vagos sussurros se seguiam e isso era algo incomum numa idade em que existem muitos segredos, mas nenhum deles é guardado por muito tempo.

Cathy aperfeiçoou um pequeno sorriso, uma leve insinuação de sorriso. Tinha um jeito de olhar para os lados e para baixo que sugeria a um menino solitário os segredos que ele poderia compartilhar.

Na cabeça do seu pai outra interrogação se agitava e ele a enterrou bem fundo, e sentiu-se desonesto sequer por pensar naquilo. Cathy tinha uma sorte notável para encontrar coisas — um amuleto de ouro, dinheiro, uma bolsinha de seda, uma cruz de prata com pedras vermelhas que se diziam rubis. Encontrou muitas coisas e, quando seu pai publicou um anúncio no semanário Courier sobre a cruz, ninguém chegou a reclamá-la.

O sr. William Ames, pai de Cathy, era um homem fechado. Raramente expunha os pensamentos que lhe passavam pela cabeça. Não teria ousado se expor à atenção dos vizinhos. Guardava a pequena chama de desconfiança para si mesmo. Era melhor que não soubesse de nada, mais seguro, mais sábio e muito mais cômodo. Quanto à mãe de Cathy, estava enroscada num casulo de diáfanas meias mentiras, verdades distorcidas, sugestões, todas plantadas por Cathy, e seria incapaz de identificar uma verdade ainda que ela se mostrasse aos seus olhos.

[3]

Cathy ficava mais adorável a cada dia. A pele delicada em flor, os cabelos dourados, os olhos bem separados, modestos e, no entanto, promissores, a boca pequena cheia de doçura chamavam a atenção e a prendiam. Terminou a oitava série do primário com notas tão boas que os pais a matricularam na pequena escola secundária, embora na época não fosse costume uma moça continuar os estudos. Mas Cathy disse que queria ser professora, o que alegrou o pai e a mãe, pois essa era a única profissão digna possível para uma jovem de boa, mas não próspera, família. Os pais se sentiam honrados em ter uma filha professora.

Cathy tinha quatorze anos quando entrou na escola secundária. Sempre fora inteligente para os pais, mas com o seu ingresso nas raridades da álgebra e do latim ela se alçou às nuvens onde os pais não podiam acompanhá-la. Eles a haviam perdido. Sentiram que fora transportada para uma ordem mais elevada.

O professor de latim era um jovem pálido e intenso que fracassara no seminário, mas possuía instrução suficiente para ensinar a inevitável gramática, César, Cícero. Era um rapaz quieto que guardava no peito suas frustrações. No fundo, achava que havia sido rejeitado por Deus por algum motivo.

Durante algum tempo, notou-se uma chama se acender em James Grew e alguma força brilhar em seus olhos. Nunca foi visto com Cathy e nenhuma relação foi sequer suspeitada.

James Grew se tornou um homem. Caminhava com firmeza e cantava para si mesmo. Escreveu cartas tão persuasivas que os diretores do seu seminário encaravam favoravelmente a possibilidade de readmiti-lo.

E então a chama se apagou. Seus ombros, que mantinha altos e retos, caíram e encolheram, desalentados. Seus olhos tornaram-se febris e suas mãos, trêmulas. Era visto na igreja à noite, de joelhos, movendo os lábios em preces. Faltou à escola e mandou dizer que estava doente, quando se sabia que estivera caminhando sozinho nas colinas além da cidade.

Uma noite, já tarde, bateu na porta dos Ames. O sr. Ames saiu da cama resmungando, acendeu uma vela, colocou um sobretudo por cima do camisolão e foi até a porta. Era um James Grew perturbado, com cara de louco, que estava à sua frente, os olhos cintilando e o corpo tremendo sem parar.

— Preciso falar com o senhor — disse roucamente ao sr. Ames.

— Já passa da meia-noite — disse o sr. Ames num tom severo.

— Preciso vê-lo a sós. Coloque uma roupa e venha aqui fora. Preciso falar com o senhor.

— Meu rapaz, acho que está bêbado ou doente. Vá para casa e procure dormir um pouco. Já passa da meia-noite.

— Não posso esperar. Preciso falar com o senhor.

— Vá ao curtume amanhã de manhã — disse o sr. Ames e fechou a porta com firmeza na cara do visitante desequilibrado.

Ficou parado do lado de dentro, escutando. Ouviu a voz lamentosa — "Não posso esperar, não posso esperar" — e então os pés se arrastaram lentamente descendo os degraus da entrada.

O sr. Ames protegeu os olhos colocando a mão em concha diante da luz da vela e voltou para a cama. Achou ter visto a porta do quarto de

Cathy fechar-se lentamente, mas talvez a chama oscilante da vela houvesse enganado seus olhos, pois um reposteiro pareceu ter se mexido também.

— O que foi, a essa hora? — perguntou a mulher quando ele voltou para a cama.

O sr. Ames não sabe por que respondeu aquilo — talvez para evitar discussão.

— Um bêbado — disse. — Bateu na casa errada.

— Não sei onde é que o mundo vai parar — disse a sra. Ames.

Deitado na escuridão depois que a luz se apagou, ele via o círculo verde deixado em seus olhos pela chama da vela e no redemoinho pulsante da imagem viu os olhos frenéticos e súplices de James Grew. Custou a pegar no sono.

Na manhã seguinte, um rumor correu pela cidade, distorcido aqui e ali, aumentado, mas à tarde a história estava esclarecida. O sacristão havia encontrado James Grew estendido no chão diante do altar. Toda a parte superior da sua cabeça fora estourada. Ao seu lado havia uma espingarda e ao lado dela a vareta com que tinha apertado o gatilho. Perto dele no chão havia um castiçal do altar. Uma das três velas ainda ardia. As outras duas não tinham sido acesas. E no chão estavam dois livros, o hinário e o livro de ritual e orações da Igreja anglicana, um sobre o outro. O sacristão achava que James Grew havia apoiado o cano da espingarda nos livros para apontar a arma para a sua têmpora. O coice da descarga lançara a espingarda longe dos livros.

Algumas pessoas lembraram de ter ouvido uma explosão no início da manhã, antes de clarear. James Grew não deixou nenhuma carta. Ninguém podia imaginar por que fizera aquilo.

O primeiro impulso do sr. Ames foi ir à polícia com a sua história da visita à meia-noite. Depois pensou: De que adiantaria isso? Se eu soubesse de alguma coisa, seria diferente. Mas eu não sabia de nada. Tinha uma sensação de enjoo no estômago. Disse a si mesmo repetidamente que não era sua culpa. Como poderia ter impedido aquilo? Não sabia sequer o que ele queria. Sentia-se culpado e infeliz.

No jantar, sua mulher falou sobre o suicídio e ele não conseguiu comer. Cathy ficou sentada em silêncio, mas não mais silenciosa do que de costume. Comeu em pequenas porções delicadas e limpava a boca frequentemente com o guardanapo.

A sra. Ames discutiu a questão do corpo e da arma em detalhe.

— Há uma coisa que eu queria falar com você — disse ela. — Aquele bêbado que bateu na porta à noite passada, não podia ter sido o jovem Grew?

— Não — disse ele rapidamente.

— Tem certeza? Podia enxergá-lo no escuro?

— Eu tinha uma vela — disse ele com firmeza. — Não era nada parecido, tinha uma barba grande.

— Não precisa se zangar comigo — disse ela. — Estava só pensando.

Cathy limpou a boca e quando pousou o guardanapo no colo estava sorrindo.

A sra. Ames virou-se para a filha.

— Você o via todo dia na escola, Cathy. Parecia triste ultimamente? Notou alguma coisa que pudesse significar...

Cathy baixou o olhar para o prato e depois ergueu os olhos.

— Acho que ele estava doente — disse ela. — Sim, estava com uma aparência péssima. Todo mundo comentava na escola hoje. E alguém, não lembro quem, disse que o sr. Grew estava metido em alguma encrenca em Boston. Não soube o tipo de encrenca. Todos nós gostávamos do sr. Grew. — E passou o guardanapo delicadamente sobre os lábios.

Aquele era o método de Cathy. Antes do fim do dia seguinte todo mundo na cidade sabia que James Grew estava encrencado em Boston e ninguém poderia jamais imaginar que Cathy tivesse plantado a história. Até mesmo a sra. Ames esqueceu onde a ouvira.

[4]

Logo depois de completar dezesseis anos, Cathy sofreu uma mudança. Certa manhã, não se levantou para ir à escola. Sua mãe foi ao seu quarto e encontrou-a na cama, olhando para o teto.

— Apresse-se ou vai se atrasar. São quase nove horas.

— Não vou — falou, e não havia nenhuma ênfase em sua voz.

— Está doente?

— Não.

— Então, vamos, levante-se.

— Não vou.

— Deve estar doente. Nunca faltou um dia.

— Não vou à escola — disse Cathy calmamente. — Nunca mais vou à escola.

A mãe ficou boquiaberta.

— Que está querendo dizer?

— Nunca mais — disse Cathy, e continuou a olhar para o teto.

— Bem, vamos ver o que o seu pai tem a dizer sobre isso! Com todo o nosso trabalho e despesa, e faltando dois anos para conseguir o diploma!

Aproximou-se então e disse baixinho:

— Não está pensando em se casar?

— Não.

— Que livro está escondendo aí?

— Pode ver, não estou escondendo.

— Ah! *Alice no País das Maravilhas*. Você é grande demais para isso.

Cathy disse:

— Posso ficar tão pequena que nem vai me ver.

— Do que está falando?

— Ninguém pode me encontrar.

Sua mãe disse, zangada:

— Pare de fazer brincadeiras. Não sei o que está pensando da vida. O que será que a mocinha caprichosa acha que vai fazer?

— Ainda não sei — disse Cathy. — Acho que vou embora.

— Pois bem, fique deitada aí, mocinha caprichosa, e quando seu pai voltar para casa acho que ele vai ter uma ou duas coisas a lhe dizer.

Cathy virou a cabeça muito lentamente e olhou para a mãe. Seus olhos estavam frios e sem expressão. Subitamente a sra. Ames teve medo da filha. Saiu silenciosamente e fechou a porta. Na cozinha, sentou-se e colocou as mãos em concha sobre o colo e olhou pela janela para a cocheira desgastada pelo tempo.

Sua filha tornara-se uma estranha para ela. Sentia, como a maioria dos pais sentem numa ocasião ou noutra, que estava perdendo o controle, que a rédea colocada em suas mãos para comandar Cathy estava escapando por entre os seus dedos. Não sabia que nunca tivera nenhum poder sobre Cathy. Fora usada para os propósitos de Cathy sempre. Depois de um tempo a sra. Ames colocou uma touca e partiu para o curtume. Queria falar com o marido longe de casa.

De tarde, Cathy se levantou languidamente da cama e passou um longo tempo diante do espelho.

Naquela noite o sr. Ames, detestando o que tinha de fazer, passou um sermão na filha. Falou do seu dever, da sua obrigação, do seu amor natural pelos pais. No final do discurso deu-se conta de que ela não o estava ouvindo. Isso o deixou zangado e partiu para as ameaças. Falou da autoridade que Deus lhe tinha dado sobre sua filha e de como essa autoridade natural fora amparada pelo Estado. Captara sua atenção agora. Ela o encarou direto nos olhos. Sua boca sorriu um pouco e seus olhos não pareceram piscar. Finalmente, ele teve de desviar o olhar, e isso o enfureceu ainda mais. Ordenou que ela parasse com aquela bobagem. Vagamente ameaçou-a com o açoite se não lhe obedecesse.

Terminou com uma nota de fraqueza.

— Quero que me prometa que vai à escola amanhã de manhã e vai parar com a sua tolice.

O rosto dela estava sem expressão. A boca pequena, reta.

— Está bem — disse ela.

Mais tarde naquela noite o sr. Ames disse à sua mulher com uma segurança que não sentia:

— Como vê, é preciso um pouco de autoridade. Talvez tenhamos sido muito frouxos. Mas ela é uma boa menina. Acho que apenas se esqueceu de quem manda aqui. Um pouco de severidade não faz mal a ninguém. Desejava estar tão confiante quanto as suas palavras.

Pela manhã Cathy tinha ido embora. Sua cesta de viagem havia sumido e também as suas melhores roupas. A cama estava impecavelmente arrumada. O quarto era impessoal — nada indicava que uma moça havia crescido nele. Não havia fotos, lembranças, nada da quinquilharia normal do crescimento. Cathy nunca brincara com bonecas. O quarto não tinha nenhuma marca de Cathy.

À sua maneira, o sr. Ames era um homem inteligente. Colocou o chapéu-coco e caminhou rapidamente até a estação ferroviária. O agente da estação tinha certeza. Cathy havia tomado o primeiro trem da manhã. Comprara uma passagem para Boston. Ele ajudou o sr. Ames com um telegrama para a polícia de Boston. O sr. Ames comprou uma passagem de ida e volta e pegou o trem das nove e cinquenta para Boston. Era um homem muito eficiente numa crise.

Naquela noite, a sra. Ames estava sentada na cozinha com a porta fechada. Estava branca e agarrava a mesa com as mãos para controlar a sua tremedeira. O som, primeiro dos golpes, depois dos gritos, lhe veio claramente através das portas fechadas.

O sr. Ames não era bom de açoite porque nunca fizera aquilo. Fustigou as pernas de Cathy com o chicote da charrete e, quando ela ficou parada olhando silenciosamente para ele com olhos calmos e frios, perdeu a calma. Os primeiros golpes foram inseguros e tímidos, mas quando ela não gritou ele fustigou seus lados e ombros. O chicote vergastava e cortava. Em sua raiva errou várias vezes ou se aproximou demais e o chicote enrolou-se no corpo dela.

Cathy aprendeu rapidamente. Ela o sondou e o conhecia, e assim que aprendeu começou a gritar, a se contorcer, a chorar, a implorar, e teve a satisfação de sentir que os golpes imediatamente se tornavam mais leves.

O sr. Ames ficou assustado com o barulho e a dor que estava causando. Parou. Cathy caiu sobre a cama, soluçando. Se tivesse olhado, seu pai veria que não havia lágrimas nos olhos dela, mas os músculos do pescoço estavam retesados e havia caroços logo abaixo das têmporas onde os músculos da mandíbula se atavam.

Ele disse:

— E então, vai voltar a fazer isso de novo?

— Não, ai, não! Perdoe-me — disse Cathy. Virou-se na cama para que o pai não pudesse ver a frieza no seu rosto.

— Veja se lembra quem você é. E não se esqueça de quem sou eu.

A voz de Cathy vacilou. Ela produziu um soluço seco.

— Não vou esquecer — disse ela.

Na cozinha a sra. Ames torcia as mãos. Seu marido colocou os dedos sobre o seu ombro.

— Detestei fazer isso — disse. — Mas eu tinha de fazer. E acho que fez bem a ela. Parece uma menina mudada para mim. Talvez não tenhamos sido rigorosos o suficiente. Talvez a tenhamos poupado demais. Talvez estivéssemos errados.

E ele sabia que, embora sua mulher insistisse nos açoites, embora o tivesse forçado a chicotear Cathy, ela o odiava por ter feito aquilo. O desespero tomou conta dele.

[5]

Não parecia haver dúvida de que era o que Cathy precisava. Como disse o sr. Ames:

— É como se ela tivesse se aberto mais. Ela sempre fora tratável, mas agora ficou mais atenciosa também. Nas semanas que se seguiram, ajudou a mãe na cozinha e ofereceu mais ajuda do que era necessária. Começou a tricotar uma colcha oriental para a mãe, um projeto que levaria meses. O sr. Ames contou a respeito aos vizinhos.

— Ela possui um excelente gosto para as cores: ferrugem e amarelo. Já acabou três retângulos.

Para o pai, Cathy tinha sempre um sorriso pronto. Pendurava o seu chapéu quando ele chegava e girava sua cadeira adequadamente sob a luz para que ele pudesse ler com mais facilidade.

Até na escola ela estava diferente. Sempre fora uma boa aluna, mas agora começava a fazer planos para o futuro. Falou com o diretor sobre prestar exames para o seu diploma de professora talvez um ano antes. E o diretor examinou o seu histórico escolar e achou que ela bem poderia tentar com esperança de sucesso. O diretor visitou o sr. Ames no curtume para discutir o assunto.

— Ela não nos falou nada disso — disse o sr. Ames com orgulho.

— Bem, talvez eu não devesse ter lhe contado. Espero que não tenha estragado uma surpresa.

O sr. e a sra. Ames sentiam que haviam sido agraciados com alguma magia que resolvera todos os seus problemas. Atribuíram-na a uma sabedoria inconsciente que só é concedida aos pais.

— Nunca vi tamanha mudança numa pessoa na minha vida — disse o sr. Ames.

— Mas ela sempre foi uma boa menina — afirmou sua mulher. — E notou como está ficando bonita? Ora, é quase uma beldade. Suas faces têm tanta cor.

— Não acredito que vá ser professora durante muito tempo, com toda a sua beleza — disse o sr. Ames.

Era verdade que Cathy brilhava. O sorriso de criança estava constantemente em seus lábios enquanto se preparava. Tinha todo o tempo no mundo. Limpou o porão e enfiou jornais ao redor de todas as bordas das fundações para bloquear correntes de ar. Quando a porta da cozinha rangia ela botava óleo nas dobradiças e na fechadura que rodava com dificuldade e, já que estava com a lata de óleo, lubrificava as dobradiças da porta da frente também. Assumiu o dever de encher os lampiões e manter suas chaminés limpas. Inventou um método de mergulhar as chaminés numa grande lata de querosene que tinha no porão.

— É preciso ver para crer — dizia seu pai.

E não era só em casa. Ela enfrentou o cheiro do curtume para visitar o pai. Acabara de completar dezesseis anos e, naturalmente, ele a considerava uma criança. Ficou assombrado com as perguntas que ela fez sobre o negócio.

— É mais esperta do que muitos homens que conheço — disse ao seu capataz. — Poderia dirigir o negócio um dia.

Ela se interessava não só pelos processos de curtição, mas pelo lado comercial do trabalho. Seu pai explicou-lhe sobre os empréstimos, os pagamentos, as notas e os salários. Mostrou-lhe como abrir um cofre e ficou satisfeito ao ver que depois da primeira tentativa ela se lembrava da combinação.

— Da maneira como vejo as coisas — disse à mulher —, todos temos um pouco de Satanás dentro de nós. Eu não gostaria de uma filha que não tivesse um pouco de cobiça. No meu modo de ver isso é apenas uma espécie de energia. Se você a mantiver sob controle, ela seguirá a direção correta.

Cathy remendou suas roupas e colocou suas coisas em ordem.

Num certo dia, em maio, ela voltou da escola e foi diretamente para suas agulhas de tricô. Sua mãe estava vestida para sair.

— Vou até a igreja — disse ela. — Tratar da venda de bolos da próxima semana. Estou na presidência. Seu pai queria saber se você podia passar no banco e pegar o dinheiro da folha de pagamento e levá-lo ao curtume. Falei a ele que por causa da quermesse eu não poderia ir.

— Eu gostaria — disse Cathy.

— O dinheiro está numa sacola — disse a sra. Ames, e saiu apressadamente.

Cathy agiu rapidamente, mas sem pressa. Colocou um velho avental para cobrir suas roupas. No porão, encontrou uma jarra de geleia com tampa e levou-a à cocheira onde eram guardadas as ferramentas. No galinheiro, pegou uma franguinha, levou-a até o cepo e cortou sua cabeça, colocando o pescoço que ainda se contorcia sobre a jarra de geleia até a encher de sangue. Carregou então a franga que ainda se contorcia até a pilha de estrume e a enterrou bem fundo. De volta à cozinha, tirou o avental, colocou-o no fogão e remexeu a brasa até que uma chama surgiu no pano. Lavou as mãos e inspecionou seus sapatos e suas meias e limpou uma mancha escura do dedão do sapato direito. Olhou para o seu rosto no espelho. Suas bochechas estavam cheias de cor, seus olhos brilhavam e sua boca exibia o pequeno sorriso infantil. Ao sair, escondeu a jarra de geleia sob a parte mais baixa dos degraus da cozinha. Sua mãe tinha saído há menos de dez minutos.

Cathy caminhou com leveza, quase dançando, pela casa e para a rua. As árvores estavam ganhando folhas e havia uns poucos dentes-de-leão em floração amarela nos gramados. Cathy caminhou alegremente para o centro da cidade onde ficava o banco. E estava tão fresca e bonita que as pessoas que caminhavam pela calçada se viravam e olhavam para ela quando passava.

[6]

O incêndio irrompeu cerca de três horas da manhã. Subiu, alastrou-se, cresceu e derrubou tudo antes que alguém notasse. Quando os bombeiros voluntários chegaram, puxando sua carreta com mangueira, nada mais havia a fazer além de molhar os telhados das casas vizinhas para impedir que pegassem fogo.

A casa dos Ames queimara como um foguete. Os voluntários e os costumeiros espectadores que os incêndios atraem procuraram nos rostos iluminados pelo fogo os do sr. e da sra. Ames e de sua filha. Todo mundo se deu conta imediatamente de que eles não estavam ali. As pessoas contemplaram o amplo leito de brasas ardentes e se imaginaram ali com seus filhos, e seus corações subiram à boca e ficaram presos na garganta. Os voluntários começaram a jogar água no braseiro como se pudessem ainda naquela altura salvar alguma parte corpórea da família. Correu pela cidade o rumor assustado de que toda a família Ames fora queimada.

Ao amanhecer todo mundo na cidade estava apinhado ao redor da pilha preta enfumaçada. Aqueles mais à frente tinham de proteger os rostos do calor. Os voluntários continuaram a bombear água para resfriar a massa calcinada. Ao meio-dia o médico-legista pôde colocar as tábuas molhadas e sondar com um pé-de-cabra os montículos de carvão encharcado. Restou o suficiente do sr. e da sra. Ames para se ter certeza de que havia dois corpos. Vizinhos indicaram o local aproximado onde ficava o quarto de Cathy, mas, embora o legista e inúmeros assistentes vasculhassem os destroços com um ancinho, não puderam encontrar nenhum vestígio de dente ou osso.

O chefe dos voluntários, enquanto isso, achara a maçaneta e a fechadura da porta da cozinha. Olhou para o metal enegrecido, intrigado, mas sem saber ao certo o que o intrigava. Pegou emprestado o ancinho do legista e trabalhou furiosamente. Foi ao local onde ficava a porta da frente e vasculhou até que encontrou a fechadura, retorcida e derretida pela metade. A essa altura atraíra uma pequena multidão, que perguntava: "O que está procurando, George?" e "O que foi que você achou, George?"

Finalmente, o legista se aproximou dele:

— O que é que tem em mente, George?

— Não há chaves nas fechaduras — disse o chefe, inquieto.

— Talvez tenham caído.

— Como?

— Talvez tenham se derretido.

— As fechaduras não se derreteram.

— Talvez Bill Ames as tenha tirado.

— Do lado de dentro?

Exibiu os seus troféus. As duas trancas viradas para fora.

Como a casa do proprietário queimou e o proprietário ostensivamente queimou com ela, os empregados do curtume, em sinal de respeito, não foram trabalhar. Reuniram-se ao redor da casa queimada, oferecendo-se para ajudar da maneira que pudessem, sentindo-se necessários e geralmente atrapalhando os trabalhos.

Só à tarde Joel Robinson, o capataz, foi até o curtume. Encontrou o cofre aberto e papéis espalhados por todo o chão. Uma janela quebrada mostrava como o ladrão havia entrado.

Agora todo o panorama mudava. Então, não fora um acidente. O medo tomou o lugar da excitação e da tristeza e a raiva, irmã do medo, se instalou. A multidão começou a se separar.

Não precisou ir muito longe. Na cocheira havia o que se chama de "sinais de luta" — no caso uma caixa quebrada, um lampião de carruagem despedaçado, marcas raspadas na poeira e palha no chão. Os curiosos não saberiam que se tratava de sinais de luta se não houvesse uma quantidade de sangue pelo chão.

O chefe de polícia assumiu o comando. Era a sua função agora. Empurrou e enxotou todo mundo para fora da cocheira.

— Estão querendo estragar todas as provas? — gritou para a massa. — Fiquem todos do lado de fora da porta.

Examinou o local, recolheu algo e num canto encontrou mais alguma coisa. Veio até a porta, brandindo suas descobertas — uma fita de cabelos azul salpicada de sangue e uma cruz com pedras vermelhas.

— Alguém reconhece isto aqui? — perguntou.

Numa cidade pequena, onde todo mundo conhece todo mundo, é quase impossível acreditar que um conhecido seria capaz de matar uma pessoa. Por essa razão, se os indícios não são particularmente fortes numa direção particular, deve ser algum forasteiro obscuro, algum nômade do mundo exterior onde tais coisas acontecem. Então a polícia vai dar batidas nos acampamentos de vagabundos, os vadios são detidos, os registros de hotéis são rigorosamente verificados. Todo homem que não é conhecido vira suspeito automaticamente. É bom lembrar que estávamos em maio e os errantes haviam voltado recentemente à estrada, agora que os meses mais quentes lhes permitiam estender os seus cobertores à margem de qualquer curso de água. E os ciganos também estavam por perto — toda uma caravana a menos de oito quilômetros dali. E que recepção aqueles pobres ciganos tiveram!

Vasculhou-se o terreno num raio de vários quilômetros em busca de terra recentemente revirada e pequenos lagos foram dragados à procura do corpo de Cathy. "Ela era tão bonita", todos diziam, implicando que viam nisso uma boa razão para alguém ter despachado Cathy. Finalmente, um retardado, cabeludo e de fala truncada foi levado a interrogatório. Era um excelente candidato à forca porque não tinha álibis e também era incapaz de se lembrar do que fizera em qualquer momento particular da sua vida. Sua mente débil sentia que seus interrogadores queriam alguma coisa dele e, sendo uma criatura amigável, tentava dar-lhes o que queriam. Quando uma pergunta capciosa lhe foi oferecida, caiu alegremente na armadilha e ficou contente ao ver que o chefe de polícia parecia feliz. Tentou corajosamente agradar a esses seres superiores. Tinha uma índole muito boa. O único problema da sua confissão foi que confessou demais e em muitas direções. E também precisava ser lembrado a todo momento daquilo que supostamente teria feito. Ficou realmente satisfeito quando foi indiciado por um júri severo e assustado. Sentiu que pelo menos aquilo tinha alguma importância.

Existiam, e existem, certos homens que se tornam juízes e cujo amor à lei e à sua intenção de promover justiça possui a qualidade do amor por uma mulher. Um homem desses presidiu o inquérito — um homem tão puro e bom que só por viver evitava muita maldade. Sem a pressão dos interrogadores a que o acusado estava acostumado, sua confissão era uma bobagem. O juiz interrogou-o e verificou que, embora estivesse tentando seguir instruções, o suspeito simplesmente não conseguia se lembrar do que fizera, de quem matara, como e por quê. O juiz suspirou com cansaço, fez um gesto para que saísse da sala do tribunal e com o dedo chamou o chefe de polícia.

— Ora, vamos lá, Mike — disse ele. — Não devia fazer uma coisa dessas. Se aquele pobre-diabo fosse um pouco mais esperto, você poderia tê-lo levado à forca.

— Ele disse que foi o autor do crime. — O chefe de polícia estava magoado porque era um homem consciencioso.

— Ele teria confessado que subiu aos céus e cortou o pescoço de são Pedro com uma bola de boliche — disse o juiz. — Tenha mais cuidado, Mike. A lei foi feita para salvar, não para destruir.

Em todas essas tragédias locais o tempo age como um pincel molhado sobre a aquarela. As arestas aguçadas se diluem, o contraste desaparece, as cores se fundem e das muitas linhas separadas emerge um acinzentado sólido. Dali a um mês não era mais tão necessário enforcar alguém e dois meses depois quase todo mundo descobriu que não havia provas reais contra ninguém. Não fosse pelo assassinato de Cathy, o incêndio e o roubo poderiam ter sido uma coincidência. E então ocorreu às pessoas que sem o corpo de Cathy não se podia provar nada, ainda que todos achassem que ela estava morta.

Cathy deixou uma suave lembrança atrás de si.

9

[1]

O sr. Edwards conduzia o seu o negócio de cafetão com ordem e sem emoção. Mantinha a mulher e os filhos bem-educados numa boa casa, numa boa vizinhança em Boston. As crianças, dois meninos, começaram a estudar em Groton ainda bem pequenas.

A sra. Edwards mantinha uma casa impecável e controlava seus empregados. Com muita frequência, naturalmente, o sr. Edwards precisava se ausentar a negócios, mas conseguia passar mais noites em casa do que se imaginaria. Dirigia o seu negócio com a eficiência e precisão de um contador público. Era um homem grande e forte, engordando um pouco no final da casa dos quarenta anos, mas com uma saúde surpreendentemente boa numa época em que um homem desejava ser gordo para provar que era bem-sucedido.

Ele havia inventado o seu negócio — o circuito que atravessava as pequenas cidades, a curta duração da estada das garotas, a disciplina, as percentagens. Fora encontrando seu caminho aos poucos e cometera poucos erros. Nunca mandara suas garotas para a cidade grande. Podia manipular os chefes de polícia das cidadezinhas, mas respeitava a polícia experiente e voraz das cidades grandes. Seu ponto ideal era uma cidadezinha com um hotel hipotecado e sem diversões, onde sua única concorrência vinha das esposas e de uma garota desgarrada ocasional. A esta altura tinha dez equipes. Antes de morrer aos sessenta e sete anos, sufocado por um osso de galinha, tinha grupos de quatro garotas em cada uma das trinta e três pequenas cidades da Nova Inglaterra. Estava mais do que estável — estava rico; e a forma como morreu foi em si um símbolo de sucesso e prosperidade.

Atualmente, a instituição do prostíbulo parece em certa medida estar se extinguindo. Os estudiosos têm várias explicações a oferecer. Alguns dizem que a decadência da moral entre as jovens desferiu o golpe de misericórdia no bordel. Outros, talvez mais idealistas, sustentam que a supervisão policial em escala crescente está colocando as casas fora de circulação. No final do século passado e início deste século, o prostíbulo era uma instituição aceita, quando não abertamente discutida. Dizia-se que sua existência protegia as mulheres decentes. Um homem solteiro podia ir a uma dessas casas e descarregar a energia sexual que o deixava inquieto e ao mesmo tempo manter as atitudes aceitas em relação à pureza e encanto das mulheres. Era um mistério, mas existem muitas coisas misteriosas em nosso pensamento social.

Essas casas variavam de palácios cobertos de ouro e veludo até os mais sórdidos bordéis cujo fedor espantaria até os porcos. De vez em quando corria um boato de que moças eram raptadas e escravizadas pelos controladores do ramo, e talvez muitas dessas histórias fossem verdade. Mas a grande maioria das prostitutas descambava para a profissão por preguiça e estupidez. Nas casas não tinham nenhuma responsabilidade. Eram alimentadas, vestidas e cuidadas até que ficassem velhas demais e então eram jogadas na rua. Esse final não as desencorajava. Ninguém que é jovem vai envelhecer um dia.

De vez em quando uma garota esperta surgia na profissão, mas ela geralmente partia para coisas melhores. Conseguia montar sua própria casa ou era bem-sucedida numa operação de chantagem ou se casava com um homem rico. Havia até um nome especial e grandioso para as espertas. Eram chamadas de cortesãs.

O sr. Edwards não tinha problemas nem para recrutar nem para controlar suas garotas. Se uma delas não era adequadamente estúpida, ele a botava na rua. Também não queria garotas muito bonitas. Algum jovem local podia se apaixonar por uma prostituta bonita e isso criava uma confusão infernal. Quando qualquer das garotas ficava grávida, tinha a opção de ir embora ou se submeter a um aborto tão violento que grande parte delas morria. Apesar disso, elas geralmente escolhiam o aborto.

Nem sempre as coisas corriam tranquilas para o sr. Edwards. Tinha os seus problemas. Na ocasião deste meu relato ele sofrera uma série de infortúnios. Um desastre de trem matara duas unidades de quatro garotas cada. Outra de suas equipes foi perdida para a conversão quando um pregador do interior subitamente se inflamou e começou a incendiar o povo local com os seus sermões. A congregação inchou tanto que teve de se expandir da igreja para os campos. Então, como ocorre com frequência, o pregador puxou uma carta, o seu grande trunfo. Previa a data do fim do mundo e todo o condado seguiu atrás dele. O sr. Edwards foi até a cidade, tirou o pesado rebenque da sua mala e chicoteou as garotas sem dó nem piedade; em vez de entenderem a mensagem, as garotas imploraram por mais açoite para purgar seus pecados imaginários. Ele desistiu enojado, recolheu as roupas das meninas e voltou para Boston. Elas ganharam uma certa proeminência quando seguiram nuas até a reunião de fiéis ao ar livre para confessar e testemunhar. Foi assim que o sr. Edwards se viu entrevistando e recrutando garotas em bloco, em vez de escolher uma a uma, aqui e ali. Precisava reconstruir três equipes a partir do zero.

Não sei como Cathy Ames ouviu falar do sr. Edwards. Talvez um cocheiro de charrete lhe tivesse dado a pista. A notícia se espalhava quando uma garota realmente se interessava. O sr. Edwards não tivera uma boa manhã quando ela entrou no seu escritório. Atribuía sua dor de estômago a um ensopado de linguado que a mulher lhe dera para jantar na noite anterior. Ficara acordado a noite toda. O ensopado extravasara pelas duas saídas e ele ainda se sentia fraco e dolorido.

Por este motivo, não notou de imediato a garota que se chamava Catherine Amesbury. Ela era bonita demais para o trabalho. Sua voz era grave e rouca, ela era miúda, quase delicada, e tinha uma pele adorável. Em uma palavra, não era de modo algum o tipo de garota do sr. Edwards. Se não estivesse enfraquecido, ele a teria rejeitado na hora. Mas, ainda que não a tenha examinado muito de perto durante o interrogatório de rotina, principalmente sobre parentes que poderiam criar problemas, algo no corpo do sr. Edwards começou a senti-la. O sr. Edwards não era um homem libidinoso e além do mais nunca misturava sua vida profissional com os prazeres privados. Sua reação o espantou. Intrigado, ergueu o olhar para a garota, cujas pálpebras se afundaram doce e misteriosamente, e houve apenas uma sugestão de ginga nos quadris levemente acolchoados. Sua boca pequena exibia um sorriso de gata. O sr. Edwards inclinou-se para a frente na sua escrivaninha, com a respiração ofegante. Percebeu que queria aquela para si mesmo.

— Não consigo entender por que uma garota como você... — começou ele, e caiu direto na mais velha crença do mundo: a de que a mulher que a gente ama sempre é sincera e honesta.

— Meu pai morreu — disse Catherine recatada. — Antes de morrer deixou que tudo degringolasse. Não sabíamos que havia hipotecado a fazenda. E não posso deixar que o banco a tire da minha mãe. O choque a mataria. — Os olhos de Catherine se turvaram de lágrimas. — Achei que talvez pudesse ganhar o suficiente para pagar os juros.

Se um dia o sr. Edwards tivera uma oportunidade, era agora. E, de fato, uma pequena campainha de alerta tocou no seu cérebro, mas não alto o bastante. Cerca de oitenta por cento das garotas que o procuravam precisavam de dinheiro para pagar uma hipoteca. E o sr. Edwards tinha como regra invariável não acreditar em nada que as suas garotas dissessem, excetuando o que tinham comido no café da manhã, e às vezes elas mentiam até a respeito disso. E ali estava ele, um cafetão graúdo, gordo e maduro, apoiando o estômago contra a sua mesa, enquanto as bochechas se avermelhavam de sangue, e calafrios de excitação lhe percorriam as pernas e as coxas.

O sr. Edwards ouviu a si mesmo dizendo:

— Ora, minha cara, vamos conversar sobre isso. Talvez possamos encontrar um jeito de você conseguir o dinheiro dos juros.

E isso para uma garota que tinha simplesmente pedido um emprego de prostituta — ou teria pedido mesmo?

[2]

A sra. Edwards era persistente e, por que não dizer, profundamente religiosa. Passava grande parte da sua vida envolvida com a mecânica da sua igreja, o que não lhe deixava tempo para a sua história ou os seus efeitos. Para ela, o sr. Edwards estava no ramo das importações e, ainda que soubesse — e ela provavelmente sabia — em que negócio ele realmente estava metido, não teria acreditado naquilo. E esse é outro mistério. Seu marido sempre fora para ela um homem frio e respeitoso que exigia muito pouco dela em matéria de deveres conjugais. Se nunca fora caloroso, também nunca fora cruel. Seus dramas e emoções se relacionavam com os filhos, a sacristia e a comida. Estava contente com a sua vida e agradecida. Quando o ânimo do marido começou a se desintegrar, tornando-o inquieto e irritadiço, fazendo-o ficar sentado a fitar o vazio ou a sair correndo de casa num acesso de raiva, ela atribuiu o nervosismo primeiro ao seu estômago, depois a reveses nos negócios. Quando por acaso o encontrou no banheiro, sentado na privada chorando baixinho para si mesmo, soube que era um homem doente. Ele tentou rapidamente encobrir os olhos avermelhados e marejados para que ela não percebesse. Quando nem chás de ervas nem purgantes o curaram, ela se sentiu desamparada.

Se antes disso o sr. Edwards tivesse ouvido falar de alguém numa situação como a dele, teria rido. Pois o sr. Edwards, um dos cafetões mais impiedosos que já existiram, havia caído miseravelmente numa paixão sem esperança por Catherine Amesbury. Alugou uma simpática casinha de tijolos para ela e depois deu a casa a ela. Comprou-lhe todo tipo de luxo imaginável, decorou a casa com exagero, manteve-a superaquecida. Os tapetes eram espessos e as paredes cobertas por quadros em molduras pesadas.

O sr. Edwards nunca experimentara tamanha infelicidade. Em função dos seus negócios, aprendera tanto sobre as mulheres que nunca confiava em nenhuma delas por um segundo sequer. E como amava profundamente Catherine e o amor exige confiança, viu-se dilacerado em fragmentos frementes por sua emoção. Tinha de confiar nela e ao mesmo tempo não confiava. Tentou comprar sua lealdade com presentes e dinheiro. Quando estava longe dela, torturava-se com o pensamento de outros homens entrando pela casa. Detestava deixar Boston para fiscalizar suas equipes porque isso deixaria Catherine sozinha. Em certa medida, começou a negligenciar os negócios. Era a sua primeira experiência com esse tipo de amor e ela quase o matou.

Uma coisa o sr. Edwards não sabia, e não podia saber por que Catherine não permitiria, é que ela lhe era fiel no sentido de que não recebia nem visitava outros homens. Para Catherine, o sr. Edwards era um vínculo comercial tão frio quanto eram as suas equipes para ele. E assim como ele tinha suas técnicas, ela também tinha as dela. Depois que o conquistou, o que levou pouco tempo, ela encontrava um jeito de parecer sempre ligeiramente insatisfeita. Dava-lhe uma impressão de inquietação, como se pudesse fugir a qualquer momento. Quando sabia que ele ia visitá-la, ela fazia questão de sair e voltar radiante, como se vinda de uma experiência incrível. Queixava-se muito das dificuldades de evitar os olhares e toques lúbricos dos homens na rua, incapazes de se afastar dela. Várias vezes entrou em casa correndo assustada, tendo escapado por pouco de um homem que a havia perseguido. Quando voltava no final da tarde e o encontrava à sua espera, explicava: "Ora, eu estava fazendo compras. Preciso fazer compras, você sabe disso", e fazia aquilo soar como se fosse uma mentira.

Em suas relações sexuais com ele, ela o convencia de que o resultado não lhe era muito satisfatório, que se ele fosse mais homem seria capaz de desencadear nela uma inundação de prazer inacreditável. O método dela era mantê-lo em permanente desequilíbrio. Ela viu com satisfação seus nervos começarem a desandar, suas mãos a tremer, sua perda de peso e o olhar aflito e vidrado. E quando delicadamente sentia a aproximação de um acesso de raiva insano e vingativo, sentava-se no colo dele e o acalmava, fazendo com que acreditasse por um momento em sua inocência. Era capaz de convencê-lo.

Catherine queria dinheiro e pôs-se a consegui-lo tão rápida e facilmente quanto pudesse. Quando o havia sugado até o bagaço, e Catherine sabia exatamente quando a ocasião era propícia, começou a roubar dele. Revistava seus bolsos e tirava toda nota grande que achasse. Ele não ousava acusá-la temendo que ela fosse embora. Os presentes de joalheria que lhe deu desapareceram e, embora ela dissesse que os havia perdido, ele sabia que foram vendidos. Ela adulterava as notas do armazém, aumentava os preços das roupas. Ele não conseguia parar com aquilo. Ela não vendeu a casa, mas a hipotecou até o último centavo.

Certa noite sua chave não conseguia entrar na fechadura da porta da frente. Ela respondeu a suas batidas insistentes depois de muito tempo. Sim, ela havia trocado o segredo das portas porque perdera as chaves. Tinha medo, morando sozinha. Qualquer um podia entrar na casa. Ela faria outra cópia da chave para ele — mas nunca chegou a fazer. Ele sempre tinha de tocar a campainha depois disso, e às vezes ela levava um tempo imenso para atender e outras vezes sequer atendia. Não havia meio de saber se estava em casa ou não. O sr. Edwards mandou que a seguissem — e ela não soube quantas vezes.

O sr. Edwards era essencialmente um homem simples, mas até um homem simples tem complexidades obscuras e tortuosas. Catherine era esperta; no entanto, até mesmo uma mulher esperta às vezes se perde nos estranhos meandros de um homem.

Ela só cometeu um erro grave, e havia tentado evitá-lo. Como era de praxe, o sr. Edwards havia estocado o pequeno ninho de amor com champanhe. Catherine desde o início se recusara a tocar na bebida.

— Deixa-me enjoada — explicou. — Já tentei e não consigo bebê-la.

— Bobagem — disse ele. — Só uma taça. Não vai lhe fazer mal.

— Não, obrigada. Não. Não consigo beber.

O sr. Edwards encarou sua relutância como uma qualidade delicada de dama fina. Nunca havia insistido até uma noite em que lhe ocorreu que nada sabia sobre ela. A bebida poderia soltar sua língua. Quanto mais pensava nisso, melhor a ideia lhe parecia.

— Não é amistoso se recusar a tomar uma taça comigo.

— Eu lhe disse, não me faz bem.

— Bobagem.

— Já disse que não quero.

— Isso é tolice — disse ele. — Vai querer que eu fique zangado com você?

— Não.

— Então tome uma taça.

— Não quero.

— Beba. — Estendeu a taça para ela, e ela recuou.

— Você não sabe. Não é bom para mim.

— Beba.

Ela pegou a taça e bebeu-a de um só gole e ficou parada, tremendo, parecendo à escuta. Serviu outra taça para si, e mais outra. Seus olhos ficaram parados e frios. O sr. Edwards sentiu medo dela. Algo estava lhe acontecendo que nem ela nem ele podiam controlar.

— Eu não queria fazer isso. Lembre-se bem — disse calmamente.

— Talvez seja melhor não beber mais.

Ela riu e serviu outra taça para si.

— Agora não importa mais — falou. — Não vai fazer muita diferença.

— É bom tomar mais uma taça, então — disse ele, apreensivo.

Ela falou baixinho para ele.

— Seu gordo imbecil — disse. — O que sabe a meu respeito? Acha que não sou capaz de ler cada pensamento sujo que você já teve? Quer que eu lhe diga? Gostaria de saber onde uma moça fina como eu aprendeu os truques? Vou lhe contar. Aprendi nos bordéis, está me ouvindo? Nos bordéis. Trabalhei em lugares de que nunca ouviu falar, por quatro anos. Marinheiros me ensinaram pequenos truques de Port Said. Conheço cada nervo do seu corpo asqueroso e posso usá-lo.

— Catherine — protestou ele. — Você não sabe o que está dizendo.

— Eu entendi. Achou que eu ia falar. Pois bem, estou falando.

Avançou lentamente na direção dele e o sr. Edwards dominou o seu impulso de se afastar. Tinha medo dela, mas ficou sentado imóvel. Bem à sua frente ela bebeu o último gole de champanhe da sua taça, delicadamente bateu com a borda contra a mesa e enfiou o vidro serrilhado no seu rosto.

Então ele saiu correndo da casa e podia ouvi-la gargalhando enquanto ele se afastava.

[3]

O amor para um homem como o sr. Edwards é uma emoção mutilante. Arruinou seu raciocínio, destruiu seu conhecimento, enfraqueceu-o. Disse a si mesmo que ela estava histérica e tentou acreditar nisso e Catherine tornou-se a coisa mais fácil para ele. Seu ataque a havia aterrorizado e durante algum tempo fez todo esforço para restaurar a imagem de suavidade que guardava dela.

Um homem tão desesperadamente apaixonado é capaz de se torturar além do imaginável. O sr. Edwards queria de todo o coração acreditar na bondade de Catherine, mas foi forçado a não acreditar, tanto por seu próprio demônio particular, como pelo acesso de raiva dela. Quase instintivamente ele seguia ouvindo a verdade e, ao mesmo tempo, desacreditando-a. Sabia, por exemplo, que ela não colocaria o seu dinheiro num banco. Um dos empregados do sr. Edwards, usando um complicado jogo de espelhos, encontrou o local no porão da pequena casa de tijolos onde ela o guardava.

Um dia chegou um recorte enviado pela agência de detetives que ele contratara. Era o relato de um incêndio num exemplar antigo de um semanário de uma cidadezinha. O sr. Edwards o estudou. Seu peito e seu estômago viraram metal fundido e uma vermelhidão acendeu-se na sua cabeça atrás dos olhos. Havia medo real misturado no seu amor, e o precipitado resultante da fusão dos dois era a crueldade. Cambaleou atordoado até o sofá do escritório e deitou-se de bruços, a testa contra o couro preto frio. Aos poucos seu cérebro clareou. Sua boca estava azeda e sentia uma forte dor de raiva nos ombros. Mas estava calmo e uma intenção golpeou sua mente como o facho de uma lanterna atravessa uma sala escura. Moveu-se lentamente, verificando sua mala como sempre fazia quando partia para inspecionar suas equipes — camisas e roupas de baixo limpas, um camisolão e chinelos, e o rebenque pesado com o látego curvo no fundo da mala.

Subiu pesadamente o pequeno jardim diante da casa de tijolos e tocou a campainha.

Catherine respondeu imediatamente. Estava de casaco e chapéu.

— Ah! — disse. — Que pena! Preciso sair por um tempo.

O sr. Edwards colocou a mala no chão.

— Não — disse ele.

Ela o estudou. Alguma coisa havia mudado. Passou pesadamente por ela e desceu ao porão.

— Aonde está indo? — A voz dela era estridente.

Ele não respondeu. Num momento estava de volta, carregando uma pequena caixa de carvalho. Abriu a mala e colocou a caixa dentro.

— Isso é meu — disse ela baixinho.

— Eu sei.

— O que está pretendendo?

— Achei que podíamos fazer uma pequena viagem.

— Para onde? Não posso ir.

— Uma cidadezinha de Connecticut. Tenho alguns negócios lá. Certa vez me disse que queria trabalhar. Você vai trabalhar.

— Não quero saber. Não pode me obrigar. Ouça, vou chamar a polícia!

Ele exibiu um sorriso tão horrendo que ela deu um passo para trás. Suas têmporas latejavam cheias de sangue.

— Talvez preferisse ir até a sua cidadezinha — disse ele. — Houve um grande incêndio lá há alguns anos. Lembra-se daquele incêndio?

Os olhos dela sondaram-no, buscando um ponto vulnerável, mas o olhar dele era seco e duro.

— O que quer que eu faça? — perguntou ela calmamente.

— Simplesmente me acompanhe nesta pequena viagem. Você disse que queria trabalhar.

Ela só podia pensar num plano. Devia acompanhá-lo e esperar por uma oportunidade. Um homem não ficava vigilante o tempo todo. Seria perigoso contrariá-lo agora — era melhor seguir com ele e esperar. Isso sempre funcionava. Sempre havia funcionado. Mas as palavras dele tinham injetado em Catherine um medo real.

Na cidadezinha, eles desceram do trem ao crepúsculo, caminharam pela única rua às escuras e chegaram ao campo. Catherine estava preocupada e alerta. Não sabia qual era o plano dele. Em sua bolsa levava uma faca de lâmina fina.

O sr. Edwards achou que sabia o que tencionava fazer. Pretendia açoitá-la e colocá-la num dos quartos da estalagem, açoitá-la de novo e transferi-la para outra cidade, e assim até que ela não servisse mais. Depois a jogaria na rua. O chefe de polícia local garantiria que ela não fugisse. A faca não o preocupava. Sabia da sua existência.

A primeira coisa que fez quando pararam num lugar recôndito entre um muro de pedra e um bosque de cedros foi arrancar a bolsa da mão dela e jogá-la por cima do muro. Isso dava conta da faca. Mas ele não sabia a respeito de si mesmo, porque em toda a sua vida nunca estivera apaixonado por uma mulher. Achou que queria apenas castigá-la. Depois de dois açoites, o rebenque não bastou. Jogou-o ao chão e usou os punhos. Sua respiração saía em guinchos agudos.

Catherine fez o melhor que pôde para não entrar em pânico. Tentou se esquivar dos seus punhos cortantes ou pelo menos torná-los ineficazes, mas finalmente foi tomada pelo medo e tentou correr. Ele pulou sobre ela e a derrubou, e então seus punhos não eram mais suficientes. Sua mão frenética encontrou uma pedra no chão e seu frio controle explodiu no fragor de uma onda vermelha.

Depois olhou para o rosto empastado dela. Auscultou as batidas do seu coração e não pôde ouvir nada acima do martelar do seu próprio coração. Dois pensamentos completos e separados lhe passaram pela cabeça. Um deles dizia: "Vou ter de enterrá-la, cavar um buraco e metê-la dentro dele." E o outro chorava como uma criança: "Não aguento isso. Não poderia suportar tocar nela." Então, o nojo que se segue à raiva tomou conta dele. Saiu correndo dali, deixando sua mala, deixando o rebenque, deixando a caixa de carvalho com o dinheiro. Perdeu-se no crepúsculo, procurando onde esconder seu enjoo por um tempo.

Nenhuma pergunta foi feita a ele. Após um período de doença, assistido com ternura por sua mulher, voltou aos negócios e nunca mais deixou a insanidade do amor se aproximar dele. Um homem que não consegue aprender com a experiência é um tolo. Depois disso ele sempre guardou uma espécie de respeito temeroso por si mesmo. Nunca soubera que o impulso de matar morava nele.

Não matou Catherine por um mero acaso. Cada golpe fora desferido com a intenção de esmagá-la. Ela ficou muito tempo inconsciente e muito tempo semiconsciente. Percebeu que seu braço estava quebrado e que tinha de procurar ajuda se queria continuar viva. A vontade de viver forçou-a a se arrastar ao longo da estrada escura, em busca de socorro. Entrou por um portão e quase conseguiu subir os degraus da casa antes de desmaiar. Os galos cantavam no galinheiro e uma faixa acinzentada de aurora surgia no leste.

10

[1]

Quando dois homens moram juntos eles geralmente mantêm uma ordem precária por causa da raiva incipiente que sentem um do outro. Dois homens sozinhos estão sempre prestes a brigar, e sabem disso. Adam Trask não tinha voltado para casa há muito tempo quando a tensão começou a crescer. Os dois irmãos ficavam muito tempo juntos e quase não viam ninguém.

Durante alguns meses se ocuparam colocando em ordem o dinheiro de Cyrus e botando-o para render juros. Viajaram juntos a Washington para visitar a sepultura, de boa pedra com uma estrela de ferro no topo e um orifício para a haste de uma bandeira pequena a ser colocada no dia de homenagem à memória dos soldados mortos na guerra. Os irmãos ficaram parados ao lado do túmulo um longo tempo, depois foram embora e não mencionaram Cyrus.

Se Cyrus fora desonesto, ele fizera a coisa muito bem. Ninguém fez perguntas em relação ao dinheiro. Mas a questão continuava na cabeça de Charles.

De volta à fazenda, Adam perguntou-lhe:

— Por que não compra umas roupas novas? Você é um homem rico. Age como se tivesse medo de gastar um centavo.

— Eu tenho medo — disse Charles.

— Por quê?

— Poderia ter de devolver.

— Ainda está obcecado com isso? Se houvesse algo errado não acha que já saberíamos a esta altura?

— Não sei — disse Charles. — Prefiro não falar sobre isso.

Mas, naquela noite, ele puxou o assunto de novo.

— Tem uma coisa que me incomoda — começou.

— Em relação ao dinheiro?

— Sim, em relação ao dinheiro. Se alguém ganha muito dinheiro, sempre tem uma bagunça.

— Que quer dizer?

— Bem, papéis, livros de contabilidade e notas de venda, faturas, cifras. Pois bem, nós vasculhamos as coisas de papai e não encontramos nada disso.

— Talvez ele tenha queimado tudo.

— Talvez tenha — disse Charles.

Os irmãos viviam segundo uma rotina estabelecida por Charles e ele nunca a variava. Charles acordava ao toque das quatro e meia tão prontamente como se o pêndulo de latão do relógio o houvesse cutucado. Acordava, na verdade, um segundo antes das quatro e trinta. Seus olhos estavam abertos e ele havia piscado uma vez antes de o gongo do relógio bater. Por um momento ficava imóvel, olhando para a escuridão e coçando a barriga. Depois estendia a mão até a mesinha ao lado da cama e sua mão caía exatamente sobre a caixa de madeira cheia de fósforos. Seus dedos pegavam um fósforo e ele o riscava na lateral da caixa. O enxofre queimava na pequena cabeça antes de o fogo pegar no palito de madeira. Charles acendia a vela ao lado da cama. Jogava o cobertor para o lado e se levantava. Usava uma roupa de baixo cinzenta e comprida que estufava à altura dos joelhos e descia até os tornozelos. Bocejando, ia até a porta, abria e gritava:

— Quatro e meia, Adam. Hora de acordar. Vamos.

A voz de Adam estava abafada.

— Você nunca esquece?

— É hora de levantar. — Charles enfiava as pernas nas calças e as puxava até os quadris. — Você não precisa se levantar — dizia. — É um homem rico. Pode ficar na cama o dia inteiro.

— Você também. Mas ainda assim nos levantamos antes do amanhecer.

— Não precisa se levantar — repetia Charles. — Mas se vai trabalhar na fazenda, é melhor trabalhar para valer.

Adam falou com um ar de lamúria:

— Então vamos comprar mais terra para que possamos trabalhar mais.

— Ora, pare com isso — disse Charles. — Volte para a cama se quiser.

Adam disse:

— Aposto que você não conseguiria dormir mesmo se ficasse na cama. Quer saber de uma coisa? Aposto que se levanta porque quer e depois leva crédito por isso, como levar crédito por ter seis dedos.

Charles foi até a cozinha e acendeu o lampião.

— Você não pode ficar na cama e dirigir uma fazenda — disse ele, e empurrou as cinzas pela grade do fogão e rasgou uns pedaços de papel sobre o carvão em brasa até que as chamas começaram.

Adam o observava através da porta.

— Não seria capaz de usar um fósforo — disse.

Charles se virou zangado.

— Vá cuidar da sua vida. Pare de me azucrinar.

— Está bem — disse Adam. — Eu vou. E talvez minha vida não esteja aqui. — Cabe a você decidir. No momento em que quiser ir embora, siga em frente.

A discussão era tola, mas Adam não pôde se conter. Sua voz continuou sem que ele o desejasse, proferindo palavras zangadas e irritantes.

— Você tem toda a razão. Vou embora quando quiser — disse ele. — Esta é a minha casa, tanto quanto sua.

— Então por que não faz algum trabalho nela?

— Ai, Deus! — disse Adam. — Por que estamos brigando? Não vamos brigar.

— Não quero confusão — disse Charles. Com uma concha serviu um angu morno em duas tigelas e as colocou sobre a mesa.

Os irmãos sentaram-se. Charles passou manteiga numa fatia de pão, pegou uma faca cheia de geleia e a espalhou sobre a manteiga. Pegou manteiga para sua segunda fatia de pão e deixou restos de geleia misturados à manteiga.

— Com os diabos, não é capaz de limpar sua faca? Veja só essa manteiga!

Charles depôs a faca e o pão sobre a mesa e colocou as mãos com as palmas para baixo de cada lado.

— É melhor você deixar esta casa — disse.

Adam se levantou.

— Eu preferia viver num chiqueiro — disse, e caminhou para fora de casa.

[2]

Passaram-se oito meses antes que Charles o visse de novo. Charles voltou do trabalho e encontrou Adam jogando água nos cabelos e no rosto com o balde da cozinha.

— Olá — disse Charles. — Como vai?

— Estou ótimo — disse Adam.

— Por onde andou?

— Boston.

— Nenhum outro lugar?

— Não. Só dei uma olhada na cidade.

Os irmãos recaíram na vida antiga, mas cada um tomava precauções contra a raiva. De certo modo, cada um protegia o outro e assim se poupava a si mesmo. Charles, o eterno madrugador, preparava o café da manhã antes de acordar Adam. E Adam mantinha a casa limpa e começou a organizar uma série de livros contábeis sobre a fazenda. Dessa maneira cautelosa, viveram durante dois anos antes que a sua irritação se tornasse de novo incontrolável.

Numa noite de inverno, Adam levantou os olhos do seu livro contábil.

— A Califórnia é um bom lugar — disse. — É bom no inverno. E você pode plantar o que quiser lá.

— Claro que pode. Mas, quando tiver plantado, o que vai fazer?

— Que tal trigo? Plantam muito trigo na Califórnia.

— Vai dar ferrugem nele — disse Charles.

— Como tem tanta certeza? Olha, Charles, dizem que as coisas crescem tão rápido na Califórnia que você tem de plantar e dar um passo para trás senão vai ser derrubado.

Charles falou:

— Com os diabos, por que não vai para lá? Compro a sua parte na hora em que você quiser.

Adam ficou quieto então, mas de manhã, enquanto penteava os cabelos e se olhava no pequeno espelho, recomeçou a história.

— Não tem inverno na Califórnia — disse. — É como se fosse primavera o tempo todo.

— Eu gosto do inverno — disse Charles.

Adam se aproximou do fogão.

— Não fique zangado — disse.

— Bem, pare de me provocar. Quantos ovos?

— Quatro — disse Adam.

Charles colocou sete ovos na parte superior do forno que se aquecia e preparou o fogo cuidadosamente com gravetos pequenos até que começou a queimar com intensidade. Colocou a frigideira perto da chama. Seu mau humor o abandonava quando fritava o bacon.

— Adam — disse ele —, não sei se notou, mas parece que de cada duas palavras que você fala uma delas é Califórnia. Deseja realmente ir para lá?

Adam abafou uma risada.

— É o que estou tentando decidir — falou. — Não sei. É como levantar de manhã. Não quero me levantar, mas também não quero ficar na cama.

— Você realmente torna a coisa complicada — disse Charles.

Adam continuou:

— Toda manhã no Exército aquela desgraçada corneta tocava. E jurei por Deus que se conseguisse sair eu dormiria até o meio-dia todo dia. E aqui eu me levanto meia hora antes do toque da alvorada. Pode me dizer, Charles, por que diabos estamos trabalhando?

— Você não pode ficar na cama e dirigir uma fazenda — disse Charles. Remexeu com um garfo no bacon que chiava.

— Examine a situação — disse Adam com sinceridade. — Nenhum de nós tem uma garota ou um filho, menos ainda uma mulher. E do jeito que a coisa vai, acho que nunca teremos. Não temos tempo para procurar uma esposa. E aqui estamos nós pensando em acrescentar o terreno do Clark ao nosso se o preço for bom. Para quê?

— É um terreno excelente — disse Charles. — Juntando os dois, formaríamos uma das melhores fazendas neste território. Diga! Está pensando em se casar?

— Não. E é disso que estou falando. Daqui a alguns anos teremos a melhor fazenda da região. Dois velhotes solitários trabalhando que nem burros de carga. Então um de nós vai morrer e a bela fazenda vai pertencer a um velhote solitário, e então ele vai morrer...

— Que diabos está dizendo? — perguntou Charles. — Um sujeito não pode se sentir bem na vida. Você me dá arrepios. Desembuche, no que está pensando?

— Não estou me divertindo nem um pouco — disse Adam. — Ou, de qualquer maneira, não estou me divertindo o bastante. Estou trabalhando demais para o que tenho, e não preciso nem trabalhar.

— Bem, por que não larga tudo então? — gritou Charles com ele. — Por que não vai embora daqui? Não vejo nenhum guarda o impedindo. Vá para os Mares do Sul e fique deitado numa rede se é o que quer.

— Não se zangue — disse Adam calmamente. — É como se levantar. Não quero me levantar e não quero ficar na cama. Não quero ficar aqui e não quero ir embora.

— Você me dá calafrios — disse Charles.

— Pense nisso, Charles. Você gosta daqui?

— Sim.

— E quer viver aqui toda a sua vida?

— Sim.

— Jesus, eu gostaria que fosse tão fácil assim para mim. Na sua opinião, qual é o meu problema?

— Acho que está com febre de sexo. Vamos à estalagem esta noite que você vai se curar.

— Talvez seja isso — disse Adam. — Mas nunca encontrei muita satisfação com uma prostituta.

— É tudo igual — disse Charles. — Você fecha os olhos e não é capaz de saber a diferença.

— Alguns dos rapazes do regimento costumavam ter uma bugra à sua disposição. Eu tive uma por uns tempos.

Charles se virou para ele com interesse.

— Papai ia se revirar no túmulo se soubesse que você andou com uma bugra. E como foi?

— Muito bom. Ela lavava minhas roupas, remendava, cozinhava.

— Quero dizer a outra coisa, como foi?

— Foi boa. Sim, foi boa. E suave, muito tranquila e suave. Com calma e ternura.

— Teve sorte que ela não lhe enfiou uma faca enquanto dormia.

— Não faria isso. Ela era gentil.

— Está com um olhar estranho. Acho que se deixou tocar por essa bugra.

— Acho que sim — disse Adam.

— O que aconteceu com ela?

— Varíola.

— Não teve outra bugra?

Os olhos de Adam refletiam dor.

— Nós os empilhávamos como se fossem toras, mais de duzentos, braços e pernas esticados para fora. Nós empilhávamos mato seco por cima e derramávamos querosene.

— Ouvir dizer que não aguentam a varíola.

— Ela os mata — disse Adam. — Você está queimando o bacon.

Charles se voltou rapidamente para o fogão.

— Vai ficar tostado — disse ele. — Gosto de bacon tostado.

Jogou o bacon num prato, quebrou os ovos sobre a banha quente e eles saltitaram, suas bordas ficaram rendilhadas e marrons e pipocavam.

— Houve uma professora — disse Charles. — A coisinha mais bonita que você já viu. Tinha pezinhos minúsculos. Comprava todas as suas roupas em Nova York. Cabelos louros, e nunca vi pezinhos tão pequenos. Cantava também, no coro. Todo mundo começou a ir à igreja. Era quase um estouro da boiada. Foi muito tempo atrás.

— Na época em que você pensava em se casar?

Charles sorriu.

— Acho que sim. Acho que não houve um rapaz por aqui que não pegasse a febre do casamento.

— E o que aconteceu com ela?

— Bem, sabe como são as coisas. As mulheres daqui ficaram indóceis. Juntaram-se. Em pouco tempo a afastaram da escola. Ouvi dizer que ela usava roupa de baixo de seda. Muito esnobe. A diretoria da escola a demitiu na metade do período letivo. Uns pezinhos maravilhosos. Mostrava os tornozelos, também, como se por acaso. Estava sempre mostrando os tornozelos.

— Chegou a conhecê-la? — perguntou Adam.

— Não. Só fui à igreja. Mal dava para entrar. Uma garota bonita como ela não tem direitos numa cidadezinha destas. Deixa as pessoas nervosas. Cria confusão.

Adam disse:

— Está lembrado daquela garota dos Samuel? Era realmente bonita. O que aconteceu com ela?

— A mesma coisa. Meteu-se em encrenca. Foi embora. Soube que está morando na Filadélfia. É costureira. Ouvir dizer que ganha dez dólares só por um vestido.

— Talvez devêssemos ir embora daqui — opinou Adam.

Charles falou:

— Ainda pensando na Califórnia?

— Acho que sim.

Charles explodiu.

— Quero que vá embora daqui! — gritou. — Quero que deixe este lugar. Compro sua parte ou vendo a minha, o que você quiser. Saia daqui, seu filho da mãe... — E parou. — Retiro essa última parte, não tive a intenção. Mas, pelo amor de Deus, você me deixa nervoso.

— Eu vou embora — disse Adam.

[3]

Em três meses, Charles recebeu um cartão-postal colorido da baía do Rio e Adam escreveu no verso com uma pena cheia de borrões. "É verão aqui quando é inverno aí. Por que não vem para cá?"

Seis meses depois houve outro cartão, de Buenos Aires. "Querido Charles — meu Deus, esta é uma cidade grande. Falam francês e espanhol aqui. Estou mandando um livro para você."

Mas nenhum livro chegou. Charles o procurou todo o inverno seguinte e parte da primavera. Em vez do livro, Adam chegou. Estava bronzeado e suas roupas tinham um corte estrangeiro.

— Como está? — perguntou Charles.

— Estou bem. Recebeu o livro?

— Não.

— O que será que aconteceu com ele? Tinha fotos.

— Vai ficar?

— Acho que sim. Vou lhe contar sobre aquele país.

— Não quero saber — disse Charles.

— Cristo, você é mau — disse Adam.

— Estou vendo tudo acontecer de novo. Vai ficar por um ano, mais ou menos, e então começa se inquietar e a me deixar inquieto. Ficamos zangados um com o outro e depois ficamos polidos um com o outro, o que é pior. Depois explodimos e você vai embora de novo e depois volta e aí começamos tudo novamente.

Adam disse:

— Quer que eu fique?

— Claro que sim — disse Charles. — Sinto sua falta quando não está aqui. Mas posso ver que vai ser tudo do mesmo jeito.

E assim foi. Durante um período, eles relembraram os velhos tempos, contaram de novo das vezes em que estiveram separados e depois caíram em silêncios longos e feios, horas de trabalho sem conversa, a cortesia defensiva, os lampejos de raiva. Não havia fronteiras para o tempo e sua passagem parecia interminável.

Certa noite, Adam disse:

— Sabe, vou fazer trinta e sete anos. É metade de uma vida.

— Lá vem você — disse Charles. — Desperdiçando a sua vida. Ouça, Adam, será que podíamos evitar uma briga esta noite?

— Que quer dizer?

— Bem, se seguirmos a fórmula, vamos brigar durante três ou quatro semanas, preparando a sua saída. Se está ficando inquieto, não podia simplesmente ir embora e poupar todo o desgaste?

Adam riu e a tensão deixou a sala.

— Tenho um irmão muito esperto — disse. — Claro, quando a vontade de viajar ficar forte demais, eu parto sem brigar. Sim, eu gosto disso. Você está ficando rico, não está, Charles?

— Estou bem de vida. Não diria rico.

— Não diria que comprou quatro prédios e a estalagem na cidade?

— Não, eu não diria.

— Mas você fez isso. Charles, você tornou esta fazenda a mais bonita destas redondezas. Por que não construímos uma casa nova, com banheira, água corrente e uma privada? Não somos pobres mais. Ora, dizem até que você é o homem mais rico desta região.

— Não precisamos de uma casa nova — disse Charles rispidamente. — Leve para longe suas ideias de luxo.

— Seria agradável ir à toalete sem ter que sair da casa.

— Leve essas ideias para longe daqui.

Adam estava se divertindo com a conversa.

— Talvez eu construa uma casinha bonita perto do arvoredo. O que acha disso? Então não daríamos nos nervos um do outro.

— Não quero isso neste terreno.

— O lugar é metade meu.

— Eu compro a sua parte.

— Mas eu não preciso vender.

Os olhos de Charles pegaram fogo.

— Eu queimo a desgraçada da sua casa.

— Acredito que faria isso — disse Adam, subitamente sóbrio. — Acredito mesmo que você faria isso. Por que está me olhando com essa cara?

Charles falou lentamente.

— Pensei muito nisso. Queria que você trouxesse o assunto à baila. Mas acho que nunca vai fazer isso.

— Que quer dizer?

— Lembra quando me mandou um telegrama pedindo cem dólares?

— Claro que sim. Salvou minha vida, eu acho. Por quê?

— Você nunca me pagou aquele dinheiro.

— Devo ter pagado.

— Não pagou.

Adam baixou os olhos para a mesa diante da qual Cyrus se havia sentado, batendo na sua perna de madeira com uma bengala. E o velho lampião de azeite pendia sobre o centro da mesa, projetando a luz amarela instável do seu pavio redondo.

— Eu lhe pago amanhã de manhã.

— Eu lhe dei bastante tempo para isso.

— Claro que deu, Charles. Eu devia ter me lembrado.

Adam fez uma pausa, pensando, e finalmente disse:

— Não sabe para que eu precisava do dinheiro.

— Nunca perguntei.

— E eu nunca lhe contei. Talvez estivesse com vergonha. Eu estava preso, Charles. Fugi da cadeia, escapei.

Charles ficou boquiaberto.

— Do que está falando?

— Vou lhe contar. Eu era um vagabundo e fui detido por vadiagem e colocado numa turma de estrada, com correntes de ferro nas pernas à noite. Saí depois de seis meses e fui detido de novo, logo a seguir. É assim que constroem estradas. Três dias antes do final da segunda pena de seis meses, eu escapei, atravessei a divisa da Geórgia, roubei roupas de uma loja e mandei-lhe o telegrama.

— Não acredito em você — disse Charles. — Sim, acredito. Você não costuma contar mentiras. Claro que acredito em você. Por que não me contou?

— Talvez eu tivesse vergonha. Mas sinto mais vergonha por não lhe ter pagado.

— Ora, esqueça — disse Charles. — Não sei por que mencionei isso.

— Por Deus do céu, não. Vou lhe pagar de manhã.

— Não posso acreditar — disse Charles. — Meu irmão um presidiário!

— Não precisa ficar tão alegre.

— Não sei por quê — disse Charles —, mas me dá um certo orgulho. Meu irmão um presidiário! Diga-me uma coisa, Adam, por que esperou para fugir até três dias antes de ser solto?

Adam sorriu.

— Duas ou três razões — disse. — Eu receava que, se cumprisse o meu tempo de prisão, pudessem me pegar de novo. E calculei que, se esperasse até o fim, eles não imaginariam que eu iria fugir.

— Faz sentido — disse Charles. — Mas você falou que havia mais uma razão.

— Acho que a outra era a mais importante e a mais difícil de explicar. Achei que eu devia ao estado seis meses. Aquela foi a sentença. Não me sentia bem trapaceando. Eu só trapaceei três dias.

Charles explodiu numa gargalhada.

— Você é um filho da mãe bem maluco — disse com afeto. — Mas disse que roubou uma loja.

— Mandei o dinheiro de volta para eles com juros de dez por cento — disse Adam.

Charles se inclinou para a frente.

— Me conte sobre a turma de trabalhos forçados nas estradas, Adam.

— Claro que vou contar, Charles. Com toda a certeza.

11

[1]

Charles teve mais respeito por Adam depois que soube da sua prisão. Sentia pelo irmão o calor que se sente por alguém que não é perfeito e deixa de ser alvo para o seu ódio. Adam tirou alguma vantagem disso também. Ele provocava Charles.

— Já pensou, Charles, que a gente tem dinheiro suficiente para fazer aquilo que quiser?

— Muito bem, e o que queremos?

— Poderíamos ir até a Europa, caminhar pelas ruas de Paris.

— O que foi isso?

— O que foi o quê?

— Achei que ouvi alguém no alpendre.

— Talvez um gato.

— Acho que sim. Vamos ter de matar alguns deles muito em breve.

— Charles, poderíamos ir até o Egito e caminhar ao redor da Esfinge.

— Poderíamos ficar exatamente aqui e fazer bom uso do nosso dinheiro. E poderíamos mergulhar no trabalho e tirar um bom proveito do nosso dia. Mas que gatos malditos! — Charles pulou até a porta, escancarou-a e disse: — Fora daqui!

Então emudeceu e Adam o viu olhando para os degraus. Aproximou-se e ficou ao lado dele.

Uma massa suja de trapos e lama tentava subir rastejando os degraus. Uma mão esquelética agarrava-se lentamente às escadas. A outra era arrastada molemente. Havia um rosto coberto de barro com lábios rachados e olhos espiando por trás de pálpebras inchadas e roxas. Da testa aberta escorria sangue sobre os cabelos emaranhados.

Adam desceu as escadas e se ajoelhou ao lado da figura.

— Me dê uma ajuda — disse. — Venha, vamos levá-la para dentro. Ei, tome cuidado com este braço. Parece quebrado.

Ela desmaiou quando a carregaram para dentro.

— Coloque-a na minha cama — disse Adam. — Acho melhor você ir atrás de um médico.

— Não acha melhor atrelar a charrete e levá-la diretamente ao médico?

— Removê-la? Não. Está maluco?

— Talvez não tão maluco quanto você. Pare para pensar um minuto.

— Pelo amor de Deus, pensar em quê?

— Dois homens morando sozinhos e isto aqui na casa deles.

Adam ficou chocado.

— Não pode estar falando sério.

— Estou falando muito sério. Acho melhor a levarmos até o médico. Em duas horas a região toda vai ficar sabendo. Como pode saber quem ela é? Como chegou até aqui? O que lhe aconteceu? Adam, você está correndo um risco terrível.

— Se você não for agora, eu vou e o deixo aqui.

— Acho que está cometendo um erro. Vou, mas lhe digo que vamos sofrer por isso.

— Deixe que eu me encarrego do sofrimento — disse Adam. — Vá.

Depois que Charles partiu, Adam foi até a cozinha e colocou água quente da chaleira numa bacia. Em seu quarto, embebeu um lenço na água e removeu o sangue coagulado e a sujeira do rosto da garota. Ela recuperou a consciência e seus olhos azuis cintilaram para ele. A mente de Adam viajou no passado — era este quarto, esta cama. Sua madrasta estava debruçada sobre ele com um pano úmido na mão e ele podia sentir a dor enquanto a água penetrava nos ferimentos. E ela falara algo repetidamente. Ele ouvira, mas não conseguia lembrar o que era.

— Você vai ficar boa — disse à garota. — Fomos buscar um médico. Vai chegar logo aqui.

Os lábios dela se mexeram um pouco.

— Não tente falar — disse ele. — Não tente dizer nada.

Enquanto passava suavemente seu lenço, um calor imenso tomou conta dele.

— Pode ficar aqui — disse. — Pode ficar aqui quanto tempo quiser. Vou cuidar de você.

Espremeu o pano, limpou os cabelos emaranhados dela e tirou os fios dos cortes no seu escalpo.

Podia ouvir a si mesmo falando enquanto trabalhava quase como se fosse um estranho escutando.

— Isso, está doendo aqui? Coitados dos olhos, vou colocar um papel pardo sobre seus olhos. Vai ficar boa. Este corte na sua testa é sério. Receio que vá ficar com uma cicatriz aqui. Podia me dizer o seu nome? Não, não tente. Temos muito tempo. Temos muito tempo. Está ouvindo isso? É a charrete do médico. Não foi rápido? — Deslocou-se até a porta da cozinha. — Aqui, doutor, ela está aqui — gritou.

[2]

Ela estava gravemente ferida. Se houvesse raios X na época, o médico teria encontrado mais lesões. Mas o que achou já era muito. O braço esquerdo e três costelas estavam quebrados e seu maxilar estava trincado. O crânio também rachara e perdera os dentes do lado esquerdo. Seu escalpo estava retalhado e cortado e a testa aberta até o crânio. Era o quanto o médico podia ver e identificar. Colocou talas no seu braço, ataduras nas costelas e costurou o seu escalpo. Com uma pipeta e uma chama de álcool, ele entortou um tubo de vidro para poder passar através da abertura onde faltava um dente para que ela pudesse beber e ingerir comida líquida sem ter de mover sua mandíbula trincada. Injetou-lhe uma forte dose de morfina, deixou um frasco de pílulas de ópio, lavou as mãos e colocou o casaco. Sua paciente estava adormecida antes que deixasse o quarto.

Na cozinha, sentou-se à mesa e bebeu o café quente que Charles colocou à sua frente.

— Bem, o que aconteceu com ela? — perguntou.

— Como podemos saber? — disse Charles com uma certa truculência. — Nós a encontramos na nossa varanda. Se quiser, pode ver as marcas na terra por onde ela se arrastou.

— Sabe quem ela é?

— Por Deus, não.

— Você frequenta o andar superior da estalagem, é alguma das moças?

— Não tenho ido lá ultimamente. Não seria capaz de reconhecê-la nesta condição, de qualquer maneira.

O médico virou a cabeça para Adam.

— Já a viu antes?

Adam sacudiu a cabeça negativamente, devagar.

Charles falou asperamente.

— Diga-me, o que está querendo insinuar?

— Vou lhe dizer, já que está interessado. Aquela garota não caiu debaixo de uma grade de arado, embora dê essa impressão. Alguém fez isso a ela, alguém que não gostava nada dela. Se querem a verdade, alguém tentou matá-la.

— Por que não pergunta a ela? — disse Charles.

— Vai ficar um bom tempo sem poder falar. Além do mais, seu crânio está trincado e sabe Deus o que isso poderá lhe causar. O que estou querendo dizer é o seguinte: devo comunicar isso ao xerife?

— Não! — Adam falou tão explosivamente que os dois olharam para ele. — Deixem-na em paz. Deixem-na descansar.

— Quem vai tomar conta dela?

— Eu vou — disse Adam.

— Ouça, veja bem... — começou Charles.

— Fique fora disso!

— É minha casa tanto quanto sua.

— Quer que eu vá embora?

— Não quis dizer isso.

— Bem, se eu for ela vai ter de ir também.

O médico disse:

— Vamos com calma. O que o torna tão interessado?

— Eu não jogaria na rua um cachorro machucado.

— Não viraria um cachorro doido, também. Está escondendo algo? Você saiu na noite passada? Foi você quem fez isso?

— Ele esteve aqui a noite toda — disse Charles. — Ronca como um desgraçado de um trem.

Adam disse:

— Por que não a deixam em paz? Deixem que ela se recupere.

O médico se levantou e esfregou as mãos.

— Adam — disse. — Seu pai era um dos meus amigos mais antigos. Conheço você e a sua família. Você não é estúpido. Não sei por que é incapaz de reconhecer os fatos comuns, mas parece que não consegue. A gente tem de falar com você como se fosse um bebê. Aquela garota foi atacada. Acredito que quem fez isso tentou matá-la. Se eu não contar ao xerife, vou infringir a lei. Eu admito que a violo de vez em quando, mas não num caso destes.

— Pois bem, pode contar a ele. Mas não deixe que a incomode até que tenha melhorado.

— Não é meu hábito deixar que meus pacientes sejam incomodados — disse o médico. — Ainda quer mantê-la aqui?

— Sim.

— Você é que sabe. Venho dar uma olhada amanhã. Ela vai dormir. Dê-lhe água e sopa quente através do tubo se ela quiser.

O médico saiu se esgueirando.

Charles se virou para o irmão.

— Adam, pelo amor de Deus, o que é isso?

— Deixe-me em paz, ouviu? Simplesmente me deixe em paz.

— Cristo! — disse Charles, e cuspiu no chão e foi trabalhar apreensivo e carregado de inquietação.

Adam ficou contente quando ele se foi. Agitou-se na cozinha, lavou os pratos do café da manhã e varreu o assoalho. Quando deixou tudo em ordem na cozinha, foi até o quarto e puxou uma cadeira para junto da cama. A garota roncava pesadamente por causa da morfina. O inchaço no rosto estava diminuindo, mas os olhos ainda estavam roxos e inchados. Adam ficou sentado muito quieto, olhando para ela. Seu braço entalado e fraturado jazia sobre o estômago, mas o braço direito estava sobre a fronha, os dedos encaracolados como um ninho. Era a mão de uma criança, quase a mão de um bebê. Adam tocou o pulso dela com o seu dedo e os dedos se mexeram um pouco num reflexo. Seu pulso estava quente. Secretamente, como se receasse ser apanhado, endireitou a mão dela e tocou as pequenas almofadas nas pontas dos dedos. Seus dedos eram rosados e macios, mas a pele no dorso das mãos era luminosa como pérola. Adam abafou um riso deliciado. A respiração dela parou e ele ficou elétrico e alerta — mas depois sua garganta deu um estalo e o ronco ritmado continuou. Gentilmente ele colocou a mão e o braço dela debaixo da coberta antes de deixar o quarto na ponta dos pés.

Durante vários dias Cathy ficou numa caverna de choque e ópio. Sua pele parecia chumbo e ela se mexia muito pouco por causa da dor. Tinha noção do movimento ao seu redor. Gradualmente sua cabeça e seus olhos clarearam. Dois jovens estavam com ela, um ocasionalmente e o outro grande parte do tempo. Sabia que outro homem que a visitava era o médico e havia também um homem alto e magro, que lhe interessava mais do que os outros, e o interesse era causado pelo medo. Talvez em seu sono provocado pelas drogas ela captasse algo e o guardasse.

Muito lentamente sua cabeça juntou os últimos dias e os ordenou. Viu o rosto do sr. Edwards, viu-o perder sua autossuficiência plácida e dissolver-se em assassinato. Nunca sentira tanto medo antes na vida, mas tinha aprendido sobre o medo agora. E sua mente farejava em todas as direções como um rato em busca de uma saída. O sr. Edwards sabia sobre o incêndio. Alguém mais sabia? E como foi que soube? Um terror cego e nauseante tomou conta dela ao pensar naquilo.

Das coisas que ouviu, ficou sabendo que o homem alto era o xerife e queria interrogá-la, e que o jovem chamado Adam a estava protegendo do interrogatório. Talvez o xerife soubesse sobre o incêndio.

Quando as vozes se levantavam, esta era a chave do seu método. O xerife disse:

— Ela deve ter um nome. Alguém deve conhecê-la.

— Como poderia responder? Seu maxilar está quebrado.

Era a voz de Adam.

— Se ela é destra, poderia escrever as respostas. Escute, Adam. Se alguém tentou matá-la, é melhor que eu o pegue enquanto posso. Dê-me um lápis e deixe-me conversar com ela.

Adam falou:

— Ouviu o médico dizer que seu crânio está rachado. Como acha que pode lembrar de alguma coisa?

— Bem, dê-me papel e lápis e vamos ver.

— Não quero que a incomode.

— Adam, pare com isso, não importa o que você quer. Estou lhe dizendo que quero papel e lápis.

Então a voz do outro jovem.

— Qual é o seu problema? Parece que foi você o culpado? Dê um lápis a ele.

Ela estava de olhos fechados quando os três homens entraram silenciosamente no seu quarto.

— Está dormindo — sussurrou Adam.

Ela abriu os olhos e fitou-os.

O homem alto se aproximou do lado da cama.

— Não quero incomodá-la, senhorita. Sou o xerife. Sei que não pode falar, mas poderia escrever algumas coisas nisto?

Ela tentou fazer um sinal positivo com a cabeça e se contorceu de dor. Piscou os olhos rapidamente para indicar seu consentimento.

— Boa menina — disse o xerife. — Estão vendo? Ela quer escrever.

Colocou uma prancheta com a folha de papel em cima e ajeitou os dedos dela ao redor do lápis. Assim, muito bem. Vamos. Qual é o seu nome?

Os três homens observaram o seu rosto. Seus olhos se apertaram. Ela fechou os olhos e o lápis começou a se mover. "Não sei", rabiscou em letras enormes.

— Aqui tem outra folha. Do que se lembra?

"Tudo preto. Não posso pensar", o lápis escreveu antes de resvalar pela borda da prancheta.

— Não lembra quem é nem de onde veio? Pense!

Ela pareceu enfrentar um grande conflito, mas seu rosto desistiu e tornou-se trágico. "Não. Confusa. Me ajude."

— Pobre criança — disse o xerife. — Agradeço por ter tentado, de qualquer maneira. Quando estiver melhor, vamos tentar de novo. Não, não precisa escrever mais.

O lápis escreveu "Muito obrigada" e caiu dos seus dedos.

Ela havia conquistado o xerife. Colocou-se do lado de Adam. Só Charles estava contra ela. Quando os dois irmãos estavam no quarto dela, e era preciso que os dois a ajudassem na comadre para não sofrer muita dor, ela estudava o ar sombrio de Charles. Havia algo no seu rosto que ela reconhecia, que a deixava apreensiva. Viu que ele tocava com muita frequência na cicatriz da sua testa, a esfregava e seguia o seu contorno com os dedos. Uma vez ele a apanhou observando-o. Olhou com um ar de culpa para os dedos. Charles disse brutalmente:

— Não se preocupe. Você vai ter uma parecida, talvez até melhor.

Ela sorriu para ele e ele desviou o olhar. Quando Adam chegou com a sua sopa quente, Charles disse:

— Estou indo à cidade tomar umas cervejas.

[3]

Adam não se lembrava de ter sido mais feliz na vida. Não o incomodava o fato de desconhecer o nome dela. Ela lhe dissera para chamá-la de Cathy e aquilo era o suficiente para ele. Cozinhava para Cathy, recorrendo a receitas usadas por sua mãe e por sua madrasta.

A vitalidade de Cathy era grande. Começou a recuperar-se muito rapidamente. O inchaço sumiu de suas faces e a beleza da convalescença tomou conta do seu rosto. Em pouco tempo, com ajuda, ela ficava sentada na cama. Abria e fechava a boca muito cuidadosamente e começou a ingerir comidas tenras que exigiam pouca mastigação. O curativo ainda estava sobre a testa, mas o resto do rosto ficara pouco marcado, com exceção da bochecha côncava onde faltavam os dentes.

Cathy estava encrencada e sua cabeça buscava uma saída. Falava pouco, mesmo quando não era tão difícil.

Uma tarde ouviu alguém andando na cozinha. Gritou:

— Adam, é você?

A voz de Charles respondeu:

— Não, sou eu.

— Poderia vir aqui um minutinho, por favor?

Ele parou na entrada da porta. Seus olhos eram soturnos.

— Você não vem muito aqui — disse ela.

— É verdade.

— Não gosta de mim.

— Acho que isso é verdade também.

— Não vai me dizer por quê?

Ele teve dificuldade para encontrar uma resposta.

— Não confio em você.

— Por quê?

— Não sei. E não acredito que tenha perdido a memória.

— Mas por que eu mentiria?

— Não sei. É por isso que não confio em você. Existe algo, quase chego a reconhecer.

— Você nunca me viu na sua vida.

— Talvez não. Mas existe algo que me incomoda, que eu deveria saber. E como sabe que nunca a vi?

Ela ficou em silêncio e ele se preparou para ir embora.

— Não vá — disse ela.

— O que pretende fazer?

— Em relação a quê?

— Em relação a mim.

Ele a encarou com um novo interesse.

— Quer saber a verdade?

— Por que mais eu perguntaria?

— Não sei, mas vou lhe contar. Vou mandá-la embora daqui o mais cedo que puder. Meu irmão ficou abobalhado, mas vou convencê-lo, nem que seja à força.

— Seria capaz de fazer isso? Ele é um homem forte.

— Eu seria capaz, sim.

Ela o encarou.

— Onde está Adam?

— Foi até a cidade comprar os seus malditos remédios.

— Você é um homem mau.

— Sabe o que acho? Não sou metade tão mau quanto você debaixo dessa sua pele macia. Acho que você é um demônio.

Ela riu baixinho.

— Somos dois, então — disse. — Charles, quanto tempo eu tenho?

— Para quê?

— Quanto tempo até que me mande embora? Diga-me a verdade.

— Está bem, vou dizer. Cerca de uma semana, ou dez dias. Assim que puder se locomover.

— Suponha que eu não vá embora.

Encarou maliciosamente, quase com prazer diante da perspectiva de combate.

— Muito bem, vou lhe contar. Quando tomou toda aquela droga, você falava muito, como quem fala dormindo.

— Não acredito nisso.

Ele riu, pois viu a boca de Cathy se retesar rapidamente.

— Está bem, não acredite. E se for cuidar da sua vida assim que puder, não vou contar. Mas se não fizer isso, vai ficar sabendo logo, e o xerife também.

— Não acredito que tenha dito nada de mau. O que eu poderia dizer?

— Não vou discutir com você. E tenho trabalho a fazer. Você me perguntou e eu lhe disse.

Foi para fora da casa. No galinheiro, ele dobrou-se de rir e deu tapinhas nas pernas.

— Achei que ela fosse mais esperta — falou consigo mesmo. E sentiu-se mais contente do que se sentira há muitos dias.

[4]

Charles a assustara terrivelmente. E se a tinha reconhecido, ela também o reconheceu. Ele era a única pessoa que conheceu na vida que jogava igual a ela. Cathy acompanhava o pensamento dele e isso não a deixava tranquila. Sabia que seus truques não funcionariam com ele e precisava de proteção e repouso. Seu dinheiro acabara. Tinha de ser abrigada, e precisaria ser por muito tempo. Estava cansada e enjoada, mas sua cabeça continuava examinando as possibilidades.

Adam voltou com uma garrafa de analgésico. Serviu uma colherada.

— O gosto é horrível — disse. — Mas é dos bons.

Ela tomou sem protestar, sequer fez careta.

— Você é bom para mim — disse. — Fico me perguntando por quê. Só lhe trouxe encrenca.

— Não trouxe. Você alegrou a casa inteira. Nunca se queixa ou cria caso, por mais machucada que esteja.

— Você é tão bom, tão generoso.

— Procuro ser.

— Precisa sair? Não poderia ficar e conversar comigo?

— Claro que posso. Não há nada tão importante a fazer lá fora.

— Puxe uma cadeira, Adam, e sente-se.

Quando ele se sentou, Cathy estendeu sua mão direita para Adam e ele a pegou entre as suas.

— Tão bom e generoso — repetiu Cathy. — Adam, você costuma cumprir suas promessas, não é verdade?

— Eu tento. Em que está pensando?

— Estou sozinha e tenho medo — choramingou ela. — Estou com medo.

— E não posso ajudá-la?

— Não creio que alguém possa me ajudar.
— Diga-me o que é e deixe-me tentar.
— Esta é a pior parte. Não posso nem contar a você.
— Por que não? Se é um segredo, eu não vou contar.
— Não é meu segredo, não percebe?
— Não.
Seus dedos agarraram a mão dele com força.
— Adam, eu nunca perdi minha memória.
— Então por que disse...
— É o que estou tentando lhe contar. Você amava seu pai, Adam?
— Acho que eu o reverenciava mais do que o amava.
— Bem, se alguém que você reverenciasse estivesse com problemas, você não faria qualquer coisa para salvá-lo da destruição?
— Bem, claro. Acho que eu faria.
— Pois bem, é assim também comigo.
— Mas como foi que se machucou?
— É parte da história. E é por isso que não posso lhe contar.
— Foi o seu pai?
— Ah, não. Mas está tudo enredado na mesma trama.
— Quer dizer que se me contar quem a machucou então seu pai ficará encrencado também?
Ela suspirou. Ele mesmo inventaria a história.
— Adam, vai confiar em mim?
— Claro.
— É uma coisa difícil de pedir.
— Não, se você está protegendo o seu pai.
— Você entende, não é um segredo meu. Se fosse, eu lhe contaria neste minuto.
— Claro que entendo. Eu faria a mesma coisa.
— Ah, você é tão compreensivo. — E seus olhos encheram-se de lágrimas. Inclinou-se sobre ela e ela o beijou no rosto.
— Não se preocupe — disse ele. — Vou cuidar de você.
Ela se recostou no travesseiro.
— Não creio que vá poder.
— Que quer dizer?
— Bem, seu irmão não gosta de mim. Quer que eu vá embora daqui.

— Ele lhe falou isso?

— Ah, não. Sinto simplesmente no ar. Ele não tem a sua compreensão.

— Tem um bom coração.

— Sei disso, mas não tem a sua generosidade. E, quando eu tiver de ir embora, o xerife vai começar a fazer perguntas e vou estar completamente sozinha.

Ele olhou para o espaço.

— Meu irmão não pode obrigá-la a ir embora. Sou dono de metade desta fazenda. Tenho meu próprio dinheiro.

— Se ele quiser que eu vá embora, tenho de ir. Não quero estragar a sua vida.

Adam levantou-se e saiu a passos largos do quarto. Foi até a porta dos fundos e olhou para a tarde. Ao longe no campo seu irmão estava apanhando pedras de um carrinho e colocando-as no muro. Adam olhou para o céu. Um manto de nuvens espigadas rolava do leste. Suspirou fundo e a lufada de ar causou uma sensação agradável e estimulante no seu peito. Seus ouvidos subitamente clarearam e podia ouvir as galinhas cacarejando e o vento leste soprando sobre o solo. Ouvia os cascos de cavalos pisoteando a estrada e as marteladas distantes na madeira onde um vizinho consertava um celeiro. E todos estes sons se relacionavam numa espécie de música. Seus olhos estavam claros também. Cercas, muros e galpões se destacavam na tarde amarelada e também se relacionavam. Havia mudança em tudo. Um bando de pardais mergulhou na poeira para catar restos de comida e depois alçou voo como um cachecol cinza espiralando na luz. Adam olhou de novo para o irmão. Tinha perdido a noção das horas e não sabia quanto tempo ficara parado na porta.

Nenhum tempo havia se passado. Charles ainda lutava com a mesma pedra grande. E Adam não tinha liberado todo o ar que havia aspirado quando o tempo parou.

Subitamente, conheceu alegria e tristeza feltradas num só tecido. Coragem e medo eram uma só coisa também. Descobriu que tinha começado a cantarolar uma pequena melodia monótona. Virou-se, atravessou a cozinha e parou na porta, olhando para Cathy. Ela sorriu fracamente para Adam, e ele pensou "Que criança! Que criança desamparada!" e uma onda de amor se apossou dele.

— Quer se casar comigo? — perguntou.

O rosto dela se retesou e sua mão se fechou convulsivamente.

— Não precisa me responder agora — disse ele. — Quero que pense nisso. Mas, se casasse comigo, eu a protegeria. Ninguém poderia machucá-la de novo.

Cathy se recuperou num instante.

— Venha cá, Adam. Sente-se aqui. Dê-me a sua mão. Assim, muito bem.

Ela ergueu a mão dele e colocou o dorso contra sua face.

— Meu querido — falou, numa voz entrecortada. — Ai, meu querido. Escute, Adam, você confiou em mim. Poderia me prometer uma coisa? Promete não contar ao seu irmão que me pediu em casamento?

— Que a pedi em casamento? Por que não deveria?

— Não é isso. Quero ter esta noite para pensar. Vou querer talvez mais do que esta noite. Permitiria que eu fizesse isso? — Ela ergueu a mão à cabeça. — Sabe, não tenho certeza de estar com a cabeça no lugar ainda. E eu quero estar.

— Acha que poderia se casar comigo?

— Por favor, Adam. Deixe-me a sós para pensar. Por favor, meu querido.

Ele sorriu e disse, nervoso:

— Não demore muito. Sou como um gato que subiu demais numa árvore e não consegue descer.

— Só me deixe pensar. E, Adam, você é um homem generoso.

Ele saiu e foi até onde seu irmão estava colocando pedras no muro.

Quando ele partiu, Cathy se levantou da cama e cambaleou até a cômoda. Inclinou-se para a frente e olhou para o seu rosto. A atadura ainda estava sobre a testa. Ergueu a beirada para ver o vermelho debaixo. Ela não só tinha decidido casar-se com Adam, mas o fizera antes que ele a tivesse pedido em casamento. Tinha medo. Precisava de proteção e dinheiro. Adam podia dar-lhe ambos. E ela era capaz de controlá-lo — sabia disso. Não queria se casar, mas por enquanto era um refúgio. Só uma coisa a incomodava. Adam tinha um calor em relação a ela que não entendia, porque não era nada calorosa para com ele, nem nunca fora para com ninguém. E o sr. Edwards a havia realmente apavorado. Aquela foi a única vez na vida que perdeu o controle de uma situação. Decidira que aquilo nunca mais voltaria a acontecer. Sorriu para si mesma quando pensou no que Charles iria dizer. Sentia uma afinidade com Charles. Não se importava que desconfiasse dela.

[5]

Charles se aprumou quando Adam se aproximou. Colocou as palmas das mãos contra as costas, na altura da cintura, e massageou os músculos cansados.

— Meu Deus, tem muita pedra — disse.

— Um sujeito no Exército me contou que existem vales na Califórnia e que por quilômetros não se encontra nem uma pedra, nem mesmo um seixo.

— Deve existir outro problema — disse Charles. — Acredito que não haja nenhuma fazenda sem problemas. Lá no Centro-Oeste são os gafanhotos, em outro lugar os furacões. Que mal fazem algumas pedras?

— Acho que tem razão. Pensei em lhe dar uma mão.

— Muita bondade da sua parte. Achei que ia passar o resto da vida de mãos dadas com aquela lá no quarto. Quanto tempo ela vai ficar?

Adam estava para lhe contar da sua proposta de casamento, mas o tom na voz de Charles o fez mudar de ideia.

— Ouça — disse Charles. — Alex Platt passou por aqui há pouco. Você não pode imaginar o que aconteceu. Achou uma fortuna.

— Como assim?

— Bem, conhece aquele lugar na propriedade dele onde tem aquele capão de cedros, bem na estrada do campo, sabe?

— Sei. E então?

— Alex entrou no meio daquelas árvores, junto ao seu muro de pedra. Estava caçando coelhos. Encontrou uma mala e roupas de homem, bem arrumadas dentro da mala. Tudo encharcado de chuva. Parecia que estava ali havia algum tempo. E tinha uma caixa de madeira com um cadeado e quando ele a abriu havia quase quatro mil dólares dentro. Encontrou uma bolsa, também. Não havia nada nela.

— Nenhum nome, nada?

— Esta é a parte estranha, nenhum nome; nenhum nome nas roupas, nenhuma etiqueta nos ternos. Era como se o sujeito não quisesse ser identificado.

— Alex vai ficar com o dinheiro?

— Levou-o ao xerife e o xerife vai botar um anúncio e, se ninguém responder, Alex pode ficar.

— Alguém seguramente vai reclamar o dinheiro.

— Acho que sim. Não disse isso a Alex. Está se sentindo tão feliz. É engraçada essa história das etiquetas, não foram arrancadas, simplesmente não havia etiquetas nas roupas.

— É muito dinheiro — disse Adam. — Alguém deverá vir atrás dele.

— Alex ficou aqui por algum tempo. Você sabe, a mulher dele circula muito. — Charles ficou em silêncio. — Adam — falou finalmente. — Precisamos ter uma conversa. O condado inteiro está falando muito.

— Falando do quê? O que quer dizer?

— Com os diabos, a respeito dessa... dessa garota. Dois homens não podem ter uma garota vivendo com eles. Alex disse que as mulheres estão bastante irritadas com isso. Adam, não podemos continuar assim. Moramos aqui. Temos um bom nome.

— Quer que eu a jogue na rua antes de ficar boa?

— Quero que se livre dela, que a mande embora. Não gosto dela.

— Não gostou nunca.

— Eu sei. Não confio nela. Tem algo, alguma coisa, não sei o que é, mas não gosto. Quando vai mandá-la embora?

— Muito bem — disse Adam lentamente. — Dê a ela mais uma semana e então vou fazer algo a respeito.

— Promete?

— Claro que prometo.

— Bem, já é alguma coisa. Vou mandar dizer à mulher de Alex. A partir daí ela vai comandar as notícias. Deus do céu, vou ficar feliz em ter a casa de novo só para nós. Acha que a memória dela voltou?

— Não — disse Adam.

[6]

Cinco dias depois, quando Charles tinha ido comprar ração para bezerros, Adam encostou a charrete nos degraus da cozinha. Ajudou Cathy a subir, envolveu suas pernas com uma manta e colocou outra manta sobre seus ombros. Foi até a sede do condado e se casou com ela no juiz de paz.

Charles estava em casa quando eles voltaram. Lançou um olhar azedo quando entraram na cozinha.

— Achei que a tinha levado para colocar no trem.

— Nós nos casamos — disse Adam simplesmente.

Cathy sorriu para Charles.

— Por quê? Por que fez isso?

— Por que não? Um homem não pode se casar?

Cathy caminhou rapidamente para o quarto e fechou a porta.

Charles começou a vociferar.

— Ela não presta, eu lhe digo. É uma prostituta.

— Charles!

— Estou lhe dizendo. É uma puta barata. Não confiaria nem uma moeda de um centavo a ela. Ora, essa vagabunda, essa rameira!

— Charles, pare com isso! Pare, estou lhe dizendo! Cale a sua boca suja e deixe de falar da minha esposa!

— Não é mais esposa do que uma gata de rua.

Adam disse lentamente:

— Acho que está com ciúmes, Charles. Acho que queria se casar com ela.

— Ora, seu grande idiota! Eu com ciúmes? Não vou viver na mesma casa com ela!

Adam disse com calma:

— Não vai ter de viver. Estou indo embora. Pode comprar a minha parte se quiser. Pode ficar com a fazenda. Você sempre a quis. Pode ficar aqui e apodrecer.

Charles abaixou a voz.

— Não vai se livrar dela? Por favor, Adam. Mande-a embora. Ela vai acabar com você. Vai destruí-lo, Adam, ela vai destruí-lo!

— Como é que sabe tanto sobre ela?

Os olhos de Charles estavam gélidos.

— Não sei. — E fechou a boca.

Adam sequer perguntou a Cathy se ela queria sair do quarto para jantar. Levou dois pratos até o quarto e sentou-se ao lado dela.

— Estamos indo embora — disse.

— Deixe-me ir sozinha. Por favor, deixe. Não quero fazer com que odeie o seu irmão. Não sei por que ele me odeia.

— Acho que sente ciúmes.

Os olhos dela se apertaram.

— Ciúmes?

— É o que me parece. Não precisa se preocupar. Estamos indo embora. Vamos para a Califórnia.

Ela falou calmamente:

— Não quero ir para a Califórnia.

— Você é minha esposa — disse ele em voz baixa. — Quero que venha comigo.

Ela fez silêncio e não falou mais no assunto.

Ouviram Charles sair batendo a porta e Adam disse:

— Vai fazer bem a ele. Vai se embriagar um pouco e se sentir melhor.

Cathy modestamente olhou para seus dedos.

— Adam, não vou poder ser sua esposa até que fique melhor.

— Eu sei — disse ele. — Eu entendo. Vou esperar.

— Mas quero que fique comigo. Tenho medo de Charles. Ele me odeia tanto.

— Vou trazer a minha cama de campanha para cá. Pode me chamar se estiver com medo. É só estender a mão e me tocar.

— Você é tão bom — disse ela. — Podemos tomar um chá?

— Claro, também estou com vontade.

Ele trouxe as xícaras fumegantes e voltou para pegar o açucareiro. Instalou-se numa poltrona ao lado da cama.

— Está muito forte. Está forte para você?

— Gosto dele forte.

Ele terminou sua xícara.

— Está com um gosto estranho para você? Tem um gosto esquisito.

A mão dela voou até a boca.

— Ah, deixe-me provar.

Bebericou o resto da xícara.

— Adam — gritou. — Você pegou a xícara errada. Aquela era a minha. Estava com o meu remédio.

Ele lambeu os lábios.

— Acho que não vai me fazer mal.

— Não, não vai. — Ela riu baixinho. — Espero que não precise chamá-lo no meio da noite.

— Que quer dizer?

— Bem, você tomou meu sonífero. Talvez não acorde com tanta facilidade.

Adam mergulhou num pesado sono de ópio embora lutasse para ficar acordado.

— O médico lhe mandou tomar tanto assim? — perguntou, com a voz pastosa.

— Você simplesmente não está acostumado com isso — disse ela.

Charles voltou às onze da noite. Cathy ouviu seus passos vacilantes. Foi para o seu quarto, jogou longe suas roupas e saltou para a cama. Grunhiu, revirou-se, tentando achar uma posição confortável e então abriu os olhos. Cathy estava de pé ao lado de sua cama.

— Que quer?

— O que você acha? Chegue para lá um pouco.

— Onde está Adam?

— Tomou meu remédio de dormir por engano. Chegue para lá um pouquinho.

Ele respirou ofegante.

— Já estive com uma puta.

— Você é um rapaz muito forte. Chegue para lá um pouco.

— E o seu braço quebrado?

— Deixa que eu cuido disso. Não se preocupe.

Subitamente Charles riu.

— O pobre-diabo — disse, e afastou as cobertas para recebê-la.

PARTE

II

12

[1]

Vocês podem ver como este livro chegou a uma grande fronteira chamada 1900. Outros cem anos foram colhidos e revirados e o que aconteceu foi totalmente distorcido do jeito que as pessoas queriam que fosse — tudo seria mais rico e mais significativo quanto mais fizesse parte do passado. Em alguns livros de memórias, foram os melhores tempos que já passaram pela terra — os velhos tempos, os tempos alegres, inocentes e simples, como se o próprio tempo fosse jovem e destemido. Velhos que não sabiam se iriam cruzar cambaleantes a fronteira do novo século o encaravam com dissabor, pois o mundo estava mudando e a inocência se fora, a virtude também. A preocupação se instalara num mundo em corrosão e o que se perdera — boas maneiras, tranquilidade e beleza? As damas não eram mais damas e não se podia confiar na palavra de um cavalheiro.

Houve um tempo em que as pessoas mantinham a cabeça no lugar. Mas a liberdade do homem estava evaporando. E até a infância não era mais bela — não como costumava ser. Não existia mais a preocupação de se encontrar uma boa pedra, não exatamente redonda, mas achatada e com a forma da água para se usar na lançadeira de um estilingue feita do couro de um sapato velho. Onde foram parar as boas pedras, e toda a simplicidade?

A mente de um homem vagueava um pouco, pois como lembrar-se de uma sensação de prazer, de dor ou de uma emoção marcante? Lembramos apenas que as experimentamos. Um homem velho poderia de fato lembrar-se das delicadas brincadeiras de médico com menininhas, mas ele esquece, e quer esquecer, da corrosiva melancolia que leva um menino a jogar-se sobre a relva fresca e a bater com os punhos no chão, chorando desamparado. Esse homem poderia dizer, e o fez, “Por que aquele garoto está deitado ali na grama? Vai acabar pegando um resfriado”.

Ah, os morangos não têm mais o mesmo sabor e as coxas das mulheres não são mais tão apertadas!

E alguns homens se acomodaram como galinhas poedeiras no ninho da morte.

A história foi segregada nas glândulas de um milhão de historiadores. Precisamos sair deste século massacrado, alguns diziam, sair deste século trapaceiro e assassino de tumultos e mortes secretas, de brigas por terras que acabam sendo conseguidas a qualquer custo.

Pensem no passado, lembrem de nossa pequena nação margeando os oceanos, dilacerada por complexidades, grande demais para as próprias roupas. Só fomos para a frente quando os ingleses nos dominaram de novo. Nós os derrotamos, mas isso não nos valeu muito. O que tivemos foi uma Casa Branca incendiada e dez mil viúvas na lista de pensionistas públicos.

Então os soldados partiram para o México numa espécie de doloroso piquenique. Ninguém sabe por que se vai a um piquenique para se aborrecer quando é mais fácil e agradável comer em casa. Mas a guerra no México teve duas vantagens. Conseguimos uma imensidão de terras no Oeste, quase duplicando nosso maldito território, e também serviu como campo de treinamento para os generais, pois, quando a guerra suicida estourou sobre nós, os líderes conheciam as técnicas para tornar a matança ainda mais horrível.

E vieram as discussões:

Pode-se manter um escravizado?

Bem, se você o comprou de boa-fé, por que não?

Um dia vão dizer que um homem não pode ter um cavalo. Quem é que está querendo se apoderar da minha propriedade?

E lá estávamos nós, como um homem coçando o próprio rosto e manchando de sangue a própria barba.

Bem, isso passou e nos reerguemos lentamente do solo ensanguentado e partimos para o Oeste.

Vieram então a prosperidade e a ruína, a bancarrota, a depressão.

Os grandes ladrões públicos vieram e roubaram as carteiras de todo mundo que tinha carteira.

Ao diabo com esse século podre!

Vamos deixá-lo no passado e trancar todas as portas! Vamos fechá-lo como um livro e continuar lendo! Novo capítulo, nova vida. Um homem terá as mãos limpas assim que fecharmos a tampa sobre aquele século miserável. Há um belo futuro à nossa frente. Não haverá nada de podre neste novo século. Não há cartas marcadas e qualquer miserável que trapaceie neste novo baralho de anos — ora, vamos crucificá-lo de cabeça para baixo numa latrina.

Ah, mas os morangos nunca mais serão tão saborosos e as coxas das mulheres perderam o seu vigor!

13

[1]

Às vezes uma espécie de glória ilumina a mente de um homem. Acontece com quase todo mundo. Podemos senti-la crescendo ou preparando-se como um estopim queimando na direção da dinamite. É uma sensação no estômago, um deleite nos nervos, nos braços. A pele sente o gosto do ar e cada fôlego que se respira é doce. Seu começo tem o prazer do grande relaxamento do bocejo; lampeja no cérebro e faz os olhos brilharem. Um homem pode ter passado toda a vida na obscuridade e sua terra e suas árvores serem escuras e sombrias. Os acontecimentos, mesmo aqueles importantes, podem ter passado de tropel, pálidos e sem rosto. E um dia — a glória — até o canto de um grilo adoça seus ouvidos, o cheiro da terra sobe cantando ao seu nariz e o rendilhado de luz debaixo de uma árvore é uma bênção para os seus olhos. Então o homem transborda, numa torrente, e ainda assim isso não o diminui. Acredito que a importância de um homem no mundo pode ser medida pela qualidade e pelo número de suas glórias. É uma coisa solitária, mas ela nos põe em contato com o mundo. É a mãe de toda a criatividade e destaca um homem de todos os outros homens.

Não sei como será nos anos que virão. Existem mudanças monstruosas ocorrendo no mundo, forças modelando um futuro cujo rosto não conhecemos. Algumas dessas forças nos parecem malignas, talvez não em si mesmas, mas porque sua tendência é eliminar outras coisas que consideramos boas. É verdade que dois homens são capazes de levantar uma pedra mais pesada do que um homem. Um grupo é capaz de construir automóveis mais rápido e melhor do que um homem, o pão feito numa grande padaria é mais barato e tem mais qualidade. Quando nossa comida, nossa roupa, nossa casa nascem todas na complicação da produção em massa, o método de massa tende a se infiltrar no nosso pensamento e eliminar todo outro tipo de pensamento. Em nossa época, a produção em massa, ou coletiva, entrou em nossa economia, nossa política, e até mesmo em nossa religião, de modo que algumas nações trocaram a ideia de Deus pela ideia coletiva. Esse é o perigo da minha época. Há uma grande tensão no mundo, uma tensão próxima do ponto de ruptura, e os homens estão infelizes e confusos.

Numa época dessas parece-me bom e natural fazer a mim mesmo tais perguntas. Em quê acredito? Em defesa de quê devo lutar e contra o quê devo lutar?

Nossa espécie é a única espécie criativa e ela só possui um instrumento criativo, a mente individual e o espírito de um homem. Nada jamais foi criado por dois homens. Não existem boas colaborações, seja na música, na arte, na poesia, na matemática, na filosofia. Uma vez que o milagre da criação tenha acontecido, o grupo pode construir sobre ele e ampliá-lo, mas o grupo nunca inventa nada. A preciosidade reside na mente solitária de um homem.

E agora as forças mobilizadas ao redor do conceito de grupo declararam uma guerra de extermínio a essa preciosidade, a mente de um homem. O descrédito, a desnutrição, as repressões, a orientação forçada e as marretadas atordoantes do condicionamento perseguem a mente livre e inquisitiva, que se vê amarrada, embotada, drogada. É um rumo tristemente suicida que nossa espécie parece ter tomado.

E em uma coisa eu acredito: que a mente livre e investigativa do indivíduo humano é o que há de mais valioso no mundo. E por uma coisa eu lutaria: pela liberdade da mente para tomar qualquer direção que deseje, sem nenhuma pressão. E contra uma coisa eu devo lutar: qualquer ideia, religião ou governo que limite ou destrua o indivíduo. É isso o que eu sou e é isso o que penso. Posso entender por que um sistema baseado num padrão deva tentar destruir a mente livre, pois ela é algo que através da análise pode destruir tal sistema. Certamente sou capaz de entender isso, e o odeio, e lutarei contra ele para preservar a única coisa que nos separa dos animais não criativos. Se a glória puder ser morta, estamos perdidos.

[2]

Adam Trask cresceu na obscuridade e as cortinas de sua vida eram como teias de aranha empoeiradas, seus dias, uma lenta fila de pequenos pesares e insatisfações mórbidas. Mas um dia, através de Cathy, a glória chegou para ele.

Não importa que Cathy fosse o que chamei de um monstro. Talvez não possamos entender Cathy, mas por outro lado somos capazes de ver em muitas direções, de grandes virtudes e grandes pecados. E quem em seu pensamento não sondou as águas escuras?

Talvez todos tenhamos um lago secreto onde coisas más e feias germinam e se fortalecem. Mas essa cultura é cercada e os germes da maldade sobem até a borda só para cair de novo no lago. Não poderia ocorrer que nos lagos escuros de alguns homens a maldade tivesse força bastante para saltar a cerca e nadar livremente? Não seria esse tipo de homem nosso monstro e não estaríamos ligados a ele em nossa água oculta? Seria absurdo se não entendêssemos tanto os anjos como os demônios, pois fomos nós que os criamos.

O que quer que Cathy tenha sido, ela desencadeou a glória em Adam. Seu espírito levantou voo e o liberou do medo, da amargura e das lembranças rançosas. A glória ilumina o mundo e o muda assim como uma granada muda um campo de batalha. Talvez Adam sequer chegasse a ver Cathy de tão iluminada que estava por seus olhos. Marcada a fogo na sua mente estava uma imagem de beleza e ternura, uma garota suave e santa, preciosa além do pensamento, limpa e amorosa, e aquela imagem era Cathy para o seu marido, e nada que Cathy dissesse ou fizesse poderia distorcer a Cathy de Adam.

Ela disse que não queria ir para a Califórnia e ele não deu ouvidos, porque a *sua* Cathy tomou o seu braço e partiu na frente. Tão luminosa era sua glória que não notou a dor taciturna do irmão, não viu a centelha nos olhos do irmão. Vendeu a sua parte da fazenda para Charles por menos do que valia e com aquilo e a sua metade do dinheiro do pai estava livre e rico.

Os irmãos eram estranhos agora. Apertaram a mão na estação e Charles viu o trem se afastar e esfregou sua cicatriz. Foi até a estalagem, bebeu quatro uísques virando um após o outro e subiu as escadas para o andar superior. Pagou a garota, mas não conseguiu fazer sexo. Chorou nos seus braços até que ela o expulsou. Entregou-se com fúria à sua fazenda, dominou-a, ampliou-a, perfurou e podou, e suas fronteiras se estenderam. Não teve descanso, nem diversão, e tornou-se rico sem prazer e respeitado sem amigos.

Adam parou em Nova York o suficiente para comprar roupas para si e para Cathy antes de embarcarem no trem que os levaria através do continente. Como foram parar no vale do Salinas é muito fácil de entender.

Naquela época, as ferrovias — crescendo, lutando entre si, esforçando-se para ampliar e dominar — usavam de todos os meios para aumentar o seu tráfego. As companhias não só anunciavam nos jornais, como distribuíam folhetos descrevendo e ilustrando as belezas e riquezas do Oeste. Nenhuma afirmação era extravagante demais — a riqueza era ilimitada. A Southern Pacific Railroad, liderada pela energia feroz de Leland Stanford, havia começado a dominar a costa do Pacífico não só no transporte como na política. Seus trilhos se estendiam pelos vales. Novas cidades brotavam, novas regiões eram desbravadas e povoadas, pois a companhia precisava criar usuários para os seus serviços.

O longo vale do Salinas fazia parte dessa exploração. Adam tinha visto e estudado um belo folheto em cores que descrevia o vale como a região que o paraíso tentava imitar sem sucesso. Depois de tamanha propaganda, quem não quisesse se instalar no vale do Salinas era louco.

Adam não teve pressa em encontrar a sua propriedade. Comprou uma charrete e circulou pela terra, conhecendo os colonos mais antigos, falando de solo e água, clima e colheitas, preços e recursos. Não era especulação para Adam. Estava ali para se assentar, construir um lar, uma família, talvez uma dinastia.

Adam rodou com exuberância de fazenda em fazenda, apanhava a terra e a esfarelava entre os dedos, falava, planejava e sonhava. As pessoas do vale gostaram dele e ficaram contentes que tivesse vindo morar ali, pois reconheciam nele um homem de substância.

Só tinha uma preocupação, e era com Cathy. Ela não estava bem. Circulava pela região com ele, mas ficava apática. Uma manhã ela se queixou de que não estava passando bem e ficou em seu quarto no hotel de King City enquanto Adam circulava pelo vale de charrete. Ele voltou lá pelas cinco da tarde para encontrá-la quase morta pela grande perda de sangue. Por sorte, Adam encontrou o dr. Tilson em casa jantando e arrancou-o do seu rosbife. O médico fez um rápido exame, estancou o sangue e virou-se para Adam.

— Por que não espera lá embaixo? — sugeriu.

— Ela está bem?

— Sim. Eu o chamo logo.

Adam tocou no ombro de Cathy e ela sorriu para ele.

O dr. Tilson fechou a porta atrás de si e voltou até a cama. Seu rosto estava vermelho de raiva.

— Por que fez isso?

A boca de Cathy era uma linha fina esticada.

— Seu marido sabe que está grávida?

Sua cabeça se mexeu lentamente de um lado para o outro.

— O que foi que usou para fazer isso?

Ela ergueu o olhar para ele.

Ele procurou no quarto. Parou ao lado da cômoda e apanhou uma agulha de tricô. Brandiu-a diante do rosto dela.

— O velho agressor, o velho criminoso — disse ele. — Você é uma tola. Quase se matou e não perdeu o seu bebê. Imagino que tenha tomado algo também, se envenenado, enfiado cânfora, querosene, pimenta vermelha. Meu Deus! O que as mulheres são capazes de fazer!

Os olhos dela estavam frios como vidro.

Ele puxou uma cadeira ao lado da cama.

— Por que não quer ter o bebê? — perguntou em voz baixa. — Tem um bom marido. Não o ama? Não pretende falar nada comigo? Vamos, fale! Não seja teimosa.

Seus lábios não se moveram e seus olhos não piscaram.

— Minha cara — disse ele. — Não consegue enxergar? Não se deve destruir a vida. Essa é uma das coisas que me deixam maluco. Deus sabe que eu perco pacientes porque não conheço o suficiente. Mas eu tento, eu sempre tento. E de repente vejo um assassinato intencional.

Continuou falando sem interrupção. Temia o silêncio denso entre suas frases. Aquela mulher o intrigava. Havia algo de inumano nela.

— Já conheceu a sra. Laurel? Ela está definhando e chorando por um bebê. Tudo o que possui ou pode possuir ela daria para ter um filho, e você... você tenta apunhalar o seu com uma agulha de tricô. Está bem — gritou ele por fim. — Se não quer falar, não precisa falar. Mas vou lhe dizer. O bebê está a salvo. Seu propósito foi maldoso. Estou lhe dizendo isso, você vai ter este filho. Sabe o que a lei deste estado tem a dizer sobre aborto? Não precisa me responder, mas me ouça! Se isso acontecer de novo, se você perder este bebê e eu tiver qualquer razão para suspeitar de jogo sujo, eu a acusarei, eu testemunharei contra você e será punida. Agora espero que tenha juízo suficiente para acreditar em mim, porque estou falando sério.

Cathy umedeceu os lábios com uma pequena língua pontuda. O frio deixou seus olhos e uma débil tristeza tomou o seu lugar.

— Sinto muito — disse ela. — Sinto muito. Mas o senhor não entende.

— Então por que não me conta? — Sua raiva desapareceu como névoa. — Conte-me, minha cara.

— É difícil contar. Adam é tão bom, tão forte. Eu sou... bem, eu sou infectada. Epilepsia.

— Você, não!

— Não, mas meu avô e meu pai, e meu irmão. — Ela cobriu os olhos com as mãos. — Eu não poderia trazer isso para o meu marido.

— Pobre criança — disse ele. — Minha pobre criança. Não pode ter certeza. É mais do que provável que seu bebê nasça bem, com excelente saúde. Vai me prometer que não tentará mais nenhum truque?

— Sim.

— Está certo, então. Não vou contar ao seu marido o que você fez. Deite-se e deixe-me ver se o sangramento parou.

Em poucos minutos ele fechava a maleta e colocava a agulha de tricô no seu bolso.

— Venho dar uma olhada amanhã de manhã — disse.

Adam caiu sobre ele assim que desceu as escadas estreitas para o saguão do hotel. O dr. Tilson esquivou-se de uma saraivada de "Como está ela? Está bem? O que houve? Posso subir?"

— Calma, calma. — E usou o seu truque, a sua piada de rotina. — Sua mulher está doente.

— Doutor...

— Ela tem a única doença boa que existe...

— Doutor...

— Sua mulher vai ter um bebê.

Passou roçando por Adam e deixou-o olhando o vazio, atônito. Três homens sentados ao redor da estufa sorriram para ele. Um deles observou secamente "Se fosse comigo, eu convidaria alguns, talvez três amigos para um drinque". Sua indireta caiu no vácuo. Adam disparou desajeitadamente para cima pela escadaria estreita.

A atenção de Adam se concentrou no rancho Bordoni, alguns quilômetros ao sul de King City, quase equidistante, na verdade, entre San Lucas e King City.

Os Bordoni tinham uma gleba de 370 hectares de terras, tudo que restara de um total de 4.000 hectares concedidos ao bisavô da sra. Bordoni pela coroa da Espanha. Os Bordoni eram suíços, mas a sra. Bordoni era filha e herdeira de uma família espanhola que se instalara no vale do Salinas nos primeiros tempos. E como acontecia com a maioria das famílias antigas, a terra se perdeu. Parte no jogo, parte retalhada para o pagamento de impostos e alguns hectares vendidos para comprar luxos — um cavalo, um diamante ou uma bela mulher. Os 370 hectares restantes eram o núcleo da concessão original dos Sanchez e o melhor dela, também. O terreno era cortado ao meio pelo rio e suas laterais aninhavam-se nos contrafortes, pois neste ponto o vale se estreita e só pouco mais adiante volta a se alargar. A casa original dos Sanchez ainda era habitável. Construída de adobe, ficava numa pequena abertura dos contrafortes, um vale em miniatura irrigado por uma fonte perene de água doce. Foi por isso, naturalmente, que o primeiro dos Sanchez construiu sua sede ali. Carvalhos imensos sombreavam o vale e a terra era rica e verdejante como nenhuma outra naquela parte do país. As paredes da casa baixa tinham um metro e vinte de espessura e os caibros redondos eram amarrados com tiras de couro colocadas ainda úmidas. O couro encolhia e prendia vigas e caibros, enquanto as cordas de couro ficavam duras como ferro e quase tão resistentes quanto ferro. Só havia um problema com esse método de construção: os ratos comerão todo o couro, se deixarmos.

A velha casa parecia ter crescido da terra e era adorável. Bordoni a usava como estábulo para vacas. Era suíço, imigrante, com a sua paixão nacional pela limpeza. Não confiava nas espessas paredes de lama e construiu uma casa com vigamento de madeira a alguma distância, e suas vacas enfiavam a cabeça para fora das fundas janelas da velha casa dos Sanchez.

Os Bordoni não tinham filhos e quando sua mulher morreu já em idade madura uma grande nostalgia do seu passado nos Alpes tomou conta do marido. Queria vender o rancho e voltar para a sua terra. Adam Trask se recusou a comprar apressadamente, e Bordoni usava o método de fingir que não se importava em vender ou não. Bordoni sabia que Adam iria comprar sua terra muito antes que Adam o soubesse.

Adam pretendia se instalar num lugar para ficar, com seus filhos ainda não nascidos. Receava que pudesse comprar um local e depois conhecer outro que lhe agradasse mais, e o tempo todo o terreno dos Sanchez o estava atraindo. Com o surgimento de Cathy, sua vida se estendia longa e prazerosamente à sua frente. Mas fez tudo com o máximo cuidado. Rodava de charrete, cavalgava e caminhava por todo metro quadrado da terra. Enfiou uma pequena sonda no subsolo para testar, sentir e cheirar uma camada mais funda da terra. Fez perguntas sobre as pequenas plantas silvestres dos campos, das margens dos rios e dos morros. Nos lugares mais úmidos, ajoelhava-se e examinava as pegadas de animais na lama, puma e veado, coiote e gato selvagem, gambá e guaxinim, doninha e coelho, sobrepostas pelo desenho das patas das codornas. Ziguezagueava por entre salgueiros e plátanos e trepadeiras de amoras silvestres no leito do rio, palmeava os troncos de carvalhos e chaparros, medronheiros, loureiros, fotínias.

Bordoni o observava com olhos semicerrados e servia copos de vinho tinto extraído das uvas do seu pequeno vinhedo na encosta do morro. Bordoni tinha o prazer de se embriagar levemente toda tarde. E Adam, que nunca provara vinho, começou a gostar.

Repetidamente pedia a opinião de Cathy sobre o lugar. Gostava dele? Seria feliz ali? E não ouvia suas respostas evasivas. Achava que ela se juntava a ele no seu entusiasmo. No saguão do hotel em King City conversava com os homens que se reuniam ao redor da estufa e lia os jornais chegados de São Francisco.

— É na água que eu penso — disse certa noite. — Até que profundidade é preciso perfurar para ter um poço?

Um fazendeiro cruzou seus joelhos de brim.

— Devia procurar Sam Hamilton — disse. — Entende mais de água do que qualquer um por estas bandas. É um verdadeiro bruxo em matéria de água e também perfurador de poços. Vai lhe dizer. Abriu metade dos poços nesta parte do vale.

Seu companheiro abafou uma risada.

— Sam tem uma razão real e justa para se interessar por água. Não possui uma mísera gota dela na sua própria terra.

— Como posso encontrá-lo? — perguntou Adam.

— Vamos combinar o seguinte. Eu tenho de ir até lá para fazer umas cantoneiras de ferro. Posso levá-lo comigo se quiser. Vai gostar do sr. Hamilton. É um homem excelente.

— Uma espécie de gênio cômico — disse seu companheiro.

[3]

Partiram para o rancho de Hamilton na carroça de Louis Lippo — Louis e Adam Trask. Os pedaços de ferro chacoalhavam na carroçaria e um pernil de veado, embrulhado em estopa molhada para conservar-se fresco, saltitava em cima da ferragem. Era costume naquela época levar uma peça substancial de comida como presente quando se visitava alguém, pois o visitante era obrigado a ficar para o jantar, a não ser que desejasse insultar o dono da casa. Mas alguns convidados podiam atrapalhar os planos de alimentação da família para a semana quando não repunham aquilo que haviam consumido. Um quarto de porco ou um traseiro bovino resolviam a questão. Louis havia cortado o veado e Adam contribuiu com a garrafa de uísque.

— Preciso avisá-lo — disse Louis. — O sr. Hamilton vai gostar disso, mas a sra. Hamilton tem implicância com bebida. Se fosse você, eu deixava a garrafa debaixo do banco e quando rodarmos pela oficina então pode apanhá-la. É assim que fazemos sempre.

— Ela não deixa o marido tomar um trago?

— Não é maior do que um passarinho — disse Louis. — Mas tem opiniões de ferro. É melhor deixar a garrafa debaixo do banco.

Saíram da estrada do vale e entraram nas encostas desbastadas percorrendo o caminho com os sulcos das rodas aprofundados pelas chuvas do inverno. Os cavalos se retesavam em seus arreios e a carroça tremia e bamboleava. O ano não fora bom para com as encostas e já em junho elas estavam secas e as pedras apareciam através do pasto baixo e calcinado. A aveia brava mal subia a quinze centímetros acima do solo, como se soubesse que, se não desse semente logo, não haveria semente alguma.

— Não parece uma boa terra — Adam disse.

— Boa? Ora, sr. Trask, é terra de partir o coração de um homem e de corroê-lo por dentro. Boa terra! O sr. Hamilton tem um terreno considerável e teria morrido de fome nele com toda aquela filharada. O rancho não os alimenta. Ele faz todo tipo de trabalhos e seus meninos estão começando a trazer alguma coisa agora. É uma bela família.

Adam olhou para uma fileira escura de algarobeiras que surgiu depois de uma curva.

— Por que razão ele veio se instalar logo num lugar destes?

Louis Lippo, como todo homem, adorava interpretar os fatos, especialmente para um estranho e quando não houvesse ali nenhum morador local para começar uma discussão.

— Vou lhe contar — disse ele. — Veja o meu caso, meu pai era italiano. Veio para cá depois da confusão, mas trouxe um dinheirinho. Minha propriedade não é muito grande, mas é agradável. Foi meu pai quem a comprou. Ele escolheu o lugar. E veja o seu caso: não sei o que pretende fazer e não perguntaria, mas dizem que está tentando comprar a velha fazenda dos Sanchez, e Bordoni nunca se desfez de nada facilmente. Você deve ter recursos, senão nem estaria interessado.

— Tenho algum dinheiro — disse Adam modestamente.

— Estou falando exatamente do oposto — disse Louis. — Quando o sr. e a sra. Hamilton chegaram ao vale não tinham nem um penico para urinar. Tiveram de aceitar o que havia sobrado, a terra do governo que ninguém mais queria. Dez hectares dela não dão para manter uma vaca viva mesmo nos anos bons, e dizem que os coiotes vão embora nos anos ruins. Muita gente não sabe como os Hamilton sobreviveram. Mas, naturalmente, o sr. Hamilton mergulhou no trabalho, foi assim que sobreviveram. Trabalhou como peão até que conseguiu construir sua debulhadora.

— Deve ter feito muito. Ouço falar dele por toda parte.

— Fez muito realmente. Criou nove filhos. Aposto que não tem meio dólar no bolso. Como poderia?

Um lado da carroça deu um salto, passou sobre uma pedra redonda e caiu na estrada de novo. Os cavalos estavam empapados de suor e espumavam debaixo dos arreios.

— Vou gostar de conversar com ele — disse Adam.

— Sim, senhor, ele teve uma bela colheita, teve bons filhos e soube criá-los. Todos estão indo muito bem, talvez com exceção de Joe. Ele é o mais jovem, estão falando em mandá-lo para a universidade, mas todos os outros vão muito bem. O sr. Hamilton pode se orgulhar. A casa fica bem do outro lado da próxima lombada. Não cometa o erro de trazer aquele uísque, ela vai congelá-lo na hora.

A terra seca pulsava debaixo do sol e os grilos estridulavam.

— É uma terra abandonada por Deus — disse Louis.

— Faz-me sentir desprezível — disse Adam.

— Como assim?

— Bem, pelo fato de pensar que não preciso viver num lugar desses.

— Eu também, mas não me sinto desprezível. Sinto-me perfeitamente feliz.

Quando a carroça chegou ao cume, Adam pôde ver lá embaixo o pequeno cacho de edificações que compunham a sede de Hamilton —

uma casa com vários anexos, um estábulo para vacas, uma oficina e uma cocheira. Era uma vista seca e carcomida pelo sol — nenhuma árvore grande e um pequeno jardim regado à mão.

Louis virou-se para Adam e havia uma leve sugestão de hostilidade no seu tom.

— Quero deixar claro uma ou duas coisas, sr. Trask. Tem gente que quando vê Samuel Hamilton pela primeira vez acha que ele é um bobalhão. Não fala como as outras pessoas. É um irlandês. E está sempre cheio de planos, cem planos por dia. E todo cheio de esperança. Meu Deus, tinha de estar, para viver nesta terra! Mas lembre-se disto, ele é um excelente trabalhador, um bom ferreiro, e alguns dos seus planos funcionam. E já o ouvi falar sobre coisas que iriam acontecer e elas aconteceram.

Adam ficou alarmado com a sugestão de ameaça.

— Não sou o tipo de homem que deprecia outro homem — disse ele, e sentiu que subitamente Louis o encarava como um estranho e um inimigo.

— Só queria que entendesse bem isso. Tem muita gente que vem do Leste e acha que se um homem não é rico ele não presta.

— Eu não pensaria em...

— O sr. Hamilton talvez não tenha nem meio dólar, mas é gente nossa e é o melhor que temos. E criou a melhor família que poderá ver por aqui. Só quero que lembre disso.

Adam estava a ponto de se defender, mas disse:

— Vou lembrar. Obrigado por me avisar.

Louis virou o rosto para a frente de novo.

— Lá está ele... está vendo? Saindo da oficina. Deve ter-nos ouvido.

— Ele tem uma barba? — perguntou Adam, espiando.

— Sim, tem uma bela barba. Está ficando branca rapidamente, começando a ficar grisalha.

Passaram pela casa de vigamento de madeira e viram a sra. Hamilton os olhando pela janela. Encostaram a carroça diante da ferraria onde Samuel os esperava.

Adam viu um homem grande, barbudo como um patriarca, seus cabelos grisalhos balançando ao vento como a lanugem do cardo. As faces acima da barba eram rosadas onde o sol havia queimado sua pele irlandesa. Vestia uma camisa azul limpa, um macacão e um avental de couro. Suas mangas estavam arregaçadas e os braços musculosos estavam limpos também. Só suas mãos estavam enegrecidas pela forja. Depois de um rápido exame, Adam voltou-se para aqueles olhos azul-claros e cheios de uma alegria juvenil. As rugas ao redor deles eram desenhadas pelo constante sorriso.

— Louis — disse ele. — Fico contente em vê-lo. Até mesmo na doçura do nosso pequeno paraíso aqui, gostamos de ver nossos amigos.

Sorriu para Adam e Louis disse:

— Eu trouxe o sr. Adam Trask para visitá-lo. É um forasteiro lá do Leste, veio instalar-se aqui.

— Fico feliz em saber — disse Samuel. — Apertamos a mão em outra ocasião. Não quero sujar sua mão com estas pinças de forja.

— Trouxe alguns pedaços de ferro, sr. Hamilton. Poderia fazer algumas cantoneiras para mim? Toda a estrutura da minha colheitadeira de cereais está caindo aos pedaços.

— Claro que faço, Louis. Vamos, desça. Vamos colocar os cavalos à sombra.

— Tem uma peça de veado ali atrás, e o sr. Trask trouxe uma coisinha.

Samuel olhou para a casa.

— Talvez possamos pegar a "coisinha" quando colocarmos a carroça atrás do galpão.

Adam podia perceber o tom melodioso de sua fala e, no entanto, não era capaz de detectar nenhuma palavra pronunciada de maneira estranha, a não ser o som de algumas consoantes articulado no alto da língua.

— Louis, não vai desatrelar a sua parelha? Vou levar a carne para dentro. Liza vai ficar contente. Gosta de um cozido de veado.

— Alguma das crianças em casa?

— Bem, não no momento. George e Will vieram passar o fim de semana em casa e foram na noite passada para um baile no Wild Horse Canyon, na escola de Peach Tree. Voltarão juntos ao amanhecer. Não temos um sofá por causa disso. Eu lhes conto depois, Liza vai se vingar deles e foi Tom quem preparou tudo. Eu lhes conto depois.

Ele riu e partiu em direção à casa, carregando a carne de veado embrulhada.

— Se quiser pode levar a "coisinha" para a oficina, mas não deixe o sol refletir nela.

Eles o ouviram gritar ao se aproximar da casa.

— Liza, adivinhe só. Louis Lippo trouxe um pedaço de veado maior do que você.

Louis levou a carroça para trás do galpão e Adam ajudou-o a desatrelar os cavalos, a ajeitar as correias e a colocá-los na sombra.

— Ele falou sério quando mencionou o reflexo do sol na garrafa — disse Louis.

— Ela deve ser um terror.

— Não é maior do que um passarinho. Mas tem um gênio de ferro.

— "Desatrelar!" — disse Adam. — Acho que já ouvi dizerem assim, ou li em algum lugar.

Samuel se juntou a eles na oficina.

— Liza gostaria que ficassem para o jantar — disse.

— Ela não nos esperava — protestou Adam.

— Deixa para lá, homem. Ela vai preparar alguns bolinhos para o cozido. É um prazer tê-los por aqui. Dê-me os seus ferros, Louis, e vamos ver como é que você quer as cantoneiras.

Acendeu o fogo com uns gravetos no quadrado negro da forja, soprou o fole sobre ele e depois colocou carvão de coque com os dedos até ficar luminoso de calor.

— Por favor, Louis, atice o fogo. Devagar, homem, devagar e por igual.

Colocou os pedaços de ferro no coque incandescente.

— Não se preocupe, sr. Trask, Liza está acostumada a cozinhar para nove crianças famintas. Nada é capaz de perturbá-la.

Submeteu o ferro a um fogo mais forte e riu.

— Retiro essa última frase como uma santa mentira — disse ele. — Minha mulher está rolando de zangada como as pedras redondas num rio. E vou adverti-los para não mencionarem a palavra "sofá". A palavra lhe dá raiva e tristeza.

— Já falou algo sobre isso — Adam disse.

— Se conhecesse meu menino Tom, entenderia melhor o problema, sr. Trask. Louis o conhece.

— Claro que conheço — disse Louis.

Samuel prosseguiu.

— Tom é um garoto endiabrado. Sempre coloca mais no prato do que consegue comer. Sempre planta mais do que pode colher. Prazeres demais, tristezas demais. Liza acha que sou assim. Não sei o que vai ser de Tom. Talvez a grandeza, talvez a forca... bem, outros Hamilton já foram enforcados antes. E vou lhes contar sobre isso um dia.

— O sofá — sugeriu Adam polidamente.

— Ah, sim. É um defeito meu, e Liza diz que pastoreio minhas palavras como ovelhas rebeldes. Bem, chegou a época do baile na escola de Peach Tree e os meninos, George, Tom, Will e Joe, todos decidiram ir. E as meninas, naturalmente, foram convidadas. George, Will e Joe, meninos de gostos simples, convidaram uma amiga cada um, mas Tom serviu-se de uma porção exagerada, como de costume. Convidou as duas irmãs Williams, Jennie e Belle. Quantos furos para parafusos vai querer, Louis?

— Cinco — disse Louis.

— Pois bem. Agora devo lhe contar, sr. Trask, que o meu Tom tem todo o egoísmo e amor-próprio típicos de um garoto que se acha feio. Geralmente é desleixado, mas, quando surge uma festa, se enfeita como um mastro de Primeiro de Maio e se envaidece como as flores da primavera. Isso lhe exige um bocado de tempo. Notaram que a cocheira estava vazia? George, Will e Joe começaram cedo, mas não tão bem como Tom. George levou a charrete grande, Will foi na charrete menor e Joe pegou o pequeno tílburi.

Os olhos de Samuel reluziam de prazer.

— Pois bem, então Tom apareceu, imponente como um imperador romano, e a única coisa que restava sobre rodas era uma carreta de puxar feno e não se pode levar nem uma só das irmãs Williams naquilo. Por sorte, ou azar, Liza estava tirando sua soneca. Tom sentou-se nos degraus da frente da casa e se pôs a pensar. Então eu o vi ir até a cocheira e atrelar dois cavalos na carreta de feno, tirando a grade. A duras penas trouxe o sofá para fora da casa e passou uma corrente por suas pernas; o belo sofá recurvado forrado de crina de cavalo que Liza ama mais do que qualquer outra coisa. Eu lhe dei este sofá para que repousasse antes de George nascer. A última vez que o vi, Tom se arrastava colina acima reclinado à vontade no sofá para apanhar as meninas Williams. E, ah, meu Deus, o sofá vai estar todo desgastado pelo atrito quando ele voltar.

Samuel largou as pinças e colocou as mãos nos quadris para rir mais solto.

— E Liza está bufando enxofre pelas narinas. Pobre Tom.

Adam disse, sorrindo:

— Gostaria de tomar um pequeno trago?

— Com toda a certeza — disse Samuel. Aceitou a garrafa, tomou um rápido gole de uísque e a devolveu.

— *Uisquebaugh*... é uma palavra irlandesa... uísque, a água da vida... e é exatamente isso.

Levou os ferros quentes à bigorna e fez os furos, recurvando os ângulos com o seu malho, lançando fagulhas. Depois mergulhou o ferro assobiando no seu meio barril de água negra.

— Aí estão — disse, e os jogou-os no chão.

— Muito obrigado — disse Louis. — Quanto lhe devo?

— O prazer da sua companhia.

— É sempre assim — disse Louis com um ar de desamparo.

— Não, quando instalei seu novo poço, você pagou o meu preço.

— Isso me faz lembrar que o sr. Trask está pensando em comprar a propriedade de Bordoni, a velha concessão dos Sanchez. Está lembrado?

— Eu a conheço bem — disse Samuel. — É uma bela propriedade.

— Ele estava perguntando sobre a questão da água e eu lhe disse que você conhecia mais do assunto do que qualquer outro por aqui.

Adam passou a garrafa e Samuel tomou um pequeno gole e enxugou a boca no seu antebraço acima da fuligem.

— Ainda não me decidi — disse Adam. — Estou só fazendo algumas perguntas.

— Ora, por Deus, homem, agora você tocou fundo na questão. Dizem que é perigoso fazer perguntas a um irlandês porque ele vai lhe responder. Espero que saiba o que está fazendo quando me dá licença para falar. Ouvi dizer que há duas maneiras de ver as coisas. Uma diz que o homem silencioso é um homem sábio e outra diz que um homem sem palavras é um homem sem pensamentos. Naturalmente, eu tomo partido da segunda, e a Liza diz que em demasia. O que quer saber?

— Bem, a propriedade do Bordoni. A que profundidade teria de ir para encontrar água?

— Eu precisaria ver o local. Em alguns pontos dez metros, em outros cinquenta, e em certos lugares até o centro do mundo.

— Mas seria capaz de encontrar água?

— Quase em qualquer outro terreno com exceção do meu.

— Ouvi dizer que há falta de água por aqui.

— Ouviu dizer? Ora, Deus no céu deve ter ouvido também! Eu gritei bem alto.

— Existe uma gleba de 160 hectares ao lado do rio. Haveria água debaixo dela?

— Eu teria de dar uma olhada. Este parece um vale estranho. Se tiver paciência, eu talvez possa lhe dizer alguma coisa, pois já examinei a área e enfiei minha sonda ali. Um homem faminto se empanturra com sua mente, é uma verdade.

Louis Lippo disse:

— O sr. Trask é da Nova Inglaterra. Pretende instalar-se aqui. Já esteve no Oeste antes, no Exército, lutando contra os índios.

— Ora, é verdade? Então devia falar e deixar-me aprender.

— Eu não quero falar disso.

— Por que não? Deus tenha misericórdia da minha família e dos meus vizinhos se eu tivesse que lutar contra os índios!

— Eu não queria lutar contra eles, senhor.

O "senhor" insinuou-se involuntariamente.

— Sim, posso entender isso. Deve ser uma coisa difícil matar um homem que você não conhece e que não odeia.

— Talvez isso torne a coisa mais fácil — disse Louis.

— Você tem uma certa razão, Louis. Mas alguns homens são amigos do mundo inteiro em seu coração e existem outros que odeiam a si mesmos e espalham ódio ao seu redor como manteiga em pão quente.

— Preferia que me falasse desta terra — disse Adam, inquieto, porque a imagem mórbida de corpos empilhados lhe veio à mente.

— Que horas são?

Louis saiu da oficina e olhou para o sol.

— Não passa das dez.

— Se eu desembestar agora, não vou poder me controlar. Meu filho Will diz que eu falo com as árvores quando não consigo encontrar um humano que me ouça.

Suspirou e sentou-se num barrilete de pregos.

— Eu disse que era um vale estranho, mas talvez porque nasci numa terra verdejante. Acha o vale estranho, Louis?

— Não, eu nunca saí dele.

— Perfurei muito esta terra — disse Samuel. — Algo aconteceu debaixo dela, talvez ainda esteja acontecendo. Existe um leito oceânico por baixo e mais abaixo disso é um outro mundo. Mas não é algo que deva preocupar um fazendeiro. Nas camadas superiores é um solo bom, particularmente na planície. Na parte de cima do vale a terra é leve e arenosa, mas sobre ela tem o solo fértil das encostas que é trazido pelas águas no inverno. Seguindo para o norte, o vale se alarga e o solo fica mais escuro e mais denso, talvez mais rico. Acredito que havia pantanais ali antigamente e raízes seculares apodreceram no solo e o enegreceram e fertilizaram. E quando reviramos a terra, vemos um pouco de argila gorda misturada. Isso vai mais ou menos de Gonzales, ao norte, até a foz do rio. Nas laterais, nas cercanias de Salinas, Blanco, Castroville e Moss Landing, os pântanos ainda estão ali. E quando um dia aqueles pântanos forem drenados, aquela será a terra mais rica deste mundo vermelho.

— Ele sempre faz previsões desse tipo — observou Louis.

— Bem, a mente de um homem não se prende ao tempo como o seu corpo.

— Se vou me instalar aqui, preciso saber como e o que isso será — disse Adam. — Meus filhos, quando os tiver, estarão nesta terra.

Os olhos de Samuel olharam por cima das cabeças dos seus amigos, da forja escura para a luz amarela do sol.

— Você precisa saber que debaixo de uma boa parte deste vale, em alguns lugares profundos e noutros bem perto da superfície, existe uma camada chamada terra dura. É uma argila bem compacta e algo oleosa também. Em alguns lugares tem apenas três centímetros de espessura e mais em outros. E esta terra dura resiste à água. Se não estivesse ali, as chuvas do inverno encharcariam tudo e umedeceriam a terra e no verão a água subiria até as raízes de novo. Mas quando o solo acima da terra dura fica encharcado, o resto é inundado ou fica apodrecendo em cima. E esta é uma das principais maldições deste vale.

— Bem, é um belo lugar para se viver, não?

— Sim, é, mas um homem não consegue descansar inteiramente quando sabe que a terra poderia ser mais rica. Pensei que se fosse possível fazer milhares de perfurações na terra para que a água penetrasse no solo poderia resolver o problema. E então tentei algo com algumas bananas de dinamite. Fiz um buraco na terra dura e explodi. Ela foi rompida e a água podia descer. Mas, por Deus, pensem na quantidade de dinamite! Li que um sueco, o mesmo homem que inventou a dinamite, tem um novo explosivo mais forte e mais seguro. Talvez a resposta estivesse aí.

Louis falou com um misto de zombaria e admiração:

— Ele está sempre pensando em mudar as coisas. Nunca se contenta com o modo como elas são.

Samuel sorriu para ele.

— Dizem que houve um tempo em que os homens viviam nas árvores. Alguém teve de não se contentar com um galho alto para que nossos pés pudessem tocar a terra hoje.

Então ele riu de novo.

— Posso me ver sentado no meu monte de terra fabricando um mundo na minha cabeça assim como Deus criou este aqui. Mas Deus viu o seu mundo. Eu nunca verei o meu a não ser... dessa maneira. Este será um vale de muitas riquezas um dia. Poderia alimentar o mundo e talvez o faça. E pessoas felizes viverão aqui, milhares e milhares... Uma nuvem pareceu passar por seus olhos e seu rosto ficou triste e ele se calou.

— Faz parecer um bom lugar para a gente viver — disse Adam. — Onde mais poderia criar meus filhos diante dessa perspectiva?

Samuel prosseguiu:

— Só há uma coisa que não entendo. Existe uma escuridão neste vale. Não sei o que é, mas posso senti-la. Às vezes num dia de um branco ofuscante posso senti-la apagando o sol e sugando a sua luz como uma esponja.

Sua voz se levantou.

— Existe uma violência negra neste vale. Não sei, não sei. É como se um velho fantasma saído do fundo do mar o assombrasse e perturbasse o ar com sua infelicidade. É tão secreto como uma tristeza oculta. Não sei o que é, mas eu o vejo e sinto nas pessoas daqui.

Adam tremeu.

— Acabo de lembrar que prometi voltar cedo. Cathy, minha mulher, vai ter um bebê.

— Mas Liza está preparando a comida.

— Ela vai entender quando eu lhe contar sobre o bebê. Minha mulher não vem se sentindo bem. E obrigado pelo que me falou sobre a água.

— Eu o deprimi com meu discurso?

— Não, de modo algum, de modo algum. É o primeiro bebê de Cathy e ela não está passando bem.

Adam lutou a noite inteira com seus pensamentos e no dia seguinte ele subiu na charrete e apertou a mão de Bordoni e a propriedade dos Sanchez passou a ser sua.

14

[1]

Há tanto para contar sobre o Oeste daqueles tempos que é difícil saber por onde começar. Uma coisa puxa centenas de outras. O problema é decidir qual delas contar primeiro.

Vocês lembram que Samuel Hamilton dissera que seus filhos tinham ido a um baile na escola de Peach Tree. As escolas do interior eram centros de cultura na época. As igrejas protestantes nas cidades lutavam para se estabelecer num país onde eram recém-chegadas. A Igreja católica, a primeira a entrar em cena e solidamente estabelecida, gozava de uma confortável tradição enquanto as missões eram gradualmente abandonadas, seus telhados caíam e pombos se aninhavam nos altares despidos. A biblioteca (em latim e espanhol) da missão de San Antonio fora jogada num celeiro onde os ratos comiam as encadernações de pele de carneiro. No campo, o repositório da arte e da ciência era a escola, e a professora carregava o escudo e a tocha do saber e da beleza. O prédio escolar era o ponto de encontro para música e debates. As urnas eram colocadas na escola durante as eleições. A vida social, fosse a coroação de uma rainha da primavera, a homenagem a um presidente morto ou um baile que atravessava a noite, não podia transcorrer em outro local. E a professora não era apenas um modelo intelectual e uma líder social, mas também a prenda matrimonial da região. Uma família podia ostentar seu orgulho se um filho seu se casasse com a professora. Presumia-se que sua prole teria vantagens intelectuais, tanto herdadas, como condicionadas.

As filhas de Samuel Hamilton não estavam destinadas a tornar-se esposas de fazendeiros consumidas pelo trabalho. Eram garotas bonitas e tinham no porte o brilho da sua descendência dos reis da Irlanda. Possuíam um orgulho que transcendia a sua pobreza. Ninguém jamais as considerou como merecedoras de piedade. Samuel criou uma raça distintamente superior. Seus filhos eram mais instruídos e mais educados do que a maioria dos jovens da sua idade. A todos Samuel comunicou seu amor ao conhecimento e colocou-os à parte da ignorância ostensiva da sua época. Olive Hamilton tornou-se professora. Isso significou que saiu de casa aos quinze anos e foi morar em Salinas, onde podia frequentar o curso secundário. Aos dezessete anos ela se submeteu aos exames da junta do condado, que abrangiam todas as artes e ciências, e aos dezoito estava lecionando na escola de Peach Tree.

Em sua escola havia alunos mais velhos e maiores do que ela. Era preciso grande tato para ser professora. Manter a ordem entre rapazes grandalhões indisciplinados sem uma pistola e um chicote era um negócio difícil e perigoso. Numa escola nas montanhas uma professora foi estuprada por seus alunos.

Olive Hamilton não só tinha de ensinar tudo, mas a todas as idades. Poucos jovens passavam do primeiro grau naquela época e, com os trabalhos na fazenda, alguns levavam quatorze ou quinze anos para isso. Olive também tinha de praticar uma medicina rudimentar, pois eram constantes os acidentes. Dava pontos em cortes de canivete depois de uma briga no pátio da escola. Quando um menino de treze anos descalço foi picado por uma cascavel, ela teve de sugar seu dedão do pé para extrair o veneno.

Ensinava leitura à primeira série e álgebra à oitava. Dava aulas de canto, era crítica literária e escrevia pequenas notas sociais publicadas semanalmente no *Salinas Journal*. Além de tudo isso, toda a vida social da região estava em suas mãos, não só os exercícios para a formatura, mas os bailes, as reuniões, os debates, os corais, os festivais do Natal e do Dia da Primavera, as celebrações patrióticas, o dia em homenagem aos mortos na guerra e o Quatro de Julho. Fazia parte da junta eleitoral, liderava e organizava as atividades de caridade. Estava longe de ser um trabalho fácil, e incluía deveres e obrigações além da imaginação. A professora não tinha vida privada. Era vigiada zelosamente e não podia mostrar nenhuma fraqueza de caráter. Não podia alojar-se na casa de uma família por mais de um período letivo, pois isso causaria ciúmes — uma família ganhava ascendência social ao hospedar uma professora. Se houvesse um filho em idade de se casar na família que a hospedava, uma proposta de casamento era automática; se houvesse mais de um pretendente, brigas feias ocorriam na disputa por sua mão. Os rapazes da família Aguita, três deles, se unharam quase à morte por Olive Hamilton. Professoras raramente duravam muito nas escolas rurais. O trabalho era tão pesado e as propostas tão constantes que elas se casavam em pouco tempo.

Este era um rumo que Olive Hamilton decidiu que não tomaria. Ela não partilhava dos entusiasmos intelectuais do pai, mas o tempo que passara em Salinas a fez decidir que não seria esposa de fazendeiro. Queria morar numa cidade, talvez não tão grande como Salinas, mas pelo menos não um vilarejo numa encruzilhada. Em Salinas, Olive experimentou os confortos da vida, o coral e as vestimentas, as quermesses e ceias da Igreja episcopal. Teve contato com as artes — companhias itinerantes de teatro e até ópera, com sua magia e promessa de um mundo com mais aroma. Frequentou festas, participou de jogos de salão, competiu em leituras de poesia, integrou um coral e uma orquestra. Salinas a havia tentado. Lá podia ir a uma festa vestida para a festa e voltar para casa com a mesma roupa, em vez de ter de enrolar suas vestimentas num alforje de sela e cavalgar quinze quilômetros e depois desenrolá-las e passá-las a ferro de novo.

Embora estivesse ocupada com suas aulas, Olive ansiava pela vida cosmopolita e, quando o jovem que construíra o moinho de trigo de King City a cortejou adequadamente, ela o aceitou, com a condição de um noivado longo e secreto. O sigilo era necessário porque se a novidade viesse à tona haveria problemas entre os jovens das vizinhanças.

Olive não tinha o talento do pai, mas sim um senso de diversão, aliado à vontade férrea e decidida da mãe. Forçava goela abaixo de seus relutantes pupilos toda luz e beleza que fosse possível.

Havia uma muralha contra o aprendizado. Um homem queria que seus filhos aprendessem a ler e a fazer contas, e só. Mais do que aquilo podia deixá-los insatisfeitos e caprichosos. E havia uma infinidade de exemplos para provar que o conhecimento fazia um rapaz deixar a fazenda para morar na cidade — por se considerar melhor que o seu pai. Aritmética o suficiente para medir a terra e a madeira e manter em ordem a contabilidade, saber escrever o suficiente para encomendar produtos e escrever aos parentes, saber ler o suficiente para jornais, almanaques e publicações rurais, saber música o suficiente para demonstrações religiosas e patrióticas — era o bastante para ajudar um rapaz a não sair do bom caminho. Cultura era para médicos, advogados e professores, uma classe distante das pessoas comuns. Havia alguns bons camaradas, naturalmente, como Samuel Hamilton, e ele era tolerado e estimado porque, se não soubesse cavar um poço, ferrar um cavalo ou usar uma debulhadora, Deus sabe o que as pessoas pensariam da família.

Olive casou-se com o seu jovem e mudou-se, primeiro para Paso Robles, depois para King City, e finalmente para Salinas. Era intuitiva como um gato. Seus atos baseavam-se em sentimentos mais do que em pensamentos. Tinha o queixo firme e o nariz arrebitado da mãe e os belos olhos do pai. Era a mais decidida dos Hamilton, excetuando talvez sua mãe. Sua teologia era uma curiosa mistura de duendes irlandeses e de um Jeová do Antigo Testamento que no final da vida confundia com o seu pai. O céu era para ela uma confortável casa de fazenda habitada por seus parentes mortos. Apagava da mente realidades externas frustrantes, recusando-se a acreditar nelas, e quando alguém resistia à sua descrença ficava zangada. Comentam que chorou amargamente porque não pôde ir a dois bailes numa mesma noite de sábado. Um era em Greenfield, o outro em San Lucas — a mais de trinta quilômetros de distância. Para ir aos dois bailes e depois voltar para casa seria necessária uma cavalgada de cem quilômetros. Eis um fato que ela não podia enfrentar com a sua descrença, por isso chorou de aflição e não foi a nenhum dos bailes.

Com o passar do tempo, ela aperfeiçoou um método de dispersão para lidar com os fatos desagradáveis da vida. Quando eu, seu filho único, tinha dezesseis anos, contraí pneumonia pleural, na época uma doença fatal. Fui piorando cada vez mais até as asas dos anjos roçarem meus olhos. O ministro episcopal rezou comigo e por mim, a madre superiora e as freiras do convento ao lado de nossa casa me elevavam ao céu em busca de alívio duas vezes ao dia, um parente distante devoto da Ciência Cristã elevou seus pensamentos por mim. Cada encantação, magia e fórmula herbal conhecida eram utilizadas e ela conseguiu duas boas enfermeiras e os melhores médicos da cidade. Seu método era prático. Fiquei bom. Era amorosa e firme com sua família, três filhas e eu, a quem ensinava os afazeres de casa, a lavar pratos e roupas e as boas maneiras. Quando se zangava, tinha um olhar cáustico capaz de esfolar a pele de uma criança malcriada tão facilmente como se fosse uma amêndoa fervida.

Quando me recuperei da pneumonia, tive de reaprender a caminhar. Eu ficara nove semanas de cama e os músculos haviam afrouxado e a preguiça da convalescença se instalou. Quando me ajudavam a ficar de pé, cada nervo gemia de dor e a ferida do lado do meu corpo, que fora aberta para drenar o pus da cavidade pleural, doía terrivelmente. Eu caía de novo na cama, chorando. — Não posso! Não consigo me levantar!

Olive me fitava com seu olhar terrível.

— Levante-se! — mandava. — Seu pai trabalhou o dia inteiro e passou a noite toda sentado. Endividou-se por sua causa. Vamos, levante-se!

E eu me levantava.

Dívida era uma palavra abjeta e um conceito abjeto para Olive. Uma conta não paga no dia do vencimento era uma dívida. A palavra possuía conotações de sujeira, desleixo e desonra. Olive, que acreditava piamente que sua família era a melhor do mundo, numa atitude muito esnobe não permitia que ela fosse maculada pela dívida. Implantou o terror de dívidas tão fundo em seus filhos que ainda hoje, num cenário econômico bem diferente em que a dívida faz parte da vida, eu fico inquieto quando uma conta passa dois dias do prazo sem ser paga. Olive nunca aceitou o plano do crediário quando esse tornou-se popular. Um bem comprado a crédito era um bem que não lhe pertencia e pelo qual você contraía uma dívida. Ela economizava para poder comprar o que queria, o que significava que os vizinhos sempre adquiriam as novidades domésticas dois anos antes de nós.

[2]

Olive tinha muita coragem. Talvez seja preciso coragem para criar os filhos. Devo contar-lhes o que ela fez em relação à Primeira Guerra Mundial. Ela não tinha uma visão do mundo. Sua primeira fronteira era a geografia da família, a segunda, a de sua cidade, Salinas, e por fim havia uma linha pontilhada, pouco definida, que era a divisa do condado. Assim ela não chegou a acreditar na guerra, nem mesmo quando a Tropa C, nossa milícia de cavalaria, foi convocada, embarcou seus cavalos num trem e partiu para o mundo.

Martin Hopps morava na esquina de nossa rua. Era um sujeito atarracado e ruivo. Tinha uma boca enorme e olhos vermelhos. Era quase o rapaz mais tímido de Salinas. Dar um bom-dia a ele fazia com que se roesse de embaraço. Ele pertencia à Tropa C porque o arsenal abrigava uma quadra de basquete.

Se os alemães tivessem conhecido Olive e fossem sensatos, não teriam se dado o trabalho de provocar a sua raiva. Mas não a conheciam ou eram estúpidos. Quando mataram Martin Hopps, eles perderam a guerra porque aquilo deixou minha mãe zangada e ela partiu para cima deles. Gostava de Martin Hopps. Ele nunca fizera mal a ninguém. Quando o mataram, Olive declarou guerra contra o império alemão.

Ela partiu em busca de uma arma. Tricotar capacetes e meias não era suficientemente mortal para ela. Durante algum tempo vestiu um uniforme da Cruz Vermelha e encontrava-se com outras senhoras vestidas da mesma maneira no arsenal, onde ataduras eram enroladas e reputações desenroladas. Era uma atividade útil, mas não atingia o coração do cáiser. Olive queria sangue pela vida de Martin Hopps. Encontrou sua arma nos bônus da liberdade. Nunca havia vendido nada na vida além de um bolo ocasional nas quermesses da igreja episcopal, mas começou a vender bônus a granel. Imprimia ferocidade ao seu trabalho. Acho que deixava as pessoas amedrontadas de não comprarem. E quando compravam de Olive, ela lhes dava uma sensação real de combate, de estarem enfiando uma baioneta na barriga da Alemanha.

Quando suas vendas subiram astronomicamente, o Departamento do Tesouro começou a notar aquela nova amazona. Primeiro vieram as cartas de agradecimento mimeografadas, depois cartas assinadas pelo próprio secretário do Tesouro, e não por um carimbo de borracha. Ficamos orgulhosos, mas não tão orgulhosos como quando os prêmios começaram a chegar, um capacete alemão (pequeno demais para que qualquer um de nós o usasse), uma baioneta, um pedaço de estilhaço sobre uma base de ébano. Como não estávamos em idade de ir para a guerra, só marchávamos com nossas armas de madeira, a guerra de nossa mãe parecia nos justificar. E então ela se superou, e superou a todos os demais na nossa região do país. Quadruplicou seu já fabuloso recorde e ganhou o maior de todos os prêmios — um voo num avião militar.

Ah, ficamos muito orgulhosos! Mesmo sem participarmos diretamente, era uma eminência que mal podíamos suportar. Mas minha pobre mãe — devo dizer-lhes que existem certas coisas em cuja existência minha mãe não acreditava, apesar de toda prova em contrário. Uma delas era um Hamilton que não prestasse e a outra era o avião. O fato de já tê-los visto não fazia com que acreditasse em sua existência.

À luz do que fez, tentei imaginar como se sentia. Sua alma deve ter-se contorcido de horror, pois como é que se pode voar em algo que não existe? Fosse um castigo, o voo teria sido cruel e fora do comum, mas era um prêmio, um presente, uma honra e uma eminência. Deve ter olhado em nossos olhos e visto as centelhas da idolatria e entendeu que estava encurralada. Não voar seria uma decepção para a sua família. Estava cercada e não havia outra saída além da morte. A partir do momento em que decidiu que iria subir numa coisa que não existia, ela achou que não sobreviveria àquilo.

Olive fez o seu testamento — levou muito tempo para fazê-lo e certificou-se de que tivesse validade legal. Abriu então a caixa de pau-rosa onde guardava as cartas que o marido lhe escrevera durante o namoro. Não sabíamos que ele escrevia poesias para ela, mas o fizera. Acendeu a lareira e queimou cada carta. Eram suas, e não queria que nenhum outro ser humano as visse. Comprou roupas de baixo novas. Tinha horror de morrer com roupas íntimas remendadas ou, pior, não remendadas. Acho que ela viu a boca larga e retorcida e os olhos embaraçados de Martin Hopps sobre ela e sentiu que de certa forma o estava reembolsando por sua vida roubada. Foi muito gentil conosco e não notou um prato de jantar mal lavado que deixou uma mancha oleosa no pano de prato.

A sua glória foi marcada para acontecer no hipódromo de Salinas. Fomos levados até lá em um automóvel do Exército, sentindo-nos mais solenes do que num enterro de gala. Nosso pai trabalhava na refinaria de açúcar Spreckles, a oito quilômetros da cidade, e não podia sair, ou talvez não quisesse, receando que não fosse capaz de suportar a tensão. Mas Olive tinha providenciado, sob a ameaça de não voar, que o avião tentasse voar até a refinaria de açúcar antes de cair.

Dou-me conta agora de que as várias centenas de pessoas que se haviam reunido lá vieram simplesmente para ver o avião, mas na época achávamos que tinham vindo homenagear minha mãe. Olive não era uma mulher alta e naquela idade começara a engordar. Tivemos de ajudá-la a descer do carro. Estava provavelmente tensa de medo, mas mantinha o pequeno queixo empinado.

O avião estava no campo da pista de corridas. Era assustadoramente pequeno e frágil — um biplano de cockpit aberto com longarinas de madeira, amarradas com arame de piano. As asas eram cobertas por lona. Olive ficou perplexa. Aproximou-se do aparelho como um boi do cutelo. Sobre as roupas que estava convencida de que seriam suas roupas de enterro, dois sargentos colocaram um casaco, um colete acolchoado e um casaco de voo, e ela ficava mais rechonchuda a cada nova camada. Depois, um capacete de couro e óculos de aviador e com o seu narizinho arrebitado e suas bochechas rosadas ela era um espetáculo e tanto. Parecia uma bola de óculos. Os dois sargentos a ergueram e enfiaram-na no cockpit. Preenchia o espaço inteiro. Quando afivelaram os cintos, ela voltou à vida e começou a acenar freneticamente pedindo atenção. Um dos soldados subiu, escutou-a, aproximou-se de minha irmã Mary e a levou até o lado do avião. Olive puxava a grossa luva de piloto acolchoada na mão esquerda. Conseguiu ficar com as mãos livres, tirou sua aliança de noivado com o pequenino diamante e a entregou a Mary. Ajustou a aliança de casamento no dedo, voltou a colocar as luvas e olhou para a frente. O piloto subiu na cabine da frente e um dos sargentos jogou todo o seu peso na hélice de madeira. O pequeno aparelho taxiou e afastou-se, seguiu pela pista e decolou. Olive olhava para a frente, provavelmente seus olhos estavam fechados.

Acompanhamos com nossos olhos o avião alçar voo e se distanciar, deixando um silêncio solitário atrás de si. A comissão dos bônus, os amigos e parentes e os simples espectadores anônimos não pensavam em deixar a pista. O avião se tornou um pequeno ponto no céu na direção de Spreckles e desapareceu. Passados quinze minutos, nós o vimos de novo, voando serenamente e muito alto. Então, para nosso horror, deu a impressão de parar e cair. Caiu interminavelmente, recuperou o equilíbrio, subiu e deu um loop. Um dos sargentos riu. Por um momento, o avião se estabilizou e então pareceu ter enlouquecido. Rolou de lado como um barril, descreveu espirais no ar, fez loops para todos os lados, virou-se e sobrevoou o campo de cabeça para baixo. Um dos soldados disse em voz baixa: "Acho que ele ficou maluco. Ela não é mais uma jovem."

O avião pousou com bastante firmeza e correu para o grupo. O motor morreu. O piloto saltou para fora sacudindo a cabeça com perplexidade. "É a mulher mais incrível que já conheci", disse. Estendeu o braço para cima e apertou a mão inerte de Olive e afastou-se caminhando apressadamente.

Foram precisos quatro homens e muito tempo para tirar Olive do cockpit. Estava tão rígida que não conseguiam dobrá-la. Nós a levamos para casa e a colocamos na cama e ela não se levantou durante dois dias.

O que aconteceu ficamos sabendo aos poucos. O piloto falou um pouco e Olive falou um pouco e as duas histórias tiveram de ser confrontadas antes de fazerem algum sentido. Haviam voado até a refinaria de açúcar e circulado ao redor dela, conforme as ordens — circularam três vezes para que nosso pai pudesse ver, e então o piloto pensou numa brincadeira. Sem nenhuma maldade. Gritou algo e seu rosto parecia contorcido. Olive não conseguia ouvir por causa do ruído do motor. O piloto desligou o motor por um instante e gritou "Vamos manobrar?" Era uma espécie de brincadeira. Olive viu o rosto dele coberto pelos óculos e o vento distorceu suas palavras. O que Olive entendeu foi "Vamos mergulhar!"

Pronto, pensou ela, justamente o que eu esperava. Ali estava a sua morte. Sua mente passou tudo rapidamente em revista para ver se não havia esquecido de nada — o testamento feito, as cartas queimadas, roupas de baixo novas, comida suficiente em casa para o jantar. Ficou na dúvida se havia apagado a luz do quarto dos fundos. Tudo isso aconteceu num segundo. Então pensou que podia existir uma chance de sobrevivência. O jovem soldado estava obviamente assustado e o medo seria a pior coisa que lhe podia acontecer ao tentar assumir o controle da situação. Se ela cedesse ao pânico que invadira o seu coração, poderia assustá-lo ainda mais. Decidiu encorajá-lo. Abriu um sorriso e acenou com a cabeça para lhe dar coragem e então o mundo virou de cabeça para baixo. Quando ele nivelou ao sair do seu loop, o piloto olhou para trás e gritou "Mais?"

Olive não podia ouvir o que quer que fosse, mas jogou o queixo para cima e estava decidida a ajudar o piloto para que não ficasse apavorado demais antes de se chocarem com a terra. Sorriu e acenou com a cabeça de novo. Ao fim de cada acrobacia ele olhava para trás e a cada vez ela o encorajava. Depois que tudo acabou, ele dizia repetidamente: "É a mulher mais incrível que já conheci. Deixei de lado o regulamento e ela queria mais. Por Cristo, que piloto ela não teria sido!"

15

[1]

Adam sentou-se como um gato contente sobre sua terra. Da entrada até a pequena reentrância sob um carvalho gigante que mergulhava suas raízes em água subterrânea, ele podia divisar os hectares que se espraiavam até o rio e ao longo de uma planície aluvial, e depois até os contrafortes arredondados a oeste. Era um lugar bonito mesmo no verão quando o sol castigava a paisagem. Uma fileira de salgueiros e sicômoros ao longo do rio cortava o terreno ao meio, e as colinas a oeste ficavam com a vegetação de pasto de um marrom amarelado. Por algum motivo, as montanhas a oeste do vale do Salinas têm uma camada mais espessa de terra do que os contrafortes do leste, e por isso o capim ali é mais rico. Talvez os picos armazenem a chuva e a distribuam mais igualmente e, talvez, sendo mais arborizados, atraiam mais precipitação de chuvas.

Pouco da propriedade de Sanchez, agora de Trask, era cultivado, mas Adam na sua cabeça podia ver o trigo crescendo alto e os retângulos de alfafa verde perto do rio. Atrás de si podia ouvir o barulho das marteladas dos carpinteiros que tinham vindo de Salinas para reconstruir a velha residência dos Sanchez. Adam decidira morar na velha casa. Ali seria o local ideal para plantar a sua dinastia. O esterco foi retirado, os velhos assoalhos arrancados, os caixilhos das janelas removidos. Madeira nova e fragrante estava chegando, o pinho cheirando à resina e à aveludada sequoia, e um novo telhado de toras longas. As velhas paredes absorveram camada após camada de cal misturada com água salgada que, ao secar, parecia possuir uma luminosidade própria.

Ele planejou uma moradia permanente. Um jardineiro havia podado as rosas antigas, plantado gerânios, preparado a horta e trazido a fonte perene em pequenos canais que ziguezagueavam por entre o jardim. Adam antegozava conforto para si mesmo e para os seus descendentes. Num galpão, coberto de encerados, dentro de engradados, estavam os móveis pesados trazidos de São Francisco e depois, de carroça, de King City.

Teria uma boa vida, também. Lee, seu cozinheiro chinês de rabo-de--cavalo, fizera uma viagem especial até Pajaro para comprar as panelas, frigideiras, chaleiras, barriletes, jarras, os panelões de cobre e os copos e utensílios de vidro para a sua cozinha. Um novo chiqueiro estava sendo construído longe da casa, no contravento, com galinheiros e cercados para patos por perto e um canil para os cães que manteriam os coiotes afastados. Não era uma obra rápida o que Adam pretendia, para ficar pronta depressa. Seus homens trabalhavam lentamente. Era uma longa tarefa. Adam a queria bem-feita. Inspecionava cada junta de madeira, estudava amostras de tinta numa telha de tora. Num canto do seu quarto catálogos se empilhavam — catálogos de maquinaria, de móveis, de sementes, de árvores frutíferas. Sentia-se contente agora por seu pai tê-lo deixado um homem rico. Em sua mente uma escuridão baixava sobre suas lembranças de Connecticut. Talvez a luz dura e chapada do Oeste estivesse apagando a sua terra natal. Quando relembrava a casa do seu pai, a fazenda, a cidade, o rosto do irmão, havia uma escuridão sobre tudo. E ele se desfez das lembranças.

Temporariamente tinha alojado Cathy na casa limpa e pintada de branco de Bordoni para esperar ali pelo novo lar e a criança. Não havia dúvida alguma de que a criança nasceria bem antes que a casa estivesse pronta. Mas Adam não tinha pressa.

— Eu quero uma construção sólida — instruía a toda hora. — Quero que dure, com pregos de cobre e madeira de lei para que nada enferruje ou apodreça.

Não estava sozinho nessa sua preocupação com o futuro. Todo o vale, todo o Oeste era assim. Era uma época em que o passado havia perdido sua doçura e sua seiva. Era preciso procurar muito para encontrar um homem, e mesmo assim muito velho, que desejasse trazer de volta um passado dourado. Os homens estavam apegados ao presente e sentiam-se à vontade nele, por mais difícil e infrutífero que fosse, mas a apenas um passo de um futuro fantástico. Raramente dois homens se encontravam, ou três bebiam num bar, ou uma dúzia roía carne de veado num acampamento, sem que o futuro do vale, paralisante em sua grandiosidade, não viesse à baila, não como uma conjectura, mas como uma certeza.

"Será? Quem sabe, talvez ainda em nosso tempo", diziam.

E as pessoas encontravam felicidade no futuro segundo sua carência no presente. Assim um homem podia trazer sua família de um rancho nas montanhas num carroção pesado — um caixote sobre patins de trenó feitos de carvalho que descia sacolejando as encostas cheias de arestas. Na palha dentro do caixote, a mãe abraçava os filhos para protegê-los dos solavancos que faziam tremer os dentes e morder a língua, contra as pedras e o chão irregular. E o pai obstinado pensava: "Quando as estradas chegarem, aí é que vai ser bom. Ora, poderemos ir sentados no banco de uma carruagem e chegar a King City em três horas. O que mais no mundo se pode desejar?"

Ou então deixem um homem examinar o seu bosque de carvalhos americanos, duros como carvão e mais quentes, a melhor madeira para lenha do mundo. No seu bolso poderia haver um jornal com uma nota dizendo: "Uma corda de lenha de carvalho está valendo dez dólares em Los Angeles." Ora, com os diabos, quando a ferrovia trouxer um ramal para cá, vou poder colocar a lenha cortadinha e seca bem ao lado dos trilhos, por um dólar e meio a corda. Vamos supor que a Southern Pacific cobre três e cinquenta para carregá-la. Ainda sobram cinco dólares por corda e existem três mil cordas naquele pequeno arvoredo. São quinze mil dólares só ali.

Havia outros que profetizavam, com raios cintilando em suas testas, sobre as valas que levariam água por todo o vale — quem sabe? talvez em nosso tempo ainda — ou sobre poços profundos com bombas a vapor para bombear a água das entranhas do mundo. Podem só imaginar? Pensem no que esta terra não daria com água em abundância! Ora, seria um verdadeiro jardim!

Outro homem, mas ele era maluco, dizia que um dia haveria um jeito, talvez usando gelo, de transportar este pêssego na minha mão diretamente até a Filadélfia.

Nas cidades falavam de esgotos e banheiros dentro das casas e alguns já os possuíam; e lâmpadas de arco voltaico nas esquinas das ruas — Salinas já as tinha — e telefones. Não havia nenhum limite, ou fronteira, para o futuro. E seria de tal modo que um homem não teria espaço para armazenar a sua felicidade. Contentamento transbordaria pelo vale como as inundações do rio Salinas pelas torrenciais chuvas de março.

Eles olhavam para o vale plano, seco e poeirento e para as feias cidades em forma de cogumelo e viam uma beleza — quem sabe? talvez em nosso tempo ainda. Esse era um motivo por que não se podia rir muito de Samuel Hamilton. Seu pensamento vagava mais deliciosamente solto do que qualquer outro, e não parecia tão tolo quando se ficava sabendo do que estavam fazendo em San Jose. Samuel ficava maluco só de imaginar se as pessoas seriam felizes quando tudo isso acontecesse.

Felizes? Ele está maluco agora. Vamos conseguir tudo isso e lhes mostraremos o que é felicidade.

E Samuel podia lembrar-se de ter ouvido falar de um primo de sua mãe na Irlanda, um cavaleiro rico e bonito, que se matou com um tiro enquanto estava sentado ao lado da mulher mais bonita do mundo que o amava.

— Existe uma capacidade de apetite — dizia Samuel — que nem mesmo todas as delícias do céu e da terra são capazes de satisfazer.

Adam Trask investia um pouco da sua felicidade no futuro, mas sentia contentamento no presente também. Sentia o coração subir-lhe à boca quando via Cathy sentada ao sol, quieta, seu bebê crescendo, e uma transparência na pele que o fazia pensar nos anjos dos cartões da escola dominical. Então uma brisa agitava seus cabelos luminosos ou ela erguia os olhos, e Adam sentia um frio na barriga que era uma pressão de êxtase próxima da dor.

Se Adam descansava como um gato preguiçoso e bem nutrido sobre sua terra, Cathy também parecia felina. Tinha o atributo inumano de abandonar o que não conseguia obter e de esperar pelo que podia obter. Esses dois dons lhe davam grandes vantagens. Sua gravidez fora um acidente. Quando sua tentativa de aborto fracassou e o médico a ameaçou, ela desistiu daquele método, o que não quer dizer que tenha se reconciliado com a gravidez. Sentou-se e suportou-a como suportaria uma doença. Seu casamento com Adam fora a mesma coisa. Estava encurralada e escolhera a melhor saída. Não queria vir para a Califórnia também, mas outros planos lhe eram negados por enquanto. Ainda muito criança aprendera a vencer usando o ímpeto do oponente. Era fácil guiar a força de um homem até onde fosse impossível resistir-lhe. Pouquíssimas pessoas no mundo poderiam saber que Cathy não queria estar onde estava e na condição em que estava. Relaxou e esperou pela oportunidade que sabia que chegaria com o tempo. Cathy possuía aquela qualidade necessária a todo grande criminoso bem-sucedido: não confiava em ninguém, não se abria com ninguém. Seu ego era uma ilha. É provável que sequer olhasse para a nova terra de Adam ou para a casa em construção, ou visse os planos imponentes dele se transformando em realidade, porque não tencionava morar ali depois que sua doença tivesse passado, depois que sua armadilha se abrisse. Mas às perguntas dele ela dava respostas adequadas; fazer o contrário seria movimento desperdiçado e energia dissipada, impróprios de um bom felino.

— Vê, minha querida, como a casa foi feita? As janelas dando para o vale?

— É uma beleza.

— Sabe, pode parecer tolice, mas eu me vejo tentando pensar da maneira como o velho Sanchez o fez há cem anos. Como seria este vale então? Ele deve ter planejado tudo cuidadosamente. Sabe que tinha encanamentos? Ele os fazia de madeira de sequoia com um buraco perfurado ou queimado para trazer a água da fonte. Nós desenterramos alguns pedaços.

— É notável — disse ela. — Ele devia ser inteligente.

— Gostaria de saber mais sobre ele. Do jeito que a casa foi disposta, pelas árvores que deixou, pelo formato e proporção da casa, deve ter sido uma espécie de artista.

— Era um espanhol, não era? São pessoas muito artísticas, ouvi dizer. Lembro-me na escola de um pintor... não, era um grego.

— Gostaria de saber onde poderia descobrir mais coisas sobre Sanchez.

— Bem, alguém deve saber.

— Tanto trabalho e planejamento para depois Bordoni botar vacas na casa. Sabe o que mais me deixa curioso?

— O que é, Adam?

— Eu me pergunto se ele tinha uma Cathy e como seria ela.

Ela sorriu e desviou o olhar.

— As coisas que você diz.

— Ele devia ter! Devia ter, sim. Nunca tive energia ou rumo ou... bem, até mesmo vontade de viver, antes de ter você.

— Adam, você me deixa envergonhada. Adam, tenha cuidado. Não me aperte, dói.

— Desculpe. Sou tão desajeitado.

— Não, você não é. Simplesmente não se dá conta. Eu devia estar tricotando ou costurando, não acha? Mas me sinto muito bem simplesmente sentada.

— Vamos comprar tudo o que precisarmos. Fique simplesmente sentada e confortável. Acho que de certa forma você está trabalhando mais do que qualquer pessoa aqui. Mas o pagamento, o pagamento é maravilhoso.

— Adam, acho que a cicatriz na minha testa não vai desaparecer.

— O médico disse que se apagaria com o tempo.

— Bem, às vezes parece ficar mais clara e depois volta. Não acha que está mais escura hoje?

— Não, não acho.

Mas estava. Parecia uma imensa impressão digital de um polegar, até mesmo com espirais de pele enrugada. Ele aproximou seu dedo e ela afastou a cabeça.

— Não, por favor — disse. — É sensível ao toque. Fica vermelha quando se toca nela.

— Vai desaparecer. Só levará algum tempo.

Ela sorria enquanto ele se virava, mas quando ele se afastou seus olhos ficaram vazios e sem direção. Mudou a posição do corpo, inquieta. O bebê estava chutando. Ela relaxou e todos os seus músculos afrouxaram. Esperou.

Lee aproximou-se da sua cadeira debaixo do maior carvalho.

— Senhola qué chá?

— Não... quero dizer, sim, eu gostaria.

Seus olhos o inspecionaram e sua inspeção não era capaz de penetrar nos olhos castanho-escuros dele. Ele a deixava nervosa. Cathy sempre fora capaz de vasculhar a mente de qualquer homem, desencavando seus impulsos e desejos. Mas o cérebro de Lee a repelia como borracha. Seu rosto era esguio e agradável, sua testa larga, firme e sensível, e seus lábios se ondulavam num eterno sorriso. Seu longo rabo-de-cavalo trançado e lustroso, preso por uma fita estreita de seda negra, pendia sobre o ombro e movia-se ritmicamente contra o peito. Quando fazia trabalho pesado, ele enrolava o rabicho no alto da cabeça. Usava calças justas de algodão, sapatilhas pretas e uma bata chinesa com alamares. Sempre que podia ocultava as mãos dentro das mangas, como se receoso de mostrá-las, uma atitude comum à maioria dos chineses na época.

— Posso pegá mesinha pequena — disse ele, curvou-se ligeiramente e afastou-se em passos arrastados.

Cathy olhou para suas costas e suas sobrancelhas contorceram-se numa carranca. Não tinha medo de Lee, embora não se sentisse à vontade com ele também. Mas era um empregado eficiente e respeitador — o melhor. E que mal podia fazer a ela?

[2]

O verão prosseguiu e o rio Salinas secava na superfície formando pequenas poças verdes debaixo dos altos barrancos. O gado ficava deitado sonolento o dia inteiro debaixo dos salgueiros e só se mexia à noite para comer. Um tom de ferrugem tomou conta da grama. E os ventos da tarde soprando pelo vale levantavam uma poeira que era como uma neblina que subia ao céu, quase tão alto quanto o cume das montanhas. As raízes da aveia brava se destacavam onde os ventos levantavam a terra. Por todo o solo ressecado, pedaços de palha e arbustos eram levados de roldão até serem interceptados por algum obstáculo; pequenos seixos rolavam tortuosamente à frente do vento.

Ficou evidente porque o velho Sanchez construíra a sua casa na pequena reentrância, pois o vento e a poeira não penetravam ali, e a fonte, embora diminuída, ainda jorrava água fria e clara. Mas Adam, observando a sua terra seca e obscurecida pela poeira, sentia o pânico que o homem do Leste sempre sente em seus primeiros tempos na Califórnia. Num verão de Connecticut, duas semanas sem chuva é uma estiagem e quatro semanas sem chuva, uma seca. Se o campo não está verde, ele está morrendo. Mas na Califórnia geralmente não chove entre o fim de maio e o início de novembro. O homem do Leste, embora o tenham avisado, sente que a terra está doente nos meses sem chuva.

Adam mandou Lee com um bilhete à casa de Hamilton para pedir que Samuel o visitasse e discutisse a perfuração de alguns poços na sua nova propriedade.

Samuel estava sentado à sombra, observando seu filho Tom desenhar e construir uma revolucionária armadilha para guaxinins, quando Lee chegou na charrete de Trask. Lee dobrou as mãos nas mangas e esperou. Samuel leu o bilhete.

— Tom — perguntou. — Você acha que pode tocar a fazenda enquanto eu vou até lá e converso sobre água com um homem seco?

— Por que não vou com o senhor? Pode precisar de alguma ajuda.

— Para conversar? Não, para isso não preciso de ajuda. Não vamos começar a perfurar tão cedo, se sei julgar as coisas. Quando o assunto é poço, tem de haver sempre muita conversa, quinhentas ou seiscentas palavras para cada pá de terra.

— Gostaria de ir, é o sr. Trask, não é? Não o conheci quando veio aqui.

— Vai conhecê-lo quando a perfuração começar. Sou mais velho do que você. Tenho a preferência na conversa. Sabe, Tom, um guaxinim vai botar a sua patinha por aqui e escapar. Você sabe como eles são espertos.

— Está vendo esta peça aqui? Ela se atarraxa e fecha para baixo. Até o senhor não conseguiria se safar.

— Não sou tão esperto como um guaxinim. Mas acho que você resolveu o problema. Tom, meu rapaz, poderia selar Doxologia enquanto vou dizer à sua mãe aonde é que estou indo?

— Posso pegar chalete — disse Lee.

— Bem, eu preciso voltar para casa um dia.

— Tlaz senhor de volta.

— Bobagem — disse Samuel. — Levo meu cavalo e volto montado nele.

Samuel sentou-se na charrete ao lado de Lee e seu cavalo de cascos pesados selado arrastou-se desajeitadamente atrás.

— Como se chama? — perguntou Samuel amistosamente.

— Lee. Tem mais nome. Lee nome de família papai. Chame de Lee.

— Li muito sobre a China. Você nasceu na China?

— Não. Nasceu aqui.

Samuel ficou em silêncio por um longo tempo enquanto a charrete chacoalhava na direção do vale poeirento.

— Lee — disse finalmente. — Não quero ser desrespeitoso, mas não entendo como vocês ainda falam um dialeto quando um imbecil analfabeto de um buraco da Irlanda, com a cabeça cheia de gaélico e uma língua que nem uma batata, aprende a falar um inglês elementar em dez anos.

Lee sorriu.

— Minha fala é coisa de chinês — disse.

— Bem, acredito que deva ter suas razões. E também não é da minha conta. Espero que me perdoe se eu não acreditar nisso, Lee.

Lee olhou para ele e os olhos castanhos debaixo de suas pálpebras superiores pareceram se abrir e se aprofundar até não parecerem mais estrangeiros, mas os olhos de um homem, cálidos de compreensão. Lee abafou um risinho.

— É mais do que uma conveniência — disse ele. — É ainda mais do que autoproteção. Mais do que tudo temos de falar assim para sermos entendidos.

Samuel não deu nenhum sinal de ter notado alguma mudança.

— Posso entender as duas primeiras razões — disse pensativamente — mas a terceira me escapa.

Lee disse:

— Sei que é difícil acreditar, mas aconteceu tantas vezes comigo e com meus amigos que já estamos acostumados. Se eu me dirigisse a uma senhora ou a um cavalheiro, por exemplo, e falasse como estou falando agora, eu não seria entendido.

— Por que não?

— Dialeto é o que esperam e dialeto é o que vão ouvir. Mas se eu falar um inglês perfeito eles não dão ouvidos e por isso não entendem.

— Isso é possível? Como é que eu o entendo?

— É por isso que estou falando com o senhor. É uma das raras pessoas capazes de separar a sua observação do seu preconceito. O senhor vê o que é, enquanto a maioria das pessoas vê o que espera.

— Não tinha pensado nisso. E não fui tão posto à prova como você, mas o que diz tem uma margem de verdade. Sabe, estou muito contente por falar com você. Queria fazer tantas perguntas.

— Fico feliz em atendê-lo.

— Tantas perguntas. Por exemplo, você usa o rabicho. Ouvi dizer que é um símbolo da escravidão imposta pela conquista dos manchus sobre os chineses do sul.

— É verdade.

— Então por que, em nome de Deus, você o usa aqui, onde os manchus não podem alcançá-lo?

— Falo igual chinês. Labicho é moda chinesa, né?

Samuel riu alto.

— Eis o toque verde da conveniência — disse. — Eu gostaria de possuir um artifício desses.

— Não sei se poderei explicar — disse Lee. — Quando não há nenhuma semelhança de experiências, é muito difícil. Pelo que sei, o senhor não nasceu na América.

— Não, na Irlanda.

— E em poucos anos pôde se misturar e quase desaparecer; enquanto eu, que nasci na Califórnia, frequentei a escola e vários anos da universidade, não tenho nenhuma chance de me misturar.

— Se cortasse seu rabo de cavalo e se vestisse ou falasse como qualquer pessoa?

— Não. Eu tentei isso. Para os chamados brancos eu ainda era um chinês, mas um chinês não confiável; e ao mesmo tempo meus amigos chineses começaram a se afastar de mim. Tive de desistir.

Lee encostou a charrete debaixo de uma árvore, desceu, e afrouxou as rédeas.

— Hora do almoço — disse. — Preparei um farnel. Aceita um pouco?

— Claro que aceito. Deixe-me chegar àquela sombra ali. Esqueço de comer às vezes e isso é estranho porque estou sempre com fome. Estou interessado no que você diz. Tem um doce som de autoridade. Veio-me à mente que você deveria voltar à China.

Lee sorriu ironicamente para ele.

— Dentro de poucos minutos acho que o senhor não vai encontrar mais nenhum fio solto na minha vida inteira de buscas. Eu voltei à China. Meu pai era um homem relativamente bem-sucedido. Não deu certo. Disseram que eu parecia um demônio estrangeiro, que eu falava como um demônio estrangeiro. Eu cometia erros de comportamento e desconhecia sutilezas surgidas depois que meu pai deixou o país. Eles não me aceitavam. Acredite se quiser, sou menos estrangeiro aqui do que era na China.

— Vou ter de acreditar em você porque é sensato. Deu-me coisas para pensar até pelo menos o ano que vem. Incomoda-se com minhas perguntas?

— Na verdade, não. O problema desse dialeto é que a gente começa a pensar com o dialeto. Escrevo muito para manter meu inglês impecável. Ouvir e ler não é o mesmo que falar e escrever.

— Você nunca comete um erro? Quero dizer, não começa a falar inglês correto de repente?

— Não, não erro. Acho que é uma questão do que esperam de você. É só encarar um homem nos olhos e ver que ele espera que eu fale num dialeto e faça mesuras, então você fala num dialeto e faz mesuras.

— Acho que é assim mesmo — disse Samuel. — Eu mesmo costumo contar piadas porque as pessoas vêm à minha casa para rir. Tento ser engraçado para elas, mesmo quando estou triste.

— Mas dizem que os irlandeses são um povo feliz, cheio de anedotas.

— É o mesmo que o seu rabicho e o seu dialeto. Eles não são. São um povo soturno com um dom para sofrer muito além da sua cota. Dizem que sem uísque para encharcar e amaciar o mundo eles se matariam. Mas contam piadas porque é o que se espera deles.

Lee desembrulhou uma pequena garrafa.

— Aceitaria um pouco disto? Bebida de chinês, *ng-ka-py*.

— O que é?

— Conhaque china, né? Bebida forte. Na verdade, é um conhaque com um bocado de absinto. Muito forte. Amacia o mundo.

Samuel tomou um gole da garrafa.

— Tem um leve gosto de maçã podre — disse.

— Sim, mas deliciosas maçãs podres. Deguste por toda a língua, até o fundo da garganta.

Samuel tomou um trago maior e inclinou a cabeça para trás.

— Entendi o que você disse. Isso é bom mesmo.

— Aqui tem uns sanduíches, picles, queijo, uma lata de leitelho.

— Você sabe se cuidar.

— Sim, eu me esforço.

Samuel mordeu um sanduíche.

— Eu estava repassando meia centena de perguntas. O que você disse me leva à mais interessante. Não se incomoda?

— De modo algum. A única coisa que lhe peço é que não fale assim quando outras pessoas estiverem escutando. Só as confundiria e, de qualquer maneira, não acreditariam.

— Vou tentar — disse Samuel. — Se eu me esquecer, lembre apenas que sou um gênio cômico. É difícil rachar um homem ao meio e procurar sempre a mesma metade.

— Acho que posso adivinhar a sua próxima pergunta.

— Qual é?

— Por que me contento em ser um empregado?
— Como é que podia saber disso?
— Parecia a sequência lógica.
— Não gosta da pergunta?
— Não me desgosta vinda do senhor. Não existem perguntas feias, exceto aquelas vestidas pela condescendência. Não sei por que ser um empregado possa ser uma desonra. É o refúgio de um filósofo, o alimento dos preguiçosos e, adequadamente executada, é uma posição de poder, até mesmo de amor. Não posso entender por que pessoas mais inteligentes não a escolhem como uma carreira, aprendem a exercê-la bem e a colher seus benefícios. Um bom empregado tem segurança absoluta, não por causa da bondade do seu patrão, mas por causa do hábito e da indolência. É uma coisa difícil para um homem mudar de tempero ou cuidar de suas próprias meias. Ele prefere conservar um mau empregado a mudar. Mas um bom empregado, e eu sou excelente, pode controlar completamente seu patrão, dizer-lhe o que pensar, como se comportar, com quem casar, quando se divorciar, reduzi-lo ao terror como uma disciplina ou distribuir felicidade para ele e finalmente ser lembrado em seu testamento. Se eu quisesse poderia ter roubado, espoliado e surrado qualquer um para quem trabalhei e ainda ser agradecido por isso. Por último, em minhas circunstâncias estou desprotegido. Meu patrão vai me defender, me proteger. Não conheço nenhuma outra profissão no campo, onde a competência é tão rara.
Samuel inclinou-se para ele, escutando atentamente.
Lee prosseguiu:
— Vai ser um alívio depois disso voltar ao meu dialeto.
— A distância é muito pequena daqui ao rancho de Sanchez. Por que paramos tão perto? — perguntou Samuel.
— Quelia tempo pla falá. Plonto pla continuá agola?
— O quê? Ah, claro. Mas deve ser uma vida muito solitária.
— É o único problema dela — disse Lee. — Tenho pensado em ir para São Francisco e abrir um pequeno negócio.
— Uma lavanderia? Ou um armazém?
— Não. Já tem lavanderias e restaurantes chineses demais. Pensei talvez numa livraria. Gostaria disso, e a concorrência não seria muito grande. Mas provavelmente não vou fazer isso. Um empregado perde a sua iniciativa.

[3]

De tarde, Samuel e Adam cavalgaram pela propriedade. O vento chegou como acontecia toda tarde e a poeira amarela subiu ao céu.

— Sim, é um belo terreno — exultou Samuel. — É um belo pedaço de terra.

— Parece que está sendo soprado para longe aos poucos — observou Adam.

— Não, está simplesmente se deslocando um pouco. Você perde uma parte para o rancho dos James, mas recebe uma parte dos Southey.

— Bem, não gosto do vento. Me deixa nervoso.

— Ninguém gosta de vento por muito tempo. Deixa os animais nervosos. Não sei se notou, mas um pouco mais acima no vale estão plantando quebra-ventos de eucaliptos, vindos da Austrália. Dizem que essas árvores crescem três metros por ano. Por que não planta algumas fileiras e vê o que acontece? Com o tempo elas barrariam o vento em parte, e dão uma ótima lenha.

— Boa ideia — disse Adam. — O que eu realmente quero é água. Este vento bombearia toda a água que eu pudesse encontrar. Achei que, se pudesse ter alguns poços e irrigar o solo, ele não seria levado pelo vento. Poderia tentar plantar feijão.

Samuel apertou os olhos contra o vento.

— Vou tentar conseguir-lhe água se quiser — disse. — E tenho uma pequena bomba que construí que puxa a água rápido. É minha própria invenção. Um moinho de vento é uma coisa muito cara. Talvez eu pudesse construir alguns para você e economizar-lhe algum dinheiro.

— Seria ótimo — disse Adam. — Não me importaria com o vento se ele trabalhasse a meu favor. E se conseguisse água eu poderia plantar alfafa.

— Nunca alcançou preços muito altos.

— Não estava pensando nisso. Há poucas semanas passei de charrete por Greenfield e Gonzales. Alguns suíços se instalaram lá. Têm uns belos rebanhos de vacas leiteiras e conseguem quatro colheitas de alfafa por ano.

— Ouvi falar neles. Importaram vacas suíças.

O rosto de Adam estava iluminado por seus planos.

— É o que quero fazer. Vender manteiga e queijo e alimentar os porcos com o leite.

— Você vai trazer crédito ao vale — disse Samuel. — Vai ser uma verdadeira alegria para o futuro.

— Se eu conseguir água.

— Vou conseguir-lhe água, se houver. Vou encontrá-la. Trouxe minha vara de condão. — E tocou com a mão uma vareta terminada em forquilha amarrada à sua sela.

Adam apontou para a esquerda onde uma área ampla e plana era coberta por arbustos baixos de artemísia.

— Vamos ver, então — disse. — Quinze hectares e quase nivelado como um assoalho. Coloquei uma sonda. A camada superior tem em média um metro, areia em cima e barro ao alcance do arado. Acha que poderia conseguir água ali?

— Não sei — disse Samuel. — Vou ver.

Desmontou, passou as rédeas para Adam e desamarrou a forquilha. Segurou a forquilha com as duas mãos e caminhou lentamente, os braços estendidos à sua frente e a ponta da vareta para cima. Seus passos seguiam em ziguezague. Uma vez ele franziu a testa e recuou alguns passos, sacudiu a cabeça e seguiu em frente. Adam seguia atrás dele lentamente a cavalo, puxando o outro cavalo.

Adam mantinha os olhos fixos na vareta. Ele a via estremecer e então se contorcer um pouco, como se peixes invisíveis estivessem puxando uma linha. O rosto de Samuel estava tenso de concentração. Continuou até o momento em que a ponta da vareta parecia ser fortemente atraída para baixo contra seus braços retesados. Descreveu um círculo lentamente, quebrou um galho de artemísia e jogou-o ao chão. Deslocou-se bem para fora do seu círculo, ergueu a vareta para o alto de novo e se aproximou da sua marcação. Ao chegar perto dela, a ponta da vara foi atraída para baixo de novo. Samuel suspirou, relaxou e deixou a forquilha cair ao chão.

— Posso conseguir água aqui — disse. — E não muito fundo. O puxão foi forte, tem muita água.

— Muito bem — disse Adam. — Quero mostrar-lhe outros dois lugares.

Samuel cortou um galho maior de artemísia e o enfiou na terra. Talhou uma fenda no alto e colocou outro galho em cruz para deixar o local bem marcado.

Na segunda tentativa, uns trezentos metros mais adiante, a vareta parecia quase estar sendo arrancada de suas mãos por uma força vinda do solo.

— Veja, tem todo um mundo de água aqui — disse.

A terceira tentativa não foi tão produtiva. Depois de meia hora ele só teve um pequeno sinal.

Os dois homens cavalgaram lentamente em direção à casa de Trask. A tarde estava dourada, a poeira amarela no céu dourava a luz. Como sempre, o vento começou a diminuir, mas às vezes levava a metade da noite para a poeira assentar.

— Eu sabia que era um bom lugar — disse Samuel. — Qualquer um pode ver isso. Mas não sabia que era tão bom. Deve ter um grande sistema de drenagem debaixo de sua terra que vem das montanhas. Sabe escolher terra, sr. Trask.

Adam sorriu.

— Nós tínhamos uma fazenda em Connecticut — disse. — Durante seis gerações arrancamos pedregulhos da terra. Uma das primeiras coisas que lembro é de carregar pedras num carrinho para erguer muros. Pensei que todas as fazendas fossem assim. É estranho para mim e quase pecaminoso aqui. Se você quiser uma pedra, vai ter de ir bem longe para achá-la.

— Os caminhos do pecado são curiosos — observou Samuel. — Imagino que se um homem tivesse de arrancar tudo o que havia dentro dele, mesmo que se virasse do avesso, ainda assim conseguiria esconder alguns pecados em algum lugar, para o seu desconsolo. São as últimas coisas de que nos desfazemos.

— Talvez seja algo para nos manter humildes. O temor a Deus que reside em nós.

— Acho que sim — disse Samuel. — E acho que a humildade deve ser uma coisa boa, pois é raro um homem que não possua um pouco de humildade. Mas, quando a examinamos de perto, é difícil ver onde reside o seu valor, a não ser que se admita que é uma dor prazerosa e muito preciosa. O sofrimento é que eu me pergunto se já foi adequadamente examinado.

— Fale-me de sua vareta — disse Adam. — Como é que funciona?

Samuel acariciou a forquilha presa nas correias da sela.

— Não acredito realmente nela, mas o problema é que funciona.

Sorriu para Adam.

— Talvez seja assim. Talvez eu saiba onde a água está, eu a sinta na minha pele. Algumas pessoas têm um dom nesta ou naquela direção. Suponha... bem, vamos chamar isso de humildade, ou de uma profunda descrença em mim mesmo, que você me forçou a fazer uma mágica para trazer à superfície aquilo que eu sei fazer de qualquer maneira. Acha que isso faz sentido?

— Eu teria de pensar a respeito — disse Adam.

Os cavalos escolheram seu próprio caminho, cabeças abaixadas, as rédeas frouxas contra os freios.

— Pode passar a noite aqui? — perguntou Adam.

— Posso, mas é melhor não ficar. Não disse a Liza que passaria a noite fora. Não gostaria que ela se preocupasse.

— Mas ela sabe onde está.

— Claro que sabe. Mas vou cavalgar para casa esta noite. Não importa a hora. Se me convidasse para ficar para o jantar, eu aceitaria. E quando quer que comece a cavar os poços?

— Agora, o mais cedo que puder.

— Sabe que não é muito barato dar-se ao luxo de ter água. Eu teria de cobrar cinquenta centavos ou mais por metro, dependendo do que encontrar. Pode custar algum dinheiro.

— Eu tenho dinheiro. Quero os poços. Escute, sr. Hamilton...

— Samuel seria mais fácil.

— Escute, Samuel, quero fazer um jardim de minha terra. Lembre que meu nome é Adam. Até agora sou um Adão que não teve nenhum Éden, nem cheguei também a ser expulso dele.

— É a melhor razão que já ouvi para querer fazer um jardim — exclamou Samuel. Abafou uma risada. — Onde vai ser o pomar?

Adam disse:

— Não vou plantar maçãs. Seria chamar acidentes.

— E o que Eva diz disso? Ela diz algo, está lembrado. E Eva adora maçãs.

— Não esta.

Os olhos de Adam brilhavam.

— Não conhece essa Eva. Ela vai celebrar minha escolha. Não acho que ninguém seja capaz de avaliar a sua bondade.

— Tem uma raridade. Neste momento não posso lembrar de maior dádiva.

Aproximavam-se da entrada do pequeno vale lateral onde ficava a casa de Sanchez. Podiam ver as copas verdes arredondadas dos grandes carvalhos.

— Dádiva — disse Adam em voz baixa. — Não pode saber. Ninguém pode saber. Eu tinha uma vida sem graça, sr. Hamilton... Samuel. Não que fosse ruim comparada com outras vidas, mas não era nada. Não sei por que eu lhe conto isso.

— Talvez porque eu goste de ouvir.

— Minha mãe morreu antes que eu tivesse lembrança das coisas. Minha madrasta era uma boa mulher, mas perturbada e doente. Meu pai era um homem correto e severo, talvez um grande homem.

— Não era capaz de amá-lo?

— Eu tinha a espécie de sensação que se tem na igreja, e o medo não era pouco. — Samuel concordou com a cabeça. — Eu sei, e alguns homens querem assim. — Ele sorriu pesaroso. — Sempre preferi o contrário. Liza diz que é o meu ponto fraco.

— Meu pai colocou-me no Exército, no Oeste, contra os índios.

— Falou-me a respeito. Mas não raciocina como um militar.

— Não fui um bom militar. Parece que estou lhe contando tudo.

— Deve estar com vontade. Sempre há uma razão.

— Um soldado tinha de querer fazer as coisas que nós fazíamos, ou pelo menos ficar satisfeito com elas. Eu não conseguia encontrar razões suficientemente boas para matar homens e mulheres, nem entender as razões quando eram explicadas.

Cavalgaram em silêncio por algum tempo. Adam continuou:

— Saí do Exército como se estivesse me arrastando enlameado para fora de um charco. Vaguei por muito tempo antes de voltar para um lar de que me lembrasse e que não amava.

— Seu pai?

— Ele morreu e nossa casa era um lugar para ficar sentado, ou trabalhar, esperando pela morte assim como se espera por um piquenique desagradável.

— Sozinho?

— Não, tenho um irmão.

— Onde está ele? Esperando pelo piquenique?

— Sim, sim, exatamente isso. Então Cathy apareceu. Talvez eu lhe conte um dia quando puder contar e você quiser ouvir.

— Vou querer ouvir — disse Samuel. — Eu me alimento de histórias como se fossem uvas.

— Ela irradiava uma espécie de luz. E tudo mudou de cor. E o mundo se abriu. E foi bom acordar para um novo dia. Não havia limites para nada. E as pessoas deste mundo eram boas e bonitas. E eu não tinha mais medo.

— Já passei por essa situação — disse Samuel. — É uma velha amiga minha. Nunca morre, mas às vezes vai embora, ou é você quem vai. Sim, é minha conhecida, olhos, nariz, boca, cabelos.

— E tudo isso vindo de uma pequena garota ferida.

— E não de você?

— Ah, não, ou teria acontecido antes. Não, Cathy trouxe isso e a atmosfera vive ao seu redor. E agora já lhe contei por que quero os poços. Tenho de recompensá-la de certa forma pelo valor recebido. Vou construir um jardim tão bom, tão bonito, que será um lugar adequado para ela morar e um lugar ideal para sua luz brilhar.

Samuel engoliu em seco várias vezes e falou com a voz seca de uma garganta apertada.

— Posso ver o meu dever — disse. — Posso ver claramente diante de mim se eu for homem e se for seu amigo.

— Que quer dizer?

Samuel falou ironicamente:

— É meu dever pegar essa coisa sua e chutá-la no rosto e depois erguê-la e espalhar lama sobre ela, lama espessa o bastante para apagar a sua luz ameaçadora.

Sua voz ganhou firmeza e veemência.

— Eu deveria levá-la até você coberta de lama e mostrar-lhe sua sujeira e seu perigo. Deveria avisá-lo para olhar mais de perto até que pudesse ver como é realmente feia. Deveria pedir-lhe que pensasse na inconstância e lhe daria exemplos. Deveria dar-lhe o lenço de Otelo. Ah, eu sei que deveria. E deveria endireitar seus pensamentos tortos, mostrar-lhe que o impulso é cinzento como chumbo e podre como uma vaca morta na chuva. Se cumprisse bem o meu dever, eu lhe devolveria a sua vida antiga e ruim e me sentiria bem com isso e lhe cumprimentaria por estar de volta à bolorenta confraria.

— Está brincando? Talvez eu não devesse ter-lhe contado...

— É o dever de um amigo. Tive um amigo que fez o mesmo comigo certa vez. Mas eu sou um falso amigo. Não levarei nenhum crédito por isso entre meus pares. É uma coisa adorável, preserve-a e regozije-se nela. E vou cavar seus poços ainda que tenha de enfiar minha perfuradora até o centro escuro da terra. Vou arrancar água como suco de uma laranja.

Cavalgaram debaixo dos grandes carvalhos na direção da casa. Adam disse:

— Lá está ela, sentada do lado de fora.

Ele gritou:

— Cathy, ele disse que temos água, muita água.

Falando de lado, disse excitadamente:

— Sabia que ela vai ter um bebê?

— Mesmo a esta distância ela parece bonita — disse Samuel.

[4]

Como o dia fora quente, Lee preparou a mesa do lado de fora debaixo de um carvalho e, quando o sol se aproximava das montanhas a oeste, começou a ir e vir da cozinha carregando as carnes frias, os picles, a salada de batata, o bolo de coco e a torta de pêssego que compunham o jantar. No centro da mesa colocou uma gigantesca jarra de louça de barro cheia de leite.

Adam e Samuel vieram do lavatório, seus cabelos e rostos reluzentes de água, e a barba de Samuel estava fofa depois de ter sido ensaboada. Ficaram de pé ao lado da mesa sobre cavaletes à espera de Cathy.

Ela se aproximou a passos lentos, escolhendo o caminho como se estivesse com medo de cair. Sua saia ampla e o avental ocultavam em certa medida o abdome inchado. Seu rosto estava imperturbável como o de uma criança e apertava as mãos à sua frente. Só depois de chegar à mesa ela ergueu o olhar e encarou Samuel e Adam.

Adam estendeu uma cadeira para ela.

— Não conhece o sr. Hamilton ainda, querida — disse.

Ela estendeu a mão.

— Como vai? — disse.

Samuel a estivera estudando.

— É um belo rosto — disse ele. — Estou feliz em conhecê-la. Está passando bem, espero?

— Estou, sim. Estou bem.

Os homens sentaram-se.

— Ela torna tudo formal, querendo ou não. Cada refeição é uma ocasião especial — disse Adam.

— Não fale assim — disse ela. — Não é verdade.

— Não tem um ar de festa para você, Samuel? — perguntou.

— Tem, sim, e posso lhe dizer que nunca houve um candidato para uma festa como eu. E meus filhos são ainda piores. Meu garoto Tom queria vir hoje. Está louco para sair do rancho.

Samuel subitamente percebeu que estava fazendo seu discurso durar para impedir que o silêncio caísse sobre a mesa. Fez uma pausa e o silêncio baixou. Cathy olhava para o prato enquanto comia uma fatia de carneiro assado. Ergueu os olhos ao colocar a carne entre seus dentes pequenos e afiados. Seus olhos bem separados não comunicavam nada. Samuel tremeu.

— Não está frio, está? — perguntou Adam.

— Frio? Não. Apenas um arrepio na espinha.

— Ah, sim, conheço essa sensação.

O silêncio baixou de novo. Samuel esperou que alguém falasse, sabendo antecipadamente que isso não aconteceria.

— Gosta do nosso vale, sra. Trask?

— O quê? Ah, gosto sim.

— Se não for impertinente perguntar, para quando é o seu bebê?

— Cerca de seis semanas — disse Adam. — Minha mulher é um daqueles modelos, uma mulher que não fala muito.

— Às vezes o silêncio é mais eloquente — disse Samuel, e viu os olhos de Cathy subirem e baixarem de novo e pareceu-lhe que a cicatriz na sua testa ficou mais escura. Algo havia mexido com ela, como se mexe com um cavalo ao acertá-lo adequadamente com a ponta do chicote de charrete. Samuel não conseguia lembrar do que falou e que havia causado nela um pequeno sobressalto interior. Sentiu uma tensão dominá-lo, como a sensação que tivera pouco antes que a água puxara a vareta para baixo, uma percepção de algo estranho e constrangedor. Olhou para Adam e viu que estava fitando enlevado a mulher. O que quer que houvesse de estranho não era estranho para Adam. Seu rosto estampava a felicidade.

Cathy mastigava um pedaço de carne, mastigava com os dentes da frente. Samuel nunca vira ninguém mastigar daquela maneira antes. E, quando engolia, sua pequena língua lambia os lábios. O pensamento de Samuel repetia "Alguma coisa... alguma coisa... não consigo localizar o que é. Tem alguma coisa errada", e o silêncio pairou sobre a mesa.

Houve um movimento atrás de si. Virou-se. Lee colocou um bule de chá sobre a mesa e afastou-se arrastando os pés.

Samuel começou a falar para afugentar o silêncio. Contou como havia chegado ao vale vindo diretamente da Irlanda, mas nem Cathy nem Adam o estavam escutando. Para se certificar, usou um truque que aperfeiçoara para descobrir se os filhos estavam ouvindo quando lhe pediam para ler histórias e não o deixavam parar. Lançou duas frases sem sentido. Não houve reação de Adam ou de Cathy. Desistiu.

Apressou o seu jantar, tomou o chá escaldante e dobrou o guardanapo.

— A senhora vai me dar licença, preciso partir para casa. E agradeço por sua hospitalidade.

— Boa noite — disse ela.

Adam se levantou num salto. Parecia arrancado de um devaneio.

— Não vá agora. Eu esperava persuadi-lo a passar a noite aqui.

— Não, obrigado, mas não posso fazer isso. E não é uma viagem muito longa. Acho que vamos ter lua.

— Quando vai começar a cavar os poços?

— Tenho de ajustar minha perfuradora, afiar algumas peças, e deixar minha casa em ordem. Em poucos dias mando o equipamento com Tom.

A vida voltava a Adam.

— Faça com que seja logo — disse. — Desejo que seja logo. Cathy e eu vamos construir o lugar mais bonito do mundo. Não haverá nada igual em lugar algum.

Samuel virou o olhar para o rosto de Cathy. Não havia mudado. Os olhos estavam sem expressão e a boca, com suas pequenas curvas para cima nos cantos, parecia cinzelada.

— Vai ser ótimo — disse ela.

Por um breve momento, Samuel teve o impulso de dizer ou fazer algo para chocá-la e tirá-la do seu distanciamento. Estremeceu de novo.

— Outro arrepio? — perguntou Adam.

— Outro arrepio.

A noite caía e os contornos das árvores formavam massas escuras contra o céu.

— Boa noite, então.

— Vou acompanhá-lo.

— Não, fique aqui com sua mulher. Ainda não terminaram o jantar.

— Mas eu...

— Sente-se, homem. Posso encontrar meu próprio cavalo e, se não puder, vou roubar um dos seus.

Samuel empurrou suavemente Adam para a sua cadeira.

— Boa noite. Boa noite. Boa noite, senhora.

Caminhou rapidamente na direção do galpão. O velho Doxologia de cascos largos mordiscava feno da manjedoura com lábios como dois linguados. A corrente presa ao cabresto tilintava contra a madeira. Samuel tirou a sela do prego grande em que estava pendurada por um estribo de madeira e jogou-a sobre o costado amplo. Estava amarrando o látego nos aros da cilha quando sentiu um pequeno movimento atrás de si. Virou-se e viu a silhueta de Lee contra a última luz das sombras abertas.

— Quando volta? — perguntou o chinês em voz baixa.

— Eu não sei. Dentro de alguns dias, ou de uma semana. Lee, o que é que há?

— O que é que há como?

— Por Deus, fiquei arrepiado! Existe algum problema aqui?

— Que quer dizer?

— Sabe muito bem que diabo quero dizer.

— China só tlabalha, não ouve, não fala.

— Sim. Acho que você está certo. Claro, você está certo. Desculpe-me por ter perguntado. Não foi educado.

Virou-se, colocou o freio na boca de Dox e enlaçou as grandes orelhas na cabeçada. Ajeitou o cabresto e deixou a corrente cair na manjedoura.

— Boa noite, Lee — disse.

— Sr. Hamilton...

— Sim?

— Precisa de um cozinheiro?

— Na minha posição não posso pagar um cozinheiro.

— Eu trabalharia barato.

— Liza o mataria. Por que quer largar o emprego?

— Pensei apenas em perguntar — disse Lee. — Boa noite.

[5]

Adam e Cathy ficaram sentados no escuro debaixo da árvore.

— É um bom homem — disse Adam. — Gosto dele. Desejaria poder persuadi-lo a assumir aqui e administrar este lugar, como uma espécie de superintendente.

Cathy disse:

— Tem sua própria propriedade e sua família.

— Sim, eu sei. E é a terra mais pobre que já se viu. Poderia ganhar mais em salários que eu lhe pagaria. Vou perguntar a ele. Leva um tempo para a gente se acostumar com uma nova região. É como nascer de novo e ter de aprender tudo do começo. Eu costumava saber de onde vinham as chuvas. Aqui é diferente. E houve um tempo em que eu sabia na minha pele se viria um vento e se esfriaria. Mas vou aprender. Leva só algum tempo. Você está bem, Cathy?

— Sim.

— Um dia, e não está muito distante, você vai ver todo o vale verde com alfafa, vai vê-lo dos belos janelões da casa terminada. Vou plantar fileiras de eucaliptos e importar sementes e plantas, iniciar uma espécie de fazenda experimental. Poderia tentar frutinhas de lichia da China. Pergunto-me se cresceriam aqui. Bem, posso tentar. Talvez Lee pudesse me dizer. E depois que o bebê tiver nascido, você vai poder cavalgar por toda a fazenda comigo. Realmente ainda não a viu. Eu lhe contei? O sr. Hamilton vai instalar moinhos de vento e daqui nós poderemos vê-los girando.

Esticou as pernas confortavelmente debaixo da mesa.

— Lee deveria trazer velas — disse. — Não sei por que está se demorando.

Cathy falou com muita calma.

— Adam, eu não queria vir para cá. Não vou ficar aqui. Assim que puder, vou-me embora.

— Ora, bobagem. — Ele riu. — Você é como uma criança longe de casa pela primeira vez. Assim que entrei para o Exército pensei que fosse morrer de saudades de casa. Mas superei. Nós vamos superar esta fase. Portanto, não fale coisas tolas como as que disse.

— Não são coisas tolas.

— Não fale sobre isso, querida. Tudo vai mudar depois que o bebê nascer. Você vai ver. Você vai ver.

Enlaçou as mãos atrás da cabeça e olhou para as fracas estrelas através dos galhos das árvores.

16

[1]

Samuel Hamilton cavalgou de volta para casa numa noite tão inundada de luar que as montanhas pareciam um reflexo da lua branca e poeirenta. As árvores e a terra estavam secas como a lua, silenciosas, sem ar e mortas. As sombras eram escuras sem nuanças e os espaços abertos, brancos e sem cor. Aqui e ali Samuel podia ver movimento secreto, pois os dependentes da lua estavam em ação — os veados que apascentam à noite inteira quando a lua está clara e dormem sob as folhagens durante o dia. Coelhos e ratos silvestres e todos os demais pequeninos que se sentem mais seguros na luz que oculta se esgueiravam, saltitavam e rastejavam e se congelavam para parecerem pedras ou pequenos arbustos quando a orelha ou o nariz suspeitavam do perigo. Os predadores agiam também — as longas doninhas como ondas de luz marrom; os gatos selvagens agachando-se perto do chão, quase invisíveis, exceto quando seus olhos amarelos refletiam a luz e lampejavam por um segundo; as raposas, farejando com narizes pontudos para o alto em busca de uma ceia de sangue quente; os guaxinins perto das águas paradas à espreita das rãs falantes. Os coiotes, aninhando-se junto às encostas e, dilacerados entre a tristeza e a alegria, erguiam a cabeça e gritavam seus sentimentos num lamento, num riso, para a sua deusa lua. E acima de tudo as obscuras corujas voejavam guinchando, semeando um clima de medo tenebroso abaixo delas no solo. O vento da tarde havia sumido e só uma brisa leve como um suspiro era agitada pelos inquietos termais das colinas quentes e secas.

A marcha compassada dos cascos de Doxologia silenciava os habitantes da noite até ele ter passado. A barba de Samuel brilhava embranquecida e seus cabelos grisalhos se eriçavam na cabeça. Tinha pendurado o chapéu preto no arção dianteiro da sela. Havia uma dor no alto do seu estômago, uma apreensão que era como um pensamento doente. Era uma *Welts-*

chmerz — que costumávamos chamar de "ratos galeses" — a tristeza do mundo que sobe dentro da alma como um gás, espalhando o desespero e nos levando a buscar uma causa sem encontrar nenhuma.

Samuel repassou em sua mente o belo rancho e as indicações de água — nenhum rato galês sairia dali a não ser que ele guardasse uma inveja submersa. Buscou inveja dentro de si mesmo e não encontrou nenhuma. Pensou no sonho de Adam por um jardim como o Éden e sua adoração por Cathy. Nada ali a não ser — a não ser que sua mente secretamente ruminasse a própria perda já curada. Mas aquilo fora há tanto tempo que ele se esquecera da dor. A lembrança era doce, calorosa e confortadora agora que tudo havia passado. Seu sexo e suas coxas haviam se esquecido do desejo.

Ao cavalgar pela luz e no escuro das sombras de árvores e clareiras, sua mente continuava trabalhando. Quando foi que os ratos galeses começaram a rastejar em seu peito? Descobriu então — foi Cathy, a bela, esbelta e delicada Cathy. O que havia de errado com ela? Era silenciosa, como a maioria das mulheres. O que era? De onde vinha? Lembrou-se de que sentira uma iminência semelhante quando segurava a vareta da água. E lembrou-se dos calafrios. Agora ele localizara a sensação no tempo, no espaço e na pessoa. Ela surgira durante o jantar e viera de Cathy.

Reconstruiu o rosto dela à sua frente e estudou seus olhos bem separados, as narinas delicadas, a boca menor do que era do seu gosto, mas doce, o queixo pequeno e firme. Depois voltou para os olhos. Eram frios? Seriam os seus olhos? Ele percorria círculos até localizar o ponto. Os olhos de Cathy não tinham nenhuma mensagem, nenhuma comunicação de qualquer tipo. Não havia nada identificável por trás deles. Não eram olhos humanos. Lembravam-no de algo — o que era? — alguma lembrança, algum quadro. Esforçou-se por encontrar e então a lembrança veio sozinha.

Emergiu dos anos remotos, completa em todas as suas cores e seus ruídos, suas sensações acumuladas. Viu-se ainda menino, tão pequeno que tinha de estender o braço bem alto para tocar a mão do pai. Sentia as pedras arredondadas do calçamento de Londonderry sob os seus pés e a vibração e a alegria da única cidade grande que conhecera até então. Uma feira, era o que acontecia, com espetáculos de marionetes e barracas de produtos, cavalos e ovelhas expostos em baias em plena rua para venda, troca ou leilão, e outras barracas de quinquilharias coloridas, desejáveis e, como seu pai era folgazão, quase tangíveis.

E então de repente as pessoas se deslocaram como um rio caudaloso e eles foram levados por uma rua estreita como gravetos na maré, a pressão no peito e nas costas, e os pés acompanhando o passo da multidão. A rua estreita dava numa praça e na frente da parede cinzenta de um edifício havia uma estrutura alta de madeira e uma corda pendendo com um laço corrediço na ponta.

Samuel e seu pai iam sendo empurrados pela onda humana cada vez mais à frente. Podia ouvir em sua lembrança o pai dizendo: "Não é coisa para uma criança. Não é coisa para ninguém, menos ainda para uma criança." Seu pai lutou para recuar, para forçar o caminho através da multidão maciça. "Deixem-nos sair. Por favor, deixem-nos sair. Estou com uma criança aqui."

A onda não tinha rosto e empurrava sem paixão. Samuel ergueu a cabeça para olhar a estrutura. Um grupo de homens de roupas escuras e chapéus escuros havia subido na plataforma elevada. E no seu meio havia um homem de cabelos dourados, vestido com calças escuras e uma camisa azul-clara aberta no pescoço. Samuel e seu pai estavam tão perto que o menino teve de levantar a cabeça bem alto para ver.

O homem dourado parecia não ter braços. Olhou para a multidão e depois para baixo, diretamente para Samuel. A imagem era clara, iluminada e perfeita. Os olhos do homem não tinham profundidade — não eram como outros olhos, não como os olhos de um homem.

Subitamente houve um movimento rápido na plataforma e o pai de Samuel colocou as duas mãos sobre a cabeça do menino cobrindo-lhe as orelhas. As mãos forçaram a cabeça de Samuel para baixo, encostando seu rosto no melhor casaco preto de seu pai. Por mais que lutasse, não podia mexer a cabeça. Podia ver apenas uma faixa de luz pelo canto do olho e apenas um rugido abafado chegava aos seus ouvidos através das mãos do pai. Sentiu então as mãos e os braços do pai se retesarem e pôde perceber no rosto a vibração de suas mãos trêmulas e de sua respiração acelerada.

Havia um pouco mais ainda e ele desenterrou a lembrança e projetou-a diante dos olhos, além da cabeça do cavalo — uma mesa gasta e surrada de um pub, conversa ruidosa e risadas. Uma caneca de estanho estava à frente do seu pai, e uma xícara de leite quente, doce e aromático com açúcar e canela, diante dele. Os lábios do pai estavam curiosamente azuis e havia lágrimas em seus olhos.

— Nunca o teria trazido, se soubesse. Não é coisa para nenhum homem ver e certamente de modo algum para um menino pequeno.

— Eu não vi nada — falou Samuel. — O senhor empurrou minha cabeça para baixo.

— Fico contente de ter feito isso.

— O que aconteceu?

— Vou ter de lhe contar. Estavam matando um homem mau.

— Era o homem dourado?

— Sim, era. E não deve ter pena dele. Tinha de ser morto. Não uma só vez, mas muitas vezes, ele fez coisas horríveis, coisas que só um bandido poderia pensar em fazer. Não é o seu enforcamento que me entristece, mas o fato de que tenham transformado num feriado aquilo que deveria ser feito em sigilo, no escuro.

— Eu vi o homem dourado. Ele me olhou bem nos olhos.

— Por isso, ainda mais, agradeço a Deus.

— O que foi que ele fez?

— Nunca vou lhe contar coisas que dão pesadelos.

— Tinha os olhos mais estranhos, o homem dourado. Parecem os olhos de um bode.

— Beba o seu leite e vai ganhar um bastão com fitas e um apito brilhante como prata.

— E a caixinha pintada?

— Isso também, portanto tome o seu leite doce e não peço mais nada.

Lá estava, desencavado do passado poeirento.

Doxologia subia a última elevação antes da descida em concha para a casa do rancho e as patas grandes tropeçavam nas pedras do caminho.

Eram os olhos, naturalmente, Samuel pensou. Só duas vezes em minha vida vi olhos assim — que não pareciam olhos humanos. E pensou, é a noite e a lua. Mas que ligação debaixo do céu pode existir entre o homem dourado enforcado há tanto tempo e a suave e pequena futura mãe? Liza tem razão. Minha imaginação ainda vai me dar um passaporte para o inferno um dia destes. Devo deixar de lado esta bobagem ou vou começar a buscar maldade naquela pobre criança. É assim que caímos numa armadilha. Raciocine e livre-se disso. Algum detalhe no formato do olho e na cor do olho, deve ser. Mas não, não é isso. É o olhar, não tem referência a formato ou cor. E daí, como se define um olhar maligno? Talvez esse olhar possa ter estado um dia num rosto sagrado. Vamos, pare de inventar coisas e não deixe que isso o perturbe mais — nunca mais. Estremeceu. Vou ter de colocar uma cerca contra gansos ao redor do meu túmulo, pensou.

E Samuel Hamilton resolveu dar uma grande ajuda ao Éden do vale do Salinas, para expiar secretamente a culpa por seus maus pensamentos.

[2]

Liza Hamilton, as maçãs do rosto inflamadas e rubras, movia-se como um leopardo enjaulado à frente do fogão quando Samuel entrou na cozinha de manhã. O fogo de lenha de carvalho rugia por uma chaminé aberta para aquecer o forno onde o pão, ainda branco, começava a crescer nas fôrmas. Liza se levantara antes do amanhecer. Sempre o fazia. Para ela era tão pecaminoso ficar na cama depois do amanhecer quanto ficar na rua depois do escurecer. Não havia virtude possível nos dois casos. Só uma pessoa no mundo podia impunemente ficar deitada entre seus lençóis frescos e bem passados depois da alvorada, depois do sol já ter surgido, e mesmo até os confins do meio da manhã, e essa pessoa era o seu filho mais novo e caçula da família, Joe. Só Tom e Joe moravam no rancho agora. E Tom, grande e avermelhado, já cultivando um belo e farto bigode, estava sentado na mesa da cozinha com as mangas esticadas até os punhos, como fora ensinado. Liza despejou uma massa espessa de um jarro na chapa aquecida. Os bolinhos quentes cresceram como pequenos tufos de capim e minúsculos vulcões se formaram e entraram em erupção até ficarem prontos para serem virados. Tinham um vívido tom de marrom, com traços de um marrom mais escuro. E a cozinha se encheu com o seu cheiro agradável.

Samuel entrou pela porta do quintal, onde fora se lavar. Seu rosto e sua barba reluziam de água e ele puxou para baixo as mangas da camisa azul ao entrar na cozinha. Mangas arregaçadas à mesa não eram aceitáveis para a sra. Hamilton. Indicavam ignorância ou desprezo pelas boas maneiras.

— Estou atrasado, mãe — disse Samuel.

Ela não se virou para olhar para ele. Sua espátula movia-se como uma cobra golpeando e os bolinhos quentes caíam com os lados brancos assobiando na chapa.

— A que horas chegou em casa? — ela perguntou.

— Ah, foi tarde. Deve ter sido lá pelas onze. Não olhei a hora, receando acordá-la.

— Não acordei — disse Liza rispidamente. — E talvez você possa achar saudável andar por aí a noite toda, mas o Senhor Deus saberá tomar as Suas providências.

Era bem sabido que Liza Hamilton e o Senhor Deus compartilhavam convicções semelhantes sobre quase qualquer assunto. Ela virou-se e estendeu o braço e um prato de bolinhos quentes foi parar entre as mãos de Tom.

— Que tal a propriedade dos Sanchez? — perguntou ela.

Samuel se aproximou da mulher, desceu das suas alturas e beijou sua bochecha redonda e vermelha.

— Bom dia, mãe. Dê-me a sua bênção.

— Deus o abençoe — disse Liza automaticamente.

Samuel sentou-se à mesa e falou:

— Deus o abençoe, Tom. Bem, o sr. Trask está fazendo grandes mudanças. Está preparando a casa velha para morar nela.

Liza virou-se rapidamente do fogão.

— Aquela em que as vacas e os porcos dormiram tantos anos?

— Ora, ele arrancou os assoalhos e os caixilhos das janelas. Tudo novo e pintado de novo.

— Nunca vai conseguir tirar o cheiro dos porcos — disse Liza com firmeza. — Um porco deixa uma pungência que nada é capaz de lavar ou disfarçar.

— Bem, eu entrei lá e dei uma olhada, mãe, e só senti o cheiro de tinta.

— Quando a tinta secar, vai sentir o cheiro de porco — disse ela.

— Ele tem um jardim irrigado por água de fonte e fez um canteiro à parte para as flores, rosas e coisas parecidas, e algumas das mudas estão vindo diretamente de Boston.

— Não sei como o Senhor Deus aguenta tanto desperdício — disse ela severamente. — Não que eu chegue a desgostar de uma rosa.

— Ele falou que ia tentar plantar algumas mudas para mim — disse Samuel.

Tom terminou os bolinhos quentes e mexeu o seu café.

— Que tipo de homem é ele, pai?

— Bem, acho que é um excelente homem, é falante e sabe pensar. É um pouco sonhador...

— Veja só o roto falando do esfarrapado — interrompeu Liza.

— Eu sei, mãe, eu sei. Mas já chegou a pensar que meus sonhos tomam o lugar de alguma coisa que eu não tenho? O sr. Trask tem sonhos práticos e doces dólares para torná-los sólidos. Quer fazer um jardim da sua terra e vai certamente conseguir.

— E como é a mulher dele? — perguntou Liza.

— Bem, é muito jovem e muito bonita. É quieta, quase não fala, mas devemos levar em conta que está esperando seu primeiro bebê para breve.

— Sei disso — disse Liza. — Qual era seu nome de solteira?

— Não sei.

— Bem, e de onde ela veio?

— Não sei.

Colocou o seu prato de bolinhos quentes diante dele, serviu-lhe café e encheu de novo a xícara de Tom.

— O que ficou sabendo, então? Como é que ela se veste?

— Ora, muito bem, um vestido azul e um casaquinho cor-de-rosa, mas justo na cintura.

— Você tem um olho para isso. Diria que são roupas feitas em casa ou compradas em loja?

— Ah, acho que foram compradas em loja.

— Você não saberia dizer — disse Liza com firmeza. — Pensou que a roupa de viagem que Dessie fez para ir a San Jose fosse comprada em loja.

— Dessie é a esperta — disse Samuel. — Uma agulha canta em suas mãos.

Tom disse:

— Dessie está pensando em abrir uma loja de roupas em Salinas. — Ela me falou — disse Samuel. — Faria um grande sucesso.

— Salinas? — Liza colocou as mãos nos quadris. — Dessie não me contou.

— Receio que tenhamos prestado um mau serviço a nossa queridinha — disse Samuel. — Ela queria guardar uma surpresa para entregar de bandeja à mãe e nós a vazamos como trigo de um saco roído por camundongos.

— Ela podia ter-me *contado* — disse Liza. — Não gosto de surpresas. Bem, continue. O que ela estava fazendo?

— Quem?

— A sra. Trask, é claro.

— Fazendo? Ora, estava sentada, sentada numa cadeira debaixo de um carvalho. Falta pouco para o parto.

— Suas mãos, Samuel, suas mãos. O que estava fazendo com as mãos?

Samuel rebuscou na memória.

— Nada, eu acho. Eu me lembro de que tinha mãos pequeninas e estavam cruzadas sobre o colo.

Liza fungou.

— Não estava costurando, remendando, tricotando?

— Não, mãe.

— Não sei se é uma boa ideia você ir até lá. Riqueza e ócio são ferramentas do diabo, e você não tem uma resistência muito forte.

Samuel ergueu a cabeça e riu com prazer. Às vezes sua mulher o divertia, mas nunca podia dizer a ela como.

— É só atrás da riqueza que vou lá, Liza. Queria contar-lhe depois do café da manhã para que pudesse ficar sentada e ouvir. Ele quer que eu perfure uns quatro ou cinco poços e talvez instale moinhos de vento e tanques de armazenamento.

— Não é tudo conversa? É um moinho de vento movido à água? Ele vai pagar a você ou voltará para casa se desculpando como de costume? "Pagará depois da colheita", "Pagará quando seu tio rico morrer" — disse ela, fazendo mímica. — É minha experiência, Samuel, e deveria ser a sua, de que se não pagam na hora nunca mais irão pagar. Podíamos comprar uma fazenda no vale com tantas promessas.

— Adam Trask vai pagar — disse Samuel. — Está bem de vida. Seu pai deixou-lhe uma fortuna. É todo um inverno de trabalho, mãe. Vamos poder guardar algum dinheiro e teremos um Natal inesquecível. Vai pagar cinquenta centavos por metro perfurado e os moinhos também, mãe. Posso fazer tudo aqui, com exceção das armações. Precisarei da ajuda dos rapazes. Quero levar Tom e Joe.

— Joe não pode ir — disse ela. — Sabe que ele é frágil.

— Achei que podia tirar um pouco da sua fragilidade. Ele pode morrer de fome com essa fragilidade.

— Joe não pode ir — disse ela como palavra final. — E quem vai cuidar do rancho enquanto você e Tom estiverem fora?

— Pensei em pedir a George para voltar. Não gosta de trabalhar como funcionário, ainda que seja em King City.

— Goste ou não, acho que pode aturar um pouco de desconforto por oito dólares semanais.

— Mãe — gritou Samuel. — Essa é a nossa chance de limpar nosso nome no banco! Não jogue o peso da sua língua no caminho da fortuna, por favor, mãe!

Ela resmungou a manhã toda em suas tarefas, enquanto Tom e Samuel separavam o material de perfuração, afiavam algumas peças, desenhavam esboços de moinhos de vento em novas concepções e estudavam medidas de tanques de água em madeira de lei e sequoia. No meio da manhã, Joe juntou-se a eles e ficou tão fascinado que pediu a Samuel para ir junto.

Samuel disse:

— De saída devo dizer que sou contra, Joe. Sua mãe precisa de você aqui.

— Mas eu quero ir, pai. E não esqueça, no ano que vem eu vou à universidade em Palo Alto. E isso significa ir embora, não é? Por favor, deixe-me ir. Vou trabalhar duro.

— Estou certo de que o faria se pudesse vir. Mas sou contra. E quando falar com sua mãe a respeito, eu lhe agradeceria se mencionasse que sou contra. Podia até dizer que eu recusei a sua ida.

Joe sorriu e Tom gargalhou.

— Vai deixar que ela o persuada? — perguntou Tom.

Samuel fez uma careta para os filhos.

— Sou um homem de opiniões firmes — disse. — Depois que me decido, não há o que possa me barrar. Já estudei a questão de todos os ângulos e minha palavra é: Joe, você não pode ir. Não gostaria de me fazer passar por um mentiroso, não é?

— Vou entrar e vou conversar com ela — disse Joe.

— Vamos, filho, vá com calma — disse Samuel enquanto ele se afastava. — Use a cabeça. Deixe quase tudo para ela. Enquanto isso vou ficar com a minha teimosia.

Dois dias depois a grande carroça partia, carregada de madeiras e apetrechos. Tom guiava os quatro cavalos e Samuel e Joe iam sentados ao seu lado, balançando os pés no ar.

17

[1]

Quando eu disse que Cathy era um monstro parecia-me verdade. Agora eu me debruço com uma lupa sobre a letra miúda, releio as notas de rodapé e me pergunto se era mesmo. O problema é que, como não podemos saber o que ela queria, nunca saberemos se o conseguiu. Como estava correndo para alguma coisa, em vez de correr de alguma coisa, não podemos saber se escapou. Quem sabe não tentara contar a alguém, ou a todo mundo, quem era e não conseguisse por falta de uma linguagem comum. Sua vida pode ter sido sua linguagem, formal, aperfeiçoada, indecifrável. É fácil dizer que era má, mas não há muito sentido nisso a não ser que saibamos por quê.

Construí a imagem de Cathy em minha mente, sentada quieta à espera de que sua gravidez passasse, morando numa fazenda de que não gostava, com um homem que não amava.

Estava sentada na sua cadeira debaixo do carvalho, as mãos entrelaçadas em amor e abrigo. A barriga ficou muito grande — anormalmente grande, mesmo para uma época em que as mulheres se gabavam de bebês grandes e contavam os gramas extras com orgulho. Ficou disforme; sua barriga dura, pesada e distendida a impossibilitava de ficar de pé sem se apoiar com as mãos. Mas o grande caroço era localizado. Ombros, pescoço, braços, mãos, rosto não foram afetados, estavam esguios e juvenis. Seus seios não cresceram e seus mamilos não escureceram. Não houve aceleração das glândulas mamárias, nenhum planejamento físico para alimentar o recém-nascido. Quando ela se sentava atrás de uma mesa, não dava para ver que estava grávida.

Naquela época não havia medição do arco pélvico, nenhum teste de sangue, nenhum reforço de cálcio. Uma mulher dava tudo por um filho. E uma mulher tinha estranhos desejos, alguns diziam desejo de sujeira, e aquilo era atribuído à natureza de Eva, ainda sob a sentença do pecado original.

O apetite estranho de Cathy era simples comparado a outros. Os carpinteiros que consertavam a casa velha queixavam-se de que não podiam guardar os pedaços de giz com que traçavam seus riscos. Viviam desaparecendo. Cathy os roubava e quebrava em pedacinhos. Levava os cacos no bolso do avental e quando não havia ninguém por perto ela triturava o giz macio entre dentes. Falava muito pouco. Seus olhos eram distantes. Era como se tivesse ido embora e deixado uma boneca que respirava para ocultar sua ausência.

A atividade se intensificava ao seu redor. Adam continuava cheio de felicidade construindo e planejando o seu Éden. Samuel e seus filhos cavaram um poço de doze metros de profundidade e colocaram nele o revestimento de metal que era a última novidade, pois Adam só queria o melhor.

Os Hamilton deslocaram a perfuradora e começaram outro buraco. Dormiam numa barraca ao lado do canteiro de obras e cozinhavam numa fogueira de acampamento. Mas havia sempre um deles indo para casa a cavalo para pegar uma ferramenta ou dar um recado.

Adam revoava como uma abelha inquieta, confusa diante de tantas flores. Sentava-se ao lado de Cathy e conversava sobre as mudas de ruibarbos que haviam acabado de chegar. Esboçava para ela a nova pá de ventilador que Samuel inventara para o moinho. Tinha um passo variável, o que era inusitado. Cavalgava até a perfuradora e atrasava os trabalhos com o seu interesse. E, naturalmente, ao discutir poços com Cathy, sua conversa toda girava sobre nascimento e cuidados com crianças junto à boca do poço. Foi uma época boa para Adam, a melhor época. Era o rei da sua vida ampla e espaçosa. E o verão deslizou para um outono quente e fragrante.

[2]

Os Hamilton junto à perfuradora do poço haviam terminado seu almoço com o pão de Liza, o queijo de rato e um café venenoso preparado numa lata sobre a fogueira. Os olhos de Joe estavam pesados e ele pensava em se refugiar nos arbustos para dormir um pouco.

Samuel ajoelhou-se no solo arenoso, olhando para a ponta dilacerada da sua broca. Pouco antes de pararem para o almoço, a perfuradora encontrara algo a uma profundidade de dez metros que havia estraçalhado o aço como se fosse chumbo. Samuel raspou a borda da lâmina da broca com seu canivete e inspecionou os detritos na palma da mão. Seus olhos brilhavam com uma excitação infantil. Estendeu a mão e derramou as aparas na mão de Tom.

— Dê uma olhada, filho. O que acha que é?

Joe aproximou-se do seu posto diante da barraca. Tom estudou os fragmentos na sua mão.

— Seja o que for, é duro — disse ele. — Não pode ser um diamante tão grande assim. Parece metal. Acha que perfuramos uma locomotiva enterrada?

Seu pai riu.

— Dez metros abaixo — disse com ar de admiração.

— Parece aço de ferramenta — disse Tom. — Não temos nada que possa com isso. Então ele viu o ar distante e jovial no rosto do pai e sentiu um tremor de deleite compartilhado. Os filhos de Hamilton adoravam quando a mente do seu pai voava livre. O mundo nessas horas ficava povoado de maravilhas.

Samuel disse:

— Metal, você disse. Acha que é aço. Tom, vou tentar uma adivinhação e depois vou colher uma amostra. Ouçam o meu palpite e lembrem-se dele. Acho que vamos encontrar níquel, e prata talvez, e carbono e manganês. Como eu gostaria de desenterrar tudo isso! Está na areia do mar. É o que estamos encontrando.

Tom falou:

— Então acha que é níquel e prata...

— Deve ter milhares de séculos — disse Samuel, e seus filhos sabiam que ele estava visualizando o cenário. — Talvez fosse tudo água aqui, um mar interno com as aves marinhas voando ao redor e gritando. E teria sido bonito se tivesse acontecido de noite. Haveria uma linha de luz e então um lápis de luz branca e depois uma árvore de luz ofuscante desenhada num longo arco descendo do céu. E haveria um grande jato de água e um grande cogumelo de vapor. E nossos ouvidos seriam atordoados pelo som porque o rugido terrível nos golpearia ao mesmo tempo que a água explodia. E então haveria noite escura de novo, por causa da luz ofuscante. E pouco a pouco veríamos os peixes mortos emergindo, prateados à luz das estrelas, e as aves viriam grasnando para comê-los. É uma coisa meio solitária e adorável de se imaginar, não acham?

Ele os fez ver, como sempre fazia.

Tom falou em voz baixa.

— Acha que foi um meteorito, não?

— É o que eu acho e podemos provar isso colhendo uma amostra e fazendo um teste.

Joe disse excitadamente:

— Vamos cavar.

— Você cava, Joe, enquanto nós perfuramos em busca de água.

Tom falou com seriedade:

— Se a amostra indicasse níquel e prata suficientes, não seria interessante abrir uma mina?

— Você é mesmo meu filho — disse Samuel. — Não sabemos se a coisa é grande como uma casa ou pequena como um chapéu.

— Mas poderíamos perfurar e descobrir.

— Poderíamos fazer isso se o fizéssemos em segredo e escondêssemos nosso pensamento debaixo de um pote.

— Como assim? O que quer dizer?

— Ora, Tom, não tem nenhuma bondade para com sua mãe? Já lhe causamos muitos problemas, filho. Ela me disse claramente que, se eu gastar mais dinheiro patenteando coisas, vai aprontar o diabo. Tenha pena dela! Não a vê envergonhada quando lhe perguntam o que estamos fazendo? É uma mulher sincera, sua mãe. Ela diria "Estão cavando uma estrela". — Ele riu contente. — Ela nunca aceitaria isso. E nos faria pagar. Ficaríamos três meses sem comer tortas.

Tom falou:

— Não podemos perfurar isso. Vamos ter de cavar em outro lugar.

— Colocarei pólvora para explodir — disse o pai. — E se isso não conseguir romper, abriremos um novo buraco.

Levantou-se.

— Vou ter de ir até em casa para apanhar a pólvora e afiar a broca. Por que os rapazes não vêm comigo e fazemos uma bela surpresa para mamãe e a obrigamos a cozinhar a noite toda e a se queixar? Assim ela vai dissimular o seu prazer.

Joe falou:

— Alguém está vindo para ca, e vindo rápido.

Podiam ver um cavaleiro a todo galope na sua direção, mas um curioso cavaleiro, que saltitava sobre a sela como uma galinha amarrada. Quando se aproximou um pouco mais, viram que era Lee, seus ombros adejando como asas, seu rabicho fustigando como uma serpente. Era surpreendente que conseguisse se sustentar na sela e ao mesmo tempo tocasse o cavalo a toda velocidade. Aproximou-se, ofegante.

— Patlão Adam chamando! Senhola Cathy mal, venham lápido. Ela glita, chola.

Samuel disse:

— Espere, Lee. Quando foi que começou?

— Talvei café da manhã.

— Muito bem. Acalme-se. Como está Adam?

— Palece maluco. Chola, li, vomita.

— Certo — disse Samuel. — São pais de primeira viagem. Já fui um deles. Tom, sele um cavalo para mim, por favor.

Joe disse:

— O que é?

— Ora, a sra. Trask vai ter o seu bebê. Prometi a Adam que acompanharia de perto.

— O senhor? — perguntou Joe.

Samuel pousou os olhos no filho caçula.

— Eu trouxe vocês dois ao mundo — disse ele. — E não deram nenhuma prova de que eu tenha prestado um desserviço à humanidade. Tom, recolha todas as ferramentas. E volte ao rancho para afiar a broca. Traga a caixa de pólvora que está na estante do galpão das ferramentas e a traga com muita calma, se você preza seus braços e suas pernas. Joe, quero que fique aqui e cuide das coisas.

Joe falou em tom de queixa:

— Mas o que vou fazer aqui sozinho?

Samuel ficou em silêncio por um momento. Então falou:

— Joe, você me ama?

— Ora, claro que sim.

— Se soubesse que eu havia cometido um grande crime, me entregaria à polícia?

— Do que está falando?

— Entregaria?

— Não.

— Pois bem. Na minha cesta, debaixo das roupas, vai encontrar dois livros, e novos, por isso os trate com delicadeza. São de um homem de quem o mundo ainda vai ouvir falar. Pode começar a ler se quiser e ele vai abrir um pouco a sua cabeça. Chama-se *Os princípios da psicologia* e é de um homem do Leste chamado William James. Não tem parentesco nenhum com o ladrão de trens. E, Joe, se chegar a falar sobre os livros, eu o expulsarei do rancho. Se sua mãe descobrir que gastei dinheiro neles, ela é que me expulsaria do rancho.

Tom trouxe um cavalo selado para o pai.

— Posso ler depois?

— Sim — disse Samuel, e passou a perna levemente por sobre a sela. — Vamos lá, Lee.

O chinês queria romper num galope, mas Samuel o reteve.

— Calma, Lee. Um nascimento demora mais do que você imagina, na maioria das vezes.

Por algum tempo cavalgaram em silêncio e então Lee falou:

— Lamento que tenha comprado aqueles livros. Eu tenho a versão condensada em um volume, a edição didática. Poderia ter-lhe emprestado.

— Tem mesmo? Você tem muitos livros?

— Não muitos aqui, uns trinta ou quarenta. Mas você é bem-vindo a qualquer um deles que não tenha lido.

— Obrigado, Lee. Pode ter a certeza de que vou dar uma olhada na primeira oportunidade. Sabe, você poderia conversar com meus rapazes. Joe é um pouco avoado, mas Tom é sério e isso poderia fazer bem a eles.

— É uma ponte difícil de atravessar, sr. Hamilton. Sou tímido para falar com uma pessoa nova, mas vou tentar, se é o que o senhor quer.

Conduziram os cavalos rapidamente pela pequena ponte de acesso à casa de Trask. Samuel perguntou:

— Diga-me, como é que está a mãe?

— Preferia que o senhor visse por si mesmo e julgasse por si mesmo — disse Lee. — Sabe, quando um homem vive tanto tempo sozinho como eu, sua mente pode resvalar para uma tangente irracional porque seu mundo social está fora de prumo.

— Sim, eu sei. Mas não sou solitário e estou na mesma tangente também. Talvez não da mesma forma.

— Não acha que estou imaginando coisas então?

— Não sei o que é, mas vou lhe dizer, para que fique tranquilo, que tenho uma sensação de estranheza.

— Acho que é o que se passa comigo também — disse Lee. Sorriu. — Mas vou lhe dizer até que ponto a coisa foi comigo. Desde que cheguei aqui eu me vi pensando nos contos de fadas chineses que meu pai me contava. Nós, chineses, temos uma demonologia avançada.

— Acha que ela é um demônio?

— Claro que não — disse Lee. — Espero estar um pouco além dessas tolices. Não sei o que é. Sabe, sr. Hamilton, um empregado desenvolve uma capacidade de adivinhar o vento e avaliar a atmosfera da casa em que trabalha. E existe algo estranho aqui. Talvez seja isso que me faz lembrar os demônios do meu pai.

— Seu pai acreditava neles?

— Ah, não. Ele achava que eu devia ter uma noção geral. Vocês ocidentais também perpetuam uma porção de mitos.

Samuel disse:

— Conte-me o que aconteceu que o perturbou. Esta manhã, quero dizer.

— Se o senhor não viesse eu tentaria — disse Lee. — Mas preferia não fazer isso. Pode ver por si mesmo. Eu posso estar maluco. Claro, o sr. Adam está tão tenso que é capaz de arrebentar como uma corda de banjo.

— Dê-me uma pequena indicação. Poderia economizar tempo. O que foi que ela fez?

— Nada. É justamente por isso. Sr. Hamilton, já assisti partos antes, muitos deles, mas este é algo de novo para mim.

— Como assim?

— É... bem, vou lhe dizer uma coisa que me veio à cabeça. Tudo se parece muito mais com um combate amargo do que com um parto.

Quando cavalgavam pela entrada do pequeno vale e sob os carvalhos, Samuel disse:

— Espero que você não me tenha feito perder o sangue-frio, Lee. É um dia estranho e não sei por quê.

— Não tem vento — disse Lee. — É o primeiro dia em um mês que não tem vento à tarde.

— É isso. Sabe, fiquei tão voltado para os detalhes que não prestei atenção à roupagem do dia. Primeiro encontramos uma estrela enterrada e agora vamos desencavar um humano novinho em folha.

Olhou através dos galhos dos carvalhos para as encostas banhadas de luz amarela.

— Que dia bonito para se nascer! — disse. — Se sinais como esse têm sua influência sobre a vida, é uma doce vida que está chegando, Lee, se Adam se comportar como esperamos, vai atrapalhar. Fique por perto, sim? Caso eu precise de alguma coisa. Olhe, os homens, os carpinteiros estão sentados debaixo daquela árvore.

— O sr. Adam suspendeu os trabalhos. Achou que as marteladas poderiam perturbar sua mulher.

Samuel falou:

— Fique por perto. Adam está realmente agindo como imaginávamos. Não sabe que sua mulher provavelmente não ouviria nem Deus batendo tambores no céu.

Os trabalhadores sentados debaixo da árvore acenaram para ele.

— Como vai, sr. Hamilton. Como está a família?

— Ótima, ótima. Ei, veja só, Rabbit Holman. Por onde tem andado, Rabbit?

— Andei garimpando por aí, sr. Hamilton.

— Achou alguma coisa, Rabbit?

— Com os diabos, sr. Hamilton, não consegui achar nem a mula que levei comigo.

Cavalgaram até a casa. Lee falou rapidamente:

— Quando tiver um minuto, gostaria de mostrar-lhe uma coisa.

— O que é, Lee?

— Bem, tentei traduzir alguns poemas antigos chineses para o inglês. Não estou seguro de que isso possa ser feito. Quer dar uma olhada?

— Gostaria muito, Lee. Ora, seria um prazer para mim.

[3]

A casa de vigamento de madeira de Bordoni estava muito quieta, quase soturna, e as persianas se encontravam fechadas. Samuel desmontou diante do alpendre, desamarrou seus alforjes abarrotados e entregou seu cavalo a Lee. Bateu na porta, ninguém atendeu e ele entrou. A sala de estar estava na penumbra. Deu uma olhada na cozinha, imaculadamente limpa por Lee. Um bule de cerâmica com café ronronava no fundo do fogão. Samuel bateu levemente na porta do quarto e entrou.

Era tudo quase escuro como breu, pois não só as persianas estavam abaixadas, como cobertas tinham sido pregadas sobre as janelas. Cathy estava deitada na grande cama de dossel e Adam sentado ao seu lado, o rosto enterrado no travesseiro. Ergueu a cabeça e olhou como se fosse um cego querendo enxergar.

Samuel disse num tom agradável:

— Por que está sentado no escuro?

Adam falou numa voz rouca:

— Ela não quer luz. Machuca seus olhos.

Samuel entrou no quarto e a autoridade cresceu nele a cada passo.

— É preciso ter luz — disse. — Ela pode fechar os olhos. Posso atar uma venda de pano preto sobre eles se ela quiser.

Caminhou até a janela e agarrou a coberta para arrancá-la, mas Adam estava sobre ele antes que pudesse fazê-lo.

— Deixe a coberta. A luz a incomoda — disse ferozmente.

Samuel se virou para ele.

— Ouça, Adam, eu sei como se sente. Prometi que cuidaria das coisas e o farei. Só espero que uma dessas coisas não seja você.

Arrancou a coberta da janela e levantou a persiana para que a luz dourada da tarde pudesse entrar.

Da cama, Cathy emitiu um som baixo parecido com um miado e Adam foi até ela.

— Feche os olhos, querida. Vou colocar um pano sobre eles.

Samuel deixou cair os alforjes sobre uma poltrona e chegou ao lado da cama.

— Adam — disse com firmeza —, vou pedir-lhe para sair do quarto e ficar do lado de fora.

— Não, eu não posso. Por quê?

— Porque não quero que atrapalhe. É considerada uma prática saudável que o pai se embriague.

— Eu não poderia.

Samuel disse:

— O desagrado é uma coisa que me pega muito lentamente e a raiva ainda mais lentamente, mas estou começando a sentir os dois. Vai sair do quarto e não me criar problemas senão eu vou embora e deixo você com um saco cheio de problemas.

Adam saiu finalmente e, da porta, Samuel gritou:

— E não quero que invada o quarto se ouvir alguma coisa. Espere que eu saia para chamá-lo.

Fechou a porta, notou que havia uma chave na fechadura e girou-a.

— Ele é um homem perturbado e veemente — falou. — Ele ama você.

Não a havia olhado de perto até agora. E viu um ódio verdadeiro em seus olhos, um ódio implacável e assassino.

— Não vai demorar muito para acabar tudo isso, querida. Diga-me, a bolsa de água rompeu?

Seus olhos hostis o fuzilaram e os lábios ergueram-se mostrando os pequeninos dentes. Ela não respondeu.

Ele a encarou.

— Não vim aqui por escolha própria, mas como amigo — disse. — Não é um prazer para mim, minha jovem. Não sei qual é o seu problema e a cada minuto que passa me importo menos. Talvez possa poupá-la de alguma dor, quem sabe? Vou lhe fazer mais uma pergunta. Se não responder, se lançar aquele seu olhar agressivo para mim, eu vou me embora e a deixo em plena confusão.

As palavras atingiram a sua compreensão como uma rajada de chumbo grosso na água. Fez um grande esforço. E ele sentiu um calafrio ao ver o rosto dela mudar, o aço abandonar seus olhos, os lábios se abrirem e os cantos se arredondarem. Notou um movimento de suas mãos, os punhos se descerrando e os dedos rosados elevando-se. Seu rosto ficou juvenil e inocente e bravamente magoado. Era como se uma figura de lanterna mágica tomasse o lugar de outra.

Ela disse baixinho:

— A bolsa rompeu-se esta madrugada.

— Assim é melhor. Já teve contrações fortes?

— Sim.

— Em que intervalos de tempo?

— Não sei.

— Bem, estou neste quarto há quinze minutos.

— Tive duas contrações pequenas, não grandes, desde que entrou aqui.

— Ótimo. Onde estão seus lençóis?

— Naquele cesto grande ali.

— Vai dar tudo certo, querida — disse ele gentilmente.

Abriu seus alforjes e tirou uma corda grossa coberta de veludo azul e com um laço em cada ponta. No veludo havia centenas de pequenas flores cor-de-rosa bordadas.

— Liza mandou sua corda de puxar para você usar — disse. — Ela a fez quando se preparava para a chegada do nosso primogênito. Somando nossos filhos e os filhos de amigos, essa corda já puxou muita gente para a vida.

Enlaçou as pontas da corda nos pés da cama.

Subitamente os olhos dela ficaram vidrados, suas costas se arquearam como uma mola e o sangue subiu-lhe às faces. Esperou que ela gemesse ou gritasse e olhou apreensivo para a porta fechada. Mas não houve nenhum grito, apenas uma série de guinchos e grunhidos. Depois de alguns segundos seu corpo relaxou e o ódio voltou ao seu rosto.

O trabalho de parto recomeçou.

— Vamos, querida — disse ele, tranquilizando-a. — Foi uma contração ou foram duas? Não sei. Quanto mais eu vejo, mais aprendo que não há duas contrações iguais. É melhor eu lavar as mãos.

A cabeça dela se debatia de um lado para o outro.

— Muito bem, muito bem — disse ele. — Acho que não vai demorar para o seu bebê chegar.

Colocou a mão na testa dela onde a cicatriz aparecia escura e estranha.

— Como conseguiu este ferimento na cabeça? — perguntou.

A cabeça dela saltou para cima e seus dentes aguçados se cravaram na mão dele entre o dorso e a palma perto do dedo mínimo. Ele gritou de dor e tentou tirar a mão, mas as mandíbulas dela prendiam com firmeza e sua cabeça girava, estraçalhando sua mão como um cachorro faria com um saco. Um rosnado agudo saiu dos seus dentes fechados. Deu-lhe um tapa no rosto, mas não teve efeito. Automaticamente fez o que teria feito para interromper uma briga de cachorros. Sua mão esquerda agarrou o pescoço dela e cortou a sua respiração. Ela lutou e dilacerou a sua mão antes que as mandíbulas relaxassem e ele conseguisse soltar a mão. Deu um passo para trás afastando-se da cama e verificou o dano que os dentes dela haviam causado. Olhou para ela com medo. E quando olhou, viu que seu rosto estava calmo de novo, jovem e inocente.

— Sinto muito — disse ela rapidamente. — Sinto mesmo muito.

Samuel estremeceu.

— Foi a dor — disse ela.

Samuel riu um pouco.

— Vou ter de colocar uma focinheira em você, eu acho — disse. — Uma cadela collie fez o mesmo a mim certa vez.

Viu o olhar de ódio sair dos seus olhos por um segundo e depois recuar. Samuel falou:

— Tem algo que eu possa botar aqui? Os humanos são mais venenosos do que as cobras.

— Não sei.

— Bem, tem um pouco de uísque? Vou colocar uísque na ferida.

— Na segunda gaveta.

Derramou uísque na sua mão ensanguentada e massageou a carne contra a ardência do álcool. Seu estômago sofreu espasmos fortes e uma sensação de enjoo pressionou os seus olhos. Tomou um gole de uísque para se reanimar. Receava olhar de novo para a cama.

— Minha mão não vai ter serventia por algum tempo — disse.

Samuel falou com Adam depois:

— Ela deve ter pélvis de baleia. O nascimento aconteceu antes que eu estivesse preparado. Abriu como uma semente. Não tinha a água pronta para lavá-lo. Ora, ela nem chegou a puxar a corda para parir. É mesmo durona.

Escancarou a porta, chamou Lee e pediu água quente. Adam investiu para dentro do quarto.

— Um menino! — gritou Samuel. — Você ganhou um menino! Calma... — disse ele, pois Adam vira o sangue na cama e seu rosto ficou verde.

Samuel disse:

— Mande Lee vir aqui. E você, Adam, se ainda tem alguma autoridade para dizer às suas mãos e aos seus pés o que fazer, vá até a cozinha e prepare um café. E cuide para que os lampiões estejam cheios de querosene e as chaminés limpas.

Adam virou-se como um zumbi e deixou o quarto. Num momento Lee apareceu. Samuel apontou para a trouxa numa cesta de lavanderia.

— Passe uma esponja com água quente nele, Lee. Não deixe nenhuma corrente de ar pegá-lo. Meu Deus! Gostaria que Liza estivesse aqui comigo. Não posso fazer tudo ao mesmo tempo.

Virou-se para a cama.

— Pronto, querida. Agora vou limpá-la.

Cathy estava dobrada de novo, rosnando em meio a sua dor.

— Já vai passar — disse ele. — Leva algum tempo para sair os resíduos. E você foi tão rápida. Não precisou nem puxar a corda de Liza.

Ele viu algo, olhou mais de perto e pôs-se imediatamente a agir.

— Meu Deus do céu, tem mais um!

Trabalhou rápido e, como no primeiro parto, foi incrivelmente rápido. Novamente Samuel atou o cordão umbilical. Lee pegou o segundo bebê, lavou-o, embrulhou-o e o colocou na cesta.

Samuel limpou a mãe e moveu-a suavemente enquanto trocava a roupa de cama. Sentiu uma certa relutância em olhar para o seu rosto. Trabalhou o mais rápido que podia, pois sua mão mordida estava ficando rígida. Puxou um lençol branco limpo até o queixo dela e ergueu-a para colocar um travesseiro limpo debaixo de sua cabeça. Finalmente teve de olhar para ela.

Seus cabelos dourados estavam encharcados de suor, mas seu rosto havia mudado. Estava pétreo, sem expressão. No seu pescoço o pulso batia visivelmente.

— Você tem dois filhos — disse Samuel. — Dois belos filhos. Não são iguais. Cada um nasceu separado na sua própria bolsa.

Ela o inspecionou friamente sem nenhum interesse.

Samuel disse:

— Vou mostrar seus meninos para você.

— Não — disse ela, sem ênfase.

— Vamos, querida, não vai querer ver os seus filhos?

— Não. Eu não os quero.

— Ah, você vai mudar de ideia. Está cansada agora, mas vai mudar de ideia. E vou lhe dizer, este parto foi o mais rápido e o mais fácil que já vi em toda a minha vida.

Os olhos se desviaram do rosto dele.

— Não os quero. Quero que cubra as janelas e tire esta luz.

— É cansaço. Dentro de poucos dias vai se sentir tão diferente que não vai mais se lembrar.

— Vou me lembrar. Vá embora. Tire-os do quarto. Mande Adam entrar.

Samuel ficou chocado com o seu tom. Não havia enjoo, nem cansaço, nem suavidade. Não pôde controlar suas palavras.

— Não gosto de você — disse ele, e desejou que pudesse recolher as palavras para dentro de sua garganta e do seu pensamento. Mas suas palavras não tiveram efeito sobre Cathy.

— Mande Adam entrar — disse ela.

Na pequena sala de estar, Adam olhou vagamente para seus filhos e partiu rapidamente para o quarto e fechou a porta. Num momento ouviram o som de marteladas. Adam estava pregando as cobertas sobre as janelas de novo.

Lee trouxe café para Samuel.

— Esta sua mão está com uma aparência bem feia — disse.

— Eu sei. Receio que me cause problemas.

— Por que ela fez isso?

— Não sei. É uma criatura estranha.

Lee disse:

— Sr. Hamilton, deixe-me cuidar disso. Pode perder um braço.

O ânimo esvaiu-se de Samuel.

— Faça o que quiser, Lee. Uma tristeza temerosa apertou o meu coração. Desejaria ser uma criança para poder chorar. Sou velho demais para sentir medo assim. E não sinto tamanho desespero desde que um passarinho morreu na palma da minha mão à margem de um regato há muito tempo.

Lee deixou o quarto e voltou logo depois, trazendo uma pequena caixa de ébano entalhada com dragões contorcidos. Sentou-se ao lado de Samuel e tirou da caixa uma navalha chinesa em forma de cunha.

— Vai doer — falou baixinho. — Vou tentar aguentar — disse Samuel.

O chinês mordeu os lábios, sentindo em si mesmo a dor que infligia ao cortar fundo a mão, abrindo a carne ao redor das marcas de dentes dos dois lados, aparando a carne dilacerada até que o bom sangue vermelho corresse de cada ferimento. Agitou um frasco de emulsão amarela e derramou-a nos cortes profundos. Ensopou um lenço com o bálsamo e enrolou-o na mão. Samuel estremeceu e agarrou o braço da cadeira com a mão boa.

— É basicamente ácido carbólico — disse Lee. — Pode sentir o cheiro.

— Obrigado, Lee. Estou me comportando como um bebê.

— Não creio que eu tivesse ficado tão quieto assim — disse Lee. — Vou buscar outra xícara de café.

Voltou com duas xícaras e sentou-se ao lado de Samuel.

— Acho que vou embora — disse. — Nunca quis ir para um matadouro.

Samuel se retesou.

— Que quer dizer?

— Não sei. As palavras simplesmente saíram.

Samuel teve um calafrio.

— Lee, os homens são uns tolos. Acho que não havia pensado a respeito, mas os homens chineses também são tolos.

— O que o fez duvidar disso?

— Ah, talvez porque imaginamos os estrangeiros mais fortes e mais inteligentes do que nós mesmos.

— O que quer dizer?

Samuel respondeu:

— Talvez a tolice seja necessária, a luta contra os dragões, a ostentação, a coragem lastimável de desafiar Deus constantemente e a covardia infantil que transforma num fantasma uma árvore à beira de uma estrada escura. Talvez isso seja bom e necessário, mas...

— O que quer dizer? — repetiu Lee com paciência.

— Pensei que algum vento tivesse reavivado as brasas na minha mente tola — disse Samuel. — E agora ouço na sua voz que você também sente isso. Sinto asas sobre esta casa. Sinto algo terrível a caminho.

— Também sinto isso.

— Sei que você sente, e isso me faz sentir menos do que a minha cota usual de consolo em minha tolice. Este parto foi rápido demais, fácil demais, como uma gata tendo filhotes. E receio por esses filhotes. Tenho pensamentos sombrios corroendo meu cérebro.

— O que quer dizer? — perguntou Lee pela terceira vez.

— Quero minha mulher — gritou Samuel. — Nada de sonhos, de fantasmas, de tolices. Eu a quero aqui. Dizem que os mineiros levam canários para as minas para testarem o ar. Liza não admite tolices. E, Lee, se Liza vir um fantasma, é um fantasma e não um fragmento de um sonho. Se Liza sente problemas, nós trancamos as portas.

Lee levantou-se, foi até a cesta de lavanderia e olhou para os bebês. Teve de espiar de perto, pois a luz diminuía rapidamente.

— Estão dormindo — disse.

— Daqui a pouco vão abrir o berreiro. Lee, você poderia preparar a charrete e ir buscar Liza lá em casa? Diga-lhe que estou precisando dela aqui. Se Tom ainda estiver lá, diga que fique e cuide da fazenda. Caso contrário, eu o mando de manhã. E se Liza não quiser vir, diga a ela que preciso da mão de uma mulher aqui, e dos olhos claros de uma mulher. Ela vai entender o que estou dizendo.

— Vou fazer isso — disse Lee. — Talvez estejamos assustando um ao outro, como duas crianças no escuro.

— Também pensei nisso — disse Samuel. — E, Lee, diga a ela que machuquei a mão na boca do poço. Pelo amor de Deus, não lhe diga como foi que aconteceu.

— Vou acender alguns lampiões e depois eu saio — disse Lee. — Vai ser um grande alívio tê-la aqui.

— Vai ser, Lee. Com toda a certeza. Ela vai lançar alguma luz neste porão escuro.

Depois que Lee partiu no escuro, Samuel pegou um lampião com a mão esquerda. Teve de colocá-lo no chão para girar a maçaneta da porta do quarto. O quarto estava escuro como breu e a luz amarela da lâmpada jorrava para cima e não iluminava a cama.

A voz de Cathy se fez ouvir com força da cama.

— Feche a porta. Não quero luz. Adam, saia! Quero ficar no escuro, sozinha.

Adam falou roucamente:

— Quero ficar aqui com você.

— Eu não quero que fique.

— Vou ficar.

— Então fique. Mas não fale mais. Por favor, feche a porta e leve a lâmpada embora.

Samuel voltou à sala de estar. Colocou o lampião na mesa ao lado da cesta de lavanderia e olhou para os pequenos rostos adormecidos dos bebês. Seus olhos estavam bem fechados e fungaram um pouco, incomodados pela luz. Samuel colocou o indicador para baixo e acariciou as testas quentes. Um dos gêmeos abriu a boca, bocejou prodigiosamente e caiu de novo no sono. Samuel afastou o lampião, foi até a porta da frente, abriu-a e saiu. A estrela vespertina brilhava tanto que parecia queimar e enroscar-se enquanto mergulhava sobre as montanhas ao oeste. O ar estava silencioso e Samuel podia sentir o cheiro da artemísia aquecida durante o dia. A noite estava muito escura. Samuel assustou-se quando ouviu uma voz falando da escuridão.

— Como está ela?

— Quem é? — Samuel perguntou.

— Sou eu, Rabbit. — O homem emergiu e assumiu forma à luz que passava pela porta.

— A mãe, Rabbit? Ora, está ótima.

— Lee disse que eram gêmeos.

— Isso mesmo, filhos gêmeos. Não podia ser melhor. Acho que o sr. Trask vai arrancar o rio pelas raízes agora. Vai conseguir uma colheita de açúcar-cande.

Samuel não sabia por que, mas mudou de assunto.

— Rabbit, sabe o que perfuramos hoje? Um meteorito.

— O que é isto, sr. Hamilton?

— Uma estrela cadente que caiu há um milhão de anos.

— Verdade? Ora, imaginem só! Como foi que machucou sua mão?

— Eu quase que disse numa estrela cadente. — Samuel riu. — Mas não foi tão interessante assim. Eu a prendi no guincho.

— Forte?

— Não, não muito.

— Dois meninos — disse Rabbit. — Minha velha vai ficar com inveja.

— Não quer entrar e sentar-se, Rabbit?

— Não, não, obrigado. Vou dormir. A manhã parece chegar mais cedo a cada ano que vivo.

— É verdade, Rabbit. Boa noite, então.

Liza Hamilton chegou cerca das quatro da manhã. Samuel dormia na sua cadeira, sonhando que tinha pegado numa barra de ferro incandescente e não conseguia largá-la. Liza acordou-o e olhou para sua mão antes mesmo de olhar para os bebês. Enquanto fazia bem as coisas que ele havia feito de uma maneira masculina desajeitada, ela lhe deu suas ordens e o despachou. Devia levantar-se naquele instante, selar Doxologia e seguir direto até King City. Não importa a hora que fosse, devia acordar aquele médico vagabundo e cuidar da sua mão. Se tudo estivesse bem, podia ir para casa e esperar. E era um ato criminoso deixar o seu caçula sozinho, que não passava de um bebê, sentado junto a um buraco na terra sem ninguém para cuidar dele. Era até um caso capaz de chamar a atenção do próprio Senhor Deus.

Se Samuel ansiava por realismo e atividade, ele os ganhou. Liza o havia botado para fora de casa ao amanhecer. Sua mão fora enfaixada às onze e ele estava em sua própria cadeira sentado à sua própria mesa às cinco da tarde, ardendo de febre, enquanto Tom cozinhava uma galinha para fazer uma canja para o pai.

Durante três dias, Samuel ficou de cama, combatendo os fantasmas da febre e dando nomes a eles também, antes que sua grande resistência vencesse a infecção e a mandasse aos quintos dos infernos.

Samuel ergueu os olhos agora bem claros para Tom e disse:

— Preciso me levantar.

Tentou, mas voltou a sentar-se debilmente, abafando um riso — o som que fazia quando qualquer força no mundo o derrotava. Tinha a noção de que, mesmo quando batido, conseguia roubar uma pequena vitória rindo da sua derrota. E Tom o encheu de canja de galinha até ter vontade de matá-lo. O mundo ainda não se livrou da crença de que uma sopa é capaz de curar qualquer ferida ou doença, e não é contraindicada nem mesmo para o seu enterro.

[4]

Liza ficou fora de casa uma semana. Limpou a casa de Trask de alto a baixo. Lavou tudo que era capaz de dobrar para colocar numa tina e passou uma esponja no resto. Submeteu os bebês a uma rotina severa e notou com satisfação que eles berravam a maior parte do tempo e começavam a ganhar peso. Usava Lee como um escravizado, uma vez que não chegava a acreditar nele. Ignorava Adam, pois não podia usá-lo para nada. Obrigou-o a lavar as janelas e mandou-o repetir a operação assim que havia terminado.

Liza ficou junto a Cathy o tempo suficiente para chegar à conclusão de que era uma jovem sensível que não falava muito nem tentava ensinar o padre-nosso ao vigário. Verificou também que era perfeitamente saudável, sem sequelas do parto, e que jamais amamentaria os gêmeos.

— E é até melhor — disse. — Estes grandes comilões iriam sugar uma coisinha como você até os ossos.

Esqueceu que era menor do que Cathy e amamentara cada um dos seus próprios filhos.

Na tarde de sábado, Liza fez um balanço do seu trabalho, deixou uma lista de instruções do comprimento do seu braço para cobrir cada possibilidade, desde uma cólica até uma invasão de formigas, botou suas coisas na cesta de viagem e mandou Lee levá-la para casa.

Encontrou sua casa imunda como um estábulo e pôs-se a limpá-la com a violência e o nojo de um trabalho de Hércules. Samuel fazia-lhe perguntas enquanto ela se agitava.

Como estavam os bebês?

Estavam bem, crescendo.

Como estava Adam?

Bem, ele se mexia como se estivesse vivo, mas não dava nenhuma prova disso. O Senhor em Sua sabedoria dá dinheiro a pessoas muito curiosas, talvez porque sem ele morreriam de fome.

Como estava a sra. Trask?

Quieta, dengosa, como a maioria das mulheres ricas do Leste (Liza nunca havia conhecido uma mulher rica do Leste), mas por outro lado dócil e respeitosa.

— E é uma coisa estranha — disse Liza — não consigo encontrar nenhum defeito nela, exceto talvez um toque de preguiça e, apesar disso, não consigo gostar muito dela. Talvez seja aquela cicatriz. Como foi que ela conseguiu aquilo?

— Não sei — disse Samuel.

Liza apontou o indicador como uma pistola entre os olhos dele.

— Vou lhe contar uma coisa. Mesmo sem o saber, ela enfeitiçou o marido. Ele fica rodando em volta dela como um peru bêbado. Não acho que tenha dado uma boa olhada ainda nos gêmeos.

Samuel esperou que ela retomasse suas atividades. Disse:

— Bem, se ela é preguiçosa e ele apatetado, quem vai tomar conta dos bebês? Gêmeos exigem muitos cuidados.

Liza parou no meio de uma espanada, puxou uma cadeira para perto dele e sentou-se, pousando as mãos nos joelhos.

— Lembre-se de que nunca deixei de levar a verdade a sério, se não acredita em mim — disse ela.

— Não acredito que você pudesse mentir, querida — disse ele, e Liza sorriu, considerando aquilo um cumprimento.

— Bem, o que vou lhe dizer poderia ter um grande peso na sua crença, se você não soubesse disso.

— Diga-me.

— Samuel, conhece aquele chinês com seus olhos puxados, sua fala esquisita e aquele rabicho?

— Lee? Claro que o conheço.

— Bem, não diria à primeira vista que é pagão?

— Não sei.

— Vamos, Samuel, qualquer um diria. Mas ele não é — disse ela, empertigando-se.

— O que ele é?

Cutucou o braço dele com um dedo de ferro.

— Um presbiteriano, e dos melhores. Um dos melhores, eu lhe digo, depois que se decifra aquela fala maluca. O que é que você acha disso?

A voz de Samuel vacilou na tentativa de abafar uma risada.

— Não! — disse ele.

— E eu digo sim. Pois bem, quem você acha que está cuidando dos gêmeos? Eu não confiaria num pagão nem um pouco, mas um presbiteriano... ele aprendeu tudo o que lhe ensinei.

— Não admira que estejam engordando — disse Samuel.

— É coisa que se preze e motivo de prece.

— É o que faremos — disse Samuel. — As duas coisas.

[5]

Durante uma semana, Cathy descansou e recuperou as forças. No sábado da segunda semana de outubro ela ficou no seu quarto a manhã inteira. Adam tentou abrir a porta e a encontrou trancada.

— Estou ocupada — disse ela, e ele foi embora.

Arrumando a cômoda, pensou, pois podia ouvi-la abrindo gavetas e fechando-as.

No final da tarde, Lee aproximou-se de Adam, que estava sentado no alpendre.

— Senhola me mandô a King City complá mamadêla — disse, apreensivo.

— Pois bem, vá então — disse Adam. — Ela é a sua patroa.

— Senhola disse pla não voltá segunda-feila. Folgá...

Cathy falou calmamente da porta.

— Ele não tira um dia de folga há muito tempo. Um descanso lhe faria bem.

— Claro — disse Adam. — Simplesmente não pensei nisso. Divirta-se. Se precisar de alguma coisa, chamo um dos carpinteiros.

— Homens vão pla casa domingo.

— Chamo o índio então. Lopez vai ajudar.

Lee sentiu os olhos de Cathy sobre ele.

— Lopez bêbado. Encontlô galafa de uísque.

Adam falou com petulância:

— Não sou um inútil, Lee. Pare de discutir.

Lee olhou para Cathy parada na porta. Abaixou as pálpebras.

— Talvez volto talde — disse, e achou ter visto duas rugas escuras aparecerem entre os olhos dela e depois desaparecerem. Virou-se. — Té logo — disse.

Cathy voltou ao seu quarto no fim da tarde. Às sete e meia, Adam bateu na porta.

— Preparei um jantar para você, querida. Não é muito.

A porta se abriu como se ela estivesse ali de pé, à espera. Usava seu elegante vestido de viagem, a jaqueta com debruns pretos, as lapelas em veludo preto e grandes botões de âmbar negro. Na cabeça tinha um chapéu de palha amplo encimado por uma pequena grinalda, preso por longos alfinetes com cabeça de âmbar negro. Adam ficou boquiaberto.

Ela não o deixou falar.

— Estou indo embora.

— Cathy, o que quer dizer?

— Já lhe disse antes.

— Não disse.

— Você não me deu ouvidos. Não importa.

— Não acredito em você.

A voz dela era fria e metálica.

— Não estou ligando para o que acredita. Vou embora.

— Os bebês...

— Jogue-os num dos seus poços.

Ele gritou em pânico.

— Cathy, você está doente. Não pode ir, não pode me deixar, não pode fazer isso comigo.

— Posso fazer o que quiser com você. Qualquer mulher pode fazer o que quiser com você. Você é um imbecil.

A palavra atravessou a sua névoa mental. Sem aviso, suas mãos agarraram os ombros dela e a empurrou para trás. Enquanto ela cambaleava, ele tirou a chave da fechadura do lado de dentro, bateu a porta e trancou-a no quarto.

Ficou parado ofegante, o ouvido próximo da madeira, envenenado por uma náusea histérica. Podia ouvi-la andando silenciosamente pelo quarto. Uma gaveta foi aberta e o pensamento se apossou dele — ela vai ficar. Ouviu um pequeno estalido que não conseguiu distinguir. Seu ouvido estava quase tocando a porta.

A voz dela veio tão de perto que ele jogou a cabeça para trás. Ouviu riqueza na voz dela.

— Querido — disse ela suavemente. — Não sabia que você ia sentir tanto. Lamento, Adam.

O fôlego retido jorrou asperamente da garganta. Sua mão tremeu, tentando girar a chave, que caiu ao chão depois de destravar a fechadura. Escancarou a porta. Ela estava a um metro de distância. Na mão direita empunhava o Colt.44 de Adam e o orifício negro do cano apontava para ele. Deu um passo na direção dela, viu que o cão da arma estava puxado para trás.

Atirou nele. O balaço o atingiu no ombro, jogou-o para trás e arrancou um pedaço da sua omoplata. O relâmpago e o rugido do tiro o sufocaram, e ele cambaleou para trás e caiu ao chão. Ela caminhou lentamente na sua direção, com cautela, como se estivesse se aproximando de um animal ferido. Ele olhou para cima, dentro dos olhos dela, que o inspecionavam friamente. Ela jogou o revólver no chão ao lado dele e saiu da casa.

Ele ouviu os passos dela na varanda, nas folhas secas dos carvalhos do caminho, e depois não pôde ouvir mais nada. E o som monótono que pairava no ar o tempo todo era o choro dos gêmeos, à espera do jantar. Esqueceu-se de alimentá-los.

18

[1]

Horace Quinn era o novo assistente do xerife nomeado para cuidar da lei no distrito de King City. Queixava-se de que o novo cargo o afastava muito do seu rancho. Sua mulher queixava-se ainda mais, mas a verdade era que quase nenhum crime havia acontecido desde que Horace assumira. Via-se fazendo o próprio nome e concorrendo ao posto de xerife. O xerife era um funcionário importante. Seu trabalho era menos inconstante do que aquele do promotor público, quase tão permanente e dignificado como o do juiz do tribunal superior. Horace não queria ficar no rancho toda a sua vida e sua mulher ansiava por morar em Salinas, onde tinha parentes.

Quando os rumores, repetidos pelo índio e pelos carpinteiros, de que Adam Trask havia levado um tiro chegaram a Horace, ele encilhou imediatamente o cavalo e deixou para a mulher a tarefa de acabar de descarnar o porco que tinha matado naquela manhã.

Bem ao norte do grande sicômoro onde a estrada de Hester vira para a esquerda, Horace encontrou Julius Euskadi. Julius tentava decidir se iria caçar codornas ou iria até King City pegar o trem para Salinas e sacudir um pouco a poeira de suas calças. Os Euskadi eram gente próspera e bonita de origem basca.

Julius disse:

— Se viesse comigo, eu iria até Salinas. Dizem que ao lado da Jenny's, a duas portas do Long Green, tem um novo estabelecimento chamado Faye's. Ouvi falar que era muito bom, dirigido como se fosse uma casa de São Francisco. Tem até um pianista.

Horace descansou o cotovelo no arção da sela, espantou uma mosca da espádua do seu cavalo com a ponta do rebenque de couro.

— Vamos deixar para outra ocasião — disse. — Tenho que cuidar de uma coisa.

— Não está indo para a casa de Trask, está?

— Exatamente isso. Ouviu falar alguma coisa?

— Nada que faça sentido. Ouvi dizer que o sr. Trask deu um tiro no próprio ombro com um .44 e depois demitiu todo mundo do rancho. Como é que se consegue atirar no próprio ombro com um .44, Horace?

— Não sei. Esses sujeitos do Leste são muito ladinos. Acho melhor ir até lá dar uma olhada. Sua mulher não acabou de ter um bebê?

— Gêmeos, ouvi dizer — disse Julius. — Talvez eles o tenham alvejado.

— Um segurou a arma e o outro puxou o gatilho? Soube de mais alguma coisa?

— Tudo muito confuso, Horace. Quer companhia?

— Não vou fazer de você um assistente, Julius. O xerife disse que os supervisores estão fazendo um escarcéu por causa da folha de pagamento. Hornby, lá do Alisal, nomeou a tia-avó sua assistente e a manteve no cargo por três semanas, pouco antes da Páscoa.

— Não fala sério!

— Falo, sim. E você não ganha nenhuma estrela.

— Com os diabos, não quero ser um assistente. Só pensei em cavalgar com você para fazer companhia. Estou curioso.

— Eu também. Fico contente em ter você ao meu lado, Julius. Sempre posso fazê-lo prestar o juramento, se houver alguma encrenca. Como disse que se chama a nova casa?

— Faye's. É de uma mulher de Sacramento.

— Fazem as coisas muito bem em Sacramento. — E Horace contou como faziam as coisas em Sacramento enquanto cavalgavam juntos.

Era um belo dia para andar a cavalo. Quando chegaram à entrada do pequeno vale de Sanchez estavam maldizendo as más caçadas dos últimos anos. Três coisas nunca vão bem — a lavoura, a pesca e a caça — em comparação com os anos anteriores, quero dizer. Julius falava:

— Por Deus, eu desejava que não tivessem matado todos os grandes ursos. Em 1880, meu avô matou um em Pleyto que pesava mais de oitocentos quilos.

Um silêncio baixou sobre eles quando passaram debaixo dos carvalhos, um silêncio vindo do próprio lugar. Não havia som, nem movimento.

— Gostaria de saber se ele conseguiu terminar a reforma da velha casa — disse Horace.

— De jeito nenhum. Rabbit Hollman estava trabalhando nela e me disse que Trask convocou todos eles e os demitiu. Mandou que não voltassem mais.

— Dizem que Trask tem um montão de dinheiro.

— Acho que está bem forrado — disse Julius. — Sam Hamilton está cavando quatro poços, se é que não foi demitido também.

— Como está o sr. Hamilton? Eu deveria ir procurá-lo.

— Está ótimo. Cheio de histórias como sempre.

— Preciso mesmo fazer uma visita a ele — disse Horace.

Lee veio ao encontro deles no alpendre.

Horace disse:

— Olá, Ching Chong. Patrão em casa?

— Ele doente — disse Lee.

— Gostaria de vê-lo.

— Não ver. Ele doente.

— Pare com isso — disse Horace. — Diga que o assistente do xerife quer falar com ele.

Lee desapareceu e num instante estava de volta.

— Pode vir — disse. — Eu leva cavalo.

Adam estava deitado na cama de dossel onde os gêmeos tinham nascido. Apoiava-se numa pilha de travesseiros e um monte de ataduras caseiras cobria seu peito e o ombro do lado esquerdo. O quarto recendia a bálsamo.

Horace diria depois à mulher: "Se algum dia você viu a morte ainda respirando, estava ali."

As faces de Adam estavam coladas ao osso e repuxavam a pele do nariz, esticada e viscosa. Seus olhos pareciam saltar da cabeça e ocupavam toda a parte superior do rosto, e estavam lustrosos de doença, intensos e míopes. Sua mão direita ossuda agarrava um punhado de travesseiro.

— Como vai, sr. Trask. Soube que se feriu — disse Horace.

Fez uma pausa, esperando uma resposta. Continuou.

— Achei que devia dar um pulo até aqui para ver como estava passando. Como foi que aconteceu isso?

Um olhar transparente de ansiedade tomou conta do rosto de Adam. Mexeu-se ligeiramente na cama.

— Se falar lhe causa dor, pode sussurrar — acrescentou Horace, prestimoso.

— Só dói quando respiro fundo — disse Adam baixinho. — Estava limpando minha arma e ela disparou.

Horace olhou para Julius e de novo para Adam. Adam percebeu o olhar e um leve rosado de embaraço subiu-lhe às faces.

— Acontece com muita frequência — disse Horace. — A arma está aqui?

— Acho que Lee a guardou.

Horace caminhou até a porta.

— Ei, Ching Chong, traga o revólver.

Num momento Lee enfiava a arma com a coronha para a frente através da porta. Horace a examinou, puxou o tambor para fora, tirou os cartuchos e cheirou o cilindro vazio da única cápsula detonada.

— Às vezes acontecem tiros mais certeiros limpando do que apontando armas. Vou ter de fazer um relatório para o condado, sr. Trask. Não vou tomar muito do seu tempo. O senhor estava limpando o cano, talvez com uma vareta, e a arma disparou e o atingiu no ombro?

— Foi isso mesmo — disse Adam rapidamente.

— E ao limpar não puxou o tambor para fora?

— Exatamente.

— E estava enfiando a vareta para dentro e para fora com o cano apontado para o senhor e com o cão destravado?

Adam tomou fôlego numa aspiração rápida e rouca.

Horace prosseguiu:

— E deve ter disparado a vareta através do senhor, pegando sua mão esquerda também.

Os olhos claros lavados pelo sol de Horace não se afastavam do rosto de Adam. Ele disse gentilmente:

— O que aconteceu, sr. Trask? Conte-me o que aconteceu.

— Estou lhe contando a verdade, foi um acidente, senhor.

— Não ia querer que eu redigisse um relatório do jeito que descrevi. O xerife ia achar que sou maluco. O que aconteceu?

— Bem, não estou muito acostumado com armas. Talvez não tivesse sido assim, mas eu a estava limpando e ela disparou.

O nariz de Horace estava assobiando. Foi obrigado a respirar pela boca para interromper aquilo. Deslocou-se lentamente do pé da cama para junto da cabeça de Adam e dos seus olhos esbugalhados.

— O senhor veio do Leste não faz muito tempo, não é, sr. Trask?

— Sim. De Connecticut.

— Acho que as pessoas lá não costumam mais usar muito armas de fogo.

— Não muito.

— Só para caçar.

— De vez em quando.

— Então o senhor estaria mais acostumado com uma espingarda?

— Sim. Mas nunca fui de caçar muito.

— Acho que o senhor também nunca foi de usar muito um revólver, por isso não sabia como o manejar.

— Bem, achei que valia a pena aprender.

Julius Euskadi acompanhava tudo de pé, seu rosto e o corpo receptivos, ouvindo sem se comunicar.

Horace suspirou e desviou o olhar de Adam. Seus olhos passaram por Julius e voltaram até suas mãos. Depositou a arma sobre a cômoda e cuidadosamente enfileirou os cartuchos de latão e chumbo ao lado dela.

— Sou assistente do xerife há pouco tempo. Achei que fosse me divertir no cargo e em poucos anos concorrer ao posto de xerife. Não tenho coragem para isso. Não é nada divertido para mim.

Adam observava-o nervosamente.

— Não acho que alguém tenha tido medo de mim antes. Raiva, talvez, sim, mas não medo. É uma coisa ruim, me faz sentir um sujeito mau.

Julius falou com irritação:

— Vamos lá. Não pode desistir numa hora destas.

— Como é que não posso, se eu quiser? Muito bem! Sr. Trask, o senhor serviu na cavalaria dos Estados Unidos. As armas da cavalaria são carabinas e revólveres. O senhor... — Parou e engoliu em seco. — O que aconteceu, sr. Trask?

Os olhos de Adam pareciam ter ficado ainda maiores e estavam marejados e com as bordas avermelhadas.

— Foi um acidente — sussurrou.

— Alguém viu? A sua mulher estava com o senhor quando aconteceu?

Adam não respondeu e Horace viu que seus olhos estavam fechados.

— Sr. Trask, eu sei que o senhor está doente. Estou tentando facilitar isso para o senhor o mais que posso. Por que não descansa um pouco enquanto converso com sua mulher?

Esperou um momento e se virou para a porta, onde Lee ainda estava parado. — Ching Chong, diga à senhora que eu gostaria muito de conversar com ela por poucos minutos.

Lee não respondeu.

Adam falou sem abrir os olhos.

— Minha mulher está ausente numa visita.

— Ela não estava aqui quando o acidente aconteceu? — Horace olhou para Julius e viu uma expressão curiosa nos seus lábios. Os cantos de sua boca estavam virados ligeiramente para cima num sorriso irônico. Horace pensou rapidamente: Ele está à minha frente. Daria um bom xerife. — Conte-me — disse ele. — Isso parece interessante. Sua mulher teve um filho, dois filhos, há duas semanas e agora partiu numa visita. Levou os bebês com ela? Tive a impressão de tê-los ouvido há pouco.

Horace debruçou-se sobre a cama e tocou o dorso da mão direita crispada de Adam.

— Detesto isso, mas não posso parar agora. Trask! — disse bem alto. — Quero que me conte o que aconteceu. Isso não é bisbilhotice. É a lei. Agora, com os diabos, abra os olhos e me conte senão, juro por Deus, vou levá-lo ao xerife ainda que esteja ferido.

Adam abriu os olhos e estavam vazios como os de um sonâmbulo. E sua voz saiu sem modulação, sem ênfase, e sem nenhuma emoção. Era como se ele pronunciasse com perfeição palavras numa língua que não entendia.

— Minha mulher foi embora — disse.

— Para onde ela foi?

— Não sei.

Horace disse com raiva:

— Tome cuidado, Trask. Está brincando com fogo e não gosto do que estou pensando. Deve saber por que ela foi embora.

— Não sei por que ela se foi.

— Ela estava doente? Agia de maneira estranha?

— Não.

Horace virou-se.

— Ching Chong, sabe alguma coisa a respeito disso?

— Fui King City sábado. Volta meia-noite. Encontlo patlão Tlask no chão.

— Então não estava aqui quando aconteceu?

— Não, senhola.

— Está bem, Trask, vou ter de voltar a você. Abra um pouco aquela persiana, Ching Chong, para que eu possa enxergar. Pronto, assim está melhor. Agora vou fazer a coisa do seu jeito até não poder mais. Sua mulher foi embora. Ela atirou em você?

— Foi um acidente.

— Está certo, foi um acidente, mas a arma estava na mão dela?

— Foi um acidente.

— Não está facilitando muito as coisas. Mas vamos dizer que ela foi embora e vamos ter de encontrá-la, está vendo? Como numa brincadeira de criança. O senhor está nos obrigando a isso. Quanto tempo esteve casado?

— Quase um ano.

— Qual era o nome dela antes do casamento?

Houve uma longa pausa e então Adam disse em voz baixa:

— Não vou contar. Eu prometi.

— Preste atenção. De onde ela veio?

— Não sei.

— Sr. Trask, o senhor está dando respostas que podem levá-lo à cadeia do condado. Faça-nos uma descrição. Qual era a altura dela?

Os olhos de Adam brilharam.

— Não era alta, era pequena e delicada.

— Isso ajuda muito. Cor dos cabelos? Olhos?

— Ela era bonita.

— Era?

— É.

— Alguma cicatriz?

— Ah, Deus, não. Isso é, sim, uma cicatriz na testa.

— Não sabe o nome dela, de onde veio, para onde foi e não é capaz de descrevê-la. E acha que sou um idiota.

Adam disse:

— Tinha um segredo. Prometi que não lhe perguntaria. Temia por alguém... — E Adam se pôs a chorar. Todo o seu corpo sacudia e sua respiração emitia pequenos guinchos. Era o choro de um homem desamparado.

Horace se sentiu de repente infeliz.

— Vamos até o outro aposento, Julius — disse, e seguiu para a sala de estar. — Muito bem, Julius, me diga o que acha. Ele é maluco?

— Não sei.

— Ele a matou?

— Foi o que me veio à cabeça.

— À minha também — disse Horace. — Meu Deus!

Correu até o quarto e voltou com o revólver e os cartuchos.

— Eu os esqueci — desculpou-se. — Não vou durar muito neste trabalho.

Julius perguntou:

— O que vai fazer?

— Bem, acho que isso não é para mim. Eu lhe disse que não o colocaria na folha de pagamento, mas levante sua mão direita.

— Não quero prestar juramento, Horace. Quero ir a Salinas.

— Não tem escolha, Julius. Vou ter de prendê-lo se não quiser levantar a maldita mão.

Julius ergueu a mão com relutância e repetiu contrariado o juramento.

— É o que eu ganho por lhe fazer companhia. Meu pai vai me esfolar vivo. Muito bem, o que fazemos agora?

Horace disse:

— Vou correr até o meu papai. Preciso do xerife. Eu levaria Trask, mas não quero removê-lo. Precisa ficar aqui, Julius. Sinto muito. Tem uma arma?

— Com os diabos, não.

— Bem, pegue esta e pegue minha estrela.

Despregou-a da camisa e a estendeu para Julius.

— Quanto tempo acha que vai ficar fora?

— O mínimo de tempo possível. Chegou a ver alguma vez a sra. Trask, Julius?

— Não, nunca vi.

— Nem eu. E vou ter de dizer ao xerife que Trask não sabe o nome dela, nem qualquer outra coisa. E que ela não é muito alta ou grande e que é bonita. Isso é o que se chama de uma descrição! Acho que vou pedir demissão antes de contar isso a ele, porque com toda a certeza ele vai me demitir depois de ouvir essa história. Acha que ele a matou?

— Como posso saber?

— Não fique zangado.

Julius pegou a arma, colocou os cartuchos de novo no tambor e sopesou-a na mão.

— Aceita uma ideia, Horace?

— Não lhe parece que estou precisando de uma?

— Bem, Samuel Hamilton a conheceu. Ele tirou os bebês, segundo Rabbit. E a sra. Hamilton cuidou dela. Por que não passa por lá e descobre como ela realmente era?

— Acho melhor você conservar esta estrela — disse Horace. — É uma boa sugestão. Estou indo.

— Quer que eu dê uma olhada por aqui?

— Quero que cuide para que ele não fuja, ou se machuque. Entendeu? E tome cuidado.

[2]

Por volta de meia-noite, Horace pegou um trem de carga em King City. Sentou-se na cabine com o maquinista e estava em Salinas no início da manhã. Salinas era a sede do condado e uma cidade em rápido crescimento. Sua população estava para ultrapassar a marca dos dois mil a qualquer momento. Era a maior cidade entre San Jose e San Luis Obispo e todo mundo sentia que um futuro brilhante a aguardava.

Horace caminhou pela estação da Southern Pacific e parou no restaurante para o café da manhã. Não queria incomodar o xerife tão cedo e provocar sua má vontade desnecessariamente. No restaurante, encontrou-se com o jovem Will Hamilton, parecendo bastante próspero no seu terno preto e branco.

Horace sentou-se à mesa com ele.

— Como vai, Will?

— Ah, muito bem.

— Está aqui a negócios?

— Sim, tenho uma pequena transação para fechar.

— Poderia me indicar para alguma coisa um dia.

Horace sentia-se estranho falando assim com um rapaz tão jovem, mas Will Hamilton possuía uma aura de sucesso. Todo mundo sabia que ia ser um homem muito influente no condado. Algumas pessoas transpiram seus futuros, bons ou maus.

— Farei isso, Horace. Pensei que o rancho ocupasse todo o seu tempo.

— Eu podia ser persuadido a arrendá-lo se alguma coisa aparecesse.

Will inclinou-se por sobre a mesa.

— Sabe, Horace, esta região do condado tem andado muito abandonada. Já pensou em concorrer a um cargo público?

— O que está querendo dizer?

— Bem, você é um suplente. Já pensou em concorrer ao posto de xerife?

— Ora, não pensei, não.

— Pois bem, pense nisso. E guarde segredo. Vou procurá-lo em duas semanas e conversaremos a respeito. Mas não deixe de pensar nisso.

— Certamente vou pensar, Will. Mas nós temos um xerife muito bom.

— Eu sei. Isso não tem nada a ver com a história. King City não tem um só representante no condado, está percebendo?

— Percebo, sim. Vou pensar a respeito. Ah, a propósito, passei pela fazenda e estive com seu pai e sua mãe ontem.

O rosto de Will se acendeu.

— Passou? Como estavam eles?

— Ótimos. Sabe, seu pai é realmente um grande gênio cômico.

Will abafou um riso.

— Ele nos fez gargalhar muito enquanto crescíamos.

— Mas é um homem inteligente, também, Will. Mostrou-me um novo tipo de moinho que inventou, a coisa mais engenhosa que já vi.

— Ah, meu Deus — disse Will. — Lá vêm os advogados de patentes de novo!

— Mas essa invenção é boa — disse Horace.

— Todas são boas. E as únicas pessoas que ganham dinheiro com elas são os advogados de patentes. Isso deixa minha mãe maluca.

— Acho que nisso você tem razão.

Will disse:

— A única maneira de ganhar dinheiro é vender algo que outra pessoa faz.

— Também está certo nisso, Will, mas esse é o melhor moinho que já se viu.

— Ele o conquistou, não foi, Horace?

— Acho que sim. Mas não gostaria que ele mudasse, gostaria?

— Ah, por Deus, não! — disse Will. — Pense no que lhe falei.

— Está bem.

— E guarde segredo — disse Will.

O cargo de xerife não era fácil e tinha sorte o condado que conseguisse extrair um bom xerife do saco de gatos das eleições populares. Era uma posição complicada. Os deveres óbvios do xerife — impor a lei e manter a paz — estavam longe de ser os mais importantes. Era verdade que ele representava a força armada do condado, mas numa comunidade fervilhando de indivíduos um xerife rude ou estúpido não durava muito. Havia direitos de água, disputas de terra, discussões que terminavam em briga, relações domésticas, questões de paternidade — tudo a ser resolvido sem a força das armas. Somente quando tudo mais falhava, um bom xerife efetuava uma prisão. O melhor xerife não era o melhor combatente, mas o melhor diplomata. E o condado de Monterey tinha um dos bons. Ele possuía o brilhante talento de cuidar da sua própria vida.

Horace entrou no gabinete do xerife na velha cadeia do condado às nove e dez. O xerife apertou sua mão, discutiu o tempo e as colheitas até que Horace estava pronto para entrar no assunto.

— Bem, senhor — disse Horace finalmente. — Tive de vir aqui em busca do seu conselho.

E contou a história em grande detalhe — o que todo mundo havia dito, como eram as pessoas, a ocasião do ocorrido — tudo.

Depois de alguns momentos o xerife fechou os olhos e entrelaçou os dedos. Pontuava o relato ocasionalmente abrindo os olhos, mas não fez nenhum comentário.

— Bem, lá estava eu perdido — disse Horace. — Não conseguia descobrir o que havia acontecido. Não podia sequer saber como era a aparência da mulher. Foi Julius Euskadi quem me deu a ideia de procurar Sam Hamilton.

O xerife se mexeu, cruzou as pernas e estudou o caso.

— Você acha que ele a matou.

— Bem, eu achava. Mas o sr. Hamilton me dissuadiu. Diz que Trask não tem estrutura para matar ninguém.

— Todo mundo tem estrutura para matar — disse o xerife. — É só achar o seu gatilho e qualquer um é capaz de detonar.

— O sr. Hamilton contou-me algumas coisas estranhas sobre ela. Sabe, quando estava tirando os bebês, ela o mordeu na mão. Devia só ver aquela mão, parece que um lobo o havia mordido.

— Sam deu-lhe uma descrição?

— Deu, e a mulher dele também.

Horace tirou uma folha de papel do bolso e leu uma descrição detalhada de Cathy. Somando os conhecimentos dos dois, os Hamilton sabiam de todas as características físicas que havia para saber de Cathy.

Quando Horace terminou, o xerife suspirou.

— Ambos concordaram com relação à cicatriz?

— Sim, concordaram. E os dois notaram que às vezes ficava mais escura.

O xerife fechou os olhos de novo e recostou-se na cadeira. Subitamente se aprumou, abriu uma gaveta da sua escrivaninha de tampo corrediço e tirou uma garrafa de uísque.

— Tome um trago — falou.

— Com a sua permissão. Saúde. — Horace enxugou a boca e devolveu a garrafa. — Tem alguma ideia? — perguntou.

O xerife tomou três grandes goles de uísque, arrolhou o gargalo e colocou a garrafa de volta na gaveta antes de responder.

— Temos um condado bem administrado — disse. — Eu me dou bem com os policiais, dou-lhes uma mão quando precisam, e eles me ajudam quando eu preciso. Uma cidade que cresce como Salinas, com forasteiros entrando e saindo o tempo todo, podíamos ter problemas se não acompanhássemos tudo isso bem de perto. Minha administração se dá muito bem com a gente local. — Encarou Horace nos olhos. — Não fique impaciente. Não estou fazendo um discurso. Só quero lhe dizer como as coisas funcionam. Não pressionamos as pessoas. Temos de conviver com elas.

— Fiz algo de errado?

— Não, não fez, Horace. Você fez tudo certo. Se não tivesse vindo até aqui, ou se tivesse trazido o sr. Trask, nós estaríamos numa tremenda confusão. Agora me ouça. Vou lhe contar...

— Estou ouvindo — disse Horace.

— Do outro lado dos trilhos, em Chinatown, existe uma série de bordéis.

— Sei disso.

— Todo mundo sabe. Se fechássemos essas casas, elas simplesmente mudariam de lugar. As pessoas querem essas casas. Ficamos de olho nelas para que nada de ruim aconteça. E as pessoas que dirigem essas casas ficam em contato conosco. Já capturei alguns homens procurados pela lei graças a informações recebidas dali.

Horace disse:

— Julius me contou...

— Espere um minuto. Deixe-me falar tudo o que tenho a falar para não termos de voltar atrás. Há cerca de três meses uma mulher de bela aparência veio me procurar. Queria abrir uma casa aqui e queria fazer a coisa da maneira correta. Veio de Sacramento. Dirigia uma casa lá. Tinha cartas de recomendação de pessoas muito importantes, uma ficha limpa, nunca teve nenhuma encrenca. Uma cidadã exemplar.

— Julius me falou. Uma tal de Faye.

— Exatamente. Bem, ela abriu um belo estabelecimento, discreto, organizado. Já era hora de Jenny e da Preta terem alguma concorrência. Ficaram loucas da vida, mas eu lhes disse exatamente o que disse a você. Já era tempo de terem alguma concorrência.

— Tem um pianista lá.

— Sim, tem. E um bom pianista, um sujeito cego. Escute, vai me deixar contar-lhe esta história?

— Desculpe-me — disse Horace.

— Tudo bem. Sei que sou lento, mas sou meticuloso. De qualquer maneira, Faye acabou se revelando exatamente o que parece ser, uma boa e sólida cidadã. Ora, existe algo que um bordel bom e discreto receia mais do que tudo. Imagine uma garota devassa e fujona que sai de casa e entra para uma casa dessas. O velho dela a encontra e começa a criar uma tremenda confusão. Então as Igrejas entram na história, e também as mulheres da cidade, e em pouco tempo aquele bordel fica com o nome sujo e somos forçados a fechá-lo. Entendeu?

— Sim — disse Horace suavemente.

— Agora não corra à minha frente. Detesto contar uma coisa que o interlocutor já antecipou no seu pensamento. Faye mandou-me um bilhete na noite de domingo. Tem uma garota que ela não sabe avaliar. O que intriga Faye é que a menina parece destas que fugiram de casa, mas é uma prostituta de primeira linha. Conhece todas as respostas e todos os truques. Fui até lá e dei uma olhada. Ela me contou as lorotas de sempre, mas não consegui achar nada de errado nela. É maior de idade e ninguém registrou nenhuma queixa. — Estendeu as mãos. — Bem, aí estamos. O que vamos fazer agora?

— Tem certeza absoluta de que é a sra. Trask?

O xerife disse:

— Olhos bem separados, cabelos amarelos e uma cicatriz na testa e chegou na tarde de domingo.

O rosto choroso de Adam estava na lembrança de Horace.

— Santo Deus! Xerife, vai ter que conseguir outra pessoa para contar a ele. Peço demissão antes disso.

O xerife olhou para o espaço.

— Você diz que ele não sabia o nome dela, nem de onde vinha. Ela realmente o enganou, não foi?

— O pobre-diabo — disse Horace. — O pobre-diabo está apaixonado por ela. Não, por Deus, outra pessoa tem de contar a ele. Eu não consigo.

O xerife se levantou.

— Vamos até o restaurante tomar uma xícara de café.

Caminharam pela rua em silêncio por um tempo.

— Horace — disse o xerife. — Se eu contasse algumas das coisas que sei, este condado miserável viraria fumaça.

— Acho que é verdade.

— Disse que ela teve gêmeos?

— Sim, dois meninos.

— Escute, Horace. Só existem três pessoas no mundo que sabem: ela, você e eu. Vou avisar a ela que se contar vou despachá-la tão rápido para fora deste condado que seu rabo vai queimar. E, Horace, se um dia sentir coceira na língua, antes de contar a alguém, mesmo à sua mulher, pense no que será daqueles meninos ao descobrirem que a mãe deles é uma puta.

[3]

Adam estava sentado na sua cadeira debaixo do carvalho. Seu braço esquerdo se encontrava habilmente preso na tipoia para que não mexesse o ombro. Lee aproximou-se carregando a cesta de roupa. Colocou-a no chão ao lado de Adam e voltou para dentro da casa.

Os gêmeos estavam acordados e os dois olhavam cega e insistentemente para as folhas do carvalho movidas pelo vento. Uma folha seca de carvalho caiu em espiral e pousou na cesta. Adam inclinou-se e a apanhou.

Não ouviu o cavalo de Samuel até que estava quase sobre ele, mas Lee o vira aproximar-se. Trouxe uma cadeira para fora e levou Doxologia para o galpão.

Samuel sentou-se em silêncio e não perturbou Adam olhando ostensivamente para ele, nem o perturbou evitando olhar para ele. O vento refrescou nas copas das árvores e uma rajada agitou os cabelos de Samuel.

— Achei melhor voltar aos poços — disse Samuel em voz baixa.

A voz de Adam ficara enferrujada pela falta de uso.

— Não — disse ele. — Não quero mais poço nenhum. Vou pagar-lhe pelo trabalho que fez.

Samuel se inclinou sobre a cesta e colocou o dedo na pequena palma da mão de um dos gêmeos e os dedos se fecharam e agarraram o dedo.

— Acho que o último mau hábito de que um homem vai abrir mão é o de dar conselhos.

— Não quero conselhos.

— Ninguém quer. É um presente do doador. Execute os movimentos, Adam.

— Que movimentos?

— Faça de conta que está vivo, como numa peça. E depois de algum tempo, um longo tempo, vai ser verdade.

— Por que deveria fazer isso? — perguntou Adam.

Samuel olhava para os gêmeos.

— Você vai passar alguma coisa, não importa o que faça, ou ainda que não faça nada. Mesmo que se mantenha inativo, as ervas daninhas vão crescer, e as sarças. Alguma coisa vai crescer.

Adam não respondeu e Samuel se levantou.

— Vou voltar aqui — disse. — E não uma, ou duas vezes. Faça os movimentos, Adam.

Nos fundos do galpão, Lee segurava Doxologia enquanto Samuel montava.

— Lá vai a sua livraria, Lee — disse ele.

— Ora, ora — disse o chinês. — Talvez eu não a quisesse tanto, na verdade.

19

[1]

Um novo país parece seguir um padrão. Primeiro chegam os desbravadores, fortes, corajosos e um tanto infantis. Sabem cuidar de si mesmos na natureza hostil, mas são ingênuos e desamparados contra os homens e talvez exatamente por isso tenham seguido na frente. Quando as arestas mais ásperas são aparadas na nova terra, homens de negócios e advogados chegam para ajudar no desenvolvimento — resolvendo os problemas de propriedade, geralmente removendo as tentações para si próprios. E por fim chega a cultura, que é diversão, relaxamento, consolo para as dores da vida. E a cultura pode aparecer em qualquer nível, e aparece.

A Igreja e o bordel chegaram simultaneamente ao Oeste distante. E cada um deles ficaria horrorizado ao pensar que era a outra face da mesma moeda. Mas seguramente ambos se destinavam a preencher a mesma finalidade: o canto, a devoção, a poesia das Igrejas tiravam um homem da sua desolação por algum tempo, e igualmente atuavam os bordéis. As Igrejas sectárias chegaram embaladas, petulantes, ousadas e confiantes. Ignorando as leis que regem o pagamento de dívidas contraídas, elas construíram igrejas que não podiam ser pagas nem em cem anos. As seitas lutavam contra o mal, é verdade, mas também lutavam entre si com grande vigor. Lutavam por um detalhe de doutrina. Cada uma achava que todas as outras mereciam ir para o inferno no mesmo saco. E cada uma, apesar de toda a arrogância, trazia consigo a mesma coisa: a Escritura na qual nossa ética, nossa arte, nossa poesia e nossas relações se baseiam. Era preciso um homem arguto para saber onde residia a diferença entre as seitas, mas qualquer um podia ver o que elas tinham em comum. E elas traziam música — talvez não a melhor, mas a forma e a sensação da música. E traziam consciência, ou melhor, cutucavam a consciência adormecida. Não eram puras, mas tinham um potencial de pureza, como uma camisa branca manchada. E qualquer homem podia enriquecer-se interiormente com elas. É bem verdade que o reverendo Billing, quando o pegaram, revelou-se um ladrão, um adúltero, um libertino e um zoófilo, mas isso não muda o fato de que ele havia comunicado algumas coisas boas a um grande número de pessoas receptivas. Billing foi para a cadeia, mas ninguém jamais prendeu as coisas boas que ele havia ensinado. E não importa que os seus motivos fossem impuros. Usara um bom material e parte dele ficou. Cito Billing apenas como um exemplo ultrajante. Os pregadores honestos tinham energia também. Combatiam o demônio, sem trégua, com todas as armas de que dispunham. Pode-se supor que eles proclamavam a verdade e a beleza como uma foca amestrada toca o hino nacional mordendo uma série de buzinas enfileiradas no circo. Mas um pouco da verdade e da beleza permanecia e o hino era reconhecível. As seitas faziam mais do que isso. Construíram a estrutura da vida social no vale do Salinas. A ceia da igreja é o avô dos clubes de campo, assim como a leitura de poesia às terças no porão da sacristia gerou o pequeno teatro.

Enquanto as igrejas, trazendo o doce aroma da fé para a alma, chegavam saltitando e peidando como cavalos de cervejaria, o evangelismo das irmãs, com libertação e alegria para o corpo, insinuava-se silenciosamente à meia-luz, com a cabeça curvada e o rosto coberto.

Todos devem ter visto os cintilantes palácios do pecado e seus fantásticos salões no falso Oeste do cinema, e talvez alguns deles tenham existido — mas não no vale do Salinas. Os bordéis eram discretos, ordeiros e circunspectos. Na verdade, se depois de ter ouvido os gritos de êxtase das conversões histéricas ao ritmo dos acordeões, alguém parasse debaixo da janela de um bordel e escutasse as vozes baixas e discretas, seria levado provavelmente a confundir a identidade dos dois ministérios. O bordel era aceito, embora não fosse admitido.

Vou contar-lhes sobre as solenes cortes do amor em Salinas. Eram quase iguais às de outras cidades, mas a zona do Salinas tem importância para este relato.

Seguindo a rua principal, veríamos que a oeste ela fazia uma curva. Era onde a rua Castroville cruzava a principal. A Castroville hoje se chama rua Market, sabe Deus por quê. As ruas tinham os nomes dos lugares onde iam dar. Se se seguisse pela rua Castroville, quinze quilômetros depois chegaríamos a Castroville; a Alisal desembocaria em Alisal, e assim por diante.

De qualquer maneira, quando se chegava à Castroville, dobrávamos à direita. Dois quarteirões adiante, os trilhos da Southern Pacific cortavam a rua diagonalmente seguindo para o sul e uma outra rua cruzava a Castroville de leste a oeste. E, pela minha vida, não consigo lembrar o nome dessa rua. Se virássemos à esquerda nessa rua e atravessássemos os trilhos, estaríamos em Chinatown. Se virássemos à direita, estaríamos na zona.

Era uma rua de lama preta, coberta de lodo reluzente no inverno e duro como ferro no verão. Na primavera, um capim alto crescia às margens — aveia brava, malva e mostarda amarela misturadas. De manhãzinha, os pardais piavam sobre o esterco de cavalo na rua.

Lembram-se de ter ouvido isso, meus velhos? Lembram como uma brisa do leste trazia os odores de Chinatown, porco assado, cogumelos, tabaco prèto e yen shi? E estão lembrados da batida possante do grande gongo do templo chinês, e como seu som permanecia no ar por tanto tempo?

Lembram-se, também, das pequenas casas sem pintura e caindo aos pedaços? Pareciam muito pequenas e tentavam se apagar no abandono exterior, e os jardins da frente tomados pelo mato buscavam escondê-las da rua. Lembram como as persianas estavam sempre fechadas e pequenas faixas de luz amarela saíam pelos lados? Só se podia ouvir um murmúrio vindo de dentro. Então a porta da frente se abria para admitir um rapaz do campo, ouvíamos risadas e às vezes o som suave e sentimental de um piano aberto com um pedaço de corrente de latrina nas cordas. Depois, a porta voltava a se fechar.

Podiam-se ouvir os cascos dos cavalos na rua suja e Pet Bulene encostava com sua charrete de aluguel na porta da frente e quatro ou cinco homens corpulentos desciam — homens importantes, ricos ou altos funcionários, banqueiros talvez, ou o bando do tribunal. E Pet dava a volta no quarteirão e instalava-se no seu coche para esperá-los. Grandes gatos saltavam através da rua e desapareciam no capinzal alto.

E então — estão lembrados? — o apito do trem, o forte facho de luz, e um trem de carga atravessava ruidosamente a Castroville e entrava em Salinas e podia-se ouvi-lo suspirando na estação. Lembram-se?

Toda cidade tem suas madames de bordel célebres, mulheres eternas para serem evocadas sentimentalmente ao longo dos anos. Existe algo de muito atraente numa madame para um homem. Ela combina o cérebro de um homem de negócios, a dureza de um boxeador campeão, o calor de uma companheira, o humor de uma atriz trágica. Mitos se acumulam em torno dela e, estranhamente, não são mitos voluptuosos. As histórias lembradas e repetidas em relação a uma madame cobrem toda área, exceto a cama. Desfilando lembranças, seus velhos clientes a retratam como filantropa, autoridade médica, leão-de-chácara e poetisa das emoções do corpo sem se envolver nelas.

Durante vários anos, Salinas havia abrigado dois destes tesouros: Jenny, às vezes chamada de Jenny Peidorreira, e a Preta, que era dona do Long Green e o dirigia. Jenny era uma boa companheira, sabia guardar segredos e fazia empréstimos sigilosos. Existe todo um folclore sobre ela em Salinas.

A Preta era uma mulher bonita e austera com cabelos brancos como a neve e uma dignidade escura e respeitável. Seus olhos castanhos, meditativos e profundos, olhavam para um mundo feio com pesar filosófico. Administrava sua casa como uma catedral dedicada ao triste, mas ereto Priapo. Se você queria dar boas risadas e levar um cutucão nas costelas, ia até o Jenny's e não se arrependia do dinheiro investido; mas se sofria daquela doce tristeza do mundo que faz aflorar lágrimas na sua imutável solidão, então o Long Green era o seu lugar. Quando você saía de lá, sentia que algo bastante sério e importante tinha acontecido. Não era uma brincadeira leviana. Os olhos da Preta ficavam na sua lembrança durante dias.

Quando Faye veio de Sacramento e abriu sua casa, houve uma onda de animosidade da parte das duas ameaçadas. Elas se uniram para expulsar Faye, mas depois descobriram que ela não era uma concorrente de fato.

Faye era do tipo maternal, seios grandes, quadris largos, e calorosa. Era um ombro amigo, uma mulher que acalmava e dava carinho. O sexo de ferro da Preta e a bacanal de taverna de Jenny tinham os seus devotos, e não foram perdidos para Faye. Sua casa tornou-se o refúgio de jovens saindo da puberdade, lamentando a virtude perdida e ansiando por perdê-la ainda mais. Faye era a consoladora de maridos frustrados. Sua casa oferecia a compensação pelas mulheres frígidas. Era a cozinha cheirando a canela como a de nossas avós. Se algo de natureza sexual acontecia na casa de Faye, você achava que era um acidente perdoável. Sua casa conduzia os jovens de Salinas pelo espinhoso caminho do sexo da maneira mais leve e suave. Faye era uma mulher agradável, não muito inteligente, moralista e se chocava facilmente. As pessoas confiavam nela e ela confiava em todo mundo. Ninguém desejaria magoar Faye depois de conhecê-la. Não competia com ninguém. Era uma terceira fase.

Assim como numa loja ou numa fazenda os empregados são a imagem do patrão, também num bordel as garotas se parecem muito com a madame, em parte porque ela contrata seu tipo certo de garota, em parte porque uma boa madame imprime sua personalidade ao negócio. Você podia ficar muito tempo no Faye's antes de ouvir pronunciarem um palavrão ou algo malicioso. As idas e vindas aos quartos, os pagamentos, eram tão suaves e casuais que pareciam incidentais. No balanço geral, ela dirigia uma casa de alta qualidade, como a polícia e o xerife sabiam. Faye dava grandes contribuições à caridade. Tendo repulsa à doença, ela pagava o exame médico regular de suas garotas. Você tinha menos chance de contrair uma dificuldade no Faye's do que com a sua professora da escola dominical. Faye logo se tornou uma cidadã sólida e prestigiada na próspera cidade de Salinas.

[2]

A garota Kate intrigava Faye — era tão jovem e bonita, tão refinada, tão bem-educada. Faye levou-a ao seu próprio quarto inviolável e interrogou-a muito mais a fundo do que faria se Kate fosse outro tipo de garota. Sempre havia mulheres batendo à porta de um bordel e Faye reconhecia a maioria instantaneamente. Podia avaliá-las — preguiçosas, vingativas, lascivas, insatisfeitas, cobiçosas, ambiciosas. Kate não se encaixava em nenhuma dessas classes.

— Espero que não se incomode por eu lhe fazer todas estas perguntas — disse ela. — É que me parece estranho ter vindo aqui. Ora, você poderia conseguir um marido, uma carruagem e uma casa na cidade sem nenhuma dificuldade, nenhuma dificuldade mesmo.

E Faye rolava sua aliança sem parar no seu dedo mindinho gordo.

Kate sorriu timidamente.

— É tão difícil explicar. Espero que não insista em querer saber. A felicidade de uma pessoa muito chegada a mim está em jogo. Por favor, não me pergunte.

Faye balançou solenemente com a cabeça.

— Não é novidade para mim. Tive uma garota que sustentava o seu bebê e ninguém ficou sabendo por muito, muito tempo. Aquela garota tem uma bela casa e um marido em... puxa, quase lhe contei onde. Cortaria minha língua antes de contar. Você tem um filho, querida?

Kate olhou para baixo a fim de esconder o brilho das lágrimas em seus olhos. Quando não podia mais controlar sua garganta, sussurrou:

— Desculpe, mas não posso falar nisso.

— Está bem. Está bem. Fique à vontade.

Faye não era inteligente, mas estava longe de ser burra. Foi até o xerife e esclareceu tudo. Não tinha sentido correr riscos. Sabia que havia algo de errado com Kate, mas, se não prejudicasse a casa, realmente não era da conta de Faye.

Kate podia ser uma vigarista, mas não era. Pôs-se a trabalhar imediatamente. E quando os clientes voltam repetidamente e perguntam por uma garota pelo seu nome, algo está acontecendo. Um rosto bonito não basta para isso. Era bem aparente para Faye que Kate estava aprendendo um novo ofício.

Existem duas coisas que é bom saber a respeito de uma nova garota: primeira, ela vai dar certo? E, segunda, vai se dar bem com as outras garotas? Nada é capaz de perturbar mais uma casa do que uma garota de mau temperamento.

Faye não precisou pensar muito na segunda questão. Kate fez todo esforço para ser agradável. Ajudava as outras garotas a manterem seus quartos limpos. Cuidava delas quando estavam doentes, ouvia seus problemas, aconselhava-as em matéria de amor e, assim que conseguiu dinheiro, emprestava-lhes algum. Não se podia querer melhor garota. E ela se tornou a maior amiga de todos na casa.

Não havia problema que Kate não enfrentasse, nem trabalho duro que recusasse e, além do mais, contribuía para os negócios. Logo tinha seu próprio grupo de clientes regulares. Kate era atenciosa também. Lembrava-se dos aniversários e tinha sempre um presente e um bolo com velas. Faye percebeu que possuía um tesouro.

As pessoas que não sabem das coisas acham que é fácil ser dona de bordel — basta sentar-se numa poltrona grande, beber cerveja e pegar a metade do dinheiro que as garotas ganham, é o que imaginam. Mas não é nada assim. É preciso alimentar as garotas — isso significa mantimentos e um cozinheiro. Seus problemas de lavanderia são bem mais complicados do que os de um hotel. Precisa manter as garotas bem e tão felizes quanto possível e algumas delas podem se tornar intratáveis. Tem de manter o suicídio num patamar mínimo, e prostitutas, particularmente as que envelhecem, costumam ser levianas com uma navalha na mão, o que pode sujar o nome da casa.

Não é tão fácil e, se você desperdiçar muito, pode-se perder dinheiro. Quando Kate se ofereceu para ajudar nas compras e no planejamento das refeições, Faye ficou contente, embora não soubesse como a garota arranjava tempo. Não só a comida melhorou, como as contas do armazém diminuíram em um terço no primeiro mês que Kate assumiu. E a lavanderia — Faye não sabe o que Kate disse ao homem, mas a conta de repente caiu em vinte e cinco por cento. Faye não via como poderia se dar bem no negócio sem Kate.

No final da tarde, antes do início das atividades, elas sentavam-se no quarto de Faye e tomavam chá. O aposento estava muito mais simpático depois que Kate pintara o madeiramento e colocara cortinas rendadas. As garotas começaram a perceber que havia duas patroas, não uma, e ficaram contentes porque era muito fácil lidar com Kate. Ela as incentivava a variar mais nos truques do ofício, mas não era mandona. Na maioria das vezes aceitavam tudo com uma grande risada.

Passado um ano, Faye e Kate eram como mãe e filha. E as garotas diziam: "Tome cuidado, ela vai ser a dona desta casa um dia."

As mãos de Kate estavam sempre ocupadas, geralmente em bordados nos mais finos lenços. Sabia fazer as mais belas iniciais. Quase todas as garotas usavam e valorizavam os seus lenços.

Aos poucos, algo de perfeitamente natural aconteceu. Faye, a essência da maternidade, começou a pensar em Kate como sua filha. Sentia isso no coração e em suas emoções, e sua moralidade natural acabou se impondo. Não queria que sua filha fosse prostituta. Era um resultado perfeitamente lógico.

Faye pensou muito em como abordaria o assunto. Era um problema. Fazia parte da natureza de Faye abordar qualquer assunto obliquamente. Não podia dizer: "Quero que deixe de ser prostituta."

Ela falou:

— Se é um segredo, não responda, mas sempre quis lhe perguntar. O que foi que o xerife lhe disse... meu bom Deus, já faz um ano isso? Como o tempo corre! Mais rápido à medida que se envelhece, eu acho. Ele ficou quase uma hora com você. Ele não... claro que não. É um homem de família. Frequenta o Jenny's. Mas não quero me imiscuir nos seus assuntos.

— Não há segredo nenhum em relação a isso — disse Kate. — Eu teria lhe contado. Ele me disse que eu devia ir para casa. Foi muito bondoso. Quando expliquei que não podia, foi gentil e compreensivo.

— Explicou-lhe por quê? — perguntou Faye, enciumada.

— Claro que não. Acha que contaria a ele o que não vou contar a você? Não seja boba, querida. Você é uma garotinha tão engraçada.

Faye sorriu e se aconchegou contente em sua poltrona.

O rosto de Kate estava em repouso, mas ela se lembrava de cada palavra daquela entrevista. A propósito, até que gostou do xerife. Ele era direto.

[3]

Ele havia fechado a porta do quarto dela depois de vasculhá-lo rapidamente com os olhos aguçados de um bom policial — nenhuma fotografia, nenhum dos objetos pessoais que identificam, nada além de roupas e sapatos.

Estava sentado na pequena cadeira de balanço de vime dela e suas nádegas pendiam de cada lado. Seus dedos se uniram em conferência, conversando um com o outro como formigas. Ele falou num tom sem emoção, quase como se não estivesse muito interessado no que estava dizendo. Talvez tenha sido isso o que a impressionou.

A princípio, ela assumiu seu ar recatado e ligeiramente estúpido, mas depois de algumas palavras desistiu e o perfurou com os olhos, tentando ler seus pensamentos. Ele não a encarava nos olhos, nem os evitava. Mas podia sentir que a inspecionava enquanto ela o inspecionava. Sentiu o seu olhar percorrer a cicatriz na sua testa quase como se a tivesse tocado.

— Não quero fazer um registro — disse ele calmamente. — Já estou no cargo há muito tempo. Mais um mandato será suficiente. Sabe, minha jovem, se isso fosse há quinze anos eu faria uma investigação e acho que encontraria algo realmente desagradável.

Esperou alguma reação, mas ela não protestou. Ele acenou com a cabeça lentamente.

— Não quero saber — disse. — Quero paz neste condado, todo tipo de paz, e isso significa as pessoas dormirem em paz à noite. Não conheci o seu marido. — Neste momento ela percebeu que ele notou o leve movimento dos seus músculos retesados. — Ouvi dizer que é um homem muito bom.

Ouvi dizer também que ele foi baleado. — Encarou-a nos olhos por um momento. — Não quer saber até que ponto o feriu?

— Sim — disse ela.

— Bem, ele vai ficar bom. Teve o ombro esfacelado, mas vai ficar bom. Aquele china está cuidando muito bem dele. Claro que não acho que vá poder levantar nada com o braço esquerdo durante um bom tempo. Um .44 faz um estrago e tanto num homem. Se o china não tivesse voltado, teria sangrado até morrer, e você estaria comigo na cadeia.

Kate prendia o fôlego, esperando qualquer indicação do que viria a seguir, mas não ouvia nenhuma indicação.

— Sinto muito — disse em voz baixa.

Os olhos do xerife ficaram alertas.

— Esta foi a primeira vez em que cometeu um erro — disse ele. — Não sente nada. Conheci alguém como você uma vez, eu o enforquei há doze anos na frente da cadeia do condado. Costumávamos fazer isso por aqui.

O pequeno quarto com sua cama de mogno, sua pia com tampo de mármore, com a bacia e o jarro e uma porta para o urinol, seu papel de parede repetindo pequenas rosas interminavelmente — pequenas rosas — o pequeno quarto estava em silêncio, todo som esvaziado dele.

O xerife olhava uma estampa de três querubins — apenas cabeças, de cabelos cacheados, olhos límpidos, com asas do tamanho de asas de pombos, asas crescendo no local onde estariam seus pescoços. Franziu a testa.

— É um quadro engraçado para um bordel — disse.

— Já estava aqui — disse Kate. Aparentemente, as preliminares haviam acabado.

O xerife se aprumou, separou os dedos e segurou os braços da cadeira. Até suas nádegas entraram um pouco.

— Você abandonou dois bebês — disse. — Dois meninos. Acalme-se. Não vou tentar obrigá-la a voltar. Acho até que me esforçaria para impedir que voltasse. Creio que a conheço. Poderia levá-la até a divisa do condado e fazer com que o xerife seguinte a levasse à divisa seguinte e isso continuaria até você ser empurrada para dentro do oceano Atlântico. Mas não quero fazer isso. Não me importa como viva, contanto que não me crie nenhum problema. Uma puta é uma puta.

Kate respondeu tranquilamente.

— O que quer?

— Muito bem, é assim que se fala — disse o xerife. — Eis o que quero. Notei que mudou de nome. Quero que conserve seu novo nome. Acho que inventou algum lugar de origem, bem, foi daí mesmo que você veio. E o seu motivo, em que talvez fale quando está embriagada, mantenha o seu motivo a três mil quilômetros de King City.

Ela sorria um pouco e não era um riso forçado. Começava a confiar no homem e a gostar dele.

— Uma coisa em que pensei — disse ele. — Conheceu muitas pessoas em King City?

— Não.

— Eu soube da agulha de tricô — falou casualmente. — Bem, poderia acontecer de alguém que você conhece viesse parar aqui. Esta é a cor verdadeira dos seus cabelos?

— Sim.

— Tinja de preto por uns tempos. Muita gente fica parecendo outra pessoa.

— E quanto a isto? — Ela tocou sua cicatriz com um dedo fino.

— Bem, é apenas uma... qual é mesmo a palavra? Qual é a maldita palavra? Eu a tinha na ponta da língua esta manhã.

— Coincidência?

— É isso, uma coincidência.

Parecia encerrado para ele. Pegou tabaco e papel e enrolou um cigarro esquisito e encaroçado. Riscou um fósforo e o segurou até que a chama azul amarelasse. Seu cigarro queimou de lado.

Kate disse:

— Não há uma ameaça? Quero dizer, o que vai fazer se eu...

— Não, não há. Acho que eu poderia pensar em algo bem maldoso, se fosse o caso. Não, não quero que você, o que é, o que faz e o que diz, magoe o sr. Trask ou seus meninos. Imagine que morreu e agora é outra pessoa e nos daremos bem.

Levantou-se e foi até a porta, depois se virou.

— Tenho um filho que vai fazer vinte anos. Um rapaz grande, bonitão, com um nariz quebrado. Todo mundo gosta dele. Não o quero aqui. Vou avisar Faye também. Deixem que ele vá ao Jenny's. Se vier aqui, mandem--no para o Jenny's.

Fechou a porta atrás de si. Kate sorriu olhando para os seus dedos.

[4]

Faye se revirou na poltrona para pegar um doce recheado de nozes. Falou com a boca cheia. Kate imaginou apreensiva se ela sabia ler pensamentos, pois Faye disse:

— Ainda não gosto deles. Disse na época e digo agora. Gostava mais dos seus cabelos louros. Não sei o que lhe deu na cabeça de mudá-los. Você tem a pele clara.

Kate apanhou um único fio de cabelo entre as unhas do polegar e do indicador e arrancou-o delicadamente. Era muito esperta. Contou a melhor mentira de todas — a verdade.

— Não queria contar-lhe — disse. — Receava ser reconhecida e que isso magoasse alguém.

Faye se levantou da poltrona, foi até Kate e beijou-a.

— Que boa menina você é — disse. — Como é atenciosa, querida.

Kate falou:

— Vamos tomar chá. Eu vou buscar.

Saiu do quarto e no corredor a caminho da cozinha limpou o beijo da sua bochecha com as pontas dos dedos.

De volta à poltrona, Faye pegou um pedaço de doce com uma noz inteira aparecendo. Colocou-o na boca e mordeu um pedaço de casca de noz. O fragmento afiado e pontudo penetrou na cavidade de um dente e tocou no nervo. Luzes azuis de dor percorreram seu corpo. Sua testa cobriu-se de suor. Quando Kate voltou com o bule e as xícaras numa bandeja, Faye estava remexendo na boca com um dedo entortado e choramingando de agonia.

— O que foi? — gritou Kate.

— Dente, uma casca de noz.

— Vamos, deixe-me ver. Abra e aponte.

Kate olhou para dentro da boca aberta e foi até a mesa pegar um palito. Numa fração de segundo havia retirado a casca e a segurava na palma da mão.

— Aqui está.

O nervo parou de reclamar e a dor diminuiu, ficando apenas um formigamento.

— Pequeno assim? Parecia uma casa. Escute, querida — disse Faye. — Abra aquela segunda gaveta onde estão meus remédios. Traga o paregórico e um pedaço de algodão. Pode me ajudar a cuidar deste dente?

Kate trouxe o frasco e enfiou uma pequena bola de algodão saturado na cavidade do dente com a ponta do palito.

— Acho que devia extraí-lo.

— Eu sei. É o que vou fazer.

— Tenho três dentes faltando deste lado.

— Ora, nem dá para notar. Esta coisa me deixou toda trêmula. Traga-me o Pinkham, por favor.

Serviu uma dose do reconstituinte à base de ervas e suspirou de alívio.

— É um remédio fabuloso — disse. — A mulher que inventou isso é uma santa.

20

[1]

Era uma tarde agradável. O pico de Frémont estava iluminado num tom rosa pelo sol poente e Faye podia vê-lo da sua janela. Da rua Castroville vinha o doce som dos sinos de uma junta de oito cavalos transportando cereais da serrania. O cozinheiro batalhava com as panelas na cozinha. Ouviu um leve roçar na parede e depois uma suave batida na porta.

— Entre, Olho-de-Algodão — disse Faye.

A porta se abriu e o pequeno e encurvado pianista de olhos opacos ficou na entrada, esperando por um som que lhe dissesse onde estava.

— O que você quer? — perguntou Faye.

Virou-se para ela.

— Não me sinto bem, srta. Faye. Queria enfiar-me na minha cama e não tocar esta noite.

— Ficou doente duas noites na semana passada, Olho-de-Algodão. Não gosta do seu trabalho?

— Não estou passando bem.

— Está bem. Mas gostaria que se cuidasse mais.

Kate falou baixinho.

— Deixe o cachimbo de ópio em paz por umas duas semanas, Olho--de-Algodão.

— Ah, srta. Kate. Não sabia que estava aqui. Não tenho fumado.

— Tem fumado, sim — disse Kate.

— Sim, srta. Kate, com certeza vou deixar. Não me sinto bem.

Fechou a porta e podiam ouvir sua mão roçando ao longo da parede para guiá-lo.

Faye falou:

— Ele me disse que tinha parado.

— Não parou.

— Pobre coitado — disse Faye. — Não tem muitos motivos para viver.

Kate se postou à frente dela.

— Você é tão boa — disse. — Acredita em todo mundo. Um dia, se não tomar cuidado, ou se eu não tomar cuidado por você, alguém vai roubar o telhado da casa.

— Quem desejaria roubar de mim? — perguntou Faye.

Kate colocou a mão nos ombros gorduchos de Faye.

— Nem todo mundo é bonzinho como você.

Os olhos de Faye brilharam com lágrimas. Pegou um lenço da poltrona ao seu lado, enxugou os olhos e passou-o delicadamente pelas narinas.

— Você é como se fosse minha própria filha, Kate — afirmou.

— Estou começando a acreditar que sou. Não cheguei a conhecer minha mãe. Morreu quando eu era pequena.

Faye respirou fundo e mergulhou no assunto.

— Kate, não gosto de ver você trabalhando aqui.

— Por que não?

Faye sacudiu a cabeça tentando encontrar palavras.

— Não tenho vergonha. Dirijo uma boa casa. Se não o fizesse, talvez outra pessoa dirigiria uma casa ruim. Não faço mal a ninguém. Não tenho vergonha.

— Por que deveria ter? — perguntou Kate.

— Mas não gostaria de vê-la trabalhando. Simplesmente não gosto. Você é como se fosse minha filha. Não gosto de ver minha filha trabalhando.

— Não seja tola, querida — disse Kate. — Preciso trabalhar, aqui ou em qualquer outro lugar. Eu lhe disse. Preciso do dinheiro.

— Não, não precisa.

— Claro que preciso. Onde mais poderia consegui-lo?

— Você poderia ser minha filha. Poderia administrar a casa. Poderia cuidar das coisas para mim e não subir ao primeiro andar. Eu nem sempre estou passando bem, você sabe.

— Eu sei, pobre querida. Mas preciso do dinheiro.

— Tem bastante para nós duas, Kate. Eu podia lhe dar tanto quanto ganha ou mais e valeria a pena.

Kate sacudiu a cabeça com pesar.

— Eu amo você — disse. — E gostaria de poder fazer o que você quer. Mas precisa da sua pequena reserva e eu... bem, e supondo que algo lhe acontecesse? Não, eu preciso continuar trabalhando. Sabe, querida, que tenho cinco clientes esta noite?

Uma onda de choque abalou Faye.

— Não quero que trabalhe.

— Eu preciso, mãe.

A palavra funcionou. Faye irrompeu em lágrimas e Kate sentou-se no braço da sua poltrona, acariciou-lhe as faces e enxugou seus olhos lacrimosos. O acesso de choro encerrou-se com uma fungada.

A noite caía profundamente no vale. O rosto de Kate era um foco de luz debaixo dos seus cabelos escuros.

— Agora que você está bem, vou dar uma olhada na cozinha e depois me vestir.

— Kate, não pode dizer aos seus clientes que está doente?

— Claro que não, mãe.

— Kate, é quarta-feira. Provavelmente não vai haver ninguém após uma hora.

— Os Lenhadores do Mundo estão tendo um encontro.

— Ah, sim. Mas numa quarta-feira os lenhadores não vão aparecer aqui depois das duas.

— O que está querendo insinuar?

— Kate, depois que fechar, bata à minha porta. Tenho uma pequena surpresa para você.

— Que tipo de surpresa?

— Ah, uma surpresa secreta! Pode pedir ao cozinheiro para vir aqui quando passar pela cozinha?

— Parece uma surpresa com bolo.

— Não faça perguntas, querida. É uma surpresa.

Kate beijou-a.

— Como você é querida, mãe.

Depois de fechar a porta atrás de si, Kate parou por um momento no corredor. Seus dedos acariciaram seu pequeno queixo pontudo. Seus olhos estavam calmos. Então estendeu os braços sobre a cabeça e esticou o corpo num bocejo luxurioso. Correu as mãos lentamente pelo corpo, debaixo dos seios até os quadris. Os cantos de sua boca se ergueram um pouco e ela caminhou até a cozinha.

[2]

Os poucos fregueses entravam e saíam e dois caixeiros-viajantes caminhavam diante da fileira de mulheres para dar uma olhada, mas nenhum Lenhador do Mundo apareceu. As garotas ficaram sentadas no salão bocejando até as duas da manhã, esperando.

A ausência dos lenhadores se deveu a um triste acidente. Clarence Monteith teve um ataque do coração no meio do ritual de encerramento e antes da ceia. Deitaram-no no tapete e molharam sua testa até o médico chegar. Ninguém teve vontade de sentar-se para a ceia de rosquinhas. Depois que o dr. Wilde chegou e examinou Clarence, os lenhadores fizeram uma padiola colocando paus de bandeira através das mangas de dois capotes. A caminho de casa, Clarence morreu e tiveram de chamar o dr. Wilde de novo. Após fazerem planos para o enterro e escreverem uma nota para o *Salinas Journal*, ninguém tinha mais ânimo para ir a um bordel.

No dia seguinte, quando descobriram o que tinha acontecido, todas as garotas se lembraram do que Ethel dissera às dez para as duas.

— Meu Deus! — tinha dito Ethel. — Nunca vi isso aqui tão quieto. Sem música e o gato comeu a língua de Kate. É como estar velando um cadáver.

Depois, Ethel ficou impressionada por ter dito aquilo — quase como se soubesse.

Grace disse:

— Queria saber qual foi o gato que comeu a língua de Kate. Não está se sentindo bem? Kate... eu perguntei se não está se sentindo bem.

Kate teve um sobressalto.

— Ah! Acho que estava pensando em outra coisa.

— Bem, eu não — falou Grace. — Estou com sono. Por que não fechamos a casa? Vou perguntar a Faye se podemos fechar. Não vai aparecer nem um china esta noite. Vou perguntar a Faye.

A voz de Kate interrompeu-a.

— Deixe Faye em paz. Ela não está bem. Vamos fechar às duas.

— Aquele relógio está errado — disse Ethel. — O que é que Faye tem?

— Acho que era nisso em que eu estava pensando. Faye não está bem. Ando terrivelmente preocupada com ela. Ela esconde o que sente, até onde pode.

— Pensei que estivesse bem — disse Grace.

Ethel acertou na mosca de novo.

— Pois para mim ela não anda com uma cara boa. Tem tido uns acessos de febre. Eu notei.

Kate falou bem baixinho.

— Por favor, garotas, não deixem ela saber que lhes contei. Ela não gostaria que se preocupassem. É tão boa!

— A melhor casa em que já fodi — disse Grace.

Alice falou:

— É melhor não deixar que ela ouça você falando palavrões.

— Porra! — exclamou Grace. — Ela conhece todos os palavrões.

— Mas não gosta de ouvir palavrões... não ditos por nós.

Kate falou com paciência:

— Quero contar-lhes o que aconteceu. Eu estava tomando chá com Faye neste finzinho de tarde e ela desmaiou. Gostaria que ela fosse a um médico.

— Notei que ela estava corada e febril — repetiu Ethel. — Aquele relógio está errado, mas esqueci se está adiantado ou atrasado.

Kate disse:

— Garotas, vão para a cama. Vou fechar a casa.

Depois que elas saíram, Kate foi ao seu quarto e colocou o vestido estampado novo que a fazia parecer uma menina. Escovou os cabelos e fez uma trança grande que deixou pender sobre a nuca num rabo-de-cavalo grosso, preso com um pequeno laço branco. Aspergiu água-de-colônia nas faces. Por um momento hesitou e então, da gaveta superior da cômoda, tirou um pequeno relógio de ouro que pendia de um broche em flor de lis. Embrulhou-o num de seus lenços finos e saiu do quarto.

O corredor estava muito escuro, mas uma fresta de luz aparecia debaixo da porta de Faye. Kate bateu suavemente na porta.

Faye falou:

— Quem é?

— É Kate.

— Não entre ainda. Espere aí fora. Eu lhe digo quando pode entrar.

Kate ouviu um farfalhar e arrastar de coisas no quarto. Então Faye disse:

— Muito bem. Entre.

O quarto estava decorado. Lanternas japonesas com velas acesas pendiam de varas de bambu nos cantos e papel crepom vermelho enrolado em espirais formava festões que iam do centro para os cantos, dando uma impressão de tenda. Na mesa, com castiçais ao seu redor, havia um grande bolo branco e uma caixa de chocolates e ao lado deles uma cesta com uma garrafa de champanhe emergindo do gelo picado. Faye usava seu melhor vestido de renda e seus olhos cintilavam de emoção.

— Mas o que é isso, meu Deus do céu? — gritou Kate e fechou a porta. — Ora, parece uma festa.

— É uma festa. É uma festa para minha filha querida.

— Mas não é o meu aniversário.

Faye disse:

— De certo modo talvez seja.

— Não sei o que quer dizer com isso. Mas eu lhe trouxe um presente. — E ela colocou o lenço dobrado no colo de Faye. — Abra cuidadosamente — disse.

Faye ergueu o relógio.

— Ah, minha querida, minha querida! Criança maluca! Não, não posso aceitar.

Ela abriu o mostrador e depois abriu as costas do relógio com a unha. Estava gravado: "Para C. com todo o meu coração de A."

— Era o relógio da minha mãe — disse Kate suavemente. — Gostaria de dá-lo à minha nova mãe.

— Minha filha querida! Minha filha querida!

— Minha mãe ficaria feliz.

— Mas esta é a minha festa. Tenho um presente para minha filha querida, mas vou ter de fazê-lo à minha própria maneira. Vamos, Kate, abra a garrafa de champanhe e sirva duas taças enquanto eu corto o bolo. Quero que seja uma coisa chique.

Quando tudo estava pronto, Faye sentou-se na sua cadeira diante da mesa. Levantou a taça:

— À minha nova filha, que tenha uma longa vida e muita felicidade.

Depois de beberem, Kate brindou:

— À minha mãe.

Faye disse:

— Você vai me fazer chorar. Não me faça chorar. Em cima da cômoda, querida. Traga a pequena caixa de mogno. Sim, é esta mesma. Agora coloque-a sobre a mesa e abra.

Dentro da caixa polida havia um papel branco enrolado e atado com uma fita vermelha.

— O que será isto? — perguntou Kate.

— É o meu presente para você. Abra.

Kate desatou a fita vermelha com muito cuidado e desenrolou o canudo de papel. Estava escrito elegantemente com letras sombreadas e cuidadosamente redigido e testemunhado pelo cozinheiro.

"Todos os meus bens terrenos, sem exceção, vão para Kate Albey porque eu a considero minha filha."

Era simples, direto e legalmente irrepreensível. Kate leu três vezes, conferiu a data, estudou a assinatura do cozinheiro. Faye observou-a e seus lábios se abriram em expectativa. Quando os lábios de Kate se moviam, enquanto lia, os lábios de Faye também se moviam.

Kate enrolou o papel e atou a fita ao redor dele, colocou-o na caixa e fechou a tampa. Sentou-se na sua cadeira.

Faye disse finalmente:

— Está contente?

Os olhos de Kate pareciam mergulhar além dos olhos de Faye — penetrar no cérebro além dos olhos. Kate disse em voz baixa:

— Estou tentando me segurar, mãe. Não sabia que alguém podia ser tão bom. Receio que, se disser algo precipitado ou me aproximar de você, eu possa desabar.

Foi mais dramático do que Faye previra, quieto e eletrizante. Faye disse:

— É um presente engraçado, não acha?

— Engraçado? Não, não é engraçado.

— Quero dizer que um testamento é um presente estranho. Mas significa mais do que isso. Agora que é minha filha de verdade, posso contar-lhe. Eu... não, nós temos dinheiro e ações num valor superior a sessenta mil dólares. Na minha escrivaninha tenho anotações de contas e cofres de segurança para depósitos. Vendi a casa em Sacramento por um preço muito bom. Por que está tão silenciosa, minha criança? Algo a preocupa?

— Um testamento lembra a morte. Isso me abalou.

— Mas todo mundo deveria fazer um testamento.

— Eu sei, mãe. — Kate sorriu pesarosamente. — Um pensamento me passou pela cabeça. Pensei em todos os seus parentes vindo aqui raivosos para contestar um testamento como este. Não pode fazer isso.

— Minha pobre criança, é isso que a está aborrecendo? Não tenho parentes. Pelo que sei, não tenho um só parente. E se tivesse, quem saberia? Acha que é a única que guarda segredos? Acha que eu uso o meu nome de nascimento?

Kate encarou Faye longamente nos olhos.

— Kate — gritou ela. — Kate, é uma festa. Não fique triste! Não fique gelada!

Kate levantou-se, puxou suavemente a mesa de lado e sentou-se no chão. Colocou o rosto no joelho de Faye. Seus dedos esguios acompanharam um fio de ouro na saia através de sua estamparia intrincada de folhas. E Faye acariciou as faces e os cabelos de Kate e tocou em suas orelhas estranhas. Timidamente os dedos de Faye exploraram as bordas da cicatriz.

— Acho que nunca me senti tão feliz na vida — disse Kate.

— Minha querida. Você me faz feliz também. Mais feliz do que jamais me senti. Agora não me sinto sozinha. Agora me sinto segura.

Kate tocou delicadamente o fio dourado com as suas unhas.

Ficaram sentadas no calor por um longo tempo antes que Faye se mexesse.

— Kate — disse ela. — Estamos nos esquecendo. É uma festa. Esquecemos da bebida. Sirva, querida. Vamos fazer uma pequena comemoração.

Kate falou, apreensiva.

— Precisamos disso, mesmo, mãe?

— É bom. Por que não? Gosto de beber um pouco. Limpa o veneno da gente. Não gosta de champanhe, Kate?

— Bem, nunca bebi muito. Não me faz bem.

— Bobagem. Sirva, querida.

Kate se levantou do chão e encheu as taças.

Faye disse:

— Vamos, beba. Estou de olho em você. Não vai deixar uma velha senhora fazer o papel de boba sozinha.

— Você não é uma velha senhora, mãe.

— Não fale, beba. Não vou tocar na minha taça enquanto a sua não estiver vazia.

Ergueu a taça até que Kate esvaziou a sua e então virou num gole.

— Bom, isso é mesmo bom — disse. — Encha de novo. Vamos, querida, até o fundo. Depois de duas ou três taças as coisas ruins desaparecem.

A química de Kate gritava contra o champanhe. Ela se lembrava, e tinha medo.

Faye falou:

— Deixe-me ver o fundo da taça, filha, isso. Está vendo como é bom? Encha de novo.

A transição tomou conta de Kate quase imediatamente depois da segunda taça. Seu medo evaporou, seu medo de qualquer coisa desapareceu. Era o que ela receava, e agora era tarde demais. O álcool havia forçado uma passagem através de todas as barreiras, defesas e burlas e ela não se importava. A coisa que aprendera a encobrir e controlar estava perdida. Sua voz ficou aguda e sua boca afinou. Seus olhos bem separados se apertaram e tornaram-se vigilantes e sardônicos.

— Agora você bebe, mãe, enquanto eu observo — disse. — Isso, assim, querida. Aposto que não é capaz de beber duas taças sem ter de parar.

— Não me desafie, Kate. Você vai perder. Posso beber seis taças sem parar.

— Quero só ver isso.

— Se eu beber, você também bebe?

— Claro.

A competição começou e uma poça de champanhe espalhou-se pela toalha e o líquido foi diminuindo no garrafão.

Faye abafou uma risadinha.

— Quando eu era garota... podia contar-lhe histórias em que talvez você não acreditasse.

Kate disse:

— Eu poderia contar histórias em que ninguém acreditaria.

— Você? Não seja tola. Não passa de uma criança.

Kate riu.

— Nunca viu uma criança destas. Esta é uma criança... sim... uma criança!

Ela riu com um grito fino e penetrante.

O som atravessou o champanhe que enevoava Faye. Concentrou seus olhos em Kate.

— Você parece tão estranha — disse. — Acho que é a luz do lampião. Você parece diferente.

— Eu sou diferente.

— Chame-me de “mãe”, querida.

— *Mãe... querida.*

— Kate, vamos ter uma vida tão boa.

— Com certeza vamos. Você nem mesmo sabe. Você nem sabe.

— Sempre quis ir à Europa. Podíamos embarcar num navio e vestir roupas finas, vestidos de Paris.

— Talvez a gente faça isso, mas não agora.

— Por que não, Kate? Eu tenho dinheiro bastante.

— Vamos ter ainda mais.

Faye falou em tom de súplica.

— Por que não vamos agora? Podíamos vender a casa. Com o negócio que temos, poderíamos conseguir talvez dez mil dólares por ela.

— Não.

— Que quer dizer com não? É a minha casa. Posso vendê-la.

— Esqueceu que sou sua filha?

— Não gosto do seu tom, Kate. O que está acontecendo com você? Ainda tem champanhe?

— Claro, tem um pouco. Olhe através da garrafa. Vamos, beba da garrafa mesmo. Assim, mãe, derrame pelo pescoço. Deixe escorrer por baixo do corpete, mãe, na sua barriga gorda.

Faye lamuriou:

— Kate, não seja má! Estávamos nos sentindo tão bem. Por que quer estragar tudo?

Kate arrancou a garrafa da sua mão.

— Venha cá, me dê isso.

Virou a garrafa para baixo, secou-a e jogou no chão. Seu rosto estava fechado e seus olhos brilhavam. Os lábios de boca pequena estavam abertos para mostrar os dentes pequenos e afiados e os caninos eram mais compridos e pontudos do que os demais. Riu baixinho.

— Mãe, mãe querida, vou mostrar-lhe como se dirige um bordel. Vamos pegar os marmanjos desgraçados que aparecem por aqui e sugar seu sumo nojento por um dólar. Vamos dar-lhes prazer, mãe querida.

Faye falou severamente:

— Kate, você está bêbada. Não sei do que está falando.

— Não sabe, mãe querida? Quer que conte para você?

— Quero que seja boazinha. Quero que seja como era antes.

— Bem, é tarde demais. Eu não queria tomar o champanhe. Mas você, seu verme gordo nojento, me obrigou. Sou sua querida, sua doce filha, não está lembrada? Pois bem, lembro que ficou surpresa de que eu tivesse clientes regulares. Acha que vou desistir deles? Acha que me pagam um mísero dólar em moedinhas de um quarto de dólar? Não, eles me dão dez dólares e o preço está subindo o tempo todo. Não podem procurar mais ninguém. Ninguém é suficientemente boa para eles.

Faye chorava como uma criança.

— Kate, não fale assim. Você não é assim. Você não é assim.

— Querida mãe, querida mãe gorda, tire as calças de um dos meus clientes. Olhe as marcas dos meus tacões nas suas virilhas... muito bonitas. E os pequenos cortes que sangram por muito tempo. Ah, mãe querida, eu tenho a melhor coleção de navalhas, todas numa caixa... e tão afiadas, tão afiadas.

Faye esforçou-se para sair da sua poltrona. Kate empurrou-a para baixo.

— E sabe, mãe querida, é assim que esta casa toda vai ser. O preço será de vinte dólares e vamos obrigar os desgraçados a tomar um banho. Vamos pegar o sangue em lenços brancos de seda, mãe querida, sangue dos chicotinhos.

Em sua cadeira Faye começou a gritar roucamente. Kate saltou sobre ela imediatamente com uma mão firme em concha sobre sua boca.

— Não faça barulho. Assim mesmo, querida. Encha de catarro a mão da sua filha, mas nada de barulho.

Cuidadosamente retirou a mão e limpou-a na saia de Faye.

Faye sussurrou.

— Quero você fora desta casa. Quero que saia. Eu dirijo uma boa casa sem maldade. Quero você fora.

— Não posso ir, mãe. Não posso deixá-la sozinha, querida.

Sua voz gelou.

— Mas estou farta de você. Farta de você.

Pegou uma taça de champanhe da mesa, foi até o aparador e colocou paregórico na taça até a metade.

— Aqui, mãe, beba isto. Vai lhe fazer bem.

— Não quero.

— Vamos, querida. Beba.

Ela entornou o líquido na garganta da Faye.

— Agora, mais um gole, só mais um golinho.

Faye resmungou com a língua pastosa por algum tempo e depois relaxou na sua poltrona e dormiu, roncando sonoramente.

[3]

O pavor começou a ocupar os cantos da mente de Kate e do pavor surgiu o pânico. Lembrou-se da outra vez e uma náusea varreu o seu corpo. Apertou as mãos e o pânico cresceu. Acendeu uma vela da lâmpada e seguiu cambaleante pelo corredor escuro até a cozinha. Colocou mostarda fria num copo, misturou com água e mexeu até ficar parcialmente fluido e bebeu. Agarrou-se à beira da pia enquanto a pasta descia queimando suas entranhas. Teve repetidas ânsias e vomitou várias vezes. No final, seu coração martelava e sentia-se fraca — mas o champanhe fora superado e seu pensamento estava claro.

Repassou a noite na sua cabeça, movendo-se de cena em cena como um animal que fareja. Banhou o rosto, lavou a pia e colocou a mostarda de volta na prateleira. Voltou então ao quarto de Faye.

Começava a amanhecer e o sol iluminava o pico de Frémont por trás, formando uma silhueta negra contra o céu. Faye ainda roncava na sua poltrona. Kate arrastou e ergueu o peso morto da mulher adormecida. Na cama, Kate despiu Faye, lavou o seu rosto e guardou suas roupas.

O dia nascia rapidamente. Kate sentou-se ao lado da cama e observou o rosto relaxado, a boca aberta, os lábios aspirando e soprando.

Faye fez um movimento agitado, seus lábios secos murmuraram umas poucas palavras arrastadas e depois suspirou e voltou a roncar.

Os olhos de Kate ficaram alertas. Abriu a gaveta superior da cômoda e examinou os frascos que constituíam a farmacopeia da casa — elixir paregórico, analgésico, compacto vegetal Lydia Pinkham, vinho tônico de ferro, bálsamo, sais de Epsom, óleo de castor, amoníaco. Levou o frasco de amoníaco até a cama, empapou um lenço e, ficando bem afastada, segurou o pano contra o nariz e a boca de Faye.

Os vapores sufocantes se infiltraram em Faye e ela fungou e se debateu tentando livrar-se da teia negra que a prendia. Seus olhos se arregalaram, aterrorizados. Kate falou:

— Está tudo bem, mãe. Está tudo bem. Você teve um pesadelo. Teve um sonho ruim.

— Sim, um sonho... — E o sono tomou conta dela de novo e ela deitou-se e começou a roncar, mas o choque da amônia a trouxera quase à consciência e ela estava mais inquieta. Kate colocou o frasco de volta na cômoda. Arrumou a mesa, enxugou o champanhe derramado e levou as taças à cozinha.

A casa estava na penumbra com a luz da alvorada se insinuando pelas brechas das venezianas. O cozinheiro se mexia no seu anexo atrás da cozinha, tateando à procura de suas roupas e colocando seus sapatões de camponês.

Kate moveu-se silenciosamente. Tomou dois copos de água, encheu o copo de novo, levou-o ao quarto de Faye e fechou a porta. Ergueu a pálpebra direita de Faye e o olho a fitou, mas sem se revirar. Kate agiu lenta e precisamente. Pegou o lenço e o cheirou. Um pouco da amônia havia evaporado, mas o cheiro ainda estava forte. Colocou o pano levemente sobre o rosto de Faye e, quando ela se contorceu, se remexeu e estava perto de acordar, Kate tirou o lenço e deixou Faye adormecer de novo. Fez isso três vezes. Afastou o lenço e pegou uma agulha de crochê de marfim do tampo de mármore da cômoda. Abriu a coberta e apertou a ponta da agulha contra o seio flácido de Faye com uma pressão crescente, até que a mulher adormecida gemeu e contorceu-se. Então Kate explorou os locais sensíveis do corpo com a agulha — a axila, a virilha, o ouvido, o clitóris, e sempre aliviava a pressão pouco antes de Faye acordar completamente.

Faye estava muito próxima da superfície agora. Ganiu, fungou e revirou-se. Kate acariciou sua testa e passou dedos macios pela parte interna do seu braço e falou suavemente com ela.

— Querida, querida. Está tendo um pesadelo. Saia do pesadelo, mãe.

A respiração de Faye tornou-se mais regular. Deu um grande suspiro, virou-se de lado e acomodou-se com pequenos grunhidos de satisfação.

Kate levantou-se da cama e uma onda de tontura subiu-lhe à cabeça. Aprumou-se, foi até a porta, escutou, esgueirou-se pelo corredor e seguiu cautelosamente até o seu quarto. Despiu-se rapidamente e colocou sua camisola, um roupão e chinelos. Escovou os cabelos, ajeitou-os para cima, cobriu-os com uma touca de dormir e perfumou-se com água-de-colônia. Voltou rapidamente ao quarto de Faye.

Faye ainda dormia tranquilamente de lado. Kate abriu a porta para o corredor. Levou o copo de água até a cama e derramou água fria no ouvido de Faye.

Faye gritou e voltou a gritar. O rosto assustado de Ethel apareceu à porta do seu quarto a tempo de ver Kate de roupão e chinelos diante da porta de Faye. O cozinheiro estava logo atrás de Kate e estendeu a mão para impedi-la de entrar.

— Não entre aí, srta. Kate. Não sabe o que está havendo aí dentro.

— Bobagem, Faye está passando mal.

Kate entrou no quarto e correu até a cama.

Os olhos de Faye estavam arregalados e ela chorava e gemia.

— O que é? O que é, querida?

O cozinheiro estava no meio do quarto e três garotas com cara de sono olhavam da porta.

— Fale comigo, o que é? — gritou Kate.

— Ah, querida, os sonhos, os sonhos! Eu não consigo suportar os sonhos!

Kate virou-se para a porta.

— Ela teve um pesadelo, daqui a pouco vai ficar bem. Voltem para a cama. Vou ficar um pouquinho com ela. Alex, traga um bule com chá.

Kate foi incansável. As outras garotas notaram aquilo. Colocou toalhas frias na cabeça dolorida de Faye, apoiou seus ombros e segurou a xícara de chá para ela. Afagou-a e ninou-a, mas a expressão de horror não saía dos olhos de Faye. Às dez horas, Alex trouxe uma jarra de cerveja e sem uma palavra colocou-a sobre a cômoda. Kate levou um copo de cerveja aos lábios de Faye.

— Vai ajudar, querida. Beba.

— Nunca mais quero tocar em bebida.

— Bobagem! Beba como se fosse remédio. Assim, boa menina. Agora se recoste e durma.

— Tenho medo de dormir.

— Os sonhos foram muito ruins?

— Horríveis, horríveis!

— Conte-me sobre eles, mãe. Isso talvez ajude.

Faye encolheu-se na cama.

— Eu não contaria a ninguém. Como poderia ter sonhado tais coisas! Não pareciam meus sonhos.

— Pobre mãezinha! Eu a amo — disse Kate. — Volte a dormir. Eu vou manter os sonhos longe de você.

Gradualmente Faye deslizou para o sono. Kate ficou sentada no lado da cama, estudando-a.

21

[1]

Nos afazeres humanos envolvendo perigo e delicadeza, uma conclusão bem-sucedida é gravemente limitada pela pressa. Muitas vezes os homens tropeçam por estarem com pressa. Para executar adequadamente uma ação difícil e sutil, o sujeito deveria primeiro examinar o fim a ser atingido e então, tendo aceitado o fim como desejável, deveria esquecer-se por completo dele e concentrar-se unicamente nos meios. Com esse método, não seria levado a um falso movimento por ansiedade, pressa ou medo. Pouquíssimas pessoas aprendem isso.

O que tornava Kate tão competente era o fato de que, ou aprendera, ou já nascera com esse conhecimento. Kate nunca se apressava. Se uma barreira surgia, esperava que ela desaparecesse antes de continuar sua ação. Era capaz de um relaxamento completo entre um movimento e outro. Era também dona de uma técnica que é a base da boa luta livre — deixava seu oponente cavar a própria derrota, ou conduzir a força dele contra suas próprias fraquezas.

Kate não tinha nenhuma pressa. Logo estabeleceu o seu objetivo e depois colocou-o de lado. Passou a dedicar-se ao método. Construiu uma estrutura e atacou-a e, se mostrava a menor instabilidade, ela a derrubava e começava tudo de novo. Só se entregava a isso no final da noite ou então quando estava completamente sozinha, para que nenhuma mudança ou preocupação fosse notada na sua aparência. Sua estrutura era feita de personalidades, materiais, conhecimento e tempo. Tinha acesso ao primeiro e último itens e buscou conseguir conhecimento e materiais, mas enquanto o fazia colocava em ação uma série de molas e pêndulos imperceptíveis, deixando que cada um pegasse o seu próprio movimento.

Primeiro, o cozinheiro contou sobre o testamento. Deve ter sido o cozinheiro. Ele achou que o fez, de qualquer modo. Kate soube através de Ethel e ela o confrontou na cozinha onde ele amassava pão, seus grandes braços peludos cobertos de farinha até os cotovelos e suas mãos alvas de levedo.

— Acha que foi uma boa coisa contar que serviu de testemunha? — disse ela suavemente. — O que acha que a srta. Faye vai pensar?

Ele pareceu confuso.

— Mas eu não...

— Você não o quê? Não contou ou não achou que faria mal?

— Não acho que eu...

— Não acha que contou? Só três pessoas sabiam. Acha que eu contei? Ou acha que a srta. Faye contou?

Ela viu o ar perplexo nos olhos dele e sabia que a esta altura estava longe de ter certeza de que não contara. Num momento estaria seguro de que tinha contado.

Três das garotas interrogaram Kate sobre o testamento, aproximando-se dela juntas para conjugar suas forças.

Kate disse:

— Não acho que Faye gostaria que eu discutisse isso. Alex devia ter ficado de boca fechada.

O ânimo das garotas vacilou e ela disse:

— Por que não perguntam a Faye?

— Ah, a gente não faria isso!

— Mas ousam falar dela pelas costas! Vamos lá, vamos até ela e vocês podem perguntar o que quiserem.

— Não, Kate, não.

— Bem, vou ter de dizer a ela que vocês perguntaram. Não prefeririam estar lá também? Não acham que ela se sentiria melhor se soubesse que não estavam falando pelas suas costas?

— Bem...

— Sei que eu gostaria. Gosto sempre de uma pessoa que se abre.

Calmamente ela as cercou, cutucou-as e empurrou-as até entrarem no quarto de Faye.

Kate disse:

— Elas me perguntaram sobre um certo você-sabe-o-quê. Alex admite que contou o segredo.

Faye ficou ligeiramente perplexa.

— Ora, querida, não acho que seja um grande segredo.

Kate falou:

— Ah, fico feliz que se sinta assim. Mas deve saber que eu não poderia contar antes que você contasse.

— Acha que é mau contar, Kate?

— Ah, não, de modo algum. Sinto-me feliz, mas me pareceu que não seria leal da minha parte mencionar isso antes que o fizesse.

— Você é um amor, Kate. Não vejo nenhum mal. Sabem, garotas, sou sozinha no mundo e assumi Kate como minha filha. Ela cuida tão bem de mim. Apanhe a caixa, Kate.

E cada garota pegou o testamento em suas mãos e o inspecionou. Era tão simples que podiam repeti-lo palavra por palavra para as outras garotas.

Observaram Kate para ver se mudaria, talvez se tornasse uma tirana, mas, se houve mudança, ela foi para melhor. Kate ficou ainda mais carinhosa com elas.

Uma semana depois, quando Kate ficou doente, continuou supervisionando a casa e ninguém teria sabido se não a tivessem encontrado no corredor paralisada com a agonia estampada em seu rosto. Implorou às garotas que não contassem a Faye, mas elas ficaram ultrajadas e foi Faye quem a forçou a ficar de cama e chamou o dr. Wilde.

Era um bom homem e um médico muito eficiente. Olhou para a língua de Kate, sentiu seu pulso, fez algumas perguntas íntimas e então tocou no seu próprio lábio inferior.

— É aqui? — perguntou e exerceu uma pequena pressão em suas costas na altura da cintura. — Não? Aqui? Está doendo? Assim. Bem, acho que só precisa de uma lavagem dos rins.

Deixou pílulas amarelas, verdes e vermelhas para serem tomadas em sequência. As pílulas fizeram efeito.

Teve mais um pequeno acesso. Disse a Faye:

— Vou ao consultório do médico.

— Vou pedir que ele venha até aqui.

— Para trazer mais umas pílulas? Bobagem. Vou lá amanhã de manhã.

[2]

O dr. Wilde era um homem bom e honesto. Estava acostumado a dizer de sua profissão que tudo do que tinha certeza era que o enxofre curava a comichão. Não era casual em relação à sua prática. Como muitos médicos rurais, era uma combinação de médico, padre e psiquiatra para a sua cidade. Conhecia a maioria dos segredos, dos pontos fortes e fracos de Salinas. Nunca aprendeu a aceitar facilmente a morte. Na verdade, a morte de um paciente sempre lhe dava uma sensação de fracasso, desesperança e ignorância. Não era um homem ousado e só usava a cirurgia como um último e temível recurso. As drogarias estavam vindo ao socorro dos médicos, mas o dr. Wilde era um dos poucos a manter um dispensário e a preparar suas próprias receitas. Muitos anos de excesso de trabalho e sono interrompido o tinham deixado um pouco vago e preocupado.

Às oito e meia de uma manhã de quarta-feira, Kate caminhou pela rua principal, subiu as escadas do Edifício do Banco do Condado de Monterey e seguiu pelo corredor até achar a porta que dizia "Dr. Wilde — Consultas das 11 às 14".

Às nove e meia o dr. Wilde colocou a sua charrete na cocheira e pegou sua maleta preta com um ar cansado. Voltava do Alisal onde assistira à desintegração de uma velha senhora alemã. Ela não conseguira terminar sua vida de um modo tranquilo. Havia aditamentos e ainda agora o dr. Wilde se perguntava se a vida dura, seca e viscosa a tinha abandonado por completo. Tinha noventa e sete anos e um atestado de óbito nada significava para ela. Chegara até a corrigir o padre que lhe dera a extrema-unção. O mistério da morte o havia pegado. Isso geralmente acontecia. Ontem, Allen Day, trinta e sete anos, um metro e oitenta e cinco e forte como um touro e valioso para cento e cinquenta hectares e uma família grande, havia tristemente entregue a sua vida à pneumonia depois de uma pequena friagem e três dias de febre. O dr. Wilde sabia que era um mistério. Suas pálpebras pareciam cheias de areia. Pensou em tomar um banho de esponja e beber um trago antes que os primeiros pacientes da sua consulta chegassem com suas dores de estômago.

Subiu as escadas e colocou a chave gasta na fechadura da porta do consultório. A chave não virou. Colocou a maleta no chão e exerceu pressão. A chave recusou-se a mexer. Pegou na maçaneta, puxou a porta para fora e agitou a chave. A porta foi aberta por dentro. Kate estava de pé à sua frente.

— Ah, bom dia. A fechadura estava travada. Como entrou?

— Não estava trancada. Cheguei cedo e entrei para esperar.

— Não estava trancada? — Ele girou a chave no outro sentido e viu, com certeza, a lingueta deslizar facilmente.

— Estou ficando velho, eu acho — disse. — E esquecido. — Suspirou. — Não sei por que tranco, de qualquer maneira. Qualquer um poderia abrir com um arame. E quem ia querer entrar?

Pareceu vê-la pela primeira vez.

— Só começo as consultas às onze.

Kate disse:

— Eu precisava de mais algumas daquelas pílulas e não podia vir mais tarde.

— Pílulas? Ah, sim. Você é a garota da Faye.

— Isso mesmo.

— Está passando melhor?

— Sim, as pílulas ajudam.

— Bem, mal é que não podem fazer — disse ele. — Deixei a porta do dispensário aberta também?

— O que é um dispensário?

— Ali adiante, aquela porta.

— Acho que deve ter deixado.

— Estou ficando velho. Como vai Faye?

— Bom, estou preocupada com ela. Esteve muito doente há pouco tempo. Teve cólicas e ficou um pouco perturbada.

— Ela já teve problemas estomacais antes — disse o dr. Wilde. — Não se pode viver daquele jeito e comer a toda hora e passar bem. Eu não posso. Chamamos a isso de problema estomacal. É decorrência de comer demais e ficar acordada a noite inteira. Vejamos... as pílulas. Está lembrada das cores?

— Eram de três tipos, amarelas, vermelhas e verdes.

— Ah, sim. Sim, eu me lembro.

Enquanto ele derramava as pílulas numa caixa de papelão redonda, Kate esperava junto à porta.

— Que quantidade de remédios!

O dr. Wilde disse:

— Sim, e quanto mais velho fico, menos eu uso. Recebi alguns destes quando comecei a prática. Nunca os usei. Isto é um estoque de principiante. Eu ia experimentar alquimia.

— O quê?

— Nada. Pronto, aqui está. Diga a Faye para dormir um pouco e comer legumes. Passei a noite toda acordado. Você pode sair sem que eu a acompanhe, não pode? — E voltou cambaleante para o consultório.

Kate o viu afastar-se e então seus olhos percorreram as fileiras de frascos e caixas de remédios. Fechou a porta do dispensário e deu uma olhada na sala de espera. Um livro na estante estava desalinhado. Ela o empurrou até que ficasse ombro a ombro com seus irmãos.

Apanhou sua grande bolsa de mão no sofá de couro e saiu.

Em seu quarto, Kate tirou cinco pequenos frascos e uma tira de papel rabiscado da sua bolsa de mão. Colocou tudo na ponta de uma meia, enfiou o chumaço numa galocha de borracha e a colocou ao lado do seu par no fundo do armário.

[3]

Durante os meses seguintes uma mudança gradual ocorreu na casa de Faye. As garotas estavam desleixadas e suscetíveis. Se recebessem ordens de se lavar e lavar seus quartos, um ressentimento profundo tomava conta da casa, que assumiria uma atmosfera quase de raiva. Mas não foi o que aconteceu.

Kate sentou-se à mesa uma noite e disse que havia acabado de dar uma olhada no quarto de Ethel e estava tão arrumado e bonito que não pôde resistir e comprou um presente para ela. Quando Ethel abriu o embrulho sobre a mesa, era uma grande garrafa de água-de-colônia, o suficiente para mantê-la cheirosa por muito tempo. Ethel ficou contente e esperava que Kate não tivesse visto as roupas sujas debaixo da cama. Depois do jantar não só recolheu as roupas, mas esfregou o assoalho e varreu as teias de aranha dos cantos.

Grace parecia tão encantadora numa certa tarde que Kate não resistiu e lhe deu o broche de borboleta em diamante de imitação que usava. E Grace teve de correr e vestir uma blusa limpa para valorizar o adereço.

Alex, o cozinheiro, que se fosse acreditar no que geralmente diziam dele teria se considerado um assassino, descobriu que tinha uma mão mágica para biscoitos. Descobriu que cozinhar era algo que não se aprendia. Era preciso ter sensibilidade.

Olho-de-Algodão descobriu que ninguém o odiava. Seu jeito de tocar martelando o piano mudou imperceptivelmente.

Disse a Kate:

— É engraçado as coisas que você lembra quando pensa no passado.

— O quê, por exemplo? — perguntou ela.

— Bem, isto, por exemplo. — E tocou para ela.

— É muito bonito — disse ela. — O que é?

— Bem, não sei. Acho que é Chopin. Se eu pudesse apenas enxergar a música. Contou a ela como havia perdido a vista, e nunca tinha contado a ninguém. Era uma história feia. Naquela noite de sábado ele tirou a corrente das cordas do piano e tocou algo que buscara lembrar e praticar de manhã, algo chamado Luar, uma peça de Beethoven, achava Olho-de-Algodão.

Ethel falou que soava como o luar e perguntou se ele não conhecia a letra.

— Não tem letra — disse Olho-de-Algodão.

Oscar Trip, que viera de Gonzales para a noite de sábado, disse:

— Eu acho que devia ter uma letra. É bonita.

Uma noite houve presentes para todos porque o Faye's era a melhor casa, a mais limpa e a mais agradável em todo o condado — e quem era responsável por aquilo? Ora, as garotas, quem mais? E alguém já havia provado melhor tempero do que o daquele cozido?

Alex se recolheu à cozinha e timidamente enxugou seus olhos com o dorso do pulso. Apostava que era capaz de fazer um pudim de ameixa que deslumbraria todo mundo.

Georgia se levantava às dez da manhã e tomava aulas de piano com Olho-de-Algodão e suas unhas estavam limpas.

Voltando da missa das onze numa manhã de domingo, Grace disse para Trixie:

— E eu estava para me casar e largar a putaria. Pode só imaginar?

— Está tudo ótimo — disse Trixie. — As garotas do Jenny's vieram aqui para o bolo de aniversário de Faye e não podiam acreditar em seus olhos. Não falam em outra coisa e só fazem elogios sobre a casa de Faye. Jenny está aborrecida.

— Viu a marca no quadro-negro esta manhã?

— Claro que vi, oitenta e sete fregueses em uma semana. Queria só ver a Jenny ou a Preta conseguirem essa marca numa semana sem feriados!

— Sem feriados uma ova. Esqueceu que é Quaresma? Não estão conseguindo nenhum freguês no Jenny's.

Depois da sua doença e dos seus pesadelos, Faye estava quieta e deprimida. Kate sabia que estava sendo observada, mas não havia como evitar isso. Certificou-se de que o papel enrolado ainda estava na caixa e todas as garotas o tinham visto ou ouvido falar nele.

Certa tarde Faye ergueu os olhos do seu jogo de paciência quando Kate bateu à porta e entrou no quarto.

— Como se sente, mãe?

— Ótima, estou ótima. — Seus olhos eram dissimulados. Faye não era muito esperta. — Sabe, Kate, eu gostaria de ir à Europa.

— Ora, que maravilha! Você merece e tem recursos para isso.

— Não quero ir sozinha. Quero que venha comigo.

Kate olhou para ela espantada.

— Eu? Quer me levar com você?

— Claro, por que não?

— Ah, minha querida! Quando podemos ir?

— Você quer ir?

— Sempre sonhei com isso. Quando podemos ir? Vamos logo.

Os olhos de Faye perderam sua desconfiança.

— Talvez no próximo verão — disse ela. — Podemos planejar para o próximo verão. Kate!

— Sim, mãe.

— Você... você não recebe mais fregueses, recebe?

— Por que eu deveria? Você cuida tão bem de mim.

Faye lentamente juntou as cartas, endireitou-as e deixou-as cair na gaveta da mesa.

Kate puxou uma cadeira.

— Quero pedir-lhe um conselho sobre algo.

— O que é?

— Bem, sabe que estou tentando ajudá-la.

— Está fazendo tudo, querida.

— Sabe que a nossa maior despesa é com a comida, e cresce a cada inverno.

— Sim.

— Bem, neste momento podemos comprar frutas e legumes de todos os tipos por uma ninharia. E no inverno sabe quanto pagamos por pêssego e vagem enlatados?

— Está planejando preparar comida em compotas?

— Ora, por que não deveríamos?

— O que Alex vai dizer sobre isso?

— Mãe, acredite se quiser, ou então pergunte a ele. Foi Alex quem sugeriu isso.

— Não!

— Bem, ele sugeriu. Juro por Deus.

— Ora, o filho da mãe!... Desculpe, querida. Escapou.

A cozinha se transformou numa fábrica de compotas e todas as garotas ajudaram. Alex acreditou que era ideia sua. No final da estação, tinha um relógio de prata com seu nome gravado nas costas para provar.

Normalmente, Faye e Kate jantavam na mesa comprida na sala de jantar, mas nas noites de domingo, quando Alex estava de folga e as garotas jantavam sanduíches reforçados, Kate servia a ceia para as duas no quarto de Faye. Era uma ocasião agradável e elegante. Havia sempre algum acepipe, muito especial e bom — *foie gras* ou uma salada com molho variado, confeitos comprados na padaria Lang's do outro lado da rua principal. E em vez da toalha branca oleada e dos guardanapos de papel da sala de jantar, a mesa de Faye era coberta por uma toalha de damasco branco e os guardanapos eram de linho. Havia uma sensação de festa, também, com velas e — algo raro em Salinas — um vaso de flores. Kate era capaz de fazer arranjos florais muito bonitos usando apenas os brotos das plantas silvestres que colhia nos campos.

— Que garota esperta ela é — costumava dizer Faye. — É capaz de fazer qualquer coisa e de fazer com qualquer coisa. Estamos indo para a Europa. E sabia que Kate fala francês? Bem, ela sabe falar. Quando estiver a sós com ela, peça-lhe que diga algo em francês. Está me ensinando. Sabe como se diz pão em francês?

Faye estava se divertindo. Kate lhe dava ânimo e um planejamento perpétuo.

[4]

No sábado, 14 de outubro, os primeiros patos selvagens passaram sobre Salinas. Faye os viu da sua janela, uma grande cunha voando para o sul. Quando Kate entrou antes do jantar, como sempre fazia, Faye contou-lhe a respeito.

— Acho que o inverno está quase chegando — disse. — Vamos ter de pedir ao Alex para botar em ordem as estufas.

— Pronta para o seu tônico, mãe querida?

— Sim, estou. Você está me deixando preguiçosa, me servindo desse jeito.

— Gosto de servi-la — disse Kate. Pegou uma garrafa de composto vegetal da gaveta e ergueu-a contra a luz. — Está quase acabando — falou. — Vamos ter de comprar outras.

— Ah, acho que tem mais três garrafas que sobraram da dúzia no meu armário.

Kate apanhou o copo.

— Tem uma mosca no copo — disse. — Vou dar uma lavada.

Na cozinha, lavou bem o copo. Tirou do bolso o conta-gotas. A extremidade estava fechada com um pequeno pedaço de batata, como se costuma fechar o bico de uma lata de querosene. Deixou cair algumas gotas de um líquido claro no copo, uma tintura de noz-vômica.

De volta ao quarto de Faye, colocou as três colheres de sopa do composto vegetal no copo e mexeu.

Faye tomou o tônico e lambeu os lábios.

— Está com um gosto amargo — disse.

— Está, querida? Deixe-me provar. — Kate sorveu uma colherada da garrafa e fez uma careta. — Tem razão — disse ela. — Acho que ficou aberta por muito tempo. Vou jogar fora. Puxa, está mesmo amargo. Deixe-me trazer-lhe um copo de água.

No jantar o rosto de Faye ficou corado. Parou de comer e parecia estar à escuta.

— Qual é o problema? — perguntou Kate. — Mãe, qual é o problema?

Faye pareceu voltar de muito longe.

— Ora, não sei. Acho que uma pequena palpitação no coração. Subitamente fiquei com medo e meu coração disparou.

— Não quer que a ajude a ir até o seu quarto?

— Não, querida. Estou bem agora.

Grace depôs o seu garfo.

— Você está realmente afogueada, Faye.

Kate disse:

— Não gosto disso. Gostaria que fosse consultar o dr. Wilde.

— Não, estou bem agora.

— Você me assustou — disse Kate. — Já teve isso antes?

— Bem, às vezes fico um pouco sem fôlego. Acho que estou ficando muito gorda.

Faye não se sentia muito bem naquela noite de sexta-feira e por volta das dez da noite Kate a persuadiu a ir para a cama. Kate olhou pela porta várias vezes até ficar segura de que Faye estava adormecida.

No dia seguinte, Faye sentia-se bem.

— Acho que estou apenas sem fôlego — disse.

— Bem, vamos fazer uma comidinha de doente para minha querida — falou Kate. — Preparei canja de galinha para você e vamos comer uma salada de vagem do jeito que gosta, só azeite, vinagre e uma xícara de chá.

— Por Deus, Kate, estou me sentindo bem.

— Não nos faria mal uma comida leve. Assustou-me na noite passada. Tive uma tia que morreu de problemas do coração. E isso deixa uma lembrança, você sabe.

— Nunca tive problemas com meu coração. Só um pouco de falta de fôlego quando subo as escadas.

Na cozinha, Kate preparou o jantar em duas bandejas. Misturou o molho francês numa gamela e derramou-o sobre a salada de vagem. Na bandeja de Faye, colocou sua xícara favorita e botou a sopa no fogão para esquentar. Finalmente tirou o conta-gotas do bolso e derramou duas gotas de óleo de cróton na vagem e mexeu bem. Foi ao seu quarto e engoliu o conteúdo de um pequeno frasco de cáscara-sagrada. Serviu a sopa quente nos pratos, encheu o bule de chá com água fervente e levou as bandejas ao quarto de Faye.

— Não achei que estivesse com fome — disse Faye. — Mas esta sopa está cheirando bem.

— Preparei um molho de salada especial para você — disse Kate. — É uma receita antiga, alecrim e tomilho. Experimente e me diga se gosta.

— Ora, é deliciosa — disse Faye. — Existe algo que você não seja capaz de fazer, querida?

Kate foi atingida primeiro. Sua testa cobriu-se de gotas de perspiração e ela se dobrou, gritando de dor. Seus olhos ficaram vidrados e a saliva escorria de sua boca. Faye lançou-se para o corredor, gritando por socorro. As garotas e alguns fregueses de domingo invadiram o quarto. Kate se contorcia no chão. Dois clientes regulares levantaram-na, colocaram-na sobre a cama de Faye e tentaram endireitar o seu corpo, mas ela gritou e dobrou-se de novo. O suor escorria do seu corpo e molhava suas roupas.

Faye enxugava a testa de Kate com uma toalha quando a dor a atingiu.

Levou uma hora até que o dr. Wilde fosse localizado jogando baralho com um amigo. Foi arrastado para a zona por duas prostitutas histéricas. Faye e Kate estavam fracas do vômito e da diarreia e os espasmos continuavam em intervalos.

O dr. Wilde disse:

— O que foi que vocês comeram? — E notou as bandejas. — Estas vagens foram conservadas em casa?

— Claro! — disse Grace. — Nós mesmas as fizemos.

— Alguma de vocês comeu delas?

— Bem, não. O senhor sabe...

— Quebrem já todas as compotas — ordenou o dr. Wilde. — Malditas vagens! — E tirou da maleta sua bomba estomacal.

Na terça-feira, ele sentou-se para conversar com as duas mulheres pálidas e fracas. A cama de Kate fora removida para o quarto de Faye.

— Posso contar-lhes agora — disse. — Cheguei a achar que não tinham nenhuma chance de escapar. Vocês têm muita sorte. E fiquem longe das vagens feitas em casa. Comprem enlatados.

— O que foi? — perguntou Kate.

— Botulismo. Não sabemos muito a respeito, mas pouca gente escapa dele. Acho que foi porque você é jovem e ela é resistente.

Perguntou a Faye:

— Ainda está sangrando pelos intestinos?

— Sim, um pouco.

— Bem, aqui estão algumas pílulas de morfina. Vão ajudar na cicatrização. Você provavelmente rompeu alguma coisa. Mas dizem que não é possível matar uma puta. Quero que repousem, vocês duas.

Isso foi em 17 de outubro.

Faye nunca chegou a se recuperar. Melhorava um pouquinho e depois se desfazia em pedaços. Passou muito mal em 3 de dezembro e demorou ainda mais para recobrar suas forças. Em 12 de fevereiro o sangramento se tornou violento e a tensão parecia ter enfraquecido o coração de Faye. O dr. Wilde ficou um longo tempo escutando através do seu estetoscópio.

Kate estava abatida e seu corpo esguio era só ossos. As garotas tentaram se revezar com ela no cuidado de Faye, mas Kate não deixou.

Grace falou:

— Sabe Deus quando foi a última vez que dormiu um pouco. Se Faye morresse, acho que isso mataria aquela garota.

— É bem possível que estoure os miolos — disse Ethel.

O dr. Wilde levou Kate para a sala de estar na penumbra, apesar de ser dia, e colocou a maleta preta sobre a cadeira.

— É melhor eu contar a você — disse. — O coração dela não pode aguentar a tensão, receio. Está toda dilacerada por dentro. Esse desgraçado botulismo. Pior do que uma cascavel. — Desviou o olhar do rosto combalido de Kate. — Achei melhor contar-lhe para que possa se preparar — disse desajeitadamente e colocou a mão sobre seu ombro esquelético. — Não são muitas pessoas que demonstram tamanha lealdade. Dê-lhe um pouco de leite quente, se ela puder suportar.

Kate levou uma bacia de água quente até a mesa ao lado da cama. Quando Trixie olhou pela porta, Kate estava dando um banho em Faye, usando os finos lenços de linho. Então escovou os cabelos louros escorridos e os prendeu em tranças.

A pele de Faye havia encolhido, agarrando-se à mandíbula e ao crânio, e seus olhos estavam imensos e vazios.

Tentou falar e Kate disse:

— Sshhh! Poupe suas forças.

Foi até a cozinha buscar um copo de leite quente e colocou-o na mesa de cabeceira. Tirou duas garrafinhas do bolso e sugou um pouco de cada uma com o conta-gotas.

— Abra a boca, mãe. Este é um novo tipo de remédio. Seja corajosa, querida. O gosto é muito ruim.

Espremeu o fluido bem no fundo da língua de Faye e ergueu sua cabeça para que pudesse beber um pouco de leite que disfarçasse o gosto.

— Agora descanse que eu volto num instante.

Kate saiu em silêncio do quarto. A cozinha estava escura. Abriu a porta de trás, esgueirou-se para fora e seguiu para o capinzal aos fundos. O solo estava amolecido pelas chuvas da primavera. No final do terreno ela cavou um pequeno buraco com uma vareta pontuda. Deixou cair nele uma quantidade de garrafinhas finas e um conta-gotas. Com a vareta quebrou o vidro em pedacinhos e jogou terra sobre eles. A chuva começava a cair quando Kate voltou para casa.

No começo tiveram de amarrar Kate para impedir que se machucasse. Da violência ela caiu num estupor desalentado. Levou muito tempo para que recuperasse a saúde. E esqueceu-se completamente do testamento. Foi Trixie quem finalmente lembrou.

22

[1]

Na fazenda de Trask, Adam se recolheu dentro de si mesmo. A casa de Sanchez inacabada ficou aberta, exposta ao vento e à chuva, e o novo assoalho vergou e empenou com a umidade. Os canteiros bem desenhados da horta e do pomar foram invadidos por ervas daninhas.

Adam parecia coberto por uma viscosidade que retardava seus movimentos e inibia seus pensamentos. Via o mundo através de uma água cinzenta. De vez em quando sua mente tentava subir à tona e quando a luz rompia e penetrava na sua consciência ele só sentia uma náusea mental e voltava a se refugiar no seu mundo cinzento. Tinha noção dos gêmeos porque os ouvia chorar e rir, mas sentia apenas uma repulsa distante por eles. Para Adam eram símbolos da sua perda. Seus vizinhos vinham vê-lo no seu pequeno vale e todos teriam entendido raiva ou tristeza — para ajudá-lo. Mas nada podiam fazer com a nuvem que pairava sobre ele. Adam não resistiu a eles. Simplesmente não os recebia e não demorou para que os vizinhos deixassem de chegar pela estrada de carvalhos.

Durante algum tempo, Lee tentou estimular Adam e fazê-lo acordar para a realidade, mas Lee era um homem ocupado. Cozinhava, lavava as roupas, banhava os gêmeos e os alimentava. Seu trabalho e dedicação constantes fizeram com que se afeiçoasse aos dois meninos. Falava com eles em cantonês, e palavras chinesas foram as primeiras que eles reconheceram e tentaram repetir.

Samuel Hamilton esteve lá duas vezes tentando arrancar Adam do seu choque. Então Liza entrou em ação.

— Quero que fique longe de lá — disse. — Você volta um outro homem. Samuel, você não o muda. É ele que muda você. Posso ver o olhar dele no seu rosto.

— Pensou nos dois meninos, Liza? — perguntou ele.

— Pensei na sua própria família — respondeu ela irritada. — Você nos deixa enlutados durante dias depois que vai lá.

— Está bem, mãe — falou, mas aquilo o entristecia porque Samuel não era capaz de se ater a seus próprios assuntos quando via qualquer outro homem sofrer. Não era fácil para ele abandonar Adam à sua desolação.

Adam pagou-lhe por seu trabalho, pagou até pelas peças dos moinhos e não quis os moinhos. Samuel vendeu o equipamento e mandou o dinheiro para Adam. Não teve resposta.

Deu-se conta de uma certa raiva por Adam Trask. Parecia a Samuel que Adam podia estar se comprazendo com a tristeza. Mas havia pouco tempo disponível para ficar ruminando coisas. Joe fora para a universidade — para aquela escola que Leland Stanford construíra em sua fazenda perto de Palo Alto. Tom preocupava seu pai, pois mergulhava cada vez mais nos livros. Fazia o seu trabalho com bastante eficiência, mas Samuel sentia que Tom não sentia alegria naquilo.

Will e George iam bem nos negócios e Joe escrevia cartas para a família em versos rimados atacando com vigor saudável todas as verdades estabelecidas.

Samuel escreveu a Joe dizendo: "Eu ficaria desapontado se você não tivesse se tornado um ateu, e leio com prazer que, na sua idade e sabedoria, aceitou o agnosticismo como aceitaria um biscoito com a barriga cheia. Mas eu lhe pediria de todo o meu compreensivo coração que não tentasse converter sua mãe. Sua última carta só a fez pensar que você não está bem. Sua mãe não acredita que existam muitos males que uma boa sopa forte não possa curar. Atribui o seu bravo ataque contra a estrutura de nossa civilização a uma dor de estômago. Isso a preocupa. Sua fé é uma montanha, e você, meu filho, ainda não conseguiu sequer remover uma pá."

Liza estava envelhecendo. Samuel via isso no rosto dela, embora ele próprio não se sentisse um velho, com barba branca ou não. Mas Liza vivia no passado e isso era uma prova.

Houve época em que ela encarava seus planos e suas profecias como os gritos malucos de uma criança. Agora achava que eram impróprios de um homem maduro. Os três, Liza, Tom e Samuel, estavam sozinhos no rancho. Una se casara com um estrangeiro e fora embora. Dessie tinha a sua atividade de modista em Salinas. Olive casara-se com o namorado e Mollie estava casada e morando, vejam só, num apartamento em São

Francisco. Havia perfume e um tapete de pele de urso branco no quarto de dormir em frente da lareira e Mollie fumava um cigarro com ponteira dourada — Violet Milo — no café depois do jantar.

Um dia Samuel distendeu as costas ao erguer um fardo de feno e aquilo feriu mais seus sentimentos do que suas costas, pois não podia imaginar uma vida em que Sam Hamilton não tivesse o privilégio de levantar um fardo de feno. Sentiu-se insultado por suas costas, quase como o ficaria se um de seus filhos fosse desonesto.

Em King City, o dr. Tilson o apalpou todo. O médico andava cada vez mais rabugento com os seus anos de trabalho excessivo.

— Você distendeu as costas.

— Isso eu sei — disse Samuel.

— E veio de charrete essa distância toda para que eu lhe dissesse que havia distendido as costas e cobrasse dois dólares?

— Aqui estão os seus dois dólares.

— E quer saber o que fazer a respeito?

— Claro que sim.

— Não distenda mais suas costas. Agora pegue o seu dinheiro de volta. Você não é um tolo, Samuel Hamilton, a não ser que esteja ficando senil.

— Mas isso dói.

— Claro que dói. Como saberia que tinha distendido se não doesse?

Samuel riu.

— O senhor é bom para mim — disse. — Vale mais do que dois dólares para mim. Fique com o dinheiro.

O médico olhou-o atentamente.

— Acho que está dizendo a verdade, Samuel. Vou ficar com o dinheiro.

Samuel foi visitar Will em sua bela loja nova. Mal reconheceu o filho, pois Will estava ficando gordo e próspero, usava casaco e colete e um anel de ouro no dedo mínimo.

— Preparei um pacote para mamãe — falou Will. — Algumas latinhas de produtos da França. Cogumelos e patê de fígado e sardinhas tão pequenas que mal se pode enxergá-las.

— Ela vai simplesmente mandá-las para Joe — disse Samuel.

— Não pode fazê-la comer essas coisas?

— Não — disse seu pai. — Mas terá prazer em mandá-las para Joe.

Lee entrou na loja e seus olhos se iluminaram.

— Como vai? — disse.

— Olá, Lee. Como vão os meninos?

— Meninos bem.

Samuel disse:

— Vou tomar um copo de cerveja no bar ao lado, Lee. Ficaria feliz se me acompanhasse.

Lee e Samuel sentaram-se na mesinha redonda no bar e Samuel desenhou figuras na madeira gasta da mesa com o suor do seu copo de cerveja.

— Eu queria ir visitar você e Adam, mas não achei que adiantaria muito.

— Mal é que não pode fazer. Achei que ele iria superar a coisa. Mas ainda perambula como um fantasma.

— Já faz mais de um ano, não? — perguntou Samuel.

— Um ano e três meses.

— Bem, o que acha que posso fazer?

— Não sei — disse Lee. — Talvez pudesse causar algum choque que o tirasse disso. Nada mais funcionou.

— Não sou bom em dar choques. Vou acabar chocando a mim mesmo. A propósito, que nome ele deu aos gêmeos?

— Eles não têm nomes.

— Está brincando comigo, Lee.

— Não estou brincando.

— Como é que ele os chama?

— Eles os chama de "eles".

— Quero dizer quando fala com eles.

— Quando fala com eles, os chama de "você" ou "vocês".

— Mas isso é um absurdo — disse Samuel zangado. — Que tipo de idiota é esse homem?

— Eu queria encontrá-lo para lhe contar. É um homem morto, a não ser que consiga acordá-lo.

Samuel disse:

— Irei lá. Vou trazer um chicote de cavalo. Sem nomes! Pode contar comigo que vou aparecer, Lee.

— Quando?

— Amanhã.

— Vou matar uma galinha — disse Lee.

— Vai gostar dos gêmeos, sr. Hamilton. São uns meninos bonitos. Não vou contar ao sr. Trask que o senhor virá.

[2]

Timidamente Samuel contou à mulher que queria visitar a fazenda de Trask. Supôs que ela colocaria imponentes muralhas de objeção e numa das poucas vezes da sua vida ele desobedeceria ao desejo dela, por mais forte que fosse sua objeção. Dava-lhe uma triste sensação na barriga pensar em desobedecer à mulher. Explicou seu propósito quase como se estivesse fazendo uma confissão. Liza colocou as mãos nos quadris enquanto ouvia e o coração dele afundou. Quando terminou, ela continuou olhando para ele, friamente, segundo achou.

Finalmente Liza disse:

— Samuel, você se acha capaz de mover aquela rocha de homem?

— Como posso saber, mãe? — Ele não esperava por aquilo. — Não sei.

— Acha uma questão tão importante que esses bebês tenham nomes agora mesmo?

— Bem, foi o que me pareceu — disse, meio desajeitado.

— Samuel, já procurou saber por que quer ir? Não seria por sua bisbilhotice natural e incurável? Não seria por sua triste incapacidade de cuidar da sua própria vida?

— Ora, vamos, Liza. Conheço minhas fraquezas muito bem. Achei que podia ser mais do que isso.

— É melhor que seja mais do que isso — disse ela. — Esse homem não admite que seus filhos vivem. Ele os cortou em pleno voo.

— É o que me parece, Liza.

— Se ele o mandar cuidar da sua própria vida, o que vai fazer?

— Ora, não sei.

Ela fechou as mandíbulas e seus dentes bateram.

— Se não conseguir que esses meninos ganhem um nome, não haverá nenhum lugar quente para você nesta casa. Não ouse voltar se lamuriando, dizendo que ele não quis agir ou não quis ouvir. Se fizer isso, vou até lá eu mesma.

— Vou dar uns tabefes nele — disse Samuel.

— Não, não vai fazer isso. Você não é bom de selvageria, Samuel. Eu o conheço. Vai dar-lhe palavras doces e voltar para casa se arrastando e tentando me fazer esquecer de que chegou a ir até lá um dia.

— Vou triturar os miolos dele — gritou Samuel.

Entrou no quarto de dormir batendo a porta e Liza sorriu para o forro de madeira.

Saiu pouco depois no seu terno preto com a camisa lustrosa de colarinho engomado. Abaixou-se junto a ela enquanto Liza dava um nó na gravata preta fina. Sua barba branca reluzia de tanto que a havia escovado.

— É melhor dar uma escovada nos sapatos com graxa preta — disse ela.

Enquanto escurecia os sapatos desgastados, olhou de lado para Liza.

— Poderia levar a Bíblia comigo? — perguntou. — Não há melhor lugar para se encontrar um bom nome do que a Bíblia.

— Não gosto muito que ela saia desta casa — falou ela, apreensiva. — E, se você demorar a voltar para casa, o que é que vou ter para ler? E os nomes de nossos filhos estão escritos nela.

Liza viu o rosto dele se entristecer. Foi ao quarto e voltou com uma pequena Bíblia velha e gasta, a capa presa por papel pardo e cola.

— Leve esta — disse.

— Mas esta é da sua mãe.

— Ela não se incomodaria. E todos os nomes aqui, exceto um, já têm duas datas.

— Vou embrulhar para que não sofra nenhum estrago — disse Samuel.

Liza falou rispidamente:

— O que incomodaria minha mãe é o que me incomoda e vou lhe dizer do que se trata. Você nunca está satisfeito em deixar o Testamento em paz. Está sempre discutindo com ele e o questionando. Você o revira como um guaxinim revira uma pedra molhada e isso me enfurece.

— Estou apenas tentando entendê-lo, mãe.

— O que há para entender? Basta ler. Lá está, preto no branco. Quem quer que você entenda? Se o Senhor Deus quisesse que você o entendesse, Ele o teria feito entender ou Ele teria escrito de maneira diferente.

— Mas, mãe...

— Samuel — disse ela. — Você é o homem mais provocador que este mundo já viu.

— Sim, mãe.

— Não concorde comigo o tempo todo. Parece insinceridade. Fale por si mesmo.

Ela viu sua figura toda de preto na charrete enquanto se afastava.

— É um marido muito bom — disse em voz alta —, mas provocador.

E Samuel pensava com perplexidade: Justamente quando acho que a conheço, ela faz uma coisa dessas.

[3]

No último quilômetro, saindo do vale do Salinas e pegando a estrada esburacada debaixo dos grandes carvalhos, Samuel tentou ficar com raiva para controlar o seu embaraço. Disse palavras de ânimo para si mesmo.

Adam estava mais macilento do que Samuel lembrava, os olhos opacos, como se não os usasse muito para ver. Levou algum tempo até que Adam se desse conta de que Samuel estava parado de pé diante dele. Um trejeito de desprazer repuxou sua boca.

Samuel falou:

— Sinto-me mal agora, vindo aqui sem ser convidado.

Adam disse:

— O que quer? Eu não lhe paguei?

— Pagar? — perguntou Samuel. — Sim, você pagou. Sim, por Deus, você pagou. E devo dizer-lhe que o pagamento foi mais do que mereci pela natureza do trabalho.

— O quê? O que está tentando dizer?

A raiva de Samuel cresceu e se expandiu.

— Um homem, em toda sua vida, se mede em relação ao que ganha. E como, se todo o trabalho de minha vida se destina a descobrir quanto valho, pode você, triste homem, me reduzir a uma cifra no seu livro de contabilidade?

Adam exclamou:

— Eu vou pagar. Estou lhe dizendo que vou pagar. Quanto é? Vou pagar.

— Tem de pagar, mas não para mim.

— Por que veio, então? Vá embora!

— Você certa vez me convidou.

— Não o estou convidando agora.

Samuel colocou as mãos nos quadris e inclinou-se para a frente.

— Vou lhe contar agora, com calma. Numa noite amarga, numa noite de mostarda que foi a noite passada, veio-me um bom pensamento, e a escuridão foi amenizada quando o dia se pôs. Esse pensamento prosseguiu da estrela vespertina até a última estrela do amanhecer, de que falavam nossos ancestrais. Por isso eu me convidei.

— Não é bem-vindo.

Samuel falou:

— Disseram-me que de alguma glória singular seu sêmen gerou gêmeos.

— E isso é lá da sua conta?

Uma espécie de alegria iluminou os olhos de Samuel diante da grosseria. Viu Lee à espreita dentro de casa, olhando para ele.

— Pelo amor de Deus, não me venha com violência. Sou um homem que espera ter uma imagem de paz no seu brasão.

— Não o entendo.

— Como poderia? Adam Trask, um lobo com um par de filhotes, um galo enfezado com a doce paternidade advinda de um ovo fertilizado! Um idiota mesquinho!

Uma sombra escureceu as faces de Adam e pela primeira vez seus olhos pareciam enxergar. Samuel jubilosamente sentiu a raiva esquentar em sua barriga. Gritou:

— Ah, meu amigo, afaste-se de mim! Por favor, eu lhe imploro! — A saliva umedecia os cantos de sua boca. — Por favor! — gritou. — Pelo amor de qualquer coisa sagrada que possa lembrar, afaste-se de mim. Sinto em minhas entranhas ganas de matar alguém.

Adam falou:

— Saia da minha fazenda. Vamos, vá embora. Está agindo como um louco. Saia. Esta é a minha propriedade. Eu a comprei.

— Você comprou seus olhos e seu nariz — zombou Samuel. — Comprou sua capacidade de ficar de pé. E comprou também seu polegar. Escute-me porque estou propenso a matá-lo depois disso. Você comprou! Comprou tudo graças a uma bela herança. Pense agora, você merece seus filhos, homem?

— Se os mereço? Eles estão aqui, eu suponho. Não o entendo.

Samuel berrou:

— Deus me salve, Liza! As coisas não são como você pensa, Adam! Ouça-me antes que meus polegares encontrem o ponto frágil do seu pescoço. Os preciosos gêmeos, abandonados, sem atenção, sem afeto, e falo com minhas mãos abaixadas, ainda não descobertos por você.

— Saia — disse Adam roucamente. — Lee, traga uma arma! Este homem está maluco. Lee!

E então as mãos de Samuel voaram sobre o pescoço de Adam, fazendo até suas têmporas latejarem, inchando seus olhos de sangue. E Samuel rosnava de novo para ele.

— Tente se livrar com esses seus dedos moles. Você não comprou esses meninos, nem os roubou, não deu nem uns trocados por eles. Você os ganhou por uma dádiva estranha e adorável.

Subitamente afastou os polegares duros do pescoço do vizinho.

Adam ficou parado, tentando recobrar o fôlego. Apalpou o pescoço onde as mãos do ferreiro apertaram.

— O que quer de mim?

— Você não tem nenhum amor.

— Eu tive... o bastante para me matar.

— Ninguém nunca teve amor o bastante. O pomar de pedra celebra pouquíssimo, não muito.

— Afaste-se de mim. Sou capaz de reagir. Não pense que não posso me defender.

— Você tem duas armas e elas não receberam nomes.

— Vou lutar com você, seu velho. Você não passa de um velho.

Samuel disse:

— Não consigo imaginar um homem tacanho apanhando uma pedra que antes de anoitecer não tivesse um nome para ela, como Pedro. E você durante um ano viveu com a sangria do seu coração e sequer pôs um número aos meninos.

Adam disse:

— O que eu faço é da minha conta.

Samuel o atingiu com um punho duro de trabalhador e Adam se esparramou na poeira. Samuel pediu que se levantasse e, quando Adam o fez, golpeou-o de novo e dessa vez Adam não se levantou. Fitou com olhos vidrados o velho ameaçador.

O fogo extinguiu-se no olhar de Samuel e ele falou calmamente:

— Seus filhos não têm nomes.

Adam replicou:

— A mãe deles os abandonou.

— E você os deixou sem pai. Não é capaz de sentir o frio de uma criança solitária à noite? Que calor existe, que canto de pássaro, que manhã possível pode ser boa? Não está lembrado, Adam, de como era, nem mesmo um pouco?

— Eu não fiz nada — disse Adam.

— E desfez alguma coisa? Seus filhos não têm nomes.

Abaixou-se, pôs os braços ao redor dos ombros de Adam e ajudou-o a ficar de pé.

— Vamos dar nomes para eles — falou. — Vamos pensar longamente e encontrar bons nomes que os agasalhem.

Espanou a poeira da camisa de Adam com as mãos.

Adam tinha um ar distante, embora atento, como se ouvisse alguma música levada pelo vento, mas seus olhos não estavam tão mortos como antes. Ele disse:

— É difícil imaginar que eu agradeceria a um homem por me insultar e me bater como a um tapete. Mas estou agradecido. É um agradecimento dolorido, mas é um agradecimento.

Samuel sorriu, com os olhos enrugados.

— Pareceu natural? Fiz a coisa direito? — perguntou.

— Que quer dizer?

— Bem, de certo modo prometi a minha mulher que o faria. Ela não acreditava que eu pudesse. Não sou um homem de briga, você sabe. A última vez que bati numa alma humana foi por causa de uma garota de nariz vermelho e de um livro escolar no condado de Derry.

Adam olhou para Samuel, mas em sua mente via e sentia seu irmão Charles, sombrio e assassino, depois viu Cathy e o olhar dela sobre o cano do revólver.

— Não sinto medo — disse Adam. — Apenas um cansaço.

— Acho que não fiquei zangado o bastante.

— Samuel, vou lhe perguntar só mais uma vez e nunca mais. Soube de alguma coisa? Ouviu notícias dela... qualquer notícia?

— Não soube de nada.

— É quase um alívio — disse Adam.

— Sente ódio?

— Não. Não... só uma espécie de vazio no coração. Talvez depois transforme em ódio. Não houve nenhum intervalo do amor para o horror, sabe. Estou confuso, muito confuso.

Samuel falou:

— Um dia nos sentaremos e você colocará as cartas na mesa, simples como um jogo de paciência, mas agora você não consegue achar todas as cartas.

Detrás do galpão ouviu-se o grito indignado de uma galinha e depois um baque surdo.

— Algo está acontecendo no galinheiro — disse Adam.

Um segundo grito se ouviu.

— É Lee com as galinhas — disse Samuel. — Sabe, se as galinhas tivessem um governo, uma Igreja e uma história, elas teriam uma visão distante e desagradável das alegrias humanas. É só algo de bom e esperançoso acontecer a um homem e lá vai uma galinha para o cepo.

Agora os dois homens estavam em silêncio, rompendo-o apenas com pequenas cortesias falsas — perguntas sem sentido sobre a saúde e o tempo, com respostas que não eram ouvidas. E isso poderia ter continuado até que se zangassem um com o outro de novo, não fosse a interferência de Lee.

Lee trouxe para fora uma mesa e duas cadeiras e colocou-as uma de frente para a outra. Fez outra viagem para trazer meio litro de uísque e dois copos e colocou um copo diante de cada cadeira. Trouxe então os gêmeos, um debaixo de cada braço, e colocou-os no chão ao lado da mesa e deu a cada um dos meninos um bastão para brincarem.

Os meninos ficaram sentados solenemente e olharam ao redor, fitaram a barba de Samuel e procuraram por Lee. O detalhe estranho neles eram suas roupas, pois os meninos vestiam as calças retas e as jaquetas com alamares dos chineses. Uma era em azul-turquesa, a outra num rosa desbotado e os alamares eram em preto. Em suas cabeças pousavam chapéus pretos de seda, cada um com um botão vermelho no topo achatado.

Samuel perguntou:

— Onde é que você foi arranjar essas roupas, Lee?

— Eu não as arranjei — disse Lee irritado. — Eu as tinha. As únicas outras roupas que eles têm eu mesmo fiz, de pano de vela. Um menino deveria estar bem-vestido no dia do seu batizado.

— Deixou de falar o dialeto, Lee.

— Espero que para sempre. Claro que eu o uso em King City.

Lee dirigiu algumas sílabas curtas cantadas aos meninos no chão e os dois sorriram para ele e acenaram com seus bastões.

— Vou servir-lhe um drinque. Alguma coisa que sobrou por aqui.

— Alguma coisa que você comprou ontem em King City — disse Samuel.

Agora que Samuel e Adam estavam sentados juntos e as barreiras haviam caído, uma cortina de timidez se abateu sobre Samuel. Não conseguia suplementar facilmente o que conquistara com a força dos punhos. Pensou nas virtudes da coragem e da paciência, que se tornavam flácidas quando não havia nenhum uso para elas. Sorriu interiormente de si mesmo.

Os dois ficaram sentados olhando para os gêmeos em suas estranhas roupas coloridas. Samuel pensou: Às vezes um oponente pode ajudar mais do que um amigo. Ergueu os olhos para Adam.

— É difícil começar — disse. — E é como uma carta de despedida que fica mais difícil a cada minuto. Podia me dar uma ajuda?

Adam levantou a vista por um momento e voltou a olhar os meninos no chão.

— Escuto um ruído em minha cabeça — disse. — Como sons ouvidos debaixo da água. Estou tentando vir à superfície depois de passar um ano afogado.

— Talvez me conte como tudo aconteceu e isso será para nós um ponto de partida.

Adam tomou o seu drinque, serviu-se de outro e rolou o copo em ângulo na sua mão. O uísque âmbar elevou-se na lateral do copo e o odor pungente de fruta da bebida agitada encheu o ar.

— É difícil lembrar — disse ele. — Não foi uma agonia, mas um amortecimento. Mas não, eu sentia agulhadas. Você disse que eu não tinha todas as cartas do baralho... fiquei pensando nisso. Talvez nunca terei todas as cartas.

— Seria a imagem dela tentando aparecer? Quando um homem diz que não quer falar de um determinado assunto, é porque não consegue pensar em outra coisa.

— Talvez seja isso. Ela está misturada com todo esse amortecimento e não posso lembrar de muita coisa, exceto do último quadro desenhado a fogo.

— Ela atirou em você, não foi, Adam?

Seus lábios se afinaram e os olhos escureceram.

Samuel falou:

— Não é necessário responder.

— Não há razão para não responder — replicou Adam. — Sim, ela atirou.

— Pretendia matá-lo?

— Pensei nisso mais do que tudo. Não, não creio que pretendesse me matar. Não me permitiu essa dignidade. Não havia ódio nela, nem paixão.

Aprendi isso no Exército. Se você quer matar um homem, atira na cabeça, no coração ou na barriga. Ela me atingiu exatamente onde queria. Posso ver o cano da arma se desviando. Acho que não teria me importado tanto se ela desejasse minha morte. Teria sido uma espécie de amor. Mas eu era um estorvo, não um inimigo.

— Você pensou muito nisso — disse Samuel.

— Tive muito tempo para pensar. Quero perguntar-lhe uma coisa. Não consigo me lembrar muito além dessa última cena feia. Ela era muito bonita, Samuel?

— Para você era, porque a construiu. Não acredito que algum dia a tenha visto realmente. Viu apenas a sua própria criação.

Adam meditou em voz alta.

— Eu tento imaginar quem ela era, o que era. Fico contente de não saber.

— E agora quer saber?

Adam baixou os olhos.

— Não é curiosidade. Mas eu teria gostado de saber que tipo de sangue corre em meus filhos. Quando crescerem, não estarei buscando algo neles?

— Sim, vai procurar. E devo adverti-lo agora de que não é o sangue deles, mas a sua desconfiança que instilará o mal neles. Eles vão ser o que você espera que sejam.

— Mas seu sangue...

— Não acredito muito em sangue — disse Samuel. — Acho que, quando um homem encontra o bem ou o mal em seus filhos, ele só está vendo o que plantou neles depois que saíram do útero.

— Não se pode transformar um porco num cavalo de corrida.

— Não — disse Samuel. — Mas pode transformá-lo num porco muito rápido.

— Ninguém por estas redondezas concordaria com você. Acho que nem mesmo a sra. Hamilton concordaria.

— Está inteiramente certo. Ela mais do que ninguém discordaria e então eu não lhe contaria para não provocar o trovão da desavença. Ela ganha toda discussão pelo uso da veemência e acredita que uma divergência de opinião é uma afronta pessoal. É uma excelente mulher, mas é preciso aprender a lidar com ela. Vamos falar dos meninos.

— Aceita mais um drinque?

— Com certeza, muito obrigado. Os nomes são um grande mistério. Nunca soube se um nome é moldado pela criança ou se a criança é que muda para combinar com o nome. Mas pode ter certeza de uma coisa: sempre que um ser humano tem um apelido, isso é uma prova de que o nome que lhe deram está errado. Que acha dos nomes mais comuns: John, James ou Charles?

Adam olhava para os gêmeos e subitamente à menção do nome viu seu irmão espreitando dos olhos de um dos meninos. Inclinou-se para a frente.

— O que foi? — perguntou Samuel.

— Ora — gritou Adam. — Esses meninos não são iguais! Não se parecem.

— Claro que não. Não são gêmeos idênticos.

— Aquele ali, ele é parecido com o meu irmão. Acabei de ver isso. Queria saber se o outro se parece comigo.

— Os dois se parecem com você. Um rosto tem a sua definição pronta desde o início.

— Não parece tanto agora — disse Adam. — Mas por um momento achei que estivesse vendo um fantasma.

— Talvez os fantasmas sejam justamente isso — observou Samuel.

Lee trouxe pratos e colocou-os sobre a mesa.

— Existem fantasmas chineses? — perguntou Samuel.

— Milhões — disse Lee. — Temos mais fantasmas do que qualquer outra coisa. Acho que nada na China chega a morrer. É muito populosa. Enfim, foi a sensação que tive quando estive lá.

Samuel disse:

— Sente-se, Lee. Estamos tentando pensar em nomes.

— Estou fritando galinha. Vai ficar pronta logo.

Adam dirigiu o olhar para os gêmeos e seus olhos eram calorosos e calmos.

— Aceita uma bebida, Lee?

— Estou bebericando o ng-ka-py na cozinha — disse Lee, e voltou para dentro.

Samuel debruçou-se, apanhou um dos meninos e colocou-o no colo.

— Pegue o outro — disse para Adam. — Precisamos ver se existe algo que sugira nomes para eles.

Adam segurou a criança desajeitadamente no seu joelho.

— Parecem iguais, mas não quando se olha de perto. Este aqui tem olhos mais redondos que os do outro.

— Sim, olhos mais redondos e orelhas maiores — acrescentou Samuel. — Mas este é mais como... como uma bala. Poderia ir mais longe, mas não tão alto. E este vai ser mais escuro, nos cabelos e na pele. Este aqui será esperto, eu acho, e a esperteza é uma limitação da mente. A esperteza lhe diz o que não deveria fazer porque não seria esperto. Veja como este se apoia! Foi mais longe que o outro, é mais desenvolvido. Não é estranho como são diferentes quando os examinamos de perto?

A expressão no rosto de Adam mudava como se ele estivesse se abrindo e subindo à superfície. Ergueu o dedo, e a criança lançou-se para pegá-lo e quase caiu do seu colo.

— Epa! — disse Adam. — Vamos com calma. Quer cair?

— Seria um erro dar-lhes nomes segundo as qualidades que achamos que possuem — disse Samuel. — Poderíamos estar errados, muito errados. Talvez fosse melhor dar-lhes uma marca, um alvo, um nome ao qual tivessem de corresponder. O homem cujo nome me deram teve o seu nome chamado claramente pelo Senhor Deus e eu estive atento a esse chamado por toda a minha vida. E uma vez ou outra pensei ouvir meu nome chamado, mas não claramente, nada claro.

Adam, segurando a criança pelo seu braço, inclinou-se e serviu uísque nos dois copos.

— Agradeço por ter vindo, Samuel — falou. — Agradeço até pela surra que me deu. É estranho dizer uma coisa dessas.

— Foi estranho eu fazer tal coisa. Liza nunca vai acreditar e por isso não vou contar a ela. Uma verdade inacreditável pode ferir mais um homem do que uma mentira. É preciso muita coragem para defender uma verdade inaceitável para nossa época. Existe uma punição para isso e geralmente é a crucifixão. Não tenho coragem para isso.

Adam disse:

— Sempre me intrigou porque um homem com o seu conhecimento trabalharia numa fazenda num morro deserto.

— É porque não tenho coragem — falou Samuel. — Nunca pude assumir a responsabilidade. Quando o Senhor Deus não chamou meu nome, eu poderia ter chamado o nome Dele, mas não chamei. Aí você tem a diferença entre a grandeza e a mediocridade. Não é um mal incomum.

Mas é bom para um homem medíocre saber que a grandeza pode ser o estado mais solitário do mundo.

— Acho que existem níveis de grandeza — disse Adam.

— Acho que não — disse Samuel. — Seria como dizer que existe uma pequena grandeza. Não. Acredito que, quando se chega à responsabilidade, estamos sozinhos na imensidão para fazer a nossa escolha. De um lado temos calor e companheirismo e doce compreensão e, do outro, frieza, grandeza solitária. É aí que fazemos a nossa escolha. Estou feliz por ter escolhido a mediocridade, mas como posso saber que recompensa teria vindo com a outra escolha? Nenhum dos meus filhos será grandioso, com exceção talvez de Tom. Ele está sofrendo com o problema da escolha neste momento. É doloroso de observar. Em alguma parte de mim eu quero que ele diga sim. Não é estranho? Um pai querer seu filho condenado à grandeza! Quanto egoísmo deve haver nisso.

Adam abafou um risinho.

— Esse negócio de dar nome não é tão simples, estou vendo.

— Achava que ia ser simples?

— Não achava que pudesse ser tão agradável — disse Adam.

Lee chegou com uma travessa de galinha frita, uma tigela de batatas cozidas fumegantes e um prato fundo de beterrabas em picles, tudo sobre uma tábua de preparar massa.

— Não sei se está bom — falou. — As galinhas são um pouco velhas. Não temos nenhum galeto. As doninhas comeram todos os pintinhos este ano.

— Sente-se conosco — disse Samuel.

— Esperem que vou buscar meu ng-ka-py — disse Lee.

Quando ele saiu, Adam disse:

— É estranho para mim, ele costumava falar de modo diferente.

— Ele confia em você agora — disse Samuel. — Tem um dom de lealdade resignada sem esperança de recompensa. Talvez seja um homem muito melhor do que qualquer um de nós sonharia ser.

Lee voltou e sentou-se à extremidade da mesa.

— Coloquem os meninos no chão — disse.

Os gêmeos protestaram quando foram postos no chão. Lee falou com eles rispidamente em cantonês e ficaram quietos.

Os homens comeram silenciosamente como quase todas as pessoas do campo o fazem. Subitamente, Lee se levantou e partiu correndo para a casa. Voltou com uma botija de vinho tinto.

— Eu me esqueci — disse. — Encontrei-o na casa.

Adam riu.

— Lembro-me de ter bebido vinho aqui antes de comprar a fazenda. Talvez tenha comprado a fazenda por causa do vinho. A galinha está boa, Lee. Acho que fiquei muito tempo sem sentir o gosto da comida.

— Você está melhorando — disse Samuel. — Algumas pessoas acham que é insulto à glória da sua doença ficar bem. Mas o remédio do tempo não respeita glórias. Todo mundo melhora, se esperar.

[4]

Lee limpou a mesa e deu a cada um dos meninos uma coxa de galinha. Ficaram sentados solenemente segurando os pedaços gordurosos e alternadamente os inspecionando e sugando. O vinho e os copos permaneceram sobre a mesa.

— É melhor iniciarmos a escolha dos nomes — disse Samuel. — Já estou sentindo Liza apertar o meu cabresto.

— Não posso pensar num nome para eles — disse Adam.

— Não existe nenhum nome da família do seu agrado, nenhuma armadilha para um parente rico, nenhum nome orgulhoso a ser recriado?

— Não, eu gostaria que eles começassem do princípio, na medida do possível.

Samuel bateu na testa com as juntas dos dedos.

— Que pena — disse. — Que pena que não possam receber os nomes adequados a eles.

— Que quer dizer? — perguntou Adam.

— Frescor, você disse. Eu pensei na noite passada... — Samuel fez uma pausa. — Já pensou no seu próprio nome?

— Meu nome?

— Claro. Seus primogênitos, Caim e Abel.

Adam disse:

— Ah, não. Não podemos fazer isso. Seria provocar o destino. Mas não é estranho que Caim seja talvez o nome mais conhecido de todo o mundo e, ao que eu saiba, até hoje só um homem o usou?

Lee disse:

— Talvez seja por isso que o nome nunca perdeu sua intensidade.

Adam olhou para o vinho cor de tinta vermelha em seu copo.

— Senti um calafrio quando mencionou isso — disse.

— Duas histórias nos perseguem e nos acompanham desde o começo como caudas invisíveis, a história do pecado original e a história de Caim e Abel. E eu não entendo nenhuma delas. Não entendo nada delas, mas posso senti-las. Liza fica furiosa comigo. Diz que não devia tentar entendê-las. Pergunta por que deveríamos querer tentar explicar uma verdade. Talvez tenha razão. Lee, Liza diz que você é presbiteriano. Você entende o Jardim do Éden e Caim e Abel?

— Ela achou que eu tinha de ser alguma coisa e frequentei a escola dominical há muito tempo em São Francisco. As pessoas gostam que você seja alguma coisa, de preferência o que elas são.

Adam disse:

— Ele perguntou se você entendia.

— Acho que entendo o pecado original. Posso senti-lo talvez em mim mesmo. Mas o fratricídio não. Bem, talvez eu não lembre dos detalhes muito bem.

Samuel falou:

— A maioria das pessoas não lê os detalhes. São os detalhes que me espantam. E Abel não teve filhos.

Ele olhou para o céu acima.

— Deus, como o dia passa! É como uma vida: tão rapidamente quando não a observamos e tão lentamente quando o fazemos. Não — disse ele. — Estou me divertindo. E fiz a mim mesmo a promessa de que não consideraria o divertimento um pecado. Sinto prazer em investigar as coisas. Nunca me contentei de passar por uma pedra sem olhar debaixo dela. E é um desapontamento terrível para mim não conseguir ver o outro lado da lua.

— Não tenho uma Bíblia — disse Adam. — Deixei a da família em Connecticut.

— Eu tenho — disse Lee. — Vou buscá-la.

— Não é preciso — falou Samuel. — Liza me deixou trazer a da mãe dela. Está aqui no meu bolso.

Puxou o pacote e desembrulhou o livro surrado.

— Esta aqui está caindo aos pedaços. Fico imaginando os sofrimentos que passaram por aqui. Acho que sou capaz de descrever um homem pelas marcas de seus dedos sujos numa Bíblia usada. Liza folheia uma Bíblia por igual. Aqui estamos, a mais antiga das histórias. Se nos perturba, deve ser porque encontramos a perturbação em nós mesmos.

— Não a ouço desde criança — disse Adam.

— Você deve achá-la longa então, mas é muito curta — falou Samuel. — Vou ler toda e depois voltamos. Dê-me um pouco de vinho, minha garganta ficou seca sem o vinho. Aqui está, uma história tão pequena para ter causado uma ferida tão profunda. — Olhou para o chão. — Vejam! — disse. — Os meninos pegaram no sono, ali mesmo na poeira.

Lee se levantou.

— Vou cobri-los — disse.

— O chão está quente — disse Samuel. — Bem, então diz assim: "E Adão conheceu Eva, sua mulher, e ela concebeu e deu à luz Caim e disse: 'Gerei um homem com o auxílio do Senhor.'"

Adam começou a falar e Samuel ergueu o olhar para ele e caiu em silêncio e cobriu os olhos com as mãos. Samuel leu:

— "Em seguida ela deu também à luz Abel, irmão de Caim. Abel era pastor e Caim, lavrador. Passado algum tempo, Caim ofereceu ao Senhor os frutos da terra. E Abel também ofereceu os primogênitos do seu rebanho e as suas gorduras. E o Senhor olhou com agrado para Abel e a sua oferta, mas não olhou para Caim e a sua oferta."

Lee disse:

— Espere um pouco... não, continue, continue. Depois nós voltamos.

Samuel leu:

— "E Caim ficou muito irritado e seu semblante se cerrou. E o Senhor disse a Caim: 'Por que estás zangado? E por que teu semblante está abatido? Se praticares o bem, poderás reabilitar-te. E se procederes mal, o pecado estará à tua porta, espreitando-te. Mas tu o dominarás.'"

"E Caim disse a Abel, seu irmão: 'Vamos ao campo.' Logo que chegaram ao campo, Caim lançou-se sobre o irmão e o matou. Disse o Senhor a Caim: 'Onde está Abel, o teu irmão?' E ele disse: 'Não sei. Sou porventura o guarda do meu irmão?' E o Senhor replicou: 'Que fizeste? A voz do sangue do teu irmão clama da terra por mim. De agora em diante serás maldito sobre a terra, cuja boca se abriu para receber de tuas mãos o sangue do teu irmão. Quando a cultivares, ela te negará os seus frutos. E tu serás peregrino e errante sobre a terra.' E Caim disse ao Senhor: 'Meu castigo é maior do que posso suportar. Expulsai-me agora desta terra e devo ocultar-me longe da Vossa face, tornando-me um peregrino errante sobre a terra. O primeiro que me encontrar, matar-me-á.' O Senhor respondeu-lhe: 'Não, aquele que matar Caim será punido sete vezes mais.' E o Senhor marcou-o com um sinal, para que, se alguém o encontrasse, não o matasse. Caim retirou-se da presença do Senhor e foi morar na região de Nod, a leste do Éden."

Samuel fechou a capa solta do livro quase com cansaço.

— Aí está. Dezesseis versículos, não mais do que isso. E, por Deus! Havia esquecido como é terrível, nem um só tom de encorajamento. Talvez Liza tenha razão. Não há nada para entender.

Adam suspirou fundo.

— Não é uma história confortadora, é?

Lee serviu-se de um copo cheio de uma bebida escura da sua garrafa de pedra redonda, bebericou-o e abriu a boca para degustar no fundo da garganta.

— Nenhuma história tem poder, ou vai durar, a não ser que sintamos em nós mesmos que é verdadeira e fala à nossa verdade. Que grande fardo de culpa os homens carregam!

Samuel disse a Adam:

— E você tentou carregar tudo.

Lee disse:

— Eu também, todo mundo faz o mesmo. Temos os braços carregados de culpa como se fosse algo precioso. Deve ser porque queremos que seja assim.

Adam interrompeu.

— Isso me faz sentir melhor, não pior.

— Que quer dizer? — perguntou Samuel.

— Bem, todo menino acha que inventou o pecado. A virtude nós achamos que aprendemos, porque somos ensinados assim. Mas o pecado é nossa própria criação.

— Sim, entendo. Mas como esta história torna a coisa melhor?

— Porque — falou Adam empolgado — nós descendemos disso. Este é o nosso pai. Um pouco de nossa culpa é absorvida de nossos ancestrais.

Que chance tivemos? Somos filhos de nosso pai. Quer dizer que não somos os primeiros. É uma justificativa e não existem justificativas suficientes no mundo.

— Pelo menos justificativas convincentes — disse Lee. — Caso contrário, teríamos varrido nossa culpa há muito tempo e o mundo não estaria cheio de pessoas tristes e castigadas.

Samuel disse:

— Mas vocês não veem um outro lado? Com ou sem justificativa, estamos presos a nossos ancestrais. Nós temos culpa.

Adam falou:

— Lembro-me de ter ficado um pouco revoltado com Deus. Tanto Caim como Abel ofereceram o que tinham e Deus aceitou Abel e rejeitou Caim. Nunca achei justo. Nunca compreendi. Vocês compreenderam?

— Podemos ver de um ponto de vista diferente — disse Lee. — Lembro que essa história foi contada por e para um povo de pastores. Não eram agricultores. O deus dos pastores não acharia um cordeiro gordo mais valioso do que um feixe de cevada? Um sacrifício deve ser o melhor e o mais valioso.

— Sim, posso entender isso — disse Samuel. — E, Lee, deixe-me avisá-lo para não trazer seu raciocínio oriental à atenção de Liza.

Adam estava excitado.

— Sim, mas por que Deus condenou Caim? Foi uma injustiça.

Samuel disse:

— Existe uma vantagem em ouvir as palavras. Deus não condenou Caim. Mesmo Deus pode ter uma preferência, não pode? Vamos supor que Deus gostasse mais de cordeiro do que de legumes. Acho que eu prefiro também. Caim trouxe-lhe um punhado de cenouras, talvez. E Deus disse: "Não gosto disso. Tenta de novo. Traze-me algo de que eu goste e te aceitarei como ao teu irmão." Mas Caim ficou zangado. Seus sentimentos foram magoados. E quando os sentimentos de um homem são magoados ele quer golpear qualquer coisa, e Abel surgiu no caminho da sua raiva.

Lee falou:

— São Paulo diz aos hebreus que Abel tinha fé.

— Não há nenhuma referência a isso no Gênesis — disse Samuel. — Nenhuma fé ou falta de fé. Apenas uma insinuação da raiva de Caim.

Lee perguntou:

— O que a sra. Hamilton acha dos paradoxos da Bíblia?

— Ora, ela não acha nada, porque não admite que eles existam.

— Mas...

— Calma, homem. Pergunte a ela. E sairá disso mais velho, mas não menos confuso.

Adam falou:

— Vocês dois estudaram isso. Meu aprendizado foi superficial e não sobrou muito. E então, Caim foi expulso porque matou?

— Correto, porque matou.

— E Deus o marcou?

— Ouviram direito? Caim levou uma marca não para destruí-lo, mas para preservá-lo. E existe uma maldição sobre qualquer homem que o mate. Era uma marca de proteção.

Adam disse:

— Não consigo me livrar da sensação de que Caim foi o prejudicado em toda essa história.

— Talvez fosse — disse Samuel. — Mas Caim viveu e teve filhos e Abel vive somente na história. Somos os filhos de Caim. E não é estranho que três homens adultos, aqui num século tantos milhares de anos depois, discutam esse crime como se tivesse acontecido em King City ontem e ainda não tivesse ido a julgamento?

Um dos gêmeos acordou, bocejou, olhou para Lee e voltou a dormir.

Lee disse:

— Está lembrado, sr. Hamilton, de que lhe falei que estava tentando traduzir algumas poesias antigas chinesas? Não, não se preocupe. Não vou ler. Ao fazê-lo, descobri que coisas antigas podem ser novas e claras como esta manhã. E me perguntei por quê. Naturalmente as pessoas só se interessam por si mesmas. Se uma história não é sobre o ouvinte, ele não vai querer escutar. E aqui eu estabeleço uma regra: uma grande e duradoura história deve falar de todos, ou não será duradoura. O estranho e remoto não é interessante, só o profundamente pessoal e familiar.

Samuel falou:

— Aplique isso à história de Caim e Abel.

E Adam disse:

— Eu não matei o meu irmão... — E subitamente parou e sua mente voltou atrás no tempo.

— Acho que eu posso explicar — respondeu Lee a Samuel. — Acho que essa é a história mais conhecida do mundo porque é a história de todos. Acho que é o símbolo da alma humana. O maior terror que uma criança pode sofrer é não ser amada, a rejeição é o inferno que ela teme. Acho que todo mundo, uns mais, outros menos, já sentiu a rejeição na pele. E com a rejeição vem a raiva e com a raiva alguma espécie de crime como vingança pela rejeição, e com o crime a culpa. Eis aí a história da humanidade. Acho que, se a rejeição pudesse ser amputada, o ser humano não seria o que é. Talvez houvesse menos pessoas loucas. Tenho certeza de que não haveria tantas prisões. Está tudo aí, o início, o começo. Uma criança, tendo recusado o amor pelo qual anseia, chuta o gato e esconde sua culpa secreta; e outra rouba para que o dinheiro a torne amada; e uma terceira conquista o mundo... e sempre a culpa, a vingança, e mais culpa. O ser humano é o único animal que carrega a culpa. Acho que essa história antiga e terrível é importante porque ela é um mapa da alma, da alma secreta, rejeitada e culpada. Sr. Trask, o senhor disse que não matou o seu irmão e depois se lembrou de algo. Não quero saber o que era, mas estava muito distante de Caim e Abel? E o que acha da minha conversa oriental, sr. Hamilton? Sabe que não sou mais oriental do que o senhor.

Samuel tinha apoiado os cotovelos na mesa e suas mãos cobriam os olhos e a testa.

— Quero pensar — disse. — Seu filho da mãe, quero pensar. Quero enxergar isso tudo com distanciamento e chegar a uma conclusão. Talvez tenha desmoronado o meu mundo. E não sei o que posso construir em seu lugar.

Lee disse em voz baixa:

— Um mundo não poderia ser construído com base na verdade aceita? Algumas dores e loucuras não poderiam ser eliminadas se as causas fossem conhecidas?

— Não sei, desgraçado. Você perturbou a ordem do meu universo. Levantou uma polêmica e trouxe a resposta. Deixe-me em paz, deixe-me pensar! Sua miserável cadela já está parindo filhotes no meu cérebro. Ah, imagino o que o meu Tom diria disso. Vai embalá-lo na palma da sua mente como um assado de porco diante do fogo. Adam, vamos lá. Você já remoeu tempo demais a mesma lembrança, seja qual for.

Adam teve um sobressalto. Suspirou fundo.

— Não parece simples demais? — perguntou. — Sempre tenho medo de coisas simples.

— Não é nada simples — disse Lee. — É desesperadamente complicado. Mas no final haverá luz.

— Daqui a pouco não vai haver mais luz — falou Samuel. — Ficamos sentados aqui e deixamos a noite chegar. Vim de charrete para ajudar a dar um nome aos gêmeos e ainda estão sem nome. Ficamos rodando no mesmo lugar. Lee, é melhor manter suas complicações fora da maquinaria das Igrejas estabelecidas, senão vamos ver um chinês com pregos nas mãos e nos pés. Elas gostam de complicações, mas de suas próprias complicações. Vou ter de partir para minha casa.

Adam disse em desespero:

— Diga alguns nomes.

— Da Bíblia?

— De qualquer lugar.

— Bem, vamos ver. De todas as pessoas que saíram do Egito, só duas chegaram à Terra Prometida. Gostaria delas como um símbolo?

— Quem?

— Caleb e Joshua.

— Joshua era um soldado, um general. Não gosto de soldados.

— Bem, Caleb era um capitão.

— Mas não um general. Acho que gosto de Caleb... Caleb Trask.

Um dos gêmeos acordou e imediatamente começou a gemer.

— Você chamou o seu nome — disse Samuel. — Não gosta de Joshua e Caleb já ganhou o seu nome. Ele é o esperto, o mais escuro. Vejam, o outro acordou também. Bem, sempre gostei de Aaron, mas ele não conseguiu chegar à Terra Prometida.

O segundo menino começou a chorar quase jubilosamente.

— Perfeito, será Aaron — disse Adam.

Subitamente Samuel riu.

— Resolvido em dois minutos e depois de uma cascata de palavras. Caleb e Aaron, agora vocês são pessoas e se juntaram à fraternidade e têm o direito à danação.

Lee pegou os meninos debaixo do braço.

— Sabe ao certo quem é quem dos dois? — perguntou.

— Claro — disse Adam. — Aquele ali é Caleb e o outro, Aaron.

Lee levou para casa os gêmeos que berravam no crepúsculo.

— Ontem eu não era capaz de distingui-los — disse Adam. — Aaron e Caleb.

— Graças a Deus tivemos um fruto do nosso paciente pensar — falou Samuel. — Liza teria preferido Josué. Ela adora a derrubada das muralhas de Jericó. Mas gosta de Aaron, também, portanto acho que está tudo bem. Vou atrelar a minha charrete.

Adam caminhou com ele até o galpão.

— Estou feliz por ter vindo — disse. — Tirou um grande peso das minhas costas.

Samuel colocou o freio na boca relutante de Doxologia, passou a testeira e afivelou a correia do freio.

— Talvez você agora pense no jardim na planície — falou. — Eu posso vê-lo lá, exatamente como planejou.

Adam demorou a responder. Finalmente disse:

— Acho que aquele tipo de energia se esvaiu de mim. Não consigo sentir nenhuma firmeza. Tenho dinheiro suficiente para viver. Nunca o quis para mim mesmo. Não tenho ninguém a quem mostrar um jardim.

Samuel se aproximou de Adam e seus olhos estavam cheios de lágrimas.

— Não pense que o sentimento vai morrer — gritou. — Não espere por isso. Acha-se melhor do que os outros homens? Eu lhe digo que o sentimento só vai morrer no dia em que você morrer.

Ficou parado ofegante por um momento e então subiu na charrete, tocou o chicote em Doxologia e, de ombros encurvados, partiu sem dizer adeus.

PARTE

III

23

[1]

Os Hamilton eram uma gente estranha e altamente sensível. Alguns eram tão afinados que acabavam se rompendo. O que acontece com frequência no mundo.

De todas as filhas, Una era a alegria maior de Samuel. Ainda menina ela ansiava por cultura como uma criança anseia por doces no final da tarde. Una e seu pai conspiravam quando o assunto era conhecimento — livros secretos eram tomados emprestado e lidos e seus segredos comunicados privadamente.

De todos os filhos, Una era a que tinha menos humor. Conheceu e casou-se com um homem sombrio — um homem com os dedos manchados de produtos químicos, principalmente nitrato de prata. Era daqueles homens que vivem na pobreza para que o seu trabalho de pesquisa possa continuar. Seus estudos eram sobre fotografia. Acreditava que o mundo exterior podia ser transferido para o papel — não em preto e branco, mas nas cores que o olho humano percebe.

Seu nome era Anderson e possuía pouco talento para a comunicação. Como a maioria das pessoas técnicas, tinha horror e desprezo pela especulação. O salto indutivo não era para ele. Ensaiava um passo e dava este passo assim como um homem escala a última etapa do cume de uma montanha. Nutria um grande desdém, nascido do medo, pelos Hamilton, pois todos eles meio que acreditavam que possuíam asas — e por isso sofriam algumas quedas violentas.

Anderson nunca caía, nunca escorregava, nunca voava. Seus passos moviam-se lentamente, lentamente para o alto, e no final, comenta-se, encontrou o que queria — o filme em cores. Casou-se com Una talvez porque ela tivesse pouco senso de humor e isso o tranquilizava. E como a família dela o assustava e embaraçava, levou-a para o Norte e foram para uma região obscura e remota — algum lugar na fronteira do Oregon. Ele devia levar uma vida muito primitiva com seus frascos e papéis.

Una escrevia cartas sombrias sem alegria, mas também sem autocomiseração. Passava bem e esperava que sua família estivesse passando bem. Seu marido estava perto da sua descoberta.

E então ela morreu e seu corpo voltou para casa.

Nunca cheguei a conhecer Una. Havia morrido antes que eu tivesse qualquer lembrança, mas George Hamilton me contou anos depois com os olhos cheios de lágrimas e a voz embargada.

— Una não era bonita como Mollie — disse. — Mas tinha mãos e pés adoráveis. Seus tornozelos eram delicados como a relva e movia-se como a relva. Seus dedos eram longos e as unhas estreitas com o formato de amêndoas. E Una tinha uma pele maravilhosa também, translúcida, quase reluzente. Não ria ou brincava como o resto de nós. Havia algo nela que a colocava à parte de todos os demais. Parecia estar sempre ouvindo. Quando lia, seu rosto parecia o de alguém que escutava música. E, quando lhe fazíamos alguma pergunta, ela respondia com franqueza se soubesse a resposta, não tinha aquele discurso afetado e cheio de "talvez" ou "pode ser" que o resto de nós empregava. Andávamos sempre cheios de bazófia. Havia algo de puro e simples em Una.

"E então a trouxeram para casa. Suas unhas estavam quebradas até o sabugo e os dedos rachados e gastos. E os seus pés, queridos pés..." George não conseguiu prosseguir por algum tempo e depois falou com a ferocidade de um homem que tentava se controlar. "Seus pés estavam rachados e cortados por cascalhos e lanhados por espinhos. Pareciam não usar sapatos havia muito tempo. E sua pele estava áspera como couro cru.

"Achamos que foi um acidente", disse ele. "Tantos produtos químicos à sua volta. Achamos que foi isso."

Mas Samuel pensou e concluiu que o acidente foi dor e desespero.

A morte de Una atingiu Samuel como um terremoto silencioso. Não proferiu nenhuma palavra de encorajamento ou consolo, simplesmente ficou sentado sozinho balançando-se na cadeira. Achou que a culpa toda tinha sido da sua negligência.

E agora o seu corpo, que lutara jubilosamente contra o tempo, cedeu um pouco. Sua pele jovem envelheceu, seus olhos claros se embaçaram e os grandes ombros descaíram um pouco. Liza, com a sua aceitação, era capaz de lidar com a tragédia; não tinha nenhuma esperança real deste lado do Paraíso. Mas Samuel erguera uma muralha contra as leis da natureza, e a morte de Una rompeu as suas defesas. Tornou-se um velho.

Seus outros filhos iam bem. George entrara no ramo dos seguros. Will estava ficando rico. Joe partira para o Leste e ajudava a inventar uma nova profissão chamada publicidade. As falhas de Joe eram virtudes nesse campo. Descobriu que podia comunicar suas ideias sonhando de olhos abertos e, guardadas as devidas proporções, a publicidade é justamente isso. Joe era um homem importante numa nova atividade.

As garotas estavam casadas, todas exceto Dessie, que possuía um ateliê de costura bem-sucedido em Salinas. Só Tom não conseguira ainda se definir.

Samuel disse a Adam Trask que Tom se debatia com a grandeza. E o pai observava seu filho e podia sentir o ímpeto e o medo, o avanço e o recuo, porque era capaz de senti-los em si mesmo.

Tom não possuía o suave lirismo do pai nem sua alegria. Mas podíamos sentir Tom quando nos aproximávamos dele — sentir sua força, calor e uma integridade de ferro. E por trás de tudo havia um recolhimento — um recolhimento de timidez. Podia ser tão alegre quanto o pai, mas, de repente, no meio de tudo, a alegria se rompia como se rompe uma corda de violino, e podíamos vê-lo afundar num redemoinho de escuridão.

Era um homem de rosto sombrio; sua pele, talvez pela exposição ao sol, era de um vermelho-escuro também, como se o sangue nórdico ou vândalo houvesse se perpetuado nele. Seus cabelos, a barba e o bigode também eram de um ruivo escuro e os olhos azuis brilhantes contrastavam com a pele. Era forte, com ombros largos e braços pesados, mas tinha os quadris estreitos. Era capaz de erguer peso, correr, caminhar e cavalgar como qualquer um, mas sem o menor espírito de competição. Will e George gostavam de jogar e frequentemente tentavam atrair o irmão para as alegrias e tristezas do risco.

Tom disse:

— Eu tentei, mas é uma coisa cansativa. Imaginei por que seria assim. Não me sinto triunfante quando ganho nem acho uma tragédia quando perco. Sem esses sentimentos, a coisa não tem sentido. Eu embarcaria nisso se conseguisse sentir algo, de bom ou ruim.

Will não entendia isso. Toda a sua vida era uma competição e ele vivia de um jogo para outro. Amava Tom e tentava dar-lhe as coisas que ele mesmo achava agradáveis. Levou-o para os negócios e procurava inocular nele as alegrias de comprar e vender, de ser mais esperto do que os concorrentes, de julgá-los como um blefe, de viver através de manobras.

Tom acabava sempre voltando para o rancho, perplexo, não crítico, mas sentindo que a certa altura do caminho se perdera. Achava que devia desfrutar os prazeres masculinos da competição, mas não conseguia fingir para si mesmo que os desfrutava.

Samuel dissera que Tom sempre enchia demais o seu prato, fosse de feijão ou de mulheres. E Samuel era sábio, mas acho que só conhecia um lado de Tom. Talvez Tom se abrisse um pouco mais com as crianças. O que eu descreverei dele é o resultado de lembranças somadas ao que eu sei ser verdade e algumas conjecturas construídas sobre a combinação. Quem sabe se estará correto?

Morávamos em Salinas e sabíamos quando Tom havia chegado — acho que sempre chegava à noite — porque debaixo de nossos travesseiros, o de Mary e o meu, encontrávamos pacotes de goma de mascar. E goma de mascar era tão valiosa na época quanto um níquel. Havia meses em que ele não vinha, mas toda manhã, assim que acordávamos, colocávamos a mão sob o travesseiro para verificar. E ainda hoje faço isso, embora muitos anos tenham se passado sem haver nenhuma goma de mascar.

Minha irmã Mary não queria ser uma menina. Era um infortúnio ao qual não conseguia se acostumar. Era uma atleta, jogava bola de gude, beisebol e as limitações de uma garota a inibiam. Claro que isso ocorreu muito antes que as compensações pelo fato de ser uma garota se tornassem aparentes para ela.

Assim como sabíamos que em algum ponto de nossos corpos, provavelmente na axila, existia um botão que, apertado de modo correto, nos permitiria voar, Mary havia aperfeiçoado uma mágica que lhe permitia transformar-se no menino levado que queria ser. Se dormisse numa posição mágica, os joelhos dobrados da maneira exata, a cabeça num ângulo mágico, os dedos todos cruzados, ao amanhecer ela seria um menino. Toda noite tentava encontrar a combinação perfeita, mas nunca conseguia. Eu a ajudava a cruzar os dedos da maneira desejada.

Ela estava desesperada porque não conseguia isso quando, certa manhã, encontramos goma de mascar debaixo do travesseiro. Cada um de nós desembrulhou um tablete e o mastigamos solenemente; era de hortelã-pimenta da marca Beeman e nada tão delicioso foi fabricado desde então.

Mary colocava suas meias pretas listradas compridas quando falou, com grande alívio: — Mas é claro.

— Claro o quê? — perguntei.

— Tio Tom — disse ela, e mascou a goma com grandes ruídos e estalos.

— Tio Tom o quê? — perguntei.

— Ele deve saber como se pode transformar-se num menino.

Lá estava — algo bem simples. Perguntei-me por que não pensara nisso também.

Mamãe estava na cozinha orientando a nova garota dinamarquesa que trabalhava para nós. Tivemos uma série de garotas. Famílias de lavradores dinamarqueses recém-chegadas à América colocavam suas filhas a serviço de famílias americanas e elas aprendiam não só inglês, mas também a cozinhar à maneira americana, a colocar a mesa, boas maneiras e todas as sutilezas da vida elegante em Salinas. No final de dois anos desse aprendizado, a doze dólares por mês, as garotas se tornavam esposas altamente desejáveis para rapazes americanos. Não só tinham um comportamento americano, mas podiam também trabalhar como cavalos nos campos. Hoje, algumas das melhores famílias de Salinas descendem delas.

Era a Matilde de cabelos cor de linho na cozinha, com mamãe cacarejando sobre ela como uma galinha.

Entramos impetuosamente:

— Ele já acordou?

— Shh! — disse mamãe. — Chegou tarde. Deixem-no dormir.

Mas a água corria na pia do quarto dos fundos e sabíamos que ele estava de pé. Ficamos agachados como gatos à sua porta esperando que emergisse.

Havia sempre uma pequena timidez inicial entre nós. Tio Tom era tão acanhado quanto nós. Acho que gostaria de vir correndo e pegar-nos no colo, mas em vez disso ficávamos todos formais.

— Obrigado pela goma de mascar, tio Tom.

— Fico feliz que tenham gostado.

— Acha que vamos ter pão doce à noite enquanto estiver aqui?

— Poderemos tentar, se sua mãe deixar.

Fomos para a sala de estar e nos sentamos. A voz de mamãe nos chamou da cozinha. — Crianças, deixem o seu tio em paz.

— Está tudo bem, Ollie — respondeu Tom para ela.

Ficamos sentados num triângulo na sala de estar. O rosto de Tom era tão escuro e seus olhos tão azuis. Usava boas roupas, mas nunca parecia bem-vestido. Nesse particular diferia muito do pai. Seu bigode ruivo jamais estava alinhado, seus cabelos eram rebeldes e suas mãos calejadas do trabalho.

Mary disse:

— Tio Tom, como é que a gente se transforma num menino?

— Como? Ora, Mary, você simplesmente nasce um menino.

— Não, não foi o que eu quis dizer. Como é que *eu* posso me transformar num menino?

Tom estudou-a gravemente.

— Você?

Suas palavras saíram de roldão.

— Não quero ser uma menina, tio Tom. Quero ser um menino. Uma menina é só beijos e bonecas. Não quero ser menina. Não quero. Lágrimas de raiva assomaram aos olhos de Mary.

Tom olhou para suas mãos e pegou um pedaço saliente de calo com uma unha quebrada. Queria dizer algo bonito, eu acho. Ansiava por palavras como as do seu pai, palavras doces e aladas, aconchegantes e adoráveis.

— Eu não gostaria que você fosse um menino — disse.

— Por que não?

— Gosto de você como menina.

Um ídolo desmoronava no templo de Mary.

— Quer dizer que gosta de garotas?

— Sim, Mary, gosto muito de garotas.

Um olhar de desdém passou pelo rosto de Mary. Se aquilo fosse verdade, Tom era um bobo. Ela assumiu aquele seu ar de não-me-venha--com-esta-bobagem.

— Muito bem — disse. — Mas o que é que *eu* faço para me tornar um menino?

Tom era atilado. Sabia que estava perdendo a estima de Mary e queria que ela o amasse e admirasse. Ao mesmo tempo, nele a verdade era como um fio de aço que cortava a cabeça das mentiras velozes. Olhou para os cabelos de Mary, tão claros que eram quase brancos, e presos em trança para não atrapalhar os movimentos, e viu sujeira na ponta da trança, pois Mary limpava as mãos na trança antes de fazer um arremesso difícil de bola de gude. Tom estudou seus olhos frios e hostis.

— Não acho que você queira realmente mudar.

— Eu quero.

Tom estava errado — ela realmente queria.

— Bem, você não pode. E um dia vai ficar feliz por isso.

— Não vou ficar feliz — disse Mary, e se virou para mim dizendo com frio desprezo: — Ele não sabe!

Tom estremeceu e eu senti um calafrio diante da imensidão e violência da sua investida. Mary era mais corajosa e mais arrojada do que a maioria. Por isso ganhava todo jogo de bola de gude em Salinas.

Tom falou, apreensivo:

— Se sua mãe concordar, vou encomendar o pão doce esta manhã e apanhá-lo de noite.

— Não gosto de pão doce — disse Mary, partindo para nosso quarto de dormir e batendo a porta.

Tom acompanhou pesaroso a sua saída.

— Ela é uma garota de verdade — disse.

Agora estávamos a sós e eu achava que devia reparar a mágoa que Mary causara.

— Adoro pão doce — falei.

— Claro que adora. E Mary também.

— Tio Tom, não acha que existe algum jeito de ela ser um menino?

— Não, não acho — disse com tristeza. — Teria dito a ela se soubesse.

— Ela é o melhor arremessador da região.

Tom suspirou e olhou para suas mãos de novo e eu podia sentir o seu fracasso e tive pena dele, muita pena. Peguei minha rolha oca cheia de alfinetes espetados para formar grades.

— Gostaria de ficar com minha gaiola de moscas, tio Tom?

Sim, ele era um cavalheiro de verdade.

— Quer que eu fique com ela?

— Quero. Sabe, é só tirar um alfinete para colocar a mosca lá dentro e aí ela fica sentada na gaiola zumbindo.

— Gostaria muito de ficar com ela. Muito obrigado, John.

Ele trabalhou o dia inteiro com um canivete minúsculo e afiado num pequeno bloco de madeira e quando voltamos da escola para casa havia entalhado um pequeno rosto. Os olhos, as orelhas e os lábios eram móveis e pequenas varetas os ligavam com o interior da cabeça oca. Na base do pescoço existia um buraco fechado por uma rolha. E era maravilhoso. A gente pegava uma mosca e a colocava através do buraco e tampava com a rolha. E subitamente a cabeça ganhava vida. Os olhos mexiam-se, os lábios falavam e as orelhas se agitavam enquanto a mosca frenética saltitava sobre as varetas. Até Mary lhe perdoou um pouco, porém nunca mais confiou realmente nele a não ser quando ficou feliz por ser uma menina, mas aí já era tarde demais. Ele deu a cabeça não para mim, mas para nós. Nós ainda a temos, guardada em algum lugar, e ela ainda funciona.

Às vezes Tom me levava para pescar. Partíamos antes de o sol nascer na charrete direto até o pico de Frémont e quando nos aproximávamos das montanhas as estrelas empalideciam e a luz subia para escurecer as montanhas. Posso me lembrar do balanço da charrete e de que encostava a orelha e o rosto no casaco de Tom. E lembro que seu braço repousava levemente sobre meus ombros e sua mão batia no meu braço ocasionalmente. Parávamos a charrete debaixo de um carvalho, desatrelávamos o cavalo, o levávamos para beber água na margem do regato e o amarrávamos na traseira da charrete.

Não me lembro de Tom falando. Agora que penso nisso, não consigo me lembrar do som de sua voz nem do tipo de palavras que usava. Posso lembrar tudo do meu avô, mas quando penso em Tom é uma lembrança de um silêncio caloroso. Talvez ele não chegasse a falar. Tom tinha um belo equipamento de pesca e preparava suas próprias iscas artificiais. Mas não parecia ligar se pegávamos trutas ou não. Não sentia necessidade de triunfar sobre os animais.

Lembro-me das samambaias de cinco ramas crescendo debaixo das pequenas cascatas, balançando seus dedos verdes enquanto as gotículas as atingiam. E lembro do cheiro dos morros, azaleias silvestres, um gambá muito distante e um doce odor enjoativo de tremoço e suor de cavalo nos arreios. Lembro-me daquela adorável dança circular dos busardos no alto do céu e Tom erguendo a vista para eles, mas não posso me lembrar de que tenha um dia dito algo sobre eles. Lembro-me de segurar a ponta de uma linha enquanto Tom cravava um prendedor e trançava um pedaço. Lembro-me do cheiro das samambaias esmagadas no cesto de pescador e do delicado aroma das trutas frescas deitadas tão bonitas na cama verde. E finalmente posso me lembrar da volta à charrete e de derramar cevada no bornal de couro e colocá-lo sobre a cabeça do cavalo, atrás de suas orelhas. E não tenho nenhum som de sua voz ou de suas palavras nos meus ouvidos; ele é obscuro, silencioso e imensamente caloroso na minha memória.

Tom se ressentia da sua obscuridade. Seu pai era bonito e esperto, sua mãe, pequena e matematicamente segura. Cada um dos seus irmãos e irmãs tinha beleza, talento ou fortuna. Tom amava a todos com paixão, mas se sentia pesado e preso à terra. Escalava montanhas em êxtase e tropeçava na escuridão rochosa entre os picos. Tinha surtos de bravura, mas eram intercalados por espasmos de covardia.

Samuel dizia que Tom hesitava diante da grandeza, tentando decidir se era capaz de assumir a fria responsabilidade. Samuel conhecia o filho e sentia o seu potencial de violência e isso o assustava, porque Samuel não era violento — mesmo quando bateu em Adam Trask com seus punhos não foi com violência. E os livros que entravam na casa — bem, Samuel viajava com tranquilidade em cima de um livro e equilibrava-se alegremente entre as ideias como um homem desce as corredeiras numa canoa. Mas Tom entrava num livro, rastejava e rosnava entre as capas, cavava túneis como uma toupeira e saía com o livro todo espalhado por seu rosto e por suas mãos.

Violência e timidez — o sexo de Tom precisava de mulheres e ao mesmo tempo ele não se achava digno de uma mulher. Durante longos períodos chafurdava num sofrido celibato e então pegava um trem para São Francisco e rolava e se fartava de mulheres e depois voltava silenciosamente para o rancho, sentindo-se fraco, frustrado e indigno, e se punia com o trabalho, arava e plantava em terra ingrata, cortava a dura lenha do carvalho até que as costas pareciam prestes a se quebrar e os braços pareciam trapos exaustos.

É provável que seu pai se interpusesse entre Tom e o sol e a sombra de Samuel caísse sobre ele. Tom escrevia poesias secretamente e naquele tempo era sensato manter a poesia em segredo. Os poetas eram seres pálidos e emasculados e os homens do Oeste os desprezavam. A poesia era um sintoma de fraqueza, de degeneração e decadência. Ler poesia era um convite às vaias. Escrevê-la era despertar suspeitas e cair no ostracismo. A poesia era um vício secreto, ou algo parecido. Ninguém sabe se a poesia de Tom era boa ou não, pois ele a mostrava só para uma pessoa e antes de morrer queimou cada palavra. Pelo volume das cinzas no fogão sua produção devia ser bem grande.

De toda a família, era Dessie quem Tom mais amava. Ela era alegre. O riso morava na soleira de sua porta.

Sua loja era uma instituição única em Salinas. Era um mundo da mulher. Ali todas as regras, e os medos que criavam regras de ferro, caíam por terra. A porta estava fechada aos homens. Era um santuário onde as mulheres podiam ser o que eram — malcheirosas, levianas, místicas, presunçosas, sinceras e interessadas. Os espartilhos com barbatanas saíam da loja de Dessie, os espartilhos que modelavam e oprimiam a carne da mulher transformando-a numa carne de deusa. Na loja de Dessie as mulheres podiam ir ao banheiro, comer demais, se coçar e peidar. E dessa liberdade surgiam risadas, cascatas de risadas.

Os homens podiam ouvir as gargalhadas através da porta fechada e ficavam assustados com o que acontecia, sentindo, talvez, que fossem o alvo das risadas — o que era em grande parte verdade.

Posso ver Dessie agora, seu pincenê de ouro vacilando num nariz sem estrutura adequada para suportar um pincenê, seus olhos jorrando lágrimas hilárias e os músculos do corpo sacudidos por espasmos de riso. Seus cabelos caíam e se insinuavam entre os óculos, e os olhos e os óculos escorregavam do nariz molhado e rodopiavam e balançavam na ponta da fita preta que os prendia.

Um vestido de Dessie precisava ser encomendado com meses de antecedência e a cliente fazia vinte visitas ao ateliê antes de escolher o tecido e o modelo. Nada tão saudável como Dessie havia acontecido antes em Salinas. Os homens tinham suas confrarias, seus clubes, seus bordéis; as mulheres nada, além da igreja e do coquetismo afetado do pastor até que Dessie apareceu.

E então, de repente, Dessie se apaixonou. Não conheço nenhum detalhe do seu caso de amor — quem foi o homem, ou quais foram as circunstâncias, se havia religião, ou uma esposa viva, uma doença ou um ato de egoísmo. Acho que minha mãe sabia, mas era uma daquelas coisas guardadas no fundo do armário da família e nunca trazidas à tona. E se outras pessoas em Salinas sabiam, devem ter guardado silêncio lealmente, como se fosse um segredo da cidade. Tudo o que sei é que foi um caso sem esperança, sombrio e terrível. Depois de um ano de crise, toda a alegria foi sugada de Dessie e sua risada cessou.

Tom saiu loucamente pelas colinas como um leão em meio a um sofrimento horrível. No meio da noite encilhou o cavalo e partiu para

Salinas, sem esperar pelo trem da manhã. Samuel o seguiu e mandou um telegrama de King City para Salinas.

E quando pela manhã Tom, o rosto soturno, apeou com seu cavalo exausto na rua John, em Salinas, o xerife estava à sua espera. Desarmou Tom, colocou-o numa cela e encheu-o de café preto e conhaque até que Samuel viesse buscá-lo.

Samuel não fez nenhum sermão a Tom. Levou-o para casa e nunca mencionou o incidente. E uma quietude baixou sobre a casa dos Hamilton.

[2]

No Dia de Ação de Graças de 1911, a família se reuniu na fazenda — todos os filhos, menos Joe, que estava em Nova York, e Lizzie, que havia trocado a família por outra, e Una, que estava morta. Chegaram com presentes e mais comida do que todo o clã podia humanamente comer. Estavam todos casados, exceto Dessie e Tom. Seus filhos encheram a casa dos Hamilton de tumulto. A casa da fazenda iluminou-se — mais barulhenta do que nunca. As crianças falavam, gritavam e brigavam. Os homens faziam repetidas incursões à oficina e voltavam sem graça, enxugando os bigodes.

O rosto pequeno e redondo de Liza ficava cada vez mais corado. Ela organizava e comandava. Na cozinha, o fogão jamais se apagava. As camas estavam cheias e colchas foram estendidas no chão para as crianças.

Samuel arrancou do fundo do baú sua velha alegria. Sua mente sarcástica brilhava e sua fala reassumiu o ritmo melodioso. Acompanhou a conversa, a cantoria e as reminiscências e subitamente, antes da meia-noite, cansou. A exaustão tomou conta dele e foi para a sua cama, onde Liza já estava havia duas horas. Ficou intrigado consigo mesmo, não porque tivesse de ir para a cama, mas porque quisesse.

Quando a mãe e o pai se recolheram, Will trouxe o uísque da oficina e o clã reuniu-se na cozinha e a bebida circulou em copos de geleia. As mães se esgueiraram até os quartos de dormir para ver se as crianças estavam cobertas e depois voltaram. Todos falavam baixo, para não perturbar as crianças e os velhos. Lá estavam Tom e Dessie, George e sua bonita Mamie, da família Dempsey, Mollie e William J. Martin, Olive e Ernest Steinbeck, Will e a sua Deila.

Todos queriam dizer a mesma coisa — todos os dez. Samuel envelhecera. Foi uma descoberta surpreendente, como a aparição repentina de um fantasma. De certo modo não acreditavam que aquilo pudesse acontecer. Beberam seu uísque e conversaram em voz baixa sobre o novo pensamento.

Seus ombros — repararam como estavam caídos? E seu passo perdeu o vigor.

Seus pés se arrastam um pouco, mas não é isso — o problema está nos seus olhos. Seus olhos envelheceram.

Ele nunca deixaria de ser o último a ir para a cama.

Notaram que esqueceu o que estava dizendo no meio de uma história?

Para mim é sua pele que diz tudo. Está toda enrugada e o dorso de suas mãos ficou transparente.

Fraqueja na perna direita.

Sim, mas foi a que o cavalo quebrou.

Eu sei, mas nunca fraquejou antes.

Diziam essas coisas com um tom de revolta. Isso não pode acontecer, falavam. Papai não pode se tornar um velho. Samuel é jovem como a aurora — a aurora perpétua.

Podia envelhecer como o meio-dia, talvez, mas meu Deus! O entardecer não deve chegar para ele, e a noite...? Meu Deus, não!

Era natural que suas mentes vacilassem e recuassem, e não queriam admitir aquilo, mas suas mentes diziam: não pode haver um mundo sem Samuel.

Como poderíamos pensar a respeito de alguma coisa sem saber o que ele pensava também?

Como seria a primavera, o Natal, ou a chuva? Não podia haver mais Natal.

Eles evitavam esses pensamentos e procuravam uma vítima — alguém para magoar, porque estavam magoados. Voltaram-se para Tom.

Você estava aqui. Estava aqui esse tempo todo!

Como foi que isso aconteceu? Quando aconteceu?

Quem fez isso a ele?

Foi você por acaso quem provocou isso com a sua loucura?

E Tom não conseguia suportar aquilo porque passara por tudo.

— Foi Una — disse roucamente. — Não conseguiu superar a morte de Una. Disse-me que um homem, um homem de verdade, não tinha o direito de deixar a tristeza destruí-lo. Disse-me repetidas vezes que eu devia acreditar que o tempo acomodaria as coisas. Disse com tanta frequência que eu percebi que ele estava perdendo a batalha.

— Por que não nos contou? Talvez pudéssemos ter feito alguma coisa!

Tom ficou de pé, violento e acuado.

— Miseráveis! O que havia para dizer? Que ele estava morrendo de tristeza? Que o tutano se esvaíra dos seus ossos? O que havia para contar? Vocês não estavam aqui. Fui eu quem teve de ficar aqui e ver seus olhos morrerem... que desgraça!

Tom saiu da sala e ouviram seus passos pesados se arrastando no cascalho lá fora.

Sentiram-se envergonhados. Will Martin disse:

— Vou trazê-lo de volta.

— Não faça isso — disse George rapidamente e os irmãos concordaram. — Não faça isso. Deixe-o em paz. Nós o conhecemos bem.

Pouco tempo depois Tom voltou.

— Quero pedir desculpas — disse. — Sinto muito. Talvez eu esteja um pouco bêbado. Papai diz que eu fico "alegre" quando bebo além da conta. Uma noite voltei para casa a cavalo — era uma confissão — e atravessei o quintal cambaleando, caí no meio do roseiral e subi as escadas rastejando, de braços e joelhos, e vomitei no assoalho ao lado da minha cama. De manhã tentei pedir desculpas a ele e sabem o que disse? "Ora, Tom, você estava apenas 'alegre'." Vejam só, eu estava apenas "alegre". Não foi um sujeito bêbado que voltou rastejando para casa. Foi só um sujeito "alegre".

George interrompeu o jorro alucinado de palavras.

— Nós é que queríamos pedir desculpas a você, Tom — disse ele. — Parecia que o estávamos culpando, mas não foi essa a nossa intenção. Ou talvez fosse. Mas nós pedimos desculpas.

William Martin falou num tom realista.

— É uma vida muito dura aqui. Por que não o convencemos a vender a fazenda e ir morar na cidade? Podia ter uma vida longa e feliz. Mollie e eu gostaríamos que ele e Liza viessem morar conosco.

— Não creio que ele faria isso — disse Will. — É teimoso como uma mula e orgulhoso como um cavalo. Seu orgulho parece de bronze.

O marido de Olive, Ernest, disse:

— Bem, acho que não há mal algum em lhe perguntar. Gostaríamos de tê-lo, ou os dois, morando conosco.

Ficaram em silêncio de novo, pois a ideia de não terem mais o rancho, aquela triste encosta seca, pedregosa e árida, e o vale improdutivo, era chocante para eles.

Will Hamilton, por instinto adquirido nos negócios, tornara-se um afinado leitor dos impulsos menos profundos dos homens e das mulheres. Ele disse:

— Se pedirem que ele deixe de trabalhar, será o mesmo que pedir que deixe a vida e ele não vai fazer isso.

— Tem razão, Will — concordou George. — Ele veria isso como uma desistência. Acharia um ato de covardia. Não, ele não vai vender a fazenda e, se o fizesse, não acredito que sobreviveria uma semana sequer.

Will disse:

— Existe um outro meio. Talvez ele pudesse vir à cidade para uma visita. Tom pode cuidar do rancho. Já é tempo de papai e mamãe verem um pouco do mundo. Tem todo tipo de coisas acontecendo. Isso o animaria e depois ele poderia voltar ao trabalho. E após algum tempo talvez não precisasse. Ele mesmo tem aquele ditado que diz que o tempo deve fazer o trabalho que a dinamite não consegue.

Dessie afastou os cabelos que caíam sobre seus olhos.

— Eu me pergunto se vocês o acham realmente tão estúpido — disse.

E Will falou, a partir da sua experiência:

— Às vezes um homem quer ser estúpido se isso o deixar fazer coisas que sua esperteza proíbe. Podemos tentar, de qualquer maneira. O que vocês acham?

As cabeças acenaram em concordância na cozinha e apenas Tom ficou sentado como um rochedo, meditativo.

— Tom, você não gostaria de assumir o rancho? — perguntou George.

— Ora, isso não é nada — disse Tom. — Não é problema algum manter o rancho em funcionamento, porque o rancho não funciona, nunca funcionou.

— Então por que não concorda?

— Tenho uma certa relutância em insultar meu pai — disse Tom. — Ele saberia.

— Mas qual é o problema de apenas insinuar?

Tom esfregou as orelhas até que expulsou o sangue delas e por um momento ficaram brancas.

— Não os proíbo — disse. — Mas eu não posso fazer isso.

George disse:

— Poderíamos escrever uma carta, uma espécie de convite, cheio de piadas. E quando ele se cansasse de um de nós, era só ir para a casa de outro. Existem anos de visita, somando todos nós. E foi assim que aconteceu.

[3]

Tom trouxe a carta de Olive de King City e, como conhecia o seu conteúdo, esperou até pegar Samuel sozinho antes de entregá-la. Samuel trabalhava na forja e suas mãos estavam pretas. Pegou o envelope por uma pontinha, colocou-o sobre a bigorna e limpou as mãos no barril de água preta em que mergulhava o ferro candente. Abriu o envelope com a ponta de um cravo de ferradura e foi até a luz do sol para ler a carta. Tom havia retirado as quatro rodas da carruagem e lubrificava os eixos com graxa amarela. Observava o pai pelo canto dos olhos.

Samuel acabou de ler a carta, dobrou-a e colocou de volta no envelope. Sentou-se no banco em frente da oficina e ficou olhando para o espaço vazio. Voltou a abrir a carta, leu-a de novo, dobrou-a de novo e a colocou no bolso da sua camisa azul. Então Tom o viu levantar-se e caminhar lentamente subindo a encosta leste, chutando as pedras do chão.

Tinha chovido pouco e crescera um tufo de grama esparsa. A meio caminho da subida do morro, Samuel agachou-se e apanhou um punhado da terra áspera e cascalhosa na palma da mão e espalhou-a com o dedo indicador, pedra, areia e pedaços de mica reluzente, uma radícula frágil e uma pedra cheia de veios. Deixou a terra cair por entre os dedos e esfregou as palmas das mãos. Pegou uma lâmina de relva e colocou-a entre os dentes, olhando para o alto do morro e para o céu. Uma nuvem cinzenta nervosa se deslocava para o leste, buscando árvores sobre as quais chover.

Samuel ficou de pé e desceu a encosta saltitando. Deu uma olhada no galpão das ferramentas e apalpou os cavaletes da carruagem. Parou perto de Tom e girou uma das rodas soltas e inspecionou Tom como se o visse pela primeira vez.

— Ora, você já é um homem crescido — disse.

— Não sabia?

— Acho que sim... acho que sabia — disse Samuel e continuou perambulando.

Estampava no rosto o ar sardônico que a família conhecia tão bem — a piada sobre si mesmo que o fazia rir interiormente. Contornou o jardim pequeno e triste e deu a volta em toda a casa — não era uma casa nova mais. Até os quartos acrescidos por último estavam velhos e gastos e a massa em torno dos vidros das janelas havia encolhido. Na varanda ele se virou e observou todo o panorama do rancho antes de entrar.

Liza enrolava massa de pastelão numa tábua coberta de farinha. Era tão exímia com o rolo de madeira que a massa parecia viva. Achatava-se e depois se encolhia um pouco devido à tensão a que era submetida. Liza ergueu a massa fina e colocou-a sobre uma das fôrmas de torta, aparando as beiradas com uma faca. As amoras preparadas estavam mergulhadas em calda vermelha numa tigela.

Samuel sentou-se numa cadeira da cozinha, cruzou as pernas e olhou para ela. Seus olhos sorriam.

— Não tem nada para fazer nesta hora do dia? — perguntou ela.

— Ora, acho até que teria, mãe, se quisesse.

— Bem, não fique sentado aí que me deixa nervosa. O jornal está na outra sala, se está se sentindo com preguiça.

— Já li o jornal — disse Samuel.

— Todo ele?

— Tudo o que eu queria.

— Samuel, qual é o seu problema? Você está inventando alguma coisa. Posso ver na sua cara. Diga-me o que é e me deixe em paz com as minhas tortas.

Ele balançou uma perna e sorriu para ela.

— Uma mulherzinha tão pequena — disse. — Três de você não chegam a ser quase nada.

— Samuel, pare com isso. Não me incomodo com uma piada de noite, mas são onze horas da manhã. Vá andando.

Samuel disse:

— Liza, você conhece o significado da palavra "férias"?

— Pare de fazer brincadeiras de manhã.

— Conhece, Liza?

— Claro que conheço. Não me tome por uma idiota.

— E o que significa?

— Viajar para um descanso à beira-mar, na praia. Chega, Samuel, dessa sua brincadeira.

— Gostaria de saber como conhece a palavra.

— Vai me dizer o que está querendo? Por que eu não deveria conhecer?

— Você já tirou férias alguma vez, Liza?

— Ora, eu... — E ela parou.

— Em cinquenta anos, você já tirou férias alguma vez, sua tampinha, sua esposa mais bobinha?

— Samuel, por favor, saia da minha cozinha — disse ela, apreensiva.

Ele tirou a carta do bolso e a abriu.

— É de Ollie — disse. — Quer que a visitemos em Salinas. Prepararam os quartos do andar de cima. Quer que a gente conheça as crianças. Conseguiu ingressos para nós da temporada de Chautauqua.

Billy Sunday vai lutar contra o Diabo, e Bryan vai fazer seu discurso da Cruz de Ouro. Gostaria de ouvir. É um discurso de um velho tolo, mas dizem que ele o interpreta tão bem que parte corações.

Liza esfregou o nariz e o empoou de farinha.

— Não é muito caro? — perguntou ela, ansiosa.

— Caro? Ollie comprou as entradas. São um presente.

— Não podemos ir — disse Liza. — Quem tomaria conta do rancho?

— Tom cuidaria dele, do pouco que há para fazer no inverno.

— Ele se sentiria solitário.

— George talvez pudesse vir e ficar com ele por uns tempos para caçarem codornas. Veja o que veio com a carta, Liza.

— O que é isso?

— Duas passagens de trem para Salinas. Ollie diz que não quer nos deixar uma única via de fuga.

— Você pode simplesmente trocá-las e mandar o dinheiro de volta para ela.

— Não, não posso. Vamos, Liza... mãe... não agora. Pegue, passe este lenço.

— Isso é um pano de prato — disse Liza.

— Sente-se aqui, mãe. Pronto! Acho que o choque de gozar de umas férias a deixou atordoada. Pegue! Sei que é um pano de prato. Dizem que Billy Sunday persegue o Diabo por todo o palco.

— Isso é uma blasfêmia — disse Liza.

— Mas eu gostaria de ver, você não gostaria? Que foi que disse? Levante a cabeça. Não ouvi o que disse. O que foi que disse?

— Eu disse sim — falou Liza.

Tom estava desenhando quando Samuel se aproximou dele. Tom olhou para o pai, com olhos velados, tentando ler os efeitos da carta de Olive.

Samuel olhou para o desenho.

— O que é?

— Estou tentando criar um abridor de porteira para que um homem não precise descer da sua charrete. Aqui está a vareta que é puxada para abrir a tranca.

— E o que é que vai abrir a porteira?

— Pensei numa mola bem forte.

Samuel estudou o desenho.

— E como é que vai se fechar depois?

— Esta travessa aqui. Deslizaria até esta outra mola com a tensão invertida.

— Entendi — disse Samuel. — Poderia funcionar, também, se a porteira estivesse bem aprumada. E levaria duas vezes mais tempo para fazer e conservar do que vinte anos descendo da charrete e abrindo a porteira.

Tom protestou:

— Às vezes com um cavalo arisco...

— Eu sei — disse Samuel. — Mas a razão principal é que é divertido.

Tom sorriu.

— Aí o senhor me pegou — disse.

— Tom, acha que poderia cuidar do rancho se sua mãe e eu fizermos uma pequena viagem?

— Claro que sim — disse. — Para onde pretendem ir?

— Ollie quer que a gente fique com ela por uns tempos em Salinas.

— Claro, seria ótimo — disse Tom. — E mamãe está disposta?

— Está, desde que não saia caro.

— Isto é ótimo — disse Tom. — Quanto tempo pretendem ficar fora?

Os olhos cintilantes e irônicos de Samuel pousaram no rosto de Tom até que ele falou:

— Qual é o problema, pai?

— É um pequeno detalhe no tom de sua voz, tão pequeno que mal pude perceber. Mas estava lá. Tom, meu filho, se guarda algum segredo com seus irmãos e irmãs, eu não me importo. Acho isso bom.

— Não sei o que está querendo dizer — falou Tom.

— Devia agradecer a Deus por não querer ser um ator, Tom, porque seria péssimo. Vocês combinaram tudo no dia de Ação de Graças, quando estiveram todos juntos. E está funcionando à perfeição. Vejo o dedo de Will nisso. Não precisa me contar, se não quiser.

— Eu não fui a favor da ideia — disse Tom.

— Não parece coisa sua — disse seu pai. — Você seria a favor de espalhar a verdade debaixo do sol para que eu a visse. Não conte aos outros que sei. — Samuel se virou para sair, mas voltou e colocou a mão no ombro de Tom. — Obrigado por querer honrar-me com a verdade, meu filho. Não é muito esperto de sua parte, mas é mais permanente.

— Alegra-me saber que aceitaram ir.

Samuel ficou parado na porta da oficina e olhou para a terra.

— Dizem que toda mãe devota sempre mais amor a um filho feio — disse e sacudiu a cabeça com vigor. — Tom, vou trocar honra por honra com você. Por favor, guarde isso num local bem secreto da sua alma, não conte a nenhum de seus irmãos e irmãs... eu sei por que estou indo... e, Tom, eu sei para onde estou indo, e sinto-me contente.

24

[1]

Tenho me indagado por que algumas pessoas são menos afetadas e dilaceradas pelos fatos da vida e da morte do que outras. A morte de Una tirou o chão debaixo dos pés de Samuel, abriu suas defesas e deixou entrar a velhice. Por outro lado, Liza, que amava sua família tão profundamente como o marido, não foi destruída ou abalada. Sua vida continuou na mesma rotina. Ela sofreu, mas sobreviveu.

Acho que talvez Liza aceitasse o mundo como aceitava a Bíblia, com todos os seus paradoxos e reveses. Não gostava da morte, mas sabia que ela existia e, quando chegava, não a surpreendia.

Samuel pode ter pensado sobre a morte, jogado com ela, filosofado sobre ela, mas realmente não acreditava nela. Seu mundo não incluía a morte. Ele e todos ao seu redor eram imortais. Quando a morte real acontecia era um ultraje, uma negação da imortalidade que tão profundamente sentia, e uma única rachadura na sua parede fazia toda a estrutura ruir. Acho que ele sempre pensou que fosse capaz de passar uma boa conversa na morte e escapar. Era um oponente pessoal e um oponente que se achava capaz de vencer.

Para Liza era simplesmente a morte — a coisa prometida e esperada. Ela podia seguir em frente e, em meio ao seu luto, colocar uma panela de feijão no fogo, assar cinco tortas e planejar com exatidão quanta comida seria necessária para alimentar adequadamente os convidados do velório. E podia, na sua tristeza, cuidar para que Samuel vestisse uma camisa branca e para que seu casacão preto de casimira estivesse escovado e sem manchas, e seus sapatos engraxados. Talvez sejam necessárias duas personalidades assim para fazer um bom casamento, solidificado por vários tipos de forças.

Uma vez que aceitasse uma coisa, Samuel era capaz de ir mais longe do que Liza, mas o processo de aceitar o dilacerava. Liza o observou atentamente depois da decisão de ir para Salinas. Ela não sabia bem o que ele planejava, mas, como uma mãe boa e cautelosa, sabia que pretendia alguma coisa. Era uma realista completa. Como tudo o mais era igual, sentia-se contente por visitar seus filhos. Sentia-se curiosa em relação a eles e aos filhos deles. Não sentia amor algum por lugares. Um lugar era apenas um ponto de parada a caminho do Paraíso. Não gostava do trabalho em si, mas o fazia porque precisava ser feito. E estava cansada. Cada vez mais era difícil para ela combater as dores e a rigidez que a tentavam prender à cama de manhã — embora não o conseguissem.

E ansiava pelo Paraíso como um lugar onde as roupas não ficavam sujas, onde a comida não precisava ser feita e os pratos lavados. Particularmente, havia algumas coisas no Paraíso que não chegava a aprovar. Tinha cantoria demais e ela não via como até mesmo os Eleitos conseguiam sobreviver por muito tempo ao prometido ócio celestial. Encontraria alguma coisa para fazer no Paraíso. Devia haver algo para ocupar nosso tempo — algumas nuvens para remendar, algumas asas cansadas para serem massageadas com linimento. Talvez os colarinhos das túnicas precisassem ser revirados de vez em quando e, pensando bem, não podia acreditar que até mesmo no Paraíso não houvesse teias de aranha em algum canto para serem derrubadas com uma vassoura envolta num esfregão.

Sentiu-se alegre e assustada com a visita a Salinas. Gostou tanto da ideia que achou que devia haver algo beirando o pecado envolvido na história. E o Chautauqua, aquela reunião educativa ao ar livre? Bem, não era obrigada a ir e provavelmente não iria. Samuel iria se soltar — ela precisava ficar de olho nele. Nunca perdia a sensação de ser jovem e desprotegido. Era uma boa coisa não saber o que se passava na cabeça dele e, através de sua cabeça, o que acontecia ao seu corpo.

Lugares eram muito importantes para Samuel. O rancho era um parente, e quando o deixava ele apunhalava uma pessoa querida. Mas, tendo chegado a uma decisão, Samuel se aplicava em fazer a coisa bem-feita. Fez visitas formais a todos os seus vizinhos, os veteranos que se lembravam de como tudo era antes e de como tudo era agora. E quando deixou seus velhos amigos, eles sabiam que não o veriam de novo, embora não o dissesse. Deu para fitar as montanhas e as árvores, até os rostos, como querendo memorizá-los para a eternidade.

Deixou a visita à fazenda de Trask por último. Havia meses que não ia lá. Adam não era mais um jovem. Os meninos tinham onze anos e Lee — bem, Lee não mudara muito. Lee caminhou até o galpão com Samuel.

— Queria falar com o senhor há muito tempo — disse Lee. — Mas tem sempre tanta coisa para fazer. E tento ir a São Francisco pelo menos uma vez por mês.

— Sabe como são as coisas — disse Samuel. — Quando você sabe que um amigo está lá, não vai visitá-lo. Então ele parte e você despedaça sua consciência porque não foi vê-lo.

— Soube a respeito de sua filha. Meus sentimentos.

— Recebi sua carta, Lee. Eu a guardei. Você disse coisas bonitas.

— Coisas chinesas — disse Lee. — Parece que eu fico mais chinês à medida que envelheço.

— Algo mudou em você, Lee. O que foi?

— Meu rabo de cavalo, sr. Hamilton. Eu cortei meu rabicho.

— Então foi isso.

— Todos nós o fizemos. A imperatriz viúva morreu. A China está livre. Os manchus não estão mais no comando e não precisamos mais usar rabichos. Foi uma proclamação do novo governo. Não sobrou nenhum rabicho em lugar algum.

— E faz alguma diferença, Lee?

— Não muita. É mais fácil. Mas há uma espécie de frouxidão no escalpo que me deixa inquieto. É difícil se acostumar à nova conveniência.

— Como vai Adam?

— Vai bem. Mas não mudou muito. Gostaria de saber como era antes.

— Sim, eu também pensei nisso. Teve um florescer muito breve. Os meninos devem estar grandes.

— Estão grandes. Sinto-me feliz de ter permanecido aqui. Aprendi muito vendo os meninos crescer e ajudando um pouco.

— Ensinou-lhes chinês?

— Não. O sr. Trask não quis. E acho que tinha razão. Seria uma complicação desnecessária. Mas sou amigo deles... sim, sou seu amigo. Eles admiram o pai, mas acho que me amam. E são muito diferentes um do outro. Não pode imaginar como são diferentes.

— De que maneira, Lee?

— Vai ver quando voltarem da escola. São como os dois lados de uma moeda. Cal é áspero, sombrio e cauteloso, e seu irmão... bem, é um menino que a gente gosta antes de falar com ele, e gosta ainda mais depois.

— E você não gosta de Cal?

— Eu me vejo defendendo-o para mim mesmo. Está lutando por sua vida e seu irmão não precisa lutar.

— Acontece o mesmo com os meus filhos — disse Samuel. — Não entendo. A gente acha que com a mesma educação e o mesmo sangue seriam todos iguais, mas não são, de modo algum.

Depois Samuel e Adam caminharam ao longo da estrada sombreada pelos carvalhos até a entrada da ravina da fazenda, de onde podiam avistar o vale do Salinas.

— Vai ficar para o jantar? — perguntou Adam.

— Não quero ser responsável pela morte de mais galinhas — disse Samuel.

— Lee preparou carne assada.

— Bem, neste caso...

Adam ainda tinha um ombro mais caído que o outro por causa do velho ferimento. Seu rosto era duro e embaçado e os olhos olhavam generalidades e não se perdiam em detalhes. Os dois homens pararam na estrada e olharam para o vale, verdejante devido às chuvas que chegaram antes do tempo.

Samuel disse em voz baixa:

— Eu fico pensando se você não se envergonha de deixar esta terra improdutiva.

— Não tenho nenhuma razão para plantar nela — disse Adam. — Já falamos disso antes. Você achou que eu mudaria. Eu não mudei.

— Orgulha-se da sua mágoa? — perguntou Samuel. — Ela o faz sentir-se grandioso e trágico?

— Não sei.

— Bem, pense nisso. Talvez esteja interpretando um papel num grande palco tendo apenas você como plateia.

Uma leve raiva despontou na voz de Adam.

— Por que vem aqui me passar sermões? Fico feliz que tenha vindo, mas por que me atazanar?

— Para ver se posso arrancar um pouco de raiva em você. Sou um homem metido. Mas tem toda esta terra inculta e aqui ao meu lado está o homem inculto. Parece um desperdício. E me sinto mal com desperdícios porque nunca pude me dar ao luxo de desperdiçar. É uma boa sensação deixar sua vida ficar estéril?

— Que mais eu podia fazer?

— Você podia tentar de novo.

Adam o encarou.

— Tenho medo, Samuel — disse. — Prefiro ir levando a coisa como está. Talvez eu não tenha energia, ou coragem.

— E seus filhos... você os ama?

— Sim, sim.

— Ama um mais do que o outro?

— Por que diz isso?

— Não sei. Algo no tom da sua voz.

— Vamos voltar para a casa — disse Adam. — Chegou a saber se Cathy estaria em Salinas? Já ouviu tal rumor?

— Você ouviu?

— Sim, mas não acreditei. Não posso acreditar nisso.

Samuel caminhou silenciosamente pelos sulcos arenosos da trilha. Sua mente aderiu ao padrão moroso de Adam e quase com cansaço resgatou um pensamento que esperava estivesse superado. Falou, finalmente:

— Você nunca deixou de pensar nela.

— Acho que não. Mas deixei de pensar no tiro. Não penso mais no que aconteceu.

— Não posso dizer-lhe como deve viver a sua vida — falou Samuel — embora eu tenha tentado dizer-lhe como vivê-la. Sei que seria melhor para você sair das suposições do que poderia ter sido e atirar-se aos ventos do mundo. E quando lhe digo isso, eu mesmo estou peneirando minhas memórias, como os homens peneiram a sujeira no assoalho de um bar à procura de partículas de poeira de ouro que caem entre as frestas. É uma mineração menor, uma mineração menor. Você é jovem demais para estar peneirando lembranças, Adam. Deveria estar garimpando coisas novas, para que a mineração fosse mais rica quando envelhecesse.

O rosto de Adam estava curvado para baixo e seu maxilar se projetava abaixo das têmporas de tanto tensioná-lo.

Samuel olhou para ele.

— Tudo bem. Agarre-se à sua opinião. Como defendemos um erro! Preciso dizer-lhe o que faz para você não achar que inventou isso? Quando vai para a cama e apaga o lampião, lá está ela na porta com uma luz por trás e você pode ver sua camisola agitar-se. E ela se aproxima suavemente de sua cama e você, mal respirando, abre as cobertas para recebê-la e muda a posição da cabeça no travesseiro para dar espaço à cabeça dela ao lado da sua. Pode sentir a doçura da sua pele e ela cheira como nenhuma outra pele no mundo...

— Pare com isso! — gritou Adam. — Seu desgraçado, pare! Está se intrometendo na minha vida! Parece um coiote farejando uma vaca morta.

— Eu conheço isso — disse Samuel em voz baixa — porque uma mulher veio a mim desta mesma maneira, noite após noite todos estes anos, até hoje. E acho que deveria ter fechado minha mente com uma tranca dupla e selado meu coração contra ela, mas não o fiz. Todos estes anos tenho enganado Liza. Dei-lhe uma inverdade, uma falsificação, e guardei o melhor para aquelas doces horas escuras. E agora desejaria que ela tivesse um amante secreto também. Mas nunca saberei disso. Acho que ela teria talvez trancado seu coração e jogado a chave no inferno.

As mãos de Adam estavam crispadas e o sangue fugira de suas juntas brancas.

— Você me faz duvidar de mim mesmo — disse ferozmente. — Sempre faz isso. Tenho medo de você. O que eu deveria fazer, Samuel? Diga-me! Não sei como viu a coisa tão clara. O que eu deveria fazer?

— Eu conheço os "deverias", embora nunca os cumpra, Adam. Sempre conheci os "deverias". Você deveria tentar encontrar uma nova Cathy. Deveria deixar a nova Cathy matar a Cathy dos sonhos, deixar que as duas resolvessem a disputa. E você, sentado à margem, deveria casar sua mente com a vencedora. Essa é a segunda melhor opção. A primeira seria procurar e encontrar algum novo amor para cancelar o velho.

— Tenho medo de tentar — disse Adam.

— Foi o que você falou. E agora vou tentar ser egoísta com você. Estou indo embora, Adam. Vim aqui para me despedir.

— Que quer dizer?

— Minha filha Olive convidou a mim e a Liza para a visitarmos em Salinas e nós estamos indo, depois de amanhã.

— Bem, você vai voltar.

Samuel continuou.

— Depois de ficarmos em casa de Olive por um mês ou dois, chegará uma carta de George. E ficará magoado se não o visitarmos em Paso Robles. E depois disso Mollie vai nos querer em São Francisco e então será a vez de Will, e talvez até Joe no Leste, se conseguirmos viver tanto.

— Ora, e não vai gostar disso? Você merece. Trabalhou muito naquele seu monte de poeira.

— Eu amo aquele monte de poeira — disse Samuel. — Amo como uma cadela ama seu filhote nanico. Amo cada pedra, cada afloramento que quebra o arado, o solo ralo e árido, o coração sem água da terra. Em algum lugar no meu monte de poeira existe uma riqueza.

— Você merece um descanso.

— Pronto, você falou nisso de novo — disse Samuel. — Foi o que eu tive de aceitar, e aceitei. Quando diz que mereço um descanso, está dizendo que minha vida acabou.

— Acredita nisso?

— Foi o que eu aceitei.

Adam falou, nervoso:

— Não pode dizer isso. Se aceitar isso não vai viver!

— Eu sei — disse Samuel.

— Mas não pode fazer isso.

— Por que não?

— Não quero que faça.

— Sou um velho bisbilhoteiro, Adam. E o triste para mim é que estou perdendo a minha bisbilhotice. Talvez seja por isso que sei que chegou a hora de visitar meus filhos. Vou ter de fingir que estou bisbilhotando grande parte do tempo.

— Preferia vê-lo trabalhando com suas entranhas no seu monte de poeira.

Samuel sorriu para ele.

— Que coisa agradável de ouvir! Eu lhe agradeço. É uma coisa boa ser amado, ainda que tardiamente.

Subitamente, Adam colocou-se à sua frente de modo que Samuel teve de parar.

— Sei o que fez por mim — falou Adam. — Não posso retribuir nada. Mas posso pedir-lhe mais uma coisa. Se pedir, você me faria mais uma gentileza que talvez salvaria minha vida?

— Faria, se pudesse.

Adam estendeu a mão e traçou um arco para o oeste.

— Aquela terra ali... me ajudaria a fazer o jardim de que falamos, os moinhos, os poços e os campos de alfafa? Poderíamos cultivar flores. Isso pode dar dinheiro. Pense no que seria, hectares de ervilhas-de-cheiro e campos dourados de malmequeres. Talvez quatro hectares de rosas para os jardins do Oeste. Pense como seria o seu perfume levado pelo vento oeste!

— Você vai me fazer chorar — afirmou Samuel. — E isso não cairia bem num velho. — E, de fato, seus olhos estavam marejados. — Eu lhe agradeço, Adam — disse ele. — A gentileza da sua oferta é como um perfume ao vento oeste.

— Então vai fazer isso?

— Não, não vou fazer. Mas vou ver isso em minha mente quando estiver em Salinas, ouvindo William Jennings Bryan. E talvez eu chegue a acreditar que aconteceu.

— Mas eu quero fazer isso.

— Vá procurar o meu Tom. Ele vai ajudá-lo. Ele plantaria rosas pelo mundo todo, pobre coitado, se pudesse.

— Sabe o que está fazendo, Samuel?

— Sim, sei o que estou fazendo, sei tão bem que já está feito pela metade.

— Mas que homem teimoso você é!

— Provocador — disse Samuel. — Liza diz que sou provocador, mas agora estou emaranhado nas teias de meus filhos... e acho que gosto disso.

[2]

A mesa de jantar não fora posta dentro de casa. Lee disse:

— Gostaria de servir debaixo das árvores, como das outras vezes, mas o ar está tão frio.

— Tem razão, Lee — disse Samuel.

Os gêmeos se aproximaram silenciosamente e ficaram olhando envergonhados para o convidado.

— Há muito tempo que não os vejo, meninos. Mas nós lhes demos bons nomes. Você é Caleb, não é?

— Sou Cal.

— Bem, Cal, então. — E ele se virou para o outro. — Achou um jeito de virar o seu nome do avesso?

— Como assim, senhor?

— Você se chama Aaron?

— Sim, senhor.

Lee abafou um risinho.

— Ele o escreve com um só "a". Os dois "as" parecem um pouco afetados para os seus amigos.

— Tenho trinta e cinco lebres belgas, senhor — disse Aron. — Gostaria de dar uma olhada nelas? O viveiro fica perto da fonte. Tenho oito filhotes, nasceram ontem.

— Gostaria de vê-los, Aron. — A boca de Samuel se retorceu. — Cal, você por acaso é jardineiro?

A cabeça de Lee girou e ele encarou Samuel.

— Não faça isso — disse Lee, nervoso.

Cal falou:

— No ano que vem meu pai vai me dar meio hectare na planície.

Aron disse:

— Tenho um coelho que pesa sete quilos. Vou dar como presente de aniversário para o meu pai.

Ouviram a porta do quarto de Adam se abrir.

— Não conte para ele — disse Aron rapidamente. — É segredo.

Lee cortava a carne assada.

— O senhor sempre traz preocupação para a minha mente, sr. Hamilton — falou. — Sentem-se, meninos.

Adam entrou, abaixando as mangas da camisa, e sentou-se à cabeceira da mesa.

— Boa noite, meninos — disse, e eles responderam em uníssono: — Boa noite, pai.

E:

— Não conte — disse Aron.

— Não vou contar — assegurou Samuel a ele.

— Não vai contar o quê? — perguntou Adam.

Samuel falou:

— Não podemos ter nenhuma privacidade? Tenho um segredo com seu filho.

Cal interrompeu:

— Vou lhe contar um segredo também, logo depois do jantar.

— Gostarei muito de ouvir — disse Samuel. — E espero não saber de antemão o que é.

Lee ergueu o olhar da sua carne assada e fuzilou Samuel com o olhar. Começou a empilhar carne nos pratos.

Os meninos comeram rapidamente e em silêncio devoraram sua comida. Aron disse:

— Pai, pode nos dar licença?

Adam acenou com a cabeça e os dois meninos saíram rapidamente. Samuel os acompanhou com o olhar.

— Parecem ter mais de onze anos — disse. — Eu lembro que minha prole, aos onze anos, era de gritar, chorar e correr em círculos. Parecem homens maduros.

— Parecem? — perguntou Adam.

Lee falou:

— Acho que eu sei o que é. Não há uma mulher na casa para valorizar as crianças. Acho que os homens não dão muita importância às crianças e por isso não foi grande vantagem para esses meninos serem bebês. Não tinham nada a ganhar com isso. Não sei se isso é bom ou ruim.

Samuel colheu os restos do molho no seu prato com uma fatia de pão.

— Adam, eu me pergunto se você sabe o que possui em Lee. Um filósofo capaz de cozinhar ou um cozinheiro capaz de filosofar? Ele me ensinou muita coisa. Você deve ter aprendido com ele, Adam.

Adam disse:

— Receio que não tenha ouvido o suficiente, ou então ele não falou.

— Por que não quis que os meninos aprendessem chinês, Adam?

Adam pensou por um momento.

— Parece ser a hora da verdade — disse, finalmente. — Acho que foi por puro ciúme. Dei outro nome a isso, mas talvez eu não quisesse que eles fossem capazes de se afastar tão facilmente de mim numa direção em que não pudesse segui-los.

— É bastante sensato e quase humano demais — falou Samuel. — Mas saber disso já é um grande salto. Pergunto-me se eu teria ido tão longe.

Lee trouxe a cafeteira cinza esmaltada até a mesa, encheu as xícaras e sentou-se. Aqueceu a palma da mão contra o lado arredondado da xícara. E então Lee sorriu. — O senhor me causou um grande problema, sr. Hamilton, e perturbou a tranquilidade da China.

— Como assim, Lee?

— Parece-me até que já lhe contei isto. Talvez eu só tenha composto na minha mente, com a intenção de lhe contar. É uma história divertida, de qualquer maneira.

— Gostaria de ouvir — disse Samuel, e olhou para Adam. — Não quer ouvir também, Adam? Ou está escapando para o seu banho de nuvens?

— Eu estava pensando nisso — disse Adam. — É engraçado... uma espécie de excitação está se apossando de mim.

— Isso é bom — disse Samuel. — Talvez seja a melhor de todas as coisas boas que podem acontecer a um ser humano. Vamos ouvir sua história, Lee.

O chinês passou a mão do lado do seu pescoço e sorriu.

— Não sei se conseguirei me acostumar um dia à falta de um rabicho — disse. — Acho que o usei mais do que me dei conta. Eu lhe disse, sr. Hamilton, que estava ficando cada vez mais chinês. O senhor consegue ficar mais irlandês?

— Vem e vai — disse Samuel.

— Lembra quando leu para nós os dezesseis versículos do quarto capítulo do Gênesis e nós discutimos a respeito?

— Lembro muito bem. Isso foi há muito tempo.

— Quase dez anos — disse Lee. — Bem, a história causou um grande efeito sobre mim e eu a estudei palavra por palavra. Quanto mais pensava na história, mais profunda ela se tornava para mim. Então comparei as traduções que temos, e eram bastante próximas. Só havia um ponto que me incomodava. A versão do rei Jaime diz assim, quando Jeová pergunta a Caim por que está zangado. Jeová diz: “Se praticares o bem, poderás reabilitar-te. E se procederes mal, o pecado estará à tua porta, espreitando--te. Mas *tu o dominarás*.” Foi este “tu o dominarás” que me impressionou, porque era uma promessa de que Caim venceria o pecado.

Samuel acenou com a cabeça.

— E seus filhos não o fizeram inteiramente — disse.

Lee bebericou o seu café.

— Então peguei um exemplar da Bíblia americana. Era muito nova na época. E era diferente nesta passagem. Dizia: “*Tu deverás* dominar o pecado.” Ora, isso é muito diferente. Não é uma promessa, é uma ordem. E comecei a ficar incomodado com aquilo. Perguntei-me quais seriam as palavras originais do autor original a partir das quais essas traduções foram feitas.

Samuel colocou as palmas das mãos sobre a mesa e inclinou-se para a frente, e um brilho juvenil acendeu os seus olhos.

— Lee, não me diga que estudou hebraico!

Lee disse:

— Vou contar-lhe. E é uma história bem comprida. Quer um trago de ng-ka-py?

— Fala da bebida que tem o gosto de boas maçãs podres?

— Sim. Posso falar melhor com a ajuda dela.

— Talvez eu possa ouvir melhor — disse Samuel.

Enquanto Lee foi à cozinha, Samuel perguntou: — Adam, você sabia disso?

— Não — disse Adam. — Ele não me contou. Talvez eu não estivesse ouvindo.

Lee voltou com sua garrafa de pedra e três pequenos copos de porcelana tão finos e delicados que a luz os atravessava.

— Nóis bebê maneila chinesa — disse, e serviu a bebida quase preta. — Tem muito absinto nisto. É uma bebida e tanto. Causa o mesmo efeito do absinto, se você beber bastante.

Samuel sorveu lentamente a bebida.

— Quero saber por que ficou tão interessado — disse.

— Bem, pareceu-me que o homem que concebeu esta história saberia exatamente o que queria dizer e não haveria nenhuma confusão no seu depoimento.

— Você diz "o homem". Não acha que esse é um livro divino escrito com o dedo manchado de tinta de Deus?

— Acho que a mente que foi capaz de imaginar essa história foi uma mente curiosamente divina. Tivemos poucas mentes assim na China também.

— Eu só queria saber — disse Samuel. — Você não é um presbiteriano, afinal.

— Eu lhe disse que estava ficando mais chinês. Bem, continuando, fui até São Francisco, à sede da associação da nossa família. Já ouviram falar disso? Nossas famílias têm grandes centros onde qualquer membro pode dar ou receber ajuda. A família Lee é muito grande. Ela cuida de si mesma.

— Já ouvi falar nos Lee — disse Samuel.

— Daquele china de machadinha na mão na guela com Tong pela galota esclava?

— Acho que é isso.

— A verdade é um pouco diferente — disse Lee. — Fui lá porque na minha família existe uma quantidade de venerandos cavalheiros que são grandes eruditos. São pensadores com uma mente exata. Um homem é capaz de passar muitos anos meditando sobre uma frase do sábio que vocês chamam de Confúcio. Achei que existiriam especialistas no significado das palavras que me ajudariam.

"São excelentes anciãos. Fumam seus dois cachimbos de ópio à tarde e isso os deixa relaxados e aguçados, atravessam a noite sentados e suas mentes são maravilhosas. Acho que ninguém mais soube usar bem o ópio."

Lee molhou a língua na beberagem preta.

— Respeitosamente, submeti o meu problema a um desses sábios, li a história para ele e falei o que eu entendi dela. Na noite seguinte, quatro deles se reuniram e me chamaram. Discutimos a história a noite inteira.

Lee riu.

— Acho engraçado. Sei que eu não ousaria contar isso a muitas pessoas. Podem imaginar, quatro velhos senhores, o mais jovem já passou dos noventa, entregando-se ao estudo do hebraico? Chamaram um rabino erudito. Empreenderam o estudo como se fossem crianças. Livros de exercício, gramática, vocabulários, frases simples. Deviam ver o hebraico escrito em tinta chinesa com um pincel! O movimento da direita para a esquerda não os incomodou tanto quanto incomodaria a vocês, já que nós escrevemos de cima para baixo. Sim, eles foram perfeccionistas! Mergulharam até a raiz da questão.

— E você? — disse Samuel.

— Eu os acompanhei, maravilhando-me com a beleza de seus cérebros orgulhosos e limpos. Comecei a adorar minha raça e pela primeira vez quis ser chinês. A cada duas semanas eu tinha um encontro com eles, e no meu quarto aqui eu cobria páginas de escritos. Comprei tudo que é dicionário hebraico que se conhece. Mas os anciãos estavam sempre à minha frente. Não demorou e ficaram à frente do rabino; ele trouxe um colega. Sr. Hamilton, o senhor deveria ter participado daquelas noites de debates e argumentação. As perguntas, a investigação, ora, os pensamentos admiráveis... os belos pensamentos.

— Depois de dois anos achamos que já podíamos abordar os dezesseis versículos do quarto capítulo do Gênesis. Meus velhos sábios também achavam que aquelas palavras eram muito importantes: "dominarás" e "deverás dominar". E esse foi o ouro da nossa mineração: o "*poderás*". "Poderás dominar o pecado." Os velhos senhores sorriram, acenaram suas cabeças e sentiram que o tempo foi bem investido. Aquilo os tirou de suas conchas chinesas também, e hoje eles estão estudando grego.

Samuel disse:

— É uma história fantástica. Tentei acompanhá-la e devo ter me perdido a certa altura. Por que essa palavra é tão importante?

A mão de Lee tremeu enquanto ele enchia os pequenos copos. Bebeu o seu de um só gole.

— Não percebe? — gritou. — A tradução da Bíblia americana *ordena* aos homens que triunfem sobre o pecado e pode-se chamar o pecado de ignorância. A tradução do rei Jaime faz uma promessa no "dominarás", significando que os homens seguramente triunfarão sobre o pecado. Mas a palavra hebraica, a palavra *timshel*, "poderás", essa palavra oferece uma escolha. Poderia ser a palavra mais importante do mundo. Indica que o caminho está aberto. Isso abre a escolha para um homem, pois, se existe o "poderás", é também verdade que existe o "não poderás". Não consegue ver?

— Sim, percebi. Mas você não acredita que isso seja a lei divina. Por que sente a sua importância?

— Ah! — disse Lee. — Eu queria dizer-lhe isso há muito tempo. Cheguei até a antecipar suas perguntas e estou bem preparado. Qualquer texto que tenha influenciado o pensamento e a vida de um sem-número de pessoas é importante. Veja, existem milhões em suas seitas e igrejas que sentem a ordem do "tu o farás" e põem todo o seu peso na obediência. E existem milhões mais que sentem predestinação no "deverás". Nada que possam fazer interferirá com o que vai ser. Mas "poderás"! Ora, isso torna o homem grandioso, lhe dá uma estatura igual à dos deuses, porque na sua fraqueza, no seu pecado de matar o irmão ele ainda tem a grande escolha. Pode escolher o seu rumo e lutar e vencer. — A voz de Lee era um canto de triunfo.

Adam disse:

— Acredita nisso, Lee?

— Sim, acredito. Sim, acredito. É fácil por preguiça, por fraqueza, jogar tudo nas mãos de Deus e dizer: "Não pude fazer outra coisa, o caminho estava traçado." Mas pense na glória da escolha! É isso que faz de um homem um homem. Um gato não tem escolha, uma abelha tem de fazer mel. Não há divindade nisso. E sabe que aqueles velhos senhores que estavam escorregando suavemente para a morte ficaram interessados demais para morrer agora?

Adam disse:

— Quer dizer que esses chineses acreditam no Antigo Testamento?

— Aqueles velhos acreditam numa história verdadeira e sabem identificar uma história verdadeira quando a ouvem. São críticos da verdade. Sabem que esses dezesseis versículos são uma história da humanidade em qualquer época, cultura ou raça. Eles não acreditam que um homem escreva quinze versículos e três quartos de verdade para contar uma mentira com um verbo. Confúcio ensina os homens a viverem uma vida boa e bem-sucedida. Mas isso... isso é uma escada para as estrelas.

Os olhos de Lee brilhavam.

— Nunca se deve perder isso de vista. Corta pela raiz a fraqueza, a covardia e a preguiça.

Adam disse:

— Não imagino como foi capaz de cozinhar, criar os meninos, cuidar de mim e ainda fazer tudo isso.

— Nem eu — disse Lee. — Mas fumo meus dois cachimbos toda tarde, não mais, nem menos, como os anciãos. E sinto que sou um homem. E sinto que um homem é uma coisa muito importante, talvez mais importante do que uma estrela. E isso não é teologia. Não tenho nenhuma inclinação para deuses. Mas tenho um novo amor por esse instrumento, a alma humana. É uma coisa adorável e única no universo. Sempre é atacada, mas nunca destruída, porque existe o "poderás".

[3]

Lee e Adam foram até o galpão com Samuel para se despedir dele. Lee levou um lampião de lata para iluminar o caminho, pois era daquelas noites claras do início do inverno quando o céu briga com as estrelas e a terra parece duplamente escura por causa deles. Pairava um silêncio sobre as colinas. Nenhum animal se mexia, herbívoro ou predador, e o ar estava tão quieto que os galhos e as folhas dos carvalhos apareciam imóveis contra a via láctea. Os três homens estavam em silêncio. A alça do lampião rangia um pouco enquanto a luz balançava na mão de Lee.

Adam perguntou:

— Quando acha que vai voltar de sua viagem?

Samuel não respondeu.

Doxologia esperava impaciente na baia, cabeça baixa, seus olhos leitosos olhando para a palha debaixo dos seus pés.

— Você tem este cavalo a vida inteira — disse Adam.

— Está com trinta e três anos — disse Samuel. — Os dentes estão gastos. Tenho de servir-lhe mingau quente com meus dedos. E tem pesadelos. Estremece e chora às vezes durante o sono.

— É feio como um espantalho — disse Adam.

— Eu sei. Acho que foi por isso que o escolhi quando era ainda um potro. Sabe que paguei dois dólares por ele há trinta e três anos? Tudo nele era errado, as patas tão chatas que pareciam panquecas, um jarrete tão grosso, curto e reto que parece nem ter junta. Tem cabeça de martelo e o dorso derreado. O peito é contraído e o traseiro, grande. Uma boca de ferro e ainda briga com os arreios. Selado, dá a impressão de que a gente está cavalgando um trenó sobre um terreno de cascalho. É incapaz de trotar e tropeça nos próprios pés quando anda. Nunca em trinta e três anos consegui encontrar algo bom nele. Tem até um gênio difícil. É egoísta, brigão, mau e desobediente. Até hoje não ouso caminhar atrás dele porque seguramente vai me dar um coice. Quando lhe dou o seu mingau, ele tenta morder minha mão. E eu o adoro.

Lee disse:

— E deu-lhe o nome de Doxologia.

— Exatamente — disse Samuel. — Uma criatura tão mal dotada merecia uma grande honraria. Já não lhe resta muito tempo.

Adam disse:

— Talvez devesse liberá-lo da sua desgraça?

— Que desgraça? — perguntou Samuel. — É um dos poucos seres felizes e coerentes que conheci.

— Deve sentir dores e mal-estares.

— Bem, ele não acredita nisso. Doxologia ainda acha que é um cavalo e tanto. Daria um tiro nele, Adam?

— Sim, acho que daria.

— Assumiria a responsabilidade?

— Sim, acho que sim. Ele tem trinta e três anos, já ultrapassou o seu tempo de vida.

Lee havia colocado o lampião no chão. Samuel agachou-se ao lado dele e instintivamente estendeu as mãos para aquecê-las na borboleta de luz amarela.

— Algo me aborreceu, Adam — disse ele.

— O que foi?

— Você realmente mataria meu cavalo a tiros porque seria mais cômodo?

— Bem, eu quis dizer...

Samuel falou rapidamente:

— Você gosta da sua vida, Adam?

— Claro que não.

— Se eu tivesse um remédio que pudesse curá-lo e também matá-lo, deveria ministrá-lo a você? Examine a si mesmo, homem.

— Que remédio?

— Não — disse Samuel. — Se eu lhe disser, acredite-me quando falo que pode matá-lo.

Lee falou:

— Tome cuidado, sr. Hamilton. Tome cuidado.

— O que é isso? — perguntou Adam. — Diga-me no que está pensando.

Samuel falou em voz baixa.

— Acho que uma vez na vida não vou ser cuidadoso. Lee, se eu estiver errado, escute bem, se eu estiver errado aceito a responsabilidade e assumo a culpa que houver para ser assumida.

— Tem certeza de que está com a razão? — perguntou Lee, ansioso.

— Claro que não tenho certeza. Adam, quer o remédio?

— Sim. Não sei o que é, mas pode me dar esse remédio.

— Adam, Cathy está em Salinas. É dona de um bordel, o mais vicioso e depravado de toda esta parte do país. O mau e o feio, o torto e o sujo, as piores coisas que os humanos podem imaginar estão à venda lá. Os aleijados e os crápulas vão buscar sua satisfação ali. Mas é pior do que isso. Cathy, agora ela se chama Kate, seduz pessoas jovens e bonitas e as destrói de tal maneira que nunca mais voltam a ser as mesmas. Aí está o seu remédio. Vamos ver o efeito que lhe faz.

— Você é um mentiroso! — disse Adam.

— Não, Adam. Sou muitas coisas, mas não sou mentiroso.

Adam virou-se para Lee.

— Isso é verdade?

— Não sou nenhum antídoto — disse Lee. — Sim. É verdade.

Adam ficou oscilando à luz do lampião e depois virou-se e correu. Podiam ouvir seus passos pesados correndo e tropeçando. Ouviram-no finalmente caindo sobre os arbustos e rastejando encosta acima. Só deixaram de ouvir seus sons depois que ultrapassou o alto da colina.

Lee disse:

— Seu remédio funciona como veneno.

— Assumo a responsabilidade — disse Samuel. — Há muito tempo aprendi isto: quando um cachorro comeu estricnina e vai morrer, você deve pegar um machado e levá-lo a um cepo. Então deve esperar a sua próxima convulsão e, nessa hora, cortar o seu rabo. Se o veneno não foi longe demais, seu cachorro pode se recuperar. O choque da dor é capaz de contra-atacar o veneno. Sem o choque, ele certamente morreria.

— Mas como sabe se esse caso se aplica aqui? — perguntou Lee.

— Não sei. Mas sem isso ele certamente morreria.

— É um homem corajoso — disse Lee.

— Não, sou um velho. E se tiver algo na minha consciência, não vai ser por muito tempo.

Lee perguntou:

— O que acha que ele vai fazer?

— Não sei — disse Samuel. — Mas pelo menos não vai ficar sentado se lastimando. Por favor, segure o lampião para mim aqui.

Na luz amarelada, Samuel passou o freio na boca de Doxologia, um freio tão gasto que era um mero floco de aço. A gamarra já havia sido abandonada há muito. O velho cabeça de martelo era livre para agitar o focinho ou parar e pastar à beira da estrada. Samuel não se importava. Com ternura, afivelou os arreios e o cavalo deu um volteio para tentar escoiceá-lo.

Quando Dox estava entre as traves da charrete, Lee perguntou:

— Permitiria que eu seguisse na charrete um pouquinho? Volto a pé depois.

— Pode vir — disse Samuel, e tentou não reparar que Lee o ajudou a subir na charrete.

A noite estava muito escura e Dox mostrou sua rebeldia por viagens noturnas tropeçando a cada dois passos.

Samuel disse:

— Vamos lá, Lee. O que está querendo me dizer?

Lee não pareceu surpreso.

— Talvez eu seja bisbilhoteiro como você diz. Fico pensando. Conheço as probabilidades, mas esta noite me enganou completamente. Não teria apostado que você, de todos os homens, teria contado a Adam.

— Sabia sobre ela?

— Claro — disse Lee.

— E os meninos sabem?

— Acho que não, mas é só uma questão de tempo. Sabe como as crianças são cruéis. Qualquer dia destes gritarão a verdade para eles no pátio da escola.

— Talvez ele devesse tirá-los da escola — disse Samuel. — Pense nisso, Lee.

— Minha pergunta não foi respondida, sr. Hamilton. Como foi capaz de fazer o que fez?

— Acha que agi tão errado assim?

— Não, não quero dizer isso de modo algum. Mas nunca o imaginei tomando uma posição tão firme em relação a qualquer coisa. Essa foi a minha opinião. Está interessado?

— Aponte-me um homem que não esteja interessado em discutir sobre si mesmo — disse Samuel. — Prossiga.

— O senhor é um homem generoso, sr. Hamilton. E sempre pensei que era uma bondade que vinha do fato de não querer se aborrecer. Sua mente é tão ágil quanto uma ovelhinha jovem saltitando num campo de margaridas. Nunca mostrou uma garra de buldogue em relação a nada. E então esta noite fez uma coisa que desmente toda a minha concepção a seu respeito.

Samuel agitou as tiras encaixadas no cabo do chicote e Dox saiu cambaleando pela estrada cortada de sulcos. O velho cofiou sua barba e ela reluziu muito branca à luz das estrelas. Tirou o chapéu preto e pousou-o no colo.

— Acho que me surpreendeu tanto quanto a você — disse. — Mas, se quiser saber por quê, olhe dentro de si mesmo.

— Não o entendo.

— Se tivesse me contado antes sobre os seus estudos, poderia ter feito uma grande diferença, Lee.

— Ainda não o entendo.

— Tenha cuidado, Lee, vai me fazer conversar. Eu lhe disse que meu irlandês ia e vinha. Está vindo agora.

Lee falou:

— Sr. Hamilton, o senhor está indo embora e não vai voltar. Não pretende viver muito tempo.

— É verdade, Lee. Como soube?

— Está cercado pela morte. Ela se irradia da sua figura.

— Não sabia que alguém seria capaz de ver — disse Samuel. — Sabe, Lee, considero minha vida como uma espécie de música, nem sempre boa música, mas ainda assim possuindo forma e melodia. E minha vida não tem sido uma orquestra completa já faz muito tempo. Apenas uma nota, e uma nota imutável de tristeza. Não estou sozinho na minha atitude, Lee. Parece que muitos de nós concebemos a vida como terminando em derrota.

Lee disse:

— Talvez todo mundo seja rico demais. Notei que não há insatisfação como a dos ricos. Alimente um homem, vista-o, coloque-o numa boa casa e ele morrerá de desespero.

— Foi a sua nova tradução de uma palavra, Lee, o "poderás". Agarrou-me pelo pescoço e me sacudiu. E, quando a tonteira passou, um caminho estava aberto, novo e iluminado. E minha vida que está terminando parece seguir para um término maravilhoso. E minha música tem uma nova melodia, como o canto de um pássaro na noite.

Lee o espiava através da escuridão.

— Foi o que ela causou aos anciãos da minha família.

— "Poderás dominar o pecado", Lee. É isso. Não acredito que todos os homens sejam destruídos. Posso citar uma dúzia que não foram e são aqueles em torno dos quais o mundo vive. É verdade do espírito assim como é verdade das batalhas, só os vencedores são lembrados. Certamente, a maioria dos homens é destruída, mas existem outros que como pilares de fogo guiam os homens assustados através da escuridão. "*Poderás! Poderás!*" Que glória. É verdade que somos fracos, doentes e brigões, mas se fôssemos apenas isso teríamos, milênios atrás, desaparecido da face da terra. Alguns remanescentes de maxilar fossilizado, alguns dentes quebrados em camadas de calcário, seriam a única marca que o homem teria deixado de sua existência no mundo. Mas a escolha, Lee, a escolha de vencer! Nunca a entendi ou aceitei antes. Entende agora por que contei tudo a Adam esta noite? Exerci a escolha. Talvez estivesse errado, mas ao contar-lhe eu o forcei a viver ou a deixar a coisa de lado. Qual é a palavra, Lee?

— *Timshel* — disse Lee. — Pode parar a charrete, por favor?

— Você tem uma longa caminhada de volta.

Lee desembarcou.

— Samuel! — gritou.

— Estou aqui. — O velho conteve um riso. — Liza odeia que eu diga isso.

— Samuel, você foi além do que eu esperava.

— Já era tempo, Lee.

— Adeus, Samuel — disse Lee, e caminhou apressadamente de volta pela estrada. Ouviu as rodas de ferro da charrete moerem os cascalhos da estrada. Virou-se e olhou para trás e na subida viu o velho Samuel contra o céu, seus cabelos brancos brilhando à luz das estrelas.

25

[1]

Foi um inverno de muita chuva no vale do Salinas, úmido e maravilhoso. As chuvas caíram suavemente e encharcaram a terra sem inundações. O pasto estava alto em janeiro, e em fevereiro os morros ficaram gordos de relva e o pelo do gado estava cheio e lustroso. Em março, as chuvas brandas continuaram e cada temporal esperava cortesmente que o seu predecessor afundasse debaixo do solo. Então o calor invadiu o vale e a terra explodiu em floração — amarela, azul e dourada.

Tom estava sozinho no rancho e até mesmo aquele monte de poeira parecia rico e adorável com as pedras escondidas na grama, as vacas dos Hamilton gordas e os carneiros dos Hamilton cheios de lã em seus lombos úmidos.

Ao meio-dia de 15 de março, Tom estava sentado no banco do lado de fora da oficina. A manhã ensolarada terminara e nuvens prenhes de água vindas do oceano singravam sobre as montanhas e suas sombras deslizavam debaixo delas na terra iluminada.

Tom ouviu o tropel das patas de um cavalo e viu um menino pequeno, os braços adejando, açodando um cavalo exausto na direção da casa. Levantou-se e caminhou para a estrada. O garoto galopou até a casa, arrancou o chapéu, jogou um envelope amarelo ao chão, rodopiou o cavalo e partiu num galope de novo.

Tom tentou chamá-lo, mas acabou se abaixando com um ar cansado e apanhando o telegrama. Sentou-se ao sol no banco diante da oficina, com o telegrama na mão. Olhou para as montanhas e para a velha casa, como que para salvar alguma coisa, antes de rasgar o envelope e ler as inevitáveis quatro palavras, a pessoa, o acontecimento e a hora.

Tom dobrou lentamente o telegrama, dobrou-o de novo e mais uma vez até que ficou um quadrado não maior do que o seu polegar. Caminhou até a casa, atravessou a cozinha, a sala de estar e foi para o seu quarto. Tirou seu terno escuro do guarda-roupa e colocou-o sobre as costas de uma cadeira, botou uma camisa branca e uma gravata preta sobre o assento de uma cadeira. Então deitou-se na cama e virou o rosto para a parede.

[2]

As carruagens e as charretes haviam deixado o cemitério de Salinas. A família e os amigos voltaram à casa de Olive na Avenida Central para comer e tomar café, a fim de ver como cada um reagia, e dizer e fazer o que fosse cabível ao momento.

George ofereceu a Adam Trask um lugar na sua carruagem alugada, mas Adam recusou. Passeou pelo cemitério e sentou-se no meio-fio de cimento do jazigo da família Williams. Os tradicionais ciprestes negros choravam ao redor do cemitério e violetas brancas afloravam livremente pelos caminhos. Alguém as tinha trazido e depois se tornaram ervas silvestres.

O vento frio soprava sobre as sepulturas e assobiava nos ciprestes. Havia muitas estrelas de ferro fundido, marcando as sepulturas dos homens do Grande Exército Republicano e em cada estrela uma pequena flâmula roída pelo vento do dia em memória dos soldados mortos na Guerra de Secessão.

Adam ficou sentado olhando para as montanhas a leste de Salinas, dominadas pela ponta nobre do pico de Frémont. O ar era cristalino, como às vezes acontece quando vem chuva. E então uma chuva leve começou a ser soprada pelo vento, embora o céu não estivesse inteiramente coberto por nuvens.

Adam chegou no trem da manhã. Não tinha a intenção de vir, mas algo além do seu poder de resistência o atraiu. Primeiro, não podia acreditar que Samuel estivesse morto. Era capaz de ouvir a voz rica e lírica em seus ouvidos, os tons de seu sotaque estrangeiro subindo e descendo e a curiosa música de palavras estranhamente escolhidas se atropelando de modo que nunca se podia saber qual seria a palavra seguinte.

Adam vira Samuel deitado no seu caixão e sabia que não o queria morto. E como o rosto no caixão não se parecia com o rosto de Samuel, Adam afastou-se para ficar a sós e preservar a imagem do homem quando vivo.

Tinha de ir ao cemitério. Seria um ultraje aos costumes não comparecer. Mas ficou bem recuado, onde não pudesse ouvir as palavras, e quando os filhos encheram de terra a cova ele já havia se afastado e caminhado pelas aleias onde as violetas brancas cresciam.

O cemitério estava vazio e o choro sombrio do vento curvava os pesados ciprestes. As gotículas de chuva aumentaram e vieram fustigando.

Adam levantou-se, tremeu, caminhou lentamente por sobre as violetas brancas e passou pela sepultura nova. As flores tinham sido depositadas lado a lado para cobrir o monte de terra úmida recém-revirada e já o vento havia desbastado as flores e jogado os buquês menores no meio do caminho. Adam apanhou-os e os colocou de novo sobre o monte de terra.

Deixou o cemitério. O vento e a chuva o atingiam pelas costas e ele ignorava a umidade que encharcava e atravessava seu casaco preto. O caminho estava enlameado com poças da água acumulada nos novos sulcos abertos pelas rodas das carruagens, e as aveias bravas e as mostardeiras-dos-campos cresciam altas ao lado da estrada, com os nabos silvestres forçando a passagem para cima e contas pegajosas de cardos púrpuras elevando-se sobre a confusão verde da primavera úmida. A lama preta cobria os sapatos de Adam e salpicava a bainha de suas calças. Quilômetro e meio o separava da estrada de Monterey. Adam estava sujo e ensopado quando a alcançou e virou para leste entrando na cidade de Salinas. A água se depositara na aba curva do seu chapéu-coco e sua lapela estava molhada e caída.

A certa altura a rua John fazia uma curva e tornava-se a rua principal. Adam bateu os pés para tirar a lama dos sapatos quando chegou ao calçamento. Os prédios o protegiam do vento e quase imediatamente começou a sentir tremores. Apressou o passo. Perto da outra extremidade da rua principal entrou no bar do hotel Abbot. Pediu conhaque e bebeu-o rapidamente, mas a tremedeira aumentou.

O sr. Lapierre, atrás do bar, viu seus calafrios.

— É melhor tomar outro — disse. — Vai pegar um resfriado daqueles. Gostaria de um rum quente? Para mandar embora a friagem.

— Sim, gostaria — disse Adam.

— Pronto, aqui está. Tome outro conhaque enquanto esquento um pouco de água.

Adam levou o copo para uma mesa e sentou-se desconfortavelmente com as roupas molhadas. O sr. Lapierre trouxe uma chaleira fumegante da cozinha. Colocou um copo baixo sobre uma bandeja e a levou à mesa.

— Beba o mais quente que puder aguentar — disse. — Isso corta qualquer tremedeira.

Puxou uma cadeira e sentou-se, mas logo se levantou.

— Você me deixou com frio — disse. — Vou tomar um desses também.

Trouxe seu copo para a mesa e sentou-se diante de Adam.

— Está fazendo efeito — disse. — Estava tão pálido que me assustou quando entrou aqui. É de fora?

— Sou dos arredores de King City — disse Adam.

— Veio para o enterro?

— Sim, era um velho amigo.

— Enterro dos grandes?

— Ah, sim.

— Não me surpreende. Ele tinha muitos amigos. Pena que não foi um dia de tempo bom. Devia tomar mais um e ir para a cama.

— Vou fazer isso — falou Adam. — A bebida me fez bem e me acalmou.

— Isso já vale alguma coisa. Pode ser que o tenha salvado da pneumonia, também.

Depois de ter servido outra dose, trouxe um pano úmido do bar.

— Pode limpar um pouco dessa lama — disse. — Um enterro não é coisa muito alegre, mas quando acontece debaixo de chuva é realmente muito triste.

— Só choveu depois do enterro — disse Adam. — Foi voltando a pé que me molhei.

— Por que não aluga um belo quarto aqui mesmo? Vá se deitar e eu mando subir um ponche para você e de manhã vai estar ótimo.

— Acho que vou fazer isso — disse Adam. Podia sentir o sangue picando suas bochechas e aquecendo seus braços, como se fosse algum fluido quente estranho tomando conta do seu corpo. Então o calor se evaporou através da caixa oculta e fria onde ele armazenava pensamentos proibidos e os pensamentos vieram timidamente à superfície como crianças que não sabem se serão recebidas. Adam apanhou o pano úmido e abaixou-se para limpar a bainha das calças. O sangue latejava por trás dos seus olhos. — Até que eu poderia tomar outro ponche — disse ele.

O sr. Lapierre falou:

— Se é para o resfriado, o senhor já tomou o bastante. Mas se o que quer é um drinque, tenho um rum envelhecido da Jamaica. Preferia que tomasse puro. Tem cinquenta anos. A água mataria o aroma.

— Eu só quero um drinque — disse Adam.

— Vou tomar um com você. Não abro aquela garrafa há meses. Esta é uma cidade de bebedores de uísque.

Adam limpou os sapatos e largou o pano no chão. Tomou um gole do rum escuro e tossiu. A bebida forte envolveu sua cabeça com o doce aroma e atingiu a base do nariz como um golpe. O aposento pareceu virar de lado e em seguida se endireitar.

— Bom, não é? — perguntou o sr. Lapierre. — Mas é capaz de derrubá-lo. Eu não tomaria mais de um, a não ser, é claro, que o senhor queira ser derrubado. Tem gente que gosta.

Adam apoiou os cotovelos sobre a mesa. Sentiu uma vontade imensa de tagarelar e ficou assustado com o impulso. Sua voz não soava como sua e suas palavras o espantavam.

— Não venho muito aqui — falou. — Conhece um lugar chamado Kate's?

— Jesus! Este rum é melhor do que eu pensei — disse o sr. Lapierre, e prosseguiu, severo: — O senhor mora num rancho?

— Sim, tenho uma fazenda perto de King City. Meu nome é Trask.

— Prazer em conhecê-lo. Casado?

— Não. Não mais.

— Viúvo?

— Sim.

— Vá no Jenny's. Deixe Kate em paz. Aquilo não é lugar para o senhor. Jenny fica bem do lado. Vá lá e terá tudo o que precisa.

— Bem ao lado?

— Claro. Siga um quarteirão e meio para o leste e vire à direita. Qualquer um vai lhe dizer onde ficam os trilhos da ferrovia.

A língua de Adam estava ficando pastosa.

— O que há de errado com a casa de Kate?

— Vá à casa de Jenny — disse o sr. Lapierre.

[3]

Era uma noite encardida e ventosa. A rua Castroville estava atolada numa lama pegajosa e Chinatown tão inundada que seus habitantes haviam colocado tábuas através da rua estreita que separava seus barracos. As nuvens no céu da noite eram cinzentas como ratos e o ar não estava molhado, mas úmido. Acho que a diferença está em que o molhado desce, mas o que é úmido se eleva da podridão e da fermentação. O vento da tarde havia amainado e deixado o ar seco e cortante. O frio bastou para dissipar as cortinas de rum na cabeça de Adam sem restaurar sua timidez. Ele caminhou rapidamente pelas calçadas não pavimentadas, seus olhos no chão para não pisar em poças. A rua estava fracamente iluminada pelo lampião da sinaleira onde a ferrovia atravessava a rua e pelo pequeno globo com filamento de carbono que iluminava a varanda da casa de Jenny.

Adam tinha as suas instruções. Contou duas casas e quase perdeu a terceira, tão altos e rebeldes estavam os arbustos escuros diante da fachada. Olhou através do portão para a varanda escurecida, abriu-o lentamente e subiu o caminho coberto de capim. Na penumbra podia ver o alpendre dilapidado e os degraus vacilantes.

A pintura há muito tempo desaparecera das paredes de tábuas e nenhuma limpeza fora jamais feita no jardim. Não fossem os filetes de luz em torno das cortinas fechadas e ele teria seguido em frente, achando que a casa estava deserta. Os degraus da escada pareciam desabar sob o seu peso e as tábuas da varanda gemiam enquanto ele as atravessava.

A porta da frente se abriu e ele pôde ver uma figura vaga segurando a maçaneta. Uma voz suave disse:

— Não quer entrar?

A sala de recepção era fracamente iluminada por pequenos globos debaixo de quebra-luzes cor-de-rosa. Adam podia sentir um tapete grosso sob os pés. Podia ver o brilho de móveis polidos e o fulgor de molduras de quadros douradas. Teve uma impressão de riqueza e ordem.

A voz suave falou:

— Devia usar uma capa de chuva. Nós o conhecemos?

— Não, não me conhecem — disse Adam.

— Quem o mandou?

— Um homem no hotel. — Adam espiou a garota à sua frente. Vestia-se de preto e não usava nenhum enfeite. Seu rosto era duro, bonito e duro. Tentou pensar que tipo de animal, que tipo de caçador noturno ela lembrava. Era algum animal secreto e predador.

A garota disse:

— Posso chegar mais perto de um lampião, se quiser.

— Não.

Ela riu.

— Sente-se, por aqui. Veio cá à procura de algo, não é? Se me disser o que quer, posso chamar a garota certa.

A voz grave tinha um poder preciso e rouco. E ela escolhia suas palavras como se colhesse flores num jardim e não tivesse pressa na escolha. Fez Adam sentir-se desajeitado. Ele desabafou:

— Quero ver Kate.

— A srta. Kate está ocupada no momento. Ela o espera?

— Não.

— Posso tomar conta do senhor, você sabe.

— Quero ver Kate.

— Pode me dizer o assunto que deseja tratar com ela?

— Não.

A voz da garota parecia a lâmina de uma navalha afiada numa pedra.

— Não pode vê-la. Está ocupada. Se não quiser uma garota ou qualquer outra coisa, é melhor ir andando.

— Poderia dizer a ela que estou aqui?

— Ela o conhece?

— Não sei. — Sentiu a coragem se esvair. Lembrava-se daquele tipo de calafrio. — Não sei. Mas poderia dizer-lhe que Adam Trask gostaria de vê-la? Ela saberá então se a conheço ou não.

— Entendi. Bem, vou dizer a ela.

Caminhou silenciosamente até uma porta à direita e a abriu. Adam ouviu algumas palavras abafadas e um homem espiou pela porta. A garota deixou a porta aberta para que Adam soubesse que não estava a sós. A um lado do quarto pesados reposteiros pendiam sobre uma porta. A garota os entreabriu e desapareceu. Adam recostou-se na sua cadeira. Pelo canto dos olhos viu o homem enfiar a cabeça e depois sumir.

O aposento particular de Kate era todo conforto e eficiência. Não parecia em nada com o quarto em que ela havia vivido. As paredes eram cobertas de seda açafrão e as cortinas eram verde-maçã. Era um quarto todo de seda — poltronas fundas com almofadões de seda, abajures com quebra-luzes de seda e uma grande cama na extremidade do quarto com uma cintilante colcha de cetim branco sobre a qual se empilhavam travesseiros gigantescos. Não havia nenhum quadro nas paredes, nenhuma fotografia ou objeto pessoal de qualquer tipo. Uma penteadeira perto da cama não tinha nenhuma garrafa ou frasco no seu tampo de ébano e seu esplendor se refletia em espelhos triplos. O tapete era velho, espesso e chinês, um dragão verde-maçã sobre açafrão. Uma extremidade do aposento era quarto de dormir, seu centro era social e na outra extremidade funcionava o escritório — arquivos de fichários em carvalho dourado, um grande cofre preto com letras douradas e uma escrivaninha de tampo corrediço com uma luminária dupla de cúpula verde sobre ela, uma cadeira giratória atrás dela e uma cadeira reta ao seu lado.

Kate estava sentada na cadeira giratória atrás da escrivaninha. Ainda era bonita. Seus cabelos voltaram a ser louros. A boca pequena e firme, virada para cima nos cantos como sempre. Mas seus contornos não eram mais definidos. Os ombros ficaram roliços e as mãos se tornaram esguias e enrugadas. As bochechas eram gorduchas e a pele debaixo do queixo parecia papel crepom. Seus seios ainda eram pequeninos, mas um enchimento de gordura se projetava do estômago. Seus quadris eram delgados, mas as pernas e os pés haviam engrossado e uma protuberância pendia sobre os sapatos baixos. E através das meias, levemente, podiam ser vistas as bandagens elásticas para comprimir as veias.

Ainda assim, era bonita e elegante. Só suas mãos tinham realmente envelhecido, as palmas e as pontas dos dedos brilhantes e esticadas, os dorsos enrugados com manchas marrons. Usava roupas austeras, um vestido escuro de mangas compridas e o único contraste era um encapelado de rendas brancas nos pulsos e no pescoço.

A ação do tempo fora sutil. Para quem a acompanhasse de perto provavelmente nenhuma mudança seria visível. As faces de Kate não tinham rugas, seus olhos eram aguçados, o nariz delicado e os lábios finos e firmes. A cicatriz na testa mal aparecia. Era coberta por um pó preparado para combinar com a pele de Kate.

Kate inspecionava um maço de fotografias na sua escrivaninha, todas do mesmo tamanho, tiradas pela mesma câmara e iluminadas por um flash. Embora as personagens fossem diferentes em cada retrato, havia uma terrível semelhança entre suas posturas. Os rostos das mulheres nunca encaravam a câmera.

Kate arranjou as fotos em quatro pilhas e enfiou cada pilha num envelope pardo pesado. Quando ouviu a batida na porta, colocou os envelopes num escaninho na sua mesa.

— Entre. Sim, pode entrar, Eva. Ele está aqui?

A garota aproximou-se da escrivaninha antes de responder. À luz mais forte, seu rosto parecia tenso e os olhos brilhantes.

— É um sujeito novo, um forasteiro. Diz que quer vê-la.

— Bem, ele não pode, Eva. Você sabe quem está vindo aqui.

— Eu lhe disse que a senhorita não podia falar com ele. Ele disse que achava que a conhecia.

— Bem, quem é ele, Eva?

— É um grandalhão desajeitado, um pouco bêbado. Diz que se chama Adam Trask.

Embora Kate não fizesse nenhum movimento ou som, Eva sabia que algo a havia tocado. Os dedos de sua mão direita lentamente se enroscaram na palma enquanto a mão esquerda se esgueirava como um gato para a beira da mesa. Kate ficou sentada imóvel como se estivesse tomando fôlego. Eva estava trêmula. Seu pensamento voltou-se para a gaveta da cômoda onde guardava sua seringa hipodérmica.

Kate disse finalmente:

— Sente-se ali naquela poltrona, Eva. Fique sentada quieta por um minuto.

Quando a garota não se mexeu, Kate fustigou-a com uma última palavra.

— Sente-se!

Eva encolheu-se e foi até a poltrona.

— Deixe suas unhas em paz — disse Kate.

As mãos de Eva se separaram e cada uma ficou pendendo de um braço da poltrona.

Kate olhou reto à frente para os quebra-luzes verdes da luminária em sua escrivaninha. Então se mexeu tão rapidamente que Eva pulou na cadeira e seus lábios tremeram. Kate abriu a gaveta da escrivaninha e tirou um papel dobrado.

— Aqui! Vá ao seu quarto e tome uma dose. Não tome tudo... não, eu não posso confiar em você.

Kate pegou o papel e cortou-o em dois; um pouco de pó branco caiu quando ela dobrava as pontas e passava uma das metades para Eva.

— Agora corra! Quando descer, diga a Ralph que eu o quero no vestíbulo perto o bastante para ouvir a campainha, mas não as vozes. Cuide para que ele não se aproxime para bisbilhotar. Se ele ouvir a campainha... não, diga a ele... não, deixe que faça a coisa à sua maneira. Depois disso traga o sr. Adam Trask para me ver.

— Vai ficar bem, sozinha, srta. Kate?

Kate olhou para ela até Eva se afastar. Gritou ainda:

— Pode pegar a outra metade assim que ele for embora. Agora se apresse.

Depois que a porta se fechou Kate abriu a gaveta do lado direito da escrivaninha e tirou um revólver de cano curto. Abriu o tambor, olhou para os cartuchos, fechou o tambor e colocou a arma sobre a mesa botando uma folha de papel por cima. Apagou uma das lâmpadas da luminária e recostou-se na cadeira. Cruzou as mãos à sua frente sobre a mesa.

Quando ouviu a batida na porta, disse "Entre" quase sem mexer os lábios.

Eva apareceu com os olhos úmidos e relaxada.

— Aqui está ele — falou, e fechou a porta atrás de Adam.

Ele olhou rapidamente ao seu redor antes de ver Kate sentada muito quieta atrás da mesa. Olhou para ela e então deslocou-se lentamente na sua direção.

As mãos de Kate se afastaram e a direita moveu-se para o papel. Seus olhos, frios e sem expressão, fixaram-se nos olhos dele.

Adam viu seus cabelos, sua cicatriz, seus lábios, seu pescoço parecendo papel crepom, seus braços e ombros, os seios achatados. Suspirou fundo.

A mão de Kate tremeu um pouco. Ela disse:

— O que quer?

Adam sentou-se na cadeira reta ao lado da escrivaninha. Queria gritar de alívio, mas disse:

— Não é nada. Só queria vê-la. Samuel Hamilton me disse que estava aqui.

No momento em que ele se sentou o tremor sumiu da mão dela.

— Não chegou a saber antes disso?

— Não — disse ele. — Não cheguei a saber. Fiquei um pouco perturbado no começo, mas agora estou bem.

Kate relaxou, sua boca sorriu, mostrando os lindos dentes, os caninos compridos, aguçados e brancos. Ela disse:

— Você me assustou.

— Por quê?

— Bem, eu não sabia o que pretendia fazer.

— Nem eu — disse Adam, e continuou olhando para ela como se não estivesse viva.

— Esperei-o durante muito tempo e como não veio acho que me esqueci de você.

— Eu não me esqueci de você — disse ele. — Mas agora posso esquecer.

— Que quer dizer?

Ele riu satisfeito.

— Agora que a estou vendo, quero dizer. Sabe, acho que foi Samuel quem disse que eu nunca a havia visto, e é verdade. Lembro do seu rosto, mas nunca o vi. Agora posso esquecê-lo.

Os lábios de Kate fecharam-se e ficaram retos e seus olhos bem separados se estreitaram com crueldade.

— Acha que pode?

— Sei que posso.

Ela mudou de atitude.

— Talvez não precise fazer isso — disse ela. — Se achar que tudo está bem, talvez pudéssemos ficar juntos.

— Acho que não — disse Adam.

— Você foi tão bobo — falou ela. — Como uma criança. Não sabia o que fazer consigo mesmo. Posso ensinar-lhe agora. Parece ser um homem.

— Você me ensinou — disse ele. — Foi uma lição bastante dura.

— Aceita uma bebida?

— Sim — disse ele.

— Posso sentir o seu bafo. Andou bebendo rum.

Ela se levantou e foi até um armário pegar uma garrafa e dois copos e quando voltou notou que ele olhava para seus tornozelos gordos. Sua raiva súbita não alterou o pequeno sorriso em seus lábios.

Levou a garrafa até a mesa redonda no meio do aposento e encheu os dois copos pequenos com rum.

— Venha, sente-se aqui — disse ela. — É mais confortável.

Quando ele caminhou até uma poltrona, Kate viu que seus olhos fitavam a sua barriga protuberante. Ela passou-lhe um copo, sentou-se e cruzou as mãos sobre o estômago.

Ficou sentado segurando o copo e ela disse:

— Beba. É um rum muito bom.

Sorriu para Kate, um sorriso que ela nunca vira. Ela disse:

— Quando Eva me falou que era você, pensei primeiro em mandar jogarem-no na rua.

— Eu teria voltado — disse ele. — Precisava vê-la. Não que eu duvidasse de Samuel, mas apenas para provar a mim mesmo.

— Beba o seu rum — disse ela.

Olhou para o copo dela.

— Não acha que eu o envenenaria... — Kate parou e ficou com raiva de ter dito aquilo.

Sorrindo, Adam ainda olhava para o copo dela. A raiva de Kate estampou-se no seu rosto. Pegou o seu copo e tocou com os lábios nele.

— A bebida me faz mal — disse ela. — Eu nunca bebo. Isso me envenena.

Fechou bem a boca e seus dentes afiados morderam o lábio inferior.

Adam continuou sorrindo para ela.

Sua raiva estava escapando ao seu controle. Jogou o rum na garganta e tossiu, os olhos marejaram e ela enxugou as lágrimas com as costas da mão.

— Não confia muito em mim — disse ela.

— Não, não confio. — Adam ergueu o copo e bebeu o rum, levantou-se e encheu os dois copos.

— Não vou beber mais — disse ela em pânico.

— Você não é obrigada — falou Adam. — Vou só acabar este copo e seguir o meu caminho.

O álcool rascante queimava em sua garganta e ela sentiu aquela agitação que a assustava.

— Não tenho medo de você ou de qualquer outro — disse ela, e tomou o seu segundo copo.

— Não há nenhuma razão para ter medo de mim — falou Adam. — Pode me esquecer agora. Mas você disse que já havia me esquecido.

Sentia-se gloriosamente quente e seguro, melhor do que se sentira em muitos anos.

— Vim para o enterro de Samuel Hamilton — disse. — Foi um homem excelente. Sentirei sua falta. Está lembrada, Cathy, ele a ajudou no parto dos gêmeos?

A bebida convulsionava Kate. Ela combatia o efeito, e a tensão da luta se refletia no seu rosto.

— Qual é o problema? — perguntou Adam.

— Eu lhe disse que a bebida me envenenava. Eu lhe disse que ela me fazia mal.

— Não podia correr o risco — falou ele calmamente. — Você me deu um tiro uma vez. Não sei o que mais andou fazendo.

— Que quer dizer?

— Ouvi alguns rumores escandalosos. Puro escândalo sujo.

De repente ela esqueceu seu combate contra os efeitos do álcool e deu por perdida a batalha. Uma vermelhidão tomou conta do seu cérebro, seu medo desapareceu e foi substituído por uma crueldade cautelosa. Agarrou a garrafa e encheu o copo dela.

Adam teve de se levantar para encher o seu. Um sentimento completamente estranho a ele havia surgido. Estava se deleitando com o que via nela. Gostava de vê-la em conflito consigo mesma. Sentia-se bem em castigá-la, mas também estava vigilante. "Preciso ser cauteloso", disse a si mesmo. "Não fale, não fale."

Disse em voz alta:

— Sam Hamilton foi um bom amigo para mim estes anos todos. Vou sentir falta dele.

Kate derramara um pouco de rum e a bebida molhou os cantos de sua boca.

— Eu o odiava — disse. — Eu o teria matado se pudesse.

— Por quê? Ele foi bom para nós.

— Ele olhava... olhava para dentro de mim.

— Por que não? Olhou para dentro de mim também, e me ajudou.

— Eu o odeio. Fico feliz que esteja morto.

— Teria sido bom se eu houvesse olhado dentro de você — falou Adam.

Seu lábio se retorceu.

— Você é um idiota — disse ela. — Eu não o odeio. Não passa de um idiota e de um fraco.

Enquanto a tensão crescia nela, Adam se acomodava numa paz calorosa.

— Fique sentado aí sorrindo — gritou ela. — Acha-se livre, não? Uns poucos drinques e pensa que é um homem! Era só eu erguer um dedinho e você viria de volta para mim babando, rastejando de joelhos.

Sua sensação de poder estava à solta e sua cautela de raposa fora abandonada.

— Conheço bem você — disse. — Conheço o seu coração covarde.

Adam continuou sorrindo. Sorveu sua bebida e aquilo a lembrou de servir-se de outra dose. O gargalo da garrafa tilintou contra seu copo.

— Quando eu estava ferida, precisei de você — disse ela. — Mas você ficou abobalhado por mim. E quando não precisei mais de você tentou impedir que eu fosse embora. Tire esse sorriso pretensioso da sua cara.

— Gostaria de saber por que sente tanto ódio.

— Gostaria de saber, não é? — Sua cautela estava quase inteiramente esgotada. — Não se trata de ódio, mas de desprezo. Quando eu era criança, ainda bem pequena, percebi os tolos mentirosos que eles eram; minha mãe e meu pai, fingindo bondade. E não eram bons. Eu os conhecia. Podia obrigá-los a fazer o que eu quisesse. Sempre soube obrigar as pessoas a fazerem o que eu queria. Ainda adolescente levei um homem a se matar. Ele se fingia de bom também e tudo o que queria era ir para a cama comigo, uma menininha.

— Mas você diz que ele se matou. Devia ter ficado muito arrependido em relação a alguma coisa.

— Era um idiota — disse Kate. — Eu o ouvi bater à porta de minha casa e implorar. Eu ri a noite inteira.

Adam falou:

— Eu não gostaria de pensar que havia levado uma pessoa a abandonar este mundo.

— Você é um idiota, também. Lembro-me de como eles falavam. "Ela não é uma coisinha bonita, tão doce, tão atraente?" E ninguém me conhecia. Eu os fazia saltarem através de aros e eles nunca se deram conta.

Adam esvaziou seu copo. Sentia-se distante e introspectivo. Achou que podia ver os impulsos dela rastejando como formigas e era capaz de os ler. Experimentava a sensação de entendimento profundo trazida pelo álcool. Falou:

— Não importa se você gostava ou não de Sam Hamilton. Eu o julgava sábio. Lembro que ele disse certa vez que uma mulher que sabe tudo sobre os homens geralmente conhece uma parte muito bem e não consegue conceber as outras partes, mas isso não significa que elas não existam.

— Era um mentiroso e um hipócrita, também. — Kate cuspia as palavras. — É o que odeio, os mentirosos, e são todos mentirosos. Esta é a verdade. Adoro mostrar a verdade a eles. Adoro esfregar o nariz deles em sua própria sujeira.

As sobrancelhas de Adam se levantaram.

— Quer dizer que em todo o mundo só existe maldade e desatino?

— É exatamente o que quero dizer.

— Não acredito nisso — falou Adam calmamente.

— Não acredita nisso! Não acredita nisso! — Ela o imitou. — Gostaria que provasse para você?

— Não seria capaz — disse ele.

Ela se pôs de pé num salto, correu até sua escrivaninha e trouxe os envelopes pardos à mesa.

— Dê uma olhada nestas — falou.

— Não quero.

— Vou mostrar-lhe, de qualquer jeito.

Puxou uma fotografia.

— Olhe só. É um senador. Acha que vai concorrer ao Congresso. Veja só o seu barrigão. Tem tetas como as de uma mulher. Gosta de ser chicoteado. Veja esta marca aqui, é uma marca de chicote. Olhe só a expressão do seu rosto! Tem mulher e quatro filhos e vai concorrer ao Congresso. Você não acredita! Olhe só para isso. Este pedaço de gordura branca é um vereador. Este sueco grandalhão e avermelhado tem um rancho perto de Blanco. Veja só este outro! É professor em Berkeley. Viaja toda essa distância até aqui só para enfiar a cara na privada e darem a descarga. É professor de filosofia. E olhe para isso! Um pastor evangélico, um irmãozinho de Jesus. Costumava queimar uma casa para conseguir o que queria. Nós resolvemos o seu problema de outra maneira. Vê o fósforo aceso no seu traseiro esquelético?

— Não quero ver essas coisas — disse Adam.

— Bem, você as viu. E não acredita nelas! Vou fazê-lo implorar para entrar aqui. Vou vê-lo uivando para a lua.

Ela tentou impor sua vontade sobre Adam e viu que ele estava desligado e livre. Sua raiva congelou em veneno.

— Ninguém escapou jamais — disse suavemente. Seus olhos eram frios e sem expressão, mas as unhas rasgavam o estofo da cadeira, retalhando e esgarçando a seda.

Adam suspirou.

— Se eu tivesse essas fotos e esses homens soubessem disso, não julgaria minha vida muito segura — disse. — Acho que uma foto dessas seria capaz de destruir toda a vida de um homem. Você não corre perigo?

— Acha que sou criança? — perguntou ela.

— Não mais — falou Adam. — Estou começando a achar que você é uma distorção do ser humano, ou nem chega a ser humana.

Ela sorriu.

— Talvez tenha acertado — disse. — Acha que quero ser humana? Olhe só estas fotos! Preferia ser um cachorro a ser humano. Mas não sou um cachorro. Sou mais esperta do que os humanos. Ninguém pode me ferir. Não se preocupe com o perigo. — Ela apontou para os fichários com suas pastas. — Possuo cem fotos maravilhosas aqui e aqueles homens sabem que se qualquer coisa vier a me acontecer, qualquer coisa, cem cartas, cada uma com uma foto, serão colocadas no correio e cada carta chegará onde vai causar o maior dano. Não, eles não vão me machucar.

Adam perguntou:

— Suponha que sofresse um acidente, ou talvez contraísse uma doença?

— Isso não faria nenhuma diferença — disse ela. Inclinou-se mais para perto dele. — Vou contar-lhe um segredo que nenhum desses homens sabe. Dentro de poucos anos estou indo embora. E quando eu partir esses envelopes serão colocados no correio, de qualquer maneira.

Recostou-se na cadeira, rindo.

Adam sentiu um calafrio. Olhou atentamente para ela. Seu rosto e sua risada eram infantis e inocentes. Levantou-se e serviu-se de mais uma dose, uma dose curta. A garrafa estava quase vazia.

— Eu sei o que você odeia. Odeia algo neles que não consegue entender. Não odeia a sua maldade. Odeia a bondade neles que não consegue atingir. Eu gostaria de saber o que deseja, qual a sua meta final.

— Terei todo o dinheiro de que preciso — disse ela. — Irei para Nova York e não vou envelhecer. Não sou velha. Comprarei uma casa, uma bela casa, numa bela vizinhança, e terei bons empregados. E primeiro vou encontrar um homem, se ainda estiver vivo, e, com a maior atenção para lhe infligir dor, eu lhe tirarei a vida. Se o fizer bem e cuidadosamente, ele enlouquecerá antes de morrer.

Adam bateu com os pés no chão impacientemente.

— Bobagem — disse. — Isso não é verdade. Isso é loucura. Nada disso é verdade. Não acredito em nada disso.

Ela disse:

— Lembra-se de quando me viu pela primeira vez?

Seu rosto se fechou.

— Por Deus, sim!

— Lembra-se do meu maxilar quebrado, dos meus lábios cortados e dos dentes que perdi?

— Lembro. Mas não quero lembrar.

— Meu prazer será encontrar o homem que fez aquilo — disse ela. — E, depois disso, haverá outros prazeres.

— Tenho de ir embora — disse Adam.

Ela falou:

— Não vá embora, querido. Não vá agora, meu amor. Meus lençóis são de seda. Quero que sinta esses lençóis contra a sua pele.

— Não está falando sério.

— Sim, estou falando sério, meu amor, pode acreditar. Não sabe amar, mas eu posso lhe ensinar.

Ela se levantou com dificuldade e colocou a mão no braço dele. Seu rosto parecia fresco e jovem. Adam desceu o olhar para a mão dela e a viu enrugada como uma pata pálida de macaco. Recuou com repulsa.

Kate viu o seu gesto, entendeu-o, e sua boca endureceu.

— Não entendo — disse ele. — Eu sei, mas não posso acreditar. Sei que não vou acreditar amanhã de manhã. Será mais uma espécie de pesadelo. Mas não, não pode ser um sonho, não. Porque estou lembrado de que é a mãe de meus filhos. Não perguntou por eles. Você é a mãe dos meus filhos.

Kate colocou os cotovelos sobre os joelhos e as mãos em forma de taça apoiando o queixo com os dedos e cobrindo suas orelhas pontudas. Seus olhos brilhavam de triunfo. Sua voz tornou-se suave, mas zombeteira.

— Um tolo sempre deixa uma brecha — falou. — Descobri isso ainda criança. Sou a mãe de seus filhos. Seus filhos? Sou a mãe, sim, mas como sabe que você é o pai?

A boca de Adam caiu.

— Cathy, o que está querendo dizer?

— Meu nome é Kate — disse ela. — Escute, meu querido, e se lembre. Quantas vezes eu o deixei aproximar-se de mim o suficiente para ter filhos?

— Você estava machucada — disse ele. — Estava terrivelmente machucada.

— Uma vez — disse Kate. — Só uma vez.

— A gravidez a deixou doente — protestou ele. — Foi difícil para você.

Ela sorriu docemente para ele.

— Eu não estava machucada demais para o seu irmão.

— Meu irmão?

— Esqueceu-se de Charles?

Adam riu.

— Você é um demônio. Acha que eu poderia acreditar que meu irmão faria isso?

— Não me importa que acredite — disse ela.

Adam disse:

— Não acredito em você.

— Vai acreditar. Primeiro, vai duvidar e depois ficará inseguro. Vai pensar a respeito de Charles, tudo a respeito dele. Eu poderia ter amado Charles. Parecia-se comigo de certo modo.

— Não se parecia.

— Vai se lembrar — disse ela. — Talvez se lembre um dia de um chá com um gosto amargo. Você tomou meu remédio por engano, está lembrado? Dormiu como nunca havia dormido antes e acordou tarde, com a cabeça pesada?

— Você estava machucada demais para planejar uma coisa dessas.

— Eu posso fazer qualquer coisa. E agora, meu amor, tire suas roupas. Vou lhe mostrar o que mais sou capaz de fazer.

Adam fechou os olhos e sua cabeça rodopiou com o rum. Abriu os olhos e sacudiu a cabeça violentamente.

— Não teria importância, ainda que fosse verdade — disse ele. — Não teria a menor importância.

E subitamente ele riu, porque sabia que era verdade. Levantou-se rápido demais e teve de agarrar as costas da cadeira para se defender da tontura. Kate saltou de pé e colocou as mãos no seu cotovelo.

— Deixe-me ajudá-lo a tirar o casaco.

Adam desvencilhou-se como se as mãos dela fossem arame farpado. Cambaleou até a porta.

Um ódio incontrolável cintilou nos olhos de Kate. Ela gritou, um grito animal agudo. Adam parou e virou-se para ela. A porta se abriu de súbito. O leão-de-chácara da casa deu três passos, parou e jogou todo o seu peso num soco que acertou Adam debaixo da orelha. Adam foi ao chão.

Kate gritou:

— Acabe com ele!

Ralph aproximou-se do homem caído e mediu a distância. Notou os olhos abertos de Adam que o fitavam. Virou-se nervosamente para Kate.

A voz dela foi fria.

— Eu disse para acabar com ele. Quebre a cara dele!

Ralph disse:

— Ele não está reagindo. Está completamente entregue.

Kate sentou-se. Respirava pela boca. Suas mãos se contorciam no colo.

— Adam, eu o odeio. Eu o odeio agora pela primeira vez. Eu o odeio! Adam, está me ouvindo? Eu o odeio!

Adam tentou sentar-se, caiu para trás e tentou de novo. Sentado no chão, ergueu o olhar para Kate.

— Não importa — disse. — Não tem a menor importância.

Ficou de joelhos e descansou com as juntas das mãos sobre o chão.

— Você sabe que eu a amei mais do que tudo no mundo? Amei de verdade. Era tão forte que foi preciso muito para sufocar.

— Você vai voltar rastejando — disse ela. — Vai arrastar a barriga no chão, implorando, implorando!

— Quer que eu acabe com ele agora, srta. Kate? — perguntou Ralph.

Ela não respondeu.

Adam seguiu muito lentamente na direção da porta, equilibrando cuidadosamente seus passos. Sua mão tateou o batente da porta.

Kate gritou:

— Adam!

Ele se virou lentamente. Sorriu para ela como um homem poderia sorrir para uma lembrança. Então foi em frente e fechou a porta atrás de si.

Kate ficou olhando para a porta. Seus olhos estavam desolados.

26

[1]

No trem de volta a King City, Adam Trask estava envolto numa nuvem de formas, cores e sons vagos. Não tinha consciência de qualquer pensamento.

Acredito que a mente humana possua uma técnica mediante a qual, no seu recesso obscuro, os problemas são examinados, rejeitados ou aceitos. Essas atividades às vezes revelam facetas que um homem desconhece possuir. Quantas vezes vamos dormir preocupados e cheios de dor, sem saber o que causou a aflição, e de manhã acordamos com uma nova direção e clareza, talvez resultante desse raciocínio sombrio. E outras vezes há em que acordamos com o êxtase fervilhando em nosso sangue, o estômago e o peito estão tensos e elétricos de júbilo, e nada em nosso pensamento justifica ou causa esse estado.

O enterro de Samuel e a conversa com Kate deveriam ter deixado Adam triste e amargo, mas não o fizeram. Da palpitação cinzenta ergueu-se um êxtase. Sentia-se jovem, livre e cheio de uma alegria intensa. Desceu do trem em King City e, em vez de ir diretamente à cocheira apanhar seu cavalo e sua charrete, caminhou até a nova garagem de Will Hamilton.

Will estava sentado no seu escritório todo envidraçado, através do qual podia observar a atividade dos seus mecânicos sem ouvir o ruído do seu trabalho. A barriga de Will começava a se avolumar prosperamente.

Examinava um anúncio de charutos cubanos que tinham um serviço de entrega direta ao cliente. Julgava-se pesaroso pela morte do pai, mas não estava. Tinha alguma preocupação por Tom, que seguira diretamente do enterro para São Francisco. Achava mais digno entregar-se aos negócios, como tencionava fazer, do que ao álcool, como Tom estaria provavelmente fazendo.

Ergueu o olhar quando Adam entrou no escritório e apontou com a mão uma das grandes poltronas de couro que havia instalado para acomodar os fregueses no maior conforto e fazê-los esquecer o tamanho das contas que teriam de pagar.

Adam sentou-se.

— Nem sei se lhe dei os pêsames — disse.

— É uma ocasião triste — disse Will. — Foi ao enterro?

— Sim — disse Adam. — Não sei se tem noção do que eu sentia em relação ao seu pai. Deu-me coisas que jamais esquecerei.

— Era respeitado — disse Will. — Mais de duzentas pessoas compareceram ao cemitério, mais de duzentas pessoas.

— Um homem desses não chega realmente a morrer — falou Adam, e estava descobrindo aquilo ele mesmo. — Não consigo imaginá-lo morto. Parece-me talvez mais vivo do que antes.

— É verdade — disse Will, mas isso não era verdade para ele. Para Will, Samuel estava morto.

— Penso nas coisas que ele dizia — prosseguiu Adam. — Quando falou estas coisas eu não estava muito atento, mas agora elas voltam para mim, e posso ver seu rosto quando as disse.

— É verdade — falou Will. — Estava justamente pensando a mesma coisa. Vai voltar para a sua fazenda?

— Sim, vou. Mas pensei em passar por aqui e conversar com você sobre a compra de um automóvel.

Uma mudança sutil ocorreu em Will, uma espécie de alerta silencioso.

— Eu diria que seria o último homem no vale a comprar um carro — comentou, e observou através dos olhos semicerrados a reação de Adam.

— Acho que eu mereci isso — disse ele. — Talvez o seu pai seja responsável por uma mudança em mim.

— Que quer dizer?

— Não sei como poderia explicar isso. Enfim, vamos falar sobre o carro.

— Vou ser franco a respeito do assunto — disse Will. — A verdade é que estou tendo um problema terrível para conseguir carros suficientes a fim de atender às minhas encomendas. Ora, tenho até uma lista de pretendentes.

— Verdade? Bem, talvez eu simplesmente tenha de colocar o meu nome na lista.

— Ficarei contente em providenciar isso, sr. Trask, e... — Fez uma pausa. — O senhor foi tão chegado a nossa família que... bem, se houver um cancelamento, eu o colocarei à frente na lista.

— É muito gentil da sua parte — disse Adam.

— Como gostaria de combinar?

— O que quer dizer exatamente?

— Bem, posso arranjar para que o senhor pague apenas uma quantia por mês.

— Não sai mais caro dessa maneira?

— Bem, tem os juros e as taxas do financiamento. Algumas pessoas julgam conveniente.

— Acho que vou pagar à vista — disse Adam. — Não tem sentido adiar.

Will abafou um riso.

— Não são muitas as pessoas que pensam dessa forma — disse. — E vai chegar a hora em que não poderei vender à vista sem perder dinheiro.

— Nunca pensei nisso — disse Adam. — Vai me colocar na lista, então?

Will se inclinou para ele.

— Sr. Trask, vou colocá-lo na cabeça da lista. O primeiro carro que chegar vai ser seu.

— Obrigado.

— Fico contente em prestar-lhe esse serviço — disse Will.

Adam perguntou:

— Como é que sua mãe está suportando a situação?

Will recostou-se na cadeira e um sorriso afetuoso aflorou em seu rosto.

— Ela é uma mulher notável — disse. — Firme como uma rocha. Penso em todos os maus momentos por que passamos, e não foram poucos. Meu pai não era muito prático. Estava sempre com a cabeça nas nuvens ou enterrada num livro. Acho que minha mãe nos manteve juntos e afastou os Hamilton do asilo de pobres.

— É uma excelente mulher — disse Adam.

— Não apenas excelente. Ela é forte. Tem os pés na terra. É uma fortaleza. Foi à casa de Olive depois do enterro?

— Não, não fui.

— Mais de cem pessoas foram lá. E minha mãe fritou galinha para toda aquela gente e providenciou para que não faltasse comida para ninguém.

— Não acredito!

— Sim, pode acreditar que ela fez isso. E pense bem numa coisa: era o enterro do próprio marido.

— Uma mulher notável — repetiu Adam a frase de Will.

— Ela é prática. Sabia que precisavam ser alimentados e os alimentou.

— Acho que vai ficar bem, mas deve ter sido uma grande perda para ela.

— Vai ficar bem — disse Will. — Vai sobreviver a todos nós, aquela coisinha pequenina.

Na viagem de charrete de volta ao rancho, Adam descobriu que estava percebendo coisas que não via há anos. Viu as flores silvestres no relvado denso e as vacas nas encostas, subindo pelas trilhas mais fáceis enquanto pastavam. Quando chegou à sua própria terra, Adam sentiu um prazer súbito tão intenso que começou a examiná-lo. E de repente se viu falando em voz alta ao ritmo do trote das patas do cavalo:

— Estou livre. Livre. Não preciso me preocupar mais. Estou livre. Ela se foi. Ela saiu de mim. Ai, Cristo Todo-poderoso, estou livre!

Estendeu a mão e debulhou a folhagem da artemísia cinza-prateada que margeava a estrada e quando seus dedos estavam pegajosos com a seiva cheirou o odor agudo e penetrante em seus dedos, respirou-o bem fundo em seus pulmões. Estava feliz por voltar à sua casa. Queria ver como os gêmeos tinham crescido nos dois dias que passara fora — queria vê-los.

— Estou livre, ela se foi — cantou em voz alta.

[2]

Lee saiu da casa para ir ao encontro de Adam e ficou parado junto à cabeça do cavalo enquanto Adam descia da charrete.

— Como estão os meninos? — perguntou Adam.

— Estão ótimos. Fabriquei uns arcos e flechas e eles saíram à caça de coelhos no leito do rio. Mas nem me dei ao trabalho de esquentar a caçarola.

— Está tudo bem por aqui?

Lee olhou para ele severamente, ia exclamar qualquer coisa, mas mudou de ideia.

— Como foi o enterro?

— Muita gente — disse Adam. — Ele tinha muitos amigos. Não posso acreditar que ele se foi.

— Meu povo enterra os mortos com tambores e espalha papéis para confundir os demônios e coloca porcos assados em vez de flores na sepultura. Somos um povo prático e sempre um pouco esfomeado. Mas nossos demônios não são muito inteligentes. Nós conseguimos enganá-los. Já é algum progresso.

— Acho que Samuel teria gostado de um enterro desse tipo — disse Adam. — Teria despertado o seu interesse.

Notou que Lee o observava.

— Leve o cavalo, Lee, e depois entre para fazer um chá. Quero falar com você.

Adam entrou na casa e tirou as roupas pretas. Podia sentir o cheiro adocicado e agora enjoativo de rum em seu corpo. Tirou todas as roupas e esfregou sua pele com sabão de lavar roupa até o odor sumir dos seus poros. Vestiu uma camisa azul limpa e um macacão que de tantas lavagens havia ficado azul-pálido e com um azul ainda mais claro nos joelhos por causa do uso. Fez a barba lentamente e penteou os cabelos enquanto os ruídos de Lee junto ao fogão vinham da cozinha. Foi então para a sala de estar. Lee tinha colocado uma xícara e uma tigela de açúcar sobre a mesa ao lado da sua poltrona. Adam olhou em volta para as cortinas estampadas, lavadas tantas vezes que as flores estavam pálidas. Viu os tapetes esgarçados no chão e a trilha marrom no linóleo do corredor. E era tudo novo para ele.

Quando Lee chegou com o bule de chá, Adam disse:

— Traga uma xícara para você, Lee. E se ainda tiver daquela sua bebida, eu gostaria de tomar um pouco. Eu me embriaguei na noite passada.

Lee disse:

— O senhor, bêbado? Mal posso acreditar.

— Pois bem, fiquei bêbado. E quero falar sobre isso com você. Notei que estava me observando.

— Notou? — disse Lee, e foi à cozinha para buscar sua xícara, copos e sua garrafa de ng-ka-py.

Ao voltar, falou:

— As poucas vezes que bebi isto durante anos foram com o senhor e o sr. Hamilton.

— É a mesma garrafa de quando demos os nomes aos gêmeos?

— Sim, a mesma. — Lee serviu o chá verde escaldante. Fez uma careta quando Adam colocou duas colheradas de açúcar na sua xícara.

Adam mexeu seu chá e observou os cristais de açúcar girarem e desaparecerem no líquido. Falou:

— Fui vê-la.

— Achei que iria — disse Lee. — Por falar nisso, não sei como um ser humano pôde esperar tanto tempo.

— Talvez eu não fosse um ser humano.

— Pensei nisso também. Como estava ela?

Adam falou lentamente:

— Não posso entender. Não consigo acreditar que exista uma criatura assim no mundo.

— O problema de vocês, ocidentais, é que não têm demônios para explicar as coisas. Ficou bêbado depois?

— Não, antes e durante. Eu precisava da bebida para ter coragem, acho.

— Parece-me bem, agora.

— Sinto-me bem — disse Adam. — É sobre isso que quero lhe falar. — Fez uma pausa e disse pesarosamente: — Se fosse no ano passado, eu teria corrido até Sam Hamilton para conversar.

— Talvez nós dois tenhamos ficado com um pedaço dele — disse Lee. — Talvez a imortalidade seja isso.

— Parece que eu acordei de um longo sono — falou Adam. — De algum modo estranho meus olhos clarearam. Um peso foi tirado de mim.

— Chega até a usar palavras que soam como do sr. Hamilton — disse Lee. — Vou elaborar uma teoria para meus parentes imortais.

Adam bebeu sua taça de bebida preta e lambeu os lábios.

— Estou livre — disse. — Preciso contar isto a alguém. Posso viver com meus meninos. Poderia até procurar uma mulher. Sabe o que estou dizendo?

— Sim, sei. E posso ver em seus olhos e na postura do seu corpo. Um homem não consegue mentir sobre uma coisa dessas. Vai gostar dos meninos, eu acho.

— Bem, pelo menos vou dar uma oportunidade a mim mesmo. Pode me servir outra dose e um pouco mais de chá?

Lee serviu o chá e pegou sua xícara.

— Não sei como não queima sua boca com o chá tão quente.

Lee sorria interiormente. Adam, ao olhar para ele, percebeu que Lee não era mais um jovem. A pele nas faces estava esticada e sua superfície brilhava como se fosse vitrificada. E em torno dos seus olhos a pele parecia irritada.

Lee examinou a xícara fina como uma concha em sua mão e deu um sorriso nostálgico.

— Como está livre, talvez possa me libertar também.

— Que quer dizer, Lee?

— Poderia deixar-me ir embora?

— Ora, claro que você pode ir. Não se sente feliz aqui?

— Não acredito que algum dia tenha conhecido o que vocês chamam de felicidade. Pensamos na satisfação como uma coisa desejável, e talvez isso seja negativo.

Adam disse:

— Chame assim então. Não está satisfeito aqui?

Lee disse:

— Não acho que um homem se sinta satisfeito quando existem coisas que não foram feitas e que ele deseja fazer.

— O que quer fazer?

— Bem, para uma dessas coisas já é tarde demais. Queria ter uma mulher e filhos. Talvez quisesse passar adiante essa bobagem que passa por sabedoria num pai, forçá-la sobre meus próprios filhos indefesos.

— Ainda não é tão velho.

— Sim, acho que fisicamente sou capaz de gerar um filho. Não é no que estou pensando. Estou casado muito intimamente com uma lâmpada de leitura. Sabe, sr. Trask, já tive uma mulher. Eu a inventei como o senhor inventou a sua, só que a minha não tinha vida fora da minha mente. Era boa companhia no meu pequeno quarto. Eu falava e ela ouvia, depois ela falava e me contava todos os incidentes da tarde de uma mulher. Era muito bonita e fazia pequenas piadas coquetes. Mas agora não sei se eu a escutaria. E não desejaria fazê-la triste ou solitária. Então meu primeiro plano foi por água abaixo.

— Qual foi o outro?

— Conversei com o sr. Hamilton sobre isso. Eu queria abrir uma livraria em Chinatown, em São Francisco. Iria morar nos fundos e meus dias seriam cheios de discussões e argumentações. Gostaria de ter um estoque daquelas caixas de tinta com dragões esculpidos da dinastia Sung. A tinta que contêm é feita de pinho defumado e cola da pele de asnos selvagens. Quando a gente pinta com essa tinta, ela pode ser fisicamente preta, mas sugere ao seu olho e persuade a sua visão de que tem todas as cores do mundo. Talvez aparecesse um pintor e pudéssemos discutir questões de método e barganhar quanto aos preços.

Adam disse:

— Está inventando tudo isso?

— Não. Se o senhor se sente bem e se sente livre, eu gostaria de ter minha pequena livraria finalmente. Gostaria de morrer lá.

Adam ficou sentado em silêncio por algum tempo, mexendo o açúcar no seu chá morno. E então disse:

— Engraçado. Eu me vi desejando que você fosse um escravizado para que pudesse recusar seu pedido. Claro que pode ir se quiser. Posso até emprestar-lhe dinheiro para abrir sua livraria.

— Não, eu tenho dinheiro. Há muito tempo.

— Nunca pensei que você pudesse ir embora — disse Adam. — Eu o considerava uma presença certa.

Aprumou os ombros.

— Poderia esperar um pouco?

— Esperar o quê?

— Gostaria que me ajudasse a me familiarizar com meus filhos. Quero ajeitar esta fazenda, talvez vendê-la ou alugá-la. Quero saber quanto dinheiro tenho ainda e o que posso fazer com ele.

— Não está preparando uma armadilha para mim, está? — perguntou Lee. — Meu desejo já não é tão forte quanto costumava ser. Receio que pudesse ser convencido a desistir dele ou, o que é pior, que pudesse ser retido porque minha presença se faria necessária. Por favor, tente não precisar de mim. Essa é a pior isca para um homem solitário.

Adam disse:

— Um homem solitário. Devia estar muito imerso em mim mesmo para não ter pensado nisso.

— O sr. Hamilton sabia — disse Lee. Ergueu a cabeça e suas pálpebras gordas só deixaram entrever duas centelhas dos seus olhos. — Somos controlados, nós chineses — disse. — Não demonstramos emoção. Eu adorava o sr. Hamilton. Gostaria de ir a Salinas amanhã, se me permitir.

— Faça o que quiser — disse Adam. — Deus sabe o quanto já fez por mim.

— Quero espalhar os papéis dos demônios — disse Lee. — Quero colocar um leitãozinho assado no túmulo do meu pai.

Adam levantou-se subitamente, derrubou seu copo e foi para fora da casa, deixando Lee sentado sozinho.

27

[1]

Naquele ano as chuvas foram tão suaves que o rio Salinas não transbordou. Uma corrente esguia serpenteava em seu amplo leito de areia cinzenta e a água não era leitosa como lodo, mas clara e agradável. Os salgueiros que cresciam no leito do rio estavam cheios de folhas e as trepadeiras com amoras silvestres espalhavam seus novos ramos ao longo do terreno.

Fazia muito calor para março e o vento rápido soprava firme do sul expondo o reverso prateado das folhas.

Junto à camuflagem perfeita de trepadeiras, sarças e galhos rasteiros emaranhados, um pequeno coelho-do-mato cinzento estava sentado quieto ao sol, secando os pelos do peito, molhados pelo orvalho da relva do seu repasto matutino. O nariz do coelho arfava e suas orelhas giravam de vez em quando, investigando os pequenos sons que poderiam indicar perigo a um coelho silvestre. Sentira uma vibração rítmica no solo audível através das patas, que fizeram as orelhas virarem as narinas se agitarem, mas aquilo tinha parado. Houve então um movimento nos galhos de um salgueiro-chorão a uns vinte e cinco metros de distância e no contravento, de modo que nenhum odor de medo chegou ao coelho.

Nos últimos dois minutos o animal ouviu sons interessantes, mas não de perigo — um estalido e depois um silvo como o das asas de uma pomba selvagem. O coelho estendeu uma pata traseira preguiçosamente sob o sol quente. Houve um estalido, um assobio e um baque surdo nos pelos. O coelho ficou sentado sem movimento e seus olhos se arregalaram. Uma flecha de bambu havia lhe atravessado o peito e sua ponta de ferro cravara-se fundo no solo do outro lado. O coelho tombou e seus pés correram e ratearam no ar por um momento, antes que ficasse imóvel.

Dois meninos agachados saíram correndo do salgueiro. Empunhavam arcos com mais de um metro de comprimento e feixes de flechas com as penas para cima apareciam das aljavas atrás dos seus ombros esquerdos. Vestiam macacões e camisas azuis desbotadas, e cada criança usava uma bela pena de peru presa por uma fita à testa.

Os garotos se moviam cautelosamente, abaixados, interpretando muito a sério o seu papel de índios. O estremecimento final do coelho terminou quando se debruçaram para examinar sua vítima.

— Atravessou direto o coração — disse Cal, como se não pudesse ter sido de outra maneira. Aron olhou para baixo e não falou nada. — Vou falar que foi você quem acertou — continuou Cal. — Não vou levar o crédito. E vou dizer que foi uma flechada difícil.

— E foi mesmo — disse Aron.

— Pois é o que estou lhe dizendo. Vou dizer que foi você para Lee e o pai.

— Não sei se quero o crédito, pelo menos não todo ele — disse Aron. — Vamos combinar o seguinte. Se acertarmos outro, vamos dizer que cada um de nós pegou um coelho. E se não acertarmos mais nenhum, por que não dizemos que atiramos ao mesmo tempo e não sabemos quem o acertou?

— Não quer o crédito? — perguntou Cal sutilmente.

— Bem, não o crédito inteiro. Poderíamos dividi-lo.

— Afinal, foi a minha flecha — disse Cal.

— Não, não foi.

— Olhe para as penas. Vê aquele entalhe? É minha.

— Como é que foi parar na minha aljava? Não me lembro de nenhum entalhe.

— Talvez não lembre. Mas vou dar-lhe o crédito de qualquer maneira.

Aron falou, agradecido:

— Não, Cal, não quero isso. Vamos dizer que atiramos os dois ao mesmo tempo.

— Bem, se é o que você quer. Mas e se Lee verificar que foi minha flecha?

— Vamos simplesmente falar que estava na minha aljava.

— Acha que ele vai acreditar nisso? Vai achar que você está mentindo.

Aron disse, inutilmente:

— Se ele achar que foi você quem deu a flechada, bem, vamos simplesmente deixar que acredite nisso.

— Só queria que você soubesse — disse Cal. — Caso ele pensasse isso. — Ele arrancou a flecha do peito do coelho e as penas brancas ficaram vermelhas de sangue do coração. Colocou a flecha em sua aljava. — Pode levar o coelho — falou, magnânimo.

— Devíamos voltar para casa — disse Aron. — Talvez o pai já esteja de volta.

Cal disse:

— Podíamos cozinhar este velho coelho para o nosso jantar e ficar fora a noite inteira.

— Faz muito frio à noite, Cal. Está lembrado de como tremeu esta manhã?

— Nunca faz frio demais para mim — disse Cal. — Eu nunca sinto frio.

— Sentiu hoje de manhã.

— Não senti. Estava só brincando com você, que tremia e batia os dentes como um bebê nos cueiros. Quer me chamar de mentiroso?

— Não — disse Aron. — Não quero brigar.

— Tem medo de brigar?

— Não. Simplesmente não quero.

— Se eu dissesse que tinha medo de brigar, você me chamaria de mentiroso?

— Não.

— Então você tem medo, não tem?

— Acho que sim.

Aron se afastou lentamente, deixando o coelho no chão. Seus olhos eram bem separados e tinha uma boca bonita e suave. A distância entre os olhos azuis lhe dava uma expressão de inocência angelical. Seus cabelos eram finos e louros. O sol parecia iluminar o alto da sua cabeça.

Estava intrigado — estava sempre intrigado. Sabia que o irmão preparava algo, mas não sabia o quê. Cal era um enigma para ele. Não conseguia acompanhar o raciocínio do irmão e sempre se surpreendia com as tangentes que ele tomava.

Cal parecia-se mais com Adam. Seus cabelos eram castanho-escuros. Era maior do que o irmão, mais ossudo, mais largo nos ombros e seu maxilar tinha a severidade quadrada do maxilar de Adam. Os olhos de Cal eram castanhos e alertas e às vezes reluziam como se fossem pretos. Mas as mãos de Cal eram pequenas demais para o resto do seu corpo. Os dedos eram curtos e finos, as unhas delicadas. Cal protegia suas mãos. Poucas coisas o faziam chorar, mas um dedo cortado era uma delas. Nunca colocava as mãos em risco, nunca tocava num inseto ou pegava numa cobra. E numa briga ele apanhava uma pedra ou um pau como arma.

Ao observar o irmão afastar-se, um pequeno sorriso de vitória aflorou aos lábios de Cal. Gritou:

— Aron, espere por mim!

Quando alcançou o irmão, estendeu o coelho.

— Pode carregá-lo — disse generosamente, colocando o braço em torno do ombro do irmão. — Não fique zangado comigo.

— Você sempre quer brigar — disse Aron.

— Não, não quero. Só estava brincando.

— Estava?

— Claro. Veja... pode levar o coelho. E vamos voltar para casa agora, se quiser.

Aron sorriu finalmente. Sempre se sentia aliviado quando o irmão relaxava a tensão. Os dois meninos se arrastaram para fora do leito do rio, subindo o barranco que se esfarelava até a terra plana da margem. A perna direita da calça de Aron estava suja de sangue do coelho.

Cal falou:

— Vão ficar surpresos porque pegamos um coelho. Se o pai estiver em casa, vamos dar a ele. Gosta de coelho no jantar.

— Está bem — disse Aron, contente. — Vamos combinar o seguinte: nós dois damos o coelho a ele e não dizemos quem foi que o acertou.

— Está bem, se quiser assim — disse Cal.

Caminharam em silêncio por um tempo e então Cal disse:

— Toda esta terra é nossa, atravessando o rio até o fim do mundo.

— É terra do pai.

— Sim, mas quando ele morrer vai ser nossa.

Era um pensamento novo para Aron.

— Que quer dizer com quando ele morrer?

— Todo mundo morre — disse Cal. — Como o sr. Hamilton. Ele morreu.

— Ah, sim — disse Aron. — Sim, ele morreu. — Não era capaz de associar os dois: o sr. Hamilton morto e o pai vivo.

— Eles o botam num caixão, cavam um buraco e enfiam o caixão dentro dele — disse Cal.

— Sei disso. — Aron queria mudar de assunto, pensar em outra coisa.

Cal falou:

— Conheço um segredo.

— Qual é?

— Você iria contar.

— Não, não contaria, se você dissesse para não contar.

— Não sei se devo contar.

— Conte para mim — implorou Aron.

— Não vai contar a ninguém?

— Não, não vou contar.

Cal disse:

— Onde acha que nossa mãe está?

— Está morta.

— Não, ela não morreu.

— Morreu também.

— Ela fugiu de casa — disse Cal. — Ouvi uns homens falando.

— Eram mentirosos.

— Ela fugiu de casa — disse Cal. — Não vai dizer que lhe contei?

— Não acredito nisso — disse Aron. — O pai disse que ela está no céu.

Cal falou em voz baixa.

— Um dia vou fugir e encontrá-la. Vou trazê-la de volta.

— Onde os homens disseram que ela está?

— Não sei, mas vou encontrá-la.

— Ela está no céu — disse Aron. — Por que o pai contaria uma mentira? — Olhou para o irmão pedindo silenciosamente que concordasse. Cal não respondeu. — Não acredita que ela esteja no céu com os anjos? — insistiu Aron. E quando Cal continuou sem responder: — Quem eram os homens que falaram isso?

— Apenas uns homens. Na agência dos correios de King City. Não sabiam que eu podia escutá-los. Mas tenho bons ouvidos. Lee diz que sou capaz de ouvir a grama crescer.

Aron falou:

— Por que ela ia querer fugir?

— Como posso saber? Talvez não gostasse de nós.

Aron pensou nessa heresia.

— Não — disse. — Os homens eram mentirosos. O pai disse que ela está no céu. E sabe como ele não gosta de falar nela.

— Talvez porque ela tenha fugido.

— Não. Perguntei a Lee. Sabe o que Lee disse? Ele disse: "Sua mãe amava vocês e ainda os ama." E Lee me deu uma estrela para olhar. Disse que talvez aquela fosse a nossa mãe e ela nos amaria enquanto houvesse luz lá. Acha que Lee é um mentiroso? — Através das lágrimas que se avolumavam, Aron podia ver os olhos do irmão, duros e racionais. Não havia lágrimas nos olhos de Cal.

Cal sentia-se agradavelmente excitado. Havia encontrado outro implemento, outra ferramenta secreta, a ser usada para qualquer propósito necessário. Estudou Aron, viu seus lábios trêmulos, mas notou também as narinas frementes. Aron chorava, mas às vezes, levado às lágrimas, Aron lutava também. E quando Aron chorava e lutava ao mesmo tempo, ele era perigoso. Nada podia magoá-lo e nada podia segurá-lo. Certa vez Lee o havia prendido no seu colo, segurando os punhos ainda agitados contra os lados do corpo, até que depois de muito tempo ele relaxou. E então suas narinas haviam fremido.

Cal colocou de lado sua nova ferramenta. Podia recorrer a ela no momento em que o desejasse e sabia que era a arma mais aguçada que encontrara. Ele a examinaria devagar e julgaria exatamente quando e como usá-la.

Tomou sua decisão quase tarde demais. Aron saltou sobre ele e o corpo inerme do coelho fustigou o seu rosto. Cal deu um pulo para trás e gritou:

— Eu estava só brincando. Eu juro, Aron, era só uma brincadeira.

Aron parou. Havia dor e perplexidade em seu rosto.

— Não gosto dessa brincadeira — disse, e fungou e enxugou o nariz na manga da camisa.

Cal aproximou-se dele, abraçou-o e beijou-lhe a face.

— Não vou mais fazer isso — disse.

Os meninos caminharam em silêncio por um tempo. A luz do dia começou a se afastar. Cal olhou por cima do ombro para uma nuvem negra que singrava nas montanhas ao vento nervoso de março.

— Vem um temporal aí — disse. — Vai ser dos grandes.

Aron disse:

— Chegou mesmo a ouvir esses homens?

— Talvez fosse só minha imaginação — disse Cal rapidamente. — Meu Deus, olhe só aquela nuvem!

Aron se virou para olhar o monstro preto. A nuvem evoluía em grandes balões no céu e puxava abaixo de si um longo lençol de chuva e os garotos a viam explodir e ribombar em relâmpagos de fogo. Carregado pelo vento, o aguaceiro martelava surdamente os morros gordos e molhados através do vale e deslocava-se para as terras planas. Os meninos deram meia-volta e correram para casa e a nuvem crescia às suas costas enquanto os raios cortavam o ar em pedaços. O temporal os alcançou e os primeiros pingos grossos estalavam no chão ao caírem do céu carregado. Podiam sentir o cheiro de ozônio. Correndo, farejavam o odor dos trovões.

Enquanto corriam pela estrada que cortava o campo, ao longo dos sulcos das rodas de carroças que conduziam à sua casa, o aguaceiro os alcançou. A chuva caía em lâminas e em colunas. Instantaneamente, ficaram encharcados e os cabelos colavam à sua testa e caíam-lhes sobre os olhos e a pena de peru em sua têmpora se vergava sob o peso da água.

Agora que já estavam totalmente ensopados, os jovens pararam de correr. Não havia razão alguma para buscar proteção da chuva. Olharam um para o outro e gargalharam de alegria. Aron rodopiou o coelho e arremessou-o aos ares, apanhou-o e jogou para Cal. E Cal, bancando o bobo, colocou-o ao redor do pescoço, com a cabeça e as patas traseiras debaixo do queixo. Os dois meninos se inclinaram um para o outro e riram histericamente. A chuva rugia nos carvalhos à entrada da fazenda e o vento perturbava a sua dignidade altaneira.

[2]

Os gêmeos avistaram as edificações do rancho a tempo de ver Lee, sua cabeça saindo do buraco central de um poncho impermeável amarelo, levando para o galpão um cavalo estranho e uma charrete frágil com rodas de borracha.

— Chegou alguém — disse Cal. — Viu só aquela charrete?

Começaram a correr de novo, pois havia certo deleite em receber visitas. Perto dos degraus, pararam de correr e andaram cautelosamente ao redor da casa, pois havia certo receio de visitantes também. Entraram pelos fundos e ficaram parados gotejando na cozinha. Ouviram vozes na sala de estar — a voz do seu pai e a de outra pessoa, um homem. E então uma terceira voz retesou seus estômagos e fez um calafrio percorrer a espinha. Era uma voz de mulher. Eles tinham tido muito pouca experiência com mulheres. Foram nas pontas dos pés até o seu quarto e ficaram olhando um para o outro.

— Quem acha que é? — perguntou Cal.

Uma emoção como uma luz explodiu em Aron. Queria gritar: "Talvez seja a nossa mãe. Talvez ela tenha voltado." Mas lembrou então que ela estava no céu e as pessoas não voltam de lá. Disse:

— Não sei. Vou trocar de roupa.

Os meninos colocaram roupas secas e limpas que eram réplicas exatas das roupas encharcadas que haviam trocado. Tiraram as penas de peru molhadas e pentearam os cabelos para trás com os dedos. O tempo todo podiam ouvir as vozes, a maior parte delas graves, e então o tom agudo de uma voz de mulher, e de repente congelaram, na escuta, pois ouviram uma voz de criança — uma voz de garota — e foi uma excitação tão grande que nem chegaram a falar nisso.

Silenciosamente caminharam pelo corredor e se esgueiraram até a sala de estar. Cal girou a maçaneta muito, muito lentamente e a ergueu de modo que nenhuma fresta os traísse.

Só havia uma abertura infinitesimal quando Lee entrou pela porta dos fundos, arrastou-se pelo corredor, tirando o seu poncho, e os apanhou ali.

— Clianças olhando bulaco fechadula? — disse em chinês arrevesado e, quando Cal fechou a porta, a fechadura estalou. Lee disse rapidamente: — Seu pai está em casa. É melhor entrarem.

Aron sussurrou num tom rouco:

— Quem mais está com ele?

— Só umas pessoas de passagem. A chuva as levou a procurar abrigo.

Lee colocou sua mão sobre a de Cal na maçaneta, girou-a e abriu a porta.

— Os meninos voltaram finalmente para casa — disse, e os deixou ali, expostos na abertura.

Adam gritou:

— Venham, meninos! Entrem!

Os dois se aproximaram de cabeça baixa, dardejaram olhares para os estranhos e arrastaram os pés. Havia um homem com roupas de cidade e uma mulher com as roupas mais estranhas que já haviam visto. Sua capa, o chapéu e o véu estavam sobre uma cadeira ao seu lado e ela parecia aos meninos estar vestida totalmente de seda e renda preta. A renda chegava a projetar pequenas pontas e abraçava seu pescoço. Aquilo era suficiente para um dia, mas não era tudo. Ao lado da mulher estava sentada uma garota, pouco mais jovem do que os gêmeos, mas não muito. Vestia uma touca de sol de xadrez azul com renda na frente. Seu vestido era floreado e um pequeno avental com bolsos a cingia no meio do corpo. Sua saia estava virada para trás, mostrando uma anágua vermelha de crochê com renda de bilro na bainha. Os meninos não podiam ver o seu rosto por causa da touca, mas suas mãos estavam dobradas sobre o colo e era fácil notar o pequeno anel de ouro com sinete que usava no dedo médio.

Nenhum dos gêmeos havia respirado e seus olhos começavam a ficar com círculos avermelhados por reterem o fôlego.

— São os meus filhos — falou seu pai. — São gêmeos. Este é Aron e este é Caleb. Meninos, apertem a mão das visitas.

Os garotos se adiantaram, de cabeça baixa, as mãos para cima, num gesto que exprimia rendição e desespero. Suas mãos moles foram apertadas pelo cavalheiro e pela senhora coberta de rendas. Aron foi o primeiro e afastou-se da garota, mas a senhora falou:

— Não vai cumprimentar minha filha?

Aron estremeceu e estendeu a mão na direção da jovem com o rosto escondido. Nada aconteceu. Sua mão inerme não foi tocada, apertada ou sacudida. Simplesmente ficou no ar diante dela. Aron espiou através dos cílios para ver o que estava acontecendo.

A cabeça dela estava abaixada também e tinha a vantagem da touca. Sua pequena mão direita com o anel de sinete no dedo médio também estava estendida, mas não fez nenhum movimento na direção da mão de Aron.

Ele deu um olhar de relance para a senhora. Ela sorria, com os lábios abertos. A sala parecia esmagada pelo silêncio. E então Aron ouviu uma risada abafada de Cal.

Aron estendeu o braço e agarrou a mão dela e a sacudiu três vezes. Era macia como um punhado de pétalas. Sentiu um prazer que o incendiou. Deixou cair a mão dela e escondeu a sua no bolso do macacão. Ao recuar apressadamente, viu Cal adiantar-se e apertar a mão formalmente e dizer: "Muito prazer." Aron se esquecera do cumprimento e o fazia agora, depois do irmão, e soava estranho.

Adam e os visitantes riram.

Adam falou:

— O sr. e a sra. Bacon quase foram apanhados pela chuva.

— Tivemos sorte de nos perder por aqui — disse o sr. Bacon. — Eu estava procurando o rancho dos Long.

— Fica mais adiante. Devia ter virado à esquerda na estrada do condado que vai para o sul.

Adam continuou falando com os meninos:

— O sr. Bacon é um supervisor do condado.

— Não sei por que, mas levo o trabalho muito a sério — disse o sr. Bacon, e também se dirigiu aos meninos. — O nome da minha filha é Abra, meninos. Não é um nome esquisito?

Usava o tom que os adultos empregam com as crianças. Virou-se para Adam e disse num cantarolar poético: "Abra estava pronta quando chamei seu nome; e embora chamasse outro, Abra veio." São versos de Matthew Prior. Não vou dizer que não queria um filho, mas Abra é uma alegria tão grande. Levante os olhos, querida.

Abra não se mexeu. Suas mãos estavam de novo cruzadas sobre o colo. Seu pai repetiu com prazer: "E embora chamasse outro, Abra veio."

Aron viu seu irmão olhando para a touca de sol sem um pingo de medo. E Aron disse:

— Não acho Abra um nome esquisito.

— Ele não quis dizer esquisito dessa maneira — explicou a sra. Bacon. — Só quis dizer curioso.

E explicou a Adam:

— Meu marido tira as coisas mais estranhas dos livros. Querido, não é hora de irmos andando?

Adam falou ansiosamente:

— Por favor, senhora, não partam ainda. Lee está fazendo chá. Vai aquecê-los.

— Ora, que coisa agradável! — disse a sra. Bacon, e continuou: — Crianças, não está chovendo mais. Vão brincar lá fora.

Sua voz tinha tanta autoridade que eles saíram em fila — Aron primeiro, depois Cal e Abra a seguir.

[3]

Na sala de estar, o sr. Bacon cruzou as pernas.

— Tem um belo terreno aqui — disse. — A propriedade é grande?

Adam disse:

— Tenho um bom pedaço de terra. Atravessa o rio e continua do outro lado. É uma boa propriedade.

— É tudo seu, então, através da estrada do condado?

— Sim, é meu. Fico envergonhado em admitir isso. Deixei tudo muito largado. Não cultivei a terra. Talvez tenha trabalhado demais na terra quando era criança.

O sr. e a sra. Bacon olhavam para Adam agora e ele sabia que tinha de dar uma boa explicação por ter deixado sua terra boa inculta. Ele disse:

— Acho que sou um preguiçoso. E meu pai não ajudou ao deixar dinheiro o suficiente para permitir que eu pudesse viver sem trabalhar.

Baixou os olhos, mas podia sentir o alívio da parte dos Bacon. Não se tratava de preguiça se era um homem rico. Só os pobres eram preguiçosos. Como só os pobres eram ignorantes. Um homem rico que nada sabia era mimado ou independente.

— Quem cuida dos meninos? — perguntou a sra. Bacon.

Adam riu.

— Os cuidados que eles exigem, e não são muitos, é trabalho de Lee.

— Lee?

Adam ficou um pouco irritado com o interrogatório.

— Só tenho um empregado — disse secamente.

— É o chinês que vimos? — A sra. Bacon ficou chocada.

Adam sorriu para ela. Ela o havia assustado no começo, mas agora se sentia mais à vontade.

— Lee criou os meninos e cuidou de mim — disse.

— Mas nunca tiveram os cuidados de uma mulher?

— Não, não tiveram.

— Coitadinhos — disse ela.

— São meio selvagens, mas acho que são saudáveis — disse Adam. — Acho que todos nós ficamos um pouco selvagens como a terra. Mas agora Lee está indo embora. Não sei o que vamos fazer.

O sr. Bacon pigarreou cautelosamente para que o muco não interferisse no seu pronunciamento.

— Já pensou na educação dos seus filhos?

— Não... acho que não pensei muito sobre isso.

A sra. Bacon disse:

— Meu marido é um adepto da educação.

— A educação é a chave do futuro — falou o sr. Bacon.

— Que tipo de educação? — perguntou Adam.

O sr. Bacon prosseguiu:

— Todas as coisas são dadas aos homens que têm conhecimento. Sim, eu acredito na tocha do aprendizado.

Inclinou-se mais para perto de Adam e sua voz tornou-se confidencial.

— Já que não vai cultivar sua terra, por que não a arrenda e se muda para a sede do condado, perto de nossas boas escolas públicas?

Por apenas um segundo Adam pensou em falar "Por que não vai cuidar da sua vida?", mas, em vez disso, perguntou:

— Acha que seria uma boa ideia?

— Acho que eu poderia conseguir para o senhor um arrendatário bom e confiável. Não há motivo para não deixar que sua terra lhe dê alguma coisa se não vive nela.

Lee causou um grande rebuliço ao chegar com o chá. Ouvira o suficiente dos tons da conversa através da porta para ficar seguro de que Adam estava achando o casal cansativo. Lee tinha a certeza de que não gostavam de chá e, se gostassem, não deveriam apreciar o tipo de chá que ele havia preparado. E quando o tomaram com cumprimentos ele sentiu que os Bacon estavam com segundas intenções. Lee tentou trocar um olhar com Adam, mas não conseguiu. Adam olhava para o tapete entre seus pés.

A sra. Bacon dizia:

— Meu marido fez parte do conselho escolar durante muitos anos... — Mas Adam não ouviu a discussão que se seguiu.

Estava pensando num grande globo do mundo, suspenso e oscilando do galho de um dos seus carvalhos. E por nenhum motivo particular que pudesse perceber, seu pensamento saltou para o seu pai, manquejando na sua perna de pau, batucando na perna com uma bengala para chamar a atenção. Adam podia ver o rosto severo e militar do pai enquanto obrigava os filhos a fazerem marchas forçadas e carregarem pesadas mochilas para desenvolver os ombros. Através de sua memória a voz da sra. Bacon continuava zunindo. Adam sentia a mochila cheia de pedras. Via o rosto de Charles sorrindo ironicamente — Charles — os olhos maldosos e ferozes, o gênio irado. Subitamente, Adam quis ver Charles. Faria uma viagem — levaria os meninos. Deu um tapa na perna de excitação.

A sra. Bacon interrompeu sua conversa.

— Queira me desculpar, há algum problema?

— Ah, sinto muito — disse Adam. — Acabo de me lembrar de algo que deixei de fazer.

Os Bacon aguardavam pacientemente a sua explicação. Adam pensou: Por que não? Não estou concorrendo a supervisor. Não estou no conselho escolar. Por que não? Disse a seus convivas:

— Acabei de me lembrar que esqueci de escrever ao meu irmão há mais de dez anos.

Eles estremeceram ao ouvir essa declaração e trocaram olhares.

Lee encheu as xícaras de novo. Adam viu suas bochechas se incharem e o ouviu bufar de satisfação ao chegar à segurança do corredor. Os Bacon não quiseram comentar o incidente. Queriam estar a sós para discuti-lo.

Lee pressentiu que seria assim. Apressou-se em atrelar o cavalo e trazer a charrete com rodas de borracha até a porta da frente.

[4]

Quando Abra, Cal e Aron saíram, ficaram lado a lado no pequeno alpendre coberto, olhando para a chuva que lavava e escorria dos grandes carvalhos com seus amplos galhos. O temporal havia passado e transformara-se numa sequência distante de trovoadas, mas deixara uma chuva disposta a permanecer por muito tempo.

Aron falou:

— Aquela senhora nos disse que a chuva havia passado.

Abra respondeu-lhe com sabedoria:

— Ela não olhou. Quando está falando, nunca olha.

Cal perguntou:

— Quantos anos tem?

— Dez, mas logo vou fazer onze — disse Abra.

— Ora, nós temos onze e logo vamos fazer doze.

Abra empurrou a touca para trás. Emoldurava sua cabeça como um halo. Era bonita, com cabelos escuros presos em duas tranças. Sua testa pequena era arredondada e as sobrancelhas retas. Um dia seu nariz seria delicado e arrebitado, mas por enquanto tinha a forma de botão. Mas dois traços a acompanhariam sempre. O queixo era firme e a boca suave como uma flor, muito ampla e rosada. Seus olhos cor de avelã eram aguçados e inteligentes e totalmente sem medo. Encarou os rostos dos meninos, direto nos olhos, um após o outro, e não houve nenhum sinal da timidez que aparentara dentro de casa.

— Não acredito que sejam gêmeos — disse. — Não são nada parecidos.

— Mas somos — disse Cal.

— Mas somos — falou Aron.

— Alguns gêmeos não se parecem — insistiu Cal.

— Muitos deles não se parecem — disse Aron. — Lee contou-nos como é. Se a mãe tem um só ovo, os gêmeos se parecem. Se tem dois ovos, eles não se parecem. — Somos dois ovos — disse Cal.

Abra sorriu divertida diante dos mitos daqueles meninos caipiras.

— Ovos — disse ela. — Vejam só, ovos!

Não falou em voz alta ou de um jeito rude, mas a teoria de Lee tremeu nas bases e balançou até que ela a fez cair por terra.

— Qual dos dois é o frito? — perguntou ela. — E qual de vocês é o cozido?

Os meninos trocaram olhares constrangidos. Era sua primeira experiência com a inexorável lógica das mulheres, que é avassaladora, mesmo quando está errada. Aquilo era novo para eles, excitante e assustador.

Cal disse:

— Lee é chinês.

— Ora — disse Abra delicadamente. — Por que não disseram logo? Pode ser então que vocês sejam ovos de porcelana chinesa, desses que são colocados em ninhos.

Ela parou um pouco para deixar seu comentário penetrar fundo. Viu oposição e conflito desaparecerem. Abra havia assumido controle da situação. Era quem dominava o jogo.

Aron sugeriu:

— Vamos até a casa velha brincar um pouco. Tem algumas goteiras, mas é um lugar bom de se brincar.

Correram debaixo dos carvalhos molhados até a velha casa de Sanchez, mergulharam por sua porta aberta, que guinchava impacientemente sobre dobradiças enferrujadas.

A casa de adobe havia entrado na sua segunda decadência. A grande sala da frente estava caiada pela metade, a faixa branca interrompida, como os operários a haviam deixado dez anos atrás. E as janelas com seus caixilhos reconstruídos permaneciam sem vidraças. O novo assoalho estava marcado por manchas de água e um amontoado de jornais velhos e sacos escurecidos com pregos enferrujados enchiam um canto da sala.

Quando as crianças pararam na entrada, um morcego voou dos fundos da casa. A forma acinzentada investiu de um lado para o outro e desapareceu através da porta.

Os meninos conduziram Abra através da casa — abriram armários para mostrar pias, privadas e candelabros, ainda guardados e esperando ser instalados. Havia um cheiro de mofo e papel molhado no ar. As três crianças caminharam na ponta dos pés e não falaram com medo dos ecos produzidos pelas paredes da casa vazia.

De volta à grande sala, os gêmeos encararam a visitante.

— Gosta daqui? — perguntou Aron em voz baixa por causa do eco.

— Si-sim — admitiu ela, hesitante.

— Às vezes brincamos aqui — disse Cal ousadamente. — Pode vir brincar conosco se quiser.

— Eu moro em Salinas — falou Abra num tom que lhes deu a certeza de que estavam lidando com um ente superior que não tinha tempo para prazeres rústicos.

Abra viu que havia esmagado seu tesouro mais precioso e, embora conhecesse as fraquezas dos homens, ainda assim gostava deles e, além do mais, era uma dama.

— De vez em quando, ao passarmos por aqui, eu podia vir e brincar com vocês... um pouco — disse generosamente e os dois meninos sentiram-se agradecidos a ela.

— Vou dar-lhe o meu coelho — disse Cal subitamente. — Ia dar ao meu pai, mas você pode ficar com ele.

— Que coelho?

— O que matamos hoje, atravessamos o seu coração com uma flecha. Nem chegou a espernear.

Aron olhou para ele ultrajado.

— Era o meu...

Cal interrompeu.

— Vamos deixar que leve para sua casa. É um coelho bem grande.

Abra disse:

— O que eu ia querer fazer com um coelho velho e sujo todo coberto de sangue?

Aron disse:

— Vou lavar ele e colocar numa caixa e amarrar com um barbante e se você não quiser comer pode fazer um enterro quando tiver tempo... em Salinas.

— Vou a enterros de verdade — disse Abra. — Fui a um ontem. Havia flores até a altura deste teto.

— Não quer o seu coelho? — perguntou Aron.

Abra olhou para os cabelos ensolarados de Aron, bem crespos agora, e para seus olhos que pareciam próximos das lágrimas e sentiu no peito a ânsia e o calor que é o começo do amor. Queria também tocar em Aron e o fez. Colocou sua mão no braço dele e o sentiu tremer sob os seus dedos.

— Se o colocar numa caixa — disse.

Já que tinha o controle da situação, Abra olhou à sua volta e inspecionou suas conquistas. Estava bem acima da vaidade agora e nenhum princípio masculino a ameaçava. Sentia bondade em relação aos meninos. Notou suas roupas gastas e desbotadas, remendadas em alguns pontos por Lee. Ela recorreu aos seus contos de fadas.

— Pobres crianças — disse ela. — Seu pai bate em vocês?

Eles sacudiram a cabeça. Estavam interessados, mas se espantaram.

— Vocês são muito pobres?

— Que quer dizer? — perguntou Cal.

— Sentam-se nas cinzas e têm de ir buscar água e feixes de gravetos?

— Que são gravetos? — perguntou Aron.

Ela evitou a pergunta continuando.

— Coitadinhos — começou, e parecia empunhar uma varinha de condão com uma estrela cintilante na ponta. — Sua madrasta má os odeia e quer matar vocês?

— Não temos madrasta — falou Cal.

— Não temos nenhum parente — disse Aron. — Nossa mãe morreu.

Suas palavras destruíram a história que ela estava escrevendo, mas quase imediatamente lhe forneceram outra. A varinha se foi, mas ela ostentava um chapelão com uma pluma de avestruz e carregava uma enorme cesta da qual se projetavam os pés de um peru.

— Pequenos órfãos — disse suavemente. — Vou ser sua mãe, vou segurar, embalar vocês e contar histórias.

— Somos grandes demais — disse Cal. — Derrubaríamos você.

Abra passou por cima daquela brutalidade. Aron, ela viu, estava envolvido com a sua história. Seus olhos sorriam e parecia quase embalado em seus braços, e ela sentiu de novo a pontada de amor por ele. Falou num tom agradável:

— Contem para mim, sua mãe teve um enterro bonito?

— Não lembramos — falou Aron. — Éramos muito pequenos.

— E onde está enterrada? Poderiam colocar flores na sua sepultura. Sempre fazemos isso para a vovó e para o tio Albert.

— Não sabemos — disse Aron.

Os olhos de Cal ganharam um novo interesse, um interesse fulgurante próximo do triunfo. Disse ingenuamente:

— Vou perguntar ao pai para que a gente possa levar flores.

— Eu vou com vocês — disse Abra. — Posso fazer uma coroa de flores. Vou mostrar a vocês como é.

Ela notou que Aron não tinha falado.

— Não quer fazer uma coroa de flores?

— Sim — disse ele.

Ela precisava tocá-lo de novo. Deu um tapinha no seu ombro e tocou na sua face.

— Sua mãe vai gostar disso — falou. — Mesmo no céu eles olham para baixo e notam as coisas. Meu pai diz que fazem isso. Conhece um poema que fala disso.

Aron disse:

— Vou embrulhar o coelho. Tenho a caixa em que vieram minhas calças.

Correu para fora da casa velha. Cal o observou. Sorria.

— Do que está rindo? — perguntou Abra.

— De nada — disse. Os olhos de Cal ficaram sobre ela.

Ela tentou fazê-lo baixar o olhar. Era uma especialista nisso, mas Cal não desviou os olhos. Logo no início ele sentira uma certa timidez, mas agora havia passado e a sensação de triunfo ao destruir o controle de Abra o fazia sorrir. Sabia que ela preferia seu irmão, mas aquilo não era novidade para ele. Quase todo mundo preferia Aron com seus cabelos dourados e a abertura que permitia que sua afeição se oferecesse como um cãozinho filhote. As emoções de Cal se escondiam nas profundezas do seu ser e afloravam, prontas para recuar ou atacar. Começava a punir

Abra por gostar do seu irmão e isso não era novidade também. Ele o fazia desde que descobrira que podia fazer. E nele a punição secreta era quase um dom criativo.

Talvez a diferença entre os dois meninos possa ser mais bem descrita desta maneira. Se Aron topasse com um formigueiro numa pequena clareira no meio do mato, ele se deitaria de barriga no chão e observaria a complexidade da vida das formigas — veria algumas delas transportando comida nas estradas das formigas e outras carregando os ovos brancos. Veria como duas delas ao se encontrarem tocavam as suas antenas e conversavam. Durante horas ficaria absorto na economia da paisagem.

Se, por sua vez, Cal topasse com o mesmo formigueiro, ele o chutaria em pedaços e observaria enquanto as formigas frenéticas davam conta do seu desastre. Aron se contentava em ser parte do seu mundo, mas Cal tinha de mudá-lo.

Cal não questionava o fato de que as pessoas gostavam mais do seu irmão, mas tinha aperfeiçoado um meio de se acomodar a isso. Planejava e esperava até que aquela pessoa que admirava Aron se expusesse e então algo acontecia e a vítima nunca sabia como ou por quê. A partir da vingança, Cal extraía um fluido de poder e, a partir do poder, o júbilo. Era a emoção mais forte e pura que conhecia. Longe de não gostar de Aron, ele o amava porque era geralmente a causa dos sentimentos de triunfo de Cal. Havia esquecido — sc é que chegara a saber um dia — que punia porque desejava ser amado como Aron era amado. E isso fora tão longe que ele preferia o que tinha ao que Aron tinha.

Abra deflagrou o processo em Cal ao tocar em Aron e ao falar com ele num tom de voz suave. A reação de Cal foi automática. Seu cérebro procurou um ponto fraco de Abra e ele era tão esperto que o encontrou quase imediatamente nas palavras dela. Algumas crianças querem ser infantis e outras querem ser adultas. Poucas se contentam com sua idade. Abra queria ser um adulto. Usava palavras adultas e simulava, até onde conseguia, atitudes e emoções adultas. Havia deixado a infância muito para trás e não era ainda capaz de ser um dos adultos que admirava. Cal percebeu isso e foi o que lhe deu o instrumento para arrasar com o formigueiro dela.

Sabia quanto tempo seu irmão levaria para encontrar a caixa. Podia ver em sua mente o que iria acontecer. Aron tentaria lavar o sangue do coelho e isso levaria tempo. Encontrar uma fita tomaria mais tempo e o enlaçar cuidadoso dos nós ainda mais. Enquanto isso, Cal sabia que começava a vencer. Sentia a certeza de Abra vacilando e sabia que podia levar o processo mais adiante.

Abra desviou o olhar dele e disse finalmente:

— Por que você encara uma pessoa?

Cal olhou para os pés dela e lentamente levantou os olhos, examinando-a tão friamente como se fosse uma cadeira. Isso, ele sabia, podia deixar até um adulto nervoso.

Abra não pôde aguentar. Disse:

— Nunca viu?

Cal perguntou:

— Você está na escola?

— Claro que sim.

— Em que série?

— Na quinta.

— Quantos anos tem?

— Vou fazer onze.

Cal riu.

— O que há de errado nisso? — perguntou ela. Ele não respondeu. — Vamos, me diga! O que há de errado nisso?

Ainda não houve resposta.

— Você se acha muito esperto — disse ela e, quando ele continuou a rir para ela, falou meio constrangida: — Por que será que o seu irmão está demorando? Veja, a chuva parou.

Cal disse:

— Acho que ele está procurando.

— Procurando o coelho?

— Ah, não. Esse está seguro, está morto. Mas talvez não consiga pegar o outro. Ele escapa.

— Pegar o quê? O que é que escapa?

— Ele não quer que eu conte — disse Cal. — Quer que seja uma surpresa. Ele o apanhou na última sexta-feira. E foi mordido por ele, também.

— Do que está falando?

— Você vai ver quando abrir a caixa. Aposto que ele vai mandar que não abra logo.

Não era uma adivinhação. Cal conhecia o irmão.

Abra sabia que estava perdendo não só a batalha, mas toda a guerra. Começou a detestar aquele garoto. Recapitulou mentalmente todas as respostas mortíferas que conhecia e desistiu delas, desanimada, sentindo que não teriam nenhum efeito. Recolheu-se no silêncio. Saiu pela porta e olhou na direção da casa onde estavam seus pais.

— Acho que vou voltar — disse.

— Espere — disse Cal.

Ela virou-se quando ele se aproximou.

— Que quer? — perguntou friamente.

— Não fique zangada comigo — falou ele. — Não sabe o que se passa aqui. Devia ver as costas do meu irmão.

Sua mudança de ritmo a desconcertou. Nunca a deixava fixar uma atitude e lia adequadamente o interesse dela em situações românticas. Sua voz era baixa e secreta. Ela abaixou a sua para ficar no mesmo tom.

— Que quer dizer? O que há de errado com as costas do seu irmão?

— Está cheia de cicatrizes — disse Cal. — É o chinês.

Ela tremeu e ficou tensa de interesse.

— O que é que ele faz? Bate nele?

— Pior do que isso — disse Cal.

— Por que não conta ao seu pai?

— Não ousamos. Sabe o que aconteceria se contássemos?

— Não. O quê?

Ele sacudiu a cabeça.

— Não... — Parecia estar pensando cuidadosamente. — Nem ouso contar a você.

Naquele momento, Lee voltou do galpão conduzindo o cavalo dos Bacon atrelado à charrete alta e espigada com rodas de borracha. O sr. e a sra. Bacon saíram da casa e automaticamente olharam todos para o céu.

Cal disse:

— Não posso lhe contar agora. O chinês saberia se eu contasse.

A sra. Bacon gritou:

— Abra! Vamos! Estamos indo embora.

Lee segurou o cavalo impaciente enquanto a sra. Bacon foi ajudada a subir na charrete.

Aron saiu correndo, contornando a casa, carregando uma caixa de papelão intricadamente atada com fitas em laços complicados. Entregou-a a Abra.

— Aqui está — disse. — Não abra antes de chegar em casa.

Cal viu repulsa no rosto de Abra. Suas mãos se afastaram da caixa.

— Leve-a, querida — disse seu pai. — Vamos andando, estamos atrasados. Empurrou a caixa na mão dela.

Cal aproximou-se dela.

— Quero dizer uma coisa — disse ele, e cochichou no ouvido dela. — Você molhou as suas calças — falou. Ela corou e cobriu a cabeça com a touca. A sra. Bacon a apanhou por baixo dos braços e colocou-a na charrete. Lee, Adam e os gêmeos viram o cavalo partir num trote cadenciado.

Antes da primeira curva, a mão de Abra se ergueu e a caixa foi jogada para trás na estrada. Cal observou o rosto do irmão e viu a infelicidade nos olhos de Aron. Quando Adam voltou para dentro de casa e Lee saiu com uma gamela de milho para alimentar as galinhas, Cal colocou os braços em torno dos ombros do irmão e o abraçou de um modo reconfortante.

— Eu queria me casar com ela — disse Aron. — Coloquei uma carta dentro da caixa pedindo-a em casamento.

— Não fique triste — disse Cal. — Vou deixar você usar a minha espingarda.

A cabeça de Aron balançou de um lado para o outro.

— Você não tem uma espingarda.

— Não tenho? — disse Cal. — Será que não tenho?

28

[1]

Foi à mesa do jantar que os meninos descobriram a mudança em seu pai. Eles o conheciam como uma presença — como ouvidos que ouviam, mas não escutavam, olhos que olhavam, mas não viam. Era uma nuvem de pai. Os meninos nunca haviam aprendido a contar-lhe seus interesses e descobertas, ou suas necessidades. Lee fora o seu contato com o mundo adulto e Lee conseguira não só criar, alimentar, vestir e disciplinar os meninos, mas lhes dera também um respeito pelo pai. Era um mistério para os meninos e seu mundo, sua lei eram executados por Lee, que naturalmente inventava tudo aquilo e atribuía a Adam.

Nesta noite, a primeira depois de Adam voltar de Salinas, Cal e Aron ficaram primeiro atônitos e depois um pouco embaraçados ao verem que Adam os escutava e fazia perguntas, olhava para eles e os via. A mudança os deixou tímidos.

Adam disse:

— Soube que foram caçar hoje.

Os meninos ficaram cautelosos como os seres humanos sempre ficam quando se defrontam com uma nova situação. Depois de uma pausa Aron admitiu.

— Sim, senhor.

— Pegaram alguma coisa?

Desta vez uma pausa mais longa e então:

— Sim, senhor.

— O que pegaram?

— Um coelho.

— Com arcos e flechas? Quem o acertou?

— Nós dois atiramos. Não sabemos quem foi que acertou — disse Aron.

— Não conhecem suas próprias flechas? Costumávamos marcar nossas flechas quando eu era garoto.

Dessa vez Aron recusou-se a responder e se meter em encrenca.

E Cal, depois de esperar, disse:

— Bem, a flecha era minha, sem dúvida, mas achamos que estava na aljava de Aron.

— O que os leva a pensar nisso?

— Não sei — disse Cal. — Mas acho que foi Aron quem acertou o coelho.

Adam girou os olhos.

— E o que é que você acha?

— Acho que talvez eu tenha acertado, mas não tenho certeza.

— Bem, vocês dois parecem controlar a situação muito bem.

O alarme sumiu do rosto dos meninos. Não parecia ser uma armadilha.

— Onde está o coelho? — perguntou Adam.

Cal disse:

— Aron deu de presente para Abra.

— Ela o jogou fora — disse Aron.

— Por quê?

— Não sei. Eu queria me casar com ela, também.

— Queria?

— Sim, senhor.

— E quanto a você, Cal?

— Acho que vou deixá-la para Aron — disse Cal.

Adam riu e os meninos não se lembravam de um dia tê-lo ouvido rir.

— Ela é uma boa menina? — perguntou.

— Ah, sim — disse Aron. — É realmente uma boa menina. Boa e gentil.

— Bem, estou feliz em tê-la como nora.

Lee limpou a mesa e depois de uma rápida atividade na cozinha voltou.

— Prontos para irem para a cama?

Eles gritaram em protesto. Adam disse:

— Sente-se e deixe-os ficar mais um pouco.

— Estou com as contas em dia. Podemos verificá-las mais tarde — falou Lee. — Que contas, Lee?

— As contas da casa e do rancho. O senhor disse que queria saber em que pé estava tudo.

— Não as contas de dez anos passados, Lee!

— O senhor nunca quis se incomodar com elas antes.

— Acho que está certo. Mas sente-se aqui um pouco. Aron quer se casar com a menina que esteve aqui hoje.

— Estão noivos? — perguntou Lee.

— Não creio que ela ainda o tenha aceitado — disse Adam. — Isso pode nos dar algum tempo.

Cal havia rapidamente perdido a admiração pela mudança de espírito na casa e vinha examinando o formigueiro com olhos calculistas, tentando determinar como o chutaria. Tomou sua decisão.

— É uma garota realmente boa — disse. — Gosto dela. Sabem por quê? Bem, pediu que eu perguntasse onde está a sepultura de nossa mãe para que pudéssemos levar flores.

— Poderíamos fazer isso, pai? — perguntou Aron. — Ela disse que nos ensinaria a fazer uma coroa de flores.

A cabeça de Adam rodopiou. Não sabia mentir e, além disso, não havia praticado. A solução o assustou, veio tão rapidamente à sua mente e tão facilmente à sua língua. Adam disse:

— Gostaria que pudéssemos fazer isso, meninos. Mas tenho de lhes contar. A sepultura de sua mãe está do outro lado do país, no lugar de onde ela veio.

— Por quê? — perguntou Aron.

— Bem, certas pessoas desejam ser enterradas no lugar onde nasceram.

— Como é que ela foi parar lá? — perguntou Cal.

— Nós a pusemos num trem e mandamos de volta para casa, não foi, Lee?

Lee assentiu com a cabeça.

— O mesmo acontece conosco — disse. — Quase todos os chineses são mandados para a China depois que morrem.

— Sei disso — falou Aron. — Já nos contou antes.

— Contei? — perguntou Lee.

— Claro que sim — disse Cal. Estava vagamente desapontado.

Adam rapidamente mudou de assunto.

— O sr. Bacon fez uma sugestão esta tarde — começou. — Gostaria que vocês, meninos, pensassem a respeito. Disse que talvez fosse melhor para vocês se nos mudássemos para Salinas. Lá há melhores escolas e muitas outras crianças para brincar.

O pensamento aturdiu os gêmeos. Cal perguntou:

— E isto aqui?

— Bem, conservaríamos o rancho, caso quiséssemos voltar para cá.

Aron falou:

— Abra mora em Salinas.

E aquilo era o suficiente para Aron. Já havia esquecido a caixa lançada aos ares. E tudo no que podia pensar era um pequeno avental e uma touca e dedos pequenos e macios.

Adam falou:

— Bem, pensem nisso. Talvez devessem ir para a cama agora. Por que não foram à escola hoje?

— A professora está doente.

Lee confirmou a história.

— A srta. Culp está doente há três dias — disse. — Só voltarão às aulas na segunda-feira. Vamos, meninos.

Eles saíram obedientemente da sala atrás dele.

[2]

Adam ficou sentado sorrindo vagamente para o lampião e tamborilando o joelho com um dedo indicador até que Lee voltou. Adam disse:

— Eles sabem de alguma coisa?

— Não sei — disse Lee.

— Talvez fosse apenas a garotinha.

Lee foi à cozinha e trouxe uma grande caixa de papelão.

— Aqui estão as contas. Cada ano está preso por uma fita de elástico. Eu já verifiquei. Estão completas.

— Quer dizer todas as contas?

Lee disse:

— Vai encontrar um livro para cada ano e contas e recibos referentes a tudo. Queria saber a quantas estava. Aqui estão, as contas completas. Acha realmente que vai se mudar?

— Estou pensando nisso.

— Gostaria que encontrasse algum jeito de contar aos meninos a verdade.

— Isso lhes privaria de bons sentimentos em relação à mãe, Lee.

— Já pensou no outro risco?

— Que quer dizer?

— Vamos supor que descubram a verdade. Muitas pessoas sabem a respeito.

— Talvez quando forem mais velhos seja mais fácil para eles.

— Não acredito nisso — disse Lee. — Mas esse não é o risco maior.

— Acho que não o estou entendendo, Lee.

— É na mentira que estou pensando. Poderia estragar tudo. Se descobrissem que mentiu a eles em relação a isso, as verdades também sofreriam. Passariam a não acreditar em mais nada.

— Sim, eu sei. Mas o que posso dizer a eles? Não poderia contar-lhes toda a verdade.

— Pode contar uma parte da verdade, o suficiente para que não sofram se descobrirem.

— Vou ter de pensar nisso, Lee.

— Se forem morar em Salinas, vai ser mais arriscado.

— Vou ter de pensar nisso.

Lee insistiu.

— Meu pai me contou sobre minha mãe quando eu era muito pequeno e não me poupou. E me contou uma série de vezes à medida que eu crescia. Claro que não era a mesma coisa, mas foi terrível. Estou contente que tenha me contado. Não gostaria de ignorar.

— Quer me contar?

— Não, não quero. Mas poderia persuadi-lo a mudar de ideia. Podia dizer simplesmente que a mãe deles foi embora e não sabe para onde.

— Mas eu sei.

— Sim, aí é que está o problema. Tem de ser a verdade inteira ou uma mentira parcial.

— Vou pensar nisso — disse Adam. — E qual é a história da sua mãe?

— Quer realmente ouvir?

— Só se quiser me contar.

— Vou contar bem resumida — disse Lee. — Minha primeira lembrança é a de morar num pequeno barraco escuro com meu pai no meio de um campo de batatas e com ela a lembrança de meu pai contando a história da minha mãe. Sua língua era o cantonês, mas quando contava a história falava num belo e elegante mandarim. Pois bem, vou lhe contar... — E Lee voltou para trás no tempo.

"Vou ter de lhe contar primeiro que, quando foram construídas as ferrovias no Oeste, o trabalho terrível de aplainar o terreno, deitar os dormentes e pregar os trilhos era feito por milhares de chineses. Eram baratos, trabalhavam duro e, se morriam, ninguém precisava se preocupar. Eram recrutados principalmente em Cantão, porque os cantoneses são pequenos, fortes e resistentes, e também porque não são brigões. Eram trazidos por contrato e talvez a história do meu pai seja típica. "Deve saber que um chinês precisa pagar todas as suas dívidas no nosso dia do Ano-Novo, ou antes. Começa todo ano limpo. Se não o fizer, fica desacreditado; mas não apenas isso, sua família também fica desacreditada. Não há desculpas."

— Não é má ideia — disse Adam.

— Boa ou má, era assim que costumava ser. Meu pai não teve muita sorte. Não conseguiu pagar uma dívida. A família se reuniu e discutiu a situação. Nossa família é honrada. A falta de sorte não foi culpa de ninguém, mas a dívida não paga era de toda a família. Pagaram a dívida de meu pai e ele teria de ressarci-los depois, o que era quase impossível.

"Naquela época os agentes de recrutamento das ferrovias pagavam uma quantia de dinheiro no ato de assinatura do contrato. Dessa forma arregimentavam muitos homens que haviam contraído dívidas. Tudo isso era sensato e honrado. Só existia uma grande tristeza.

"Meu pai era um jovem recém-casado e seu laço com a esposa era muito forte, profundo e caloroso, e o dela para com ele devia ser... impressionante. Ainda assim, com boas maneiras, despediram-se na presença dos chefes da família. Muitas vezes pensei que as boas maneiras formais talvez funcionem como uma almofada para corações partidos.

"Os rebanhos humanos entravam como animais no porão escuro do navio e lá ficavam até chegar a São Francisco seis semanas depois. Pode imaginar como eram esses porões. A mercadoria tinha de ser entregue em condições de poder trabalhar, por isso não era maltratada. E meu povo aprendeu com o tempo a viver junto, a se manter limpo e a alimentar-se sob as condições mais adversas.

"Estavam uma semana no mar quando meu pai descobriu minha mãe. Vestia-se como homem e trançara seus cabelos num rabo-de-cavalo masculino. Ficando sentada muito quieta e sem falar, ela não fora descoberta e, naturalmente, não havia exames ou vacinas na época. Ela deslocou o seu tatame para perto do meu pai. Não podiam falar exceto no escuro, colando a boca na orelha do outro. Meu pai ficou furioso com a sua desobediência, mas ficou feliz também.

"Pois bem, foi isso. Foram condenados a cinco anos de trabalhos forçados. Não lhes ocorreu fugir quando chegaram à América, porque eram pessoas honradas e haviam assinado um contrato."

Lee fez uma pausa.

— Pensei que fosse contar-lhe em poucas frases — disse.

— Mas não conhece o cenário. Vou pegar um copo de água. Também quer?

— Sim — disse Adam. — Mas tem uma coisa que não entendo. Como podia uma mulher fazer aquele tipo de trabalho?

— Volto num momento — disse Lee, e foi à cozinha. Trouxe duas canecas de lata com água e colocou-as na mesa. Perguntou: — O que é que queria saber?

— Como sua mãe era capaz de fazer o trabalho de um homem?

Lee sorriu.

— Meu pai disse que era uma mulher forte e acredito que uma mulher forte pode ser mais forte do que um homem, particularmente se tem amor no coração. Acho que uma mulher que ama é quase indestrutível.

Adam fez uma careta.

Lee disse:

— Ainda vai ver um dia.

— Não quis fazer mau juízo — falou Adam. — Como poderia saber a partir de uma única experiência? Prossiga.

— Uma coisa minha mãe não sussurrou no ouvido de meu pai durante aquela travessia infernal. E como muitos ficavam mareados e sofriam de enjoos, ninguém prestou atenção à sua doença.

Adam gritou:

— Ela não estava grávida!

— Sim, estava grávida — disse Lee. — E não queria sobrecarregar meu pai com mais preocupações.

— Ela sabia quando começou a viagem?

— Não, não sabia. Marquei a minha presença no mundo na ocasião mais inoportuna. É uma história mais longa do que eu supunha.

— Mas não pode parar agora — disse Adam.

— Não, acho que não. Em São Francisco, a massa de músculos e ossos fluiu para os vagões de carregar gado e as máquinas subiram as montanhas soltando fumaça. Iam escavar todas as encostas das Sierras e cavar túneis debaixo dos picos. Minha mãe foi arrebanhada para outro carro e meu pai só a reencontrou quando chegaram ao seu acampamento, numa campina no alto de uma montanha. Era tudo muito bonito, com relva verde e flores e as montanhas cobertas de neve ao redor. Só então ela contou a meu pai sobre mim.

"Entregaram-se ao trabalho. Os músculos de uma mulher endurecem, como os de um homem, e minha mãe tinha um espírito musculoso também. Fazia todo o trabalho de pá e picareta que esperavam dela e deve ter sido terrível. Mas um verdadeiro pânico os assaltava quando pensavam em como ela iria ter o bebê."

— Eles eram ignorantes? Não podiam ter ido ao chefe e contado que ela era mulher e estava grávida? Certamente teriam tomado conta dela — falou Adam.

— Está vendo? — disse Lee. — Não lhe contei o bastante. E é por isso que a história ficou tão longa. Não eram ignorantes. Aquele gado humano era importado apenas por um motivo: para trabalhar. Quando o trabalho terminava, aqueles que não haviam morrido eram embarcados de volta. Só traziam homens, nada de mulheres. O país não as queria procriando. Um homem, uma mulher e um bebê têm uma capacidade de se enfiar, de cavar a terra ao seu redor e de erguer um lar. E então é uma dificuldade terrível desarraigá-los. Mas um bando de homens, nervosos, solitários, inquietos, quase doentes pela falta de mulheres; estes irão a qualquer lugar e, principalmente, voltarão para a sua terra. E minha mãe era a única mulher naquele bando de homens meio malucos, meio selvagens. Quanto mais trabalhavam e comiam, mais indóceis os homens ficavam. Para os chefes eles não eram homens, mas animais que podiam ser perigosos se não fossem controlados. Pode ver por que minha mãe não pediu ajuda. Eles a teriam levado para fora do acampamento e, quem sabe?, atirado nela e a enterrado como uma vaca empestada. Quinze homens foram fuzilados por se mostrarem um pouco amotinados.

"Não, eles mantinham a ordem do único jeito que nossa pobre espécie sempre aprendeu a respeitar. Achamos que devem existir melhores meios, mas nunca os aprendemos — é sempre o chicote, a forca e a espingarda. Gostaria de não ter começado a lhe contar isso..."

— Por que não deveria me contar? — perguntou Adam.

— Posso ver o rosto do meu pai quando me contou. Uma antiga infelicidade volta a mim, crua e carregada de dor. Enquanto contava a história, meu pai tinha de interromper para se controlar e, quando continuava, falava com severidade e usava palavras afiadas quase como se quisesse se cortar com elas.

"Os dois conseguiram continuar juntos alegando que ela era um sobrinho de meu pai. Os meses passaram e, felizmente para eles, houve pouco inchaço abdominal e ela trabalhava penosamente, mas seguia em frente. Meu pai só podia ajudá-la um pouco, desculpando-se: 'Meu sobrinho é jovem e seus ossos são quebradiços.' Não tinham nenhum plano. Não sabiam o que fazer.

"Então meu pai concebeu um plano. Iam fugir para o alto das montanhas, para uma das campinas mais elevadas, e ali, à beira de um lago, iam construir um abrigo para o parto e, quando minha mãe estivesse a salvo e o bebê tivesse nascido, meu pai voltaria e assumiria a sua punição. E assinaria um contrato para mais cinco anos extras a fim de pagar por seu sobrinho delinquente. Por mais deplorável que fosse a sua fuga, era tudo o que tinham e parecia uma solução brilhante. O plano exigia duas coisas: a ocasião tinha de ser propícia e era necessário um suprimento de comida.

"Meus pais... meus queridos pais começaram a fazer seus preparativos. Economizavam parte da sua cota diária de arroz e a escondiam sob seus tatames. Meu pai encontrou um pedaço de linha e fez um anzol com um pedaço de arame, pois havia trutas que podiam ser pescadas nos lagos da montanha. Parou de fumar para economizar os fósforos que lhes davam. E minha mãe recolhia cada farrapo que pudesse encontrar e desmanchava as bainhas para fazer linha e costurou uma bolsa de retalhos com uma lasca de madeira para fazer roupas e cueiros para mim. Desejaria tê-la conhecido."

— Eu também — disse Adam. — Chegou a contar isso a Sam Hamilton?

— Não, não contei. Gostaria de ter contado. Ele adorava celebrar a alma humana. Essas coisas eram como um triunfo pessoal para ele.

— Espero que tenham conseguido escapar — falou Adam.

— Eu sei. E quando meu pai me contava a história, eu dizia a ele: "Chegue àquele lago e construa uma casa de galhos de pinheiros." Meu pai se tornava muito chinês naquele momento. Dizia: "Existe mais beleza na verdade, ainda que seja uma beleza terrível. Os contadores de histórias que vagam pelas cidades distorcem a vida para que pareça doce aos preguiçosos, estúpidos e fracos, e isso só aumenta as suas enfermidades e não lhes ensina nada, nada cura, nem eleva o coração."

— Continue — disse Adam com irritação.

Lee levantou-se, foi até a janela e terminou a história, olhando para as estrelas que cintilavam sopradas pelo vento de março.

— Uma pedra soltou-se da encosta e quebrou a perna do meu pai. Entalaram a sua perna e deram-lhe um trabalho de aleijado, endireitar pregos usados com um martelo sobre uma rocha. E talvez por causa do trabalho ou da preocupação, minha mãe teve as contrações do parto mais cedo. Então os homens meio malucos descobriram e ficaram totalmente malucos. Uma fome desencadeou outra fome e um crime apagou o crime anterior e os pequenos crimes cometidos contra aqueles homens esfaimados se inflamaram num único crime maníaco gigantesco. "Meu pai ouviu o grito 'Mulher!' e soube o que havia acontecido. Tentou correr e sua perna quebrou de novo debaixo dele e ele subiu rastejando a encosta pedregosa até o leito da estrada onde ocorria o tumulto.

"Ao chegar lá uma espécie de tristeza havia se apossado do céu e os homens de Cantão estavam se esgueirando para longe dali para se esconder e esquecer que os homens podem ser assim. Meu pai a encontrou numa pilha de xisto. Não tinha sequer olhos para enxergar, mas sua boca ainda se movia e deu-lhe suas instruções. Meu pai me arrancou com as unhas da carne dilacerada de minha mãe. Ela morreu no xisto naquela tarde."

Adam respirava com dificuldade. Lee continuou numa cadência musical:

— Antes de odiar aqueles homens, deve saber de uma coisa. Meu pai sempre me contava isso no final: nenhuma criança foi tão bem cuidada como eu. O acampamento inteiro tornou-se minha mãe. É uma beleza — um tipo terrível de beleza. E agora boa noite. Não consigo falar mais.

[3]

Adam abriu gavetas, inquieto, olhou para as estantes e levantou as tampas das caixas de sua casa e finalmente se viu forçado a chamar Lee e perguntar:

— Onde estão a tinta e a caneta?

— Não tem — disse Lee. — Não escreve uma palavra há anos. Posso lhe emprestar a minha, se quiser.

Foi ao seu quarto e trouxe um vidro de tinta atarracado e um toco de caneta com pena, um bloco de papel e um envelope e os deixou sobre a mesa.

Adam perguntou:

— Como sabe que quero escrever uma carta?

— Vai escrever para o seu irmão, não vai?

— Exatamente.

— Vai ser difícil depois de tanto tempo — disse Lee.

E foi difícil. Adam sugou e roeu a caneta e sua boca fez uma série de caretas. Frases eram escritas e folhas jogadas fora e outra frase começava. Adam coçou a cabeça com o cabo da caneta.

— Lee, se eu quisesse fazer uma viagem ao Leste, você ficaria com os gêmeos até eu voltar?

— É mais fácil ir do que escrever — disse Lee. — Claro que eu ficaria.

— Não. Vou escrever.

— Por que não convida seu irmão para vir até aqui?

— Ora. Até que é uma boa ideia, Lee. Não tinha pensado nisso.

— Oferece-lhe uma boa razão para escrever também, e isso é uma coisa boa. A carta a partir daí saiu com facilidade, foi corrigida e copiada a contento. Adam leu-a lentamente para si mesmo antes de colocar no envelope.

"Querido irmão Charles", dizia. "Ficará surpreso de saber de mim depois de tanto tempo. Pensei em escrever-lhe muitas vezes, mas sabe como a gente adia as coisas.

"Gostaria de saber como esta carta o encontrará. Espero que esteja bem de saúde. Por tudo que ignoro, é possível que tenha cinco ou até mesmo dez filhos a esta altura. Há! Há! Eu tenho dois filhos e são gêmeos. Sua mãe não está aqui. A vida do campo não combinava com ela. Mora numa cidade aqui perto e eu a vejo de vez em quando.

"Tenho um belo rancho, mas me envergonho de dizer que não cuido muito bem dele. Talvez eu me saia melhor a partir de agora. Sempre tomei boas resoluções. Mas durante alguns anos andei muito mal. Estou bem agora.

"Como vai você e como tem se saído na vida? Gostaria de vê-lo. Por que não vem me visitar aqui? É um grande território e você talvez encontrasse até um lugar onde quisesse se estabelecer. Não temos invernos rigorosos aqui. Isso faz uma diferença para velhos como nós. Há! Há!

"Charles, espero que pense a respeito e me responda. A viagem lhe faria bem. Quero ver você. Tenho muita coisa para lhe contar que não consigo dizer escrevendo.

"Charles, me escreva uma carta e conte todas as novidades da nossa velha casa. Imagino que muitas coisas tenham acontecido. À medida que envelhecemos, ficamos sabendo principalmente da morte de pessoas que conhecíamos. Acho que esse é o jeito do mundo. Escreva-me rapidamente e me diga se virá me visitar. Seu irmão, Adam."

Ficou sentado segurando a carta e vendo estampado nela o rosto escuro do irmão e a cicatriz em sua testa. Adam podia sentir o calor dos olhos castanhos e enquanto olhava via os lábios se contorcerem sobre os dentes e a força animal destrutiva e cega. Sacudiu a cabeça para se livrar da visão em sua memória e tentou reconstruir o rosto sorridente. Tentou lembrar-se da testa antes da cicatriz, mas não conseguiu colocar nada em foco. Pegou a caneta e escreveu abaixo da sua assinatura um "P.S. Charles, nunca o odiei, por mais que tenha acontecido. Sempre o amei porque era o meu irmão."

Adam dobrou a carta e alisou as dobras com as unhas. Selou o envelope com os punhos.

— Lee! — gritou. — Lee!

O chinês olhou pela fresta da porta.

— Lee, quanto tempo leva uma carta para chegar ao Leste, ao extremo Leste?

— Não sei — disse Lee. — Duas semanas, talvez.

29

[1]

Depois que a tardia carta ao irmão foi postada, Adam ficou impaciente por uma resposta. Esqueceu quanto tempo havia se passado. Antes que a carta tivesse chegado a São Francisco, ele já perguntava em voz alta ao alcance do ouvido de Lee:

— Eu me pergunto por que ele não respondeu. Talvez esteja zangado comigo por não ter escrito. Mas ele não escreveu para mim também. Não sabia para onde escrever. Talvez tenha se mudado.

Lee respondeu:

— A carta só partiu há alguns dias. Dê algum tempo.

— Gostaria de saber se ele realmente viria para cá — perguntou Adam a si mesmo e ficou ruminando se queria realmente a presença de Charles. Agora que a carta se fora, Adam receava que Charles aceitasse o convite. Era como uma criança irrequieta cujos dedos remexem em cada objeto à mão. Interferia com os gêmeos, perguntava-lhes coisas sobre a escola.

— O que foi que aprenderam hoje?

— Nada!

— Ora, vamos lá! Devem ter aprendido alguma coisa. Fizeram leitura?

— Sim, senhor.

— O que foi que leram?

— Aquela velha história sobre o gafanhoto e a formiga.

— É uma história interessante.

— Tem uma história sobre uma águia que rouba um bebê.

— Sim, eu me lembro dela. Esqueci o que acontece.

— Não chegamos lá ainda. Vimos as figuras.

Os meninos ficaram aborrecidos. Durante um dos momentos de expansão paterna, Cal tomou emprestado o seu canivete, acreditando que o pai se esqueceria de pedi-lo de volta. Mas a seiva começava a escorrer dos salgueiros chorões. A casca se soltava facilmente dos galhos. Adam pediu o canivete de volta para ensinar aos meninos como fazer apitos de salgueiro, coisa que Lee lhes havia ensinado três anos antes. Para piorar as coisas, Adam havia esquecido como se fazia o corte. Não foi capaz de tirar nem um pio dos seus apitos.

Um dia, ao meio-dia, Will Hamilton chegou rugindo e sacolejando na estrada com um Ford novo. O motor rodava em marcha lenta e a capota balançava como um navio tangido pela tempestade. O radiador de latão e o tanque Prestolite no estribo cintilavam de tão polidos.

Will puxou a alavanca do freio, desligou o motor e recostou-se no assento de couro. O carro pipocou várias vezes, mesmo com a ignição desligada, porque estava superaquecido.

— Cá está ele! — bradou Will com falso entusiasmo. Detestava Fords com um ódio mortal, mas eles aumentavam diariamente sua fortuna.

Adam e Lee debruçaram-se sobre as entranhas expostas do carro enquanto Will Hamilton, bufando sob o fardo de suas novas gorduras, explicava o funcionamento de um mecanismo que ele mesmo não entendia.

É difícil imaginar hoje a complexidade de dar a partida, dirigir e manter um automóvel. Não só o processo todo era complicado, mas a pessoa precisava começar do zero. As crianças de hoje já respiram em seus berços a teoria, os hábitos e as idiossincrasias do motor de combustão interna, mas naquela época o sujeito partia com a crença cega de que a coisa não ia funcionar e muitas vezes tinha razão. Hoje, para dar a partida no motor de um carro, só duas coisas são necessárias: girar uma chave e pressionar o pedal de arranque. Tudo mais é automático. O processo antigamente era mais complicado. Exigia não só uma boa memória, um braço forte, uma paciência angelical e uma fé cega, como também uma certa experiência na prática da magia, pois era comum ver um homem prestes a girar a manivela de um Ford Modelo T cuspir no chão e sussurrar um conjuro.

Will Hamilton explicou o carro, voltou tudo atrás e explicou de novo. Seus clientes tinham os olhos arregalados, pareciam interessados como cães de caça, cooperativos, e não o interromperam, mas ao recomeçar pela terceira vez Will viu que não estava chegando a lugar algum.

— Vamos fazer o seguinte! — disse animadamente. — Vocês sabem, esta não é a minha área. Só queria que vissem o carro e ouvissem o motor antes de entregá-lo. Vou voltar à cidade e amanhã mando este carro com um especialista e ele vai lhes explicar mais em poucos minutos do que eu poderia fazer em uma semana. Mas eu só queria que o vissem.

Will havia esquecido algumas de suas próprias instruções. Girou a manivela por algum tempo, mas desistiu e tomou emprestada uma charrete e um cavalo de Adam e partiu para a cidade, mas prometeu mandar um mecânico no dia seguinte.

[2]

Não havia sentido em mandar os gêmeos à escola no dia seguinte. Não teriam ido. O Ford estava parado, altaneiro e distante, debaixo do carvalho onde Will o deixara. Seus novos proprietários rodavam em círculos em torno dele e o tocavam de vez em quando, como se toca num cavalo perigoso para acalmá-lo.

Lee disse:

— Não sei se vou me acostumar com ele.

— Claro que vai — disse Adam sem convicção. — Ora, daqui a pouco vai estar rodando pelos campos sem sequer se dar conta.

— Vou tentar entendê-lo — disse Lee. — Mas não vou dirigir.

Os meninos deram pequenos mergulhos, dentro e fora do carro, para tocar em alguma coisa e saltar para longe.

— O que é esta joça, pai?

— Tire as mãos daí.

— Mas para que serve?

— Não sei, mas não toque. Não sabe o que poderia acontecer.

— O homem não lhe explicou?

— Não lembro do que ele disse. Vamos, meninos, afastem-se do carro ou vou ter de mandá-los para a escola. Está me ouvindo, Cal? Não abra isso.

Tinham se levantado cedo e estavam a postos já no início da manhã. Às onze horas, um nervosismo histérico tomara conta deles. O mecânico chegou na charrete a tempo para a refeição do meio-dia. Usava sapatos de bicos quadrados, calças estreitas e um paletó largo que descia quase aos joelhos. Ao seu lado na charrete estava uma sacola com seu uniforme de trabalho e suas ferramentas. Tinha dezenove anos, mascava tabaco, e dos seus três meses na escola de automobilismo ganhara um grande fastio pelos seres humanos. Cuspiu e jogou as rédeas para Lee.

— Leve embora essa carroça de feno — disse. — Como sabe qual das extremidades é a frente? — E saltou da charrete como um embaixador desembarca de um trem oficial. Sorriu com um ar de escárnio para os gêmeos e virou-se friamente para Adam. — Espero ter chegado a tempo para o almoço — disse.

Lee e Adam se entreolharam. Haviam esquecido da refeição do meio--dia.

Em casa o semideus aceitou com relutância queijo, pão, carne fria, empadão, café e um pedaço de bolo de chocolate.

— Estou acostumado a uma refeição quente — disse. — É melhor manter estes garotos longe se querem que sobre algum pedaço do carro.

Depois de uma refeição vagarosa e de um descanso na varanda, o mecânico levou sua sacola para o quarto de Adam. Voltou minutos depois vestindo um macacão listrado e um boné branco com a palavra "Ford" impressa na frente sobre a pala.

— E então? — perguntou. — Estudaram um pouco?

— Se estudamos? — perguntou Adam.

— Não leram o manual debaixo do banco?

— Não sabia que estava ali — disse Adam.

— Ai, céus — disse o jovem, aborrecido. Reunindo corajosamente suas forças morais, dirigiu-se com decisão para o carro. — É melhor começarmos logo. Sabe Deus quanto tempo vai levar se não estudaram nada.

Adam disse:

— O sr. Hamilton não conseguiu dar a partida na noite passada.

— Ele sempre tenta dar a partida pelo magneto — disse o sábio. — Muito bem! Muito bem, vamos lá. Conhecem os princípios de um motor de combustão interna?

— Não — disse Adam.

— Ó, Deus! — exclamou, erguendo as duas abas do capô. — Isto aqui é um motor de combustão interna.

Lee falou calmamente:

— Tão jovem e já tão erudito.

O rapaz virou-se para ele fazendo uma careta.

— Que foi que disse? — quis saber, e perguntou a Adam. — O que foi que o china falou?

Lee estendeu as mãos e sorriu suavemente.

— Eu disse lapaz muito sabido — observou tranquilamente. — Pode até entlá universidade. Muito sabido.

— Pode me chamar apenas de Joe! — disse o rapaz sem nenhum motivo aparente, e acrescentou: — Universidade! O que é que aqueles caras sabem? São capazes de consertar um platinado, hem? Sabem fazer uma limagem? Universidade! — E cuspiu um depreciativo comentário marrom no chão. Os gêmeos olharam-no com admiração e Cal juntou cuspe na língua para praticar.

Adam disse:

— Lee estava admirando o seu domínio do assunto.

A truculência sumiu do rapaz e um ar de magnanimidade tomou o seu lugar.

— Me chamem apenas de Joe — disse. — Eu *devo* saber dessas coisas. Frequentei a escola de automobilismo em Chicago. É uma escola de verdade, nada a ver com uma universidade.

E acrescentou:

— Meu velho diz que um bom china, quero dizer um china dos bons, ele é tão bom quanto qualquer pessoa. São honestos.

— Mas não os maus — disse Lee.

— Não mesmo! Não os bandidos. Só os chinas bons.

— Será que eu poderia ser incluído nesse grupo?

— Você me parece um china bom. Chame-me apenas de Joe.

Adam ficou intrigado com a conversa, mas os gêmeos não. Cal disse para Aron:

— Me chame apenas de Joe. — E Aron moveu os lábios, tentando: — Me chame apenas de Joe.

O mecânico tornou-se profissional de novo, mas seu tom era mais generoso. Um ânimo amigável e divertido substituiu o desdém anterior.

— Isto aqui é um motor de combustão interna.

Olharam para a feia massa de ferro com uma certa admiração.

Depois o rapaz prosseguiu tão rapidamente que as palavras correram juntas numa grande canção da nova era.

— Opera através da explosão de gases num espaço fechado. O poder da explosão é exercido sobre o pistão e transmitido através da biela e do eixo da manivela para as rodas traseiras. Entenderam?

Eles acenaram com a cabeça vagamente, receando interromper o fluxo.

— Existem dois tipos de motores à explosão: de dois ciclos e de quatro ciclos. Este é de quatro ciclos. Entenderam?

Novamente assentiram com a cabeça. Os gêmeos, erguendo o olhar para o seu rosto com adoração, assentiram também.

— Isso é interessante — disse Adam.

Joe continuou apressadamente.

— A principal diferença entre um automóvel Ford e os de outras marcas é a sua transmissão re-vo-lu-cio-ná-ria.

Interrompeu por um instante, seu rosto mostrando tensão. E quando seus quatro ouvintes acenaram de novo com a cabeça, ele os advertiu:

— Não fiquem pensando que já sabem de tudo. O sistema de transmissão é, não se esqueçam, re-vo-lu-cio-ná-rio. É melhor que estudem o manual. Agora, se entenderam tudo que falei, vamos entrar no Funcionamento do Automóvel. — Ele disse isso em letras maiúsculas, garrafais. Estava obviamente contente por ter acabado a primeira parte da sua palestra, mas não estava mais contente do que seus ouvintes. O esforço de concentração começava a transparecer neles e não era melhorado pelo fato de que não haviam entendido uma única palavra.

— Venham aqui — disse o rapaz. — Estão vendo este negócio aqui? Esta é a chave de ignição. Quando girarem este negócio, estarão prontos para dar a partida. Agora, girando a chave para a esquerda, vão acionar a bateria, estão vendo? Aqui, onde diz Bat. Significa bateria.

Esticaram os pescoços para dentro do carro. Os gêmeos tinham subido no estribo.

— Não, esperem. Eu me adiantei um pouco. Primeiro vocês precisam retardar a ignição e liberar a gasolina, caso contrário vão levar um coice que pode jogar seu braço longe. Isto aqui, estão vendo? Isto aqui é a ignição. Empurrem para cima, entenderam?... para cima. Direto para cima. E isto aqui é a gasolina, vocês colocam para baixo. Agora vou explicar e depois vou fazer. Quero que prestem atenção. Garotos, saiam do carro. Estão fazendo sombra. Desçam, vamos, logo.

Os meninos desceram relutantemente do estribo. Apenas seus olhos olhavam acima da porta.

Respirou fundo.

— Agora, estão prontos? Ignição retardada, gasolina liberada. Ignição, gasolina. Agora acionem a bateria... para a esquerda, estão lembrados? Esquerda.

Ouviu-se um zunido como o de uma abelha gigantesca.

— Ouviram isso? É o contato numa das bobinas. Se não ouvirem isso, têm de ajustar o contato ou talvez dar uma limada.

Notou um olhar de consternação no rosto de Adam.

— Pode estudar isso no manual — disse gentilmente.

Aproximou-se da frente do carro.

— Agora, isto aqui é a manivela e... estão vendo este pequeno arame saindo do radiador? É o afogador. Observem com atenção enquanto lhes mostro. Vocês seguram a manivela assim e giram até ela pegar. Veem como meu polegar está virado para baixo? Se eu a segurasse do outro jeito com o polegar ao seu redor, e ela desse um coice, seria capaz de arrancar meu polegar. Entenderam?

Não ergueu os olhos, mas sabia que estavam acenando com as cabeças.

— Agora, observem com atenção. Empurro a manivela até conseguir compressão e então eu puxo este arame devagar para puxar a gasolina. Estão ouvindo o som de líquido saindo? É o afogador. Mas não puxem demais senão vai afogar. Agora eu largo o arame e dou um giro vigoroso na manivela e, assim que ela pega, eu corro e aumento a ignição e reduzo o fluxo da gasolina e aciono o magneto. Veem aqui onde está escrito Mag? Pronto, aí está.

Seus ouvintes estavam exaustos. Tudo isso fora simplesmente para acionar o motor.

O rapaz continuou puxando por eles.

— Quero que repitam depois de mim, para que aprendam bem. Aumentar ignição, reduzir gasolina.

Repetiram em coro:

— Aumentar ignição, reduzir gasolina.

— Acionar Bat.

— Acionar Bat.

— Manivela para a compressão, polegar para baixo.

— Manivela para a compressão, polegar para baixo.

— Puxar o afogador devagar.

— Puxar o afogador devagar.

— Girar manivela.

— Girar manivela.

— Reduzir ignição, aumentar gasolina.

— Reduzir ignição, aumentar gasolina.

— Acionar Mag.

— Acionar Mag.

— Agora vamos recapitular. Eu me chamo apenas Joe.

— Você se chama apenas Joe.

— Não, não é isso.

— Aumentar ignição, reduzir gasolina.

Uma espécie de cansaço se apossou de Adam enquanto recitavam a ladainha pela quarta vez. O processo lhe parecia tolo. Ficou aliviado quando pouco tempo depois Will Hamilton apareceu no seu carro esporte baixo e vermelho. O rapaz olhou o veículo que se aproximava.

— Aquele ali tem dezesseis válvulas — disse num tom reverente. — É coisa muito especial.

Will inclinou-se para fora do carro.

— Como é que está indo?

— Muito bem — disse o mecânico. — Eles aprendem rápido.

— Ouça, Roy, tenho que levar você de volta. O novo carro fúnebre está com problemas de rolamento. Vai ter de trabalhar até tarde para aprontá-lo para a sra. Hawks amanhã às onze horas.

Roy mostrou uma atenção eficiente.

— Vou pegar minhas roupas — disse, e correu para a casa. Ao irromper de volta com a sua sacola, Cal barrou-lhe a passagem.

— Ei, pensei que seu nome fosse Joe.

— Como assim, Joe?

— Pediu que a gente o chamasse de Joe. O sr. Hamilton disse que o seu nome é Roy.

Roy riu e saltou para dentro da baratinha.

— Sabe por que pedi para me chamarem de Joe?

— Não. Por quê?

— Porque meu nome é Roy.

No meio da sua risada, ele parou e disse severamente para Adam:

— Pegue aquele manual debaixo do banco do carro e estude bem. Está me ouvindo?

— Sim, vou estudar — disse Adam.

30

[1]

Assim como nos tempos bíblicos, aconteciam milagres na terra naqueles dias. Uma semana depois da lição, o Ford rompeu saltitante pela rua principal de King City e estacou estrondosamente diante da agência dos correios. Adam estava ao volante com Lee ao seu lado e os dois meninos sentavam-se retos e orgulhosos no banco traseiro. Adam olhou para o painel e os quatro cantaram em uníssono:

— Puxar freio, aumentar gasolina, desligar motor.

O pequeno motor rugiu e depois parou. Adam recostou-se por um momento no banco, cansado, mas orgulhoso, antes de descer do carro.

O agente do correio olhou por entre as grades da sua gaiola dourada.

— Vejo que adquiriu uma destas geringonças desgraçadas — falou.

— Preciso acompanhar os tempos — disse Adam.

— Já vejo o dia em que não se encontrará mais nenhum cavalo, sr. Trask.

— É possível.

— Essas máquinas mudam a feição da paisagem. Invadem tudo com o seu barulho — prosseguiu o agente postal. — Até aqui sentimos isso. O sujeito vinha procurar sua correspondência uma vez por semana. Agora vem todo dia, quando não duas vezes ao dia. Simplesmente não pode esperar pelo seu maldito catálogo. Correndo para lá e para cá. Correndo o tempo todo.

Era tão violento em sua revolta que Adam sabia que ele não tinha comprado um Ford ainda. Extravasava uma espécie de inveja.

— Eu não compraria uma coisa dessas — disse o agente, e isso significava que sua mulher estava exigindo que comprasse uma. Eram as mulheres que faziam toda a pressão. O status social estava em jogo.

O agente postal vasculhou raivosamente as cartas da caixa de entrada e puxou um envelope comprido.

— Bem, vou visitá-lo no hospital — disse maldosamente. Adam sorriu para ele, apanhou sua carta e saiu.

Um homem que recebe pouca correspondência não abre uma carta levianamente. Sopesa o envelope, lê o nome do remetente e o seu endereço, examina a caligrafia, estuda o carimbo e a data. Adam havia saído do correio e atravessava a calçada até o seu Ford quando acabou de fazer todas essas coisas. No canto esquerdo do envelope havia o timbre de Bellows e Harvey, Advogados, e seu endereço era a cidade de Connecticut, da qual Adam viera. Disse num tom agradável:

— Ora, eu conheço Bellows e Harvey, os conheço bem. O que será que querem?

Olhou atentamente para o envelope. Lee observou-o, sorrindo.

— Talvez as perguntas estejam respondidas nesta carta.

— Acho que sim — disse Adam. Tendo decidido finalmente abrir a carta, puxou seu canivete, abriu a lâmina grande e inspecionou o envelope em busca de uma porta de entrada, não encontrou nenhuma, ergueu a carta para o sol a fim de se certificar de que não cortaria a mensagem, batucou com os dedos jogando a carta para uma das extremidades e cortou a outra extremidade. Soprou nela e extraiu a carta com dois dedos. Leu a carta bem lentamente.

"Sr. Adam Trask, King City, Califórnia. Prezado Senhor", começava a carta num tom mal-humorado. "Durante os últimos seis meses exaurimos todos os meios de localizá-lo. Publicamos anúncios em jornais por todo o país sem nenhum sucesso. Somente quando sua carta para o seu irmão foi encaminhada a nós pelo agente dos correios local que conseguimos apurar o seu paradeiro."

Adam podia sentir a impaciência que nutriam contra ele. O parágrafo seguinte começava com uma completa mudança de tom. "É nosso pesaroso dever informar-lhe que seu irmão Charles Trask faleceu. Morreu de uma doença dos pulmões em 12 de outubro, depois de duas semanas de enfermidade, e seu corpo repousa no cemitério de Odd Fellows. Nenhuma lápide assinala sua sepultura. Presumimos que o senhor mesmo vai querer assumir esse triste dever."

Adam respirou fundo e prendeu o fôlego enquanto relia o parágrafo. Exalou o ar lentamente para evitar que parecesse um suspiro.

— Meu irmão Charles morreu — disse.

— Sinto muito — disse Lee.

Cal falou:

— É o nosso tio?

— Era o seu tio Charles.

— Meu também? — perguntou Aron.

— Seu também.

— Não sabia que tínhamos um tio — falou Aron. — Talvez a gente possa colocar algumas flores no seu túmulo. Abra poderia nos ajudar. Ela gosta disso.

— Fica muito longe, é do outro lado do país.

Aron disse, excitado:

— Eu sei! Quando levarmos flores para nossa mãe, levaremos algumas para nosso tio Charles. — E falou, um pouco triste: — Queria saber que tinha um tio antes que ele morresse.

Sentiu que estava enriquecendo em parentes mortos.

— Era uma boa pessoa? — perguntou Aron.

— Muito boa — disse Adam. — Era meu único irmão, assim como Cal é o seu único irmão.

— Eram gêmeos também?

— Não, não éramos gêmeos.

Cal perguntou:

— Ele era rico?

— Claro que não — disse Adam. — De onde tirou essa ideia?

— Bem, se fosse rico herdaríamos o que tinha, não é?

Adam falou severamente:

— Quando alguém morre, não fica bem falar de dinheiro. Estamos tristes porque ele morreu.

— Como posso estar triste? — disse Cal. — Nunca cheguei a vê-lo.

Lee cobriu a boca com a mão para esconder seu sorriso. Adam voltou a ler a carta e o tom mudava de novo no parágrafo seguinte.

"Na qualidade de advogados do falecido é nosso dever informar-lhe que seu irmão, através de trabalho e bom senso, juntou uma considerável fortuna, que em terra, ações e dinheiro ultrapassa em muito os cem mil dólares. Seu testamento, que foi redigido e assinado neste escritório, encontra-se em nossas mãos e será enviado ao senhor mediante uma solicitação de sua parte. Segundo os seus termos, deixa todo o seu dinheiro, suas propriedades e ações para serem divididos igualmente entre o senhor e sua esposa. Na eventualidade do falecimento de sua esposa, o total vai para o senhor. O testamento também estipula que, se o senhor tiver falecido, toda a propriedade vai para a sua esposa. Julgamos, a partir de sua carta, que o senhor ainda está no mundo dos vivos e desejamos oferecer-lhe nossas congratulações. Seus obedientes servidores, Bellows e Harvey, por George B. Harvey."

E, no pé da página, estava rabiscado: "Caro Adam: Não se esqueça dos seus servidores em seus dias de prosperidade. Charles nunca gastava um níquel. Apertava um dólar até a águia gemer. Espero que você e sua esposa extraiam algum prazer do dinheiro. Existiria aqui oportunidade para um bom advogado? Refiro-me a mim mesmo. Seu velho amigo, Geo. Harvey."

Adam olhou por cima da carta para os meninos e Lee. Os três esperavam que continuasse. A boca de Adam fechou-se numa linha. Dobrou a carta, enfiou-a no seu envelope e colocou o envelope cuidadosamente no bolso de dentro.

— Alguma complicação? — perguntou Lee.

— Não.

— Achei que parecia preocupado.

— Não estou. Estou triste por meu irmão.

Adam tentava arranjar a informação da carta na sua cabeça e era uma coisa tão agitada quanto uma galinha se ajeitando no ninho para botar ovo. Achava que precisava ficar sozinho para absorvê-la. Subiu no carro e olhou vagamente para o mecanismo. Não se lembrava de um único procedimento.

Lee perguntou:

— Quer alguma ajuda?

— Engraçado! — disse Adam. — Não consigo me lembrar de como dar a partida.

Lee e os meninos começaram suavemente:

— Aumentar ignição, reduzir gasolina, acionar Bat.

— Ah, sim. Claro, claro.

E enquanto a abelha zunia na bobina, Adam girava a manivela do Ford e corria para avançar a ignição e acionar Mag.

Rodavam lentamente pela estrada encrespada à entrada do rancho debaixo dos carvalhos, quando Lee disse:

— Esquecemos de comprar carne.

— Esquecemos? Acho que sim. Não podemos comer outra coisa?

— Que tal bacon e ovos?

— Pode ser. Está ótimo.

— Vai querer postar sua carta amanhã — disse Lee. — Poderá comprar a carne então.

— Acho que sim — disse Adam.

Enquanto o jantar era preparado, Adam ficou sentado olhando para o espaço. Sabia que ia precisar da ajuda de Lee, ainda que fosse apenas a ajuda de um ouvinte para clarear seu próprio pensamento.

Cal tinha levado o irmão para fora até o galpão onde estava o Ford. Cal abriu a porta e sentou-se ao volante.

— Vamos, entre! — ordenou.

Aron protestou.

— O pai disse para a gente ficar longe do carro.

— Ele nunca vai saber. Entre!

Aron entrou timidamente no carro e acomodou-se no banco. Cal girou o volante de um lado para o outro.

— Fon-fon — grunhiu e então disse: — Sabe o que eu acho? Acho que o tio Charles era rico.

— Não era.

— Aposto o que você quiser que era.

— Acha que nosso pai iria mentir?

— Não disse isso. Só aposto que ele era rico.

Ficaram em silêncio por algum tempo. Cal girava o volante loucamente contornando curvas imaginárias.

— Aposto com você que eu consigo descobrir.

— Que quer dizer?

— Tem alguma coisa para apostar?

— Nada — disse Aron.

— E aquele seu apito de pata de veado? Aposto esta bola de gude contra o seu apito que vão nos mandar cedo para a cama esta noite. Feito?

— Acho que sim — disse Aron vagamente. — Não vejo por que vamos cedo para a cama.

Cal disse:

— O pai vai querer conversar com Lee. E eu vou escutar.

— Não vai fazer isso.

— Você acha que não vou.

— E se eu contasse?

Os olhos de Cal ficaram frios e seu rosto se fechou. Inclinou-se tão perto de Aron que sua voz se tornou um sussurro.

— Você não vai contar. Se fizer isso, eu conto ao pai quem roubou o canivete dele.

— Ninguém roubou seu canivete. Está com ele. Abriu a carta com o canivete.

Cal deu um sorriso soturno.

— Quero dizer amanhã. — E Aron percebeu o que ele insinuava e se deu conta de que não podia contar. Nada podia fazer a respeito. Cal estava perfeitamente a salvo.

Cal viu a confusão e o desamparo no rosto de Aron e sentiu o seu poder e isso o deixou contente. Podia pensar à frente e pensar melhor do que o irmão. Começava a achar que podia fazer o mesmo em relação ao pai. Com Lee os truques de Cal não funcionavam, pois a mente afável de Lee movia-se sem esforço adiante dele e estava sempre lá à sua espera, compreensiva e no último minuto advertindo com cautela: "Não faça isso." Cal respeitava Lee e tinha um certo medo dele. Mas Aron ali, olhando para ele indefeso, era um pedaço mole de barro em suas mãos. Cal subitamente sentiu um profundo amor pelo irmão e um impulso de protegê-lo em sua fraqueza. Colocou o braço ao redor de Aron.

Aron não recuou ou respondeu. Afastou-se para trás um pouco para olhar o rosto de Cal.

Cal disse:

— Vê grama verde crescendo na minha cabeça?

Aron disse:

— Não sei por que faz essas coisas.

— Que quer dizer? Que coisas?

— Todas essas coisas tortas e escondidas — disse Aron. — A história do coelho e vir aqui e entrar escondido no carro. E você fez alguma coisa com a Abra. Não sei o quê, mas a fez jogar fora a caixa.

— Espere aí — disse Cal. — E você gostaria de saber o que foi? — Cal estava apreensivo.

Aron falou lentamente:

— Eu não gostaria de saber o que foi. Gostaria de saber por que faz isso. Gostaria de saber para que serve tudo isso.

Uma pontada atravessou o coração de Cal. Seu plano subitamente lhe parecia mesquinho e sujo. Sabia que o irmão havia descoberto o seu jogo. E sentia uma ânsia pelo amor de Aron. Sentia-se perdido, faminto, e não sabia o que fazer.

Aron abriu a porta do Ford, desceu e saiu do galpão. Por alguns momentos, Cal girou o volante e tentou imaginar que estava correndo estrada afora. Mas não adiantou de nada, e logo ele seguiu Aron e partiu de volta para casa.

[2]

Quando terminou o jantar e Lee havia lavado os pratos, Adam disse:

— Acho melhor as crianças irem para a cama. Foi um dia cheio.

Aron olhou rapidamente para Cal e tirou devagar do bolso o seu apito de pata de veado.

Cal falou:

— Não quero o apito.

Aron disse:

— É seu agora.

— Mas não quero. Não vou aceitar.

Aron colocou o apito de osso na mesa.

— Vai ficar aqui para você — disse.

Adam interferiu.

— Que discussão é essa? Mandei os meninos irem para a cama.

Cal assumiu sua expressão de "menininho".

— Por quê? É muito cedo para ir para a cama.

Adam disse:

— Eu não lhes contei exatamente a verdade. Quero falar a sós com Lee. E está ficando escuro, de modo que não podem sair, por isso quero que vocês vão para a cama, ou pelo menos para o seu quarto. Entenderam?

Os dois meninos disseram:

— Sim, senhor. — E seguiram Lee pelo corredor até o seu quarto nos fundos da casa. Voltaram à sala de camisolão para dar boa noite ao pai.

Lee voltou à sala de estar e fechou a porta que dava para o corredor. Pegou o apito de pata de veado, inspecionou-o e o depôs sobre a mesa.

— O que será que houve por aqui? — disse.

— O que quer dizer, Lee?

— Alguma aposta foi feita antes do jantar e logo depois do jantar Aron perdeu a aposta e pagou. Do que estávamos falando?

— Só me lembro de tê-los mandado para a cama.

— Talvez a gente fique sabendo depois — disse Lee.

— Parece-me que você dá importância demasiada às coisas das crianças. Provavelmente não significava nada.

— Sim, significava alguma coisa. — E depois disse: — Sr. Trask, acha que os pensamentos das pessoas subitamente se tornam mais importantes numa determinada idade? Tem sentimentos mais aguçados ou pensamentos mais claros agora do que quando tinha dez anos de idade? Vê tão bem, ouve tão bem, saboreia tão vitalmente as coisas?

— Talvez tenha razão — disse Adam.

— É uma das grandes mentiras, parece-me, achar que o tempo dá muita coisa a um homem, exceto anos e tristeza.

— E memória.

— Sim, memória. Sem ela, o tempo não teria armas contra nós. Desejava falar comigo sobre o quê?

Adam tirou a carta do bolso e colocou-a sobre a mesa.

— Quero que leia isto, que leia cuidadosamente e depois... quero conversar a respeito.

Lee puxou os óculos do bolso e colocou-os. Abriu a carta debaixo do lampião e a leu.

Adam perguntou:

— E então?

— *Existe* aqui uma oportunidade para um advogado?

— Que quer dizer? Ah, sim. Está fazendo uma piada?

— Não — disse Lee. — Não estava fazendo uma piada. Em minha maneira oriental obscura, mas cortês, eu lhe insinuei que preferiria sua opinião antes de oferecer a minha.

— Está me criticando?

— Sim, estou — disse Lee. — Vou deixar de lado minhas maneiras orientais. Estou ficando velho e rabugento. Estou ficando impaciente. Não ouviu dizer que todos os empregados chineses quando ficam velhos permanecem leais, mas ficam maldosos?

— Não quero magoar seus sentimentos.

— Não estou magoado. Quer falar sobre esta carta, então fale e eu ficarei sabendo pelo seu comentário se posso oferecer-lhe uma opinião ou se é melhor apoiar a sua própria.

— Não entendo — disse Adam, meio perdido.

— Bem, conhecia o seu irmão. Se não entende essa história, como posso eu, que nunca o vi?

Adam levantou-se, abriu a porta do corredor e não viu a sombra que se esgueirou atrás dela. Foi ao seu quarto e voltou e colocou um daguerreótipo marrom desbotado sobre a mesa à frente de Lee.

— Este é o meu irmão Charles — disse, e foi até a porta do corredor e a fechou.

Lee estudou o metal brilhante debaixo da luz, mudando o ângulo da iluminação para evitar os reflexos.

— É uma imagem muito antiga — disse Adam. — Anterior à minha entrada no Exército.

Lee se aproximou da foto.

— É difícil de ver. Mas pela expressão eu diria que o seu irmão não tinha muito humor.

— Não tinha nenhum — disse Adam. — Nunca ria.

— Não foi exatamente o que eu quis dizer. Quando li os termos do testamento do seu irmão pareceu-me que teria sido um homem com um senso de humor particularmente brutal. Ele gostava do senhor?

— Não sei — disse Adam. — Às vezes eu achava que me amava. Tentou me matar certa vez.

Lee disse:

— Sim, vê-se isso no seu rosto, tanto o amor como a índole assassina. E essas duas características fizeram dele um avarento, e o avarento é um homem assustado que se esconde numa fortaleza de dinheiro. Ele conhecia sua mulher?

— Sim.

— Ele a amava?

— Ele a detestava.

Lee suspirou.

— Não tem realmente importância. Não é problema nosso, é?

— Não. Não é.

— Gostaria de trazer o problema à tona e examiná-lo?
— É o que desejo.
— Vá em frente então.
— Parece que não consigo coordenar meus pensamentos.
— Gostaria que eu colocasse as cartas para o senhor? As pessoas que não estão envolvidas às vezes conseguem fazê-lo.
— É o que eu quero.
— Muito bem, então.
Subitamente, Lee grunhiu e um olhar de espanto surgiu em seu rosto. Apoiou o queixo redondo na mão fina e pequena.
— Veja só! Não pensei nisso.
Adam se mexeu na cadeira, inquieto.
— Parece estar sentado em cima de um prego — disse, irritado. — Me faz sentir como uma coluna de cifras num quadro-negro.
Lee tirou um cachimbo do bolso, uma haste longa e fina de ébano com um pequeno fornilho de latão em formato de xícara. Encheu o fornilho de tabaco tão fino que parecia feito de fios de cabelos, acendeu o cachimbo, deu quatro longas baforadas e deixou o cachimbo se apagar.
— É ópio? — perguntou Adam.
— Não — disse Lee. — É uma marca barata de tabaco chinês e tem um gosto horrível.
— Por que fuma, então?
— Não sei — disse Lee. — Acho que me lembra de algo, algo que associo com clareza. Nada muito complicado.
As pálpebras de Lee se semicerraram.
— Muito bem, então, vou tentar arrancar seus pensamentos como talharim e deixá-los secar ao sol. A mulher ainda é sua esposa e ainda está viva. Segundo o que está escrito no testamento ela herda cerca de mais de cinquenta mil dólares. É uma grande quantia de dinheiro. Um bem ou um mal considerável poderia ser feito com ele. Desejaria o seu irmão, se soubesse onde ela está e o que está fazendo, que ela ganhasse esse dinheiro? Os tribunais sempre tentam seguir os desejos do testador.
— Meu irmão não desejaria isso — disse Adam. E então se lembrou das garotas no andar de cima da taverna e das visitas periódicas de Charles.
— Talvez tenha de pensar por seu irmão — falou Lee. — O que sua esposa está fazendo não é bom nem mau. Santos podem brotar da lama.

Talvez com esse dinheiro ela fizesse alguma coisa. Não há melhor trampolim para a filantropia do que uma consciência suja.

Adam tremeu.

— Ela me disse o que faria se tivesse dinheiro. Está mais próximo de assassinato do que de caridade.

— Acha que ela não deveria receber o dinheiro, então?

— Ela disse que destruiria muitos homens de boa reputação em Salinas. E tem meios de fazer isso também.

— Entendo — disse Lee. — Sinto-me contente por ter uma visão distanciada do problema. A reputação desses homens deve ter alguns pontos fracos. Moralmente, então, seria contra dar o dinheiro a ela?

— Sim.

— Bem, leve isso em consideração. Ela não tem nome, nem passado. Uma prostituta já surge pronta na face da terra. Não poderia reivindicar o dinheiro, se soubesse a seu respeito, sem a sua ajuda.

— Acho que isso é verdade. Sim, posso ver que ela não poderia reclamar a herança sem a minha ajuda.

Lee pegou o cachimbo, tirou as cinzas com um pequeno picador de latão e encheu o fornilho de novo. Enquanto dava as quatro baforadas prolongadas suas pálpebras pesadas se ergueram e observou Adam.

— É um problema moral muito delicado — disse. — Com a sua permissão, vou oferecer o problema à consideração de meus honrados parentes, sem citar nomes, é claro. Eles tratarão dele como um garoto tira carrapatos de um cachorro. Estou certo de que obterão resultados interessantes.

Pousou o cachimbo na mesa.

— Mas não tem nenhuma escolha, tem?

— Que quer dizer com isso? — perguntou Adam.

— Tem ou não tem? Conhece a si mesmo menos ainda do que o conheço?

— Não sei o que fazer — disse Adam. — Tenho de pensar muito na questão.

Lee falou zangado:

— Acho que estive desperdiçando meu tempo. Está mentindo para si mesmo ou só para mim?

— Não fale assim comigo! — disse Adam.

— Por que não? Sempre fui contra imposturas. Seu rumo está traçado. O que vai fazer está escrito no ar que respira. Vou falar do jeito que quiser.

Sou rabugento. Sinto areia sob a minha pele. Estou ansiando pelo cheiro horrendo de livros velhos e o doce aroma do pensamento inteligente. Defrontado com dois sistemas morais, seguirá o que aprendeu. O que chama de pensamento não mudará nada. O fato de sua esposa ser uma prostituta em Salinas não vai mudar nada.

Adam levantou-se. Havia raiva em seu rosto.

— Tornou-se insolente, depois que decidiu ir embora — gritou. — Eu lhe digo que ainda não decidi o que vou fazer com o dinheiro.

Lee suspirou fundo. Deixou seu pequeno corpo ereto apoiando as mãos nos joelhos. Caminhou cansadamente até a porta da frente e a abriu. Virou-se e sorriu para Adam.

— Mas que besteira! — disse amigavelmente e saiu fechando a porta atrás de si.

[3]

Cal rastejou silenciosamente pelo corredor escuro e esgueirou-se para dentro do quarto onde ele e seu irmão dormiam. Viu o contorno da cabeça do irmão contra o travesseiro na cama de casal, mas não podia ver se Aron estava dormindo. Muito suavemente deitou-se do seu lado da cama, virou-se lentamente e entrelaçou os dedos atrás da cabeça e ficou olhando as miríades de minúsculos pontos coloridos que formam a escuridão. A cortina da janela se estufou lentamente para dentro e depois o vento da noite cessou e a cortina gasta recostou-se silenciosamente contra a janela.

Uma melancolia morna desceu sobre ele. Desejava de todo o coração que Aron não o tivesse abandonado no galpão da cocheira. Desejava de todo o coração não ter se agachado para bisbilhotar na porta do corredor. Moveu os lábios na escuridão e formulou as palavras silenciosamente na sua cabeça e, no entanto, conseguia ouvi-las.

— Ó Senhor — disse. — Faça com que eu seja como Aron. Não me deixe ser mau. Não quero ser assim. Se deixar que todo mundo goste de mim, eu lhe darei qualquer coisa no mundo e, se não a tiver, me esforçarei para consegui-la. Não quero ser mau. Não quero ser sozinho. Em nome de Jesus, Amém. — Lágrimas quentes escorriam lentamente por suas faces. Seus músculos estavam retesados e lutava para não fazer nenhum som de choro ou fungar.

Aron sussurrou do seu travesseiro no escuro.

— Você está frio. Deve ter pegado um resfriado.

Estendeu a mão até o braço de Cal e o sentiu arrepiado. Perguntou baixinho:

— Tio Charles tinha algum dinheiro?

— Não — disse Cal.

— Você ficou muito tempo lá. Sobre o que o pai queria conversar?

Cal ficou quieto, tentando controlar sua respiração.

— Não quer me contar? — perguntou Aron. — Não me importo se não quiser me contar.

— Vou contar — sussurrou Cal. Virou-se de lado voltando as costas para o irmão. — O pai vai mandar uma coroa de flores para nossa mãe. Uma coroa imensa de cravos.

Aron ficou quase sentado na cama e perguntou excitadamente:

— Vai mesmo? E como é que a coroa vai chegar lá?

— De trem. Não fale tão alto.

Aron voltou a sussurrar.

— Mas como é que as flores vão ficar frescas?

— Com gelo — disse Cal. — Vão colocar gelo em volta de toda a coroa.

Aron perguntou:

— Não vai ser preciso muito gelo?

— Um montão incrível de gelo — disse Cal. — Vá dormir agora.

Aron ficou quieto e depois disse:

— Espero que cheguem lá frescas e bonitas.

— Vão chegar — disse Cal. E no seu pensamento gritou: "Não me deixe ser mau."

31

[1]

Adam ficou perambulando a manhã inteira pela casa absorto nos seus pensamentos e ao meio-dia foi à procura de Lee, que revolvia a terra adubada escura da sua horta plantando seus legumes da primavera, cenouras, beterrabas, nabos, ervilhas e vagens, rutabaga e couve. Eram fileiras retas plantadas debaixo de um barbante esticado e as varetas ao término das fileiras levavam o envelope da semente como identificação. À beira da horta, numa estufa fria, as mudas de tomate, pimentão e repolho estavam quase prontas para ser transplantadas, esperando apenas passar o perigo das geadas.

Adam disse:

— Acho que eu fui tolo.

Lee apoiou-se no ancinho e encarou-o em silêncio.

— Quando vai partir? — perguntou.

— Pensei em ir no trem das duas e quarenta. Assim, posso pegar o das oito de volta.

— Podia mandar uma carta, sabe disso — disse Lee.

— Pensei nisso. Você escreveria uma carta?

— Não. Tem razão. Eu sou o tolo neste particular. Nada de cartas.

— Preciso ir — disse Adam. — Pensei em todas as direções, mas sempre uma trela me puxava de volta.

Lee falou:

— Pode ser desonesto de muitas maneiras, mas não nessa. Bem, boa sorte. Estou interessado em saber o que ela vai dizer e fazer.

— Vou levar a charrete — disse Adam. — Vou deixá-la no estábulo em King City. Fico nervoso em dirigir o Ford sozinho.

Eram quatro e quinze quando Adam subiu os degraus vacilantes e bateu na porta desgastada da casa de Kate. Um novo homem abriu a porta, um finlandês de rosto quadrado que vestia apenas camisa e calça; braçadeiras vermelhas prendiam suas mangas cheias. Fez Adam esperar na varanda e num minuto voltou e o conduziu à sala de jantar.

Era um aposento amplo sem decoração, as paredes e as peças de madeira pintadas de branco. Uma mesa retangular comprida enchia o centro da sala e sobre a toalha de oleado os lugares estavam marcados — pratos, xícaras e pires, as xícaras viradas para baixo sobre os pires.

Kate estava sentada à cabeceira da mesa com um livro de contabilidade aberto à sua frente. Seu vestido era austero. Usava uma pala verde sobre os olhos e rolava um lápis amarelo nervosamente entre os dedos. Olhou friamente para Adam parado junto à porta.

— O que quer desta vez? — perguntou ela.

O finlandês estava parado atrás de Adam.

Adam não respondeu. Caminhou até a mesa e colocou a carta diante dela sobre o livro de contabilidade.

— O que é isto? — perguntou, e sem esperar resposta leu rapidamente a carta. — Saia e feche a porta — ordenou ao finlandês.

Adam sentou-se à mesa ao lado dela. Empurrou os pratos de lado para colocar o chapéu sobre a mesa.

Quando a porta se fechou, Kate disse:

— Isso é uma brincadeira? Não, você não é chegado a brincadeiras.

Ela pensou.

— Seu irmão pode estar brincando. Tem certeza de que ele morreu?

— Tudo o que tenho é a carta — disse Adam.

— O que quer que eu faça a respeito?

Adam encolheu os ombros.

Kate disse:

— Se quer que eu assine qualquer coisa, está perdendo o seu tempo. O que deseja?

Adam passou o dedo lentamente ao redor da fita preta do seu chapéu.

— Por que não anota o nome da firma e entra em contato com eles você mesma?

— O que lhes contou a meu respeito?

— Nada — disse Adam. — Escrevi para Charles e disse que você estava morando numa outra cidade, nada mais. Ele estava morto quando a carta chegou lá. A carta foi encaminhada aos advogados. Eles mencionam isso.

— Aquele que escreveu o pós-escrito parece ser seu amigo. O que foi que escreveu para ele?

— Ainda não respondi à carta.

— Que pretende dizer quando responder?

— A mesma coisa, que você mora numa outra cidade.

— Não pode dizer que nos divorciamos. Nós não nos divorciamos.

— Não pretendo dizer isso.

— Quer saber quanto será preciso para me comprar, para que eu vá embora? Aceito quarenta e cinco mil em dinheiro.

— Não.

— Como "não"? Não pode barganhar.

— Não estou barganhando. Você tem a carta, sabe tanto quanto eu. Faça o que quiser.

— O que o faz tão atrevido?

— Sinto-me seguro.

Ela o espiou por baixo da pala verde transparente. Pequenos cachos de cabelo caíam sobre a pala como trepadeiras sobre um telhado verde.

— Adam, você é um tolo. Se tivesse ficado de boca calada ninguém saberia jamais que estou viva.

— Eu sei disso.

— Sabe? Acha que eu teria medo de reclamar o dinheiro? É um grande idiota se pensou isso.

Adam falou pacientemente:

— Não me importo com o que você faça.

Ela sorriu cinicamente para ele.

— Não se importa, né? E se eu lhe dissesse que há uma determinação na chefatura de polícia, deixada lá pelo antigo xerife, para me expulsarem do condado e do estado se eu usar o seu nome ou admitir que sou sua esposa? Isso não o tenta?

— Tenta-me a fazer o quê?

— A me expulsar daqui e ficar com todo o dinheiro.

— Eu lhe trouxe a carta — disse Adam, com paciência.

— Quero saber por quê.

Adam falou:

— Não estou interessado no que você pensa, ou no que possa pensar a meu respeito. Charles deixou o dinheiro para você no seu testamento.

Não estabeleceu nenhuma condição. Não vi o testamento, mas ele queria que você recebesse o dinheiro.

— Está tentando uma jogada qualquer com cinquenta mil dólares e não vai se safar dessa. Não sei qual é o truque, mas vou descobrir. — E então ela concluiu: — Quer saber o que eu penso? Você não é esperto. Quem o está aconselhando?

— Ninguém.

— E aquele chinês? Ele é esperto.

— Não me deu nenhum conselho.

Adam estava interessado em sua própria ausência de emoção. Não chegava a sentir realmente que estava ali. Quando olhou para ela, percebeu uma emoção no seu rosto que nunca vira antes. Kate estava com medo — tinha medo dele. Mas por quê?

Ela controlou o rosto e varreu o medo dele.

— Está simplesmente fazendo isso porque é honesto, não é? Você é bom demais para esta vida.

— Não tinha pensado nisso — disse Adam. — O dinheiro é seu e não sou um ladrão. Não me importa o que pense a respeito.

Kate empurrou a pala para cima da cabeça.

— Quer que eu pense que está simplesmente deixando esse dinheiro cair no meu colo. Pois bem, vou descobrir o que está tramando. Não pense que não vou tomar minhas precauções. Achou que eu ia morder uma isca tão estúpida?

— Onde recebe a sua correspondência? — perguntou ele pacientemente.

— O que isso tem a ver com você?

— Vou escrever aos advogados para que entrem em contato com você.

— Não faça isso! — disse ela. Colocou a carta no livro de contabilidade e o fechou. — Vou guardar isto. Vou procurar aconselhamento jurídico. Não pense que não vou. Pode recolher seu ar de inocência agora.

— Faça isso — disse Adam. — Quero que tenha o que é seu. Charles deixou-lhe o dinheiro. Não é meu.

— Vou descobrir o truque. Vou descobrir.

— Creio que não é capaz de entender. Não me importa. Existem muitas coisas que não entendo. Não entendo como pôde me dar um tiro e abandonar seus filhos. Não entendo como você ou qualquer pessoa poderia viver desta maneira — disse ele, apontando para a casa.

— Quem lhe pediu para entender?

Adam levantou-se e pegou o chapéu da mesa.

— Acho que é tudo — falou. — Adeus.

Caminhou na direção da porta. Ela falou para suas costas.

— O senhor mudou muito. Arranjou uma mulher finalmente?

Adam parou, virou-se lentamente e seus olhos ficaram pensativos.

— Não havia pensado nisso antes — disse, e aproximou-se até se avolumar diante dela, obrigando-a a curvar a cabeça para trás para encará-lo. — Eu disse que não a entendia — falou lentamente. — Agora me veio à cabeça o que é que você não entende.

— E o que é que eu não entendo, sr. Bom Moço?

— Você sabe muito sobre o lado feio das pessoas. Mostrou-me as fotos. Você usa todas as partes tristes e fracas de um homem e Deus sabe muito bem que ele as possui.

— Todo mundo...

Adam prosseguiu, espantado com seus próprios pensamentos.

— Mas você... sim, isso é verdade, não conhece o resto. Não acredita que eu trouxe a carta porque não quero o seu dinheiro. Não acredita que eu a amei. E os homens que vêm procurá-la aqui, com suas partes feias, os homens nas fotos, você não acredita que esses homens possam ter em si bondade e beleza. Só enxerga um lado e imagina — mais do que isso, tem certeza — de que é só o que existe.

Ela gargalhou, zombando.

— Vejam só, que grande sonhador é o sr. Bom Moço! Por que não me prega um sermão?

— Não. Não faço isso porque me dei conta de que uma parte sua está faltando. Alguns homens são incapazes de enxergar a cor verde, mas às vezes nunca chegam a saber disso. Mas eu me pergunto se você nunca chega a sentir que algo invisível existe ao seu redor. Seria horrível se soubesse que aquilo estava ali ao seu redor, mas nunca pudesse vê-lo ou senti-lo. Isso seria horrível.

Kate empurrou a cadeira para trás e levantou-se. Seus punhos estavam cerrados dos lados do corpo e escondidos nas dobras da saia. Tentou controlar a estridência que se apossou de sua voz.

— Nosso Bom Moço é um filósofo — disse. — Mas não é bom nisso, como não o é nas outras coisas que faz. Já ouviu falar de alucinações? Se existem coisas que não posso ver, não acha possível que sejam sonhos fabricados em nossa própria mente doente?

— Não, não acredito — disse Adam. — Não acredito. E acho que você não acredita também. — Virou-se, saiu e fechou a porta atrás de si.

Kate sentou-se e olhou para a porta fechada. Não teve noção de que seus punhos batiam suavemente no oleado branco da mesa. Mas não sabia que a porta quadrada branca era distorcida por lágrimas e que seu corpo era sacudido por algo que parecia raiva e que parecia também arrependimento.

[2]

Quando Adam deixou a casa de Kate tinha mais de duas horas para esperar o trem de volta a King City. Num impulso, deixou a rua principal e caminhou pela avenida central até o número 130, a casa branca alta de Ernest Steinbeck. Era uma casa imaculada e amistosa, imponente sem ser pretensiosa, plantada dentro de sua cerca branca e rodeada pelo gramado bem aparado, com roseiras e madressilvas subindo por suas paredes brancas.

Adam subiu os amplos degraus da varanda e tocou a campainha. Olive veio à porta e abriu-a um pouco, enquanto Mary e John espiavam por trás de suas saias.

Adam tirou o chapéu.

— A senhora não me conhece. Sou Adam Trask. Seu pai era meu amigo. Pensei em apresentar meus cumprimentos à sra. Hamilton. Ela ajudou-me no nascimento dos gêmeos.

— Naturalmente — disse Olive e abriu amplamente a porta dupla. — Ouvimos falar a seu respeito. Um momento, apenas. Sabe, nós fizemos uma espécie de retiro para mamãe.

Bateu numa porta que dava para o espaçoso corredor da frente e falou em voz alta:

— Mamãe! Um amigo veio visitá-la.

Abriu a porta e introduziu Adam no agradável quarto onde Liza morava.

— O senhor vai me desculpar — disse Olive para Adam. — Catrina está fritando galinha e eu tenho de ficar em cima dela. John! Mary! Venham comigo. Venham.

Liza parecia menor do que nunca. Estava sentada numa cadeira de balanço de vime, velha, muito velha. Usava um vestido de alpaca preta com a saia ampla e no pescoço uma gargantilha onde estava escrito "Mamãe" em letras de ouro.

O aposento pequeno, mas agradável, combinação de sala de estar e quarto de dormir, estava cheio de fotografias, frascos de água-de-colônia, almofadas de alfinete rendadas, escovas e pentes, e as porcelanas e pratas de muitos aniversários e natais.

Na parede havia uma grande fotografia de Samuel colorida à mão que capturara uma dignidade fria e altiva, uma distância empolada e formal que ele não possuía ao vivo. Não existia nenhuma centelha no seu retrato, nada da sua alegria e curiosidade. O retrato era cercado por uma pesada moldura de ouro e, para a consternação de todas as crianças, seus olhos as seguiam através de todo o quarto.

Numa mesa de vime ao lado de Liza estava a gaiola do papagaio Polly. Tom havia comprado o papagaio de um marinheiro. Era um pássaro velho, com a fama de ter cinquenta anos, tinha levado uma vida boêmia e adquirido um vigoroso discurso de castelo de proa. Por mais que tentasse, Liza não conseguia fazê-lo trocar por salmos o pitoresco vocabulário da sua juventude.

Polly inclinou a cabeça de lado, inspecionando Adam, e coçou as penas na base do bico com uma garra cautelosa.

— Vá embora, filho da mãe — falou Polly sem nenhuma emoção.

Liza franziu a testa para o pássaro.

— Polly — disse com severidade. — Isto não é educado.

— Filho da mãe! — Polly observou.

Liza ignorou a vulgaridade. Estendeu sua pequenina mão.

— Sr. Trask, estou contente em vê-lo. Sente-se, por favor.

— Estava de passagem e decidi vir apresentar minhas condolências.

— Recebemos suas flores. — E ela se lembrava de cada buquê, mesmo depois de todo o tempo que se passara. Adam havia mandado um belo arranjo de sempre-vivas.

— Deve ser difícil reorganizar sua vida.

Os olhos de Liza marejaram e ela cerrou a pequena boca na sua dor.

Adam disse:

— Talvez eu não devesse reabrir a sua ferida, mas sinto muita falta dele.

Liza virou a cabeça para o outro lado.

— Como vão as coisas na sua fazenda? — perguntou.

— Foram boas este ano. Muita chuva. O pasto está rico já.

— Tom me escreveu — ela disse.

— Cala a boca — disse o papagaio, e Liza o repreendeu como fazia com os filhos quando estavam crescendo e se mostravam rebeldes.

— O que o traz a Salinas, sr. Trask? — perguntou ela.

— Alguns negócios. — Sentou-se numa cadeira de vime, que rangeu sob o seu peso. — Estou pensando em me mudar para cá. Acho que seria melhor para os meninos. Sentem-se solitários no rancho.

— Nunca nos sentíamos solitários no rancho — disse ela com dureza.

— Pensei que as escolas seriam melhores aqui. Meus gêmeos poderiam desfrutar dessas vantagens.

— Minha filha Olive lecionou em Peach Tree, Pleyto e em Big Sur. Seu tom deixou claro que não havia melhores escolas do que essas. Adam começou a sentir uma calorosa admiração por seu orgulho férreo.

— Eu estava justamente pensando nisso — disse ele.

— Crianças criadas no campo se saem melhor. — Era a lei e ela podia provar com o exemplo de seus próprios filhos. Então ela apertou o cerco: — Está procurando uma casa em Salinas?

— Sim, acho que sim.

— Procure minha filha Dessie — sugeriu ela. — Dessie quer voltar para o rancho e ficar com Tom. Ela tem uma casinha muito boa na rua depois da padaria do Reynaud.

— Certamente vou fazer isso — disse Adam. — Estou indo agora. Fico feliz em encontrá-la tão bem.

— Obrigada — disse ela. — Sinto-me bem.

Adam caminhava para a porta quando ela disse:

— Sr. Trask, tem visto meu filho Tom?

— Não, não o tenho visto. Sabe, quase não saio do rancho.

— Gostaria que fizesse uma visita a ele — disse ela rapidamente. — Acho que se sente solitário. — E ela se calou, como se horrorizada diante do desabafo.

— Certamente. Garanto-lhe que vou visitá-lo. Até logo, senhora.

Ao fechar a porta ouviu o papagaio dizer "Cala a boca, filho da mãe!" e Liza, "Polly, se não cuidar da língua vai apanhar".

Adam deixou a casa e caminhou pela rua no cair da tarde em direção da rua principal. Depois da padaria francesa do Reynaud, viu a residência de Dessie protegida por seu pequeno jardim. A massa de alfenas altas impedia uma melhor visão da casa. Uma tabuleta pintada parafusada no portão da frente dizia: Dessie Hamilton, Modista.

O restaurante San Francisco ficava na esquina da principal com a central e tinha as janelas voltadas para as duas ruas. Adam entrou para comer alguma coisa. Will Hamilton ocupava uma mesa de canto, devorando uma costela.

— Venha sentar-se comigo — gritou para Adam. — Está aqui a negócios?

— Sim — disse Adam. — E acabei de visitar sua mãe.

Will largou o garfo.

— Só tenho uma hora aqui. Não quis vê-la porque fica muito agitada. E minha irmã Olive viraria a casa do avesso para me oferecer uma refeição especial. Não quis perturbá-las. Além do mais, preciso voltar imediatamente. Peça uma costeleta. As daqui são muito boas. Como está mamãe?

— Tem muita coragem — disse Adam. — Acho que a admiro cada vez mais.

— Tem mesmo. Como conseguiu manter a cabeça no lugar com todos nós e com meu pai, eu não sei.

— Costeletas ao ponto — disse Adam ao garçom.

— Batatas?

— Não... sim, fritas. Sua mãe está preocupada com Tom. Ele está bem?

Will cortou a beirada de gordura da carne e empurrou-a para o canto do prato.

— Ela tem razão de se preocupar — falou. — Tom está com algum problema. Anda monumentalmente deprimido.

— Acho que ele dependia de Samuel.

— Demais — disse Will. — Excessivamente. Não parece capaz de superar a perda. De certo modo, Tom ainda é um bebezão.

— Vou visitá-lo. Sua mãe disse que Dessie vai voltar a morar no rancho.

Will depôs a faca e o garfo na mesa e olhou para Adam.

— Ela não pode fazer isso — falou. — Não vou deixar que faça isso.

— Por que não?

Will se esquivou.

— Bem, ela tem um belo negócio aqui. Leva uma boa vida. Seria uma pena jogar tudo isso pela janela.

Pegou o garfo e a faca, cortou um pedaço da gordura e o levou à boca.

— Vou pegar o trem das oito para casa — disse Adam.

— Eu também — disse Will. E não quis falar mais.

32

[1]

Dessie era a querida da família. Mollie a gatinha bonita, Olive a decidida, Una com a cabeça nas nuvens, todas eram amadas, mas Dessie era a mais querida de todas. Cintilava, sua risada era contagiante e sua alegria coloria o dia e se distribuía pelas pessoas, permitindo que a levassem com elas aonde quer que fossem.

A história pode ser resumida assim. A sra. Clarence Morrison, da rua Church, 122, Salinas, tinha três filhos e um marido que dirigia um armarinho. Certas manhãs, durante o café, Agnes Morrison dizia:

— Vou à casa de Dessie Hamilton depois do almoço para uma prova.

As crianças exultavam e chutavam os pés da mesa com as biqueiras de cobre dos sapatos até serem repreendidas. E o sr. Morrison esfregava as palmas das mãos e ia para a sua loja esperando que algum caixeiro-viajante aparecesse naquele dia. E qualquer caixeiro que aparecesse provavelmente receberia uma boa encomenda. Talvez as crianças e o sr. Morrison esquecessem porque era um bom dia que encerrava uma promessa.

A sra. Morrison iria à casa perto da padaria do Reynaud às duas horas e ficaria lá até as quatro. Quando saía, seus olhos estavam úmidos de lágrimas e o nariz vermelho e escorrendo. Caminhando de volta para casa, ela passava o lenço no nariz e enxugava os olhos e ria tudo de novo. Talvez Dessie tivesse apenas espetado vários alfinetes pretos numa almofada para fazê-la parecer-se com o ministro batista e depois fizera a almofada de alfinetes pregar um curto e seco sermão. Talvez tivesse contado de novo um encontro com o velho Taylor, que comprava casas velhas e as removia para um terreno baldio de sua propriedade até que tinha tantas casas que aquilo parecia um Mar de Sargaço em terra firme. Talvez tivesse lido um poema de Chatterbox com gestos. Não importava. Era caloroso e engraçado, era irresistivelmente engraçado.

Os filhos dos Morrison, ao voltarem da escola, não encontravam achaques, nem lamúrias, nem enxaqueca. Seu barulho não era um escândalo, nem suas caras sujas uma preocupação. E quando tinham um acesso de riso, surpreendiam-se ao ver a mãe rindo também.

O sr. Morrison, ao voltar para casa, relatava o seu dia e todos lhe davam ouvidos, e ele tentava contar as histórias dos caixeiros-viajantes — algumas delas, pelo menos. O jantar seria delicioso — as omeletes nunca murchavam, os bolos cresciam com a leveza de balões, os biscoitos assavam no ponto ideal e ninguém era capaz de temperar um guisado como Agnes Morrison. Após o jantar, depois que as crianças, cansadas de tanto rir, tinham ido dormir, como de costume o sr. Morrison tocava Agnes no ombro, seu velho sinal, muito velho, e eles iam para a cama, faziam amor e ficavam bem felizes.

A visita a Dessie poderia conservar os seus efeitos até mais dois dias, antes de arrefecerem e voltarem as enxaquecas e a conversa de que os negócios não andavam tão bons como no ano passado. Assim eram Dessie e as coisas que conseguia fazer. Levava a excitação em seus braços, assim como Samuel o fizera. Era a querida, era a adorada da família.

Dessie não era linda. Talvez não fosse sequer bonitinha, mas possuía a luminosidade que leva os homens a seguir uma mulher na esperança de refletirem um pouco dela. Era de se pensar que com o tempo ela superaria o seu primeiro caso de amor e encontraria outro amor, mas não o fez. Pensando bem, nenhum dos Hamilton, com toda a sua versatilidade, possuía a menor versatilidade no amor. Nenhum deles parecia capaz de ter amores levianos ou cambiáveis.

Dessie simplesmente não jogou as mãos para o alto e desistiu. Foi muito pior do que isso. Continuou fazendo e sendo o que era — sem a luminosidade. As pessoas que a amavam se condoíam por ela, vendo-a tentar, e começaram a tentar por ela.

Os amigos de Dessie eram bons e leais, mas eram humanos, e os humanos gostam de se sentir bem e detestam se sentir mal. Com o tempo as sras. Morrison encontraram razões inapeláveis para não irem mais à pequena casa ao lado da padaria. Não eram desleais. Não queriam ficar tristes, preferiam se sentir alegres. É fácil encontrar uma razão lógica e virtuosa para não fazer o que não se deseja fazer.

Os negócios de Dessie começaram a cair. E as mulheres que achavam que queriam vestidos nunca se deram conta de que o que queriam era felicidade. Os tempos estavam mudando e os vestidos prontos estavam se tornando populares. Não era mais um horror usar um deles. Se o sr. Morrison estava vendendo vestidos prontos, era natural que a sra. Morrison fosse vista os usando.

A família se preocupava com Dessie, mas o que podia fazer se ela admitia que não tinha nenhum problema? Admitiu que sentia dores nos lados do corpo, muito intensas, mas duravam pouco tempo e só apareciam em intervalos.

Então Samuel morreu e o mundo se quebrou como um prato. Seus filhos, filhas e amigos recolheram os cacos, tentando formar de novo algum tipo de mundo.

Dessie resolveu vender o seu negócio, voltar e morar no rancho com Tom. Já não tinha muito para vender. Liza sabia disso, e Olive e Dessie escreveram para Tom. Mas Will, sentado carrancudo à sua mesa no restaurante San Francisco, não fora informado. Will espumou por dentro e finalmente fez uma bola do seu guardanapo e se levantou.

— Esqueci-me de algo — disse a Adam. — Eu o encontro no trem.

Caminhou o meio quarteirão até a casa de Dessie, atravessou o jardim cheio de alfenas altas e tocou a campainha.

Dessie jantava sozinha e veio até a porta com o guardanapo na mão.

— Ora, como vai, Will? — disse, e ofereceu sua bochecha rosada para que a beijasse. — Quando chegou à cidade?

— Negócios — disse ele. — Estou aqui entre um trem e outro. Quero falar com você.

Ela o conduziu para a combinação de cozinha e sala de jantar, um pequeno aposento com papel de parede estampado de flores. Automaticamente, ela serviu uma xícara de café e ofereceu-lhe, colocando o açucareiro e o pote de creme à sua frente.

— Viu a mãe? — perguntou ela.

— Estou aqui entre dois trens — disse rispidamente. — Dessie, é verdade que quer voltar para o rancho?

— Estava pensando nisso.

— Não quero que vá.

Ela sorriu com incerteza.

— Por que não? O que há de errado nisso? Tom está solitário lá.

— Você tem um belo negócio aqui — falou ele.

— Não tenho nenhum negócio aqui — respondeu ela. — Pensei que soubesse disso.

— Não quero que vá — repetiu ele emburrado.

Ela deu um sorriso melancólico e tentou o melhor para colocar um pouco de ironia na conversa.

— Meu irmão mais velho é mandão. Diga a Dessie por que não quer.

— É muito solitário lá.

— Não será tão solitário com dois de nós lá.

Will mordeu os lábios com raiva. Falou abruptamente:

— Tom não está bem. Não devia ficar sozinha com ele.

— Ele não está bem? Precisa de ajuda?

Will disse:

— Não queria lhe contar, não creio que Tom tenha assimilado... a morte. Ele está estranho.

Ela sorriu afetuosamente.

— Will, você sempre o achou estranho. Achou que era estranho quando não se interessou pelos negócios.

— Aquilo foi diferente. Mas agora ele está sorumbático. Não fala. Fica caminhando sozinho nos morros à noite. Fui visitá-lo e... está escrevendo poesia, páginas e mais páginas sobre a mesa inteira.

— Já escreveu poesia, Will?

— Nunca.

— Eu já — disse Dessie. — Páginas e mais páginas sobre a mesa inteira.

— Não quero que vá.

— Deixe-me decidir — falou ela suavemente. — Eu perdi algo. Quero tentar encontrar de novo.

— Está falando bobagem.

Ela deu a volta na mesa e colocou os braços ao redor do seu pescoço.

— Querido irmão, por favor, deixe-me decidir.

Ele deixou a casa raivosamente e quase perdeu o trem.

[2]

Tom esperava por Dessie na estação de King City. Ela o viu pela janela do trem, esquadrinhando cada vagão à sua procura. Estava bronzeado, o rosto tão escanhoado que a sombra da barba parecia madeira polida. Seu bigode ruivo estava aparado. Usava um chapéu novo de aba larga com a copa achatada, um casaco esporte castanho-claro com um cinto de fivela de madrepérola. Seus sapatos reluziam ao sol do meio-dia, sem dúvida os lustrara com o lenço pouco antes de chegar o trem. O colarinho engomado enlaçava o pescoço forte e vermelho e ele usava uma gravata de crochê azul-claro com um prendedor em forma de ferradura. Tentava esconder o nervosismo juntando as mãos morenas e ásperas à sua frente.

Dessie acenou agitadamente para ele da janela, gritando "Estou aqui, Tom, estou aqui!", embora soubesse que ele não ouviria por causa do ruído das rodas do trem. Ela desembarcou e o viu procurando-a freneticamente na direção errada. Sorriu e caminhou atrás dele.

— Por gentileza, senhor — disse em voz baixa. — Tem algum sr. Tom Hamilton por aqui?

Ele girou nos calcanhares e guinchou de prazer, agarrou-a num abraço de urso e rodopiou com ela. Ergueu-a do chão com uma mão e deu-lhe uma palmada no traseiro com a mão livre. Afagou suas faces com o bigode áspero. Então a afastou para trás com as mãos nos seus ombros e olhou para ela. Os dois jogaram a cabeça para trás e caíram na gargalhada.

O agente ferroviário inclinou-se para fora da janela do seu guichê e pousou os cotovelos, protegidos com mangas pretas falsas, no peitoril. Falou por cima do ombro para o telegrafista.

— Estes Hamilton! Dê só uma olhada neles!

Tom e Dessie, tocando as pontas dos dedos, executavam uma dança galante, enquanto ele cantava *Doodle-doodle-doo* e Dessie cantava *Deedle-deedle-dee*, e depois se abraçaram de novo.

Tom olhou para ela.

— Você não é Dessie Hamilton? Acho que me lembro de você. Mas você mudou. Onde estão suas tranças?

Levou algum tempo para que liberassem a bagagem de Dessie, pois na confusão os tíquetes haviam se extraviado. Por fim encontraram os cestos e Tom os empilhou na traseira da carroça aberta. Os dois cavalos baios escarvaram a terra dura e ergueram as cabeças, fazendo o balancim saltar e os tirantes rangerem. Os arreios estavam lustrosos e as peças de latão brilhavam como ouro. Uma fita vermelha envolvia o rebenque até a metade e laços vermelhos cingiam as crinas e os rabos dos cavalos.

Tom ajudou Dessie a subir no banco da carroça e fingiu espiar timidamente seus tornozelos. Depois esticou as gamarras e afrouxou as rédeas dos freios. Estalou de leve o chicote e os cavalos partiram tão subitamente que as rodas rangeram ao roçar nos para-lamas.

Tom sugeriu:

— Gostaria de dar uma volta por King City? É uma bela cidade.

— Não — disse ela. — Acho que me lembro bem dela.

Ele virou à esquerda, seguiu para o sul e imprimiu aos cavalos um trote ligeiro.

Dessie perguntou:

— Onde está Will?

— Não sei — respondeu ele asperamente.

— Ele falou com você?

— Sim. Disse que você não deveria vir para cá.

— Falou o mesmo para mim — disse Dessie. — E fez George me escrever, também.

— Por que não deveria vir se é o que deseja? — protestou Tom. — O que o Will tem a ver com isso?

Ela tocou no seu braço.

— Acha que você está louco. Diz que anda escrevendo poesias.

O rosto de Tom se fechou.

— Deve ter entrado na casa quando eu não estava lá. O que é que ele quer, afinal? Não tinha nenhum direito de fuçar os meus papéis.

— Calma, calma — disse Dessie. — Will é seu irmão. Não se esqueça disso.

— Ele gostaria que eu mexesse nos seus papéis? — perguntou Tom.

— Ele não deixaria — disse Dessie secamente. — Estariam trancados num cofre. Não vamos estragar o dia com ressentimentos.

— Está bem — disse ele. — Deus está vendo tudo! Mas ele me deixa zangado. Se não quero levar o seu tipo de vida, estou louco, simplesmente louco.

Dessie mudou de assunto, forçando um novo rumo.

— Sabe, foi bem difícil nos últimos momentos. Mamãe queria vir. Já viu mamãe chorar, Tom?

— Não, não que me lembre. Ela não é de chorar.

— Pois bem, chorou. Um pouco, mas para ela foi muito. Um soluço e duas fungadas, assoou o nariz, limpou as lentes dos óculos e os fechou como se fossem um relógio.

— Por Deus, Dessie, é tão bom tê-la de volta! É muito bom. Faz-me sentir recuperado de uma doença.

Os cavalos trotaram ao longo da estrada que cortava o campo. Tom disse: — Adam Trask comprou um Ford. Ou talvez eu devesse dizer que Will lhe vendeu um Ford.

— Não sabia sobre o Ford — disse Dessie. — Ele está comprando minha casa. E me dando um bom preço por ela. — Dessie riu. — Estipulei um preço bem alto pela casa. Ia abaixá-lo durante as negociações. O sr. Trask aceitou o primeiro preço. Isso me criou um problema.

— E o que fez, Dessie?

— Tive de lhe contar sobre o preço alto e dizer que eu pretendia reduzi-lo nas negociações. Não pareceu se importar com o fato.

Tom disse:

— Imploro a você que nunca conte essa história para Will. Ele a trancaria num asilo.

— Mas a casa não valia o que eu pedi!

— Repito o que eu falei sobre Will. O que Adam vai querer com sua casa?

— Vai se mudar para lá. Quer que os gêmeos frequentem uma escola em Salinas.

— E o que vai fazer com o rancho?

— Não sei. Ele não disse.

Tom falou:

— Eu queria saber o que teria acontecido se o pai tivesse um rancho daqueles em vez do Velho Poeira e Pedra.

— Não é um lugar tão ruim assim.

— É ótimo para tudo, exceto para se ganhar a vida.

Dessie falou com sinceridade:

— Já conheceu uma família que se divertisse tanto?

— Não, não conheci. Mas foi por causa da família, não da terra.

— Tom, lembra quando levou Jenny e Belle Williams para o baile em Peach Tree no sofá?

— A mãe nunca me deixou esquecer aquilo. Que tal convidarmos Jenny e Belle para uma visita?

— Elas viriam, com certeza — disse Dessie. — Vamos fazer isso.

Quando deixaram a estrada do campo, ela disse:

— Isto aqui para mim era diferente.

— Mais árido?

— Acho que sim. Tom, tem tanto capim.

— Estou trazendo vinte cabeças de gado para comer este pasto.

— Deve estar rico.

— Não. E o ano bom vai baixar o preço da carne. Fico pensando no que Will faria. Ele é um homem da escassez. Sempre me falou. Ele dizia: "Sempre aprenda a lidar com a escassez." Will é esperto.

A estrada sulcada não havia mudado, porém os sulcos estavam mais fundos e as pedras redondas mais salientes.

— Que cartão é aquele nas algarobeiras?

Ela o pegou quando passaram e disse: "Bem-vinda ao Lar."

— Tom, você fez isso!

— Não fui eu. Alguém esteve aqui.

A cada cinquenta metros havia outro cartão pendurado nos galhos de um medronheiro ou pregado no tronco de um castanheiro e todos diziam "Bem-vinda ao Lar". Dessie gritava de deleite ao ver cada um deles.

Chegaram ao alto do morro acima do pequeno vale do velho rancho dos Hamilton e Tom parou a carroça para que ela desfrutasse a vista. Na encosta do outro lado do vale, escritas em pedras caiadas, palavras imensas diziam "Bem-vinda ao Lar, Dessie". Ela encostou a cabeça no ombro do irmão e ria e chorava ao mesmo tempo.

Tom olhou severamente à sua frente.

— Quem é que deve ter feito isso? — disse. — Já não se pode mais nem sair de casa.

De madrugada, Dessie foi acordada pelo calafrio de dor que a acometia de tempos em tempos. Começava com um sussurro e uma ameaça de dor, corria pelo corpo, atravessando o abdome, parecendo um beliscão e depois uma pequena pontada que se transformava num aperto forte e, por fim, na pressão de uma garra, como se uma mão imensa a houvesse aprisionado. Quando relaxava, ficava com a sensação como a de um machucado. Não durava muito, mas enquanto agia sobre ela o mundo exterior se apagava e ela parecia estar ouvindo a batalha dentro do seu corpo.

Quando só o amortecimento restou, ela viu a alvorada chegando prateada às janelas. Inspirou o bom vento da manhã que balançava as cortinas, trazendo o cheiro de mato, raízes e terra molhada. Em seguida, sons juntaram-se ao desfile das percepções — pardais discutindo entre si, uma vaca mugindo monotonamente para um bezerro esfomeado, os pios nervosos de um gaio, o aviso cortante de um macho de codorna em alerta e o sussurro de resposta da codorna fêmea em algum lugar no meio do capim alto. O galinheiro todo se agitava em torno de um ovo e uma imponente galinha Rhode Island vermelha, pesando quase dois quilos, protestava inutilmente diante da vergonha de ser seduzida por um galinho magricela que ela podia ter demolido com um simples golpe de asa.

O arrulho dos pombos trouxe lembranças à procissão. Dessie lembrou-se de quando seu pai dissera, sentado à cabeceira da mesa:

— Eu disse ao Rabbit que ia criar pombas e sabem o que ele disse? "Nada de pombas brancas." "Por que não brancas?", eu perguntei, e ele disse: "São o pior tipo de azar. Veja passar um bando de pombas brancas e elas trazem tristeza e morte. Crie pombas cinzentas." "Mas eu gosto de pombas brancas." "Crie pombas cinzentas", insistiu ele. E, pelo céu que me cobre, vou criar pombas brancas.

E Liza dissera pacientemente:

— Por que está sempre contestando, Samuel? As cinzentas têm o mesmo sabor e são até maiores.

— Não vou deixar nenhuma história da carochinha me influenciar — disse Samuel.

Liza falou com sua implacável simplicidade:

— Você está, como sempre, influenciado pelo seu espírito provocador. Você é uma mula de teimosia, uma verdadeira mula!

— Alguém precisa fazer esse tipo de coisa — disse ele, zangado. — Caso contrário, o Destino jamais seria burlado e a humanidade continuaria agarrada aos galhos altos de uma árvore."

E, naturalmente, ele criou as pombas brancas e esperou pela tristeza e pela morte até provar que estava certo. E ali estavam os descendentes daquelas pombas arrulhando na manhã e subindo como um grande lenço esvoaçante ao redor do galpão da cocheira.

Na lembrança de Dessie, ela ouvia as palavras e a casa ao seu redor se povoava. Tristeza e morte, pensou, e morte e tristeza, e aquilo revolveu no seu estômago contra a dor. É só esperar algum tempo que elas virão.

Ouviu o ar silvando nos grandes foles da forja e as batidas do martelo na bigorna. Ouviu Liza abrir a porta do forno e o baque surdo da massa de pão caindo na tábua coberta de farinha. Então Joe começou a rodar pela casa em busca de seus sapatos nos lugares mais estranhos para finalmente os encontrar onde os havia deixado, debaixo da cama.

Ouviu a voz suave e aguda de Mollie na cozinha, lendo um texto matutino da Bíblia e a correção na voz cheia e cavernosa de Una.

E Tom havia cortado a língua de Mollie com seu canivete e morreu por dentro quando se deu conta de sua coragem.

— Ai, querido Tom — disse ela, e seus lábios se mexeram.

A covardia de Tom era tão grande quanto sua coragem, como deve ser nos grandes homens. Sua violência equilibrava-se com sua ternura e ele mesmo era o campo de batalha de suas próprias forças. Estava confuso agora, mas Dessie podia ajudá-lo e ensiná-lo, como um preparador adestra um puro-sangue para mostrar-lhe sua raça e sua forma.

Dessie ficou deitada, uma parte do corpo dolorida e outra parte ainda perdida no sono enquanto a manhã clareava pela janela. Lembrou que Mollie ia encabeçar o grande desfile no piquenique do Quatro de Julho com ninguém menos do que Harry Forbes, senador do estado. E Dessie ainda não acabara de colocar o debrum no vestido de Mollie. Esforçou-se para se levantar. Havia ainda tanto debrum e ela ali a cochilar.

Gritou:

— Vou aprontar, Mollie. Vai ficar pronto.

Levantou-se da cama, colocou um roupão sobre o corpo e caminhou descalça pela casa cheia de Hamiltons. No corredor, tinham ido para os quartos. Nos quartos, com as camas bem-arrumadas, estavam já na cozinha, e na cozinha — se dispersaram e partiram. A onda refluiu e a deixou seca e acordada.

A casa estava limpa, varrida e imaculada, cortinas lavadas, janelas polidas, mas tudo como um homem costuma fazer — as cortinas não pendiam muito retas, havia manchas nas janelas e um retângulo aparecia na mesa quando um livro era removido.

O fogão estava se aquecendo, a luz alaranjada aparecendo ao redor das portas, as chamas crepitando e saltando pela chaminé. O relógio da cozinha balançava o seu pêndulo por trás do mostrador de vidro e batia como um pequeno martelo de madeira numa caixa de madeira vazia.

Do lado de fora, ouviu-se um assobio agreste e agudo como o de uma estranha flauta de caniço. O silvo espalhava pelo ar uma melodia selvagem. Então os passos de Tom se fizeram ouvir na varanda e ele entrou com uma braçada de lenha de carvalho tão alta que não conseguia enxergar sobre ela. Jogou a lenha em cascata na caixa ao lado da lareira.

— Já se levantou? — disse. — Este barulho era para acordá-la se ainda estivesse dormindo.

Seu rosto estava iluminado de alegria.

— Esta é uma manhã gloriosa e não há tempo para se jogar fora.

— Você fala como nosso pai — disse Dessie, e riu com ele.

Sua alegria aumentou.

— Sim — falou alto. — E viveremos aquele tempo de novo aqui mesmo. Venho me arrastando na tristeza como uma cobra de espinha quebrada. Não admira que Will tenha me achado louco. Mas agora que você está de volta, vou lhe mostrar. Vou soprar vida na vida de novo. Está me ouvindo? Esta casa vai se tornar viva de novo.

— Estou feliz por ter vindo — disse ela, e pensou desolada como ele era frágil e vulnerável e como teria de protegê-lo.

— Deve ter trabalhado dia e noite para deixar a casa tão limpa — falou ela.

— Nada — disse Tom. — Só um estalar de dedos aqui e ali.

— Conheço esse estalar de dedos, mas foi feito com balde e esfregão e de joelhos, a não ser que tenha inventado um meio de fazer usando o poder das galinhas ou a força dos ventos.

— Invenções, é justamente por isso que eu não tenho tempo. Inventei um pequeno dispositivo para deixar uma gravata correr livremente por um colarinho engomado.

— Mas você não usa colarinhos engomados.

— Usei ontem. Foi quando inventei o dispositivo. E galinhas... vou criar milhões delas em casinhas por todo o rancho e uma argola no telhado para banhá-las num tanque de tinta branca. E os ovos serão trazidos por uma pequena correia transportadora... veja aqui! Vou desenhar.

— Quero que me desenhe um café da manhã — disse Dessie. — Qual é o formato de um ovo frito? Como iria colorir uma fatia de bacon?

— Você vai ter o que quer — gritou, e abriu a tampa do fogão e atacou o fogo com um tição até que os pelos de sua mão se enroscaram e chamuscaram. Jogou lenha no fogo e voltou a assobiar alto.

Dessie disse:

— Você parece um fauno com uma flauta de Pã numa colina da Grécia.

— O que acha que sou? — gritou ele.

Dessie pensou, constrangida: Se tudo isto é real, por que meu coração não consegue alegrar-se? Por que não posso sair da minha tristeza cinzenta? É o que vou fazer, gritou dentro de si mesma. Se ele pode, eu também posso.

Ela disse:

— Tom!

— Sim.

— Eu quero um ovo roxo.

33

[1]

O verde cobriu as colinas junho adentro antes que a relva amarelasse. As espigas de aveia brava estavam tão pesadas de sementes que dobravam e pendiam para baixo de suas hastes. As pequenas nascentes de água correram até o final do verão. O gado se arrastava de tanta gordura e seus pelos reluziam de saúde. Foi um ano em que as pessoas do vale do Salinas esqueceram as temporadas de seca. Fazendeiros compraram mais terras do que podiam pagar e calcularam seus lucros nas capas dos talões de cheque.

Tom Hamilton trabalhou como um gigante, não só com seus braços fortes e mãos ásperas, mas também com o coração e o espírito. A bigorna voltou a ser ouvida na forja. Pintou a velha casa de branco e caiou os galpões. Foi até King City e estudou um vaso sanitário e depois construiu um de estanho engenhosamente trabalhado e de madeira entalhada. Como a água vinha muito lentamente da nascente, ele colocou uma caixa-d'água de sequoia do lado da casa e bombeava a água através de um moinho de vento tão bem construído que girava ao menor sopro da brisa. E fez modelos em metal e madeira de duas ideias que teve, para mandar ao escritório de patentes no outono.

Mas não foi tudo — trabalhava com humor e disposição. Dessie tinha de se levantar muito cedo para dar uma mão nas tarefas da casa antes que Tom fizesse tudo sozinho. Observava sua grande felicidade avermelhada e não era leve como a felicidade de Samuel. Não nascia das raízes para sair flutuando. Tom produzia a felicidade com tanto engenho quanto sabia, amoldando-a, dando-lhe forma.

Dessie, que tinha mais amigas do que ninguém no vale, não possuía confidentes. Quando a dor a pegou, não falou nada a respeito. As dores eram um verdadeiro segredo.

Quando Tom a encontrou retesada e contraída pela dor terrível e gritou alarmado “Dessie, o que é que você tem?”, ela controlou a expressão no rosto e disse: "Não é nada, só uma pequena cãibra. Já estou melhor", e no momento seguinte estavam rindo.

Riram muito, como que para se tranquilizarem. Somente quando ia para a cama Dessie assumia o seu tormento, terrível e insuportável. E Tom ficava deitado no escuro do seu quarto, perplexo como uma criança. Podia ouvir seu coração bater e ratear enquanto batia. Sua mente desistia de pensar nas coisas e agarrava-se, em busca de segurança, a pequenos planos, desenhos, máquinas.

Às vezes nas noites de verão eles subiam o morro a pé para ver os últimos raios do sol ainda banhando os cumes das montanhas a oeste e para sentir a brisa atraída para o vale pela elevação do ar aquecido durante o dia. Geralmente ficavam de pé, em silêncio, e respiravam aquela atmosfera de paz. Como eram tímidos, nunca falavam de si mesmos. Nenhum sabia nada do outro.

Foi surpreendente para ambos quando Dessie perguntou certa noite no alto do morro:

— Tom, por que você nunca se casou?

Olhou rapidamente para ela e desviou o rosto.

— Quem ia me querer?

— É uma piada ou você está falando sério?

— Quem ia me querer? — disse ele de novo. — Quem ia querer uma coisa destas?

— Parece-me que fala realmente sério.

E então ela violou o código não declarado deles.

— Já se apaixonou por alguém?

— Não — disse ele.

— Gostaria de saber — disse ela, como se ele não tivesse respondido.

Tom não voltou a falar enquanto desciam o morro. Mas na varanda ele falou:

— Está se sentindo solitária aqui. Não quer ficar.

Esperou um momento.

— Responda-me. Não é verdade?

— Quero ficar aqui mais do que em qualquer outro lugar.

Ela perguntou:

— Você sai para procurar mulheres?

— Sim — disse ele.

— É bom para você?

— Não muito.

— Que vai fazer?

— Não sei.

Voltaram em silêncio para casa. Tom acendeu o lampião na velha sala de estar. O sofá de crina de cavalo que ele reformara erguia seu pescoço de ganso contra a parede e o tapete verde apresentava trilhas de uso entre as portas.

Tom sentou-se à mesa redonda no centro da sala. Dessie sentou-se no sofá e podia ver que ele ainda estava embaraçado por sua última confissão. Pensou: como ele é puro, como é despreparado para um mundo do qual até ela sabia mais. Um matador de dragões é o que ele era, um salvador de donzelas, e seus pequenos pecados lhe pareciam tão grandes que se sentia indesejado e inadequado. Ela desejava que seu pai estivesse ali. Seu pai sentira grandeza em Tom. Talvez ele soubesse agora como liberá-lo da sua escuridão e deixá-lo voar livremente.

Fez outra tentativa para ver se podia acender alguma chama nele.

— Já que estamos falando de nós, já pensou que nosso mundo inteiro é o vale, umas poucas viagens a São Francisco e você já foi além de San Luis Obispo ao sul? Eu nunca fui.

— Nem eu — disse Tom.

— Não é uma tolice?

— Muita gente também não foi — disse ele.

— Mas não é uma lei. Podíamos ir a Paris, a Roma ou a Jerusalém. Eu adoraria ver o Coliseu.

Ele a observou desconfiado, esperando algum tipo de piada.

— Como faríamos isso? — perguntou. — É preciso muito dinheiro.

— Não acho que seja tanto — disse ela. — Não precisaríamos ficar em lugares chiques. Podíamos viajar nos navios mais baratos e nas classes mais baixas. Foi assim que nosso pai veio da Irlanda. E podíamos ir à Irlanda.

Ele ainda a observava, mas uma centelha começava a aparecer em seus olhos.

Dessie continuou:

— Podíamos reservar um ano só para o trabalho, economizar cada centavo. Posso fazer alguns trabalhos de costura em King City. Will nos ajudaria. E no verão seguinte você podia vender todo o gado e poderíamos partir. Não há lei que nos proíba.

Tom levantou-se e saiu. Olhou para as estrelas do verão, para a azul Vênus e o vermelho Marte. Suas mãos se flexionaram no lado do corpo, fecharam os punhos e depois os abriram. Virou-se então e entrou de novo em casa. Dessie não tinha se mexido.

— Quer mesmo viajar, Dessie?

— Mais do que qualquer coisa no mundo.

— Então nós vamos!

— Você quer ir?

— Mais do que qualquer coisa no mundo — disse ele, e então: — Egito! Já pensou no Egito?

— Atenas — disse ela.

— Constantinopla!

— Belém!

— Sim, Belém. — E ele falou subitamente: — Vá para a cama. Temos um ano de trabalho, um ano. Descanse um pouco. Vou pegar um empréstimo com Will para comprar cem leitões.

— Como vai alimentá-los?

— Com bolotas de carvalho — disse Tom. — Vou fazer uma máquina para colher bolotas.

Depois que foi para o seu quarto ela podia ouvi-lo se mexendo, falando baixinho consigo mesmo. Dessie olhou por sua janela para a noite estrelada e sentiu-se contente. Mas perguntou-se se realmente queria ir, ou se era Tom que queria. E, enquanto pensava, o sussurro da dor aumentou no lado do seu corpo.

Quando Dessie se levantou na manhã seguinte, Tom já estava diante da sua prancheta, batendo a cabeça com o punho e grunhindo para si mesmo. Dessie olhou por cima do seu ombro.

— É a máquina de colher bolotas?

— Deveria ser fácil — disse ele. — Mas como eliminar paus e pedras?

— Sei que você é o inventor, mas eu inventei a maior colhedeira de bolotas do mundo e está pronta para funcionar.

— Que quer dizer?

— Crianças — falou ela. — Aquelas pequeninas mãos inquietas.

— Não fariam isso, nem por dinheiro.

— Fariam por prêmios. Um prêmio para todo mundo e um grande prêmio para o vencedor... talvez um prêmio de cem dólares. Varreriam todo o vale. Vai me deixar tentar?

Ele coçou a cabeça.

— Por que não? Mas como você juntaria as bolotas?

— As crianças vão trazê-las — disse Dessie. — Deixe-me cuidar disso. Espero que tenha bastante espaço para armazenamento.

— Seria explorar os jovens, não seria?

— Por certo seria — concordou Dessie. — Quando tinha minha loja, eu explorava as garotas que queriam aprender a costurar, e elas me exploravam. Acho que vou chamar isso de o Grande Concurso de Bolotas do Condado de Monterey. E não vou deixar ninguém saber. Talvez bicicletas como prêmios. Você não colheria bolotas na esperança de ganhar uma bicicleta, Tom?

— Claro que sim — disse ele. — Mas não poderíamos pagar-lhes, também.

— Não com dinheiro — disse Dessie. — Isso reduziria a coisa a trabalho e elas não trabalharão, se puderem evitar. Nem eu faria isso.

Tom recostou-se afastando-se da sua prancheta e riu.

— Nem eu — disse. — Muito bem, você está encarregada das bolotas e eu dos porcos.

Dessie falou:

— Tom, não seria ridículo se nós ganhássemos dinheiro, logo nós?

— Mas você ganhou dinheiro em Salinas — disse ele.

— Um pouco, não muito. Mas, ah, eu era rica em promessas. Se as contas tivessem sido pagas não precisaríamos de porcos. Podíamos ir para Paris amanhã.

— Vou até King City falar com Will — disse Tom. Empurrou a cadeira para trás e afastou-se da prancheta. — Quer vir comigo?

— Não, vou ficar e traçar meus planos. Amanhã eu começo o Grande Concurso de Bolotas.

[2]

Na volta ao rancho de charrete, no fim da tarde, Tom estava deprimido e triste. Como sempre, Will conseguira mastigar e cuspir o seu entusiasmo. Will comprimira os lábios, esfregara as sobrancelhas, coçara o nariz, limpara os óculos e transformara numa imensa operação o ato de cortar e acender um charuto. A proposta dos porcos estava cheia de furos e Will conseguiu enfiar seus dedos nos furos. O Concurso de Bolotas não funcionaria, embora ele não explicitasse por quê. A coisa toda era instável, particularmente nos dias que corriam. O melhor que Will pôde fazer foi concordar em pensar a respeito. A certa altura da conversa Tom pensara em falar a Will sobre a Europa, mas um instinto rápido o impediu. A ideia de passear pela Europa, a não ser, é claro, que você fosse aposentado e tivesse o seu capital investido em ações seguras, seria para Will uma loucura ao lado da qual o plano dos porcos seria uma maravilha de tino comercial. Tom nada lhe contou e deixou Will "pensar a respeito", sabendo que o veredicto seria contra os porcos e as bolotas.

O pobre Tom não sabia e não seria capaz de aprender que dissimular com sucesso era uma das alegrias criativas de um homem de negócios. Demonstrar entusiasmo seria uma idiotice. E Will realmente pretendia pensar a respeito. Partes do plano o fascinavam. Tom havia proposto algo muito interessante. Se se pudesse comprar leitões a crédito, engordá-los com uma comida que saía quase de graça, vendê-los, pagar o empréstimo e levar o seu lucro, teria realmente conseguido um feito. Will não roubaria seu irmão. Faria com que participasse dos lucros, mas Tom era um sonhador e não podia se confiar nele para implementar um plano bom e sólido. Tom, por exemplo, desconhecia sequer o preço do porco e suas variações. Se a coisa funcionasse, Will daria certamente um presente muito substancial a Tom — talvez até um Ford. E que tal um Ford como primeiro e único prêmio para a coleta de bolotas? O vale inteiro iria recolher bolotas.

Ele esperava que Dessie saísse correndo da casa quando se aproximasse com a charrete. Colocaria a melhor expressão no rosto e faria uma piada. Mas Dessie não saiu de casa correndo. Talvez estivesse cochilando, pensou. Deu água para os cavalos, levou-os ao estábulo e encheu a manjedoura de feno.

Dessie estava deitada no sofá quando Tom entrou.

— Cochilando um pouco? — perguntou e, ao ver a cor no rosto dela: — Dessie — gritou. — O que é que você tem?

Ela se retesou contra a dor.

— É só uma dor de barriga — disse. — Uma das grandes.

— Ah — disse Tom. — Você me assustou. Sei cuidar de uma dor de barriga.

Foi à cozinha e trouxe um copo com um líquido cor de pérola. Deu para ela.

— O que é isso, Tom?

— Os bons sais de antigamente. Podem dar um pouco de cólica, mas resolvem a questão.

Ela bebeu obedientemente e fez uma careta.

— Lembro-me deste gosto — disse. — O remédio da mamãe na temporada das maçãs verdes.

— Agora deite-se e fique quieta — disse Tom. — Vou preparar algo para o jantar.

Podia ouvi-lo se atarefando na cozinha. A dor arrasava com o seu corpo. Além da dor havia o medo. Podia sentir o remédio corroendo o seu estômago. Depois de algum tempo arrastou-se até o vaso sanitário e tentou vomitar os sais. O suor escorria-lhe pela testa e a cegava. Quando tentou se levantar, os músculos da barriga estavam rígidos e ela não conseguia se mexer.

Depois Tom trouxe-lhe uns ovos mexidos. Ela sacudiu a cabeça lentamente.

— Não posso — disse sorrindo. — Acho que vou para a cama.

— Os sais vão fazer efeito logo — assegurou-lhe Tom. — E você vai ficar boa.

Ajudou-a a se deitar.

— O que você acha que comeu que lhe fez mal?

Dessie ficou deitada no seu quarto e combatia a dor com sua força de vontade. Por volta das dez da noite, sua vontade começou a perder a luta. Gritou "Tom! Tom!" Ele abriu a porta. Tinha o *World Almanac* na mão.

— Tom — disse ela. — Sinto muito, mas estou muito doente, Tom. Estou terrivelmente doente.

Ele sentou-se à beira da cama na semiescuridão.

— As cólicas estão fortes?

— Sim, terríveis.

— Pode ir ao banheiro agora?

— Não, agora não.

— Vou trazer um lampião e ficar sentado aqui com você — disse ele. — Talvez possa dormir um pouco. Antes de amanhecer eu a deixo. Os sais terão exercido o seu efeito.

Sua vontade voltou e ela ficou quieta enquanto Tom lia trechos do *Almanac* para acalmá-la. Parou de ler quando achou que ela estava dormindo e cochilou na sua cadeira ao lado do lampião.

Um grito agudo o acordou. Caminhou até as cobertas que se debatiam. Os olhos de Dessie estavam leitosos e enlouquecidos, como os de um cavalo louco. Dos cantos da boca irrompiam bolhas espessas e suas faces estavam em fogo. Tom colocou a mão debaixo da coberta e sentiu músculos duros como ferro. Então o combate de Dessie cessou, sua cabeça caiu para trás e a luz se refletiu em seus olhos semicerrados.

Tom colocou apenas uma brida no cavalo e saltou sobre ele em pelo. Tateou e arrancou seu cinto para fustigar o cavalo assustado num galope sobre a trilha pedregosa e sulcada das carroças.

Os Duncan dormiam no andar de cima de sua casa de dois andares na estrada do campo e não ouviram as batidas em sua porta, mas ouviram o estrondo e ruído de estilhaços enquanto sua porta da frente caía aos pedaços, carregando fechaduras e dobradiças consigo. Quando o velho Red Duncan desceu as escadas com uma espingarda, Tom berrava no telefone para a central de King City.

— O dr. Tilson! Encontrem ele! Não me importa! Encontrem ele! Vamos, encontrem o dr. Tilson. Red Duncan, sonolento, apontava a espingarda para ele.

O dr. Tilson disse:

— Sim! Sim, estou ouvindo. Você é Tom Hamilton. O que é que ela tem? O estômago está rígido? Que foi que você fez? Sais! Seu grande idiota!

O médico controlou sua raiva.

— Tom — disse. — Tom, meu rapaz. Fique calmo. Volte lá e coloque panos frios, tão frios quanto puder. Não creio que tenha gelo. Bem, vá trocando os panos frios. Chego lá o mais rápido que puder. Está me ouvindo? Tom, está me ouvindo?

O médico desligou o telefone e se vestiu. Com um cansaço zangado abriu um armário de parede e apanhou bisturis, grampos, esponjas, tubos e suturas para pôr na sua maleta. Sacudiu sua lanterna de gasolina para se certificar de que estava cheia e colocou a lata de éter e a máscara ao seu lado na escrivaninha. Sua mulher, de touca de dormir e camisola, apareceu para dar uma olhada. O dr. Tilson disse:

— Estou indo a pé até a garagem. Telefone para Will Hamilton. Diga a ele que quero que me leve de carro até a fazenda do seu pai. Se discutir, diga que sua irmã está... morrendo.

[3]

Tom voltou a cavalo para o rancho uma semana depois do enterro de Dessie, galopando todo empertigado, os ombros retos e o queixo empinado, como um guarda da cavalaria numa parada. Tom fizera tudo vagarosamente, à perfeição. Seu cavalo estava limpo e escovado, seu chapéu de aba larga reto na sua cabeça. Nem mesmo Samuel teria se portado com tanta dignidade como Tom enquanto galopava de volta à velha casa. Um gavião mergulhando sobre uma galinha com as garras em riste não o fez virar a cabeça.

Desmontou no estábulo, deu água para o cavalo, segurou-o junto à porta, encabrestou-o por um momento e colocou cevada na caixa ao lado da manjedoura. Tirou a sela e virou a coberta do avesso para secar. A cevada acabou e ele levou o cavalo baio para fora e soltou-o para pastar em cada centímetro livre do mundo. Na casa a mobília, as cadeiras e o fogão pareciam afastar-se dele em repulsa. Uma banqueta o evitou quando entrou na sala de estar. Seus fósforos estavam moles e úmidos e ele foi à cozinha procurar outros. O lampião na sala de estar estava destacado e solitário. A centelha do primeiro fósforo aceso por Tom beijou rapidamente o pavio e elevou-se numa rica chama amarela.

Tom sentou-se no fim de tarde e olhou ao seu redor. Seus olhos evitaram o sofá de crina de cavalo. Um leve ruído de camundongos na cozinha o fez virar-se e viu sua sombra na parede e percebeu que ainda estava de chapéu. Tirou-o e colocou-o na mesa ao seu lado.

Buscou pensamentos ociosos e protetores, sentado à luz do lampião, mas sabia que em breve seu nome seria chamado e precisaria se apresentar ao banco dos réus, tendo a si mesmo como juiz e seus próprios crimes como jurados.

E o seu nome foi chamado com estridência em seus ouvidos. Sua mente apresentou-se diante dos acusadores: a Vaidade, que o acusava de ser malvestido, sujo e vulgar; e a Luxúria, passando-lhe o dinheiro para as suas prostitutas; a Desonestidade, que o fazia fingir um talento e uma inteligência que não tinha; a Preguiça e a Gula de braços dados. Tom se sentia tranquilizado por estas porque elas obstruíam a visão do Sinistro no banco dos fundos, à espera — o crime cinzento e terrível. Ele trazia à tona coisas menores, usava os pequenos pecados quase como virtudes para se salvar. Havia a Cobiça do dinheiro de Will, a Traição contra o Deus de sua mãe, o Roubo de tempo e esperança, a Rejeição doentia do amor.

Samuel falou baixo, mas sua voz encheu a sala:

— Seja bom, seja puro, seja grande, seja Tom Hamilton.

Tom ignorou o pai. Disse:

— Estou ocupado cumprimentando minhas amigas. — E ele acenou com a cabeça para a Grosseria, a Feiura e a Conduta Antifilial e as Unhas Sujas. E então recomeçou pela Vaidade. O Sinistro se adiantou. Era tarde demais para ganhar tempo com pecados menores. Este Sinistro era Assassinato.

A mão de Tom sentiu o frio do copo e ele viu o líquido cor de pérola com os cristais que se dissolviam ainda em movimento e as bolhas translúcidas subindo e repetiu em voz alta na sala completamente vazia: "Isso vai resolver. Espere até amanhecer. Vai se sentir bem então." Era como havia soado, exatamente assim, e como as paredes, as cadeiras e o lampião tinham ouvido e podiam provar isso. Não havia lugar no mundo onde Tom Hamilton pudesse viver. Mas não era porque deixasse de tentar. Baralhava as possibilidades como cartas. Londres? Não! Egito, as pirâmides do Egito e a Esfinge. Não! Paris? Não! Espere, cuidam muito melhor de nossos pecados lá. Não! Pois bem, fique de lado e talvez voltemos a você. Belém? Por Deus, não! Seria solitário lá para um estrangeiro.

E aqui vinha interpolado o pensamento: é difícil lembrar como morremos ou quando. Uma sobrancelha erguida ou um sussurro — pode ser isso; ou uma noite salpicada de luz até que o seu segredo é revelado e seu fluido vital se esvai.

Era verdade, Tom Hamilton estava morto e só tinha de fazer algumas coisas corretas para tornar a sua morte definitiva.

O sofá rangeu em tom de crítica e Tom olhou para ele e para o lampião esfumaçado ao qual o sofá se referia.

— Obrigado — disse Tom ao sofá. — Não havia notado. — E reduziu a chama até que a fumaça sumiu.

Sua mente cochilou. O assassinato o despertou de novo. Agora Tom Vermelho, Tom da Goma de Mascar, estava cansado demais para se matar. É preciso trabalhar para isso, alguma dor e talvez o inferno.

Lembrou que sua mãe tinha uma profunda aversão ao suicídio, sentindo que combinava três coisas que ela fortemente reprovava — maus modos, covardia e pecado. Era quase tão ruim como cometer adultério, ou roubar — talvez igualmente ruim. Devia haver uma maneira de evitar a reprovação de Liza. Era capaz de fazer a gente sofrer com a sua reprovação.

Samuel não tornaria a coisa difícil, mas por outro lado não se podia evitar Samuel porque ele estava no ar por toda parte. Tom precisava contar para Samuel. Ele disse:

— Meu pai, sinto muito. Não posso evitar isso. O senhor me superestimou. Estava enganado. Gostaria de poder justificar o amor e o orgulho que esbanjou em mim. Talvez o senhor pudesse descobrir um jeito, mas eu não consigo. Não posso viver. Matei Dessie e quero dormir.

E sua mente falou por seu pai ausente, dizendo:

— Não consigo saber como isso seria possível. Existem muitas opções no arco que vai do nascimento ao renascimento. Mas vamos pensar como podemos fazer com que isso não afete a mãe. Por que está tão impaciente, querido?

— Não posso esperar, simplesmente — disse Tom. — Não posso mais esperar.

— Mas é claro que pode esperar, meu filho, meu querido. Você se tornou grande, como eu previra. Abra a gaveta da mesa e faça uso daquele nabo que você chama de cabeça.

Tom abriu a gaveta e viu um bloco de papel de carta de linho, um pacote de envelopes que combinavam e dois lápis aleijados, dois cotocos, e no fundo da gaveta alguns selos. Colocou o bloco de papel sobre a mesa e apontou os lápis com seu canivete.

Escreveu: "Querida Mãe, espero esteja bem. Vou fazer planos para passar mais tempo com a senhora. Olive me convidou para o Dia de Ação de Graças e pode contar que estarei lá. Nossa pequena Olive sabe assar um peru quase tão bom quanto o seu, mas sei que nunca vai acreditar nisso. Tive um golpe de sorte. Comprei um cavalo por quinze dólares — um castrado, mas parece um puro-sangue para mim. Comprei-o barato porque ele tem ódio da humanidade. Seu antigo dono passou mais tempo com os costados no chão do que montado nele. Devo dizer que é um animal muito vivo. Já me derrubou duas vezes, mas ainda vou mostrar a ele, e se conseguir domá-lo vou ter um dos melhores cavalos de todo o condado. E pode ter a certeza de que vou domá-lo ainda que leve todo o inverno. Não sei por que insisto, mas o homem de quem o comprei disse uma coisa engraçada. 'Este cavalo é tão mau que comeria um sujeito montado no seu lombo.' Está lembrada do que o pai costumava dizer quando íamos caçar coelhos? 'Voltem com o bicho ou montados nele.' Vejo a senhora no Dia de Ação de Graças. Seu filho, Tom."

Ficou pensando se estava bom o bastante, mas estava cansado demais para reescrever. Acrescentou um P.S.: "Notei que Polly não se emendou nem um pouco. Aquele papagaio me deixa envergonhado."

Em outra folha de papel escreveu: "Querido Will, não importa o que possa pensar — por favor, me ajude agora. Por amor a nossa mãe — por favor. Eu fui morto por um cavalo — derrubado e escoiceado na cabeça — por favor! Seu irmão, Tom."

Colocou selo nas cartas, enfiou-as no bolso e perguntou a Samuel:

— Está bem assim?

No seu quarto de dormir, abriu uma caixa nova de balas e colocou uma delas no tambor do seu revólver Smith & Wesson bem lubrificado. Seu cavalo estava encostado à cerca, sonolento, mas atendeu ao seu assobio e ficou cochilando enquanto ele o selava.

Eram três horas da manhã quando colocou as cartas na caixa do correio em King City, montou e conduziu o cavalo para o sul na direção das colinas estéreis do velho rancho dos Hamilton.

Era um cavalheiro galante.

PARTE IV

34

[1]

Uma criança pode perguntar: "Do que trata afinal a história do mundo?" E um adulto, homem ou mulher, poderá perguntar: "Para onde vai o mundo? Como termina e, já que estamos aqui, qual é a sua história?"

Acredito que existe uma história no mundo, e apenas uma, que nos assustou e nos inspirou, levando-nos a viver numa espécie de folhetim cheio de pensamentos e surpresas. Os seres humanos são apanhados — em suas vidas, em seus pensamentos, em suas necessidades e ambições, em sua avareza e crueldade, e em sua bondade e generosidade, também — numa teia do bem e do mal. Acho que essa é a única história que possuímos e que ocorre em todos os níveis de sentimento e inteligência. Virtude e vício foram a trama e a textura de nossa primeira consciência e serão o tecido de nossa última consciência, isso apesar das mudanças que possamos impor ao campo, ao rio e à montanha, à economia e ao comportamento. Não existe outra história. Um homem, depois que se livrou da poeira e dos detritos da sua vida, só terá para si as perguntas duras e objetivas: Foi bom ou foi mau? Eu me saí bem — ou me saí mal?

Heródoto, na Guerra Pérsica, conta a história de como Creso, o rei mais rico e popular do seu tempo, fez a Sólon, o Ateniense, uma pergunta importante. Não a teria feito se não estivesse preocupado com a resposta. "Quem, na sua opinião, é a pessoa mais afortunada no mundo?"

Devia estar corroído pela dúvida e necessitado de confiança em si. Sólon mencionou três pessoas afortunadas nos tempos mais antigos. E Creso praticamente não ouviu, tão ansioso estava em relação a si mesmo. E quando Sólon não o mencionou, Creso foi forçado a dizer:

— Não me considera afortunado?

Sólon não hesitou em responder:

— Como posso dizer? Você ainda não morreu.

E essa resposta deve ter preocupado Creso imensamente porque sua sorte desapareceu e com ela sua riqueza e seu reino. E quando era queimado numa grande fogueira devia ter pensado naquilo e talvez desejado nunca ter feito a pergunta nem ter recebido a resposta.

Na nossa época, quando um homem morre — se possuiu riqueza, influência, poder e todas as coisas que suscitam inveja, e depois que os vivos avaliam a propriedade do morto, sua eminência, suas obras e seus monumentos — a pergunta persiste: Sua vida foi boa ou má? — o que é outra maneira de formular a pergunta de Creso. As invejas se foram e o ponto de referência é este: "Foi amado ou foi odiado? Sua morte foi sentida como uma perda ou suscitou alguma espécie de júbilo?"

Lembro-me claramente da morte de três homens. Um deles foi o homem mais rico do século que, tendo trilhado seu caminho até a riqueza enfiando as garras nas almas e nos corpos dos homens, passou muitos anos tentando comprar de volta o amor que havia perdido e, nesse processo, prestou um grande serviço ao mundo e, talvez, tenha mais do que compensado as maldades que cometeu na sua ascensão. Eu estava num navio quando ele morreu. A notícia foi publicada no boletim de bordo e quase todo mundo a recebeu com prazer. Várias pessoas disseram: "Graças a Deus aquele filho da puta morreu."

Houve ainda um homem, esperto como Satã, que, não possuindo uma percepção da dignidade humana e conhecendo bem demais as fraquezas e maldades humanas, usou seu conhecimento especial para perverter os homens, para comprá-los, para subornar, ameaçar e seduzir até conseguir alçar uma posição de grande poder. Vestiu as suas motivações com a roupa da virtude e eu me pergunto se algum dia chegou a saber que nada compra de volta o amor de um homem quando se destrói o seu amor-próprio. Um homem subornado só é capaz de odiar quem o suborna. Quando este homem morreu, a nação o cobriu de elogios, mas interiormente ficou satisfeita que tivesse morrido.

Houve um terceiro homem, que talvez tenha cometido muitos erros em sua atuação, mas cuja vida foi dedicada a tornar os homens bravos, dignos e bons numa época em que eram pobres, assustados e havia forças perversas à solta no mundo para explorar seus medos. Esse homem foi odiado por uns poucos. Quando morreu, as pessoas irromperam em lágrimas nas ruas e suas mentes lamentaram: "O que vamos fazer agora? Como podemos continuar sem ele?"

Tenho uma vaga noção de que debaixo das camadas mais superficiais de sua fragilidade, os homens querem ser bons e querem ser amados. Na verdade, a maioria dos seus vícios são tentativas de encontrar um atalho para o amor. Quando um homem morre, não importam seu talento, sua influência e seu gênio, se ele morrer sem amor sua vida deve ser um fracasso para ele e sua morte, um gélido horror. Parece-me que, se você ou eu devemos escolher entre esses dois cursos de pensamento ou de ação, deveríamos lembrar da nossa mortalidade e tentar viver de um modo que nossa morte não vá trazer nenhum prazer ao mundo.

Só temos uma história. Todos os romances, toda a poesia, são construídos com base na interminável batalha entre nós mesmos e o mal. E ocorre-me que o mal precisa constantemente se recriar, enquanto o bem e a virtude são imortais. O vício sempre tem um rosto novo e jovem, enquanto a virtude é venerável como nada mais no mundo.

35

[1]

Lee ajudou Adam e os dois meninos a se mudarem para Salinas, vale dizer, fez tudo, empacotou as coisas a serem levadas, embarcou-as no trem, encheu o banco traseiro do Ford e, ao chegar a Salinas, desempacotou tudo e viu a família devidamente instalada na pequena casa de Dessie. Quando havia feito tudo o que podia imaginar para que ficassem confortáveis, e um sem-número de coisas desnecessárias, além de outras coisas para retardar a partida, ele abordou Adam formalmente uma noite depois que os gêmeos tinham ido para a cama. Talvez Adam tenha captado sua intenção na frieza e no formalismo de Lee.

Adam disse:

— Muito bem. Eu já estava esperando. Pode falar.

Isso frustrou o discurso decorado de Lee, que pretendia começar assim: "Por muitos anos eu o servi com o melhor das minhas capacidades e agora eu sinto..."

— Adiei o mais que pude — disse Lee. — Tenho até um discurso preparado. Quer ouvir?

— Quer fazer esse discurso?

— Não, não quero. E é um discurso dos bons.

— Quando quer ir embora? — perguntou Adam.

— O mais cedo possível. Receio perder minha vontade se não for logo. Quer que eu espere até encontrar outra pessoa?

— É melhor não — disse Adam. — Sabe como sou lento. Poderia levar algum tempo. Eu poderia nunca resolver a questão.

— Vou embora amanhã, então.

— Isso vai arrasar com os meninos — disse Adam. — Não sei o que vão fazer. É melhor você sair furtivamente e deixar que eu conte para eles depois.

— Minha observação diz que as crianças sempre nos surpreendem — falou Lee.

E assim foi. No café da manhã seguinte, Adam disse:

— Meninos, Lee está indo embora.

— Está? — disse Cal. — Tem um jogo de basquete esta noite, custa dez centavos. Podemos ir?

— Sim. Mas ouviram o que eu disse?

— Claro — falou Aron. — O senhor disse que Lee ia embora.

— Mas ele não vai voltar.

Cal perguntou:

— Para onde vai ele?

— Vai morar em São Francisco.

— Sabiam de uma coisa? — disse Aron. — Tem um homem na rua principal, com um pequeno fogão, que faz salsichas e as coloca em pãezinhos. Custam um níquel. E você pode botar quanta mostarda quiser.

Lee ficou parado na porta da cozinha, sorrindo para Adam.

Quando os gêmeos pegaram seus livros, Lee disse:

— Adeus, meninos.

Eles gritaram "Adeus!" e saíram correndo de casa.

Adam olhou para sua xícara de café e disse em tom de desculpa:

— Mal-educados! Acho que esta é a sua recompensa por dez anos de serviço.

— Prefiro assim — disse Lee. — Se fingissem tristeza seriam uns mentirosos. Não significa nada para eles. Talvez pensem em mim de vez em quando. Não quero que fiquem tristes. Espero não ter uma alma tão pequena para ter satisfação por sentirem falta de mim.

Colocou cinquenta centavos na mesa diante de Adam.

— Quando saírem para o jogo de basquete esta noite, diga que lhes deixei isto para comprarem os pães com salsichas. Meu presente de despedida talvez acabe lhes causando uma intoxicação.

Adam olhou para a cesta sanfonada que Lee trouxe para a sala de jantar.

— É tudo o que tem, Lee?

— Tudo com exceção dos meus livros. Estão em caixas no porão. Se não se incomodar, mandarei buscá-los ou virei eu mesmo buscá-los depois que me instalar.

— Ora, naturalmente. Vou sentir falta sua, Lee, quer você queira ou não. Vai realmente abrir sua livraria?

— É a minha intenção.

— Vai dar notícias?

— Não sei. Vou ter de pensar a respeito. Dizem que um corte fundo cicatriza mais rápido. Não há nada mais triste para mim do que associações unidas só pela cola dos selos de correio. Se não pode ver ou tocar num homem, é melhor deixá-lo ir.

Adam levantou-se da mesa.

— Vou até a estação com você.

— Não! — disse Lee rispidamente. — Não quero isso. Adeus, sr. Trask. Adeus, Adam.

Saiu de casa tão rápido que o "Adeus" de Adam o pegou no último degrau das escadas e o "Não se esqueça de escrever" de Adam foi ouvido sobre o estalido do portão da frente que se fechava.

[2]

Naquela noite, depois do jogo de basquete, Cal e Aron comeram cinco pãezinhos com salsicha e foi até providencial, pois Adam se esquecera de preparar o jantar. Caminhando de volta para casa, os dois meninos conversaram sobre Lee pela primeira vez.

— Gostaria de saber por que ele foi embora — disse Cal.

— Já tinha falado em ir embora antes.

— O que acha que vai fazer sem nós?

— Não sei. Aposto que vai voltar — falou Aron.

— Como assim? O pai disse que ele ia abrir uma livraria. É engraçado. Uma livraria chinesa.

— Ele vai voltar — disse Aron. — Vai sentir saudades de nós. Você vai ver.

— Aposto dez centavos que ele não volta.

— Antes de quando?

— Antes de sempre.

— Apostado — disse Aron.

Aron não conseguiu receber o seu ganho antes de quase um mês, mas venceu a aposta seis dias depois.

Lee chegou no trem das dez e quarenta e entrou com sua própria chave. Havia luz na sala de jantar, mas Lee encontrou Adam na cozinha, raspando uma crosta preta e espessa na frigideira com a ponta de um abridor de latas.

Lee pôs no chão a sua cesta.

— Se deixar coberto com água até amanhã de manhã sairá mais fácil.

— Verdade? Queimei quase tudo que cozinhei. Tem uma panela cheia de beterrabas lá fora. Cheiravam tão mal que não pude guardá-las na casa. Beterrabas queimadas são horríveis... Lee! — gritou, e então: — Qual é o problema?

Lee apanhou a frigideira de ferro preta da mão dele, colocou-a na pia e deixou correr água dentro dela.

— Se tivéssemos um fogão novo a gás poderíamos fazer uma xícara de café em poucos minutos — disse. — É melhor eu aumentar este fogo.

— O fogão não quer acender — falou Adam.

Lee ergueu uma tampa.

— Já tirou as cinzas alguma vez?

— Cinzas?

— Por que não vai para a sala? — disse Lee. — Vou fazer um café.

Adam esperou impaciente na sala de jantar, mas obedeceu a suas ordens. Finalmente, Lee trouxe duas xícaras de café e colocou-as sobre a mesa.

— Fiz numa caçarola — disse. — Muito mais rápido.

Debruçou-se sôbre sua cesta sanfonada e desfez o cadarço que a mantinha fechada. Pegou a garrafa de pedra.

— Absinto chinês — disse. — Este ng-ka-py está durando já mais de dez anos. Esqueci de perguntar se colocou outra pessoa em meu lugar.

— Está fazendo muitos rodeios — disse Adam.

— Eu sei. E sei também que a melhor maneira seria simplesmente falar e resolver a questão.

— Perdeu seu dinheiro num jogo de fan-tan.

— Não. Desejava que fosse isso. Não. O dinheiro está comigo. Esta rolha miserável está quebrada, vou ter de enfiá-la para dentro da garrafa.

Serviu o líquido escuro no seu café.

— Nunca bebi desta maneira — disse. — Ora, até que é bom.

— Tem gosto de maçãs podres — disse Adam.

— Sim, mas lembre que Sam Hamilton disse que era o gosto de boas maçãs podres.

Adam falou:

— Quando acha que vai me contar finalmente o que aconteceu com você?

— Nada aconteceu comigo — disse Lee. — Eu me senti solitário. Foi apenas isso. E não é o bastante?

— E a sua livraria?

— Não quero uma livraria. Acho que sabia disso antes de embarcar no trem, mas levei esse tempo todo para ter certeza.

— Então lá se vai o seu último sonho.

— Bons ventos o levem! — Lee parecia à beira da histeria. — Sinholo Tlask, o menino chinês vai ficá bêbado.

Adam se alarmou.

— Afinal, o que é que há com você?

Lee ergueu a garrafa até os lábios, tomou um gole longo e quente e exalou os vapores para fora da garganta ardente.

— Adam, estou incomparável, incrível, avassaladoramente feliz por estar de volta à casa. Nunca me senti tão desgraçadamente solitário na vida.

36

[1]

Salinas tinha duas escolas primárias, grandes estruturas amarelas com janelas altas e as janelas eram funestas e as portas não sorriam. Essas escolas se chamavam East End e West End. Como a Escola do East End ficava longe como o diabo e do outro lado da cidade e as crianças que moravam a leste da rua principal a frequentavam, não vou perder tempo com ela.

A Escola do West End, um grande prédio de dois andares, com álamos retorcidos na frente, dividia as áreas de recreio em pátio das meninas e pátio dos meninos. Atrás da escola uma cerca alta de tábuas separava o pátio das meninas do pátio dos meninos e os fundos do pátio eram limitados por um brejo de água parada, no qual cresciam tules altos e até mesmo taboas. A West End tinha classes da terceira à oitava série. Os alunos da primeira e da segunda série frequentavam a Escola Maternal a alguma distância dali.

Na West End havia uma sala para cada série — a terceira, a quarta e a quinta no andar térreo; a sexta, a sétima e a oitava no segundo andar. Cada sala tinha as costumeiras carteiras de carvalho desgastado, uma plataforma e a mesa retangular da professora, um relógio de parede e o quadro de um pintor. Os quadros identificavam as salas e a influência pré-rafaelita era esmagadora. Galahad, imponente em sua armadura, indicava o caminho para os da terceira série; a corrida de Atalanta animava os da quarta série; o caldeirão de Basílio confundia a quinta série e, assim por diante, até que a denúncia de Catilina mandava os alunos da oitava série para o colegial com um elevado sentido de virtude cívica.

Cal e Aron foram indicados para a sétima série por causa da sua idade e aprenderam cada sombra do quadro de sua sala — Laocoonte completamente enredado nas serpentes.

Os meninos ficaram aturdidos com o tamanho e a grandiosidade da West End depois de sua experiência na escola rural de uma só sala. A opulência de terem uma professora para cada série causou uma forte impressão neles. Parecia um desperdício. Mas, como acontece com todo mundo, ficaram atordoados por um dia, admirados no segundo e no terceiro dia não se lembravam mais claramente de terem chegado a frequentar outra escola.

A professora tinha pele escura e era bonita e, através de um criterioso levantar ou ocultar de mãos, os gêmeos não tinham com que se preocupar. Cal entendeu rapidamente como tudo funcionava e explicou para Aron.

— Veja a maioria dos meninos. Se sabem a resposta, levantam as mãos, e se não sabem simplesmente se escondem debaixo da carteira. Sabe o que nós vamos fazer?

— Não. O quê?

— Note que a professora nem sempre chama alguém com a mão levantada.

Ela pergunta para os outros e, com toda a certeza, eles não sabem a resposta.

— É mesmo — disse Aron.

— Pois bem, na primeira semana vamos estudar como loucos, mas não vamos levantar a mão. Aí ela vai nos chamar e nós vamos dar a resposta certa. Isso vai enganá-la. Na semana seguinte, não vamos estudar e vamos levantar a mão, mas ela não vai nos chamar. Na terceira semana, vamos ficar sentados quietinhos e ela jamais saberá se sabemos a resposta ou não. Não demora muito e vai nos deixar em paz. Não vai perder seu tempo chamando alguém que sabe a resposta.

O método de Cal funcionou. Em pouco tempo os gêmeos não só foram deixados em paz, como adquiriram uma certa reputação de inteligentes. Na verdade, o método de Cal foi uma perda de tempo. Os dois meninos aprendiam com facilidade.

Cal desenvolveu sua técnica de jogar bolas de gude e saiu recolhendo bolas de todos os tipos — de vidro e de metal, ágatas e leitosas — no pátio da escola. Trocou-as por piões quando a temporada das bolas de gude passou. A certa altura possuía e usava como moeda corrente quarenta e cinco piões de vários tamanhos e cores, dos desajeitados barrigudos aos perigosos matadores com pontas de ferro.

Todo mundo que via os gêmeos notava a diferença de um para o outro e se intrigava que fosse assim. Cal, à medida que crescia, ficava com a pele e os cabelos mais escuros. Era rápido, confiante e reservado. Embora tentasse, não conseguia esconder a sua esperteza. Os adultos ficavam impressionados com o que lhes parecia uma maturidade precoce e também um pouco assustados diante dela. Ninguém gostava muito de Cal e, no entanto, todos tinham medo dele e, por causa do medo, respeito. Embora não tivesse amigos, era bem-vindo por seus obsequiosos colegas e assumia uma posição natural e fria de liderança no pátio da escola.

Se ocultava sua astúcia, ele ocultava também os seus ressentimentos. Era considerado insensível e até mesmo cruel.

Aron suscitava amor por todo lado. Parecia tímido e delicado. Sua pele rosada e branca, seus cabelos dourados e olhos azuis bem separados chamavam a atenção. No pátio, sua beleza causou-lhe até algumas dificuldades, até que seus oponentes descobriram que Aron era um lutador persistente, meticuloso e destemido, particularmente quando se punha a chorar. À medida que essa sua característica ficou conhecida, os costumeiros perseguidores dos novos alunos aprenderam a deixá-lo em paz. Aron não tentava esconder essa sua disposição. Era ocultada por ser o oposto da sua aparência. Ele era implacável a partir do momento em que tivesse escolhido um caminho de ação. Possuía poucas facetas e muito pouca versatilidade. Seu corpo era tão insensível à dor quanto sua mente às sutilezas.

Cal conhecia o irmão e sabia lidar com ele mantendo-o desestabilizado, mas isso só funcionava até certo ponto. Cal havia aprendido quando devia saltar de lado e se afastar. A mudança de rumo confundia Aron, mas era a única coisa que o confundia. Ele traçava o seu curso e o seguia e não se interessava por nada mais à margem do caminho. Suas emoções eram poucas e intensas. Ocultava-se atrás do seu rosto angelical e sentia tanta preocupação ou responsabilidade por isso quanto uma corça por seu pelo salpicado.

[2]

No primeiro dia de aula, Aron esperou ansiosamente pelo recreio. Foi ao pátio das meninas falar com Abra. Uma turba de garotas aos gritos não conseguiu expulsá-lo. Foi preciso uma professora para forçá-lo a voltar para o pátio dos meninos.

Ao meio-dia, ele não a perdeu de vista porque o pai veio buscá-la em sua charrete de rodas altas para almoçar em casa. Esperou-a do lado de fora do portão da escola ao final das aulas.

Saiu cercada de garotas. Seu rosto estava grave e não dava nenhum sinal de que o esperava. Era de longe a menina mais bonita da escola, mas é duvidoso que Aron tivesse notado isso.

A nuvem de garotas continuava pairando sobre ela. Aron caminhou uns três passos atrás delas, paciente e desembaraçado mesmo quando as meninas lançavam gritinhos de insulto por cima do ombro contra ele. Aos poucos, algumas delas partiram para suas casas e apenas três continuavam com Abra, quando ela chegou ao portão branco do seu jardim e entrou. As amigas olharam um momento para ele, deram risadinhas e debandaram.

Aron sentou-se no meio-fio. Depois de um momento, a tranca se ergueu, o portão branco se abriu e Abra apareceu. Atravessou a calçada e parou diante dele.

— O que é que você quer?

Os olhos grandes de Aron se ergueram para ela.

— É noiva de alguém?

— Que bobagem — disse ela.

Ele ficou de pé.

— Acho que vai levar algum tempo até que a gente possa se casar — disse.

— Quem quer se casar?

Aron não respondeu. Talvez não tivesse ouvido. Caminhou ao lado dela.

Abra andava com passos firmes e deliberados e olhava diretamente para a frente. Havia sabedoria e doçura na sua expressão. Parecia mergulhada em seus pensamentos. E Aron, caminhando ao lado dela, não tirava os olhos do seu rosto. Sua atenção parecia presa ao rosto de Abra por uma corda esticada.

Passaram silenciosamente pela Escola Maternal e ali o calçamento terminava. Abra virou à direita e seguiu em frente através do restolho do campo de feno do verão. Os torrões de barro preto eram esmagados sob os seus passos.

À beira do campo havia uma pequena casa de bomba e um salgueiro florescia ao seu lado, alimentado pela água derramada. As longas franjas do salgueiro pendiam quase até o chão.

Abra abriu os galhos como uma cortina e entrou na casa de folhas formada contra o tronco do salgueiro pelos galhos frondosos. Era possível ver através das folhas, mas o interior delas era docemente protegido, cálido e seguro. O sol da tarde ficava amarelo ao atravessar as folhas que envelheciam.

Abra sentou-se no chão, ou pareceu pousar, e suas saias rodadas formaram ondas ao seu redor. Cruzou as mãos no colo quase como se estivesse rezando.

Aron sentou-se ao seu lado.

— Acho que vai levar algum tempo até que a gente se case — disse ele de novo.

— Não tanto tempo — disse Abra.

— Gostaria que fosse agora.

— Não vai demorar muito — falou Abra.

Aron perguntou:

— Acha que seu pai vai deixar você se casar?

Era um pensamento novo para ela, que se virou e olhou para ele.

— Talvez eu não pergunte a ele.

— E sua mãe?

— Não vamos perturbá-los — disse ela. — Achariam engraçado ou ruim. Você é capaz de guardar um segredo?

— Claro que sim. Sei guardar segredos melhor do que ninguém. E tenho alguns também.

Abra disse:

— Pois bem, então guarde esse com os outros.

Aron pegou um graveto e traçou uma linha na terra preta.

— Abra, sabe como são feitos os bebês?

— Sim — disse ela. — Quem foi que lhe contou?

— Lee me contou. Explicou-me a coisa toda. Acho que vamos ter de esperar muito tempo para termos bebês.

Os cantos da boca de Abra curvaram-se para cima com um ar condescendente de sabedoria.

— Não é muito tempo — falou ela.

— Teremos uma casa juntos um dia — disse Aron encantado. — Vamos entrar e fechar a porta e vai ser maravilhoso. Mas vai levar algum tempo.

Abra estendeu a mão e tocou-o no braço.

— Não se preocupe com a demora do tempo. Isto aqui é uma espécie de casa. Podemos fingir que estamos morando aqui enquanto esperamos. E você vai ser meu marido e pode me chamar de esposa.

Ele tentou num sussurro e depois em voz alta.

— Esposa.

— Será como um treino — disse Abra.

O braço de Aron tremeu debaixo da mão dela e ela o colocou, com a palma para cima, no seu colo.

Aron falou rapidamente:

— Enquanto estamos treinando, talvez pudéssemos fazer outra coisa.

— O quê?

— Talvez você não gostasse.

— O que é?

— Talvez você pudesse fingir que é minha mãe.

— Isso é fácil — disse ela.

— Você se incomodaria?

— Não, gostaria disso. Quer começar agora?

— Claro — disse Aron. — Como gostaria de fazer?

— Vou lhe mostrar — disse Abra. Injetou um tom amoroso na voz e disse: — Venha, meu neném, ponha a cabeça no colo da mamãe. Venha, filhinho. Mamãe vai colocar você no colo.

Ela abaixou a cabeça e sem nenhum aviso Aron começou a chorar e não conseguia parar. Chorava silenciosamente e Abra acariciava sua face e enxugava as lágrimas com a bainha da saia.

O sol foi buscar o seu pouso atrás do rio Salinas e um pássaro começou a cantar sobre a grama. Era tão bonito debaixo dos galhos do salgueiro como se fosse a melhor coisa do mundo.

Muito lentamente o choro de Aron parou e ele se sentiu bem e aquecido.

— Meu filhinho querido — falou Abra. — Venha, deixe a mamãe puxar os seus cabelos para trás.

Aron ficou sentado e disse, quase com raiva:

— Eu nunca choro, a não ser que esteja furioso. Não sei por que chorei.

Abra perguntou:

— Lembra de sua mãe?

— Não. Ela morreu quando eu ainda era bebê.

— Não sabe como ela era?

— Não.

— Talvez tivesse visto uma foto?

— Não, não temos nenhuma foto dela. Perguntei a Lee e ele disse que não havia fotos... não, acho que foi Cal quem perguntou a Lee.

— Quando foi que ela morreu?

— Pouco depois que Cal e eu nascemos.

— Como se chamava?

— Lee diz que seu nome era Cathy. Por que está fazendo tantas perguntas?

Abra continuou calmamente:

— Como era a compleição dela?

— O quê?

— Cabelos claros ou escuros?

— Não sei.

— Seu pai não lhes contou?

— Nunca perguntamos a ele.

Abra ficou em silêncio e depois de um tempo Aron falou:

— Qual é o problema? O gato comeu sua língua?

Abra inspecionou o sol que se punha.

Aron perguntou, apreensivo:

— Está zangada comigo — e acrescentou, vacilante —, esposa?

— Não, não estou zangada. Só estou pensando.

— No quê?

— Numa coisa.

O rosto firme de Abra estava retesado com o que parecia um fervilhante debate interior. Ela perguntou:

— Como é a gente não ter mãe?

— Não sei. É como qualquer outra coisa.

— Acho que você nem saberia a diferença.

— Acho que saberia, sim. Gostaria que falasse. Você parece mais um enigma. — Abra continuou concentrada e imperturbável. — Quer ter uma mãe?

— Ora, que pergunta — disse Aron. — Claro que quero. Todo mundo quer. Não está tentando me magoar, está? Cal tenta isso às vezes e depois ri.

Abra desviou o olhar do sol que se punha. Tinha dificuldade em ver além dos pontos roxos que a luz deixara em seus olhos.

— Você disse que era capaz de guardar segredos.

— E sou.

— Pois bem, tem algum segredo que jurou nunca contar a ninguém?

— Claro que tenho.

Abra disse suavemente:

— Conte-me esse segredo, Aron. — Ela envolveu o nome dele com uma carícia.

— Quer que conte o quê?

— Conte-me o segredo mais profundo e importante que conhece.

Aron recuou alarmado.

— Não, não posso contar — disse ele. — Que direito tem de me perguntar? Eu não contaria a ninguém.

— Vamos, meu neném, conte à mamãe — sussurrou ela.

As lágrimas assomaram aos olhos dele novamente, mas desta vez eram lágrimas de raiva.

— Nem sei mesmo se quero me casar com você — falou ele. — Acho que vou para casa agora.

Abra colocou a mão no pulso dele e segurou. Sua voz perdeu o tom coquete.

— Eu só queria ver. Acho que você é capaz de guardar segredos, sim.

— Por que fez isso? Estou zangado agora. Estou passando mal.

— Acho que vou lhe contar um segredo — disse ela.

— Veja só! — caçoou dela. — Quem não é capaz de guardar um segredo agora?

— Eu estava tentando decidir — falou ela. — Acho que vou lhe contar este segredo porque seria bom para você. Poderia alegrá-lo.

— Quem lhe pediu para não contar?

— Ninguém — disse ela. — Só contei a mim mesma.

— Acho que nesse caso é diferente. Qual é o seu velho segredo?

O sol vermelho encostava sua borda no telhado da casa de Tollot em Blanco Road e a chaminé de Tollot destacava-se como um polegar preto contra ele.

Abra disse suavemente:

— Está lembrado de quando chegamos à sua casa aquela vez?

— Claro!

— Bem, na charrete eu adormeci e quando acordei meu pai e minha mãe não sabiam que eu estava acordada. Disseram que sua mãe não estava morta. Disseram que ela havia ido embora. E que alguma coisa ruim deve ter acontecido com ela e a fez ir embora.

Aron disse roucamente:

— Ela morreu.

— Não seria bom se não tivesse morrido?

— Meu pai diz que ela morreu. Ele não é um mentiroso.

— Talvez *ele* pense que ela está morta.

Aron disse:

— Acho que ele saberia. — Mas havia incerteza no seu tom.

Abra falou:

— Não seria ótimo se pudéssemos encontrá-la? Suponha que ela tivesse perdido a memória ou coisa assim. Li a respeito disso. Podíamos encontrá-la e isso a faria se lembrar.

A glória do romance se apossou dela como uma maré irresistível e a levou para longe.

Aron disse:

— Vou perguntar a meu pai.

— Aron — falou a ele severamente. — O que lhe contei é um segredo.

— Quem disse isso?

— Eu digo. Agora repita o que vou dizer: "Vou tomar veneno e cortar meu pescoço se eu contar."

Por um momento ele hesitou e depois repetiu:

— "Vou tomar veneno e cortar meu pescoço se eu contar."

Ela disse:

— Agora cuspa na palma da sua mão... assim, assim mesmo. Agora me dê sua mão... está vendo? Junte todo o cuspe. Agora esfregue nos seus cabelos até secar.

Os dois seguiram a fórmula e então Abra disse solenemente:

— Depois disso, eu gostaria de ver você contar esse segredo. Conheci uma menina que contou um segredo depois de ter prestado esse juramento e morreu queimada no incêndio de um celeiro.

O sol havia caído por trás da casa de Tollot e com ele a luz dourada. A estrela vespertina brilhava sobre o monte Toro.

Abra disse:

— Vão me esfolar viva. Vamos. Corra! Aposto que meu pai já está me chamando com seus assobios. Vou entrar no chicote.

Aron olhou para ela com descrença.

— Chicote! Eles não a castigam com chicote!

— É o que você pensa!

Aron falou, arrebatado:

— Deixe só tentarem. Se forem chicoteá-la vou dizer a eles que eu os mato.

Seus olhos azuis bem separados estavam semicerrados e faiscando.

— Ninguém vai chicotear minha esposa — disse.

Abra colocou os braços ao redor do pescoço dele no crepúsculo debaixo do salgueiro. Beijou-o na boca aberta.

— Eu amo você, marido — disse ela e então se virou e partiu como um raio, segurando as saias acima dos joelhos, as ceroulas brancas com bainha de renda aparecendo enquanto corria para casa.

[3]

Aron voltou para o tronco do salgueiro e sentou-se no chão enquanto se recostava contra a casca. Sua cabeça estava confusa e sentia pontadas de dor no estômago. Tentou traduzir a sensação em pensamentos e imagens para que a dor se fosse. Era difícil. Sua mente lenta não conseguia aceitar tantos pensamentos e tantas emoções ao mesmo tempo. A porta estava fechada para tudo, exceto para a dor física. Depois de um tempo a porta se abriu um pouco e deixou entrar uma coisa para ser examinada, depois outra, e mais outra, até que tudo havia sido absorvido, um item de cada vez. Do lado de fora da sua mente fechada, uma coisa imensa estava bradando para entrar. Aron a deteve até o fim.

Primeiro, deixou entrar Abra e examinou o seu vestido, seu rosto, o toque da sua mão na sua face, o cheiro que exalava, como leite e um pouco também como cristal. Ele a viu, sentiu, ouviu e cheirou de novo. Pensou como era limpa, suas mãos e unhas, e como era franca, em nada parecida com as garotas que viviam às risadinhas no pátio da escola.

Então, pela ordem, pensou nela segurando sua cabeça e no seu choro de bebê, um choro cheio de carência, querendo algo e de certa forma sentindo que estava obtendo o que queria. Talvez fosse isso o que o levara a chorar.

Pensou a seguir no truque dela — quando o colocou à prova. Pensou no que ela teria feito se ele lhe contasse um segredo. Que segredo podia ter contado a ela se assim decidisse? Naquele momento não podia lembrar de nenhum segredo, exceto daquele que estava batendo à porta para entrar na sua mente.

A pergunta mais afiada que ela havia feito ("Como é a gente não ter mãe?") deslizou dentro da sua mente. E como era? Não era nada diferente. Ah, mas na sala de aula, no Natal e na formatura, quando as mães de outras crianças vinham às festas — então surgia o grito silencioso e o anseio sem palavras. Não ter mãe era assim.

Salinas era cercada e penetrada por pantanais, com lagoas cheias de tules e em cada lagoa desovavam milhares de rãs. Ao cair da noite, o ar ficava cheio do seu canto, que era uma espécie de silêncio ensurdecedor. Era um véu, um pano de fundo, e seu desaparecimento súbito, como depois de uma trovoada, era uma coisa chocante. É provável que, se de noite o canto das rãs parasse, todo mundo em Salinas teria acordado, sentindo que ouvia um grande barulho. Em seus milhões, os cantos das rãs pareciam ter um ritmo e uma cadência, e talvez seja a função dos ouvidos fazer com que seja assim, como é a função dos olhos fazer as estrelas cintilarem.

Estava bastante escuro debaixo do salgueiro agora. Aron perguntou-se se estava pronto para a grande coisa e, enquanto se perguntava, ela penetrou sorrateira em sua mente.

Sua mãe estava viva. Frequentemente, ele a imaginara deitada debaixo da terra, quieta, fresca e não putrefata. Mas não era assim. Em algum lugar ela se movimentava, falava, suas mãos se mexiam e seus olhos estavam abertos. E no meio dessa onda de prazer uma tristeza se abateu sobre ele e uma sensação de perda, de perda terrível. Aron estava perplexo. Inspecionou a nuvem de tristeza. Se sua mãe estava viva, seu pai era um mentiroso. Se um estava vivo, o outro estava morto. Aron falou em voz alta, debaixo da árvore:

— Minha mãe está morta. Está enterrada em algum lugar no Leste.

Na escuridão, ele viu o rosto de Lee e ouviu a sua fala mansa. Lee explicara muito bem. Tendo um respeito que beirava a reverência pela verdade, ele também tinha o seu oposto natural, uma aversão pela mentira. Deixara muito claro aos meninos exatamente o que pensava. Se algo não era verdade e você ignorava isso, então era um erro. Mas se você sabia que uma coisa era verdadeira e a mudava para uma mentira, tanto você como a mentira eram desprezíveis.

A voz de Lee disse:

— Sei que às vezes uma mentira é usada por bondade. Não acredito que chegue a funcionar como bondade. A dor rápida da verdade pode passar, mas a agonia lenta e corrosiva de uma mentira nunca se vai. É uma ferida aberta.

E Lee havia trabalhado paciente e lentamente e conseguira erigir Adam como o centro, a fundação, a essência da verdade.

Aron sacudiu a cabeça no escuro, sacudiu-a com força na sua descrença.

— Se meu pai é um mentiroso, Lee também é.

Estava perdido. Não tinha a quem perguntar. Cal era um mentiroso, mas a convicção de Lee fizera de Cal um mentiroso esperto. Aron sentiu que alguma coisa tinha de morrer — sua mãe ou o seu mundo.

Sua solução ficou subitamente diante dele. Abra não havia mentido. Só lhe contara o que ouvira e seus pais só haviam ouvido falar naquilo também. Ficou de pé e empurrou a mãe de volta à morte e fechou o seu pensamento contra ela.

Chegou atrasado para o jantar.

— Eu estava com Abra — explicou.

Depois do jantar, quando Adam estava sentado em sua confortável poltrona, lendo o *Salinas Index*, sentiu um toque carinhoso no ombro e ergueu os olhos.

— O que é, Aron? — perguntou.

— Boa noite, pai — disse Aron.

37

[1]

Fevereiro em Salinas é geralmente úmido, frio e cheio de tristeza. É quando caem as chuvas mais fortes e, se o rio tiver de transbordar, é nesta época em que ele transborda. Fevereiro de 1915 foi um ano de muita água.

Os Trask estavam bem estabelecidos em Salinas. Lee, depois que desistiu do seu lastimável sonho livresco, criou um novo tipo de lugar para si mesmo na casa ao lado da padaria do Reynaud. No rancho, seus pertences nunca chegaram a ser desempacotados, pois Lee vivia pronto para ir para outro lugar. Ali, pela primeira vez na vida, ele construiu um lar para si mesmo, cercado de conforto e de permanência.

O grande quarto de dormir perto da porta da rua coube a ele. Lee se serviu das suas economias. Nunca antes gastara um centavo desnecessário, uma vez que todo o seu dinheiro fora reservado para a sua livraria. Mas agora ele comprou uma cama pequena e dura e uma mesa. Construiu estantes e desempacotou seus livros, investiu num tapete macio e pregou gravuras nas paredes. Colocou uma poltrona funda e confortável debaixo da melhor lâmpada de leitura que pôde encontrar. Por fim, comprou uma máquina de escrever e se pôs a aprender a usá-la.

Tendo saído do seu próprio espartanismo, ele mudou toda a casa dos Trask, e Adam não lhe fez nenhuma oposição. Um fogão a gás foi introduzido na casa, fiação elétrica e um telefone. Gastou o dinheiro de Adam sem nenhum remorso — móveis novos, tapetes novos, um aquecedor de água a gás e uma grande geladeira. Em pouco tempo, não havia em Salinas uma casa tão bem equipada. Lee defendeu-se junto a Adam, dizendo:

— Tem muito dinheiro. Seria uma vergonha não o aproveitar.

— Não estou me queixando — protestou Adam. — Mas eu gostaria de comprar alguma coisa também. O que é que vou comprar?

— Por que não vai à loja de música do Logan e ouve um dos novos fonógrafos?

— Acho que vou fazer isso — disse Adam. E comprou uma vitrola Victor, um instrumento gótico alto, e visitava regularmente a loja para ver os discos novos que haviam chegado.

O século que avançava estava sugando Adam para fora da sua concha. Fez assinaturas das revistas *Atlantic Monthly* e *National Geographic Magazine*. Entrou para a Maçonaria e pensou seriamente em ingressar na confraria dos Elks. A nova geladeira o fascinava. Comprou um manual sobre refrigeração e começou a estudá-lo.

A verdade é que Adam precisava de trabalho. Saiu do seu longo sono precisando fazer alguma coisa.

— Acho que vou entrar nos negócios — disse a Lee.

— Não precisa. Tem o suficiente para viver.

— Mas gostaria de fazer alguma coisa.

— Isto é diferente — falou Lee. — Sabe o que quer fazer? Não creio que se daria muito bem nos negócios.

— Por que não?

— É só uma ideia — disse Lee.

— Escute, Lee, quero que leia um artigo. Diz que desenterraram um mastodonte na Sibéria. Mas no gelo de milhares de anos atrás. E a carne ainda está boa.

Lee sorriu.

— Tem algum trunfo na sua manga — disse ele. — O que foi que botou em todos aqueles pequenos potes na geladeira?

— Coisas diferentes.

— É esse o negócio? Alguns dos potes cheiram mal.

— É uma ideia — disse Adam. — Não consigo me afastar dela. Não consigo deixar de pensar na ideia de que você pode conservar as coisas se as mantiver suficientemente frias.

— Não vamos ter nenhuma carne de mastodonte em nossa geladeira — disse Lee.

Se Adam tivesse concebido milhares de ideias, como Sam Hamilton fizera, elas poderiam ter ido todas embora, mas ele só tinha esta. O mastodonte congelado ficou na sua cabeça. Seus pequenos potes de fruta, pudim, pedaços de carne, cozidos e crus, continuavam na geladeira. Comprava cada livro disponível sobre bactérias e começou a encomendar revistas que publicavam artigos de natureza pretensamente científica. Como costuma acontecer com um homem de uma só ideia, ficou obcecado.

Salinas tinha uma pequena companhia de gelo, não muito grande, mas o suficiente para fornecer gelo às poucas casas com geladeiras e atender às sorveterias. As carroças de gelo puxadas a cavalo percorriam sua rota todo dia.

Adam começou a visitar a fábrica de gelo e logo levava seus pequenos potes às câmaras frigoríficas. Desejava de todo o coração que Sam Hamilton estivesse vivo para discutir com ele sobre o frio. Sam teria dominado a matéria em pouco tempo, pensou.

Adam voltava a pé da fábrica de gelo numa tarde chuvosa, pensando em Sam Hamilton, quando viu Will Hamilton entrar no bar do hotel Abbot. Seguiu-o e encostou-se no balcão ao lado dele.

— Por que não vem jantar conosco?

— Gostaria — disse Will. — Vamos combinar o seguinte, estou tentando fechar um negócio. Se acabar a tempo dou uma passada lá. É algo importante?

— Bem, não sei. Tenho pensado numas coisas e gostaria de pedir o seu conselho.

Quase toda proposta comercial no condado cedo ou tarde chegava à esfera de Will Hamilton. Podia ter tirado o corpo fora se não tivesse lembrado que Adam era um homem rico. Uma ideia era uma coisa, mas escorada por dinheiro era outra, bem diferente.

— Estudaria uma boa oferta pelo seu rancho? — perguntou.

— Bem, os meninos, particularmente Cal, gostam do lugar. Acho que vou continuar com ele.

— Acho que eu poderia vendê-lo para você.

— Não, está arrendado, pagando seus próprios impostos. Vou ficar com ele.

— Se não puder chegar a tempo para o jantar, eu talvez possa visitá-lo depois — disse Will.

Will Hamilton era um homem de negócios muito substancial. Ninguém conhecia exatamente tudo o que ele já havia explorado em matéria de negócios, mas era astucioso e comparativamente rico. O negócio que ele alegara não existia. Fazia parte do seu jogo estar sempre ocupado.

Jantou sozinho no hotel. Depois de deixar passar um tempo ele virou a esquina da avenida central e tocou a campainha da casa de Adam Trask.

Os meninos tinham ido para a cama. Lee estava sentado com uma cesta de costura, cosendo as meias pretas compridas que os meninos usavam na escola. Adam lia a *Scientific American*. Fez Will entrar e ofereceu-lhe uma poltrona. Lee trouxe um bule de café e voltou a remendar meias.

Will instalou-se na poltrona, puxou um grosso charuto preto e o acendeu. Esperou que Adam abrisse o jogo.

— Um belo tempo, para variar. E como está sua mãe? — disse Adam.

— Ótima. Parece mais jovem a cada dia que passa. Os meninos devem estar crescidos.

— Sim. Cal vai participar da peça na sua escola. É um ator e tanto. Aron é um estudante muito aplicado. Cal quer trabalhar como fazendeiro.

— Não há nada de errado nisso, se você souber tocar a coisa. O país até que precisa de fazendeiros que saibam olhar para o futuro.

Will esperou ansioso. Ficou pensando se não teriam exagerado a respeito do dinheiro de Adam. Estaria Adam querendo um empréstimo? Will calculou rapidamente quanto ele emprestaria tendo o rancho de Trask como garantia e quanto poderia tomar emprestado. As cifras não eram as mesmas, nem a taxa de juros. Mas Adam não fez nenhuma proposta. Will ficou impaciente.

— Não posso ficar muito tempo — disse. — Marquei um encontro com um sujeito mais tarde esta noite.

— Tome outra xícara de café — sugeriu Adam.

— Não, obrigado, me mantém acordado. Queria me falar a respeito de algo?

Adam disse:

— Estava pensando no seu pai e achei que gostaria de conversar com um Hamilton.

Will relaxou um pouco na cadeira.

— Era um grande conversador.

— De certo modo, sempre fazia um sujeito se sentir melhor — disse Adam.

Lee ergueu os olhos do seu ovo de coser meias.

— Talvez o melhor conversador do mundo seja o homem que ajuda os outros a conversarem.

Will disse:

— Sabe de uma coisa, é estranho ouvi-lo falar com todas essas palavras empoladas. Seria capaz de jurar que você falava no dialeto chinês.

— Eu falava antigamente — disse Lee. — Era vaidade, eu acho. — Sorriu para Adam e perguntou a Will: — Sabia que em algum lugar da Sibéria desenterraram um mastodonte do gelo? Estava lá há cem mil anos e a carne ainda estava fresca.

— Mastodonte?

— Sim, um tipo de elefante que deixou de viver na terra há muito tempo.

— A carne ainda estava fresca?

— Macia como costeleta de porco — disse Lee. Enfiou o ovo no joelho estraçalhado de uma meia preta.

— Isso é muito interessante — disse Will.

Adam riu.

— Lee ainda não limpa o meu nariz por mim, mas vai acabar fazendo isso — disse. — Acho que sou sempre cheio de rodeios. Todo esse negócio surgiu porque me cansei de ficar sentado. Quero fazer alguma coisa para ocupar o meu tempo.

— Por que não cultiva a sua terra?

— Não, isso não me interessa. Sabe, Will, não sou um homem à procura de um emprego. Estou procurando um trabalho.

Will abandonou a sua cautela.

— Bem, o que posso fazer pelo senhor?

— Pensei em contar-lhe uma ideia que tive e poderia me dar uma opinião. Afinal, é um homem de negócios.

— Claro — disse Will. — Estou à sua disposição.

— Andei estudando refrigeração — disse Adam. — Tive uma ideia da qual não consigo me livrar. Vou dormir e ela vem me perseguir. Nunca uma coisa me perturbou tanto. É uma ideia de certa forma importante. Talvez esteja cheia de furos.

Will descruzou as pernas e puxou as calças que o apertavam.

— Vamos lá, desabafe — disse. — Aceita um charuto?

Adam não ouviu a oferta, nem sabia da sua implicação.

— O país inteiro está em transformação — disse Adam. — As pessoas não vão mais viver como costumavam viver. Sabe qual é o maior mercado para laranjas no inverno?

— Não. Qual é?

— A cidade de Nova York. Li isso em algum lugar. Ora, nas regiões frias do país, acha que as pessoas não anseiam por produtos perecíveis no inverno, como ervilhas, alface e couve-flor? Numa grande parte do país as pessoas ficam sem essas coisas durante meses e meses. E bem aqui, no vale do Salinas, podemos cultivá-las o ano inteiro.

— O que é certo aqui não é certo lá — disse Will. — Qual é a sua ideia?

— Pois bem, Lee me fez comprar uma geladeira grande e acabei me interessando. Coloquei diferentes tipos de legumes nela. E comecei a arranjá-los de maneiras diferentes. Sabia, Will, que, se você picar o gelo em pedaços bem pequenos, colocar uma alface nele e o embrulhar com papel encerado, a alface vai se conservar por três semanas e ficará fresca e boa para comer?

— Continue — disse Will, cauteloso.

— Você sabe que a companhia ferroviária construiu vagões para frutas. Fui dar uma olhada neles. São muito bons. Sabe que poderíamos transportar alface para a Costa Leste em pleno inverno?

Will perguntou:

— E onde é que eu entro nisso?

— Estava pensando em comprar a fábrica de gelo aqui em Salinas e tentar mandar algumas coisas para o Leste.

— Custaria muito dinheiro.

— Eu tenho muito dinheiro — disse Adam.

Will Hamilton mordeu o lábio raivosamente.

— Não sei por que fui me meter nisso — falou. — Não acredito.

— Que quer dizer?

— Escute — disse Will. — Quando um homem vem me pedir conselho a respeito de um projeto, eu sei que ele não quer conselho. Quer que eu concorde com ele. E se eu quiser conservar sua amizade, eu lhe digo que seu projeto é ótimo e que vá em frente. Mas gosto de você e você é amigo da família, por isso vou me arriscar.

Lee parou com o seu trabalho, colocou a cesta de costura no chão e trocou de óculos.

Adam protestou:

— O que é que o está perturbando?

— Venho de uma desgraçada família de inventores — disse Will. — Comíamos ideias no café da manhã. Tínhamos tantas ideias que nos esquecíamos de ganhar dinheiro para as compras no armazém. Quando melhorávamos um pouco, meu pai, ou Tom, patenteavam alguma coisa. Sou o único da família, excetuando minha mãe, que não tinha ideias, e sou o único que chegou a ganhar algum dinheiro. Tom tinha ideias de ajudar as pessoas e algumas delas estavam infelizmente próximas do socialismo.

E se disser que não está interessado em ter algum lucro, vou jogar este bule de café bem na sua cabeça.

— Na verdade não estou muito interessado.

— Pare por aqui, Adam. Estou me arriscando a contrariá-lo. Se quiser jogar fora quarenta ou cinquenta mil dólares rapidamente, siga em frente com a sua ideia. Mas eu estou lhe dizendo, deixe sua ideia morrer. Jogue poeira sobre ela.

— O que há de errado nela?

— Há tudo de errado nela. As pessoas no Leste não estão acostumadas a legumes no inverno. Não os comprariam. Seus vagões encostam num desvio e você perde toda a carga. O mercado é controlado. Jesus Cristo! Fico maluco quando crianças tentam dar certo nos negócios baseadas numa só ideia.

Adam suspirou.

— Você faz Sam Hamilton parecer um criminoso — disse.

— Era meu pai e eu o amava, mas desejo por Deus que tivesse deixado as ideias de lado.

Will olhou para Adam, viu espanto nos seus olhos e subitamente sentiu-se envergonhado. Sacudiu a cabeça lentamente de um lado para o outro.

— Não quis depreciar minha própria família — disse. — Acho que eram boas pessoas. Mas meu conselho fica de pé. Afaste-se da refrigeração.

Adam se virou lentamente para Lee.

— Ainda temos um pouco daquela torta de limão do jantar? — perguntou.

— Acho que não — disse Lee. — Tive a impressão de ouvir camundongos na cozinha. Receio que vamos encontrar manchas de clara de ovo nos travesseiros dos meninos. Você tem ainda um litro de uísque.

— Tenho? Por que não tomamos um pouco?

— Fiquei nervoso — disse Will, e tentou rir de si mesmo. — Uma bebida me faria bem.

Seu rosto estava muito vermelho e a voz presa na garganta.

— Estou ficando muito gordo — disse.

Mas tomou dois drinques e relaxou. Sentado confortavelmente, instruiu Adam.

— Se quer investir o seu dinheiro em alguma coisa, olhe o mundo ao seu redor. Esta guerra na Europa vai durar muito tempo. E quando há guerra, há pessoas com fome. Não quero afirmar, mas não me surpreenderia se entrássemos nela. Não confio nesse Wilson, é cheio de teoria e palavras empoladas. E se entrarmos na guerra, fortunas serão feitas em alimentos não perecíveis. Por exemplo, arroz, milho, trigo e feijões não precisam de gelo. Conservam-se e as pessoas sobrevivem se alimentando com eles. Eu diria que, se você plantasse feijões em toda a sua terra e os deixasse crescer, seus filhos nunca teriam de se preocupar com o futuro. O feijão subiu três centavos agora. Se entrássemos na guerra, não me surpreenderia se o feijão subisse dez centavos. É só conservar os feijões secos e estarão a postos, esperando por um mercado. Se quiser ter lucro, plante feijões.

Saiu sentindo-se bem. A vergonha que tomara conta dele havia passado e sabia que tinha dado um conselho sólido.

Depois que Will partiu, Lee trouxe um terço de uma torta de limão e a partiu em dois pedaços.

— Ele está gordo demais — disse Lee.

Adam estava pensando.

— Eu só disse que queria fazer alguma coisa... — observou.

— E a fábrica de gelo?

— Acho que vou comprá-la.

— Podia plantar feijão também — disse Lee.

[2]

No fim do ano, Adam fez sua grande prova e foi uma sensação num ano de sensações, locais e internacionais. No momento da partida, homens de negócios falavam dele como sendo um visionário, um pioneiro voltado para o progresso. O embarque de seis vagões de alface embalada com gelo teve uma conotação cívica. A Câmara do Comércio compareceu à partida. Os carros foram decorados com grandes cartazes que diziam "Alface do Vale do Salinas". Mas ninguém quis investir no projeto.

Adam juntou energia que nem suspeitava que tivesse. Foi um trabalho imenso colher, limpar, encaixotar, congelar e embarcar a alface. Não existia equipamento para tal trabalho. Tudo tinha de ser improvisado, muitos lavradores foram contratados e ensinados a fazer o trabalho. Todo mundo dava conselhos, mas ninguém ajudava. Calculou-se que Adam gastou uma fortuna com a sua ideia, mas o tamanho da fortuna ninguém sabia. Adam não sabia. Só Lee sabia.

A ideia parecia boa. A alface foi deixada em consignação com comerciantes de Nova York a um bom preço. Então o trem partiu e todo mundo foi para casa esperar. Se fosse um sucesso, havia uma quantidade de homens disposta a levantar todo o dinheiro que pudesse para investir no negócio. Até Will Hamilton ficou em dúvida se não teria errado ao dar o seu conselho. Se a série de acontecimentos tivesse sido planejada por um inimigo onipotente e implacável, não teria sido mais eficaz. Quando o trem chegou a Sacramento, um deslizamento de neve fechou as Sierras durante dois dias e os vagões ficaram parados num desvio, com o gelo derretendo. No terceiro dia, o trem atravessou as montanhas e enfrentou um tempo incrivelmente quente no Centro-Oeste. Em Chicago, houve uma confusão de papéis — ninguém teve a culpa —, apenas uma dessas coisas que acontecem, e os seis vagões de alface de Adam ficaram no pátio por mais cinco dias. Foi o suficiente, e não havia razão para entrar em detalhes. O que chegou a Nova York foram seis vagões cheios de um horrível mingau com uma carga considerável que só se podia jogar fora.

Adam leu o telegrama dos comerciantes, recostou-se na sua poltrona e um estranho sorriso resignado tomou conta do seu rosto e não o deixou mais.

Lee se afastou dele para que pudesse tomar pé. Os meninos ouviram a reação em Salinas. Adam era um tolo. Esses sonhadores sabe-tudo sempre se metiam em encrenca. Os homens de negócios se congratularam por sua visão ao não entrarem nessa história. Era preciso experiência para ser um homem de negócios. Pessoas que herdavam o seu dinheiro sempre se metiam em problemas. E se queriam uma prova — bastava olhar para o modo como Adam havia gerido o seu rancho. O dinheiro de um tolo nunca dura muito. Talvez aquilo lhe ensinasse uma lição. E ele havia duplicado a produção da fábrica de gelo.

Will Hamilton lembrou que não só o tinha desaconselhado, como havia previsto em detalhe o que aconteceria. Não sentiu prazer, mas o que se podia fazer quando um sujeito não dava ouvidos a um homem de negócios? E sabe Deus que Will Hamilton tinha muita experiência com ideias irresponsáveis. De uma maneira velada, as pessoas lembraram que Sam Hamilton fora um tolo também. Quanto a Tom Hamilton — fora simplesmente um maluco.

Quando Lee achou que já havia passado um tempo suficiente, ele não fez rodeios. Sentou-se diretamente diante de Adam para captar e manter sua atenção.

— Como se sente? — perguntou.
— Estou bem.
— Não vai rastejar de novo para dentro da sua toca, vai?
— O que o faz pensar nisso? — perguntou Adam.
— Voltou a exibir a antiga expressão no rosto. E tem aquele brilho de sonâmbulo no olhar. Ficou magoado com essa história?
— Não — disse Adam. — A única coisa em que estava pensando era se estou falido ou não.
— Não totalmente — disse Lee. — Sobraram-lhe nove mil dólares e o rancho.
— Tem uma conta de dois mil dólares pela remoção do lixo — disse Adam.
— Isso foi antes dos nove mil.
— Devo um bocado de dinheiro pela nova maquinaria de fabricar gelo.
— Já está paga.
— Tenho nove mil?
— E o rancho — disse Lee. — Talvez possa vender a fábrica de gelo.
O rosto de Adam se retesou e perdeu o sorriso aturdido.
— Ainda acredito que vai dar certo — disse. — Foi toda uma série de acidentes. Quero ficar com a fábrica de gelo. O frio preserva as coisas. Além do mais, a fábrica dá algum dinheiro. Talvez eu possa pensar em algo.
— Tente não pensar em nada que custe dinheiro — disse Lee. — Eu detestaria ter de abrir mão do meu fogão a gás.

[3]

Os gêmeos ficaram abalados com o fracasso de Adam. Tinham quinze anos e sabiam há tanto tempo que eram filhos de um homem rico que era difícil perder aquela condição. Se pelo menos o episódio não fosse cercado de um clima de circo não teria sido tão ruim. Lembraram os grandes cartazes nos vagões de carga com horror. Se os homens de negócios zombavam de Adam, o grupo do colégio era mais cruel. Da noite para o dia, virou moda chamar os meninos de "Aron e Cal Alface" ou simplesmente de "Cabeças-de-Alface".
Aron discutiu seu problema com Abra.
— Vai fazer uma grande diferença — disse ele.

Abra se transformara numa bela moça. Seus seios cresceram com o fermento dos anos e seu rosto tinha uma beleza calma e calorosa. Fora além da simples formosura. Era forte, segura e feminina.

Ela olhou para o rosto preocupado de Aron e perguntou:

— Por que vai fazer diferença?

— Bem, em princípio acho que estamos pobres.

— Você iria trabalhar de qualquer maneira.

— Sabe que quero ir para a universidade.

— Ainda pode. Vou ajudá-lo. Seu pai perdeu todo o dinheiro?

— Não sei. É o que eles dizem.

— Quem são "eles"? — perguntou Abra.

— Ora, todo mundo. E talvez seu pai e sua mãe não queiram que você se case comigo.

— Então não vou contar nada para eles — disse Abra.

— Está bem segura do que quer?

— Sim — disse ela. — Estou bem segura. Por que não me beija?

— Aqui? No meio da rua?

— Por que não?

— Todo mundo ia ver.

— Quero que vejam — disse Abra.

Aron disse:

— Não, não gosto que essas coisas sejam públicas assim.

Ela saiu do lado dele, ficou à sua frente e o parou.

— Ouça, cavalheiro. Beije-me agora.

— Por quê?

Ela falou lentamente:

— Para que todo mundo saiba que sou a sra. Cabeça-de-Alface.

Ele deu uma beijoca rápida e constrangida nela e forçou-a a colocar-se ao seu lado de novo.

— Talvez eu mesmo devesse desistir — falou ele.

— Que quer dizer?

— Não sou suficientemente bom para você no momento. Sou apenas mais um menino pobre. Acha que não notei a diferença em seu pai?

— Você é simplesmente maluco — disse Abra. E franziu um pouco a testa porque notara também a diferença em seu pai.

Foram à confeitaria Bell e sentaram-se a uma mesa. O sucesso daquele ano era água tônica de aipo. No ano anterior havia sido sorvete de refrigerante de salsaparrilha.

Abra agitou as bolhas delicadamente com o seu canudinho e pensou em como seu pai tinha mudado desde o fracasso da alface. Ele lhe dissera:

— Não acha que seria melhor sair com outra pessoa para variar?

— Mas estou noiva de Aron.

— Noiva! — rosnou para ela. — Desde quando crianças ficam noivas? É melhor olhar ao seu redor. Existem outros peixes no mar.

Ela lembrou que recentemente houve referências à adequação entre famílias e também uma indireta de que certas pessoas não conseguiam manter um escândalo oculto para sempre. Isso só aconteceu depois que se soube que Adam havia perdido todo o seu dinheiro.

Ela debruçou-se na mesa.

— Sabe, podíamos fazer uma coisa realmente tão simples que você até iria rir.

— O quê?

— Poderíamos administrar o rancho do seu pai. Meu pai diz que é uma terra maravilhosa.

— Não — disse Aron rapidamente.

— Por que não?

— Não vou ser fazendeiro e você não vai ser mulher de fazendeiro.

— Vou ser a mulher de Aron, seja ele o que for.

— Não vou desistir da universidade — falou ele.

— Vou ajudá-lo — disse Abra de novo.

— Onde conseguiria o dinheiro?

— Eu o roubaria — disse ela.

— Quero sair desta cidade — disse ele. — Todo mundo está zombando de mim. Não aguento mais ficar aqui.

— Em pouco tempo vão esquecer.

— Não vão esquecer, não. Não quero ficar mais dois anos para terminar o colégio.

— Quer se afastar de mim, Aron?

— Não. Com os diabos, por que ele tinha de se meter com coisas que não entendia?

Abra o reprovou.

— Não culpe seu pai. Se tivesse dado certo, todo mundo estaria se curvando para ele.

— Acontece que não deu certo. E ele acabou comigo. Não consigo erguer a cabeça. Meu Deus! Eu o odeio.

Abra falou severamente:

— Aron! Pare de falar assim!

— Como posso saber se ele não mentiu a respeito de minha mãe?

O rosto de Abra ficou vermelho de raiva.

— Você devia ser espancado — disse ela. — Se não estivéssemos na frente de todo mundo, eu mesma o espancaria.

Ela olhou para o seu rosto bonito, retorcido agora pela raiva e frustração, e subitamente mudou sua tática.

— Por que não pergunta sobre sua mãe? Simplesmente vá a ele e pergunte.

— Não posso, prometi a você.

— Só prometeu não contar o que eu lhe disse.

— Se eu lhe perguntasse, ele ia querer saber onde foi que ouvi essa história.

— Está bem — gritou ela. — Você é uma criança mimada! Eu o libero da sua promessa. Vá em frente e pergunte a ele.

— Não sei se vou fazer isso.

— Às vezes tenho vontade de matá-lo — disse ela. — Mas, Aron, eu o amo tanto. Eu o amo tanto.

Ouviram-se risinhos na sorveteria. Suas vozes tinham se levantado e foram ouvidos por seus pares. Aron corou e lágrimas de raiva assomaram aos seus olhos. Saiu correndo da sorveteria e mergulhou na rua.

Abra calmamente apanhou sua bolsa e ajeitou sua saia, escovando-a com a mão. Caminhou calmamente até o sr. Bell e pagou pelas tônicas de aipo. Ao aproximar-se da porta parou diante do grupo que caçoava.

— Deixem-no em paz — falou friamente. Seguiu em frente e um coro em falsete a acompanhou: — "Ah, Aron, eu o amo tanto."

Na rua ela se pôs a correr na tentativa de alcançar Aron, mas não conseguiu encontrá-lo. Telefonou para ele. Lee disse que Aron não havia chegado em casa. Mas Aron estava no seu quarto de dormir, trancado nos seus ressentimentos — Lee o vira esgueirar-se para dentro do quarto e fechar a porta atrás de si.

Abra caminhou para cima e para baixo pelas ruas de Salinas esperando encontrá-lo. Estava zangada com ele terrivelmente solitária. Aron nunca a havia abandonado antes. Abra tinha perdido seu dom de ficar sozinha.

Cal teve de aprender a solidão. Por um tempo tentou juntar-se a Abra e Aron, mas não o quiseram. Ficou com ciúmes, tentou atrair a garota para si, mas falhou.

Achava seus estudos fáceis e não muito interessantes. Aron tinha de se esforçar mais para aprender, por isso tinha um sentido maior de conquista quando aprendia e desenvolveu um respeito pelo conhecimento fora de qualquer proporção quanto à qualidade do conhecimento. Cal seguia em frente. Não ligava muito para as atividades da escola ou para os esportes. Sua inquietação crescente o levava a sair de noite. Ficou alto e esguio e carregava sempre consigo uma atmosfera sombria.

38

[1]

Desde suas primeiras lembranças, Cal ansiava por calor e afeto, como todo mundo. Se fosse filho único ou se Aron fosse um tipo diferente de menino, Cal poderia relacionar-se facilmente. Mas desde o início as pessoas eram conquistadas instantaneamente por Aron pela sua beleza e simplicidade. Cal naturalmente competia por atenção e afeto da única maneira que sabia — tentando imitar Aron. E o que era encantador na graça loura de Aron tornava-se suspeito e desagradável no rosto moreno de olhos oblíquos de Cal. E, como ele fingia, seu desempenho não era convincente. Enquanto Aron era acolhido, Cal era rejeitado por fazer ou dizer exatamente a mesma coisa.

E, como algumas pancadinhas no focinho inibem um cãozinho filhote, algumas objeções tornam um garoto tremendamente fechado. Mas enquanto um filhote se vira e rola sobre suas costas servilmente, um garoto poderá acobertar sua timidez com indiferença, bravata ou se retraindo. E a partir do momento em que sofreu rejeição, um garoto encontrará rejeição até mesmo onde ela não exista — ou pior, ele a colherá das pessoas simplesmente por esperá-la.

Em Cal o processo fora tão longo e tão lento que ele não sentia nenhuma estranheza. Havia construído uma muralha de autossuficiência ao seu redor, forte o suficiente para defendê-lo do mundo. Se essa muralha tinha pontos vulneráveis, eles podiam se localizar nos locais mais próximos de Aron e Lee, particularmente mais próximo de Adam. Talvez na própria inconsciência de seu pai, Cal sentisse segurança. Não ser notado era melhor do que ser notado adversamente.

Quando era ainda muito pequeno, Cal descobriu um segredo. Se se movesse muito suavemente até onde seu pai estava sentado e se encostasse muito levemente no joelho do pai, a mão de Adam se levantaria automaticamente e seus dedos acariciariam o ombro de Cal. É provável que Adam sequer soubesse o que fazia, mas a carícia provocava uma onda de emoção tão formidável no menino que ele economizava essa alegria especial e só a usava quando sentia necessidade dela. Era uma mágica com a qual ele podia contar. Era o símbolo cerimonial de uma adoração obstinada.

As coisas não mudaram com a mudança de cenário. Em Salinas, Cal não tinha mais amigos do que tivera em King City. Tinha comparsas e autoridade e alguma admiração, mas amigos não tinha. Vivia sozinho e caminhava sozinho.

[2]

Se Lee sabia que Cal saía de casa à noite e voltava muito tarde, não dava sinal, pois nada podia fazer a respeito. Os guardas noturnos às vezes o viam caminhando sozinho. O chefe de polícia Heiserman fez questão de falar com o bedel da escola e este lhe assegurou que não havia contra Cal nenhum registro de mau comportamento e que ele era na verdade um excelente aluno. O chefe conhecia Adam, é claro, e como Cal não quebrava janelas nem criava confusão disse que ficassem de olhos abertos, mas deixassem o menino em paz, a não ser que se metesse em encrenca.

O velho Tom Watson encontrou Cal uma noite e perguntou:

— Por que roda tanto por aí à noite?

— Não estou incomodando ninguém — disse Cal na defensiva.

— Sei que não está. Mas devia estar em casa na cama.

— Não tenho sono — disse Cal, e isso não fazia nenhum sentido para o velho Tom, que não conseguia lembrar uma só ocasião em toda a vida em que não estivesse com sono. O menino dava uma olhada nos jogos de fan-tan em Chinatown, mas não jogava. Era um mistério, mas até as coisas mais simples eram mistérios para Tom Watson e ele preferia deixá-las assim.

Em suas caminhadas, Cal frequentemente lembrava a conversa entre Lee e Adam que ouvira no rancho. Queria desenterrar a verdade. E seu conhecimento acumulava-se lentamente. Uma conversa entreouvida na rua, os mexericos zombeteiros no salão de bilhar. Se Aron tivesse ouvido os fragmentos ele não os notaria, mas Cal os colecionava. Sabia que sua mãe não estava morta. Sabia também, tanto da primeira conversa como dos rumores que ouvira, que Aron não ficaria feliz em descobri-la.

Uma noite Cal topou com Rabbit Holman, que tinha vindo de San Ardo para o seu pileque semianual. Rabbit cumprimentou Cal efusivamente, como um homem do campo sempre cumprimenta um conhecido num local estranho. Rabbit, bebendo de uma garrafa de meio litro na viela atrás do hotel Abbot, contou a Cal todas as novidades de que podia lembrar. Tinha vendido uma parte de sua terra a um belo preço e estava em Salinas para comemorar, e comemorar compreendia toda aquela farra. Ia até a zona mostrar às putas o que um homem de verdade era capaz de fazer.

Cal sentou-se quieto do seu lado, escutando. Quando o uísque baixou na garrafa de Rabbit, Cal correu e fez Louis Schneider comprar-lhe outra. Rabbit pôs na mesa sua garrafa vazia, estendeu a mão para pegá-la de novo e apanhou uma garrafa de meio litro cheia.

— Estranho — disse. — Achei que só tinha uma garrafa. Ora, é um belo engano.

Na metade da segunda garrafa, Rabbit não só tinha esquecido quem Cal era, mas sua idade também. Lembrava, porém, que seu companheiro era um velho amigo muito querido.

— Quer saber de uma coisa, George — falou. — Deixa eu me calibrar um pouco mais e nós dois vamos até a zona. Não venha me dizer que não pode pagar. Essa farra toda é por minha conta. Eu lhe disse que vendi dezesseis hectares? Aquilo não prestava para nada.

Falou então:

— Harry, vamos fazer o seguinte. Vamos ficar longe das putas baratas. Vamos à casa de Kate. É bem cara, dez paus, mas que diabo! Mas tem um circo armado lá! Já viu um circo, Harry? É uma beleza. Kate sabe fazer as coisas. Lembra quem a Kate é, não lembra, George? É a mulher de Adam Trask, mãe daqueles gêmeos desgraçados. Jesus! Nunca vou esquecer o dia em que ela deu um tiro nele e foi embora. Enfiou chumbo no ombro dele e se mandou. Não era uma boa esposa, mas com toda a certeza deu uma boa puta. Coisa engraçada... sabe por que é que dizem que uma puta pode se tornar uma boa esposa? Porque não há nada de novo que elas já não tenham experimentado. Me ajude um pouco, Harry, por favor. O que é que eu estava dizendo?

— Circo — disse Cal em voz baixa.

— Sim, é isso. Pois bem, o circo de Kate vai deixar você de olhos vidrados. Sabe o que fazem lá?

Cal caminhou um pouco atrás para que Rabbit não o notasse. Rabbit contou o que faziam lá. E não foi o que faziam que deixou Cal enojado. Aquilo lhe parecia simplesmente bobo. O que o enojou foram os homens que ficavam olhando. Vendo o rosto de Rabbit debaixo dos lampiões de rua, Cal sabia como seriam os homens que espiavam no circo.

Cruzaram a entrada cheia de mato e subiram os degraus até a varanda com a pintura gasta. Embora Cal fosse alto para a sua idade, ele caminhava na ponta dos pés. O vigia da porta não olhou com muita atenção para ele. A sala na penumbra com suas luzes baixas e os homens nervosos à espera escondiam sua presença.

[3]

Cal sempre desejou construir uma reserva oculta de coisas vistas e de coisas ouvidas — uma espécie de armazém de materiais que, como ferramentas obscuras, poderia lhe ser útil, mas, depois da visita à casa de Kate, sentiu uma necessidade desesperada de ajuda.

Uma noite Lee, batucando na sua máquina de escrever, ouviu uma leve batida na sua porta e deixou Cal entrar. O garoto sentou-se na beirada da cama e Lee deixou seu corpo fino cair sobre a poltrona de rodinhas. Maravilhava-se com o fato de que uma poltrona pudesse lhe dar tanto prazer. Lee cruzou as mãos sobre a barriga como se usasse uma roupa com mangas chinesas e esperou pacientemente. Cal olhava para um ponto no ar bem acima da cabeça de Lee.

Cal falou baixo e rapidamente:

— Sei onde minha mãe está e o que faz. Eu vi minha mãe.

A mente de Lee fez uma prece convulsiva em busca de orientação.

— O que quer saber? — perguntou calmamente.

— Ainda não pensei nisso. Estou tentando pensar. Seria capaz de me contar a verdade?

— Claro.

As perguntas que rodopiavam na cabeça de Cal eram tão atordoantes que ele tinha dificuldades em escolher uma.

— Meu pai sabe?

— Sim.

— Por que ele disse que ela estava morta?

— Para poupar vocês do sofrimento.

Cal pensou.

— O que foi que meu pai fez para ela ir embora?

— Ele a amava com toda a sua mente e o seu corpo. Deu-lhe tudo que podia imaginar.

— Ela deu um tiro nele?

— Sim.

— Por quê?

— Porque ele não queria que ela fosse embora.

— Ele chegou a bater nela algum dia?

— Ao que eu saiba, não. Não era da sua natureza bater nela.

— Lee, por que ela fez isso?

— Não sei.

— Não sabe ou não quer dizer?

— Não sei.

Cal ficou em silêncio tanto tempo que os dedos de Lee começaram a formigar um pouco, apertando seus pulsos. Ficou aliviado quando Cal falou de novo. O tom do menino era diferente. Havia um tom de súplica nele.

— Lee, você a conheceu. Como era ela?

Lee suspirou e suas mãos relaxaram.

— Só posso dizer o que penso. Posso estar errado.

— E o que é que você pensa?

— Cal, pensei nisso durante muitas horas e ainda nada sei. Ela é um mistério. Parece-me que não é como as outras pessoas. Falta alguma coisa nela. Bondade, talvez, ou consciência. Você só pode entender as pessoas se você as sente em si mesmo. E eu não consigo senti-la. No momento em que penso nela meu sentimento cai na escuridão. Não sei o que ela queria ou o que buscava. Era cheia de ódio, mas por quê ou contra o quê eu não sei. Era um mistério. E seu ódio não era saudável. Não era raivoso. Era impiedoso. Não sei se é bom falar com você assim.

— Preciso saber.

— Por quê? Não se sentia melhor antes de saber?

— Sim. Mas não posso parar agora.

— Está certo — disse Lee. — Quando a primeira inocência se vai, você não pode mais parar, a não ser que seja um hipócrita ou um tolo. Mas não posso lhe dizer mais nada porque não sei mais nada.

Cal disse:

— Fale sobre meu pai então.

— Isso eu posso fazer — disse Lee. Fez uma pausa. — Será que alguém está nos ouvindo? Fale baixinho.

— Conte-me sobre ele — disse Cal.

— Acho que seu pai possui em si, amplificadas, as coisas que faltam na sua esposa. Acho que nele a bondade e a consciência são tão imensas que são quase defeitos. Elas o atropelam e lhe criam dificuldades.

— O que foi que ele fez quando ela o deixou?

— Ele morreu — disse Lee. — Mexia-se, mas estava morto. E só recentemente ele voltou pela metade à vida.

Lee viu uma expressão estranha no rosto de Cal. Os olhos estavam mais abertos e a boca, normalmente cerrada e retesada, estava relaxada. No seu rosto, pela primeira vez, Lee pôde ver o rosto de Aron, apesar da coloração diferente. Os ombros de Cal tremiam um pouco, como um músculo que ficou muito tempo tensionado.

— O que é, Cal? — perguntou Lee.

— Eu amo meu pai — disse Cal.

— Eu o amo também — disse Lee. — Acho que não teria ficado aqui tanto tempo se não o amasse. Não é muito inteligente no sentido mundano, mas é um bom homem. Talvez o melhor homem que já conheci.

Cal levantou-se subitamente.

— Boa noite, Lee — disse.

— Espere um momento. Contou a alguém?

— Não.

— Não a Aron... não, claro que você não faria isso.

— E se ele descobrir?

— Então você terá de apoiá-lo. Não vá embora ainda. Quando deixar este quarto talvez a gente não possa mais falar de novo. Pode não gostar de mim porque sei a verdade. Diga-me uma coisa, odeia sua mãe?

— Sim — disse Cal.

— Queria saber — disse Lee. — Não creio que seu pai jamais a tenha odiado. Só tinha pena dela.

Cal deslocou-se até a porta, lenta e silenciosamente. Enfiou os punhos no fundo dos bolsos.

— É o que você falou de conhecer as pessoas. Eu a odeio por saber por que ela foi embora. Eu sei... porque também tenho um pouco dela em mim. — Abaixou a cabeça e sua voz estava desolada.

Lee deu um pulo.

— Pare com isso! — disse com rispidez. — Está me ouvindo? Não me deixe pegá-lo fazendo isso. Claro que pode ter essa tendência em você. Todo mundo tem. Mas você tem o outro lado também. Vamos, olhe para mim! Olhe para mim!

Cal ergueu a cabeça e disse, cansado:

— O que você quer?

— Você tem o outro lado também. Ouça-me! Não estaria sequer em dúvida se não o tivesse. Não ouse escolher a solução mais preguiçosa. É fácil se desculpar por causa de seus ancestrais. Não me deixe pegá-lo fazendo isso! Agora, olhe-me bem de perto para que possa se lembrar. O que quer que faça, vai ser você quem fez, não a sua mãe.

— Acredita nisso, Lee?

— Sim, acredito nisso e é melhor você acreditar também senão eu vou quebrar cada osso do seu corpo.

Depois que Cal foi embora, Lee voltou à sua poltrona. Pensou com pesar: Onde é que foi parar a minha calma oriental?

[4]

A descoberta da mãe foi para Cal mais uma constatação do que uma novidade. Há muito tempo ele sabia sem detalhes que a nuvem estava ali. E sua reação foi dupla. Experimentou uma sensação de poder quase prazerosa ao sabê-lo, e era capaz de avaliar ações e expressões, de interpretar vagas referências, podia até mergulhar no passado e reorganizá-lo. Mas tudo isso não compensava a dor de saber.

Seu corpo estava se transformando para a virilidade e ele era varrido pelos ventos de mudança da adolescência. Num momento era dedicado, puro e devoto; no momento seguinte chafurdava na lama; logo depois rastejava na vergonha e emergia de novo dedicado.

Sua descoberta aguçou todas as suas emoções. Parecia-lhe que era um ser único, tendo tal herança. Não chegou a acreditar nas palavras de Lee ou a conceber que outros garotos estivessem passando pela mesma situação.

O circo na casa de Kate ficou na sua cabeça. Num momento a lembrança inflamava sua mente e seu corpo com o fogo da puberdade, no momento seguinte o nauseava com repulsa e nojo.

Olhava mais atentamente para seu pai e via talvez mais tristeza e frustração em Adam do que pudesse haver nele. Cresceu em Cal um amor apaixonado pelo pai e um desejo de protegê-lo e de compensá-lo pelas dores que havia sofrido. Na própria mente supersensível de Cal aquele sofrimento era insuportável. Entrou por acaso no banheiro quando Adam tomava banho e viu a feia cicatriz de bala e ouviu a si mesmo perguntar involuntariamente:

— Pai, o que é essa cicatriz?

Os dedos de Adam subiram ao ombro como se para esconder a cicatriz.

— É um ferimento antigo, Cal. Estive nas campanhas contra os índios. Vou lhe contar a respeito um dia destes.

Cal, observando o rosto de Adam, vira seu pensamento saltar sobre o passado em busca de uma mentira. Cal não odiou a mentira, mas a necessidade de que fosse contada. Cal mentia para obter vantagens de um tipo ou de outro. Ser impelido a mentir parecia-lhe vergonhoso. Quis gritar: "Eu sei como ganhou essa cicatriz e está tudo bem." Mas, é claro, não o fez.

— Gostaria de ouvir essas histórias — disse.

Aron foi apanhado pelo turbilhão das mudanças, também, mas seus impulsos eram mais lentos que os de Cal. Seu corpo não gritava para ele com tanta pungência. Suas paixões assumiram uma orientação religiosa. Decidiu que seria pastor no futuro. Comparecia a todos os serviços na Igreja episcopal, ajudava com as flores e folhagens nas épocas de festa e passava muitas horas com o jovem clérigo de cabelos encaracolados, o sr. Rolf. O conhecimento da vida por Aron foi adquirido junto a um jovem sem nenhuma experiência, o que lhe deu uma capacidade de generalizar as coisas que só os inexperientes podem ter.

Aron foi crismado na Igreja episcopal e assumiu seu lugar no coro aos domingos. Abra o acompanhou. Sua mente feminina sabia que tais coisas eram necessárias, mas sem importância.

Era natural que o convertido Aron quisesse convencer Cal. Primeiro, Aron rezou em silêncio pelo irmão, mas por fim o abordou. Denunciou a ausência de Deus em Cal, exigiu que se reformasse.

Cal poderia ter tentado acompanhá-lo se o irmão tivesse sido mais esperto. Mas Aron havia atingido um ponto de pureza apaixonada que tornava tudo mais impuro. Depois de alguns sermões, Cal o achou insuportavelmente presunçoso e lhe disse isso. Foi um alívio para ambos quando Aron abandonou seu irmão para a danação eterna.

A religião de Aron tomou inevitavelmente um rumo sexual. Falou com Abra sobre a necessidade de abstinência e decidiu que levaria uma vida de celibato. Abra na sua sabedoria concordou com ele, sentindo e esperando que essa fase passasse. O celibato era o único estado que ela havia conhecido. Ela queria casar-se com Aron e ter alguns filhos com ele, mas por enquanto não falava no assunto. Nunca sentira ciúmes antes, mas agora começava a descobrir em si um ódio instintivo e talvez justificado pelo reverendo Rolf.

Cal viu seu irmão triunfar sobre pecados que nunca havia cometido. Pensou ironicamente em contar-lhe sobre sua mãe para ver como ele reagiria, mas recuou rapidamente da ideia. Não achava que Aron fosse capaz de lidar com a verdade.

39

[1]

De vez em quando, Salinas sofria de uma leve erupção de moralidade. O processo nunca variava muito. Uma explosão era como a outra. Às vezes começava no púlpito e às vezes com uma nova e ambiciosa presidente do Clube Cívico das Mulheres. O jogo era invariavelmente o pecado a ser erradicado. Havia certas vantagens em condenar o jogo. As pessoas podiam discuti-lo, o que não acontecia com a prostituição. Era um mal mais evidente e as casas de jogo eram administradas por chineses. Havia pouca chance de se pisar nos pés de um parente.

A partir da igreja e do clube, os dois jornais da cidade pegavam fogo. Editoriais exigiam uma limpeza. A polícia concordava, mas alegava falta de recursos e tentava obter um orçamento maior e às vezes conseguia.

Quando se chegava ao estágio dos editoriais, todo mundo sabia que as cartas estavam na mesa. O que se seguia era tão cuidadosamente produzido como um balé. A polícia se aprontava, as casas de jogo se aprontavam e os jornais preparavam editoriais de congratulação antecipados. Então vinha a batida, deliberada e segura. Vinte ou mais chineses, importados de Pajaro, alguns vagabundos, seis ou oito caixeiros-viajantes que, sendo de fora, não foram avisados caíam nas malhas da polícia, eram fichados, presos e na manhã seguinte multados e soltos. A cidade se tranquilizava em sua nova condição imaculada e as casas só perdiam uma noite de negócios, mais as multas. É um dos triunfos do ser humano o fato de ele poder saber de uma coisa e ainda assim não acreditar nela.

No outono de 1916, Cal assistia ao jogo de fan-tan na casa de Shorty Lim certa noite quando uma batida o pegou. No escuro ninguém o notou e o chefe de polícia ficou embaraçado ao encontrá-lo na cadeia na manhã seguinte. O chefe telefonou para Adam e interrompeu seu café da manhã. Adam seguiu a pé os dois quarteirões até a prefeitura, apanhou

Cal, atravessou a rua até o correio para pegar sua correspondência e os dois caminharam até sua casa.

Lee mantivera quentes os ovos de Adam e fritou dois para Cal.

Aron atravessou a sala de jantar a caminho da escola.

— Quer que espere por você? — perguntou a Cal.

— Não — disse Cal. Manteve os olhos abaixados e comeu seus ovos.

Adam não havia falado, exceto para dizer "Vamos indo!" na prefeitura, depois de agradecer ao chefe de polícia.

Cal engoliu um café da manhã que não queria, dardejando olhares através dos cílios para o rosto do pai. Não podia deduzir nada da expressão de Adam. Parecia a um só tempo perplexo, zangado, pensativo e triste.

Adam olhou para sua xícara de café. O silêncio aumentou até adquirir o peso da idade tão difícil de remover.

Lee deu uma espiada.

— Café? — perguntou.

Adam sacudiu a cabeça lentamente. Lee saiu e dessa vez fechou a porta da cozinha.

No silêncio rompido apenas pelo tique-taque do relógio, Cal começou a ter medo. Sentia uma força fluindo do seu pai que nunca soubera que existia. Alfinetadas de agonia picavam suas pernas e ele temia se mexer para restaurar a circulação. Bateu com o garfo no prato para fazer um ruído, mas o som foi engolido pelo silêncio. O relógio deu nove batidas insistentes e elas também foram engolidas.

Quando o medo começou a esfriar, o ressentimento tomou o seu lugar. Era a raiva que uma raposa encurralada podia sentir da mão que a mantinha presa à armadilha.

Subitamente, Cal deu um pulo. Não sabia que ia se mexer. Gritou e não sabia que ia falar. Gritou:

— Faça logo o que vai fazer comigo! Vá em frente! Acabe logo com isso!

E o seu grito foi sugado pelo silêncio.

Adam ergueu lentamente a cabeça. É verdade que Cal nunca olhara o pai nos olhos. As íris de Adam eram azul-claro com linhas radiais escuras conduzindo aos vórtices de suas pupilas. E bem no fundo de cada pupila Cal via seu próprio rosto refletido, como se dois Cals o espreitassem.

Adam falou lentamente:

— Eu fracassei com você, não foi?

Era pior do que um ataque. Cal vacilou.

— O que quer dizer?

— Você foi flagrado numa casa de jogo. Não sei como chegou lá, o que fazia lá, por que foi lá.

Cal sentou-se pesadamente e olhou para o seu prato.

— Você joga, meu filho?

— Não, senhor. Estava só vendo.

— Já havia estado lá antes?

— Sim, senhor. Muitas vezes.

— Por que vai lá?

— Não sei. Eu fico inquieto à noite... como um gato de rua, eu acho.

O pensamento de Kate e sua piada fraca pareciam-lhe horríveis.

— Quando não consigo dormir, saio para caminhar por aí e tento controlar a agitação.

Adam estudou as palavras de Cal, inspecionou cada uma.

— Seu irmão sai caminhando por aí também?

— Não, não, senhor. Ele nem pensaria nisso. Não é... inquieto.

— Como vê, nada sei — disse Adam. — Não sei nada sobre vocês.

Cal queria jogar os braços ao redor do pai, abraçá-lo com força e ser abraçado por ele. Queria alguma demonstração intensa de afeto e amor. Pegou o aro do guardanapo de madeira e enfiou o dedo indicador nele.

— Eu lhe contaria se me perguntasse — disse suavemente.

— Eu não perguntei. Não perguntei! Sou um pai tão ruim quanto meu pai foi.

Cal nunca ouvira esse tom na voz de Adam. Era rouco, transbordando de calor e ele se enrolava com as palavras, tateando em busca delas no escuro.

— Meu pai fez um molde e me forçou a entrar nele — disse Adam. — Fui uma peça mal fundida, mas não podia ser refundida. Por isso, continuei sendo uma peça defeituosa.

Cal falou:

— Pai, não lamente. O senhor já se lastimou demais.

— É verdade? Talvez, mas talvez o tipo errado de lástima. Não conheço meus filhos. Pergunto-me se seria capaz de conhecer um dia.

— Posso lhe dizer tudo o que quiser saber. É só me perguntar.

— Por onde começaria? Pelo começo de tudo?

— Está triste ou zangado porque fiquei na cadeia?

Para surpresa de Cal, Adam riu.

— Você só ficou lá, não foi? Não fez nada de errado.

— Talvez estar lá fosse errado. — Cal queria assumir alguma culpa.

— Certa vez, eu também fiquei na cadeia — disse Adam. — Fiquei preso durante quase um ano simplesmente por estar no lugar errado.

Cal tentou absorver essa heresia.

— Não acredito nisso — disse.

— Às vezes, eu também não acredito, mas sei que quando escapei invadi uma loja e roubei algumas roupas.

— Não acredito nisso — falou Cal fracamente, mas o calor, a proximidade eram tão deliciosos que se agarrou a eles. Respirou levemente para que a atmosfera de calor não fosse perturbada.

Adam disse:

— Lembra-se de Samuel Hamilton? Claro que se lembra. Quando você ainda era bebê ele me disse que eu era um mau pai. Bateu em mim, me derrubou, para me levar a acreditar naquilo.

— Aquele velho?

— Era um velho durão. E hoje eu sei o que ele queria dizer. Sou igual ao meu pai. Ele não me permitia ser uma pessoa e eu não tenho encarado meus filhos como pessoas. Era o que Samuel queria dizer. — Fitou Cal bem nos olhos e sorriu e Cal sentiu uma pontada de afeto por ele.

Cal disse:

— Não o consideramos um mau pai.

— Pobres crianças — disse Adam. — Como poderiam saber? Nunca tiveram outro tipo de pai.

— Fiquei contente de ir para a cadeia — disse Cal.

— Eu também. Eu também — disse Adam, e riu. — Nós dois já estivemos na cadeia, podemos conversar e nos entender.

Pareceu tomado por uma certa alegria.

— Talvez possa me dizer que tipo de menino você é... pode fazer isso?

— Sim, senhor.

— Vai me dizer?

— Sim, senhor.

— Pois bem, me diga. Sabe, existe uma responsabilidade em ser uma pessoa. É mais do que simplesmente ocupar espaço onde haveria ar. Como é você?

— Sem brincadeira? — perguntou Cal acanhado.

— Sem brincadeira por certo, sem brincadeira alguma. Fale-me a seu respeito, isto é, se assim quiser.

Cal começou.

— Bem, eu...

Parou.

— Não é fácil quando a gente tenta — disse.

— Acho que seria talvez impossível. Fale-me do seu irmão.

— Que quer saber sobre ele?

— O que pensa dele, eu acho. É tudo o que poderia me contar.

Cal falou:

— Ele é bom. Não faz coisas más. Não pensa coisas más.

— Agora está falando de si mesmo.

— Como assim?

— Está dizendo que faz e pensa coisas más.

O rosto de Cal corou.

— Bem, eu faço.

— Coisas muito ruins?

— Sim, senhor. Quer que conte?

— Não, Cal. Você já contou. Sua voz conta e seus olhos contam que está em guerra consigo mesmo. Mas não devia se envergonhar. É horrível ficar envergonhado. Aron chega a se envergonhar?

— Ele não faz nada para se envergonhar.

Adam inclinou-se para a frente.

— Tem certeza?

— Toda a certeza.

— Diga-me, Cal, você o protege?

— O que quer dizer, senhor?

— Algo assim, se soubesse de alguma coisa ruim, cruel ou feia, você a esconderia dele?

— Eu... eu acho que sim.

— Acha Aron fraco demais para suportar coisas que você é capaz de suportar?

— Não é isso, senhor. Ele é bom. É realmente bom. Nunca faz mal a ninguém. Nunca diz coisas ruins a ninguém. Não é mesquinho, nunca se queixa e é corajoso. Não gosta de brigar, mas briga.

— Você ama seu irmão, não é verdade?

— Sim, senhor. E faço coisas ruins para ele. Eu trapaceio e engano. Às vezes, o magoo sem nenhuma razão.

— E depois se sente mal?

— Sim, senhor.

— E Aron se sente mal?

— Não sei. Quando eu não quis entrar para a Igreja, ele se sentiu mal. E uma vez quando Abra ficou zangada e disse que o odiava, ele se sentiu muito mal. Ficou doente. Teve febre. Não se lembra disso? Lee foi chamar o médico.

Adam disse admirado:

— Eu poderia viver com vocês e não saber de nada dessas coisas! Por que Abra ficou zangada?

Cal disse:

— Não sei se deveria contar.

— Então prefiro que não conte.

— Não é nada ruim. Acho que posso contar. O senhor sabe, Aron quer ser ministro. O sr. Rolf, ele gosta da Igreja e Aron gostou disso e achou que talvez nunca devesse se casar e talvez ir para um retiro.

— Como um monge, quer dizer?

— Sim, senhor.

— E Abra não gostou disso?

— Não gostou? Saiu cuspindo fogo. Às vezes, ela fica furiosa. Pegou a caneta-tinteiro de Aron e jogou na calçada e pisou nela. Disse que tinha desperdiçado metade da sua vida com Aron.

Adam riu.

— Quantos anos tem Abra?

— Quase quinze. Mas ela tem muito mais do que isso em certas coisas.

— Eu diria que sim. E o que foi que Aron fez?

— Simplesmente ficou quieto, mas ficou muito mal.

Adam disse:

— Acho que nesse momento você poderia tê-la tirado dele.

— Abra é a namorada de Aron — disse Cal.

Adam olhou fundo nos olhos de Cal. Então gritou "Lee!" Não houve resposta. "Lee!", gritou de novo. Falou:

— Não o ouvi sair. Quero café fresco.

Cal deu um pulo.

— Eu vou fazer.

— Escute — falou Adam. — Você devia estar na escola.

— Não quero ir.

— Devia ir. Aron foi.

— Eu me sinto feliz — falou Cal. — Quero ficar com o senhor.

Adam olhou para suas mãos.

— Vá fazer o café — disse suavemente com uma voz tímida.

Enquanto Cal estava na cozinha, Adam olhou para dentro de si mesmo com assombro. Seus nervos e músculos pulsavam com uma ânsia excitada. Seus dedos queriam agarrar, suas pernas correr. Seus olhos avidamente colocaram o aposento em foco. Viu as cadeiras, os quadros, as rosas vermelhas no tapete, e coisas novas e vívidas — quase como pessoas, mas coisas amistosas. E no seu cérebro nasceu um apetite agudo pelo futuro — uma grata e calorosa antecipação, como se os minutos e as semanas vindouros devessem trazer deleite. Sentiu uma emoção de alvorecer, com um dia adorável que deslizaria dourado e quieto sobre ele. Entrelaçou os dedos atrás da cabeça e esticou as pernas para a frente.

Na cozinha, Cal aguardava impaciente a água esquentar na cafeteira, mas se sentia contente de estar esperando. Um milagre, quando é familiar, deixa de ser um milagre; Cal perdera o assombro pela relação dourada com o pai, mas o prazer permanecia. O veneno da solidão e a inveja corrosiva dos não solitários haviam se esvaído nele e sua pessoa estava limpa e gentil, e ele sabia disso. Evocou do fundo da memória um velho ódio para se testar e descobriu que o ódio desaparecera. Queria servir o pai, dar-lhe algum presente importante, executar alguma tarefa imensamente boa em honra de seu pai.

O café transbordou e Cal levou minutos para limpar o fogão. Disse para si mesmo:

— Eu não teria feito isso ontem.

Adam sorriu para ele quando trouxe o bule fumegante. Adam farejou e disse:

— Este é um cheiro que poderia me fazer levantar de uma tumba de concreto.

— Deixei ferver demais — disse Cal.

— Tem de ferver para ficar saboroso — disse Adam. — Gostaria de saber onde Lee foi.

— Talvez esteja no quarto. Quer que eu dê uma olhada?

— Não. Ela teria respondido.

— Quando eu terminar a escola, senhor, deixaria que eu cuidasse do rancho?

— Está planejando cedo demais. E quanto a Aron?

— Ele quer ir para a universidade. Não diga a ele que lhe contei. Deixe que ele mesmo conte e demonstre surpresa.

— Certo, está bem — disse Adam. — Mas você não quer ir para a universidade também?

— Aposto que seria capaz de ganhar dinheiro com o rancho, o suficiente para pagar a universidade de Aron.

Adam tomou um gole de café.

— É um pensamento generoso — falou. — Não sei se devia lhe dizer isso, mas, quando perguntei antes que tipo de menino era Aron, você o defendeu tanto que achei que podia não gostar dele ou até odiá-lo.

— Já o odiei — disse Cal com veemência. — E o magoei também. Mas, senhor, posso dizer-lhe uma coisa? Não o odeio agora. Nunca mais vou odiá-lo. Acho que não vou odiar ninguém, nem mesmo minha mãe...

Parou, atônito com o seu deslize, e sua mente congelou, tensa e desamparada.

Adam olhou direto para a frente. Esfregou a testa com a palma da mão. Finalmente falou, em voz baixa:

— Sabe a respeito de sua mãe.

Não era uma pergunta.

— Sim... sim, senhor.

— Tudo sobre ela?

— Sim, senhor.

Adam se recostou na cadeira.

— E Aron sabe?

— Ah, não! Não, senhor. Ele não sabe.

— Por que fala assim?

— Eu não ousaria contar para ele.

— Por que não?

Cal falou, em frases entrecortadas.

— Não acredito que fosse capaz de aguentar a verdade. Ele não tem maldade bastante em si mesmo para suportar isso...

Queria continuar dizendo "... tanto quanto o senhor", mas deixou essa frase por dizer.

O rosto de Adam parecia exausto. Balançou a cabeça de um lado para o outro.

— Cal, ouça-me. Acha que existe uma chance de evitar que Aron saiba? Pense com cuidado.

Cal disse:

— Ele não se aproxima de lugares assim. Não é como eu.

— E se alguém lhe contasse?

— Acho que ele não acreditaria, senhor. Acho que daria uma surra em quem lhe dissesse isso e acharia que era mentira.

— Já esteve lá?

— Sim, senhor. Eu precisava conhecer. — E Cal concluiu excitadamente: — Se ele partisse para a universidade e nunca mais morasse nesta cidade...

Adam acenou com a cabeça.

— Sim. É possível. Mas ele tem mais dois anos aqui.

— Talvez eu pudesse convencê-lo a apressar os estudos e terminar em um ano. Ele é inteligente.

— Mas você é mais inteligente?

— Um tipo diferente de inteligência — disse Cal.

Adam pareceu crescer até ocupar toda uma parte da sala. Seu rosto era severo e seus olhos azuis aguçados e penetrantes.

— Cal! — disse rispidamente.

— Senhor?

— Confio em você, filho — disse Adam.

[2]

O reconhecimento de Adam trouxe um fermento de felicidade para Cal. Caminhava com alegria. Sorria mais do que franzia a testa e raramente demonstrava o seu lado secreto e sombrio.

Lee, notando a mudança nele, perguntou com calma:

— Encontrou uma namorada, não foi?

— Namorada? Não. Quem é que vai querer uma namorada?

— Todo mundo — disse Lee.

E Lee perguntou a Adam:

— Sabe o que aconteceu com Cal?

Adam disse:

— Ele sabe a respeito dela.

— Sabe? — Lee tentou se livrar de confusão. — Está lembrado que eu achava que devia ter-lhes contado?

— Não contei a ele. Ele já sabia.

— Ora, vejam só! — disse Lee. — Mas não é o tipo de informação que faça um menino cantarolar enquanto estuda e jogar o boné para o alto enquanto caminha pela rua. E quanto a Aron?

— Tenho medo — respondeu Adam. — Acho que não quero que ele saiba.

— Talvez seja tarde demais.

— Vou ter uma conversa com Aron. Sondar um pouco as coisas.

Lee pensou.

— Algo aconteceu com você também.

— Aconteceu? Acho que sim — disse Adam.

Mas cantarolar, jogar o boné para o ar, fazer rapidamente os deveres de casa eram apenas as atividades menores de Cal. Em seu novo júbilo, nomeou-se o guardião da felicidade do seu pai. Era verdade o que dizia sobre não sentir nenhum ódio da mãe. Mas isso não mudava o fato de que ela fora o instrumento da dor e da vergonha de Adam. Cal raciocinou que o que ela pôde fazer antes, podia fazer de novo. Aplicou-se a aprender tudo o que pudesse sobre ela. Um inimigo conhecido é menos perigoso, menos capaz de surpreender.

À noite ele era atraído para a casa do outro lado dos trilhos. Às vezes, de tarde, ficava abaixado escondido no capim alto do outro lado da rua, observando a casa. Via as garotas saírem, vestidas de maneira sombria e até mesmo severa. Deixavam a casa sempre aos pares e Cal as acompanhava com os olhos até a rua Castroville, onde viravam à esquerda para a rua principal. Descobriu que se alguém não soubesse de onde elas tinham vindo não poderia saber o que eram. Mas não estava à espera de que as garotas saíssem. Queria ver sua mãe à luz do dia. Descobriu que Kate saía toda segunda-feira, a uma e meia da tarde.

Cal ajeitou as coisas na escola, fazendo trabalho extra para compensar suas ausências nas tardes de segunda-feira. Às indagações de Aron ele respondia que trabalhava numa surpresa e jurara não contar a ninguém.

Aron não estava muito interessado, de qualquer modo. Imerso em si mesmo, Aron logo esqueceu do assunto.

Cal, depois de ter seguido Kate várias vezes, conhecia sua rota. Ia sempre aos mesmos lugares — primeiro ao banco de Monterey, onde era recebida além das grades reluzentes que defendiam as salas do cofre-forte. Passava quinze ou vinte minutos ali. Depois caminhava lentamente pela rua principal, olhando as vitrines das lojas. Entrava na Porter & Irvine's, dava uma olhada nos vestidos e às vezes fazia uma compra — elásticos, alfinetes de gancho, um véu, um par de luvas. Por volta das duas e quinze, ela entrava no salão de beleza de Minnie Franken, ficava durante uma hora, e saía com os cabelos presos em caracóis com um lenço de seda em volta da cabeça amarrado sob o queixo.

Às três e meia ela subia as escadas para o segundo andar do prédio da Farmer's Mercantile e ia ao consultório do dr. Rosen. Ao deixar o consultório do médico, parava por um momento na loja de doces Bell's e comprava uma caixa de um quilo de bombons avulsos. Nunca variava a rota. Da Bell's seguia diretamente para a rua Castroville e daí para sua casa.

Não havia nada estranho em suas roupas. Vestia-se exatamente como qualquer mulher próspera de Salinas que saía para fazer compras numa tarde de segunda-feira — com a exceção de sempre usar luvas, o que era fora do comum em Salinas.

As luvas faziam suas mãos parecerem rechonchudas e empoladas. Movia-se como se estivesse cercada por uma redoma de vidro. Não falava com ninguém e parecia não ver ninguém. De vez em quando um homem se virava e a olhava passar, mas logo voltava aos seus afazeres. A maior parte do tempo, ela passava pela rua como uma mulher invisível.

Por algumas semanas Cal seguiu Kate. Tentou não chamar sua atenção. E como Kate caminhava olhando sempre para a frente, estava convencido de que ela não o havia notado.

Quando Kate entrava no seu jardim, Cal seguia andando casualmente e ia para casa por outro caminho. Não podia dizer exatamente por que a seguia, a não ser que queria saber de tudo a respeito dela.

Na oitava semana em que seguia a sua rota, ela completou sua jornada e entrou no jardim como de costume.

Cal esperou um momento e depois entrou pelo portão que caía aos pedaços.

Kate estava parada atrás de um alfeneiro alto. Falou friamente para ele:

— O que quer?

Cal congelou nos degraus. Ficou suspenso no tempo. Começou então uma prática que aprendera ainda muito garoto. Observou e catalogou detalhes fora do seu objetivo principal. Notou como o vento sul dobrava as pequenas folhas novas do arbusto de alfena. Viu a trilha lamacenta batida por muitos pés até se tornar uma papa preta e viu os pés de Kate plantados longe do barro. Ouviu a máquina de uma locomotiva no pátio da Southern Pacific soltando vapor em jatos agudos e secos. Sentiu o ar gélido na penugem que crescia em suas faces. Esse tempo todo olhava para Kate e ela o olhava de volta. E viu no formato e na cor de seus olhos e cabelos, até mesmo no modo de empinar os ombros — altos e levemente encolhidos —, que Aron se parecia muito com ela. Não conhecia seu próprio rosto tão bem para reconhecer a boca de Kate e seus pequenos dentes e amplos maxilares como iguais aos seus. Ficaram assim por um momento, entre duas rajadas do vento sul.

Kate disse:

— Não é a primeira vez que me segue. O que quer?

Ele abaixou a cabeça.

— Nada — disse.

— Quem lhe mandou fazer isso? — perguntou ela.

— Ninguém, senhora.

— Não quer me dizer, não é?

Cal ouviu com espanto o seu próprio discurso a seguir. Saiu antes que pudesse segurá-lo.

— Você é minha mãe e eu queria conhecê-la de perto.

Era a verdade exata que saltara como o bote de uma serpente.

— O quê? O que é isso? Quem é você?

— Sou Cal Trask — disse ele. Sentiu a delicada mudança de atmosfera, como quando uma gangorra se move. Estava no assento do alto agora.

Embora sua expressão não tivesse mudado, Cal sabia que ela estava na defensiva.

Kate olhou atentamente para ele, observou cada traço do seu rosto. Uma vaga imagem lembrando Charles saltou-lhe à memória. Subitamente disse:

— Venha comigo!

Virou-se e subiu pelo caminho, mantendo-se bem de lado, evitando a lama. Cal hesitou apenas por um momento antes de segui-la subindo os degraus. Lembrou-se do grande salão na penumbra, mas o resto lhe era estranho. Kate precedeu-o ao longo de um corredor e entrou no seu quarto. Quando passou pela porta da cozinha gritou:

— Chá. Duas xícaras!

No seu quarto parecia ter-se esquecido dele. Tirou o casaco, puxando as mangas com dedos gordos enluvados e relutantes. Foi então até uma nova porta aberta na parede na extremidade do aposento onde ficava sua cama. Ela abriu a porta e entrou no novo pequeno anexo.

— Venha cá! — disse. — Traga aquela cadeira.

Cal a seguiu e entrou num quarto que parecia uma caixa. Não tinha janelas, nenhum tipo de decoração. Suas paredes eram pintadas em cinza--escuro. Um tapete cinzento espesso cobria o chão. Os únicos móveis no anexo eram uma poltrona imensa com gordas almofadas de seda cinza, uma mesa de leitura inclinada e uma lâmpada coberta por um abajur opaco. Kate puxou a corrente do interruptor com a mão enluvada, agarrando-a com força na dobra entre o polegar e o indicador como se sua mão fosse artificial.

— Feche a porta! — mandou Kate.

A luz projetou um círculo sobre a mesa de leitura e só se difundiu vagamente através da sala cinzenta. Na verdade, as paredes cinzentas pareciam sugar a luz e destruí-la.

Kate acomodou-se cuidadosamente entre as almofadas fofas e lentamente tirou as luvas. Os dedos das duas mãos estavam enfaixados.

Kate falou com um ar zangado.

— Não fique olhando. É artrite. Ah, você quer ver, não é?

Tirou as bandagens de aparência oleosa do indicador direito e estendeu o dedo torto sob a luz.

— Pronto, pode olhar. É artrite.

Gemeu de dor enquanto envolvia o dedo frouxamente com a bandagem.

— Deus, estas luvas doem! — disse. — Sente-se.

Cal se agachou na beira da sua cadeira.

— Você provavelmente vai ter isso — disse Kate. — Minha tia-avó tinha e minha mãe estava começando a ter... — E ela parou. O quarto ficou muito silencioso.

Houve uma batida suave na porta. Kate levantou a voz:

— É você, Joe? Deixe a bandeja aí fora. Joe, está aí?

Um murmúrio se ouviu através da porta.

Kate falou num tom neutro:

— A sala de estar está suja. Limpe por favor. Anne não limpou o seu quarto. Dê-lhe mais uma advertência. Diga que é a última. Eva bancou a esperta na noite passada. Deixe que eu cuido dela. E, Joe, diga ao cozinheiro que se servir cenouras de novo esta semana pode fazer as malas. Me ouviu?

O murmúrio se ouviu através da porta.

— É tudo — disse Kate. — Porcos imundos! — resmungou. — Apodreceriam se eu não tomasse conta deles. Vá pegar a bandeja do chá.

O quarto de dormir estava vazio quando Cal abriu a porta. Levou a bandeja até o anexo e colocou-a cautelosamente sobre a mesa de leitura inclinada. Era uma grande bandeja de prata e sobre ela havia um bule de estanho, duas xícaras de chá finas como papel, açúcar, creme e uma caixa aberta de chocolates.

— Sirva o chá — disse Kate. — Machuca minhas mãos.

Ela botou um chocolate na boca.

— Eu o vi olhando para este quarto — continuou depois de ter engolido sua guloseima. — A luz fere meus olhos. Venho aqui para repousar.

Viu Cal fitar rapidamente seus olhos e disse com firmeza:

— A luz fere meus olhos.

Falou com dureza:

— Qual é o problema? Não quer chá?

— Não, senhora — disse Cal. — Não gosto de chá.

Ela segurou a xícara fina com as mãos enfaixadas.

— Está bem. O que você quer?

— Nada, senhora.

— Só queria me olhar?

— Sim, senhora.

— Está satisfeito?

— Sim, senhora.

— O que acha de mim? — Deu um sorriso retorcido para ele, mostrando seus dentes brancos pequenos e afiados.

— Que está bem.

— Eu devia saber que iria fingir. Onde está seu irmão?

— Na escola, eu acho, ou em casa.

— Como é ele?
— Parece mais com a senhora.
— Parece, mesmo? E ele é igual a mim?
— Quer ser ministro da Igreja — disse Cal.
— Acho que é assim que devia ser, parece-se comigo e quer entrar para a Igreja. Um homem pode causar muito dano na Igreja. Quando alguém vem aqui, vem com a guarda erguida. Mas na Igreja um homem está bem vulnerável.
— Ele leva isso a sério — disse Cal.
Ela inclinou-se para ele e seu rosto estava vivo de interesse.
— Encha a minha xícara. Seu irmão é chato?
— Ele é bom — disse Cal.
— Perguntei-lhe se ele é chato.
— Não, senhora — disse Cal.
Ela recostou-se e ergueu a xícara.
— Como vai seu pai?
— Não quero falar sobre ele — falou Cal.
— Não quer! Gosta dele, então?
— Eu o amo — disse Cal.
Kate o examinou atentamente e foi sacudida por um curioso espasmo, sentiu uma pontada no peito. Então se fechou e recuperou o controle.
— Aceita um chocolate? — perguntou.
— Sim, senhora. Por que fez aquilo?
— Por que fiz o quê?
— Por que deu um tiro em meu pai e fugiu de nós?
— Ele lhes contou isso?
— Não. Ele não nos contou.
Ela tocou uma mão na outra e suas mãos se afastaram como se o contato as queimasse. Perguntou:
— Seu pai tem alguma... bem, garotas ou mulheres jovens visitam sua casa?
— Não — disse Cal. — Por que atirou nele e foi embora?
Suas faces se retesaram e sua boca endureceu, como se uma malha de músculos assumisse o controle. Ergueu a cabeça e seus olhos eram frios e vazios.
— Você fala como se fosse mais velho — disse. — Mas não fala como se fosse velho o bastante. Talvez seja melhor sair correndo e ir brincar. E limpe o nariz.

— Às vezes eu provoco meu irmão — disse ele. — Eu o deixo nervoso, o faço chorar. Ele não sabe como faço isso. Sou mais esperto que ele. Não quero fazer isso. Me deixa enojado.

Kate pegou o fio da meada como se fosse sua própria fala.

— Achavam-se tão espertos — falou ela. — E eu os enganei. Enganei cada um deles. E quando achavam que podiam me dizer o que fazer, ora, foi então que os enganei melhor! Charles, eu realmente os enganei.

— Meu nome é Caleb — disse Cal. — Caleb chegou à Terra Prometida. É o que Lee diz e está na Bíblia.

— É o tal do china — disse Kate, e continuou, agitada: — Adam pensou que me tinha. Quando eu estava ferida, toda quebrada, recolheu-me e cuidou de mim, cozinhou para mim. Tentou me prender daquela maneira. A maioria das pessoas se deixa prender dessa maneira. São agradecidas, ficam em dívida, e esse é o pior tipo de prisão. Mas ninguém pode me prender. Esperei muito tempo até ficar forte e depois rompi os grilhões. Ninguém consegue me prender. Sabia o que ele estava fazendo. Esperei.

O quarto cinzento ficou em silêncio, quebrado apenas pela respiração sibilante e sôfrega dela.

Cal disse:

— Por que atirou nele?

— Porque tentou me impedir de ir embora. Podia tê-lo matado, mas não o fiz. Só queria que me deixasse partir.

— Chegou a desejar um dia que tivesse ficado?

— Cristo, não! Ainda criança eu fazia sempre o que queria. Nunca sabiam como eu conseguia. Nunca. Tinham sempre tanta certeza de que estavam com a razão. E nunca sabiam, nunca ninguém soube. — E uma espécie de percepção se apossou dela. — Certamente, você é do meu tipo. Talvez seja igual a mim. Por que não deveria ser?

Cal levantou-se e entrelaçou as mãos na nuca.

— Quando era criança... — Fez uma pausa para articular o pensamento. — ... nunca sentiu como se faltasse alguma coisa? Como se as outras pessoas soubessem de algo que a senhora não sabia, como um segredo que não quisessem lhe contar? Nunca se sentiu assim?

Enquanto falava o rosto dela começou a aproximar-se do seu e quando fez uma pausa ela estava desligada e a via aberta entre eles foi bloqueada.

Ela disse:

— O que estou fazendo, falando com meninos!

Cal tirou as mãos da nuca e enfiou-as nos bolsos.

— Falando com meninos de nariz sujo — disse. — Devo estar maluca.

O rosto de Cal estava aceso de excitação e seus olhos abertos a toda visão.

Kate disse:

— O que está acontecendo com você?

Ele ficou parado, a testa reluzente de suor, as mãos em punhos cerrados.

Kate, como sempre fazia, investiu com a lâmina ágil, mas insensata da sua crueldade. Riu baixinho.

— Posso ter-lhe passado coisas interessantes como isso... — E ergueu as mãos retorcidas. — Mas se for epilepsia, você não pegou de mim.

Olhou atentamente para ele, antecipando o choque e começando a preocupar-se com ele.

Cal falou com um ar contente.

— Estou indo — disse. — Vou embora agora. Está tudo bem. O que Lee disse era verdade.

— O que foi que Lee disse?

Cal falou:

— Eu receava ter um pouco de você em mim.

— Você tem — disse Kate.

— Não, não tenho. O que tenho é meu. Não preciso ser igual.

— Como é que sabe disso? — perguntou ela.

— Simplesmente sei. Acabei me dando conta disso. Se sou mau, sou mau por mim mesmo.

— Esse china realmente lhe enfiou algumas minhocas na cabeça. Por que está olhando para mim assim?

Cal disse:

— Não acho que a luz fira seus olhos. Acho que tem medo.

— Saia! — gritou ela. — Vamos, saia!

— Já estou indo. — Ele havia colocado a mão na maçaneta. — Não a odeio. Mas fico feliz em ver que tem medo.

Ela tentou gritar "Joe!", mas sua voz engrolou-se num grasnado.

Cal escancarou a porta e bateu-a atrás de si.

Joe estava falando com uma das garotas no salão. Ouviram o ruído de passos leves e rápidos. Quando ergueram os olhos, uma figura de passagem chegava à porta, a abria, deslizava por ela e a pesada porta da frente batia. Ouviram apenas um passo na varanda e depois um rangido, enquanto pés saltitantes tocavam na terra.

— Que diabo foi isso? — perguntou a garota.

— Sabe Deus — falou Joe. — Às vezes acho que estou vendo coisas.

— Eu também — disse a garota. — Eu já contei que Clara tem insetos debaixo da pele?

— Acho que você viu a sombra da agulha — disse Joe. — Pelo que vejo, quanto menos se sabe, melhor.

— Falou uma grande verdade — concordou a garota.

40

[1]

Kate se recostou na poltrona e se afundou nas almofadas macias. Ondas nervosas percorreram seu corpo, levantando as penugens e formando marolas gélidas que queimavam a pele.

Falou em voz baixa para si mesma.

— Controle-se agora — disse. — Acalme-se. Não deixe que isso a afete. Pare de pensar por um tempo. Fedelho desgraçado de nariz remelento!

Lembrou-se da única pessoa que um dia a fizera sentir esse pânico. Foi Samuel Hamilton, com sua barba branca e suas bochechas rosadas e os olhos sorridentes que levantavam a sua pele e viam o que havia debaixo.

Com o indicador enfaixado puxou uma corrente fina que envolvia o seu pescoço e retirou a parte que estava dentro do seu corpete. Da corrente pendiam duas chaves de cofre-forte, um relógio de ouro com um broche de flor-de-lis e um pequeno tubo de aço com um anel na parte superior. Com muito cuidado, ela desatarraxou a tampa do tubo e, abrindo os joelhos, fez cair uma cápsula gelatinosa. Colocou a cápsula sob a luz e viu os cristais brancos dentro dela — seis grãos de morfina, uma boa dose. Muito suavemente colocou a cápsula no tubo, atarraxou a tampa e colocou a corrente dentro do vestido.

As últimas palavras de Cal se repetiam sem cessar na sua cabeça. "Fico feliz em ver que tem medo." Disse as palavras em voz alta para si mesma para matar o som. O ritmo parou, mas uma imagem firme formou-se na sua mente e ela deixou que se formasse para que pudesse examiná-la de novo.

[2]

Aconteceu antes que o anexo fosse construído. Kate havia retirado o dinheiro que Charles lhe deixara. O cheque foi convertido em notas de valor alto e as notas em seus fardos estavam nas caixas de depósitos no cofre-forte do banco de Monterey.

Foi por essa ocasião que as primeiras dores começaram a entortar suas mãos. Já havia dinheiro suficiente para ir embora. Era só questão de conseguir o máximo que pudesse pela casa. Mas era também melhor esperar até que se sentisse melhor de novo.

Nunca voltou a se sentir melhor. Nova York parecia fria e muito distante.

Chegou uma carta para ela assinada "Ethel". Quem podia ser essa Ethel? Quem quer que fosse, devia ser louca para pedir dinheiro. Ethel — havia centenas de Ethels. As Ethels cresciam por trás de cada arbusto. E essa rabiscava de maneira ilegível numa folha de papel pautado.

Pouco tempo depois Ethel veio visitar Kate e Kate quase não a reconheceu. Kate ficou sentada à sua mesa, atenta, cautelosa e confiante.

— Faz muito tempo — falou.

Ethel reagiu como o soldado reformado que visita o sargento que o treinou.

— Não tenho andado muito bem — disse. As carnes haviam se avolumado em todo o seu corpo. Suas roupas tinham a limpeza vazia da pobreza.

— Onde está hospedada? — perguntou Kate e ficou pensando quanto tempo o traste velho levaria para dizer a que vinha.

— No hotel Southern Pacific. Aluguei um quarto.

— Então não trabalha numa casa agora?

— Eu nunca mais poderia recomeçar — disse Ethel. — Você não devia ter me deixado na mão. — E enxugou grandes lágrimas dos cantos dos olhos com a ponta de uma luva de algodão. — As coisas vão mal — disse ela. — Primeiro, tivemos problemas quando chegou aquele juiz novo. Peguei noventa dias e nem era fichada, não aqui, pelo menos. Saí daquela e peguei uma gonorreia. Não sabia que tinha pegado. Passei para um cliente, um sujeito bom, trabalhava na ferrovia. Ficou zangado e me surrou, machucou meu nariz, perdi quatro dentes e o juiz novo me deu mais cento e oitenta dias. É o diabo, Kate, você perde todos os seus contatos em cento e oitenta dias. Esquecem que está viva. Simplesmente não consegui recomeçar.

Kate balançou a cabeça com simpatia fria e rasa. Sabia que Ethel estava se preparando para morder. Pouco antes de acontecer, Kate fez um lance. Abriu a gaveta da escrivaninha, tirou algum dinheiro e o estendeu para Ethel.

— Nunca deixo uma amiga na mão — disse. — Por que não vai para outra cidade e começa tudo de novo? Poderia mudar sua sorte.

Ethel tentou impedir seus dedos de agarrarem o dinheiro. Colocou as notas em leque como uma mão de pôquer — quatro notas de dez. Sua boca começou a trabalhar com emoção.

Ethel disse:

— Eu esperava que você me desse mais do que quarenta dólares.

— O que quer dizer?

— Não recebeu minha carta?

— Que carta?

— Ah! — disse Ethel. — É possível que os correios a tenham extraviado. Não sabem cuidar das coisas. De qualquer modo, achei que cuidaria de mim. Não estou me sentindo nada bem. Tem um peso repuxando minhas entranhas. — Ela suspirou e então falou tão rapidamente que Kate sabia que aquilo tinha sido ensaiado.

— Talvez se lembre de que tenho o dom de prever as coisas — começou Ethel. — Sempre antecipo coisas que acabam acontecendo. Sempre sonho com coisas que acabam se concretizando. Dizem que eu devia trabalhar como vidente. Dizem que sou uma médium natural. Lembra-se disso?

— Não — disse Kate. — Não me lembro.

— Não? Bem, talvez nunca tenha notado. Todas as outras notaram. Contei-lhes um monte de coisas e elas se tornaram verdade.

— Que está tentando dizer?

— Eu tive um sonho que vou lhe contar. Lembro bem dele porque foi na mesma noite em que Faye morreu. — Seus olhos piscaram para o rosto frio de Kate. Ela continuou tenazmente: — Chovia naquela noite e chovia no meu sonho... enfim, estava tudo molhado. No meu sonho eu vi você saindo pela porta da cozinha. Não estava totalmente escuro, entrava um pouco de luar. Você saía pelos fundos do terreno e se abaixava. Eu não conseguia ver o que tinha feito. E então você voltava rastejando. Logo depois, veja só, Faye estava morta.

Fez uma pausa e esperou algum comentário de Kate, mas o rosto de Kate não exibia nenhuma expressão.

Ethel esperou até ter a certeza de que Kate não iria falar.

— Como eu disse, sempre acreditei nos meus sonhos. Engraçado, não havia nada lá a não ser uns frascos de remédios quebrados e a borrachinha de um conta-gotas.

Kate falou preguiçosamente:

— Então você levou tudo a um médico. O que foi que ele disse que havia nos frascos?

— Não, não fiz nada disso.

— Devia ter feito — disse Kate.

— Não quero meter ninguém em encrenca. Já tive encrenca bastante eu mesma. Coloquei todos aqueles vidros quebrados num envelope e guardei.

Kate falou suavemente:

— E veio me ver para pedir conselho?

— Sim, senhora.

— Vou lhe dizer o que acho — disse Kate. — Acho que você é uma puta velha acabada que já levou pancada demais na cabeça.

— Não venha me dizer que sou louca... — começou Ethel.

— Não, talvez não seja, mas está cansada e doente. Eu lhe disse que nunca deixo uma amiga na mão. Pode voltar para cá. Não pode trabalhar, mas pode ajudar, limpar e dar uma mão para o cozinheiro. Vai ter uma cama e vai ter suas refeições. Que acha disso? E ainda um dinheirinho para gastar?

Ethel mexeu-se com apreensão.

— Não, senhora. Não acho que queira... dormir aqui. Não trago aquele envelope comigo. Deixei-o com uma amiga.

— O que tinha em mente? — perguntou Kate.

— Pensei que se pudesse dar um jeito de me arranjar cem dólares por mês talvez eu pudesse sair desta e recuperar minha saúde.

— Disse que morava no hotel Southern Pacific?

— Sim, senhora, e meu quarto fica bem no corredor acima da recepção. O gerente da noite é meu amigo. Nunca dorme quando está de serviço. Um bom sujeito.

Kate disse:

— Não molhe as calças, Ethel. Tudo com que tem de se preocupar é quanto custa o "bom sujeito". Espere um minuto.

Contou mais seis notas de dez dólares da gaveta à sua frente e estendeu-as.

— O dinheiro vai chegar todo primeiro dia do mês ou tenho de vir buscar aqui?

— Eu mando para você — disse Kate. — E, Ethel — continuou com voz calma —, ainda acho que deveria mandar analisar aqueles frascos.

Ethel apertou o dinheiro em sua mão. Estava radiante de triunfo e de contentamento. Era uma das poucas coisas que tinham dado certo em sua vida.

— Eu não pensaria em fazer isso — falou. — A não ser que fosse forçada.

Depois que ela se foi, Kate caminhou até os fundos do terreno atrás da casa. E mesmo após anos pôde ver, pela irregularidade do solo, que ele devia ter sido minuciosamente escavado.

Na manhã seguinte, o juiz ouvia o costumeiro relato das pequenas violências e da cobiça noturna. Ouviu apenas pela metade o quarto caso e no final do depoimento tenso da testemunha queixosa perguntou:

— Quanto foi que perdeu?

O homem de cabelos escuros disse:

— Cerca de cem dólares.

O juiz se virou para o policial autor da detenção.

— Quanto tinha ela em seu poder?

— Noventa e seis dólares. Comprou uísque, cigarros e revistas do gerente da noite às seis horas desta manhã.

Ethel gritou:

— Nunca vi este sujeito na minha vida.

O juiz ergueu os olhos dos seus papéis.

— Duas vezes por prostituição e agora por roubo. Está nos saindo muito caro. Quero que saia da cidade antes do meio-dia.

Virou-se para o policial.

— Diga ao xerife para levá-la até a divisa do condado. — E falou para Ethel: — Se voltar, vou entregá-la ao condado para a pena máxima, e isso significa a penitenciária de San Quentin. Entendeu bem?

Ethel falou:

— Meritíssimo, preciso vê-lo a sós.

— Por quê?

— Tenho algo para lhe contar — disse Ethel. — Isso é uma armação.

— Tudo é uma armação — disse o juiz. — O próximo.

Enquanto um assistente do xerife levava Ethel para a divisa do condado na ponte sobre o rio Pajaro, a testemunha queixosa caminhava por Castroville em direção da casa de Kate, mudou de ideia e voltou até a barbearia de Kenoe para cortar os cabelos.

[3]

A visita de Ethel não perturbou muito Kate quando aconteceu. Sabia que tipo de atenção seria dada a uma prostituta ressentida e que uma análise dos frascos quebrados não mostraria nada identificável como veneno. Havia quase esquecido de Faye. A memória forçada foi apenas uma lembrança desagradável.

Gradualmente, porém, começou a pensar naquilo. Uma noite, quando verificava uma nota do armazém, um pensamento atravessou sua mente, relampejando e piscando como um meteoro. O pensamento faiscou e sumiu tão rapidamente que ela teve de parar o que fazia para tentar localizá-lo. Por que o rosto sombrio de Charles estava envolvido no pensamento? E os olhos intrigados e alegres de Samuel Hamilton? E por que aquele pensamento fugaz lhe dava um calafrio de medo?

Desistiu e voltou ao seu trabalho, mas o rosto de Charles estava atrás dela, olhando por cima do seu ombro. Seus dedos começaram a doer. Colocou as contas de lado e deu uma volta pela casa. Era uma noite lenta e apática — uma noite de terça-feira. Não havia nem clientes suficientes para montar o circo.

Kate sabia o que as garotas sentiam por ela. Tinham um medo desesperado dela. Ela as mantinha assim. Era provável que a odiassem, e isso também não tinha importância. Mas confiavam nela, e isso tinha importância. Se seguissem as regras que ela impusera, se as seguissem exatamente, Kate tomaria conta delas e as protegeria. Não havia amor envolvido nisso, nem respeito. Nunca as recompensava e punia uma infratora apenas duas vezes antes de demiti-la. As garotas tinham a segurança de saber que não seriam punidas sem causa.

Quando Kate caminhava pela casa, as garotas fingiam estar à vontade. Kate sabia e esperava isso. Mas naquela noite sentia que não estava sozinha. Charles parecia caminhar do seu lado e atrás dela.

Atravessou a sala de jantar, entrou na cozinha, abriu a geladeira e olhou dentro dela. Levantou a tampa da lata de lixo e inspecionou os detritos. Fazia isso toda noite, mas aquela noite carregava um peso extra.

Quando deixou o salão, as garotas se entreolharam e levantaram os ombros com espanto. Eloise, que conversava com Joe, o de cabelos escuros, disse:

— Algum problema?
— Não que eu saiba. Por quê?
— Não sei. Ela parece nervosa.
— Bem, houve uma espécie de confusão.
— O que foi?
— Espere um minuto! — disse Joe. — Não sei e você não sabe.
— Entendi. Devo cuidar da minha própria vida.
— Você tem toda a razão — disse Joe. — Vamos deixar as coisas assim, concorda?
— Não quero saber — disse Eloise.
— Agora está falando a coisa certa — falou Joe.
Kate fez o percurso de volta da sua inspeção.
— Vou para a cama — disse a Joe. — Não me chame a não ser que seja necessário.
— Há algo que eu possa fazer?
— Sim, faça-me um bule de chá. Passou aquele vestido, Eloise?
— Sim, senhora.
— Não o fez muito bem.
— Sim, senhora.
Kate estava inquieta. Colocou todos os seus papéis ordenadamente nos escaninhos de sua escrivaninha e quando Joe trouxe a bandeja com o chá pediu que colocasse na mesinha ao lado da cama.
Deitada entre os seus travesseiros e tomando seu chá, ela aprofundou o seu pensamento. E quanto a Charles? E então lhe veio à mente.
Charles era esperto. À sua maneira louca, Sam Hamilton era esperto. Aquele era o pensamento traspassado de medo — existiam pessoas espertas. Tanto Sam como Charles estavam mortos, mas talvez houvesse outros. Raciocinou muito lentamente.
Supondo que fosse eu quem desenterrasse os frascos? O que eu pensaria e o que faria? Uma ponta de pânico ergueu-se em seu peito. Por que estavam os frascos quebrados e enterrados? Certo, não era veneno. Então por que enterrá-los? O que a levara a fazer aquilo? Devia tê-los jogado na sarjeta da rua ou na lata de lixo. O dr. Wilde estava morto. Mas que tipo de registros ele guardava? Ela não sabia. Supondo que ela tivesse encontrado o frasco e soubesse o que continha. Não teria perguntado a alguém com conhecimento "Se você desse óleo de cróton a uma pessoa, o que aconteceria?"

"Vamos supor que você administrasse pequenas doses e mantivesse isso durante muito tempo?" Ela saberia. Talvez outra pessoa também soubesse.

"Supondo que você ouvisse falar de uma dona de bordel rica que legou tudo para uma garota e depois morreu?" Kate sabia perfeitamente bem qual seria o seu primeiro pensamento. Que insanidade a levara a fazer com que expulsassem Ethel? Agora não podia ser encontrada. Ethel deveria ter sido paga e mediante uma boa conversa teria entregado os frascos. Onde estavam agora? Num envelope — mas onde? Como Ethel podia ser encontrada?

Ethel saberia por que e como fora expulsa da cidade. Ethel não era inteligente, mas podia contar a alguém que fosse inteligente. Aquela voz tagarela poderia contar a história, como Faye estava doente, qual era a sua aparência, e sobre o testamento.

Kate respirava rapidamente e pequenas agulhadas de medo começavam a percorrer o seu corpo. Iria para Nova York ou qualquer outro lugar — não se daria ao trabalho de vender a casa. Nem precisava do dinheiro. Tinha o suficiente. Ninguém poderia encontrá-la. Sim, mas se ela fugisse e a pessoa certa ouvisse a história de Ethel, isso não daria uma pista?

Kate levantou-se da cama e tomou uma dose maciça de brometo.

A partir daquele momento, o medo pegajoso sempre estivera ao seu lado. Ficou quase feliz ao saber que a dor em suas mãos era um começo de artrite. Uma voz maligna sussurrou que poderia ser um castigo.

Nunca saíra muito pela cidade, mas agora criou uma relutância de sair. Sabia que os homens olhavam secretamente para ela quando passava, sabendo quem era. Suponha que um desses homens tivesse o rosto de Charles ou os olhos de Samuel. Tinha de se forçar a sair de casa uma vez por semana.

Então construiu o anexo e mandou que o pintassem de cinza. Disse que era porque a luz machucava seus olhos. Seus olhos ardiam depois de uma viagem à cidade. Passava cada vez mais tempo no seu quartinho.

É possível para algumas pessoas, e era possível para Kate, manter duas opiniões opostas ao mesmo tempo. Acreditava que a luz feria seus olhos e também que o quartinho cinzento era uma caverna na qual podia se esconder, uma toca escura na terra, um lugar onde nenhum olhar a veria. Uma vez, sentada na sua cadeira cheia de travesseiros, ela imaginou a construção de uma porta secreta para que pudesse ter uma avenida de escape. E então um sentimento mais do que um pensamento, derrubou o plano. Não estaria protegida. Se ela podia sair, algo poderia entrar — aquele algo que começara a cercar a casa, a arrastar-se junto às paredes externas à noite e a subir silenciosamente, tentando olhar através das janelas. Era preciso cada vez mais força de vontade para que Kate saísse de casa nas tardes de segunda-feira.

Quando Cal começou a segui-la, ela teve um terrível surto de medo. E, quando esperou por ele atrás do alfeneiro, estava à beira do pânico.

Mas agora sua cabeça estava afundada nos travesseiros macios e seus olhos sentiam o peso agradável do brometo.

41

[1]

A nação caminhou, sem perceber, para a guerra, assustada e ao mesmo tempo atraída. As pessoas não sentiam a emoção vibrante da guerra há quase sessenta anos. O conflito com a Espanha foi mais uma expedição do que uma guerra. Wilson foi reeleito presidente em novembro graças à sua plataforma de nos manter fora da guerra e ao mesmo tempo foi instruído a ter mão firme, o que significava inevitavelmente guerra. Os negócios se reativaram e os preços começaram a subir. Agentes comerciais britânicos corriam pelo país, comprando comida, roupas, metais e produtos químicos. Uma corrente de excitação se apossava do país. As pessoas não acreditavam realmente na guerra mesmo enquanto a planejavam. O vale do Salinas continuava com sua vida de sempre.

[2]

Cal caminhava até a escola com Aron.

— Parece cansado — disse Aron.

— Pareço?

— Ouvi quando chegou na noite passada. Quatro da manhã. Que faz até tão tarde?

— Estava caminhando, pensando. Gostaria de deixar a escola e voltar para o rancho?

— Para quê?

— Podíamos ganhar dinheiro para o pai.

— Vou para a universidade. Gostaria de ir agora. Todo mundo está rindo de nós. Quero sair da cidade.

— Age como louco.

— Não sou louco. Mas não perdi o dinheiro. Não tive uma ideia de alface maluca. Mas as pessoas riem de mim mesmo assim. E não sei se há dinheiro suficiente para a universidade.

— Ele não teve a intenção de perder o dinheiro.

— Mas perdeu.

Cal disse:

— Você tem este ano para terminar e o ano seguinte inteiro antes que possa ir para a universidade.

— Acha que não sei disso?

— Se estudasse muito, talvez pudesse fazer os exames no próximo verão e partir no outono.

Aron se virou para Cal.

— Eu não poderia fazer isso.

— Acho que poderia. Por que não fala com o diretor? E aposto que o reverendo Rolf o ajudaria.

Aron disse:

— Quero ir embora desta cidade. Não quero voltar nunca mais. Ainda nos chamam de cabeças-de-alface. Riem de nós.

— E quanto a Abra?

— Abra fará o que é melhor.

Cal perguntou:

— Ela gostaria de ir embora com você?

— Abra vai fazer o que eu quiser que ela faça.

Cal pensou por um momento.

— Quero lhe dizer uma coisa. Vou tentar ganhar algum dinheiro. Se você se aplicar e passar nos exames um ano antes, vou ajudá-lo a cursar a universidade.

— Vai mesmo?

— Claro que vou.

— Então vou procurar o diretor agora mesmo. — E apertou o passo.

Cal gritou:

— Aron, espere! Escute! Se ele disser que você pode fazer isso, não conte a papai.

— Por que não?

— Estava pensando como seria bonito se você simplesmente chegasse a ele e dissesse que havia conseguido.

— Não vejo que diferença faz.

— Não vê?

— Não, não vejo — disse Aron. — Parece bobagem para mim.

Cal teve uma vontade violenta de gritar "Sei quem é nossa mãe! Posso mostrá-la para você".

Aquilo cortaria as entranhas de Aron e chamaria sua atenção.

Cal se encontrou com Abra no corredor, antes que o sino da escola tocasse.

— O que está havendo com Aron? — perguntou.

— Não sei.

— Sim, você sabe — disse ela.

— Ele está no meio de uma nuvem. Acho que é aquele ministro.

— Ele volta a pé para casa com você?

— Claro que sim. Mas posso enxergar através dele. Está usando asas.

— Ainda está envergonhado com a história da alface.

— Sei que está — disse Abra. — Estou tentando tirá-lo dessa. Mas acho que ele está gostando de sofrer.

— Que quer dizer?

— Nada — disse Abra.

Depois do jantar naquela noite, Cal perguntou:

— Pai, se incomodaria se eu fosse até o rancho na sexta-feira à tarde?

Adam se virou na cadeira.

— Para quê?

— Só para ver. Só quero dar uma olhada.

— Aron quer ir?

— Não, eu quero ir sozinho.

— Não vejo por que não deveria. Lee, vê algum motivo para que ele não fosse?

— Não — disse Lee. Estudou Cal. — Está pensando seriamente em se tornar fazendeiro?

— Se me deixasse tomar conta do rancho, eu o cultivaria, pai.

— O arrendamento ainda vai vigorar por mais um ano — falou Adam.

— Depois disso posso cultivar a terra?

— E quanto à escola?

— Terei terminado a escola.

— Bem, vamos ver — disse Adam. — Você poderia querer ir para a universidade.

Quando Cal partiu para a porta da frente, Lee o seguiu e saiu com ele.

— Pode me dizer do que se trata? — perguntou Lee.

— Só quero dar uma olhada.

— Muito bem, acho que estou sendo deixado de fora.

Lee virou-se para entrar em casa de novo. Então gritou:

— Cal!

O menino parou.

— Está preocupado, Cal?

— Não.

— Eu tenho cinco mil dólares se precisar um dia.

— Por que eu precisaria?

— Não sei — disse Lee.

[3]

Will Hamilton gostava da gaiola de vidro que era o seu escritório na garagem. Seus interesses comerciais eram muito mais amplos do que a agência de automóveis, mas não tinha outro escritório. Adorava a movimentação do lado de fora da sua gaiola quadrada de vidro. E colocara vidro duplo para eliminar o ruído da garagem.

Sentava-se na sua grande cadeira giratória de couro vermelho e a maior parte do tempo desfrutava da sua vida. Quando as pessoas falavam sobre o seu irmão Joe, que ganhava muito dinheiro em publicidade no Leste, Will sempre dizia que ele próprio não passava de uma rã grande numa poça pequena.

— Eu teria medo de ir para uma cidade grande — dizia. — Sou apenas um rapaz do campo. — E gostava da risada que se seguia. Provava a ele que seus amigos sabiam que era rico.

Cal veio procurá-lo numa manhã de sábado. Ao ver o olhar intrigado de Will, ele disse:

— Sou Cal Trask.

— Ora, é claro. Meu Deus, você cresceu bastante. Seu pai veio também?

— Não, vim sozinho.

— Sente-se. Não creio que fume.

— Às vezes. Cigarros.

Will empurrou uma caixa de Murads até o outro lado da mesa. Cal abriu a caixa e a fechou em seguida.

— Acho que não vou querer agora.

Will olhou para o menino de rosto moreno e gostou dele. Pensou: "Este rapaz é esperto. Não se deixa enganar por ninguém."

— Acho que vai entrar para os negócios muito em breve — disse.

— Sim, senhor. Achei que poderia tocar o rancho quando terminar a escola.

— Não há dinheiro nesse negócio — disse Will. — Fazendeiros não ganham dinheiro. Quem ganha é o homem que compra deles e revende. Nunca vai ganhar dinheiro como fazendeiro. — Will sabia que Cal o estava sondando, testando, observando, e aprovou isso.

Cal já havia tomado a sua decisão, mas primeiro perguntou:

— Sr. Hamilton, o senhor não tem filhos, não é?

— Não tenho. E lamento isso. Lamento muitíssimo. Por que pergunta?

Cal ignorou a questão.

— Seria capaz de me dar alguns conselhos?

Will sentiu uma onda de prazer.

— Se puder, gostaria muito. O que deseja saber?

Então Cal fez algo que Will Hamilton aprovou ainda mais. Usou a candura como arma. Disse:

— Quero ganhar muito dinheiro. Gostaria que me dissesse como.

Will dominou o impulso de rir. Por mais ingênua que fosse a declaração, não considerava Cal ingênuo.

— Todo mundo deseja isso — falou. — Que quer dizer por uma porção de dinheiro?

— Vinte ou trinta mil dólares.

— Meu Deus do céu! — disse Will e deslocou a cadeira para a frente com um rangido. E agora riu, mas não em tom de troça. Cal acompanhou com um sorriso a risada de Will.

Will perguntou:

— Pode me dizer por que quer ganhar tanto dinheiro assim?

— Sim, senhor — disse Cal. — Eu posso.

Cal abriu a caixa de Murads, tirou um dos cigarros ovais com ponta de cortiça e o acendeu.

— Vou lhe dizer por quê — falou.

Will recostou-se na cadeira, satisfeito.

— Meu pai perdeu muito dinheiro.

— Eu sei — disse Will. — Eu o adverti para não transportar alface para o outro lado do país.

— Fez isso? Por quê?

— Não havia garantias — disse Will. — Um homem de negócios tem de se proteger. Se alguma coisa acontecesse, ele estaria acabado. E aconteceu. Continue.

— Quero ganhar bastante dinheiro para dar-lhe de volta o que perdeu.

Will olhou para ele de boca aberta.

— Por quê? — perguntou.

— Quero fazer isso.

— Você gosta dele?

— Sim.

O rosto rechonchudo de Will contorceu-se e uma lembrança o varreu como um vento gelado. Não se deslocou lentamente até o passado, tudo lhe veio num lampejo, todos os anos passados, um retrato, uma sensação e um desespero, tudo congelado como uma câmara rápida congela o mundo. Teve uma visão fugaz de Samuel, belo como a aurora parecendo o voo de uma andorinha, e o brilhante e pensativo Tom que era fogo escuro, Una que cavalgava as tempestades e a adorável Mollie, Dessie com sua risada, George bonito com uma suavidade que enchia uma sala como o perfume de flores, e havia Joe, o mais moço, o querido. Cada um, sem esforço, trouxera algum dom à família.

Quase todo mundo possui sua caixa secreta de dor, partilhada com ninguém. Will soubera esconder a sua, ria alto, explorava virtudes perversas e nunca deixava seu ciúme à solta. Considerava a si mesmo como lento, embotado, conservador, sem inspiração. Nenhum grande sonho o elevava às alturas e nenhum desespero o impelia à autodestruição. Estava sempre à margem, tentando agarrar-se à beira da família com os dons que tivesse — interesse, razão e aplicação. Mantinha a contabilidade, contratava os advogados, convocava o agente funerário e acabava pagando as contas. Os outros sequer se davam conta de que precisavam dele. Tinha a capacidade de ganhar dinheiro e de conservá-lo. Achava que os Hamilton o desprezavam por essa única qualidade. Ele os amara obstinadamente, sempre estivera à mão com o seu dinheiro para resgatá-los dos seus erros.

Achava que se envergonhavam dele e lutava amargamente por seu reconhecimento. Tudo isso estava no vento gélido que o traspassou.

Seus olhos ligeiramente arregalados estavam úmidos quando olhou além de Cal, e o rapaz perguntou:

— O que é que há, sr. Hamilton? Não se sente bem?

Will sentira a sua família, mas não a entendera. E todos o aceitavam sem saber que havia alguma coisa a ser entendida. E agora aparecia este garoto. Will o entendeu, o sentiu, o reconheceu. Era o filho que devia ter tido, ou o irmão, ou o pai. E o vento frio da memória alterou-se numa onda de calor em direção a Cal, que o agarrava pelo estômago e subia, apertando os pulmões.

Concentrou sua atenção no escritório de vidro. Cal estava recostado na cadeira, esperando.

Will não soube quanto tempo durou o seu silêncio.

— Estava pensando — disse sem muita convicção. Endureceu a voz: — Você me pediu algo. Sou um homem de negócios. Não dou as coisas de graça. Eu as vendo.

— Sim, senhor. — Cal estava atento, mas sentia que Will Hamilton gostava dele.

Will disse:

— Quero saber uma coisa e quero a verdade. Vai me dizer a verdade?

— Não sei — disse Cal.

— Gosto disso. Como é que você pode saber até que conheça a pergunta? É inteligente e franco. Escute, você tem um irmão. Seu pai gosta mais dele do que de você?

— Todo mundo gosta mais dele — falou Cal, calmamente. — Todo mundo adora Aron.

— Você também?

— Sim, senhor. Pelo menos... sim, eu o adoro.

— O que quer dizer o "pelo menos"?

— Às vezes, eu o acho burro, mas gosto dele.

— E quanto ao seu pai?

— Eu o amo — disse Cal.

— E ele gosta mais do seu irmão.

— Não sei.

— Você diz que quer reembolsar o dinheiro que o seu pai perdeu. Por quê?

Normalmente, os olhos de Cal eram oblíquos e cautelosos, mas agora estavam tão abertos que pareciam esquadrinhar e atravessar Will. Cal estava tão próximo de sua própria alma quanto é possível chegar.

— Meu pai é bom — disse. — Quero compensá-lo porque eu não sou bom.

— Se não fizesse isso, você não seria bom?

— Não — disse Cal. — Eu tenho maus pensamentos.

Will nunca conhecera alguém que falasse tão cruamente. Estava quase próximo do constrangimento por causa da nudez de sentimentos e sabia o quanto Cal estava seguro em sua franqueza despojada.

— Só mais uma pergunta — disse. — E não vou me importar se não responder. Não creio que eu respondesse. Ouça. Suponha que consiga esse dinheiro e o dê ao seu pai, não lhe passaria pela cabeça que estava tentando comprar o amor dele?

— Sim, senhor. Passaria. E seria verdade.

— É tudo o que eu queria perguntar. Nada mais.

Will inclinou-se para a frente e colocou as mãos sobre a testa suada e latejante. Não conseguia lembrar há quanto tempo fora tão tocado no seu íntimo. E em Cal havia um cauteloso ímpeto de triunfo. Sabia que tinha vencido e fechou o rosto para ocultar isso.

Will levantou a cabeça, tirou os óculos e enxugou a umidade nas lentes.

— Vamos sair um pouco — disse. — Vamos dar uma volta de carro.

Will dirigia um grande Winton agora, com um capô comprido como um caixão e um ruído poderoso e abafado nas suas entranhas. Rodou de King City para o sul pela estrada do condado, através das forças da primavera que se reuniam enquanto as calhandras voavam à frente, fazendo brotar melodia dos arames das cercas. O Pico Blanco se destacava contra o Oeste com o topo carregado de neve e no vale as fileiras de eucaliptos, que se estendiam ao longo do vale para conter os ventos, reluziam prateadas com suas novas folhas.

Quando chegou à estrada lateral que levava até a casa dos Trask, Will encostou o carro à margem da estrada. Não tinha falado desde que o Winton partira de King City. O grande motor repousava com um sussurro profundo.

Will, olhando direto para a frente, perguntou:

— Cal, quer ser meu sócio?

— Sim, senhor.

— Não gosto de aceitar um sócio sem dinheiro. Podia emprestar-lhe o dinheiro, mas só há um problema nisso.

— Posso conseguir dinheiro — disse Cal.

— Quanto?

— Cinco mil dólares.

— Você... não acredito nisso.

Cal não respondeu.

— Eu acredito — disse Will. — Emprestado?

— Sim, senhor.

— E a taxa de juros?

— Nenhuma.

— É um bom truque. Onde vai conseguir o dinheiro?

— Não vou contar, senhor.

Will sacudiu a cabeça e riu. Sentia grande prazer.

— Talvez esteja sendo um tolo, mas acredito em você, e não sou um tolo.

Acelerou o motor e o deixou descansar de novo.

— Quero que me ouça. Lê os jornais?

— Sim, senhor.

— Vamos entrar nesta guerra a qualquer momento.

— É o que parece.

— Bem, uma porção de pessoas acredita nisso. Sabe qual é o preço atual dos feijões? Quero dizer, por quanto você pode vender cem sacos de feijão em Salinas?

— Não estou certo. Acho que dá sete centavos o quilo.

— Que quer dizer com não estar certo? Como sabe disso?

— Estava pensando em pedir ao meu pai que me deixasse administrar o rancho.

— Estou vendo. Mas você não quer trabalhar como fazendeiro. Você é muito esperto. O arrendatário do seu pai se chama Rantani. É um ítalo-suíço, um bom fazendeiro. Já cultivou quase duzentos hectares. Se lhe garantirmos dez centavos o quilo e dermos um empréstimo para as sementes, vai plantar feijões. É o que todo fazendeiro destas redondezas vai fazer. Podíamos contratar dois mil hectares de feijões.

Cal disse:

— E o que vamos fazer com feijões a dez centavos num mercado de sete centavos o quilo? Ah, sim, entendi. Mas como podemos ter certeza?

Will disse:

— Somos sócios?

— Sim, senhor.

— Sim, Will.

— Sim, Will.

— Quando pode ter os cinco mil dólares em mãos?

— Na próxima quarta-feira.

— Fechado!

Solenemente, o homem entroncado e o rapaz moreno e esguio apertaram a mão.

Will, ainda segurando a mão de Cal, disse:

— Agora somos sócios. Tenho um contato com a Agência Britânica de Compras. E tenho um amigo no Serviço de Intendência. Aposto que podemos vender todos os feijões que tivermos a vinte centavos o quilo ou mais.

— Quando pode vender?

— Vou vender antes de assinarmos qualquer coisa. Gostaria agora que fôssemos até a casa da fazenda conversar com Rantani?

— Sim, senhor — disse Cal.

Will engrenou o Winton e o grande carro verde partiu rugindo pela estrada transversal.

42

[1]

Uma guerra sempre acontece com os outros. Em Salinas tínhamos a consciência de que os Estados Unidos eram a maior e mais poderosa nação do mundo. Todo americano carregava um fuzil desde o nascimento e um americano valia dez ou vinte estrangeiros numa briga.

A expedição de Pershing ao México para combater Pancho Villa explodiu com um de nossos mitos por algum tempo. Acreditávamos de fato que os mexicanos não sabiam atirar e, além do mais, eram preguiçosos e estúpidos. Quando nossa Tropa C regressou abatida da fronteira, os soldados disseram que nada daquilo era verdade. Os mexicanos sabiam atirar muito bem! E a cavalaria de Villa tinha superado nossos rapazes. O treinamento de duas noites por mês não os endurecera muito. E, acima de tudo, os mexicanos foram mais inteligentes em estratégia e emboscada do que o velho Black Jack Pershing. Quando os mexicanos receberam o reforço do seu aliado, a disenteria, foi o fim. Alguns dos nossos rapazes levariam anos para recuperar a saúde.

De certo modo, não vinculávamos alemães a mexicanos. Voltamos logo aos nossos mitos. Um americano valia vinte alemães. Sendo isso verdade, só tínhamos de agir de uma maneira severa para dobrar o cáiser. Ele não ousaria interferir com o nosso comércio — mas ousou. Foi uma coisa estúpida, mas ele a fez, e portanto nada mais havia a fazer além de combatê-lo.

A guerra, no início, pelo menos, era com os outros. Nós, eu, minha família e nossos amigos, assistíamos das arquibancadas e era uma coisa emocionante. Assim como a guerra era com os outros, também é verdade que havia sempre alguém dos outros morrendo. E, Mãe de Deus!, de repente isso não era mais verdade. Os telegramas terríveis começaram a se insinuar com a sua dor e se tratava agora dos irmãos de todo mundo.

Ali estávamos, a mais de dez mil quilômetros da fúria e do barulho e isso não nos poupava.

A partir de então, deixou de ser divertido. As Filhas da Liberdade podiam desfilar de quepes brancos e uniformes brancos de tropical. Nosso tio podia reescrever seu discurso do Quatro de Julho e usá-lo para vender bônus. No colégio podíamos usar roupas verde-oliva e chapéus de campanha e aprender o manual de armas com o professor de física, mas, Jesus Cristo! Marty Hopps morto e o filho dos Berges, do outro lado da rua, o rapaz bonito pelo qual nossa irmãzinha se apaixonou desde os três anos de idade, despedaçado por uma bomba!

E os rapazes desengonçados arrastando os pés e carregando malas marchavam desajeitadamente pela rua principal para a estação ferroviária da Southern Pacific. Seguiam acanhados e a Banda de Salinas marchava à sua frente, as famílias ao lado chorando e a música soava como um canto fúnebre. Os convocados não olhavam para suas mães. Não ousavam. Nunca pensamos que a guerra pudesse acontecer conosco.

Havia pessoas em Salinas que começaram a falar em tons velados nos salões de bilhares e nos bares. Tinham informação privilegiada de um soldado — não estávamos tendo acesso à verdade. Nossos homens eram mandados à guerra sem armas. Navios de tropas eram afundados e o governo não nos contava. O Exército alemão era tão superior ao nosso que não tínhamos a menor chance. O cáiser era um sujeito inteligente. Estava se preparando para invadir a América. Mas Wilson nos contaria tudo isso? Não contaria. E geralmente esses carniceiros da notícia eram os mesmos que haviam dito que um americano valia vinte alemães numa briga — os mesmos.

Pequenos grupos de britânicos em suas fardas estranhas (mas pareciam elegantes) percorriam o país, comprando tudo que não fosse vedado e pagando o preço, pagando muito bem. Muitos dos compradores britânicos eram aleijados, mas usavam suas fardas mesmo assim. Entre outras coisas, compravam feijões, porque feijões eram fáceis de transportar, não estragavam e um homem podia viver se alimentando deles. Os feijões custavam vinte e cinco centavos o quilo e eram difíceis de encontrar. E os fazendeiros desejavam não ter contratado seus feijões por míseros quatro centavos o quilo acima dos preços que vigoravam seis meses atrás.

A nação e o vale do Salinas mudaram as suas canções. No início cantávamos como arrasaríamos com a Helgoland, enforcaríamos o cáiser e marcharíamos até lá para limpar a sujeira que os estrangeiros haviam feito. E de repente cantávamos "Na maldição sangrenta da guerra se destaca a enfermeira da Cruz Vermelha, a rosa da Terra de Ninguém". E cantávamos "Alô, telefonista, ligue para o céu que meu pai está lá", e cantávamos "Apenas uma prece de criança ao crepúsculo, quando baixa a penumbra, ela sobe para o seu quarto e faz suas orações — ó, Deus! por favor diga ao meu pai querido para tomar cuidado..."

Acho que éramos como uma criança dura, mas sem experiência, que leva uns socos no nariz na primeira briga e aquilo dói e a gente deseja que tivesse acabado.

43

[1]

No final do verão, Lee voltou para casa carregando sua grande cesta de mercado. Lee se tornara americano e tradicional em suas vestimentas desde que fora morar em Salinas. Usava regularmente casimira quando saía de casa. Suas camisas eram brancas, os colarinhos altos e engomados e apreciava gravatas estreitas de laço de cordão que antigamente costumavam ser o emblema dos senadores do Sul. Seus chapéus eram pretos, de copa redonda e abas retas, como se deixasse espaço para um rabicho enrolado. Era imaculado.

Certa vez Adam comentara sobre o esplendor discreto das roupas de Lee, e Lee sorrira para ele.

— Tenho de ser assim — disse. — É preciso ser muito rico para se vestir tão mal como você. Os pobres são forçados a se vestir bem.

— Pobre! — explodiu Adam. — Não demora e vai nos emprestar dinheiro.

— É possível — falou Lee.

Naquela tarde, ele pousou sua pesada cesta no chão.

— Vou tentar fazer uma sopa de melão de inverno — disse. — Culinária chinesa. Tenho um primo em Chinatown que me ensinou. Meu primo está no ramo dos fogos de artifício e do fan-tan.

— Pensei que não tivesse parentes — disse Adam.

— Todos os chineses são parentes entre si e os de sobrenome Lee os mais chegados — disse Lee. — Meu primo é um Suey Dong. Recentemente se recolheu para cuidar da saúde e aprendeu a cozinhar. Coloca-se o melão numa panela, corta-se o tampo cuidadosamente, coloca-se uma galinha inteira, cogumelos, castanhas-d'água, alho-poró e apenas uma pitada de gengibre. Põe-se então o tampo de volta sobre o melão e cozinha tudo tão lentamente quanto possível durante dois dias. Deve ser bom.

Adam estava reclinado na sua cadeira, as mãos cruzadas atrás da nuca e sorria para o teto.

— Bom, Lee, bom — disse.

— Nem chegou a ouvir — falou Lee.

Adam se aprumou. Disse:

— Você acha que conhece os seus filhos e então descobre que não sabe nada sobre eles.

Lee sorriu.

— Algum detalhe da vida deles lhe escapou? — perguntou.

Adam abafou uma risada.

— Só descobri por acaso — disse. — Não vi Aron muito por aí este verão, mas achei que ele estivesse na rua brincando.

— Brincando! — disse Lee. — Ele não brinca há anos.

— Isso não tem importância — continuou Adam. — Hoje encontrei o sr. Kilkenny, da escola. Pensava que eu sabia de tudo. Sabe o que é que aquele garoto andou fazendo?

— Não — disse Lee.

— Ele fez todo o trabalho do próximo ano. Vai prestar exames para a universidade e ganhar um ano. E Kilkenny tem confiança de que ele vai passar. O que acha disso?

— Notável — disse Lee. — Por que está fazendo isso?

— Para ganhar um ano!

— E por que ele quer ganhar um ano?

— Ora, Lee, ele é ambicioso. Não é capaz de entender isso?

— Não — disse Lee. — Eu nunca conseguiria.

Adam falou:

— Nunca falou nada sobre isso. Não tenho nem ideia se o irmão sabe.

— Acho que Aron quer fazer uma surpresa. Não deveríamos mencionar isso antes que ele mesmo o faça.

— Creio que tem razão. Sabe, Lee? Sinto orgulho dele. Um grande orgulho. Isso me faz sentir bem. Gostaria que Cal tivesse alguma ambição.

— Talvez ele tenha — disse Lee. — Talvez tenha algum tipo de segredo também.

— Talvez. Sabe Deus, não o temos visto muito ultimamente. Acha que é bom para ele ficar fora tanto tempo?

— Cal está tentando se encontrar — disse Lee. — Acho que esse esconde-esconde pessoal não é fora do comum. E algumas pessoas ficam nele a vida inteira, sem se encontrar, a vida inteira.

— Pense só nisso — disse Adam. — O trabalho de um ano inteiro... Quando nos contar, devíamos ter um presente para ele.

— Um relógio de ouro — disse Lee.

— Tem razão — concordou Adam. — Vou comprar um e já deixá-lo gravado. O que deveria gravar?

— O joalheiro vai aconselhá-lo — disse Lee. — Tira-se a galinha depois de dois dias, cortam-se fora os ossos e coloca-se a carne de volta.

— Que galinha?

— A sopa de melão de inverno — disse Lee.

— Temos dinheiro suficiente para mandá-lo à universidade, Lee?

— Se formos comedidos e se ele não criar hábitos caros.

— Ele não faria isso — disse Adam.

— Não creio que ele criasse, mas eu criei. — Lee examinou a manga do seu casaco com admiração.

[2]

A residência do reitor na Igreja Episcopal de São Paulo era grande e esparramada. Fora construída para ministros com famílias numerosas. O sr. Rolf, solteiro e simples em seus gostos, mantinha a maioria dos aposentos da casa fechados, mas quando Aron precisou de um local para estudar ele cedeu-lhe um quarto grande e ajudou-o nos estudos.

O sr. Rolf tinha afeição por Aron. Gostava da beleza angelical do seu rosto e de suas faces suaves, dos seus quadris estreitos e das pernas compridas e retas. Gostava de sentar-se no quarto e observar o rosto de Aron se retesando no esforço para aprender. Entendia por que Aron não conseguia estudar em casa numa atmosfera que não favorecia o pensamento rigoroso e claro. O sr. Rolf achava que Aron era um produto seu, seu filho espiritual, sua contribuição para a Igreja. Ele o apoiou nas suas agruras do celibato e sentia que o estava guiando para águas calmas.

Suas discussões eram longas, íntimas e pessoais.

— Sei que sou criticado — dizia o sr. Rolf. — Acontece que, ao contrário de certas pessoas, acredito numa Igreja mais elevada. Ninguém pode me dizer que a confissão não é um sacramento tão importante quanto a comunhão. E ouça o que eu digo, vou trazê-la de volta, mas cautelosa e gradualmente.

— Quando tiver uma igreja farei isso também.

— Exige muito tato — disse o sr. Rolf.

Aron disse:

— Gostaria que tivéssemos em nossa igreja... bem, é melhor que o diga. Gostaria que tivéssemos algo como os agostinianos ou os franciscanos. Um lugar de retiro. Às vezes, me sinto sujo. Quero afastar-me da sujeira e me purificar.

— Sei como se sente — falou o sr. Rolf com franqueza. — Mas nisso não posso acompanhá-lo. Não posso imaginar que Nosso Senhor Jesus Cristo desejaria seus padres eximidos do serviço ao mundo. Pense como ele insistiu que pregássemos o Evangelho, ajudássemos os doentes e os pobres e até mesmo nos abaixássemos na sujeira para tirar os pecadores da lama. Devemos manter a exatidão dos seus ensinamentos sempre diante de nós.

Seus olhos começaram a brilhar e a voz assumiu a rouquidão que usava nos sermões.

— Talvez eu não devesse lhe dizer isso. E espero que não sinta nenhum orgulho porque contei. Mas há uma espécie de glória nisso. Nas últimas cinco semanas, uma mulher tem frequentado o serviço vespertino. Não creio que a consiga ver do coro. Senta-se sempre na última fila do lado esquerdo... sim, você pode vê-la também, num certo ângulo. Sim, pode vê-la. Usa um véu e sempre sai antes que eu volte depois do hino.

— Quem é ela? — perguntou Aron.

— Bem, você precisa saber dessas coisas. Fiz investigações muito discretas e você nunca poderia imaginar. Ela é a... bem, a dona de uma casa de má fama.

— Aqui em Salinas?

— Aqui em Salinas. — O sr. Rolf se inclinou para a frente. — Aron, posso sentir sua repulsa. Deve superar isso. Não se deve esquecer do Senhor e de Maria Madalena. Sem orgulho, eu diria que gostaria de salvá-la.

— O que ela quer aqui? — perguntou Aron.

— Talvez o que temos a oferecer, a salvação. Vai exigir muito tato. Posso prever como será. E anote o que eu digo, essas pessoas são tímidas. Um dia vou ouvir uma batida na minha porta e ela vai implorar para entrar.

Então, Aron, rezarei para que possa ser sábio e paciente. Precisa acreditar em mim, quando isso acontece, quando uma alma perdida busca a luz, é a experiência mais sublime e bela que um padre pode ter. É para isso que servimos, Aron. É para isso que existimos.

O sr. Rolf controlava a respiração com dificuldade.

— Rogo a Deus para não fracassar — disse.

[3]

Adam Trask pensava na guerra como a sua campanha contra os índios, agora só vagamente lembrada. Ninguém sabia nada sobre uma guerra ampla e generalizada. Lee lia história europeia, tentando discernir dos filamentos do passado alguma noção do futuro.

Liza Hamilton morreu com um pequeno sorriso beliscando sua boca e as maçãs do seu rosto se destacavam de modo impressionante depois de perderem o seu tom rosado.

Adam esperava impacientemente que Aron lhe trouxesse notícias de seus exames. O relógio de ouro maciço estava debaixo de seus lenços na gaveta superior de sua cômoda e ele sempre lhe dava corda e acertava com o seu próprio relógio.

Lee tinha suas instruções. Na noite do dia do anúncio deveria cozinhar um peru e fazer um bolo.

— Vamos fazer uma festa — disse Adam. — Que acha de abrirmos champanhe?

— Muito bom — disse Lee. — Já leu von Clausewitz?

— Quem é ele?

— Não é uma leitura muito agradável — disse Lee. — Uma garrafa de champanhe?

— É o suficiente. Só para os brindes, sabe. Para dar um ar de festa.

Não ocorreu a Adam que Aron pudesse fracassar.

Uma tarde, Aron chegou e perguntou a Lee:

— Onde está meu pai?

— Está fazendo a barba.

— Não vou jantar em casa — disse Aron.

No banheiro, ficou parado atrás do pai e falou para a imagem coberta de sabão de barba no espelho.

— O sr. Rolf me pediu que jantasse com ele na reitoria.

Adam limpou a navalha num pedaço dobrado de papel higiênico.

— É um gesto simpático.

— Posso tomar banho?

— Vou sair em um minuto — disse Adam.

Quando Aron atravessou a sala de estar e deu boa-noite, Cal e Adam o olharam enquanto saía.

— Acabou com a minha colônia — disse Cal. — Ainda posso sentir o cheiro.

— Deve ser uma festa e tanto — falou Adam.

— Não o culpo por querer comemorar. Foi um trabalho duro.

— Comemorar?

— Os exames. Não lhe contou? Ele passou.

— Ah, sim, os exames — disse Adam. — Sim, ele me contou. Um belo trabalho. Sinto orgulho dele. Acho que vou lhe dar um relógio de ouro.

Cal disse rispidamente:

— Ele não lhe contou!

— Ah, sim, sim, contou. Contou-me esta manhã.

— Ele ainda não sabia esta manhã — disse Cal, levantando-se e saindo.

Caminhou rapidamente na escuridão que caía, saindo da avenida central, passando pelo parque e pela casa de Stonewall Jackson Smart, até o local além dos lampiões onde a rua se tornava uma estrada rural e formava um desvio para contornar a casa da fazenda de Tollot.

Às dez horas, Lee, saindo para colocar uma carta na caixa dos correios, encontrou Cal sentado no degrau mais baixo da varanda da frente.

— O que houve com você? — perguntou.

— Saí para dar uma volta.

— O que é que há com Aron?

— Não sei.

— Parece ter uma espécie de rancor. Quer caminhar até o correio comigo?

— Não.

— Por que está sentado aqui?

— Vou dar uma tremenda surra nele.

— Não faça isso — disse Lee.

— Por que não?

— Porque não acho que vá conseguir. Ele massacraria você.

— Acho que tem razão — disse Cal. — O filho da puta!

— Modere a sua linguagem.

Cal riu.

— Acho que vou com você.

— Já leu von Clausewitz?

— Nunca cheguei nem a ouvir falar nele.

Quando Aron voltou para casa, era Lee quem estava à sua espera no degrau mais baixo da varanda da frente.

— Livrei-o de uma surra — disse Lee. — Sente-se.

— Vou para a cama.

— Sente-se! Quero falar com você. Por que não contou ao seu pai que tinha passado nos exames?

— Ele não entenderia.

— Você está com o rabo muito sensível.

— Não gosto desse tipo de linguagem.

— Por que acha que a usei? Não sou profano por acaso. Aron, seu pai estava vivendo para este dia.

— Como é que ele sabia a respeito?

— Devia ter contado para ele.

— Isso não é da sua conta.

— Quero que entre e acorde seu pai se ele estiver dormindo, mas não creio que esteja dormindo. Quero que conte a ele.

— Não vou fazer isso.

Lee falou suavemente:

— Aron, já teve de brigar com um homem pequeno, um homem a metade do seu tamanho?

— Que quer dizer?

— É uma das coisas mais embaraçosas do mundo. Ele não vai desistir e você vai ter de bater nele e isso é ainda pior. E então você vai se ver cercado de confusão.

— Do que está falando?

— Se não fizer o que lhe digo, Aron, vou brigar com você. Não é ridículo?

Aron tentou passar. Lee ficou parado à sua frente, seus minúsculos punhos dobrados e ineficazes, sua expressão e postura tão tolas que começou a rir.

— Não sei como fazer isso, mas vou tentar — falou.

Aron recuou, nervoso. E quando finalmente sentou-se nos degraus, Lee suspirou fundo.

— Graças a Deus que isso acabou — disse. — Teria sido terrível. Ouça, Aron, pode me dizer qual é o seu problema? Sempre costumava me contar.

Subitamente, Aron desabafou:

— Quero ir embora. Esta cidade é suja.

— Não, não é. É apenas igual a todas as outras.

— Não me sinto bem aqui. Gostaria que nunca tivéssemos vindo morar aqui. Não sei o que há comigo. Quero ir embora.

Sua voz elevou-se como num lamento.

Lee colocou seu braço ao redor dos ombros largos para consolá-lo.

— Você está crescendo. Talvez seja isso — disse suavemente. — Às vezes acho que o mundo nos testa com mais rigor e nós nos voltamos para dentro e nos observamos com horror. Mas isso não é o pior. Achamos que todo mundo está nos vendo. Então o sujo é muito sujo e a pureza é de um branco imaculado. Aron, isso vai passar. Não é muito alívio para você porque não acredita nisso, mas é o melhor que posso fazer por você. Tente acreditar que as coisas não são nem tão boas nem tão ruins quanto lhe parecem agora. Sim, posso ajudá-lo. Vá para a cama e de manhã acorde cedo e conte ao seu pai sobre os exames. Faça a coisa parecer empolgante. Ele é mais solitário do que você porque não tem nenhum futuro maravilhoso com que sonhar. Faça o seu teatro. Sam Hamilton aconselhava isso. Finja que é verdade e talvez venha a ser. Faça o seu teatro. Faça isso. E vá para a cama. Tenho que fazer um bolo para o café da manhã. E, Aron, seu pai deixou-lhe um presente no seu travesseiro.

44

[1]

Só depois que Aron partiu para a universidade foi que Abra chegou realmente a conhecer sua família. Aron e Abra haviam se fechado para o mundo. Sem Aron, ela se apegou aos outros Trask. Descobriu que confiava mais em Adam e que amava mais Lee do que o seu próprio pai.

Em relação a Cal não conseguia se decidir. Ele a perturbava às vezes com raiva, às vezes com dor e às vezes com curiosidade. Ele parecia estar em perpétua competição com ela. Não sabia se ele gostava dela ou não, e por isso não gostava dele. Sentia-se aliviada quando visitava a casa dos Trask e não encontrava Cal, para inspecioná-la em segredo, julgá-la, avaliá-la, estudá-la e desviar o olhar quando ela o apanhava a fitá-la.

Abra era uma mulher aprumada, forte, de belos seios, desenvolvida e pronta para receber seu sacramento — mas à espera. Começou a frequentar a casa dos Trask depois da escola, sentando-se com Lee e lendo para ele trechos das cartas diárias de Aron.

Aron sentia-se isolado em Stanford. Suas cartas estavam impregnadas do anseio solitário por sua garota. Juntos, eram pessoas comuns, mas da universidade, a 150 quilômetros de distância, ele declarava um amor apaixonado por ela, fechava-se para a vida ao seu redor. Estudava, comia, dormia e escrevia para Abra, e essa era toda a sua vida.

Às tardes, ela sentava-se na cozinha com Lee e o ajudava a debulhar feijões-verdes e ervilhas. Às vezes, fazia doce de chocolate e geralmente ficava para jantar em vez de ir para a casa dos pais. Não havia assunto que não pudesse discutir com Lee. E as poucas coisas que podia falar com seu pai e sua mãe eram superficiais, pálidas e desgastadas, e na maioria das vezes sequer verdadeiras. Nisso Lee também era diferente. Abra queria contar para Lee somente coisas verdadeiras, mesmo quando não sabia o que era verdadeiro.

Lee ficava sentado com um pequeno sorriso e suas mãos rápidas e frágeis revoavam sobre o seu trabalho como se possuíssem uma vida independente. Abra não se dava conta de que falava exclusivamente de si mesma. E, às vezes, enquanto ela falava, o pensamento de Lee vagueava, voltava e vagueava de novo como um cão vadio, e Lee acenava com a cabeça de vez em quando e emitia um zumbido sussurrado.

Gostava de Abra e sentia força e bondade nela, e calor também. Suas feições tinham o vigor muscular que resultaria finalmente ou na feiura, ou numa grande beleza. Lee, devaneando enquanto ela falava, pensava nos rostos redondos e suaves dos cantoneses, sua própria raça. Mesmo magros, tinham um rosto de lua cheia. Lee deveria ter gostado mais dos da sua própria espécie, já que a beleza deve ser algo parecido conosco, mas não era assim. Quando pensava em beleza chinesa, os rostos férreos e predatórios dos manchus lhe vinham à mente, rostos arrogantes e inflexíveis de um povo que tinha autoridade e uma herança inquestionável.

Ela disse:

— Talvez este sentimento existisse o tempo todo. Ele nunca falou muito sobre o pai. Foi depois que o sr. Trask teve o... você sabe... o problema da alface. Aron ficou furioso então.

— Por quê? — perguntou Lee.

— As pessoas riam dele.

Lee se mostrou surpreso.

— Riam de Aron? Por que dele? Não teve nada a ver com a história.

— Mas foi assim que se sentiu. Quer saber o que eu penso?

— Claro — disse Lee.

— Pensei muito nisso, e ainda não acabei de pensar. Acho que ele sempre se sentiu como se fosse aleijado, talvez inacabado, porque não tinha uma mãe.

Os olhos de Lee se abriram bem e depois semicerraram. Acenou com a cabeça.

— Entendo. Acha que Cal é assim também.

— Não.

— Então por que Aron?

— Ainda não cheguei a uma conclusão. Talvez algumas pessoas precisem mais de certas coisas do que outras, ou odeiem mais as coisas. Meu pai odeia nabos. Sempre odiou. Nunca teve uma razão concreta. Nabos o deixam furioso, realmente furioso. Certa vez minha mãe estava aborrecida e fez uma caçarola de purê de nabos com um monte de pimenta e queijo por cima e deixou crocante e escuro por cima. Meu pai comeu metade do prato antes de perguntar o que era. Minha mãe disse "nabos" e ele jogou o prato no chão, levantou-se e saiu de casa. Acho que nunca mais a perdoou.

Lee abafou uma risada.

— Ele a perdoou porque ela disse "nabos". Mas, Abra, imagine se ele tivesse perguntado e ela respondesse outra coisa e ele gostasse e repetisse o prato. E só depois descobrisse. Seria capaz de matá-la.

— Acho que sim. De qualquer maneira, acho que Aron precisava de uma mãe mais do que Cal. E acho que sempre culpou seu pai.

— Por quê?

— Não sei. É o que penso.

— Você pensa muitas coisas, não é?

— Não deveria?

— Claro que deveria.

— Quer que eu faça doce de chocolate?

— Não hoje. Ainda temos um pouco.

— Que posso fazer?

— Pode passar a farinha no bife. Vai ficar para comer conosco?

— Não. Vou a uma festa de aniversário, obrigada. Acha que ele vai ser ministro da Igreja?

— Como posso saber? — disse Lee. — Pode ser uma ideia passageira.

— Espero que não se torne ministro — falou Abra, e tapou a boca com a palma da mão, espantada por ter dito aquilo.

Lee levantou-se, pegou o tabuleiro e colocou a carne vermelha e a peneira de farinha do lado.

— Use o outro lado da faca — disse.

— Eu sei. — Ela esperava que ele não a tivesse ouvido.

Mas Lee perguntou:

— Por que não quer que ele seja ministro?

— Eu não deveria dizer.

— Deveria dizer tudo o que quiser. Não precisa explicar.

Ele voltou à sua cadeira e Abra peneirou farinha sobre o bife e bateu na carne com uma faca grande. Tap-tap...

— Eu não deveria falar assim... — Tap-tap.

Lee virou a cabeça de lado para deixá-la prosseguir no seu próprio ritmo.

— Ele só vê um lado das coisas — disse ela, acima das batidas na carne. — Se é a Igreja, tem de ser a Igreja mais elevada. Estava falando que os padres não deviam se casar.

— Não foi o que pareceu em sua última carta — observou Lee.

— Eu sei. Isso foi antes. — A faca parou de bater. Seu rosto jovem estava perplexo de dor. — Lee, eu não sou boa o bastante para ele.

— O que quer dizer com isso?

— Não estou brincando. Ele não pensa em mim. Idealizou alguém e colocou minha pele sobre ela. Eu não sou assim, não como a criatura imaginada.

— Como é ela?

— Pura! — disse Abra. — Absolutamente pura. Puríssima, nunca faz nada de mau. Não sou assim.

— Ninguém é — disse Lee.

— Ele não me conhece. Nem quer me conhecer. Ele quer aquele... fantasma... branco.

Lee amassou um pedaço de biscoito.

— Não gosta dele? Ainda é muito jovem, mas acho que isso não faz diferença.

— Claro que gosto dele. Vou ser a sua mulher. Mas quero que goste de mim também. E como pode, se não sabe nada de mim? Eu achava que ele me conhecia. Agora não estou mais certa disso.

— Talvez esteja atravessando um período de dificuldades que vai passar. Você é uma moça inteligente, muito inteligente. É muito difícil tentar viver como essa pessoa idealizada?

— Tenho sempre medo de que ele veja algo em mim que não existe na mulher imaginada. Vou ficar zangada, ou cheirar mal ou qualquer outra coisa. Ele vai descobrir.

— Talvez não — disse Lee. — Mas deve ser difícil encarnar a Donzela Pura, a Deusa Virginal, e a outra ao mesmo tempo. Os seres humanos às vezes cheiram mal.

Ela aproximou-se da mesa.

— Lee, eu gostaria...

— Não derrame farinha no meu chão — disse ele. — O que é que deseja?

— É resultado de pensar tanto. Acho que Aron, pelo fato de não ter uma mãe, ele a imaginou como sendo tudo de bom em que era capaz de pensar.

— É possível. E acha que ele jogou tudo isso sobre você.

Ela olhou para Lee e seus dedos passearam delicadamente sobre a lâmina da faca.

— E você quer achar um jeito de devolver tudo isso para ele.

— Sim.

— Suponha que ele passasse a não gostar de você então.

— Prefiro correr esse risco — disse ela. — Prefiro ser eu mesma.

Lee falou:

— Nunca vi ninguém se intrometer na vida das outras pessoas como eu. E sou um homem que não tem uma resposta final sobre nada. Vai amaciar essa carne ou quer que eu faça isso?

Ela voltou ao trabalho.

— Acha engraçado ser tão séria quando nem terminei o secundário ainda? — perguntou ela.

— Não vejo como poderia ser diferente — disse Lee. — A risada vem mais tarde, como os dentes do siso, e rir de si mesmo vem depois de tudo numa corrida maluca com a morte, e às vezes não chega a tempo.

Suas batidas na carne se aceleraram e o ritmo tornou-se irregular e nervoso. Lee formou figuras na mesa com cinco feijões-de-lima secos — uma linha, um ângulo, um círculo.

As batidas cessaram.

— A sra. Trask está viva?

O indicador de Lee pairou sobre um feijão por um momento e então lentamente baixou e o empurrou para transformar o O num Q. Sabia que ela estava olhando para ele. Sabia até ver na sua mente como a expressão dela seria de pânico diante de sua pergunta. Seu pensamento correu como o de um rato que acaba de ser apanhado numa armadilha. Suspirou e desistiu. Virou-se lentamente e olhou para ela: sua imagem havia sido exata.

Lee falou sem inflexão.

— Conversamos muito e lembro que não discutimos sobre mim mesmo, nunca.

Sorriu timidamente.

— Abra, deixe-me contar sobre mim mesmo. Sou um empregado. Sou velho. Sou chinês. Essas três coisas você sabe. Estou cansado e sou covarde.

— Você não é... — protestou ela.

— Fique quieta — disse ele. — Sou tão covarde. Não colocarei meu dedo na vida de ninguém.

— Que quer dizer?

— Abra, seu pai tem ódio de outra coisa além de nabos?

Ela exibiu teimosia em seu rosto.

— Eu lhe fiz uma pergunta.

— Não ouvi uma pergunta — falou ele suavemente e sua voz tornou-se confiante. — Você não fez uma pergunta, Abra.

— Acho que me julga jovem demais... — retrucou Abra.

Lee interrompeu:

— Certa vez trabalhei para uma mulher de 35 anos que havia resistido com sucesso à experiência, ao conhecimento e à beleza. Se tivesse seis anos seria o desespero dos pais. Aos 35, tinha a permissão de controlar o dinheiro e a vida das pessoas ao seu redor. Não, Abra, a idade nada tem a ver com isso. Se tivesse algo para dizer, eu lhe diria.

A jovem sorriu para ele.

— Sou esperta — disse. — Devo ser esperta?

— Pelo amor de Deus, não — protestou Lee.

— Então não quer que eu tente especular a respeito?

— Não me importa o que faça, contanto que eu não tenha nada a ver com isso. Acho que por mais fraco e negativo que um homem correto seja, ele tem tantos pecados quantos pode suportar. Tenho pecados suficientes para me perturbarem. Talvez não sejam pecados muito importantes comparados a alguns, mas, do modo como me sinto, são tudo o que posso aguentar. Por favor, perdoe-me.

Abra estendeu o braço através da mesa e tocou o dorso da mão dele com dedos cobertos de farinha. A pele amarela na mão dele era retesada e brilhante. Olhou para as manchas de pó branco que os dedos dela deixaram.

Abra disse:

— Meu pai queria um filho. Acho que ele odeia nabos e meninas. Conta a todo mundo como me deu meu nome maluco. "E embora eu chamasse outro, Abra veio."

Lee sorriu para ela.

— Você é uma jovem tão boa — disse. — Vou comprar uns nabos amanhã se vier jantar conosco.

Abra falou baixinho:

— Ela está viva?

— Sim — respondeu Lee.

A porta da frente bateu e Cal entrou na cozinha.

— Olá, Abra. Lee, o pai está em casa?

— Não, ainda não. Por que está tão sorridente?

Cal entregou-lhe um cheque.

— Aqui está. É seu.

Lee olhou.

— Eu não queria juros — disse.

— É melhor. Eu poderia querer emprestar de novo.

— Não vai me dizer onde conseguiu isso?

— Não. Ainda não. Tenho uma boa ideia... — Seus olhos piscaram para Abra.

— Preciso ir para casa agora — falou ela.

Cal disse:

— Ela também podia participar. Decidi que vai ser no Dia da Ação de Graças e Abra provavelmente vai estar por aqui e Aron terá voltado para casa.

— Vai ser o quê? — perguntou ela.

— Tenho um presente para o meu pai.

— O que é? — quis saber Abra.

— Não vou contar. Vai descobrir no dia.

— E Lee sabe?

— Sim, mas não vai contar.

— Acho que nunca o vi tão alegre — disse Abra. — Acho que na verdade nunca o vi alegre.

Descobriu em si mesma uma afeição por ele.

Depois que Abra partiu, Cal sentou-se.

— Não sei se devo dar a ele antes do jantar de Ação de Graças ou depois — falou.

— Depois — disse Lee. — Tem realmente o dinheiro?

— Quinze mil dólares.

— Verdade?

— Quer dizer, acha que os roubei?

— Sim.

— Honestamente — disse Cal. — Lembra que tivemos champanhe para Aron? Vamos ter champanhe. E, bem, talvez decoremos a sala de jantar. Talvez Abra nos ajude.

— Acha realmente que seu pai quer dinheiro?

— Por que não ia querer?

— Espero que esteja certo — disse Lee. — Como tem se saído na escola?

— Não muito bem. Vou recuperar depois do Dia de Ação de Graças — disse Cal.

[2]

Depois da escola, no dia seguinte, Abra apertou o passo e alcançou Cal.

— Oi, Abra — disse ele. — Você faz um belo doce de chocolate.

— O último estava seco. Deveria estar cremoso.

— Lee está completamente caído por você. O que foi que fez com ele?

— Gosto de Lee — disse ela, e a seguir: — Quero lhe perguntar uma coisa, Cal.

— Sim.

— O que é que há com Aron?

— Que quer dizer?

— Parece pensar apenas em si mesmo.

— Não acho que isso seja uma novidade. Já teve uma briga com ele?

— Não. Quando veio com toda aquela conversa de entrar para a Igreja e não se casar, tentei brigar com ele, mas ele não quis.

— Não queria se casar com você? Não posso imaginar isso.

— Cal, ele me escreve cartas de amor agora, só que não são para mim.

— Então para quem são?

— É como se fossem para si mesmo.

Cal disse:

— Eu sei a respeito do salgueiro.

Ela não pareceu surpresa.

— Sabe? — perguntou.

— Está zangada com Aron?

— Não, não só zangada. Simplesmente não consigo encontrá-lo. Eu não o conheço.

— Espere algum tempo — disse Cal. — Talvez ele esteja passando por uma fase.

— Eu me pergunto se vou acertar. Acha que eu podia estar errada o tempo todo?

— Como posso saber?

— Cal — disse ela. — É verdade que você fica fora até tarde da noite e até frequenta... casas... de má fama?

— Sim. É verdade. Aron lhe contou?

— Não, não foi Aron. Por que vai lá?

Caminhou do lado dela e não respondeu.

— Diga-me — falou ela.

— O que você acha?

— Faz isso porque é mau?

— O que lhe parece?

— Eu não sou boa, também — disse ela.

— Você é maluca — disse Cal. — Aron vai endireitar isso.

— Acha que ele vai?

— Claro — disse Cal. — Vai ter que endireitar.

45

[1]

Joe Valery seguia a vida observando e ouvindo e não, como ele próprio dizia, arriscando o seu pescoço. Alimentara seus ódios pouco a pouco — começando pela mãe que o negligenciara, o pai que alternadamente o surrava e mimava. Fora fácil transferir seu ódio crescente ao professor que o disciplinara, ao policial que o perseguira e ao padre que lhe pregava sermões. Mesmo antes que o primeiro magistrado o olhasse de cima, Joe já havia desenvolvido um belo manancial de ódios contra todo o mundo que conhecia.

O ódio não pode viver sozinho. Precisa ter o amor como um gatilho; um aguilhão, ou um estimulante. Joe criou desde cedo um amor protetor por Joe. Consolava, elogiava e acalentava. Ergueu muralhas para salvar Joe de um mundo hostil. E gradualmente Joe se tornou à prova de erro. Se Joe se metia em encrenca, era porque o mundo estava numa feroz conspiração contra ele. E se Joe atacava o mundo, era por vingança e o mundo bem que merecia — os filhos da mãe. Joe dedicava todos os cuidados ao seu amor e aperfeiçoou um código de conduta que seria mais ou menos assim:

1. Não acredite em ninguém. Os desgraçados estão querendo acabar com você.
2. Mantenha a boca fechada. Não arrisque o seu pescoço.
3. Fique de ouvido ligado. Quando cometerem um erro, agarre-se a ele e espere.
4. Todo mundo é filho da mãe e, faça você o que fizer, eles mereciam se ferrar.
5. Nunca seja direto. Coma pelas beiradas.
6. Nunca confie numa mulher, para nada.
7. Ponha fé na grana. Todo mundo está atrás dela. Todo mundo vai vender a alma por ela.

Havia outras regras, mas eram refinamentos. Seu sistema funcionava e, como não conhecia outro, Joe não tinha base de comparação com outros sistemas. Sabia que era necessário ser esperto e considerava-se esperto. Se acertava um truque, era esperto; se errava, era azar. Joe não tinha muito sucesso, mas conseguia sobreviver com um mínimo de esforço. Kate o mantinha porque sabia que ele faria qualquer coisa no mundo se fosse pago para fazer ou se receasse não fazer. Não tinha ilusões a respeito dele. No seu negócio, os Joes eram necessários.

Quando conseguiu o emprego com Kate, Joe buscou as fraquezas em função das quais vivia — vaidade, volúpia, ansiedade ou consciência, cobiça, histeria. Sabia que estavam ali porque ela era uma mulher. Foi um choque considerável para ele descobrir que, se estivessem ali, não conseguia encontrá-las. Aquela mulher pensava e agia como um homem — só que era mais durona, mais rápida e mais esperta. Joe cometeu uns poucos erros e Kate esfregou-os na sua cara. Criou uma admiração por ela fundamentada no medo.

Quando descobriu que não era capaz de escapar ileso de certas coisas, começou a acreditar que não podia escapar ileso de nada. Kate o escravizou, assim como havia escravizado as mulheres. Ela o alimentava, vestia, dava-lhe ordens e punia.

Quando Joe admitiu que ela era mais esperta do que ele, foi um pequeno passo para acreditar que era mais esperta do que todo mundo. Achava que ela possuía dois grandes dons: era esperta e encontrava as oportunidades — e não se podia querer nada melhor do que isso. Gostava de fazer o trabalho pesado para ela — e tinha medo de não o fazer. Kate não comete erros, Joe dizia. E se você fizesse o jogo dela, Kate tomava conta de você. Isso saiu da esfera do pensamento e tornou-se uma questão de hábito. Quando ele fez com que Ethel fosse despachada para além da divisa do condado, foi mais um serviço de rotina. Fazia parte dos negócios de Kate e ela era esperta.

[2]

Kate não dormia bem quando as dores da artrite pioravam. Podia quase sentir a juntas engrossarem e darem um nó. Às vezes tentava pensar em outras coisas, até mesmo desagradáveis, para expulsar as dores e os dedos distorcidos da sua mente. Às vezes tentava lembrar-se de cada detalhe de um quarto que não via há muito tempo. Às vezes olhava para o teto e projetava colunas de cifras e as somava. Outras vezes usava lembranças. Construía o rosto do sr. Edwards, suas roupas e a palavra gravada no fecho de metal dos seus suspensórios. Nunca havia notado, mas sabia que a palavra era "Excelsior".

Frequentemente, à noite pensava em Faye, lembrava-se de seus olhos e cabelos, do seu tom de voz, de como suas mãos adejavam e do pequeno nódulo de carne em seu polegar esquerdo, cicatriz de um corte antigo. Kate analisava o seu sentimento por Faye. Ela a odiava ou amava? Sentia pena dela? Lamentava tê-la matado? Kate se locomovia por seus pensamentos como uma lagarta, palmo a palmo. Descobriu que não sentia nada por Faye. Nem gostava dela, nem a detestava, ou à sua lembrança. Houve um tempo durante a sua agonia em que o ruído e o cheiro dela despertaram raiva em Kate, o que a levou a pensar em liquidá-la rapidamente para acabar com aquilo.

Kate lembrava-se da aparência de Faye da última vez que a vira, deitada no seu caixão púrpura, vestida de branco, com o sorriso do agente funerário nos seus lábios e bastante pó e ruge para cobrir a pele descorada.

Uma voz atrás de Kate dissera: "Está com uma aparência melhor do que em muitos anos." E outra voz respondera: "Talvez a mesma coisa me fizesse bem", e houve um duplo riso. A primeira voz seria de Ethel e a segunda de Trixie. Kate lembrou-se de sua própria reação bem-humorada. Ora, pensou, uma puta morta se parece com qualquer um.

Sim, a primeira voz devia ser a de Ethel. Ethel sempre passava as noites pensando e sempre trazia um medo consigo, aquela puta estúpida, desajeitada e enxerida — a miserável megera velha —, a megera velha desgraçada. E acontecia com frequência que a mente de Kate lhe dizia: "Espere aí. Por que ela é uma megera velha desgraçada? Não seria porque você cometeu um erro? Por que a expulsou da cidade? Se tivesse usado a cabeça e a mantido aqui..."

Kate procurava imaginar por onde andaria Ethel. Que tal uma daquelas agências para encontrá-la — pelo menos para descobrir aonde fora? Sim, e então Ethel contaria sobre aquela noite e mostraria os frascos. Haveria então dois narizes farejando em vez de apenas um. Sim, mas que diferença isso faria? Toda vez que bebesse uma cerveja, Ethel iria contar para alguém.

Claro, pensariam que era apenas uma velha rameira aposentada. Já um homem de uma agência — não — não, nada de agências.

Kate passava muitas horas pensando em Ethel. O juiz tinha alguma ideia de que fora uma armação — simples demais? Não deviam ter sido cem dólares redondos. Isso era óbvio. E quanto ao xerife? Joe disse que a tinham deixado depois da divisa, no condado de Santa Cruz. O que Ethel contou ao assistente do xerife que a levou até lá? Ethel era uma velha raposa preguiçosa. Talvez tivesse ficado em Watsonville. Havia Pajaro, que era um ramal da ferrovia, e depois o rio Pajaro e a ponte para Watsonville. Um monte de peões da ferrovia atravessava de um lado para o outro, mexicanos e até alguns indianos. Aquela estúpida da Ethel podia ter imaginado que seria capaz de se dar bem com os ferroviários. Não seria engraçado se ela nunca saísse de Watsonville, a 50 quilômetros de distância? Podia até atravessar a fronteira para visitar amigos se quisesse. Talvez viesse a Salinas às vezes. Podia estar em Salinas neste exato momento. Os tiras não estariam muito vigilantes à sua procura. Talvez fosse uma boa ideia mandar Joe a Watsonville para ver se Ethel estava por lá. Ela podia ter ido a Santa Cruz. Joe poderia procurar por lá também. Não levaria muito tempo. Joe era capaz de encontrar qualquer rameira em qualquer cidade, em poucas horas. Se ele a encontrasse, poderiam dar um jeito de trazê-la de volta. Ethel era uma tola. Mas talvez, quando ele a encontrasse, seria melhor que Kate fosse até ela. Era só fechar a porta. Colocar um cartaz "Não Perturbe". Ela podia ir a Watsonville, resolver o problema e voltar. Nada de táxis. Pegaria um ônibus. Ninguém via ninguém nos ônibus noturnos. As pessoas dormiam sem os sapatos com os casacos enrolados debaixo da nuca. Subitamente ela se deu conta de que teria medo de ir a Watsonville. Mas podia se obrigar a ir. Acabaria com todas essas especulações. Estranho que não tivesse pensado em mandar Joe antes. Era perfeito. Joe era bom em certas coisas e o miserável do tapado se achava esperto. Era o tipo mais fácil de manipular. Ethel era burra. Aquilo a tornava mais difícil de manipular.

À medida que suas mãos e sua mente ficavam mais distorcidas, Kate começou a depender mais e mais de Joe Valery como seu assistente principal, mensageiro e carrasco. Ela sentia um medo instintivo das garotas da casa — não que fossem menos confiáveis do que Joe, mas a histeria latente delas poderia a qualquer momento romper sua cautela e destruir seu sentido de autopreservação, derrubando não só a si mesmas, mas tudo à sua volta. Kate sempre fora capaz de lidar com esse perigo onipresente, mas agora sua baixa reserva de cálcio e o lento crescimento da apreensão a levavam a precisar de ajuda e a procurá-la em Joe. Os homens, ela sabia, tinham um muro um pouco mais resistente contra a autodestruição do que o tipo de mulher que ela conhecia.

Sentia que podia confiar em Joe porque tinha em seus arquivos um documento relativo a um certo Joseph Venuta que havia fugido de San Quentin, no quarto ano de uma sentença de cinco por roubo. Kate nunca mencionara nada a Joe Valery, mas achava que com isso teria um poder de influência sobre ele caso criasse dificuldades.

Joe trazia a bandeja do café da manhã todo dia — chá chinês verde, creme e torrada. Quando colocava a bandeja ao lado da cama dela e fazia o seu relatório, recebia as ordens do dia. Sabia que ela dependia cada vez mais dele. E Joe, lenta e silenciosamente, explorava a possibilidade de assumir o controle total. Se ela ficasse muito doente, poderia haver uma oportunidade. Mas, bem no fundo, Joe tinha medo dela.

— Bom dia — cumprimentou ele.

— Não vou me sentar, Joe. Sirva-me o chá. Vai ter de segurá-lo.

— As mãos estão ruins?

— Sim. Melhoram depois de um aquecimento.

— Parece que teve uma noite ruim.

— Não — disse Kate. — Tive uma noite boa. Estou tomando um remédio novo.

Joe segurou a xícara junto aos lábios dela e Kate tomou o chá em pequenos goles, soprando para resfriá-lo.

— Chega — disse, quando a xícara estava cheia pela metade. — Como foi a noite?

— Quase vim aqui para lhe contar na noite passada — disse Joe. — Um caipira veio de King City. Tinha acabado de vender sua colheita. Fechou a casa. Gastou setecentos dólares, sem contar o que deu às garotas.

— Como se chamava?

— Não sei. Mas espero que ele volte.

— Devia ter pegado o nome, Joe. Já lhe falei isso.

— Era matreiro.

— Mais um motivo para descobrir seu nome. Alguma das garotas o revistou?

— Não sei.

— Vamos descobrir.

Joe sentia uma leve simpatia nela e isso o fazia sentir-se bem.

— Vou descobrir — assegurou a ela. — Tenho elementos para isso.

Os olhos de Kate o examinaram, testando e procurando, e ele sabia que algo estava a caminho.

— Gosta daqui? — perguntou ela suavemente.

— Claro. Sinto-me bem aqui.

— Podia se sentir melhor... ou pior — disse ela.

— Eu me sinto bem aqui — disse ele, apreensivo, e procurou alguma falta que tivesse cometido. — Sinto-me realmente bem aqui.

Ela umedeceu os lábios com a língua em forma de flecha.

— Você e eu podemos trabalhar juntos — falou.

— Qualquer coisa que desejar, estou às ordens — disse ele, insinuante, e uma onda de expectativa agradável o percorreu. Esperou pacientemente. Ela levou um tempo enorme para começar.

Finalmente, disse:

— Joe, não gosto que roubem nada de mim.

— Não roubei nada.

— Não disse que tinha roubado.

— Quem?

— Vou chegar lá, Joe. Lembra-se daquela velha megera que tivemos de despachar para longe?

— Quer dizer Ethel não-sei-de-quê?

— Sim. Essa mesma. Acabou levando uma coisa minha. Eu não sabia, quando ela se foi.

— O quê?

Uma frieza se apossou da voz dela.

— Não é da sua conta, Joe. Ouça-me! Você é um sujeito esperto. Onde iria procurar a Ethel?

A cabeça de Joe trabalhou rapidamente, não com a razão, mas com a experiência e o instinto.

— Ela estava na pior. Não iria longe. Uma vigarista velha nunca vai muito longe.

— Você é muito esperto. Acha que ela poderia estar em Watsonville?

— Lá, ou talvez em Santa Cruz. De qualquer forma, apostaria que não passou de San Jose.

Ela acariciou seus dedos com ternura.

— Gostaria de ganhar quinhentos dólares, Joe?

— Quer que eu encontre a Ethel?

— Sim. É só a encontrar. Quando fizer isso, não deixe que ela saiba. Só me traga o endereço. Entendeu? Apenas me diga onde ela está.

— Tudo bem — disse Joe. — Ela deve ter enganado a senhora para valer.

— Não é da sua conta, Joe.

— Sim, senhora. Quer que eu parta agora?

— Sim. Seja rápido, Joe.

— Poderia ser meio difícil — disse ele. — Já tem tempo.

— É problema seu.

— Vou para Watsonville esta tarde.

— É assim que se faz, Joe.

Ficou pensativa. Joe sabia que Kate ainda não havia terminado e que estava pensando se devia prosseguir. Ela decidiu.

— Joe, ela fez alguma coisa... de estranho aquele dia no tribunal?

— Não. Disse que a acusação tinha sido forjada, como elas sempre dizem.

Então algo lhe voltou à lembrança que não havia notado na ocasião. Do fundo da sua memória, veio a voz de Ethel, dizendo: "Meritíssimo, preciso vê-lo a sós. Tenho algo para lhe contar." Tentou enterrar bem fundo essa lembrança para que seu rosto não o traísse.

Kate disse:

— E então, o que foi?

Ele se atrasara. Sua mente saltou em busca de segurança.

— Tem uma coisa — disse, para ganhar tempo. — Estou tentando pensar.

— Pois bem, pense! — A voz dela estava crispada e ansiosa.

— Bem... — Ele havia achado. — Ouvi ela dizer aos tiras, bem, ela perguntou aos tiras por que não podiam deixá-la ir para o Sul. Disse que tinha parentes em San Luis Obispo.

Kate se inclinou rapidamente na direção dele.

— Sim?

— E os tiras disseram que era longe demais.

— Você é esperto, Joe. Aonde irá primeiro?

— Watsonville — disse ele. — Tenho um amigo em San Luis. Vai investigar por mim. Vou telefonar para ele.

— Joe — disse ela rispidamente. — Quero sigilo em tudo isso.

— Por quinhentos, vai ter tudo muito sigiloso e rápido — disse Joe. Sentia-se bem, embora os olhos dela estivessem de novo semicerrados e o examinassem.

Suas palavras seguintes fizeram o estômago dele quase saltar para fora.

— Joe, não mude de assunto... o sobrenome Venuta significa alguma coisa para você?

Ele tentou responder antes que sua garganta se contraísse.

— Absolutamente nada — falou.

— Volte o mais rápido que puder — disse Kate. — Mande Helen entrar. Vai substituí-lo.

[3]

Joe fez sua mala, foi até a estação de trem e comprou uma passagem para Watsonville. Em Castroville, a primeira estação ao norte, desceu e esperou quatro horas pelo expresso Del Monte de São Francisco a Monterey, no final de um ramal sem tráfego regular. Em Monterey, ele subiu os degraus do hotel Central e registrou-se como John Vicker. Desceu as escadas e comeu um bife no Pop Ernest, comprou uma garrafa de uísque e recolheu-se ao seu quarto.

Tirou os sapatos, o paletó e o colete, tirou o colarinho e a gravata e deitou-se na cama. O uísque e um copo estavam sobre a mesa ao lado da cama de metal. A luz acima que brilhava na sua cara não o incomodava. Não a notou. Metodicamente, ele tratava o seu cérebro com meio copo de uísque e depois cruzava as mãos atrás da cabeça e cruzava os tornozelos e trazia à tona pensamentos, impressões, percepções e instintos e começava a combiná-los.

Fora um bom trabalho e achava que a havia enganado. Claro, ele a havia subestimado. Como a desgraçada conseguiu saber que ele era procurado pela polícia? Pensou que poderia ir para Reno ou talvez Seattle. Cidades portuárias — sempre boas. E depois... não, espere um minuto. Pense bem nessa história.

Ethel não roubou nada. Tem alguma coisa aí. Kate estava apavorada com Ethel. Quinhentos dólares era dinheiro demais para desentocar uma prostituta decadente. O que Ethel queria contar ao juiz era, primeiro, verdade; e, segundo, Kate tinha pavor daquilo. Poderia usar isso. Que diabo! Não se ela usasse aquela fuga da penitenciária contra ele. Joe não queria cumprir o resto da sentença e talvez até mais.

Mas não havia mal em pensar naquilo. Supondo que fosse jogar quatro anos contra, digamos, dez mil dólares. Seria uma má aposta? Não havia necessidade de decidir. Ela sabia disso antes e não o entregara. Devia considerá-lo um cão obediente.

Talvez Ethel fosse um trunfo.

Ora, espere, pense bem. Talvez fosse a grande chance. Talvez devesse abrir as suas cartas e ver. Mas ela era tão terrivelmente astuta. Joe ficou pensando se seria capaz de jogar contra ela. Mas como, se ele simplesmente fazia o jogo dela?

Joe sentou-se na cama e encheu o copo. Apagou a luz e levantou a cortina. Enquanto tomava o seu uísque, observava uma mulherzinha esquelética de roupão lavando suas meias numa pia num quarto do outro lado do poço de ventilação. E o uísque sussurrou em seus ouvidos.

Podia ser a grande chance. Sabe Deus, Joe havia esperado o bastante. Sabe Deus, ele odiava aquela maldita com seus dentes afiados. Não havia necessidade de decidir neste exato momento.

Ergueu a janela em silêncio e jogou a caneta da mesa contra a janela do outro lado do poço de ventilação. Divertiu-se com a cena de medo e apreensão, antes que a mulher esquelética baixasse rapidamente a sua cortina.

Com o terceiro copo de uísque a garrafa de meio litro estava vazia. Joe sentiu vontade de sair para a rua e dar uma olhada na cidade. Mas a sua disciplina acabou prevalecendo. Estabeleceu uma regra, e a mantinha, de nunca sair do seu quarto quando bebia. Assim, um homem nunca se metia em encrenca. Encrenca significava tiras, tiras significavam uma verificação e isso significaria seguramente uma viagem a San Quentin sem apelação. Tirou a rua da cabeça.

Joe tinha outro prazer que guardava para ocasiões em que estava sozinho e não se dava conta de que era um prazer. Entregava-se a ele agora. Ficou deitado na cama de metal e voltou ao tempo da sua infância sombria e infeliz e do seu crescimento caótico cercado de maldade. Nenhuma sorte — nunca tivera a grande chance. Os figurões é que ganhavam. Safou-se de alguns pequenos furtos, mas e o golpe dos canivetes? Os tiras vieram direto à sua casa e o pegaram. A partir de então foi fichado e nunca mais largaram do seu pé. Era só um sujeito em Daly City roubar um engradado de morangos de um caminhão que iam logo atrás de Joe. Na escola também não tinha sorte. Os professores contra ele, o diretor contra ele. Um sujeito não podia aguentar aquela porcaria toda. Tinha de ir embora.

As lembranças de má sorte traziam-lhe uma tristeza calorosa e ele a empurrava com mais lembranças até que as lágrimas lhe vinham aos olhos e seus lábios tremiam de pena do menino solitário e perdido que havia sido. E ali estava ele agora — olhem só para ele — procurado pela polícia, trabalhando num bordel quando outros homens tinham lares e carros. Eram seguros e felizes e à noite suas cortinas se fechavam contra Joe. Chorou silenciosamente até pegar no sono.

Joe levantou-se às dez horas e tomou um café da manhã reforçado no Pop Ernest. No começo da tarde, pegou um ônibus para Watsonville e jogou três partidas de sinuca com um amigo que veio ao seu encontro atendendo a um telefonema. Joe ganhou a última partida e prendeu o taco na parede. Deu ao amigo duas notas de dez dólares.

— Nada disso — falou o amigo. — Não quero o seu dinheiro.

— Pegue — disse Joe.

— Não lhe dei nada.

— Você me deu muito. Disse que ela não está aqui e é o sujeito que sabe de tudo.

— Não pode me dizer por que está atrás dela?

— Wilson, eu lhe disse no começo e digo agora: não sei. Só estou fazendo um trabalho.

— É tudo o que posso fazer. Parece que houve uma convenção, de quê mesmo? De dentistas, acho, ou a Confraria dos Corujas. Não sei se ela falou que ia até lá, ou se eu mesmo imaginei. Aquilo me ficou na cabeça. Dê um giro por Santa Cruz. Conhece alguém?

— Tenho alguns conhecidos lá — disse Joe.

— Procure H.V. Mahler, Hal Mahler. Dirige o bilhar do Hal. Tem uma sala de jogos nos fundos.

— Obrigado — agradeceu Joe.

— Não, nada disso, Joe. Não quero o seu dinheiro.

— Não é meu dinheiro, compre um charuto — disse Joe.

O ônibus o deixou a duas portas do bilhar de Hal. Era a hora do jantar, mas o carteado ainda corria solto. Levou uma hora para que Hal se levantasse para ir ao banheiro e Joe pudesse segui-lo para travar contato. Hal espiou Joe com grandes olhos pálidos que os óculos grossos tornavam imensos. Abotoou a braguilha lentamente, ajeitou seus protetores de manga de alpaca preta e endireitou a pala verde.

— Aguarde por aí até o jogo terminar — disse. — Gostaria de participar?

— Quantos estão jogando para você, Hal?

— Só um.

— Jogarei para você.

— Cinco dólares por hora — disse Hal.

— E dez por cento se eu ganhar?

— Está bem. O sujeito de cabelos ruivos, Williams, é a banca.

A uma da manhã, Hal e Joe foram ao Barlow's Grill.

— Dois bifes de costela e batatas fritas. Quer sopa? — perguntou Hal a Joe.

— Não. E não quero fritas. Prendem o meu intestino.

— O meu também — disse Hal. — Mas eu como mesmo assim. Não faço muito exercício.

Hal era um homem quieto até começar a comer. Raramente falava a não ser quando estava de boca cheia.

— Qual é o seu lance? — perguntou enquanto comia o bife.

— É só um trabalho. Ganho cem dólares e você leva vinte e cinco. Aceita?

— Vai precisar de provas, documentos?

— Não. Seria bom, mas posso passar sem eles.

— Ela apareceu por aqui e queria trabalhar para mim. Não era grande coisa. Não cheguei a tirar vinte por semana com ela. Provavelmente, nem saberia o que lhe aconteceu, mas Bill Primus a viu no meu bilhar e quando a encontraram ele veio aqui e me perguntou sobre ela. Um bom sujeito, o Bill. Temos uma bela força, aqui.

Ethel não era uma má mulher — preguiçosa, desleixada, mas tinha um bom coração. Queria dignidade e importância. Mas não era muito inteligente, nem muito bonita, e, por causa dessas duas falhas, não tinha muita sorte. Teria incomodado Ethel se ela soubesse que, quando a retiraram da areia onde as ondas a haviam quase enterrado, sua saia estava puxada acima do traseiro. Ela teria apreciado um pouco mais de dignidade.

Hal disse:

— Tem uns imigrantes malucos nos pesqueiros de sardinhas. Enchem a cara e perdem a cabeça. Imagino que um dos tripulantes da frota de sardinhas a levou para o barco e depois simplesmente a jogou ao mar. Não vejo outro jeito dela ter caído na água.

— Talvez tivesse pulado do cais?

— Ela? — disse Hal por entre as batatas. — De modo algum! Era preguiçosa demais para se matar. Quer conferir?

— Se você diz que é ela, é ela — falou Joe, empurrando uma nota de vinte e outra de cinco através da mesa.

Hal enrolou as notas como um cigarro e colocou-as no bolso do colete. Cortou o triângulo de carne separando-o da costela e colocou-o na boca.

— Era ela — disse. — Quer um pedaço de torta?

Joe pretendia dormir até o meio-dia, mas foi acordado às sete e ficou deitado na cama durante muito tempo. Planejava voltar a Salinas só depois da meia-noite. Precisava de mais tempo para pensar.

Quando se levantou, olhou-se no espelho e treinou a expressão que pretendia usar. Queria parecer desapontado, mas não desapontado demais. Kate era terrivelmente esperta. Deixe-a conduzir as coisas. Apenas acompanhe. Ela era tão aberta como um punho cerrado. Joe tinha de admitir que morria de medo dela.

Sua cautela lhe dizia: "Simplesmente vá lá, conte a ela e pegue os seus quinhentos."

Ele respondia à sua cautela impetuosamente: "Uma chance. Quantas chances já tive? Parte da chance é saber que você tem uma chance quando ela se apresenta. Vou querer ser um miserável leão de chácara de bordel para o resto da vida? Vá com calma. Deixe que ela fale. Não há nenhum mal nisso. E posso lhe contar como a encontrei, caso a coisa não dê certo."

"Ela poderia jogá-lo na cela de uma penitenciária em seis horas."

"Não se eu for com calma. Que tenho a perder? Que chances já tive na vida?"

[4]

Kate se sentia melhor. O novo remédio parecia estar lhe fazendo bem. A dor nas mãos diminuíra e parecia-lhe que seus dedos estavam mais retos, as juntas menos inchadas. Dormiu bem naquela noite, a primeira vez em muito tempo, e sentia-se bem, até mesmo um pouco animada. Planejava comer um ovo cozido no café da manhã. Levantou-se, vestiu um penhoar e levou um espelho de mão para a cama. Deitada, com a cabeça elevada pelos travesseiros, examinou o seu rosto.

O repouso havia feito maravilhas. A dor deixa o maxilar retesado, os olhos ganham o falso brilho da ansiedade e os músculos sobre as têmporas e ao longo das maçãs do rosto, até mesmo os músculos frouxos nas proximidades do nariz, se projetam um pouco e essa é a aparência da doença e da resistência ao sofrimento.

A diferença no seu rosto descansado era impressionante. Parecia dez anos mais jovem. Abriu os lábios e olhou para seus dentes. Era hora de marcar uma limpeza. Cuidava dos dentes. A ponte de ouro onde os molares haviam sumido era o único conserto na sua boca. Era notável como ela parecia jovem, Kate pensou. Apenas uma noite de sono e ela voltou à vida. Era outra coisa que os enganava. Pensavam que seria frágil e delicada. Sorriu para si mesma — delicada como uma armadilha de aço. Mas sempre cuidara bem de si mesma — nada de bebida, de drogas e recentemente deixara de tomar café. E compensara. Tinha um rosto angelical. Colocou o espelho um pouco mais alto para que as rugas do pescoço não aparecessem.

Seu pensamento saltou para aquele outro rosto angelical como o seu — como se chamava? — qual era o nome do desgraçado — Alec? Podia vê-lo, passando lentamente, sua sobrepeliz branca com bordas de renda, seu suave queixo abaixado e os cabelos brilhando sob a luz das velas. Empunhava o báculo de carvalho com sua cruz de latão inclinado à sua frente. Havia algo de frigidamente belo nele, algo intocado e intocável. Será que algo ou alguém havia tocado em Kate algum dia — realmente atravessado as suas barreiras e a marcado? Certamente que não. Só a crosta dura fora arranhada por contatos. Por dentro ela estava intacta — tão imaculada e reluzente como aquele rapaz, Alec — como se chamava?

Abafou um riso — mãe de dois filhos — e parecia uma criança. E se alguém a tivesse visto com o louro — poderia haver alguma dúvida? Pensou como seria ficar do lado dele numa multidão e deixar que as pessoas descobrissem. O que faria — Aron, era esse o seu nome — o que faria ele se soubesse? Seu irmão sabia. Aquele espertinho filho da puta — palavra errada — não devo chamá-lo assim. Podia ser verdade. Algumas pessoas acreditariam nisso. E não um bastardo esperto, também — ele nasceu de uma união consagrada. Kate riu em voz alta. Sentia-se bem. Estava se divertindo.

O esperto — o moreno — a incomodava. Era como Charles. Ela havia respeitado Charles — e Charles a teria provavelmente matado se pudesse.

Remédio maravilhoso — não só acabara com a dor da artrite, mas lhe devolvera a coragem. Muito em breve poderia vender tudo e partir para Nova York, como sempre planejara. Kate pensou no medo que tivera de Ethel. Como devia estar doente — coitada da bruxa velha! Como seria matá-la com bondade? Quando Joe a encontrasse, que tal — ora, que tal levá-la para Nova York, mantê-la bem próxima?

Uma ideia estranha veio a Kate. Seria um assassinato cômico e um assassinato que em nenhuma circunstância alguém poderia solucionar ou sequer suspeitar. Chocolates — caixas de chocolates, tigelas de gordura, bacon, bacon crocante — gordo; vinho do Porto e manteiga, tudo encharcado de manteiga e creme batido; nada de legumes, nada de frutas — e nenhuma diversão também. Fique em casa, querida. Confio em você. Cuide das coisas. Está cansada. Vá para a cama. Deixe-me encher o seu copo. Comprei estes docinhos para você. Gostaria de levar a caixa para a cama? Se não se sente bem por que não toma um laxante? Estas castanhas-de-caju são ótimas, não acha? A puta velha ia engordar e explodir em seis meses. Que tal uma solitária? Alguém já chegou a usar tênias solitárias? Qual foi o homem que não conseguia levar água à sua boca numa peneira — Tântalo?

Os lábios de Kate sorriam docemente e uma alegria a dominava. Antes de partir seria bom dar uma festa para seus filhos. Apenas uma pequena festa com um circo depois para os seus queridinhos — suas joias. Pensou então no rosto bonito de Aron, tão parecido com o seu, e uma dor estranha — uma pequena dor pungente — surgiu no seu peito. Ele não era esperto. Não podia se proteger. O irmão moreno podia ser perigoso. Ela sentira essa qualidade. Cal a havia superado. Antes de partir lhe daria uma lição. Talvez — ora, é claro — uma boa gonorreia botaria aquele rapaz no seu lugar.

Subitamente se deu conta de que não queria que Aron soubesse a seu respeito. Talvez pudesse visitá-la em Nova York. Acharia que ela sempre havia morado numa pequena casa elegante no East Side. Ela o levaria ao teatro, à ópera, e as pessoas os veriam juntos e ficariam impressionadas com a sua beleza e reconheceriam que eram irmão e irmã ou mãe e filho. Ninguém deixaria de saber. Poderiam ir juntos ao enterro de Ethel. Ela precisaria de um caixão de tamanho especial e seis lutadores para carregá-lo. Kate estava se divertindo tanto nos seus devaneios que não ouviu Joe bater na porta. Ele abriu uma pequena fresta, espiou e viu o seu rosto alegre e sorridente.

— O café da manhã — disse, e abriu a porta empurrando-a com a borda da bandeja coberta por uma toalha de linho, fechando-a com o joelho. — Quer que coloque lá? — perguntou, apontando para o quarto cinza com o queixo.

— Não. Vou tomar aqui mesmo. E quero um ovo cozido e uma fatia de torrada de canela. Quatro minutos e meio para cozer o ovo. Cuide bem. Não quero que fique molenga.

— Deve estar se sentindo bem, senhora.

— Estou — disse ela. — Aquele remédio novo é maravilhoso. Você parece que foi atacado por uma matilha de cães, Joe. Está se sentindo bem?

— Estou bem — disse ele e colocou a bandeja na mesa diante da poltrona funda. — Quatro minutos e meio?

— Isso mesmo. E se tiver uma maçã boa, uma maçã no ponto, pode trazer também.

— A senhora não come bem assim desde que a conheço — disse ele.

Na cozinha, esperando que o cozinheiro aprontasse o ovo, estava apreensivo. Talvez ela soubesse. Tinha de ser cuidadoso. Mas, que diabo, ela não podia odiá-lo por algo que ele não sabia. Isso não era nenhum crime.

De volta ao quarto, ele falou:

— Não tinha maçã. Ele disse que esta pera estava boa.

— Vou gostar ainda mais — disse Kate.

Observou-a quebrar o ovo e enfiar uma colher na casca.

— Como está?

— Perfeito! — disse Kate. — Simplesmente perfeito.

— A senhora parece bem — comentou ele.

— Sinto-me bem. Você parece péssimo. O que é que há?

Joe começou cautelosamente.

— Senhora, não tem ninguém que precise tanto de quinhentos dólares como eu.

Ela disse em tom de brincadeira:

— Não há *ninguém* que precise...

— Do quê?

— Esqueça. Que está tentando dizer? Não conseguiu encontrá-la, é isso? Pois bem, se fez um bom trabalho à procura dela, vai receber os seus quinhentos. Conte para mim.

Ela pegou o saleiro e salpicou alguns grãos na casca aberta do ovo.

Joe exibiu uma alegria artificial no rosto.

— Obrigado — disse. — Estou com dificuldades. Preciso do dinheiro. Pois bem, procurei em Pajaro e Watsonville. Encontrei uma pista dela em Watsonville, mas tinha ido para Santa Cruz. Lá senti um pouco do faro dela, mas tinha desaparecido.

Kate experimentou o ovo e colocou mais sal.

— É tudo?

— Não — respondeu Joe. — Segui às cegas então. Fui até San Luis e também tinha estado lá e partido.

— Nenhum sinal? Nenhuma pista de onde ela foi?

Joe remexeu com os dedos. Toda a sua chance, talvez toda a sua vida dependiam das palavras que diria a seguir e relutava em proferi-las.

— Vamos lá — disse ela, finalmente. — Você tem alguma coisa, o que é?

— Bem, não é muito. Não sei o que pensar do que tenho.

— Não pense. Fale apenas. Deixe que eu penso — falou ela rispidamente.

— Pode nem ser verdade.

— Pelo amor de Deus! — disse ela zangada.

— Bem, falei com o último sujeito que a viu. Um camarada chamado Joe, como eu...

— Pegou o nome da avó dele? — perguntou ela, sarcástica.

— Esse tal de Joe contou que ela encheu a cara de cerveja uma noite e falou que ia voltar para Salinas e ficar na encolha. Depois disso, ela desapareceu. Esse tal de Joe não soube de mais nada.

Kate ficou completamente atônita. Joe observou a sua reação de espanto, a apreensão e depois o medo e o cansaço da desesperança. O que quer que fosse, Joe encontrara algo. Encontrara a sua chance afinal.

Ela ergueu o olhar do colo e dos dedos retorcidos.

— Vamos esquecer a velha bruxa — disse. — Vai receber os seus quinhentos, Joe.

Joe respirou devagar, receando que qualquer som pudesse arrancá-la da absorção em si mesma. Ela havia acreditado nele. Mais do que isso, acreditava em coisas que ele não lhe contara. Queria deixar o quarto o mais rápido possível. Disse:

— Obrigado, senhora. — E muito suavemente caminhou silenciosamente em direção à porta.

Sua mão já estava na maçaneta quando ela falou com uma casualidade elaborada.

— Joe, a propósito...

— Senhora?

— Se por acaso ouvir alguma coisa sobre... ela, faça-me saber, sim?

— Claro que sim. Quer que investigue?

— Não. Não perca o seu tempo. Não é importante.

Em seu quarto, com a porta trancada, Joe sentou-se e cruzou os braços. Sorriu para si mesmo. E instantaneamente começou a traçar o curso futuro. Decidiu deixá-la ruminar aquela história, digamos, até a semana seguinte. Deixe-a relaxar e então traga de novo Ethel à tona. Não sabia qual era a sua arma ou como iria usá-la. Mas sabia que era muito afiada e estava louco para usá-la. Teria rido em voz alta se soubesse que Kate fora para o quarto cinza e trancara a porta e que ficara sentada imóvel na grande poltrona e que seus olhos estavam cerrados.

46

[1]

Às vezes, mas não com frequência, as chuvas chegam ao vale do Salinas em novembro. Isso é tão raro que os jornais publicam editoriais a respeito. As colinas se cobrem de um verde-claro da noite para o dia e o ar cheira bem. A chuva nessa época não é particularmente boa para a agricultura, a não ser que continue, o que é extremamente incomum. Em geral, o tempo seco volta e a cobertura incipiente de relva fenece ou uma pequena geada a encrespa e uma grande quantidade de sementes se perde.

Os anos da guerra foram anos úmidos e muitas pessoas culparam o tempo estranho e intransigente pelos tiros dos grandes canhões na França. Isso foi discutido seriamente em artigos e debates.

Não tínhamos muitos soldados na França naquele primeiro inverno, mas sim milhões em treinamento, preparando-se para embarcar.

Por mais dolorosa que fosse a guerra, era empolgante também. Os alemães não se detiveram. Na verdade, haviam tomado a iniciativa de novo, avançando metodicamente na direção de Paris, e só Deus sabia quando podiam ser detidos — se é que podiam ser detidos. O general Pershing nos salvaria se pudéssemos ser salvos. Sua bela e garbosa figura militar aparecia em todos os jornais todo dia. Seu queixo era de granito e não havia uma dobra em sua túnica. Era o símbolo do soldado perfeito. Ninguém sabia o que ele realmente pensava.

Sabíamos que não podíamos perder e, no entanto, parecíamos estar perdendo. Só se podia comprar farinha branca levando uma quantidade quatro vezes maior de farinha marrom. Aqueles que podiam se dar ao luxo comiam pão e biscoitos feitos de farinha branca e faziam papa para as galinhas com a escura.

No arsenal da velha Tropa C, a Guarda Nacional treinava homens acima dos cinquenta anos, não exatamente o material ideal para ser um soldado, mas eles praticavam exercícios para se colocar em forma duas vezes por semana, usavam fardas da Guarda Nacional e bibicos, gritavam ordens uns aos outros e discutiam interminavelmente para escolher os oficiais. William C. Burt morreu em pleno chão do arsenal no meio de uma flexão. Seu coração não aguentou.

Havia os homens-minuto também, assim chamados porque faziam discursos de um minuto em favor dos Estados Unidos nas salas de cinema e nas igrejas. Usavam fardas também.

As mulheres enrolavam ataduras, usavam uniformes da Cruz Vermelha e se consideravam Anjos da Misericórdia. E todo mundo tricotava alguma coisa para alguém. Havia munhequeiras, curtos tubos de lã para impedir que o vento entrasse assobiando pelas mangas dos soldados, e balaclavas de lã com apenas um furo na frente pelo qual se olhava. Sua função era impedir que os novos capacetes de metal congelassem a cabeça.

Todo pedaço de couro de primeira qualidade era separado para botas de oficiais e cintos-talabartes. Eram belos cintos reservados apenas para os oficiais. Consistiam em um cinto largo e um talabarte que cruzava o peito e passava sob a dragona esquerda. Nós os copiávamos dos britânicos e até os britânicos haviam esquecido seu propósito original, que era possivelmente sustentar uma espada pesada. Não se usavam espadas a não ser nas paradas, mas um oficial nunca deixava de usar um cinto-talabarte. E um dos bons chegava a custar vinte e cinco dólares.

Aprendemos muito com os britânicos — e se não fossem bons guerreiros nós não os teríamos aceitado. Os homens começaram a usar lenços em suas mangas e alguns tenentes afetados levavam bengalas de passeio. Mas a uma coisa resistimos por muito tempo. Os relógios de pulso pareciam tolos demais. Não parecia provável que um dia copiássemos os britânicos nisso.

Tínhamos nossos inimigos internos também e fazíamos exercícios de vigilância. San Jose tinha um verdadeiro pânico de espiões e Salinas não ficava muito atrás — não do jeito que Salinas vinha crescendo.

Durante cerca de vinte anos, o sr. Fenchel fora alfaiate em Salinas. Era baixo e gorducho e tinha um sotaque que fazia as pessoas rirem. O dia inteiro ficava sentado de pernas cruzadas sobre a sua mesa na lojinha da rua Alisal e, ao fim da tarde, caminhava para a sua casa nos confins da avenida central. Estava sempre pintando a casa e a cerca branca à sua frente. Ninguém dera atenção ao seu sotaque até começar a guerra, mas subitamente nós percebemos tudo. O sotaque era alemão. Tínhamos nosso próprio alemão. Não lhe adiantou nada ir à bancarrota comprando bônus de guerra. Era uma maneira fácil demais de disfarçar.

A Guarda Nacional não o quis aceitar. Não queriam um espião a par dos seus planos secretos para defender Salinas. E quem queria vestir um terno feito por um inimigo? O sr. Fenchel ficava sentado o dia inteiro em sua mesa sem nada para fazer e então pegava um tecido e o cortava e costurava e rasgava o mesmo pedaço de pano sem parar.

Usávamos todo tipo de crueldade que podíamos imaginar contra o sr. Fenchel. Era o nosso alemão. Passava por nossa casa todo dia e houve um tempo em que falava a cada homem e mulher, criança e cão, e todos lhe respondiam. Agora ninguém falava com ele e posso ver na minha cabeça sua solidão rotunda e seu rosto cheio de orgulho ferido.

Minha irmã e eu fizemos nossa parte com o sr. Fenchel e é uma das lembranças vergonhosas que ainda me fazem suar frio e contrair a garganta. Estávamos parados no jardim diante de nossa casa um fim de tarde e o vimos aproximar-se com os seus passinhos rápidos de gordo. Seu chapéu-coco preto fora escovado e estava colocado reto em sua cabeça. Não lembro que tivéssemos discutido nosso plano, mas acho que o fizemos, para tê-lo executado tão bem.

Quando chegou perto, minha irmã e eu nos colocamos do outro lado da calçada lado a lado. O sr. Fenchel ergueu os olhos e nos viu caminhando até ele. Paramos na sarjeta quando ele chegou.

Abriu um sorriso e disse:

— Bom noitchi, Chon. Bom noitchi, Mary.

Ficamos rigidamente lado a lado e dissemos em coro:

— *Hoch der Kaiser*!

Posso ver seu rosto agora, o espanto nos seus inocentes olhos azuis. Tentou dizer algo e então começou a chorar. Querem saber de uma coisa? Mary e eu nos viramos, atravessamos tensos a calçada e entramos no nosso jardim. Sentimos uma coisa horrível. Ainda me sinto assim quando penso naquilo.

Éramos jovens demais para fazer um bom trabalho sobre o sr. Fenchel. Isso era tarefa para homens fortes — cerca de trinta deles. Numa noite de sábado, encontraram-se num bar e marcharam numa coluna de quatro até a avenida central entoando "Um! Dois! Um! Dois!" em uníssono. Arrancaram a cerca branca do sr. Fenchel e queimaram a fachada da sua casa. Nenhum filho da mãe que amasse o cáiser ia ficar impune em nosso meio. E Salinas ficaria de cabeça erguida diante de San Jose.

Aquilo mexeu com os brios de Watsonville. Cobriram de piche e de penas um polaco que tomaram por alemão. Falava com sotaque.

Nós de Salinas fizemos todas as coisas que são feitas inevitavelmente numa guerra e tivemos os pensamentos inevitáveis. Berramos diante de rumores bons e morremos de pânico diante das más notícias. Todo mundo tinha um segredo que precisava espalhar obliquamente para manter sua identidade sigilosa. Nossa rotina de vida mudou. Salários e preços subiram. Um boato de escassez nos levou a comprar e a armazenar comida. Senhoras calmas e educadas trocaram tapas por uma lata de tomates.

Nem tudo era ruim, barato ou histérico. Havia heroísmo também. Alguns homens que podiam ter evitado o Exército se alistaram e outros foram contra a guerra baseados em razões de ordem moral ou religiosa e subiram o Gólgota que normalmente é o preço daquele tipo de atitude. Houve pessoas que deram tudo o que tinham para a guerra porque era a última guerra e, vencendo-a, nós arrancaríamos a guerra como um espinho da carne do mundo e não haveria mais uma insensatez horrível como aquela.

Não há dignidade em morrer na batalha. Geralmente, é uma massa salpicada de carne e fluido humano e o resultado é sujo, mas há uma dignidade grande e quase doce no sofrimento desamparado e sem esperança que se abate sobre uma família com a chegada de um telegrama. Nada a dizer, nada a fazer, e uma única esperança — espero que não tenha sofrido —, uma esperança lamentável e implacável. É verdade que houve algumas pessoas que, quando o seu sofrimento começava a perder a seiva, suavemente o encaminharam para o orgulho e sentiram-se imensamente importantes por causa da sua perda. Algumas delas até o encararam como uma coisa boa depois que a guerra acabou. É algo natural, assim como é natural — para um homem cuja função na vida é ganhar dinheiro — ganhar dinheiro com uma guerra. Ninguém culpava um homem por isso, mas se esperava que ele investisse uma parte do seu lucro em bônus de guerra. Nós achávamos que tínhamos inventado tudo aquilo em Salinas, até o sofrimento.

47

[1]

Na casa dos Trask, ao lado da padaria do Reynaud, Lee e Adam colocaram na parede um mapa da frente ocidental com fileiras de alfinetes coloridos serpenteando para baixo e isso lhes dava um sentimento de participação. Então o sr. Kelly morreu e Adam Trask foi indicado para o seu lugar na junta de alistamento. Era a escolha lógica para o posto. A fábrica de gelo não ocupava muito do seu tempo e ele possuía uma folha de serviço limpa e fora dispensado do Exército com louvor.

Adam Trask tinha visto uma guerra — uma pequena guerra de manobra e de massacre, mas pelo menos experimentara o reverso das regras em que um homem tem a permissão de matar todos os seres humanos que puder. Adam não se lembrava da sua guerra muito bem. Certas imagens nítidas se destacavam na sua memória, o rosto de um homem, os corpos empilhados e queimados, o clangor das bainhas dos sabres no trote rápido, o som rascante e irregular dos tiros das carabinas, a voz fria e fina de uma corneta na noite. Mas as imagens de Adam estavam congeladas. Não havia movimento ou emoção nelas — ilustrações nas páginas de um livro e não muito bem desenhadas.

Adam trabalhou com afinco, honestidade e tristeza. Não podia superar a sensação de que os jovens que encaminhava para o Exército recebiam a sentença de morte. E, como sabia que era fraco, tornou-se cada vez mais rigoroso e detalhista e muito menos disposto a aceitar uma desculpa de incapacidade não muito clara. Levava as listas para casa consigo, chamava os pais, na verdade trabalhava bem mais do que se esperava dele. Sentia-se como um juiz de enforcamento que odeia o cadafalso.

Henry Stanton via Adam tornar-se mais desolado e mais silencioso e Henry era um homem que gostava de se divertir — precisava se divertir. Um companheiro amargo o deixava doente.

— Relaxe — dizia. — Você está tentando carregar o peso da guerra. Pense bem, não é a sua responsabilidade. Você tem de obedecer a algumas regras básicas. Simplesmente cumpra as regras e relaxe. Não está comandando a guerra.

Adam inclinou as lâminas da persiana para que o sol do fim de tarde não batesse em seus olhos e olhou para as duras linhas paralelas que o sol projetava sobre sua mesa.

— Eu sei — disse num tom cansado. — Eu sei demais isso! Mas, Henry, quando há uma escolha, e cabe só a mim julgar o mérito da questão, é aí que me complico. Alistei o filho do juiz Kendall e ele morreu durante o treinamento.

— Não é problema seu, Adam. Por que não toma uns drinques à noite? Vá ver um filme, durma durante a projeção.

Henry colocou os dedos nas cavas do colete e recostou-se na cadeira.

— Já que estamos falando nisso, Adam, parece-me que você se preocupa demais com os candidatos e isso não vale a pena. Aprova rapazes que eu seria persuadido a deixar de fora.

— Eu sei — disse Adam. — Fico pensando quanto tempo isso vai durar.

Henry o inspecionou com atenção e tirou um lápis do bolso do colete cheio de coisas e esfregou a borracha contra os grandes dentes frontais brancos.

— Entendo como se sente — falou em voz baixa.

Adam olhou para ele, espantado.

— Que quer dizer? — perguntou.

— Vamos, não seja tão sensível assim. Nunca pensei antes que fosse um sujeito de sorte por ter somente filhas.

Adam percorreu uma das sombras das persianas sobre a sua mesa com o indicador.

— Sim — disse numa voz suave como um suspiro.

— Vai demorar até que os seus garotos sejam convocados.

— Sim. — O dedo de Adam percorreu uma linha de luz e deslizou lentamente de volta.

Henry disse:

— Eu detestaria...

— Detestaria o quê?

— Estava só pensando em como me sentiria se tivesse de alistar meus próprios filhos.

— Eu entregaria o cargo — disse Adam.

— Sim, posso entender isso. Um homem seria tentado a rejeitá-los, quero dizer, seus próprios filhos.

— Não — falou Adam. — Eu me demitiria antes porque não poderia rejeitá-los. Um homem não poderia deixar os seus serem liberados.

Henry entrelaçou os dedos, formou um grande punho com as mãos e colocou o punho na mesa diante dele. Seu rosto estava queixoso.

— Não, tem razão. Um homem não poderia.

Henry gostava de se divertir e evitava, sempre que podia, qualquer assunto solene ou sério, pois os confundia com tristeza.

— E como vai indo Aron em Stanford?

— Muito bem. Escreve dizendo que é difícil, mas acha que vai se sair bem. Vem para casa no Dia de Ação de Graças.

— Gostaria de vê-lo. Encontrei Cal na rua na noite passada. É um garoto esperto.

— Cal não fez os exames para a universidade um ano antes da época — disse Adam.

— Talvez ele não seja feito para isso. Eu não fui para a universidade. Você foi?

— Não — disse Adam. — Fui para o Exército.

— É uma boa experiência. Aposto que se fartou dela.

Adam levantou-se lentamente e apanhou o chapéu pendurado na galhada de veado na parede.

— Boa noite, Henry — disse.

[2]

Andando para casa, Adam pensou na sua responsabilidade. Ao passar pela padaria do Reynaud, Lee ia saindo com uma baguete dourada na mão.

— Estou com vontade de comer pão com alho — disse Lee.

— Gosto dele com bife — disse Adam.

— Vamos ter bife hoje. Havia alguma correspondência?

— Esqueci de olhar na caixa.

Entraram em casa e Lee foi para a cozinha. Num momento, Adam o seguiu e sentou-se à mesa da cozinha.

— Lee, suponha que mandemos um rapaz para a guerra e ele morra, somos responsáveis?

— Prossiga — pediu Lee. — Quero ouvir a história por inteiro imediatamente.

— Bem, suponha que haja uma leve dúvida quanto a ser o rapaz capacitado para o Exército e nós o mandamos e ele é morto.

— Entendi. É a responsabilidade ou a culpa que o incomoda?

— Não quero a culpa.

— Às vezes a responsabilidade é pior. Não contém nenhum egoísmo prazeroso.

— Estava pensando naquela ocasião em que Sam Hamilton, você e eu tivemos uma longa discussão sobre uma palavra — disse Adam. — Qual era a palavra?

— Entendo agora. A palavra era *timshel.*

— *Timshel*, e você disse...

— Eu disse que aquela palavra continha a grandeza de um homem se ele quisesse tirar partido dela.

— Lembro que fez Sam Hamilton se sentir gratificado.

— Ela o libertou. Deu-lhe o direito de ser um homem, separado de todos os outros homens.

— É uma coisa solitária.

— Todas as coisas grandiosas e preciosas são solitárias.

— Qual é a palavra, me diga de novo?

— *Timshel*, tu poderás.

[3]

Adam esperava ansioso o Dia de Ação de Graças, quando Aron viria para casa numa folga da universidade. Embora Aron estivesse fora há tão pouco tempo, Adam havia esquecido como ele era e o modificava à maneira que todo homem modifica uma pessoa a quem ama. Depois que Aron partiu, os silêncios eram o resultado de sua partida e cada pequeno acontecimento doloroso era de certa forma associado à sua ausência. Adam se viu falando do filho, gabando-se dele. Contando a pessoas que não estavam interessadas o quanto Aron era inteligente e como havia ganhado um ano na escola. Achou que seria bom fazer uma verdadeira comemoração do Dia de Ação de Graças para mostrar ao rapaz que o seu esforço era apreciado.

Aron morava num quarto mobiliado em Palo Alto e caminhava um quilômetro e meio até o campus todo dia. Sentia-se infeliz. O que esperava encontrar na universidade era vago e bonito. Sua imagem — nunca realmente analisada — mostrava jovens de olhos puros e garotas imaculadas, todos em túnicas acadêmicas convergindo para um templo branco no cume de uma colina coberta de árvores ao cair da tarde. Não tinha ideia de onde tirara esse retrato da vida acadêmica — talvez das ilustrações do *Inferno* de Dante por Doré com seus bandos de anjos radiantes. A Universidade de Stanford não era assim. Uma praça quadrada formal com blocos de arenito marrom plantados num campo de feno; uma igreja com uma fachada de mosaico italiano; salas de aula de pinho envernizado; e o grande mundo de competição e raiva reencenado na ascensão e queda das fraternidades. E aqueles anjos brilhantes eram jovens em calças de veludo sujas, alguns neurotizados pelos estudos, outros aprendendo os pequenos vícios dos seus pais.

Aron, que não soubera que tinha um lar, estava com uma saudade nauseante de casa. Não tentou aprender a vida ao seu redor ou entrar nela. Achava a barulheira natural dos universitários, a confusão e as brincadeiras, horríveis, depois do seu sonho. Deixou o dormitório da universidade por um quarto mobiliado sinistro onde podia decorar outro sonho que só agora tomara corpo. No seu novo e neutro esconderijo, ele abstraía a universidade, ia às aulas e saía assim que podia, para se concentrar em suas lembranças recém-encontradas. A casa do lado da padaria do Reynaud tornou-se cálida e querida, Lee, o símbolo do amigo e conselheiro, seu pai, a figura fria e confiável da divindade, seu irmão, esperto e divertido, e Abra — de Abra ele fazia o seu sonho imaculado e, tendo-a criado, apaixonou-se por ela. À noite, quando terminavam seus estudos, ele começava a sua carta diária para ela como se estivesse se entregando a um banho de sais. E à medida que Abra se tornava mais radiante, mais pura e bonita, Aron experimentava um prazer cada vez maior com sua própria perversão. Num frenesi, ele fazia jorrar no papel pensamentos abjetos destinados a ela e ia para a cama purificado, como um homem se sente depois do amor sexual. Botava para fora cada pensamento mau que tinha e renunciava a ele. O resultado eram cartas de amor que transbordavam de saudade e desejo e com seu tom exaltado deixavam Abra muito inquieta. Ela não podia saber que a sexualidade de Aron havia enveredado por um canal de certo modo comum.

Tinha cometido um erro. Era capaz de admitir o erro, mas ainda não conseguia reverter a situação. Fez um acordo consigo mesmo. No Dia de Ação de Graças iria para casa e então teria certeza. Poderia não voltar nunca mais. Lembrava que Abra certa vez sugerira que fossem morar no rancho e aquilo se tornou o seu sonho. Lembrava-se dos grandes carvalhos e do ar puro, do vento limpo com aroma de artemísia que vinha das colinas e das folhas marrons dos carvalhos balançando. Podia ver Abra lá, debaixo de uma árvore, esperando que ele voltasse da lavoura. E era o cair da tarde. Ali, depois do trabalho, naturalmente, poderia viver na pureza e em paz com o mundo, protegido pela pequena ravina. Poderia esconder-se da feiura — na noite.

48

[1]

No final de novembro, a Preta morreu e foi enterrada com negra austeridade, como o seu testamento exigia. Ficou um dia na Capela Mortuária Muller num caixão de ébano e prata, seu perfil esguio e severo tornado ainda mais ascético pelas quatro grandes velas colocadas nos quatro cantos do caixão.

Seu pequenino marido preto agachava-se como um gato junto ao seu ombro direito e por muitas horas pareceu tão imóvel como ela. Não houve flores, conforme o desejo dela, nem cerimônia, nem sermão e nem tristeza. Porém, uma estranha e católica seleção de cidadãos compareceu na ponta dos pés à porta da capela, deu uma espiada e partiu — advogados e operários, funcionários e caixas de banco, a maioria passando da meia-idade. Suas garotas vieram, uma de cada vez, e olharam para ela, por questão de dever e para dar sorte, e foram embora.

Uma instituição havia desaparecido em Salinas, o sexo obscuro e fatal, tão sem esperança e profundamente dolorido como um sacrifício humano. A casa de Jenny ainda seria sacudida pela música de cabaré e por gargalhadas que pareciam arrotos. Mas o sombrio mistério dos laços que eram como uma oferenda de vodu se fora para sempre.

O enterro também seguiu as disposições do testamento, o carro fúnebre e um automóvel atrás com o pequeno homem preto agachado num canto. Era um dia cinzento e, quando os funcionários da Muller baixaram o caixão com guinchos bem lubrificados, o carro fúnebre partiu e o marido encheu a cova ele mesmo com uma pá nova. O funcionário do cemitério, que cortava capim seco a cem metros de distância, ouviu lamentos carregados pelo vento.

Joe Valery estava tomando uma cerveja com Butch Beavers no Owl e foi com Butch dar uma olhada na Preta. Butch tinha pressa porque precisava ir até Natividad para leiloar um pequeno rebanho de Herefords para os Tavernetti.

Saindo da capela mortuária, Joe se viu passo a passo com Alf Nichelson, o maluco Alf Nichelson, sobrevivente de uma era já passada. Alf era um pau para toda obra, carpinteiro, funileiro, ferreiro, eletricista, estucador, afiador de tesouras e sapateiro. Podia fazer qualquer coisa, por isso financeiramente era um fracasso, embora trabalhasse o tempo todo. Ele sabia da vida de todo mundo desde o início dos tempos.

No passado, quando chegou a ter algum sucesso, só dois tipos de gente tinham acesso a todas as casas e todas as fofocas — as costureiras e os faz-tudo. Alf podia contar tudo sobre todo mundo de ambos os lados da rua principal. Era um mexeriqueiro de marca maior, insaciavelmente curioso e vingativo sem maldade.

Olhou para Joe e tentou situá-lo.

— Conheço você — disse. — Não me diga de onde.

Joe se afastou. Precavia-se de pessoas que o conheciam.

— Espere um minuto. Lembrei. Da casa da Kate. Você trabalha na casa da Kate.

Joe suspirou aliviado. Pensou que Alf pudesse conhecê-lo de outros tempos.

— Está certo — concordou brevemente.

— Nunca esqueço um rosto — disse Alf. — Vi você quando construí aquele anexo maluco para a Kate. Por que diabos ela quis aquela coisa? Sem nenhuma janela?

— Queria escuridão — disse Joe. — Os olhos a incomodam.

Alf fungou. Raramente acreditava em algo simples ou bom a respeito de qualquer pessoa. Você podia dar bom-dia para Alf e ele interpretava aquilo como uma senha. Estava convencido de que todo mundo vivia secretamente e que só ele podia descobrir aquele segredo.

Sacudiu a cabeça na direção da capela mortuária.

— Bem, isso é um marco. Quase todas as veteranas se foram. Quando a Jenny Peidorreira morrer, será o fim. E Jenny está chegando lá.

Joe estava inquieto. Queria afastar-se — e Alf sabia que ele queria isso. Alf era especialista em pessoas que queriam se afastar dele. Pensando bem, talvez fosse por isso que carregava seu saco de histórias. Ninguém realmente ia embora quando podia ouvir algum mexerico saboroso a respeito de alguém. No fundo, todo mundo adora uma fofoca. Alf não era estimado por seu dom, mas lhe davam ouvidos. E sabia que Joe estava a ponto de dar uma desculpa para ir embora. Ocorreu-lhe que não sabia muita coisa da casa de Kate ultimamente. Joe poderia dar-lhe alguma informação nova em troca de uma informação velha.

— Nada como os bons velhos tempos — disse. — Claro, você ainda era um garoto.

— Preciso me encontrar com um sujeito — disse Joe.

Alf fingiu que não o escutou.

— Veja Faye, por exemplo — disse. — Era uma figura. — E em voz baixa: — Sabe que Faye dirigia a casa de Kate, não? Ninguém sabe na verdade como Kate acabou proprietária da casa. Foi uma coisa bem misteriosa e houve quem tivesse suas suspeitas.

Viu com satisfação que o sujeito com quem Joe ia se encontrar teria de esperar muito tempo.

— Tiveram suspeitas a respeito do quê? — perguntou Joe.

— Ora, sabe como as pessoas falam. Provavelmente não era nada. Mas preciso admitir que foi um negócio meio esquisito.

— Não quer tomar uma cerveja? — perguntou Joe.

— É realmente uma boa ideia — disse Alf. — Falam que um sujeito pula de um enterro para a cama. Não sou mais tão jovem para isso. Enterros me dão sede. A Preta foi uma cidadã e tanto. Podia contar-lhe algumas coisas sobre ela. Eu a conheci durante trinta e cinco... não, trinta e sete anos.

— Quem era Faye? — perguntou Joe.

Foram para a taberna do sr. Griffin. O sr. Griffin não gostava nada de bebidas e tinha um desprezo mortal por bêbados. Era o dono e dirigia o Griffin Saloon na rua principal e numa noite de sábado era capaz de se recusar a servir vinte homens se achasse que já tinham bebido demais. O resultado é que recebia a melhor freguesia no seu estabelecimento arejado, ordeiro e tranquilo. Era uma taberna em que se podia fechar negócios e conversar em voz baixa sem interrupção.

Joe e Alf sentaram-se à mesa redonda dos fundos e tomaram três cervejas cada um. Joe ouviu todo tipo de informação, verdadeira e falsa, fundada e infundada, muitas conjecturas grotescas. A partir da conversa extraiu uma confusão completa, mas algumas ideias. Poderia haver algo de errado na morte de Faye. Kate poderia ser a esposa de Adam Trask. Arquivou aquilo rapidamente — Trask poderia se dispor a pagar para abafar a verdade. O caso de Faye poderia ser quente demais para se botar a mão. Joe tinha de pensar naquilo — sozinho.

Ao fim de duas horas, Alf começou a se inquietar. Joe não havia entrado no jogo. Não tinha trocado nada, nem um único fiapo de informação ou palpite. Um sujeito tão calado assim deve estar escondendo alguma coisa. Quem poderia saber algo a respeito dele?

Alf disse finalmente:

— Entenda, eu gosto de Kate. Ela me dá um servicinho de vez em quando, é generosa e paga rápido. Talvez não exista nada de concreto em todos os boatos em torno dela. Mas quando se pensa bem, ela é uma mulher muito fria. Tem uns olhos terríveis. Não acha?

— Eu me dou bem com ela — disse Joe.

Alf ficou irritado com a perfídia de Joe e por isso deu-lhe uma agulhada.

— Tive uma ideia estranha — disse ele. — Foi quando construí aquele anexo sem janela. Ela me lançou um olhar gelado um dia e a ideia me veio à cabeça. Se ela soubesse de todas as coisas que eu ouvi e me oferecesse uma bebida ou até mesmo um bolinho, eu diria: "Não, senhora, muito obrigado."

— Eu e ela nos damos muito bem — falou Joe. — Preciso me encontrar com um sujeito.

Joe foi ao seu quarto para pensar. Estava apreensivo. Saltou para examinar sua mala e abriu todas as gavetas da escrivaninha. Achava que alguém tinha revistado suas coisas. Simplesmente lhe veio à cabeça. Não havia nada para achar. Aquilo o deixava nervoso. Tentou botar em ordem tudo que tinha ouvido.

Ouviu uma batida na porta e Thelma entrou, os olhos vermelhos, o nariz inchado.

— O que foi que deu na Kate?

— Tem andado doente.

— Não me refiro a isso. Eu estava na cozinha fazendo um milk-shake numa jarra de fruta e ela avançou para cima de mim.

— Você estava colocando conhaque no milk-shake?

— Nada disso. Era só extrato de baunilha. Ela não tem o direito de falar assim comigo.

— Mas falou, não falou?

— Não vou engolir isso.

— Vai, sim, você vai — disse Joe. — Saia daqui, Thelma!

Thelma olhou para ele com seus belos olhos escuros e pensativos e reconquistou a ilha de segurança de que uma mulher depende.

— Joe — perguntou ela. — Você é realmente um filho da puta ou só finge ser?

— Que importa isso para você? — perguntou Joe.

— Nada — disse Thelma. — Seu filho da puta.

[2]

Joe planejava se mover lenta e cautelosamente e só depois de muito estudo. "Encontrei a minha chance, tenho de usá-la bem", disse a si mesmo.

Foi receber as ordens da noite e recebeu-as de uma Kate com a cabeça abaixada. Ela estava à sua mesa, com a pala verde abaixada, e não se virou para encará-lo. Terminou suas ordens concisas e prosseguiu:

— Joe, estou em dúvida se você tem tomado conta dos negócios. Andei doente. Mas estou boa de novo, ou quase boa.

— Algo errado?

— Só um sintoma. Preferiria que Telma bebesse uísque em vez de extrato de baunilha, e não quero que ela beba uísque. Acho que você andou relaxando com suas obrigações.

Sua mente buscou rapidamente um esconderijo.

— Estive ocupado.

— Ocupado?

— Claro. Fazendo coisas para a senhora.

— Que coisas?

— Sabe, em relação a Ethel.

— Esqueça Ethel!

— Tudo bem — disse Joe. E então a coisa veio sem que ele esperasse. — Encontrei um sujeito ontem que disse que tinha visto Ethel.

Se Joe não a conhecesse, não teria dado à pequena pausa, os rígidos dez segundos de silêncio, o seu devido valor.

No final, Kate perguntou baixinho:

— Onde?

— Aqui.

Ela virou-se lentamente na cadeira giratória para encará-lo.

— Não devia tê-lo deixado trabalhar no escuro, Joe. É duro confessar um erro, mas devo admitir isso a você. Não preciso lembrar a você que expulsei Ethel do condado. Achava que ela havia feito algo contra mim.

Um tom de melancolia apossou-se de sua voz.

— Eu estava errada. Descobri depois. Isso vem me perturbando desde então. Ela não fez nada contra mim. Quero encontrá-la e justificar-me diante dela. Você deve achar estranho eu estar me sentindo assim.

— Não, senhora.

— Encontre-a para mim, Joe. Vou me sentir melhor quando tiver reparado o mal que lhe fiz... coitada da garota.

— Vou tentar, senhora.

— E, Joe, se precisar de algum dinheiro, me diga. E se a encontrar simplesmente diga a ela o que acabei de lhe dizer. Se ela não quiser vir até aqui, procure saber como posso telefonar para ela. Precisa de algum dinheiro?

— Não no momento, senhora. Mas vou ter de me ausentar da casa mais do que deveria.

— Vá em frente. É tudo, Joe.

Queria dar um abraço em si mesmo. No corredor, agarrou os seus cotovelos e deixou a alegria percorrer o seu corpo. Atravessou o salão com sua conversa de começo de noite em surdina. Pisou na rua e olhou para as estrelas nadando em cardumes através das nuvens varridas pelo vento.

Joe pensou no seu pai falastrão — porque se lembrou de uma coisa que o velho lhe dissera. "Fique de olho nas mulheres que dão sopa", dissera o pai de Joe. "Uma mulher que está sempre dando sopa a alguém, ela quer alguma coisa, nunca se esqueça disso."

Joe falou baixinho para si mesmo:

— Uma mulher que dá sopa. Pensei que fosse mais esperta.

Repassou o tom da conversa e as palavras dela para se assegurar de que não havia perdido nada. Não, uma mulher que dá sopa. E lembrou-se de Alf dizendo: "Se ela me oferecesse uma bebida ou até mesmo um bolinho..."

[3]

Kate ficou sentada à sua mesa. Podia ouvir o vento soprando no alto alfeneiro do jardim e o vento e a escuridão estavam cheios de Ethel — a gorda e desleixada Ethel esvaindo-se como uma água-viva. Um cansaço entorpecido tomou conta de Kate.

Dirigiu-se ao anexo, o quarto cinza, fechou a porta e ficou sentada na escuridão, ouvindo a dor que voltava rastejando por seus dedos. O sangue de suas têmporas latejava. Procurou a cápsula pendurada no tubo preso à corrente ao redor do seu pescoço, esfregou contra a face o tubo de metal, quente do contato com o seu peito, e sua coragem voltou. Lavou o rosto, colocou a maquiagem, penteou e estufou os cabelos num topete solto. Seguiu pelo corredor e parou na porta do salão, como sempre fazia, à escuta.

À direita da porta duas garotas e um homem conversavam. Assim que Kate pisou no recinto, a conversa parou imediatamente. Kate disse:

— Helen, quero falar com você, se não estiver ocupada no momento.

A garota a seguiu pelo corredor e entrou no seu quarto. Era uma loura pálida com uma pele igual a osso limpo e polido.

— Algo errado, dona Kate? — perguntou cheia de medo.

— Sente-se. Não. Nada errado. Você foi ao enterro da Preta.

— Não queria que eu fosse?

— Não me importo com isso. Você foi.

— Sim, senhora.

— Conte-me como foi.

— Como assim?

— Conte-me do que se lembra, como foi o enterro?

Helen falou, nervosa:

— Ora, foi meio terrível e... foi bem bonito.

— O que quer dizer?

— Não sei. Sem flores, sem nada, mas havia... bem, havia uma espécie de dignidade. A Preta estava simplesmente ali, deitada num caixão de madeira preta com umas alças de prata imensas. Fazia a gente se sentir... não posso dizer. Não sei como dizer.

— Talvez você tenha dito. Como ela estava vestida?

— Vestida, senhora?

— Sim, vestida. Não foi enterrada nua, foi?

Uma sombra de esforço passou pelo rosto de Helen.

— Não sei — disse finalmente. — Não consigo lembrar.

— Você foi ao cemitério?

— Não, senhora. Ninguém foi, a não ser ele.

— Quem?

— O cara dela.

Kate falou rápido — quase rápido demais:

— Você tem alguns clientes esta noite?

— Não, senhora. É véspera do Dia de Ação de Graças. Vai ser uma noite fraca.

— Eu tinha esquecido — disse Kate. — Pode voltar ao salão.

Observou a garota sair do quarto e voltou inquietamente a sentar-se à sua escrivaninha. Ao examinar uma nota detalhada de serviços de encanamento, sua mão esquerda foi até o pescoço e tocou na corrente. Era consolo e tranquilidade.

49

[1]

Tanto Lee como Cal tentaram demover Adam da ideia de ir esperar o trem noturno de São Francisco a Los Angeles.

Cal disse:

— Por que não deixamos Abra ir sozinha? Ele vai querer vê-la primeiro.

— Acho que ele não vai nem notar que outras pessoas estão ali — disse Lee. — Por isso não importa se vamos ou não.

— Quero vê-lo descer do trem — falou Adam. — Deve ter mudado. Quero ver como foi essa mudança.

Lee disse:

— Ele só partiu há uns dois meses. Não pode ter mudado muito, nem envelhecido muito.

— Deve ter mudado. A experiência faz isso.

— Se o senhor for, todos nós temos de ir — disse Cal.

— Não quer ver o seu irmão? — perguntou Adam severamente.

— Claro, mas ele não vai querer me ver, não no primeiro instante.

— Vai, sim — disse Adam. — Não subestime Aron.

Lee jogou as mãos para o alto.

— Acho que vamos todos — disse.

— Pode imaginar? — perguntou Adam. — Ele saberá tantas coisas novas. Será que ele está falando de um modo diferente? Sabe, Lee, no Leste um rapaz pega o jeito de falar da sua universidade. Você pode distinguir um homem de Harvard de um homem de Princeton. Pelo menos é o que dizem.

— Vou escutar com atenção — disse Lee. — Gostaria de saber que dialeto eles falam em Stanford. — E sorriu para Cal.

Adam não achou aquilo engraçado.

— Colocou algumas frutas no quarto dele? — perguntou. — Ele adora frutas.

— Peras, maçãs e uvas moscatel — disse Lee.

— Sim, ele adora uva moscatel. Eu lembro que adora moscatel.

Por pressão de Adam, eles chegaram à estação da Southern Pacific meia hora antes do horário previsto do trem. Abra já estava lá.

— Não posso ir ao jantar amanhã, Lee — disse ela. — Meu pai me quer em casa. Chego logo depois, o mais cedo que puder.

— Está um pouco ofegante — reconheceu Lee.

— E você não está?

— Acho que sim — disse Lee. — Veja qual é a linha e verifique se acendeu o sinal verde.

Horários de trem são uma questão de orgulho e apreensão para quase todo mundo. Quando, ainda a distância, o semáforo passou de vermelho para verde e o longo e penetrante feixe de luz dos faróis contornou a curva e bradou na estação, os homens conferiram seus relógios e disseram:

— Chegou na hora.

Havia uma sensação de orgulho e de alívio também. A fração de segundo vem se tornando cada vez mais importante para nós. E como as atividades humanas ficam cada vez mais enredadas e integradas, o décimo de segundo vai emergir e então um novo nome deverá ser encontrado para o centésimo de segundo, até que um dia, embora eu não acredite nisso, vamos dizer "Ora, que se dane. Que importa a hora?" Mas não é uma bobagem, essa preocupação com pequenas unidades de tempo. Algo, mais cedo ou mais tarde, poderá romper com o tempo e a perturbação se espalhará como as ondas de uma pedra jogada num lago tranquilo.

O trem chegou célere como se não tivesse intenção de parar. E só quando a máquina e os vagões de bagagem haviam passado bastante, os freios a ar lançaram o seu silvo agudo e o ferro retesado protestou numa parada.

O trem despejou uma boa multidão em Salinas, devolvendo parentes a suas casas para o Dia do Ação de Graças, suas mãos carregadas de caixas de papelão e embrulhos em papel de presente. Levou um minuto ou dois até que a família pudesse localizar Aron. Então o viram e parecia maior do que nunca.

Usava um chapéu de copa baixa e aba estreita, muito elegante, e quando os viu rompeu numa corrida e arrancou o chapéu e puderam ver que seus cabelos lustrosos estavam cortados curtos com um pequeno topete. E seus olhos brilhavam tanto que riram de prazer ao vê-lo.

Aron largou a mala e ergueu Abra ao ar num abraço apertado. Colocou-a no chão e estendeu a Adam e Cal suas duas mãos. Colocou os braços ao redor dos ombros de Lee e quase o esmagou.

A caminho de casa todos falaram ao mesmo tempo. "E então, como está?" "Você parece ótimo." "Abra, você está tão bonita."

— Não é verdade. Por que cortou o cabelo?

— Ora, todo mundo lá usa o cabelo deste jeito.

— Mas você tem cabelos tão bonitos.

Seguiram rapidamente pela rua principal e por um quarteirão curto, virando a esquina da avenida central e passando pela padaria com pães franceses empilhados na vitrina e a sra. Reynaud com seus cabelos escuros acenou a mão pálida de farinha para eles e tinham chegado em casa.

Adam disse:

— Café, Lee?

— Eu o preparei antes de sairmos.

Havia colocado as xícaras também. Subitamente, estavam todos juntos — Aron e Abra no sofá, Adam na sua poltrona debaixo da luminária, Lee servindo o café e Cal apoiado na porta que dava para o corredor. E guardavam silêncio porque era muito tarde para dizerem olá e muito cedo para começarem outras coisas.

Adam chegou a falar.

— Quero saber de tudo. Vai tirar boas notas?

— Os exames finais só serão no próximo mês, pai.

— Ah, sim. Mas vai tirar boas notas, eu creio. Estou certo de que vai tirar.

Aron não pôde ocultar um sinal de impaciência em seu rosto.

— Aposto que está cansado — disse Adam. — Muito bem, podemos conversar amanhã.

Lee disse:

— Aposto que ele não está cansado. Aposto que gostaria de ficar a sós.

Adam olhou para Lee e falou:

— Ora, é claro, claro. Acha que devíamos ir todos para a cama?

Abra resolveu o problema para eles.

— Não posso ficar muito tempo — disse. — Aron, por que não me acompanha até minha casa? Ficaremos juntos amanhã.

No caminho, Aron se agarrou ao braço dela. Ela tremeu.

— Vem uma geada por aí — disse ele.

— Ficou contente por ter voltado?

— Sim, fiquei. Temos muito a conversar.

— Coisas boas?

— Talvez. Espero que pense assim.

— Você parece tão sério.

— É sério.

— Precisa voltar quando?

— Só domingo à noite.

— Vamos ter muito ιempo. Quero lhe contar algumas coisas também. Temos amanhã, sexta-feira, sábado e o dia de domingo inteiro. Se importaria de não entrar hoje?

— Por que não?

— Eu lhe conto depois.

— Quero saber agora.

— Meu pai teve um dos seus ataques.

— Contra mim?

— Sim. Não posso ir jantar com você amanhã, mas não vou comer muito na minha casa, por isso pode mandar Lee guardar um prato para mim.

Ele estava ficando acanhado. Ela pôde sentir quando relaxou a pressão da mão que segurava o seu braço e por seu silêncio, e podia ver também no seu rosto levantado.

— Eu não devia ter-lhe dito isso esta noite.

— Sim, devia — falou ele, lentamente. — Diga-me a verdade. Você ainda quer... continuar comigo?

— Sim, eu quero.

— Então está tudo bem. Vou-me embora agora. Conversaremos amanhã.

Deixou-a na varanda com a sensação de um beijo levemente roçado em seus lábios. Ela sentia-se magoada por ele ter concordado tão facilmente e riu de si mesma por ser capaz de pedir tal coisa e ficar magoada ao consegui-la. Observou os passos longos e rápidos dele sob a luz do lampião de rua na esquina. Pensou: Devo estar louca. Estou imaginando coisas.

[2]

No seu quarto, depois de desejar boa-noite, Aron ficou sentado na beira da cama e olhou para suas mãos em concha entre os joelhos. Sentia-se traído e desamparado, envolvido como um ovo de passarinho no algodão da ambição que seu pai tinha para ele. Não conhecera o poder dela até esta noite e se perguntava se seria capaz de romper as amarras da sua força persistente. Seus pensamentos não conseguiam coagular. A casa parecia fria com uma umidade que lhe dava calafrios. Levantou-se e abriu suavemente a porta. Havia luz sob a porta de Cal. Bateu e entrou sem esperar por uma resposta.

Cal estava sentado diante de uma nova escrivaninha. Trabalhava com papel de seda e um pedaço de fita vermelha e, quando Aron entrou, ele cobriu às pressas algo na sua mesa com um grande mata-borrão.

Aron sorriu.

— Presentes?

— Sim — disse Cal, e deixou por isso mesmo.

— Posso falar com você?

— Claro! Entre. Fale baixo senão nosso pai vai vir. Detesta perder qualquer momento.

Aron sentou-se na cama. Ficou em silêncio por tanto tempo que Cal perguntou:

— O que é que há? Está metido em alguma encrenca?

— Não, nenhuma encrenca. Só queria conversar com você. Cal, eu não quero continuar na universidade.

A cabeça de Cal girou.

— Não quer? Por que não?

— Simplesmente não gosto.

— Não falou ao pai, falou? Vai ficar desapontado. Já é bastante ruim que eu não queira ir à universidade. O que você quer fazer?

— Acho que gostaria de assumir o rancho.

— E quanto a Abra?

— Ela me disse há muito tempo que era isso o que gostaria.

Cal o estudou.

— O rancho ainda está arrendado por algum tempo.

— Eu estava justamente pensando nisso.

Cal disse:

— Não se ganha muito dinheiro como fazendeiro.

— Não quero muito dinheiro. Só o suficiente para sobreviver.

— Isso não basta para mim — disse Cal. — Quero muito dinheiro e vou consegui-lo também.

— Como?

Cal sentia-se mais velho e mais seguro do que o irmão. Sentia-se protetor em relação a ele.

— Se você continuar na universidade, eu vou partir para a luta e montar uma base. Quando você terminar, podemos ser sócios. Vou ter um tipo de coisa e você, outro. Poderia ser muito bom.

— Não quero voltar à universidade. Por que teria de voltar?

— Porque o pai quer.

— Isso não me obrigará a voltar.

Cal fixou seus olhos no irmão, viu os cabelos claros, os olhos bem separados, e de repente ficou sabendo por que o pai amava Aron, ficou sabendo além de qualquer dúvida.

— Pense um pouco no assunto — disse rapidamente. — Seria melhor que terminasse o período letivo, pelo menos. Não tome nenhuma decisão agora.

Aron se levantou e se dirigiu até a porta.

— Para quem é o presente? — perguntou.

— É para o pai. Você vai ver amanhã, depois do jantar.

— Não é Natal.

— Não — disse Cal. — É melhor do que Natal.

Quando Aron voltou ao seu quarto, Cal tirou o mata-borrão que cobria o seu presente. Contou quinze notas novas uma vez mais e estavam tão crespas que faziam um estalido agudo. O banco de Monterey tivera de encomendá-las em São Francisco e só o fez quando o motivo foi revelado. Era uma questão de choque e descrédito para o banco que, primeiro, um garoto de dezessete anos possuísse aquele dinheiro e, segundo, andasse com ele por aí. Banqueiros não gostam de ver o dinheiro sendo manuseado levianamente, ainda que o manuseio seja de ordem sentimental. Fora preciso a palavra de Will Hamilton para que o banco acreditasse que o dinheiro pertencia a Cal, que fora ganho honestamente e que ele podia fazer o que bem entendesse com ele.

Cal embrulhou as notas em papel de seda e amarrou-as com uma fita vermelha, terminando num nó vagamente reconhecível como um laço. O embrulho podia conter um lenço. Ele o escondeu debaixo de suas camisas na cômoda e foi para a cama. Mas não conseguiu dormir. Estava excitado e ao mesmo tempo acanhado. Desejava que o dia tivesse passado e o presente dado. Recapitulou o que planejava dizer.

"Isto é para o senhor."

"O que é isto?"

"Um presente."

A partir de então, não sabia o que aconteceria. Mexeu-se e rolou na cama e ao alvorecer se levantou, vestiu-se e esgueirou-se para fora de casa.

Na rua principal, viu o velho Martin varrendo a rua com uma vassoura de estábulo. O conselho municipal discutia a aquisição de uma máquina de varrer. O velho Martin tinha esperanças de dirigi-la, mas estava cético em relação ao caso. Os jovens sempre ficam com o melhor de tudo. A carroça de lixo de Bacigalupi passou e Martin olhou para ela com desprezo. Aquele *era* um bom negócio. Aqueles carcamanos estavam ficando ricos.

A rua principal estava vazia, a não ser por alguns cães farejando as portas fechadas e a atividade sonolenta do restaurante San Francisco. O táxi novo de Pet Bulene se achava estacionado na frente, pois Pet fora convocado na noite anterior para levar as garotas Williams até o trem da manhã para São Francisco.

O velho Martin gritou para Cal:

— Tem um cigarro, meu jovem?

Cal parou e puxou sua carteira de Murads.

— Ora, cigarros elegantes! — disse Martin. — Não tenho fósforo também.

Cal acendeu o cigarro para ele, cuidando para não botar fogo na penugem ao redor da boca de Martin.

Martin apoiou-se no cabo da sua vassoura e tragou desconsoladamente.

— Os jovens sempre pegam o melhor — disse. — Não vão me deixar dirigi-la.

— O quê? — perguntou Cal.

— Ora, a máquina de varrer. Ainda não ouviu falar nela? Onde é que tem andado, meu rapaz?

Achava incrível que qualquer ser humano medianamente informado não soubesse da máquina de varrer. Esqueceu Cal. Talvez os Bacigalupi lhe dessem um emprego. Estavam ganhando dinheiro a rodo. Três carroças e um caminhão novo.

Cal virou na rua Alisal, foi até o correio e olhou na janelinha de vidro da caixa 632. Estava vazia. Caminhou de volta para casa e encontrou Lee recheando um peru enorme.

— Ficou acordado a noite toda? — perguntou Lee.

— Não, só saí para dar uma volta.

— Nervoso?

— Sim.

— Não o culpo. Eu estaria também. É difícil dar coisas às pessoas, mas acho mais difícil ganhar coisas. Parece bobagem, não acha? Quer um café?

— Até que vai bem.

Lee enxugou as mãos e serviu café para si mesmo e para Cal.

— O que achou da cara de Aron?

— Está bem, ao que parece.

— Conseguiu falar com ele?

— Não — disse Cal. Era mais fácil assim. Lee ia querer saber o que ele havia dito. Não era o dia de Aron. Era o dia de Cal. Havia esculpido este dia para si mesmo e o desejava. E fazia questão de tê-lo.

Aron apareceu, os olhos ainda nublados de sono.

— A que horas pretende servir o jantar, Lee?

— Não sei bem, às três e meia ou quatro horas.

— Podia passar para as cinco horas?

— Acho que sim, se Adam concordar. Por quê?

— Abra não pode chegar aqui antes disso. Quero apresentar um plano ao meu pai e gostaria que ela estivesse aqui.

— Acho que não vai haver problema — disse Lee.

Cal levantou-se rapidamente e foi até seu quarto. Sentou-se à mesa com a luminária acesa e ficou se remoendo de inquietação e ressentimento. Sem esforço, Aron estava roubando o dia de Cal para si mesmo. Acabaria sendo o dia de Aron. E então ele ficou subitamente envergonhado e amargo. Cobriu os olhos com as mãos e disse: "É só ciúme. Estou com ciúme. Não quero ser ciumento." E repetiu inúmeras vezes "Ciumento — ciumento — ciumento", como se trazer o sentimento à tona pudesse destruí-lo. E tendo ido tão longe, prosseguiu com sua autopunição. Por que estou dando o dinheiro para meu pai? É para o bem dele? Não. É para o meu bem. Will Hamilton disse isso — estou tentando comprá-lo. Não há nada de decente nisso. Não há nada de decente em mim. Fico sentado aqui chafurdando no ciúme por meu irmão. Por que não dar o nome certo às coisas?

Sussurrou asperamente para si mesmo. "Por que não ser franco? Sei por que meu pai ama Aron. É porque ele se parece com ela. Meu pai nunca se livrou dela. Pode não saber disso, mas é a verdade. Pergunto-me se ele sabe. Isso me deixa com ciúmes dela também. Por que não pego o meu dinheiro e vou embora? Não sentiriam falta de mim. Em pouco tempo esqueceriam que eu havia existido, todos exceto Lee. E nem sei ao certo se Lee gosta de mim. Talvez não."

Levou as mãos à testa. "Será que Aron precisa brigar tanto consigo mesmo assim? Não acredito, mas como posso saber? Podia perguntar a ele. Não responderia."

A mente de Cal alimentava sua raiva de si mesmo, sua autopiedade. E então uma nova voz entrou em cena, dizendo com frieza e desdém: "Se está sendo sincero, por que não dizer que está gostando dessa surra que está dando em si mesmo? Essa seria a verdade. Por que não ser simplesmente o que você é e fazer simplesmente o que faz?" Cal ficou sentado em choque diante desse pensamento. Gostando? — mas é claro. Chicoteando a si mesmo, ele se protegia das chicotadas de qualquer outra pessoa. Sua mente se retesou. Dê o dinheiro, mas dê com leveza. Independente de qualquer outra coisa. Não preveja nada. Simplesmente dê e esqueça. E esqueça agora. Dê por dar. Dê o dia para Aron. Por que não? Deu um salto e correu até a cozinha.

Aron segurava a pele do peru enquanto Lee forçava o recheio para dentro da cavidade. O forno crepitava e estalava com o calor crescente.

Lee disse:

— Vejamos, oito quilos a quarenta e cinco minutos por quilo, isso dá oito vezes quarenta e cinco... são trezentos e sessenta minutos, seis horas ao todo, das onze às doze, das doze a uma... — Contou nos dedos.

Cal disse:

— Quando terminar, Aron, vamos dar uma volta.

— Aonde? — perguntou Aron.

— Pela cidade. Quero lhe perguntar uma coisa.

Cal levou o irmão do outro lado da rua até a Berges e Garrisiere, que importava vinhos e bebidas finas. Cal disse:

— Tenho algum dinheiro, Aron. Pensei em comprarmos vinho para o almoço. Eu lhe dou o dinheiro.

— Que tipo de vinho?

— Vamos fazer uma comemoração de verdade. Vamos comprar champanhe, pode ser o seu presente.

Joe Garrisiere falou:

— Rapazes, vocês não têm idade suficiente.

— É para o jantar. Claro que temos.

— Não posso vender. Lamento muito.

Cal disse:

— Sei o que pode fazer. Nós pagamos e você manda os vinhos para o nosso pai.

— Isso eu posso fazer — disse Joe Garrisiere. — Temos umas garrafas de Oeil de Perdrix. — Seus lábios se cerraram, como se estivesse provando.

— O que é isso? — perguntou Cal.

— Champanhe, mas com a cor muito parecida com a de um olho de perdiz. Rosada, mas um pouco mais escura do que o rosa, e seca também. Quatro e cinquenta a garrafa.

— Não é caro? — perguntou Aron.

— Claro que é caro! — Cal riu. — Mande três garrafas lá para casa, Joe.

Para Aron, ele disse:

— É o seu presente.

[3]

Para Cal o dia foi interminável. Queria sair de casa, mas não conseguiu. Às onze horas, Adam foi até o escritório fechado da junta de recrutamento para estudar as fichas de uma nova leva de jovens.

Aron parecia perfeitamente calmo. Ficou sentado na sala de estar lendo antigos números da *Review of the Reviews*. Da cozinha os odores dos temperos impregnando o peru posto para assar começaram a encher a casa.

Cal foi ao seu quarto, apanhou o presente e colocou-o sobre a mesa. Tentou escrever um cartão para colocar nele. "Para o meu pai, de Caleb" — "Para Adam Trask, de Caleb Trask". Rasgou os cartões em pedacinhos, jogou-os no vaso sanitário e apertou a descarga.

Pensou: Por que dar o presente hoje? Talvez amanhã eu pudesse me aproximar dele discretamente e dizer "Isto é para o senhor" e depois me afastar. Seria mais fácil.

— Não — disse em voz alta. — Quero que os outros vejam.

Tinha de ser daquele jeito. Mas seus pulmões estavam comprimidos e as mãos molhadas de nervosismo. Então pensou na manhã em que seu pai o tirou da cadeia. O calor e a intimidade — eram as coisas a serem lembradas — e a confiança do seu pai. Ora, ele chegara até a dizer "Eu confio em você". Sentiu-se muito melhor então.

Por volta das três horas, ouviu Adam entrar e o som alto de vozes conversando na sala de estar. Cal juntou-se ao seu pai e a Aron.

Adam dizia:

— Os tempos mudaram. Um rapaz deve ser um especialista ou não vai chegar a nada. Acho que é isso que me faz tão feliz por você estar na universidade.

Aron falou:

— Estive pensando nisso e tenho minhas dúvidas.

— Bem, não pense mais. Sua primeira escolha foi correta. Olhe para mim. Sei um pouquinho de muitas coisas e não o suficiente de qualquer uma delas para ganhar a vida nos tempos de hoje.

Cal sentou-se silenciosamente. Adam não o notou. Seu rosto estava concentrado em seus pensamentos.

— É natural que um homem deseje sucesso para o filho — prosseguiu Adam. — E talvez eu possa enxergar melhor do que você.

Lee olhou para dentro da sala.

— A balança da cozinha deve estar descalibrada — disse. — O peru vai ficar pronto antes do previsto. Aposto que esta ave não pesa oito quilos.

Adam disse:

— Muito bem, conserve-a quente. — E continuou: — O velho Sam Hamilton previu tudo isso. Disse que não haveria mais lugar para filósofos universais. O peso do conhecimento é grande demais para que uma só mente o absorva. Vislumbrou uma época em que um homem conheceria apenas um pequeno fragmento, mas o conheceria bem.

— Sim — disse Lee da porta. — E deplorou isso. Detestava isso.

— Ele detestava agora?

Lee entrou na sala. Segurava sua grande colher de molho na mão direita e colocava a esquerda em concha debaixo da colher, receando que ela derrubasse molho no tapete. Entrou na sala, esqueceu-se da colher e pingos de gordura de peru caíram por todo o assoalho.

— Agora que pergunta, eu não sei — disse Lee. — Não sei se ele detestava ou sou eu que detesto por ele.

— Não fique tão nervoso — falou Adam. — Parece-me que não podemos discutir mais nada sem que você tome a coisa como um insulto pessoal.

— Talvez o conhecimento seja grande demais e talvez os homens estejam se tornando pequenos demais — disse Lee. — Talvez, ao se ajoelharem diante dos átomos, eles estejam tornando suas almas do tamanho de átomos. Talvez um especialista seja apenas um covarde, com medo de olhar para fora da sua pequena gaiola. E pense no que os especialistas perdem, o mundo inteiro além de suas cercas.

— Só estamos falando de ganhar a vida.

— Ganhar a vida, ou dinheiro — disse Lee, nervoso. — Dinheiro é fácil de ganhar, se é dinheiro o que se quer. Mas, com poucas exceções, as pessoas não querem dinheiro. Elas querem luxo, elas querem amor, elas querem admiração.

— Está bem. Mas você faz alguma objeção à universidade? Era disso que estávamos falando.

— Desculpe — disse Lee. — Tem razão. Eu realmente fico muito nervoso. Não, se a universidade é um lugar para onde um homem pode ir para encontrar sua relação com todo este mundo, não tenho objeção. É isso? É disso que se trata, Aron?

— Não sei — disse Aron.

Um som sibilante veio da cozinha. Lee falou:

— Os malditos dos miúdos estão transbordando. — E partiu como um raio através da porta.

Adam olhou atrás dele com afeto.

— Que homem bom! Que bom amigo!

Aron disse:

— Espero que viva até os cem anos.

Seu pai abafou um riso.

— Como você sabe que ele não tem já cem anos?

Cal perguntou:

— Como vai a fábrica de gelo, pai?

— Ora, vai bem. Paga seus custos e tem um pequeno lucro. Por quê?

— Pensei numas coisinhas para que ela realmente tivesse lucro.

— Não hoje — disse Adam rapidamente. — Segunda-feira, se você se lembrar, mas não hoje. Sabem de uma coisa? Não me lembro de ter-me sentido assim tão bem um dia. Sinto-me, como dizem, realizado. Talvez seja só uma boa noite de sono e uma boa ida ao banheiro. E talvez seja porque estamos todos juntos e em paz.

Sorriu para Aron.

— Não sabíamos o que sentíamos por você até que foi embora.

— Tive saudades de casa — confessou Aron. — Nos primeiros dias achei que ia morrer.

Abra entrou ofegante. Estava com as faces rosadas e irradiava felicidade.

— Notaram que tem neve no monte Toro? — perguntou.

— Sim, eu vi — falou Adam. — Dizem que é sinal de um bom ano pela frente. Bem que precisamos.

— Eu só belisquei lá em casa — disse Abra. — Queria estar com fome para comer aqui.

Lee desculpou-se pelo jantar como um velho tolo. Culpou o forno a gás, que não aquecia como um bom fogão à lenha. Culpou a nova raça de perus que não era tão boa como os perus de antigamente. Mas riram com ele quando disse que estava agindo como uma velha à caça de elogios.

Com o pudim de ameixa, Adam abriu o champanhe e eles o trataram com cerimônia. Uma atmosfera de cortesia instalou-se à mesa. Propuseram brindes. Cada um bebeu à sua própria saúde e Adam fez um pequeno discurso para Abra quando lhe desejou saúde.

Os olhos dela brilhavam e debaixo da mesa Aron segurava sua mão. O vinho abrandou o nervosismo de Cal e ele perdeu o receio em relação ao seu presente.

Quando Adam terminou o seu pudim de ameixa, ele disse:

— Acho que nunca tivemos um Dia de Ação de Graças tão bom.

Cal enfiou a mão no bolso e tirou o embrulho atado com fita vermelha e empurrou-o para a frente do pai.

— O que é isso? — perguntou Adam.

— É um presente.

Adam ficou contente.

— Ainda nem é Natal e já temos presentes. Estou curioso para saber o que é!

— Um lenço — disse Abra.

Adam desatou o laço desajeitado e desdobrou o papel de seda. Olhou para o dinheiro.

Abra perguntou:

— O que é isso? — E se levantou para olhar. Aron se inclinou para a frente. Lee, na porta, tentou afastar o ar de preocupação do rosto. Dardejou um olhar para Cal e viu a luz de júbilo e triunfo em seus olhos.

Muito lentamente, Adam mexeu os dedos e separou as notas. Sua voz parecia vir de longe.

— O que é isso? O que... — E parou.

Cal engoliu em seco.

— É... eu ganhei... para dar ao senhor... para compensar a perda da alface.

Adam ergueu a cabeça lentamente.

— Você ganhou? Como?

— Com o sr. Hamilton, nós ganhamos... com os feijões. — E se apressou a explicar. — Compramos ações a cinco centavos e quando o preço subiu... São para o senhor, quinze mil dólares. São para o senhor.

Adam tocou as notas novas de modo que suas bordas ficassem alinhadas, dobrou o papel de seda sobre elas e uniu as pontas. Deu um olhar desamparado para Lee. Cal captou uma sensação... uma sensação de calamidade, de destruição no ar e um peso mórbido o sufocando. Ouviu seu pai dizer:

— Você vai ter que devolver isso.

Quase remotamente ouviu sua própria voz dizer:

— Devolver? Devolver a quem?

— Às pessoas de quem tomou.

— À Agência Britânica de Compras? Não podem aceitar de volta. Estão pagando doze centavos e meio por feijões em todo o país.

— Então devolva aos fazendeiros dos quais roubou.

— Roubei? — gritou Cal. — Nós lhes pagamos dois centavos por libra acima do mercado. Não os roubamos.

Cal sentiu-se suspenso no espaço e o tempo parecia passar bem lentamente.

Seu pai demorou muito para responder. Parecia haver longos espaços entre as suas palavras.

— Mando rapazes para a guerra — disse ele. — Assino meu nome e eles partem. Alguns vão morrer e outros vão ficar mutilados sem braços e pernas. Nenhum deles voltará ileso. Filho, acha que eu poderia aceitar um lucro em cima disso?

— Fiz isso pelo senhor — disse Cal. — Queria que tivesse o dinheiro para cobrir a sua perda.

— Não quero o dinheiro, Cal. E a alface... não creio que fiz aquilo pelo lucro. Era uma espécie de jogo para ver se eu conseguia fazer a alface chegar lá, e eu perdi. Não quero o dinheiro.

Cal olhou direto para a frente. Podia sentir os olhares de Lee, Aron e Abra rastejando sobre suas faces. Manteve os olhos fixos nos lábios do pai.

— Gosto da ideia de um presente — disse Adam. — Eu lhe agradeço pelo pensamento...

— Vou guardá-lo. Vou guardá-lo para o senhor — interrompeu Cal.

— Não, não quero esse dinheiro, nunca. Teria ficado feliz se você pudesse ter-me dado... bem, o que o seu irmão me deu, orgulho com o que está fazendo, alegria com o seu progresso. Dinheiro, até mesmo dinheiro limpo, não se compara com isso.

Seus olhos se abriram um pouco e ele disse:

— Eu o deixei zangado, filho? Não fique zangado. Se quer me dar um presente, me dê uma vida boa. Isso seria algo que eu poderia valorizar.

Cal sentiu que estava sufocando. O suor escorria por sua testa e provou o gosto de sal na língua. Levantou-se subitamente e sua cadeira caiu. Saiu correndo da sala, prendendo a respiração.

Adam gritou atrás dele:

— Não fique zangado, filho.

Deixaram-no a sós. Ficou sentado no seu quarto, os cotovelos sobre a mesa. Pensou que ia chorar, mas não o fez. Tentou deixar que o choro começasse, mas ele não conseguia passar pelo ferro quente em sua cabeça.

Depois de algum tempo, sua respiração se regularizou e ele observou seu cérebro voltando a trabalhar sigilosa e silenciosamente. Lutou para calar o cérebro odiento e silente e ele esgueirou-se para um canto e prosseguiu o seu funcionamento. Combateu-o mais fracamente, pois o ódio estava se infiltrando em todo o seu corpo, envenenando cada nervo. Podia sentir a si mesmo perdendo o controle.

Então aos poucos o controle e o medo desapareceram e o seu cérebro gritou num triunfo doloroso. Sua mão pegou num lápis e ele desenhou espirais uma após outra no seu mata-borrão. Quando Lee chegou uma hora depois, havia centenas de espirais e tinham se tornado cada vez menores. Cal não ergueu os olhos.

Lee fechou a porta suavemente.

— Trouxe café para você — disse.

— Não quero... sim, vou querer. Muito obrigado, Lee. Foi muito gentil ter pensado nisso.

Lee disse:

— Pare com isso! Pare com isso! Estou lhe dizendo!

— Parar com o quê? O que quer que eu pare?

Lee falou apreensivo:

— Eu lhe disse certa vez, quando me perguntou, que estava tudo dentro de você. Eu lhe disse que poderia ter o controle, se assim o desejasse.

— O controle do quê? Não sei do que está falando.

Lee falou:

— Não é capaz de me dar ouvidos? Não consegue entender? Cal, não tem ideia do que estou falando?

— Eu o estou ouvindo, Lee. O que está falando?

— Ele não pôde evitar, Cal. É a sua natureza. Foi a única maneira que encontrou de reagir. Não tinha nenhuma escolha. Mas você tem. Está me ouvindo? Você tem uma escolha.

As espirais tinham se tornado tão pequenas que as linhas do lápis corriam juntas e o resultado era um ponto preto reluzente.

Cal falou calmamente:

— Não está fazendo uma tempestade em copo d'água? Deve estar delirando. Do jeito como fala parece que eu matei alguém. Vamos lá. Pare com isso, Lee.

Fez-se silêncio no quarto. Depois de um momento Cal afastou-se da mesa e o quarto ficou vazio. Uma xícara de café sobre a mesa soltava uma nuvem de vapor. Cal tomou o café escaldante como estava e foi até a sala de estar.

Seu pai olhou para ele com um ar de desculpa.

Cal disse:

— Lamento, pai. Não sabia como se sentia em relação a isso.

Pegou o pacote de dinheiro de onde estava sobre o consolo da lareira e colocou-o no bolso de dentro do paletó onde estava antes.

— Vou ver o que posso fazer em relação a isso — disse casualmente. — Onde estão os outros?

— Abra teve de ir embora. Aron caminhou com ela até sua casa. Lee saiu.

— Acho que vou dar uma volta — disse Cal.

[4]

A noite de novembro tinha caído há algum tempo. Cal abriu uma fresta na porta da frente e viu a silhueta de Lee na parede branca da Lavanderia Francesa, do outro lado da rua. Lee estava sentado nos degraus e parecia volumoso no seu casaco pesado.

Cal fechou a porta silenciosamente e atravessou de volta a sala de estar.

— Champanhe deixa a gente com sede — disse. Seu pai não ergueu os olhos. Cal saiu pela porta da cozinha e atravessou o decadente jardim da cozinha de Lee. Escalou a cerca alta, encontrou a tábua que servia de ponte através do banhado de água escura e saiu entre a padaria de Lang e a oficina de funileiro na rua Castroville.

Caminhou até a rua Stone, onde ficava a igreja católica, e virou à esquerda, passou pela casa dos Carriaga, passou pela casa dos Wilson e a casa dos Zabala, e dobrou à esquerda na avenida central na casa dos Steinbeck. Dois quarteirões depois, virou à esquerda e passou pela Escola West End.

Os choupos na frente do pátio da escola estavam quase nus, mas ao vento da tarde algumas folhas amareladas ainda caíam em espiral.

A mente de Cal estava amortecida. Não se dava conta sequer de que o ar estava frio com a geada que descia das montanhas. Três quarteirões adiante, viu seu irmão à luz de um lampião de rua vindo na sua direção. Sabia que era seu irmão pelas passadas, pela postura e porque sabia.

Cal diminuiu o passo e, quando Aron se aproximou, ele disse:

— Olá. Vim cá à sua procura.

Aron disse:

— Lamento o que houve esta tarde.

— Você não podia impedir, esqueça-se disso.

Virou-se e os dois caminharam lado a lado.

— Quero que venha comigo — disse Cal. — Quero lhe mostrar uma coisa.

— O que é?

— Ora, é uma surpresa. Mas é muito interessante. Vai ficar interessado.

— Está bem. Vai levar muito tempo?

— Não, não vai demorar muito. Não vai demorar nada.

Passaram pela avenida central a caminho da Castroville.

[5]

O sargento Axel Dane geralmente abria o escritório de recrutamento de San Jose às oito horas, mas quando se atrasava um pouco era o cabo Kemp quem o abria e Kemp não se queixava disso. Axel não era um caso fora do comum. Uma temporada no Exército dos Estados Unidos na época de paz entre a Guerra Espanhola e a guerra com a Alemanha o deixara inadequado para a vida fria e desorganizada de civil. Um mês entre dois períodos de serviço o convencera daquilo. Dois períodos de serviço no Exército dos tempos de paz o deixaram completamente incapacitado para a guerra e ele adquirira método suficiente para ficar fora dela. O posto de recrutamento de San Jose provou que ele sabia se defender. Namorava a filha mais moça da família Ricci e ela morava em San Jose.

Kemp não tinha muito tempo de serviço, mas estava aprendendo a regra básica. Aprenda a se dar bem com quem está por cima e evite todos os oficiais sempre que possível. Não se importava com as reprimendas suaves do sargento Dane.

Às oito e meia, Dane entrou no escritório e encontrou o sargento Kemp dormindo à sua mesa e um garoto com o ar cansado sentado à espera. Dane olhou para o garoto e então deu a volta por trás da balaustrada e colocou a mão sobre o ombro de Kemp.

— Querido — falou —, as cotovias estão cantando e uma nova aurora já raiou.

Kemp levantou a cabeça dos braços, enxugou o nariz nas costas da mão e espirrou.

— Assim é que se faz, querido — disse o sargento. — Levante-se que temos um freguês.

Kemp apertou os olhos remelentos.

— A guerra pode esperar — falou.

Dane olhava mais atentamente para o rapaz.

— Deus! Ele é bonito. Espero que cuidem bem dele. Cabo, você pode pensar que ele quer lutar contra o inimigo, mas acho que está fugindo do amor.

Kemp ficou aliviado ao ver que o sargento não estava totalmente sóbrio.

— Acha que alguma mulher o magoou?

Fazia qualquer jogo que agradasse ao sargento.

— Acha que o Exército é a Legião Estrangeira?

— Talvez esteja fugindo de si mesmo.

Kemp disse:

— Vi aquele filme. Tem um tremendo filho da mãe de um sargento nele.

— Não acredito nisso — disse Dane. — Dê um passo à frente, meu jovem. Dezoito anos, não é?

— Sim, senhor.

Dane virou-se para o ajudante.

— O que acha?

— Ora! — disse Kemp. — Se são grandes o bastante, têm idade bastante.

O sargento disse:

— Digamos que você tenha dezoito anos. E vamos ficar com essa versão, ok?

— Sim, senhor.

— É só pegar este formulário e preenchê-lo. Calcule o ano em que nasceu e coloque bem aqui e procure se lembrar.

50

[1]

Joe não gostava que Kate ficasse sentada quieta olhando direto para a frente — hora após hora. Aquilo significava que ela estava pensando e, como seu rosto era totalmente sem expressão, Joe não tinha acesso aos seus pensamentos. Isso o deixava apreensivo. Não queria que sua primeira boa oportunidade de sucesso lhe escapasse.

Ele só tinha um plano — era o de mantê-la em estado de inquietação até que ela se delatasse. Então ele podia saltar em qualquer direção. Mas como isso aconteceria, se ela ficava sentada olhando para a parede? Estaria inquieta ou não?

Joe sabia que ela não se deitara e, quando perguntou se queria o café da manhã, ela sacudiu a cabeça tão lentamente que foi difícil saber se o tinha escutado ou não.

Dava a si mesmo um conselho cauteloso: "Não faça nada! Só fique por perto e mantenha olhos e ouvidos abertos." As garotas da casa sabiam que algo havia acontecido, mas não existiam duas sequer que contassem a mesma história, as malditas estúpidas.

Kate não estava pensando. Sua mente divagava entre impressões assim como um morcego em seus voos errantes à noite. Viu o rosto do menino loiro e bonito, seus olhos ensandecidos de choque. Ouviu suas palavras ofensivas dirigidas não tanto a ela, mas a si mesmo. E viu seu irmão moreno encostado à porta e rindo.

Kate tinha rido também — a maneira mais rápida e melhor de se proteger. Que faria seu filho? O que fizera depois de ter saído silenciosamente?

Pensou nos olhos de Cal com seu ar de crueldade indolente e satisfeita, espiando-a enquanto fechava lentamente a porta.

Por que trouxera o irmão? O que queria? Atrás do que andava? Se ela soubesse, poderia cuidar de si mesma. Mas não sabia.

A dor voltava a se insinuar em suas mãos e encontrara um novo pouso. Seu quadril direito doía furiosamente quando ela se mexia. Pensou: depois a dor vai se deslocar para o centro e, mais cedo ou mais tarde, todas as dores se encontrarão no centro e se juntarão como ratos num coalho.

Apesar do conselho a si mesmo, Joe não conseguia se controlar. Levou um bule de chá à porta dela, bateu suavemente, abriu a porta e entrou. Pelo que podia ver, ela não tinha se mexido.

Disse:

— Trouxe-lhe um chá, senhora.

— Coloque-o sobre a mesa — disse ela e então, pensando melhor: — Obrigada, Joe.

— Não se sente bem, senhora?

— A dor voltou. Aquele remédio me enganou.

— Há algo que eu possa fazer?

Ela levantou as mãos.

— Pode cortá-las na altura dos pulsos e jogar fora.

Fez uma careta por causa da dor adicional que o ato de levantar as mãos lhe causara.

— Faz a gente se sentir inútil — disse com ar de queixume.

Joe nunca ouvira um tom de fraqueza nela antes e seu instinto lhe disse que era hora de atacar. Falou:

— Talvez não queira que eu a aborreça com alguma notícia daquela outra.

Sentiu, pelo pequeno intervalo que se passou antes da resposta dela, que havia ficado tensa.

— Que outra? — perguntou suavemente.

— Aquela dona, senhora.

— Ah! Quer dizer Ethel?

— Sim, senhora.

— Estou ficando cansada de Ethel. O que é agora?

— Bem, vou lhe contar do jeito que aconteceu. Não sei como explicar. Estou na charutaria do Kellogg e um sujeito se aproxima de mim. "Você é o Joe?", diz ele, e eu digo "Quem falou?" "Você estava à procura de alguém," diz ele. "O que sabe a respeito?", eu digo. Nunca vi o camarada antes. Ele diz: "A pessoa me disse que quer falar com você." E eu lhe pergunto: "Então por que ela não vem falar?" Ele me dá um olhar daqueles e diz: "Talvez você tenha se esquecido do que o juiz mandou." Acho que ele está se referindo à ordem de não voltar.

Olhou para o rosto de Kate, quieto e pálido, os olhos fitando bem para a frente. Kate disse:

— E então ele lhe pediu algum dinheiro?

— Não, senhora. Não pediu. Disse uma coisa que não fez sentido. Disse: "O nome Faye quer dizer alguma coisa para você?" "Absolutamente nada", respondi a ele. Ele disse: "Talvez seja melhor você falar com ela." "Talvez", eu disse, e vim embora. Não fez sentido para mim. Achei melhor vir perguntar à senhora.

Kate perguntou:

— E o nome Faye quer dizer alguma coisa para você?

— Absolutamente nada.

A voz dela se tornou muito suave.

— Quer dizer que nunca ouviu falar que Faye era a proprietária desta casa?

Joe sentiu um golpe enjoativo na boca do estômago. Que idiota desgraçado. Não era capaz de ficar com a boca calada. Sua cabeça atrapalhou-se toda.

— Ora, para falar a verdade, acho que ouvi falar nisso... pareceu-me que o nome era Faith.

O alarme súbito fez bem a Kate. Livrou-a da cabeça loura e da dor. Deu-lhe algo para fazer. Reagiu ao desafio com algo parecido a prazer.

Riu suavemente.

— Faith — falou baixinho. — Sirva-me um pouco de chá, Joe.

Não pareceu notar que a mão dele tremeu e que o bico do bule tilintou contra a xícara. Não olhou para Joe nem mesmo quando ele colocou a xícara diante dela e, em seguida, recuou alguns passos saindo do seu campo de visão. Joe tremia de apreensão.

Kate disse numa voz súplice:

— Joe, você acha que poderia me ajudar? Se eu lhe desse dez mil dólares, acha que poderia ajeitar tudo?

Ela esperou apenas um segundo e então se virou e olhou-o em cheio no rosto.

Os olhos de Joe estavam úmidos. Ela o pegou lambendo os lábios. E seu movimento rápido o fez dar um passo para trás, como se ela o tivesse golpeado. Seus olhos não se afastavam dele.

— Eu o peguei, não foi, Joe?

— Não sei o que a senhora está insinuando.

— Saia e procure chegar a uma conclusão e depois venha aqui me contar. Você é bom em chegar a conclusões. E mande Therese vir até aqui, por favor.

Ele queria sair daquele quarto onde estava em desvantagem e derrotado. Metera os pés pelas mãos. Preocupava-se se não teria jogado fora sua oportunidade. E depois a cadela tivera a ousadia de dizer:

— Obrigada por ter trazido o chá. Você é um bom rapaz.

Teve vontade de bater a porta, mas não ousou.

Kate levantou-se rigidamente, tentando evitar a dor de mexer com o seu quadril. Foi até a escrivaninha e puxou uma folha de papel. Segurar uma caneta era difícil.

Escreveu, movimentando o braço todo. "Prezado Ralph: Diga ao xerife que não haveria mal nenhum em verificar as impressões digitais de Joe Valery. Deve estar lembrado de Joe. Ele trabalha para mim. Sinceramente, Kate." Dobrava o papel quando Therese entrou, com um ar assustado.

— A senhora me chamou? Eu fiz alguma coisa? Tento me esforçar ao máximo. Senhora, eu não tenho passado bem.

— Venha cá — disse Kate, e enquanto a garota esperava ao lado da escrivaninha Kate lentamente endereçava o envelope e o selava. — Quero que faça um pequeno serviço para mim — disse ela. — Vá à loja de doces Bell's e compre uma caixa de dois quilos e meio de chocolates sortidos e uma caixa de meio quilo. A grande é para vocês garotas. Pare na farmácia do Krough e compre para mim duas escovas de dente médias e uma lata de pó dental... você sabe, aquela lata com um bico?

— Sim, senhora.

Therese ficou grandemente aliviada.

— Você é uma boa garota — continuou Kate. — Tenho andado de olho em você. Não estou bem de saúde, Therese. Se eu notar que você continua indo bem, vou pensar seriamente em colocá-la no comando da casa quando eu for para o hospital.

— A senhora... vai.... está indo para o hospital?

— Não sei ainda, querida. Mas vou precisar da sua ajuda. Aqui tem um pouco de dinheiro para os chocolates. Escovas de dente médias, lembre-se.

— Sim, senhora. Obrigada. Devo ir agora?

— Sim e saia discretamente. Não deixe as outras meninas saberem o que eu lhe falei.

— Vou sair pelos fundos. — E ela se apressou em direção à porta.

Kate disse:

— Quase esqueci. Podia colocar isto numa caixa do correio para mim?

— Claro que sim, senhora. Deixe que eu faço isso. Mais alguma coisa?

— É tudo, querida.

Quando a garota foi embora, Kate pousou os braços e as mãos sobre a mesa de modo a apoiar cada dedo retorcido. Pronto, estava feito. Talvez ela sempre tivesse sabido. Devia ter sabido — mas não havia necessidade de pensar nisso agora. Voltaria ao assunto depois. Eles mandariam Joe embora, mas haveria outra pessoa, e sempre haveria Ethel. Mais cedo ou mais tarde, mais cedo ou mais tarde — mas não precisava pensar nisso agora. Sua mente tateou as lembranças e voltou-se para uma imagem fugidia que aparecia e sumia. Foi quando pensava no seu filho de cabelos louros que o fragmento lhe veio à mente. Seu rosto — magoado, atônito, desesperado — trouxe aquilo à tona. E então ela se lembrou.

Era garotinha, ainda muito pequena, com um rosto adorável e fresco igual ao do seu filho — uma garota muito pequena. A maior parte do tempo sabia que era mais esperta e mais bonita do que todo mundo. Mas de vez em quando baixava sobre ela um medo solitário de que estivesse cercada por uma floresta gigantesca de inimigos. Então cada pensamento e palavra eram destinados a feri-la e ela não tinha nenhum lugar para onde correr ou se esconder. E chorava de pânico porque não havia nenhum escape nem santuário. Então um dia ela estava lendo um livro. Já sabia ler aos cinco anos de idade. Lembrava-se do livro — marrom, com um título prateado, e o pano da encadernação rompera e o papelão da capa era grosso. *Alice no País das Maravilhas*.

Kate mexeu as mãos lentamente e aliviou um pouco o peso dos braços. E podia ver os desenhos — Alice com cabelos lisos e compridos. Mas foi a garrafa que dizia "Beba-me" que mudou a sua vida. Alice ensinou-lhe aquilo.

Quando a floresta de inimigos a cercava, estava preparada. Levava no bolso uma garrafa de água com açúcar e no rótulo vermelho estava escrito "Beba-me". Tomava um gole da garrafa e se tornava cada vez menor. Que os seus inimigos a procurassem então! Cathy estaria debaixo de uma folha, ou espiando de dentro de um formigueiro, rindo. Não podiam encontrá-la então. Nenhuma porta poderia impedi-la de entrar ou sair de casa. Podia passar de pé debaixo de uma porta.

E havia sempre Alice para brincar, para amá-la e confiar nela. Alice era sua amiga, sempre à sua espera para a acolher em sua pequenez.

Tudo isso era tão bom — tão bom que quase valia a pena ser infeliz. Mas, por melhor que fosse, havia sempre uma outra coisa que ela sempre mantinha em reserva. Era a sua ameaça e a sua segurança. Bastava beber a garrafa toda que ela diminuiria, desapareceria e cessaria de existir. E, melhor do que tudo, quando ela deixasse de existir, ela nunca teria existido. Essa era a sua adorável segurança. Às vezes, na cama, tomava tanto "Beba-me" que se tornava um ponto pequeno como o menor dos mosquitos. Mas nunca chegara a desaparecer — nunca precisara. Aquela era a sua reserva — protegida de todo mundo.

Kate sacudiu a cabeça tristemente ao lembrar da menininha solitária. Perguntava-se por que havia esquecido aquele truque maravilhoso. Ele a havia salvado de muitos desastres. A luz filtrando sobre a gente através de uma folha de trevo era gloriosa. Cathy e Alice caminhavam entre as hastes de capim imensas, abraçadas uma à outra — as melhores amigas. E Cathy nunca precisara tomar todo o "Beba-me" porque tinha Alice.

Kate abaixou a cabeça sobre o mata-borrão entre suas mãos retorcidas. Sentia-se fria e desolada, sozinha e desolada. O que quer que tivesse feito, fora impelida a fazê-lo. Era diferente — tinha algo a mais do que as outras pessoas. Ergueu a cabeça e não fez movimento algum para enxugar seus olhos cheios de lágrimas. Era verdade. Ela era mais esperta e mais forte do que as outras pessoas. Tinha algo que faltava aos outros.

E bem no meio do seu pensamento, o rosto moreno de Cal pairou no ar diante dela e seus lábios sorriam com crueldade. O peso oprimiu-a, forçando-a a respirar mais forte.

Eles tinham algo que faltava a ela e não sabia o que era. Assim que soubesse, estaria pronta; e, uma vez pronta, sabia que estivera pronta havia muito tempo — talvez durante toda a sua vida. Sua mente funcionava como se fosse de madeira, o corpo mexia-se desajeitadamente como uma marionete mal operada, mas seguia em frente com o seu negócio.

Era meio-dia — ela sabia por causa da tagarelice das meninas na sala de jantar. As vagabundas tinham acabado de acordar.

Kate teve dificuldades com a maçaneta e girou-a finalmente, rodando-a entre as palmas das mãos.

As garotas se engasgaram no meio de uma risada e olharam para ela. O cozinheiro veio da cozinha.

Kate era um fantasma doente, toda retorcida e de certa forma horrível. Encostou-se à parede da sala de estar e sorriu para suas meninas, e o seu sorriso as assustou ainda mais, pois era como a moldura de um grito.

— Onde está Joe? — perguntou Kate.

— Saiu, senhora.

— Escutem — disse ela. — Estou há muito tempo sem dormir. Vou tomar uns remédios e dormir. Não quero ser incomodada, não quero nenhum jantar. Vou dormir vinte e quatro horas. Digam a Joe que não quero que ninguém me procure para nada até amanhã de manhã. Entenderam?

— Sim, senhora — responderam elas.

— Boa noite, então. Embora seja de tarde, quero desejar-lhes boa noite.

— Boa noite, senhora — disseram obedientemente em coro.

Kate se virou e se arrastou como um caranguejo para o seu quarto. Fechou a porta e ficou olhando ao redor, tentando formular um procedimento simples. Voltou à escrivaninha. Dessa vez obrigou a mão, apesar da dor, a escrever em letra clara. "Deixo tudo o que tenho para o meu filho Aron Trask." Datou a folha e assinou-a, "Catherine Trask". Seus dedos ficaram pousados na página e então se levantou e deixou o testamento voltado para cima sobre a mesa.

No centro da mesa, ela serviu chá frio na sua xícara e a levou até o quarto cinza no anexo e colocou-a sobre a mesa de leitura. Foi então até a penteadeira, escovou os cabelos e passou um pouco de ruge em todo o rosto, cobriu-o levemente de pó e passou o batom pálido que sempre usava. Por último, lixou e limpou as unhas.

Quando fechou a porta do quarto cinza, a luz exterior foi cortada e apenas a lâmpada de leitura jogava o seu cone sobre a mesa. Arrumou os travesseiros, afofou-os com umas palmadinhas e sentou-se. Apoiou a cabeça no travesseiro de baixo. Sentia-se um tanto alegre, como se fosse a uma festa. Cautelosamente, fisgou a corrente do seu corpete, desatarraxou o pequeno tubo e deixou cair a cápsula na palma da mão. Sorriu para ela.

— Coma-me — disse, e colocou a cápsula na boca.

Pegou a xícara de chá.

— Beba-me — disse, e engoliu o chá frio e amargo.

Forçou sua mente a concentrar-se em Alice — tão pequenina e à sua espera. Outros rostos surgiram dos lados de seus olhos — seu pai e sua mãe, Charles, Adam e Samuel Hamilton, depois Aron e podia ver Cal sorrindo para ela.

Ele não precisava falar. O brilho em seus olhos dizia: "Você perdeu algo. Eles tinham algo e você perdeu."

Concentrou sua mente de novo em Alice. Na parede cinza oposta havia um buraco de prego. Alice estaria ali. E ela colocaria seu braço ao redor da cintura de Cathy e Cathy colocaria seu braço ao redor da cintura de Alice e elas partiriam juntas — as melhores amigas —, minúsculas como a cabeça de um alfinete.

Um torpor cálido começou a se insinuar em seus braços e pernas. A dor desaparecia das mãos. Sentia as pálpebras pesadas — muito pesadas. Bocejou.

Pensou, ou disse, ou pensou:

— Alice não sabe. Estou seguindo até o fim.

Seus olhos se fecharam e uma tonteira de náusea a percorreu. Abriu os olhos e olhou o entorno apavorada. O quarto cinza escureceu e o cone de luz fluiu e ondulou como água. Então seus olhos se fecharam de novo e seus dedos se enroscaram como se segurassem seios pequenos. Seu coração batia solenemente e sua respiração diminuía enquanto ela ia ficando cada vez menor, até desaparecer — e jamais ter existido.

[2]

Quando Kate o dispensou, Joe foi à barbearia, como sempre fazia quando ficava perturbado. Mandou cortar os cabelos e passar xampu de ovo e tônico. Pediu uma massagem facial e toalha quente ao redor do pescoço, mandou tratarem suas unhas e engraxarem os sapatos. Em geral, isso e uma gravata nova faziam Joe sentir-se bem de novo, mas ainda estava deprimido quando deixou o barbeiro com uma gorjeta de cinquenta centavos.

Kate o havia encurralado como um rato — o pegara com as calças na mão. Seu pensamento rápido o deixara confuso e desamparado. O truque de mantê-lo na dúvida, sem saber se ela queria ou não dizer algo, também o deixava ainda mais confuso.

A noite começou fraca, mas então surgiram dezesseis membros e dois calouros da fraternidade Sigma Alfa Épsilon, capítulo de Stanford, alegres depois de uma festa de iniciação em San Juan. Não cansavam de fazer brincadeiras grosseiras.

Florence, que fumava cigarro no circo, teve um acesso de tosse. Toda vez que tentava o seu truque tossia e deixava cair o cigarro. E o pônei garanhão estava com diarreia.

Os universitários berravam e golpeavam uns aos outros em seus folguedos. Depois, roubaram tudo que não estava pregado.

Após saírem, duas garotas começaram uma briga cansativa e monótona e Therese apareceu com os primeiros sintomas de gonorreia. Ai, Deus, que noite!

E no fundo do corredor aquela coisa taciturna e perigosa estava em silêncio atrás da sua porta fechada. Joe parou diante da porta antes de ir para a cama, mas não pôde ouvir nada. Fechou a casa às duas e meia e estava na cama às três — mas não conseguia dormir. Sentou-se na cama e leu os sete capítulos de *A conquista de Barbara Worth* e quando a luz do dia chegou foi à cozinha silenciosa e preparou um bule de café.

Apoiou os cotovelos na mesa e segurou a caneca de café com as duas mãos. Algo saíra errado e Joe não conseguia descobrir o que era. Talvez ela tivesse sabido que Ethel estava morta. Ele teria de se cuidar. Então tomou a sua decisão, e tomou-a com firmeza. Iria procurá-la às nove horas e ficaria de ouvidos bem abertos. Talvez não a tivesse escutado direito. O melhor seria definir tudo logo e não ser cobiçoso. Podia pegar mil dólares e ir embora e, se ela os recusasse, partiria mesmo assim. Estava cansado de trabalhar com mulheres. Podia arranjar um emprego de crupiê em Reno — horário fixo e nada de mulheres. Talvez pudesse conseguir um apartamento e arrumá-lo — poltronas grandes e um sofá-cama. Não valia a pena se matar de trabalho nesta cidade horrorosa. Seria melhor até sair do estado. Pensou em partir naquele minuto — simplesmente se levantar da mesa, subir as escadas, em dois minutos fazer uma mala. Três ou quatro minutos no máximo. Não contar nada a ninguém. A ideia o atraía. As oportunidades em relação a Ethel não podiam ser tão boas quanto pensou no início, mas mil dólares estavam em jogo. Melhor esperar.

O cozinheiro chegou de mau humor. Um furúnculo crescia na sua nuca e ele colocara a pele interna de uma casca de ovo sobre o inchaço para ajudar a estourá-lo. Não queria ninguém na sua cozinha, do jeito que se sentia.

Joe voltou ao seu quarto, leu mais um pouco e fez a mala. Ia partir, não importava o que acontecesse.

Às nove horas bateu suavemente na porta de Kate e abriu-a. Não havia sinais de que tivesse dormido na cama. Depôs a bandeja, foi até a porta do anexo e bateu. Bateu de novo e então chamou. Finalmente abriu a porta.

O cone de luz caía na mesa de leitura. A cabeça de Kate estava profundamente aninhada no travesseiro.

— A senhora deve ter dormido a noite toda aqui — disse Joe. Deu uns passos diante dela, viu lábios exangues e olhos com um brilho opaco entre pálpebras semicerradas e se deu conta de que estava morta.

Mexeu a cabeça de um lado para o outro e foi rapidamente até o outro quarto para se certificar de que a porta para o corredor estava fechada. Com grande rapidez revistou a cômoda, gaveta por gaveta, abriu suas bolsas, a caixinha do lado de sua cama — e ficou parado. Então viu a correntinha que ela usava no pescoço, levantou-a e abriu o fecho — um pequeno relógio, um pequeno tubo e duas chaves de cofre de banco, numeradas 27 e 29.

— Quer dizer que está tudo lá, sua puta — disse.

Tirou o relógio da corrente e colocou-o no bolso. Tinha vontade de dar um soco no nariz de Kate. Pensou então na sua mesa.

O testamento em duas linhas o atraiu. Alguém poderia pagar por aquilo. Colocou-o no bolso. Pegou um punhado de papéis de um escaninho — contas e recibos; no escaninho seguinte, apólices de seguro; no seguinte, um livrinho com as fichas de cada garota. Embolsou-o também. Tirou o elástico de um pacote de envelopes marrons, abriu um deles e puxou uma fotografia. Nas costas da fotografia, na letra perfeita e clara de Kate, um nome, um endereço e um título.

Joe riu em voz alta. Ali estavam as grandes chances de sucesso que ele procurava. Tentou outro envelope, e mais outro. Uma mina de ouro — um sujeito podia viver durante anos à custa daqueles envelopes. Vejam só aquele conselheiro municipal de bunda gorda! Colocou o elástico de volta. Na gaveta superior, oito notas de dez dólares e um molho de chaves. Embolsou o dinheiro também. Ao abrir a segunda gaveta e enxergar o suficiente para saber que guardava papel de carta, lacre e tinta, ouviu uma batida na porta. Caminhou até ela e abriu uma fresta.

O cozinheiro disse:

— Tem um sujeito aí fora que quer falar com você.

— Quem é ele?

— Como é que vou saber?

Joe olhou de novo para o quarto e então saiu, tirou a chave do lado de dentro, trancou a porta e pôs a chave no bolso. Pode ter deixado de ver alguma outra coisa.

Oscar Noble estava de pé no salão da frente, chapéu cinza na cabeça e um casaco de lã vermelho fechado até o pescoço. Seus olhos eram de um cinza pálido — da mesma cor de sua barba por fazer. O aposento estava na penumbra. Ninguém havia aberto as cortinas ainda.

Joe chegou com leveza pelo corredor e Oscar perguntou:

— Você é Joe?

— Quem pergunta?

— O xerife quer ter uma conversa com você.

Joe teve uma sensação gelada na boca do estômago.

— Isto é uma batida? — perguntou. — Tem um mandado?

— Não — disse Oscar. — Nada temos contra você. Estamos apenas verificando. Poderia me acompanhar?

— Certamente — disse Joe. — Por que não?

Saíram juntos. Joe tremeu.

— Devia ter posto um casaco.

— Quer voltar para pegar um?

— Acho que não — falou Joe.

Caminharam na direção da Castroville. Oscar perguntou:

— Já foi fichado ou tiraram suas impressões digitais?

Joe ficou quieto por algum tempo.

— Sim — disse afinal.

— Por quê?

— Bebedeira — disse Joe. — Agredi um policial.

— Bem, vamos descobrir isso logo — disse Oscar, e virou a esquina.

Joe partiu na corrida como um coelho, atravessando a rua e os trilhos em direção das lojas e das vielas de Chinatown.

Oscar teve de tirar uma luva e desabotoar o casaco para sacar sua arma. Tentou um tiro livre e errou.

Joe começou a correr em ziguezague. Estava a uns cinquenta metros de distância e se aproximava de uma abertura entre dois edifícios.

Oscar encostou-se num poste telefônico na calçada, colocou o cotovelo esquerdo contra ele, agarrou o pulso direito com a mão esquerda e fez mira visando a entrada da pequena viela. Atirou justamente quando Joe apareceu no seu campo de mira.

Joe desabou para a frente com o rosto no chão e deslizou por alguns centímetros.

Oscar foi até um salão de bilhares filipino para telefonar e quando saiu havia uma multidão ao redor do corpo.

51

[1]

Em 1903, Horace Quinn derrotou o sr. R. Keef nas eleições para xerife. Ele fora muito bem treinado como subxerife. A maioria dos eleitores achou que, como Quinn vinha executando a maior parte do serviço, podia muito bem fazer jus ao título. O xerife Quinn deteve o posto até 1919. Foi xerife tanto tempo que crescemos no condado de Monterey como se as palavras "Xerife" e "Quinn" formassem uma união natural. Não podíamos imaginar outra pessoa como xerife. Quinn envelheceu no posto. Mancava de um ferimento antigo. Sabíamos que era intrépido, pois se portara à altura em vários combates armados; além do mais, tinha a aparência de xerife — o único tipo que conhecíamos. Seu rosto era largo e rosado, seu bigode branco curvado como os chifres de um bezerro. Tinha ombros largos e com a idade adquiriu uma corpulência que só lhe dava mais autoridade. Usava um belo chapéu de abas largas, paletó esportivo com pregas na frente e atrás e sob as quais passava um cinto do mesmo tecido, e nos seus últimos anos carregava sua arma num coldre de ombro. Seu velho coldre à cintura apertava demais a barriga. Conhecia bem o seu condado em 1903, e o conhecia e controlava ainda melhor em 1917. Era uma instituição, parte integrante do vale do Salinas como as suas montanhas.

Em todos os anos desde o tiro que Adam levara, o xerife Quinn vinha acompanhando Kate de perto. Quando Faye morreu, ele soube instintivamente que Kate era provavelmente responsável, mas sabia também que não havia muita chance de condená-la, e um xerife sábio não bate de frente com o impossível. Não passavam de uma dupla de prostitutas, afinal.

Nos anos que se seguiram, Kate jogou limpo com o xerife e ele aos poucos desenvolveu um certo respeito por ela. Já que tinham de existir casas de tolerância, de qualquer maneira, era melhor que fossem dirigidas por pessoas responsáveis. De vez em quando, Kate topava com um homem procurado pela justiça e o entregava. Dirigia uma casa que não se metia em encrenca. O xerife Quinn e Kate se entendiam muito bem.

No sábado depois do Dia de Ação de Graças, por volta do meio-dia, o xerife revistou os papéis encontrados nos bolsos de Joe Valery. O projétil calibre 38 tinha despedaçado um lado do coração de Joe, o esmagara contra as costelas e arrancara um pedaço do tamanho de um punho. Os envelopes pardos haviam sido colados um ao outro pelo sangue escurecido. O xerife umedeceu os papéis com um lenço molhado para separá-los. Leu o testamento, que havia sido dobrado, de modo que o sangue ficara do lado de fora. Colocou-o à parte e examinou as fotografias nos envelopes. Suspirou fundo.

Cada envelope continha a honra e a paz de espírito de um homem. Usadas com eficiência, aquelas fotos poderiam causar meia dúzia de suicídios. Kate já estava na mesa da funerária Muller com o formol correndo por suas veias, enquanto seu estômago se encontrava num frasco no gabinete do médico-legista.

Depois de ver todas as fotos, ele discou um número. Falou ao telefone:

— Poderia dar uma chegada ao meu escritório? Ora, deixe o almoço para lá, certo? Acho que você vai ver que é importante. Estou à sua espera.

Poucos minutos depois, quando o homem sem nome estava diante de sua mesa no escritório da velha cadeia do condado atrás do tribunal, o xerife Quinn empurrou o testamento diante dele.

— Como advogado, diria que isso tem algum valor?

O visitante leu as duas linhas e respirou fundo através do nariz.

— É quem eu penso que seja?

— Sim.

— Bem, se o seu nome era Catherine Trask e se esta é a sua letra e se Aron Trask é seu filho, isso vale tanto quanto ouro.

Quinn levantou as pontas do seu bigode amplo e fino com as costas do indicador.

— Você a conhecia, não é?

— Bem, não conhecia pessoalmente. Sabia quem ela era.

Quinn colocou os ombros sobre a mesa e inclinou-se para a frente.

— Sente-se. Quero falar com você.

O visitante puxou uma cadeira. Seus dedos ficaram remexendo num botão do casaco.

O xerife perguntou:

— Kate o estava chantageando?

— Claro que não. Por que estaria?

— Estou lhe perguntando como amigo. Sabe que ela está morta. Pode me dizer.

— Não sei aonde quer chegar, ninguém está me chantageando.

Quinn puxou uma fotografia do seu envelope, virou-a como uma carta de baralho e a deslizou através da mesa.

O visitante ajustou os óculos e sua respiração sibilou pelo nariz.

— Meu Deus — falou suavemente.

— Não sabia que Kate tinha essa foto?

— Sim, eu sabia. Ela me fez saber. Pelo amor de Deus, Horace, o que vai fazer com isso?

— Queimar.

O xerife baralhou as bordas dos envelopes com o polegar.

— Temos aqui um baralho infernal — disse. — Essas fotos podiam acabar com a cidade.

Quinn escreveu uma lista de nomes numa folha de papel. Então se levantou apoiando-se na perna manca e foi até a estufa de ferro na parede norte do seu escritório. Amassou o *Salinas Morning Journal* numa bolota, acendeu-a e jogou-a na estufa e, quando ela pegou fogo, deixou cair os envelopes pardos nas chamas, abriu o regulador da chaminé e fechou a estufa. O fogo crepitou e as chamas cintilaram amarelas atrás das janelinhas de mica na frente da estufa. Quinn esfregou as mãos como se estivessem sujas.

— Os negativos estavam ali dentro — disse. — Revistei a escrivaninha dela. Não havia outras cópias.

O visitante tentou falar, mas sua voz saiu num sussurro áspero.

— Obrigado, Horace.

O xerife mancou de volta à sua mesa e pegou sua lista.

— Quero que faça uma coisa para mim. Aqui tem uma lista. Diga a todo mundo desta lista que eu queimei as fotografias. Você conhece todos eles, Deus sabe. E podiam ficar sabendo através de você. Ninguém é santo. Pegue cada homem a sós e conte-lhe exatamente o que aconteceu. Olhe aqui! — Ele abriu a porta da estufa e atiçou as folhas enegrecidas até ficarem reduzidas a pó. — Conte isso a eles — falou.

O visitante olhou para o xerife e Quinn sabia que não havia poder na terra capaz de impedir que aquele homem o odiasse. Pelo resto de suas vidas haveria uma barreira entre eles e nenhum dos dois poderia jamais admiti-la.

— Horace, não sei como lhe agradecer.

E o xerife disse pesaroso:

— De nada. É para isso que servem os amigos.

— Cadela desgraçada — disse o visitante baixinho e Horace Quinn sabia que parte do xingamento era para ele mesmo.

E sabia que não seria xerife por muito mais tempo. Aqueles homens cheios de culpa podiam derrubá-lo, e teriam de fazer isso. Suspirou e sentou-se.

— Volte ao seu almoço agora — disse. — Tenho trabalho pela frente.

Aos quinze para uma da tarde o xerife Quinn dobrou a esquina da rua principal com a avenida central. Na padaria do Reynaud comprou um pão francês, ainda quente e exalando seu maravilhoso aroma de massa fermentada.

Usou o corrimão para subir os degraus da varanda dos Trask.

Lee abriu a porta, um pano de prato enrolado na barriga.

— Ele não está em casa — disse.

— Mas está a caminho. Telefonei para a junta de recrutamento. Vou esperá-lo.

Lee postou-se de lado, o fez entrar e se sentar na sala de estar.

— Aceita uma xícara de café bem quente? — perguntou.

— Pode ser.

— Acabou de ser feito — disse Lee e dirigiu-se à cozinha.

Quinn examinou a confortável sala de estar. Sentia que não queria mais o seu posto por muito tempo. Lembrou-se de ter ouvido um médico dizer "Adoro trazer à luz um bebê porque se faço bem o meu trabalho ele resulta em alegria". O xerife pensara muitas vezes naquele comentário. Parecia-lhe que, se fazia bem o seu trabalho, ele resultava em tristeza para alguém. O fato de que era um trabalho necessário estava perdendo o seu peso junto a ele. Iria aposentar-se em breve, quisesse ou não.

Todo homem traça um quadro da aposentadoria em que faz coisas que nunca teve tempo de fazer — faz as viagens, lê os livros deixados de lado que sempre quis ler. Durante muitos anos, o xerife sonhou em passar os anos de lazer caçando e pescando — vagando pelas montanhas de Santa Lúcia, acampando à margem de regatos quase esquecidos. E agora que era chegado o momento ele não queria nada daquilo. Dormir no chão faria sua perna doer. Lembrava o quanto pesava um veado e como era difícil carregar o corpo inerme e balouçante do local da matança. E, francamente, não ligava a mínima para carne de veado. Madame Reynaud podia empapá-la em vinho e temperá-la com molhos, mas até um sapato velho ficaria saboroso com um tratamento desses.

Lee havia comprado uma máquina de fazer café. Quinn podia ouvir a água borbulhando contra a cúpula de vidro e sua cabeça bem treinada lhe sugeria que Lee não contara a verdade ao dizer que o café acabara de ser feito.

O velho tinha uma cabeça boa — ela fora aguçada no seu trabalho. Era capaz de trazer uma quantidade de rostos à sua lembrança e analisá-los, e fazer o mesmo com cenas e conversas. Podia passá-los diante de si como um disco ou um filme. Enquanto pensava em carne de veado, sua cabeça iniciara uma catalogação da sala de estar e sua mente o cutucava, dizendo: "Ei, tem alguma coisa errada aqui, alguma coisa estranha."

O xerife deu ouvidos à voz e observou a sala — algodão estampado, cortinas de renda, toalha de mesa branca bordada, almofadas no sofá cobertas por um tecido em cores vivas e ousadas. Era um aposento feminino numa casa onde só moravam homens.

Pensou em sua própria sala de estar. A sra. Quinn tinha escolhido, comprado, limpado cada coisa nela, exceto um porta-cachimbos. Pensando bem, fora ela quem comprou o porta-cachimbos para ele. Havia ali também um quarto de mulher. Mas era uma impostura. Era feminino demais — um quarto de mulher decorado por um homem — e exagerado, feminino demais. Devia ser coisa de Lee. Adam sequer veria o quarto, quanto mais o teria decorado — não — era Lee tentando criar um lar e Adam nem mesmo chegando a vê-lo.

Horace Quinn lembrava-se de ter interrogado Adam tanto tempo atrás, lembrava-se dele como um homem sofrido. Podia ainda ver os seus olhos assombrados e horrorizados. Pensara então em Adam como um homem de tamanha honestidade que era incapaz de conceber qualquer outra coisa. E nos anos que se seguiram tivera muito contato com ele. Ambos pertenciam à Ordem da Maçonaria. Compareciam juntos às sessões. Horace sucedeu a Adam como Mestre da Loja e ambos usavam seus distintivos honorários de Mestre. Mas Adam se colocara à parte — uma muralha invisível o separava do mundo. Não se podia entrar na sua intimidade — e ele não podia abrir-se aos outros. Mas naquela antiga agonia não existira muralha alguma.

Em sua mulher, Adam tocara o mundo vivo. Horace pensava nela agora, cinzenta e descorada, as agulhas na sua garganta e os tubos de borracha contendo formalina pendendo do teto.

Adam não podia fazer nada desonesto. Não ambicionava nada. Era preciso querer muito uma coisa para ser desonesto. O xerife sentia curiosidade de saber o que acontecia por trás da muralha, que tipo de pressões, de prazeres e de anseios.

Deslocou o traseiro para aliviar a pressão sobre a perna. A casa estava silenciosa a não ser pelo café em ebulição. Adam demorava a voltar da junta de recrutamento. O xerife teve um pensamento prazeroso: Estou ficando velho e, de certo modo, estou gostando disso.

Ouviu então Adam na porta da frente. Lee o ouviu também e dardejou pelo corredor.

— O xerife está aqui — disse Lee, para adverti-lo, talvez.

Adam entrou sorrindo e estendeu a mão.

— Olá, Horace, tem um mandado? Era uma tentativa boa de fazer uma piada.

— Como vai? — perguntou Quinn. — Seu homem vai me servir uma xícara de café.

Lee foi até a cozinha e tilintou pratos.

Adam disse:

— Algum problema, Horace?

— Tem sempre problemas no meu trabalho. Vou esperar o café.

— Não se importe com Lee. Ele acaba ouvindo sempre. É capaz de ouvir através de uma porta fechada. Não escondo nada dele porque não é possível.

Lee entrou com uma bandeja. Sorria remotamente para si mesmo e, depois que ele serviu o café e saiu, Adam perguntou de novo:

— Algum problema, Horace?

— Não, não creio. Adam, aquela mulher ainda estava casada com você?

Adam se retesou.

— Sim — disse ele. — O que foi que houve?

— Ela se matou na noite passada.

O rosto de Adam se contorceu e seus olhos se incharam e brilharam com lágrimas. Tentou controlar a boca, mas desistiu, enfiou o rosto entre as mãos e chorou.

— Ó, minha pobre querida! — disse.

Quinn ficou sentado quieto e deixou que ele desse vazão aos seus sentimentos. Depois de algum tempo, Adam recuperou o controle e ergueu a cabeça.

— Desculpe-me, Horace.

Lee veio da cozinha e colocou uma toalha úmida em suas mãos. Adam enxugou os olhos e devolveu-a.

— Não esperava por isso — disse Adam, e seu rosto estava envergonhado. — Que devo fazer? Vou reclamar o corpo. Vou enterrá-la.

— Eu não faria isso — disse Horace. — Isto é, a não ser que sinta que tem o dever. Não foi por isso que vim aqui.

Tirou o testamento dobrado do bolso e estendeu-o.

Adam se afastou do papel.

— Isso... é o sangue dela?

— Não, não é. Não é o sangue dela. Leia.

Adam leu as duas linhas e continuou olhando para o papel e além dele.

— Ele não sabe... que ela é sua mãe.

— Nunca lhe contou?

— Não.

— Jesus Cristo! — disse o xerife.

Adam falou com sinceridade.

— Tenho certeza de que ele não aceitaria nada dela. Vamos simplesmente rasgar isso e esquecer. Se ele soubesse, não creio que Aron fosse querer qualquer coisa vinda dela.

— Receio que você não possa — disse Quinn. — Fizemos algumas coisas ilegais. Kate tinha um cofre na caixa-forte do banco. Não preciso lhe dizer onde peguei o testamento ou a chave. Fui ao banco. Não esperei por uma ordem do tribunal. Embora isso pudesse ser importante.

Não contou a Adam que achava que poderiam existir mais fotografias lá.

— Pois bem, o velho Bob me deixou abrir o cofre. Sempre podemos negar que o fizemos. Existem mais de cem mil dólares em certificados de ouro. Tem dinheiro ali em sacos, e nada além de dinheiro.

— Nada?

— Só uma outra coisa, uma certidão de casamento.

Adam recostou-se na cadeira. O distanciamento baixava de novo, os suaves mantos protetores entre si mesmo e o mundo. Viu seu café e tomou um gole.

— O que acha que eu devia fazer? — perguntou, firme e calmamente.

— Só posso lhe dizer o que eu faria — disse o xerife Quinn. — Não é obrigado a aceitar o meu conselho. Chamaria o rapaz agora mesmo. Contaria tudo a ele, cada detalhe. Contaria até porque não lhe contou antes. Quantos anos ele tem?

— Dezessete.

— Já é um homem. Vai ter de saber um dia. Melhor que saiba tudo de uma só vez.

— Cal sabe — disse Adam. — Gostaria de saber por que ela fez o testamento em favor de Aron.

— Sabe Deus. Então, o que acha?

— Não sei, por isso vou fazer o que você diz. Vai ficar do meu lado?

— Claro que sim.

— Lee — chamou Adam. — Diga a Aron que quero falar com ele. Não voltou para casa, voltou?

Lee apareceu na porta. Suas pálpebras pesadas se abriram por um momento e depois se fecharam.

— Ainda não. Talvez tenha voltado à escola.

— Ele teria me dito. Sabe, Horace, bebemos muito champanhe no Dia de Ação de Graças. Onde está Cal?

— No quarto dele — disse Lee.

— Vá chamá-lo. Traga-o aqui. Cal deve saber.

Cal tinha a cara cansada e os ombros caídos de exaustão, mas o rosto estava oprimido, fechado, ardiloso e cruel.

Adam perguntou:

— Sabe onde está o seu irmão?

— Não, não sei — disse Cal.

— Não chegou a estar com ele?

— Não.

— Ele não vem para casa há duas noites. Onde está?

— Como posso saber? — disse Cal. — Por acaso devo tomar conta dele?

A cabeça de Adam afundou, seu corpo teve um sobressalto, apenas um pequeno tremor. No fundo de seus olhos um ponto minúsculo de luz azul incrivelmente brilhante relampejou. Disse densamente:

— Talvez tenha voltado para a universidade.

Seus lábios pareciam pesados e murmurou como um homem falando durante o sono.

— Não acha que ele voltou à universidade?

O xerife Quinn se levantou.

— Tudo o que eu tenho de fazer, posso fazer depois. Descanse um pouco, Adam. Você teve um choque.

Adam ergueu os olhos para ele.

— Um choque... ah, sim. Obrigado, George. Muito obrigado.

— George?

— Muito obrigado — disse Adam.

Depois que o xerife saiu, Cal foi para o seu quarto.

Adam reclinou-se na poltrona e em pouco tempo adormeceu, sua boca se abriu e ele roncou através do palato.

Lee observou-o por um tempo antes de voltar à cozinha. Ergueu a caixa do pão e tirou um pequeno volume encadernado em couro, com o filete dourado quase completamente gasto: *As meditações de Marco Aurélio*.

Lee limpou os óculos de armação de aço num pano de prato. Abriu o livro e deu uma folheada. E sorriu para si mesmo, buscando conscienciosamente se tranquilizar.

Leu lentamente, movendo os lábios com as palavras. "Tudo é somente por um dia, tanto aquilo que lembra, como aquilo que é lembrado."

"Observe constantemente que todas as coisas acontecem por meio da mudança e acostume-se a considerar que no universo a natureza aprecia mudar as coisas existentes e fazer coisas novas parecidas com elas. Pois tudo aquilo que existe é de certo modo a semente daquilo que existirá."

Lee desceu os olhos pela página. "Morrerás em breve e não és ainda simples nem livre de perturbações, nem livre de ser magoado por coisas externas, nem predisposto generosamente em relação a todos; nem colocas ainda a sabedoria apenas em agir de maneira justa."

Lee ergueu os olhos da página e respondeu ao livro como responderia aos seus parentes ancestrais.

— É verdade — disse. — É muito difícil. Sinto muito. Mas não esqueça que você também diz: "Sempre corra pelo caminho mais curto e o caminho mais curto é o natural", não esqueça isso.

Deixou as páginas deslizarem por seus dedos até chegarem à guarda, onde estava escrito com um lápis grosso de carpinteiro "Samuel Hamilton".

Subitamente, Lee se sentiu bem. Indagava-se se Samuel Hamilton chegou um dia a sentir falta do livro ou se soubera quem o havia roubado. Parecera a Lee que a única maneira limpa e pura seria roubar o livro. E sentia-se tranquilo em relação àquilo. Seus dedos acariciavam o couro macio da lombada enquanto o pegava e colocava de novo sob a caixa de pão. Disse a si mesmo:

— Mas é claro que ele sabia quem levou o livro. Quem mais teria roubado Marco Aurélio?

Foi até a sala de estar e puxou uma cadeira para perto de Adam, que dormia.

[2]

Em seu quarto, Cal estava sentado à mesa, cotovelos plantados, palmas das mãos apoiando os lados da cabeça, que doía. Seu estômago revirava-se e o bafo agridoce do uísque estava sobre ele, e dentro dele, vivendo em seus poros, em sua roupa, latejando lentamente na sua cabeça.

Cal nunca havia bebido antes, nunca precisara daquilo. Mas a ida à casa de Kate não trouxe nenhum alívio à sua dor e sua vingança não fora nenhum triunfo. Sua memória era toda feita de nuvens agitadas e estilhaços de sons, visões e sensações. Não conseguia mais separar a verdade da imaginação. Ao sair da casa de Kate, tocara em seu irmão que soluçava e Aron o derrubara com um soco de um punho igual a um chicote. Aron ficara parado de pé ao lado do seu corpo caído no escuro e então subitamente se virara e correra, gritando como uma criança de coração partido. Cal ainda podia ouvir os gritos ásperos acima dos passos céleres. Cal ficara quieto no chão onde caíra debaixo do alfeneiro alto no jardim de Kate. Ouviu as máquinas bufando e roncando no galpão de manobra das locomotivas e o ruído dos vagões de carga ao serem engatados. Fechou os olhos então e, ouvindo passos leves e sentindo uma presença, ergueu-os. Alguém se debruçava sobre ele e pensou que fosse Kate. A figura afastou-se silenciosamente.

Depois de algum tempo Cal se levantou, limpou a sujeira das roupas e caminhou para a rua principal. Ficou surpreso ao constatar que se sentia à vontade. Cantarolou suavemente bem baixinho "Há uma rosa que cresce na terra de ninguém e é uma maravilha de se ver..."

Na sexta-feira, Cal ficou ruminando o dia inteiro. E à noitinha Joe Laguna comprou a garrafa de uísque para ele. Cal era jovem demais para comprar ele mesmo. Joe queria acompanhar Cal, mas ficou satisfeito com o dólar que Cal lhe deu e voltou para comprar a bebida.

Cal foi até a viela atrás do hotel Abbot e encontrou a sombra atrás de um poste onde havia sentado na primeira noite em que viu sua mãe. Sentou-se de pernas cruzadas no chão e então, apesar da repulsa e da náusea, forçou o uísque pela garganta. Vomitou duas vezes e continuou bebendo até que a terra rodopiou e balançou e o lampião da rua orbitou num círculo majestoso.

A garrafa escorregou de sua mão e, finalmente, Cal desmaiou mas, mesmo inconsciente, vomitou. Um cachorro de pelo curto sério e matreiro abanando o rabo entrou saltitante na viela, marcando o seu território, mas cheirou Cal e percorreu um círculo distante ao redor dele. Joe Laguna o encontrou e cheirou também. Joe sacudiu a garrafa que estava encostada à perna de Cal e ergueu-a contra a luz do lampião da rua e viu que ainda estava um terço cheia. Procurou a rolha, mas não conseguiu achar. Seguiu em frente, o polegar sobre o gargalo para impedir que o uísque saltasse da garrafa.

Na madrugada fria uma geada acordou Cal para um mundo enjoado e ele se arrastou até sua casa como um inseto amassado. Não tinha muito que andar, apenas até a boca da viela e depois atravessar a rua.

Lee ouviu-o na porta e sentiu seu bafo enquanto cambaleava pelo corredor até o seu quarto e desabava na cama. A cabeça de Cal estilhaçava de dor e ele estava bem acordado. Não tinha nenhuma resistência contra a tristeza e nenhum recurso para se proteger da vergonha. Depois de algum tempo, fez o melhor que podia. Banhou-se em água gelada, esfregou e escovou o corpo com um pedaço de pedra-pomes e a dor da esfregação pareceu fazer-lhe bem.

Sabia que tinha de revelar sua culpa ao pai e implorar o seu perdão. E precisava humilhar-se diante de Aron, não só agora, mas sempre. Não podia viver sem isso. E, no entanto, quando foi chamado e ficou na sala com o xerife Quinn e seu pai, estava rude e zangado como um cachorro raivoso e o ódio de si mesmo se voltava para fora contra todo mundo — o vira-lata maldoso que era, sem amor, e sem amar.

Então retornou ao seu quarto e a culpa o assaltou e não tinha arma para combatê-la.

Foi tomado por um pânico em relação a Aron. Podia ter-se machucado ou se metido em encrenca. Era Aron que não sabia cuidar de si mesmo. Cal sabia que tinha que trazer Aron de volta, tinha de encontrá-lo e fazer com que voltasse a ser o que era. E isso tinha de ser feito ainda que Cal se sacrificasse. Então a ideia de um sacrifício se apossou dele do modo como acontece com os homens tomados pelo sentimento de culpa. Um sacrifício poderia alcançar Aron e trazê-lo de volta.

Cal foi até a sua cômoda e tirou o pacote achatado de baixo dos lenços em sua gaveta. Olhou ao redor no quarto e trouxe uma bandeja de porcelana até a mesa. Respirou fundo e achou o ar frio estimulante. Ergueu uma das notas novas, dobrou-a pela metade de modo que formasse um ângulo e então riscou um fósforo sob a mesa e acendeu a nota. O papel pesado encrespou-se, enegreceu, a chama correu para o alto e só quando o fogo se aproximava da ponta dos seus dedos Cal deixou cair o fragmento calcinado na bandeja de porcelana. Puxou outra nota e a acendeu.

Quando seis notas haviam queimado, Lee entrou sem bater.

— Senti cheiro de fumaça. — E então viu o que Cal estava fazendo. — Ah! — disse.

Cal preparou-se para uma intervenção, mas nada aconteceu. Lee cruzou as mãos sobre a barriga e ficou parado em silêncio — esperando. Cal obstinadamente acendeu nota após nota até que todas foram queimadas e então esmagou as lascas enegrecidas até virarem pó e aguardou o comentário de Lee, mas Lee não falou nem se mexeu.

Finalmente, Cal disse:

— Vamos lá, você quer falar comigo. Vá em frente!

— Não — disse Lee. — Não quero. E se você não é obrigado a falar comigo, vou ficar um pouco e depois vou embora. Vou sentar-me aqui.

Agachou-se numa cadeira, cruzou as mãos e esperou. Sorriu consigo mesmo, com uma expressão que costumam chamar de inescrutável.

Cal desviou o olhar.

— Posso ficar sentado em silêncio mais tempo do que você — disse.

— Num concurso, talvez — falou Lee. — Mas dia após dia, ano após ano, quem sabe século após século sentado, não, Cal. Você perderia.

Depois de alguns momentos, Cal disse atrevidamente:

— Gostaria que prosseguisse com o seu sermão.

— Não tenho sermão nenhum.

— Que diabo faz aqui então? Sabe o que eu fiz, e me embriaguei na noite passada.

— Suspeito da primeira coisa e sinto cheiro da segunda.

— Cheiro?

— Você ainda está com bafo — disse Lee.

— Foi a primeira vez — disse Cal. — Não gosto de beber.

— Nem eu — disse Lee. — Tenho um estômago fraco para bebida. Além do mais, me deixa brincalhão, inteligente, mas brincalhão.

— Que quer dizer, Lee?

— Só posso lhe dar um exemplo. Quando era mais jovem, eu jogava tênis. Gostava de jogar e era também uma coisa boa para um empregado fazer. Podia cobrir os erros do patrão nas duplas e não receber agradecimentos, mas alguns dólares por isso. Certa vez, acho que tinha bebido sherry, desenvolvi a teoria de que os animais mais rápidos do mundo eram os morcegos. Fui apanhado no meio da noite no campanário da Igreja metodista de San Leandro. Empunhava uma raquete e parece que expliquei ao policial que me prendeu que estava tentando melhorar o meu backhand acertando em morcegos.

Cal riu com tanto prazer que Lee chegou a desejar que a sua história fosse verdade.

Cal disse:

— Sentei atrás de um poste e bebi como um porco.

— Sempre os animais...

— Tinha medo, se não ficasse bêbado, de me matar com um tiro — interrompeu Cal.

— Você nunca faria isso. Você é mau demais — disse Lee. — A propósito, onde está Aron?

— Fugiu. Não sei para onde foi.

— Ele não é mau demais — falou Lee, nervoso.

— Eu sei. Foi o que fiquei pensando. Não acha que ele faria isso, faria, Lee?

Lee disse com irritação:

— Com os diabos, sempre que uma pessoa quer se tranquilizar ela conta a um amigo aquilo que deseja que seja verdade. É como perguntar a um garçom se a comida está boa esta noite. Como é que posso saber?

Cal gritou:

— Por que eu fiz aquilo, por que fiz aquilo?

— Não complique as coisas — disse Lee. — Você sabe por que fez aquilo. Estava com raiva dele e estava com raiva dele porque seu pai feriu seus sentimentos. Não é difícil enxergar isso. Você foi simplesmente mau.

— Acho que é justamente o que eu quero saber, por que sou mau, Lee? Não quero ser mau. Ajude-me, Lee!

— Só um segundo — disse Lee. — Acho que ouvi seu pai.

Saiu como um dardo pela porta.

Cal ouviu vozes por alguns momentos e depois Lee voltou ao seu quarto.

— Ele vai até o correio. Nunca recebemos correspondência no meio da tarde. Ninguém recebe. Mas todo homem em Salinas vai ao correio de tarde.

— Alguns tomam um drinque pelo caminho — disse Cal.

— Acho que é uma espécie de hábito ou de descanso. Encontram os amigos.

E Lee disse:

— Cal, não gosto da aparência do seu pai. Tem um ar atordoado. Ah, esqueci. Você não sabe. Sua mãe cometeu suicídio na noite passada.

Cal disse:

— Foi mesmo? Espero que tenha sofrido. Não, não quero dizer isso. Não quero pensar nisso. Aí está de novo. Aí está! Não... quero isso, não gosto disso.

Lee coçou um ponto na sua cabeça e aquilo pôs a cabeça inteira em comichão e ele começou a coçá-la toda, demoradamente. Dava-lhe a aparência de estar imerso em pensamento profundo. Falou:

— Queimar o dinheiro lhe deu muito prazer?

— Eu acho que sim.

— E sente prazer nessa surra de chicote que está dando em si mesmo? Está gostando do seu desespero?

— Lee!

— Você é muito cheio de si mesmo. Está se maravilhando com o espetáculo trágico de Caleb Trask. Caleb, o magnífico, o único. Caleb cujo sofrimento mereceria ter o seu Homero para cantá-lo. Já pensou de si mesmo como o menino de nariz escorrendo, mau às vezes, incrivelmente generoso outras vezes? Sujo em seus hábitos e curiosamente puro em sua mente. Talvez tenha um pouco mais de energia do que a maioria, apenas energia, mas no resto é muito parecido com os outros garotos de nariz escorrendo. Está tentando atrair dignidade e tragédia para si mesmo porque sua mãe era uma prostituta? E se algo tiver acontecido ao seu irmão, será capaz de reivindicar para si mesmo a eminência de ser um assassino, seu remelento?

Cal voltou lentamente à sua mesa. Lee o observou, prendendo a respiração como um médico observa a reação de um paciente a uma injeção hipodérmica. Lee podia ver as reações explodindo dentro de Cal — a raiva diante do insulto, a beligerância e as mágoas que se seguiam por trás e a partir daquilo — apenas o início do alívio.

Lee suspirou. Havia trabalhado tanto, com tanta ternura, e sua obra parecia ter sido bem-sucedida. Disse suavemente:

— Somos pessoas violentas, Cal. Parece-lhe estranho que eu inclua a mim mesmo? Talvez seja verdade que descendemos dos nervosos, dos criminosos, dos criadores de caso e brigões, mas também dos bravos, independentes e generosos. Se nossos ancestrais não tivessem sido tudo isso, teriam ficado em sua terra natal no outro mundo e passado fome sobre um solo exaurido.

Cal virou a cabeça para Lee e seu rosto havia perdido a tensão. Sorriu, e Lee sabia que não havia enganado o garoto inteiramente. Cal sabia agora que fora um trabalho — um trabalho bem-feito — e estava agradecido.

Lee prosseguiu:

— É por isso que me incluo. Temos todos essa herança, não importa o quão velha era a terra que nossos pais deixaram. Todas as cores e misturas de americanos têm de certa forma as mesmas tendências. É uma raça, selecionada pelo acaso. Por isso somos supercorajosos e supertemerosos, somos generosos e cruéis como crianças. Somos exageradamente amistosos e ao mesmo tempo assustados diante de estranhos. Nós nos gabamos e somos impressionáveis. Somos exageradamente sentimentais e realistas. Somos mundanos e materialistas; e conhece alguma outra nação que aja por ideais? Comemos demais. Não temos bom gosto, nem senso de proporção. Jogamos fora nossa energia como lixo. No velho mundo dizem de nós que vamos da barbárie à decadência sem uma cultura intermediária. Será possível que nossos críticos não possuam a chave ou a linguagem da nossa cultura? É o que somos, Cal, todos nós. Você não é muito diferente.

— Continue falando — disse Cal, e sorriu e repetiu: — Continue falando.

— Não preciso falar mais — declarou Lee. — Terminei. Gostaria que seu pai voltasse. Ele me preocupa.

E Lee saiu com um ar nervoso.

No vestíbulo logo depois da porta encontrou Adam encostado à parede, o chapéu tombado sobre os olhos e os ombros caídos.

— Adam, o que é que você tem?

— Não sei. Acho que estou cansado. Acho que estou cansado.

Lee pegou-o pelo braço e teve de conduzi-lo até a sala de estar. Adam caiu pesadamente na poltrona e Lee tirou o chapéu da sua cabeça. Adam esfregou as costas da mão esquerda com a direita. Seus olhos estavam estranhos, muito claros, mas imóveis. E seus lábios estavam secos e pastosos, e sua fala tinha o som de um sonâmbulo, lenta e vinda de uma distância. Esfregou com força a mão.

— Que coisa estranha — disse. — Devo ter desmaiado... no correio. Nunca desmaiei. O sr. Pioda me ajudou a levantar. Foi só por um segundo, eu acho. Nunca desmaiei.

Lee perguntou:

— Tinha alguma correspondência?

— Sim, sim, acho que tinha correspondência.

Colocou a mão esquerda no bolso e logo a recolheu.

— Minha mão está meio amortecida — falou em tom de desculpa e estendeu a mão direita e puxou um cartão-postal amarelo do governo.

— Acho que eu já o li — disse. — Já devo ter lido.

Segurou o cartão diante dos olhos e então deixou-o cair no colo.

— Lee, acho que vou ter de usar óculos. Nunca precisei deles na vida. Não consigo ler o cartão. As letras ficam saltitando.

— Quer que o leia?

— Engraçado, vou comprar uns óculos assim que puder. Sim, o que diz o cartão?

Lee leu: "Querido pai, alistei-me no Exército. Disse a eles que tinha dezoito anos. Vou ficar bem. Não se preocupe comigo. Aron."

— Estranho — disse Adam. — Parece que o li. Mas acho que não li. Esfregou a mão.

52

[1]

O inverno de 1917-1918 foi uma época sombria e apavorante. Os alemães esmagavam tudo à sua frente. Em três meses os britânicos sofreram trezentas mil baixas. Muitas unidades do Exército francês se amotinaram. A Rússia abandonou a guerra. As divisões alemãs do leste, descansadas e reequipadas, foram jogadas na frente ocidental. A guerra parecia sem esperança.

Só em maio conseguimos ter apenas doze divisões no campo de batalha e o verão chegou antes que nossas tropas começassem a atravessar o oceano em grandes números. Os generais aliados brigavam entre si. Submarinos chacinavam os navios que tentavam a travessia.

Percebemos então que a guerra não seria um combate rápido e heroico, mas uma missão lenta e incrivelmente complicada. Nosso ânimo afundou naqueles meses de inverno. Perdemos a chama da excitação e ainda não tínhamos adquirido a persistência para uma guerra longa.

Ludendorff era invencível. Nada o detinha. Infligia ataque após ataque sobre os Exércitos alquebrados da França e da Inglaterra. E ocorreu-nos que poderíamos estar atrasados demais, que em breve ficaríamos sozinhos na luta contra os imbatíveis alemães.

Não era incomum que as pessoas desviassem sua atenção da guerra, algumas para a fantasia, outras para o vício e outras ainda para a alegria ensandecida. Havia grande demanda por cartomantes e os bares tiravam um lucro fabuloso. Mas as pessoas também se voltavam para si mesmas, para seus prazeres e tragédias pessoais, a fim de escapar do medo e do desalento que se alastravam. Não é estranho que hoje tenhamos nos esquecido disso? Lembramos da Primeira Guerra Mundial como uma vitória rápida, com bandeiras e fanfarras, desfiles e festas, soldados de regresso, brigas nos bares com os malditos ingleses que achavam que haviam vencido a guerra. Como nos esquecemos rapidamente de que naquele inverno Ludendorff não podia ser vencido e que muitas pessoas preparavam suas mentes e seus espíritos para uma guerra perdida.

[2]

Adam Trask estava mais aturdido do que triste. Não precisou se demitir da junta de recrutamento. Recebeu uma licença por motivos de saúde. Ficava horas sentado esfregando as costas da mão esquerda. Ele as escovava com uma escova dura e embebia em água quente.

— É a circulação — dizia. — Assim que eu tiver a circulação de volta, a mão vai ficar bem. São meus olhos que me incomodam. Nunca tive problemas com os olhos. Acho que vou ter de examiná-los. Eu de óculos! Vai ser difícil me acostumar. Iria hoje, mas me sinto um pouco tonto.

Sentia-se mais tonto do que admitia. Não conseguia andar pela casa sem se apoiar nas paredes. Lee muitas vezes tinha de ajudá-lo a sair da poltrona ou a se levantar da cama de manhã e amarrar os cadarços dos sapatos porque ele não conseguia dar nós com a mão esquerda amortecida.

Quase diariamente falava de Aron.

— Posso entender por que um jovem desejaria se alistar — dizia. — Se Aron tivesse falado comigo, eu teria tentado persuadi-lo a não ir, mas não o teria proibido. Você sabe disso, Lee.

— Eu sei.

— É o que não consigo entender. Por que ele partiu escondido? Por que não escreve? Achava que o conhecia melhor. Escreveu para Abra? Certamente escreveria para ela.

— Vou perguntar a ela.

— Faça isso. Faça agora mesmo.

— O treinamento é duro. Foi o que ouvi. Talvez não lhe deixem tempo para escrever.

— Não é preciso tempo para escrever um cartão.

— E quando foi para o Exército costumava escrever para o seu pai?

— Acho que você me pegou. Não, eu não escrevia, mas tinha motivo. Não queria me alistar. Meu pai me forçou. Eu estava ressentido. Como vê, eu tinha uma boa razão. Mas Aron... estava indo bem na universidade. Escreveram de lá para ele, pedindo notícias. Você leu a carta. Não levou suas roupas. Não levou o relógio de ouro.

— Não precisaria de roupas no Exército e não querem relógios de ouro lá também. É tudo marrom.

— Acho que você tem razão. Mas não entendo isso. Preciso fazer alguma coisa em relação aos meus olhos. Não posso pedir que leia tudo para mim.

Seus olhos realmente o incomodavam.

— Posso ver uma letra — disse. — Mas as palavras ficam rodando.

Uma dúzia de vezes ao dia ele pegava um jornal ou um livro, dava uma olhada e largava.

Lee lia os jornais para ele a fim de evitar que ficasse inquieto e às vezes, no meio da leitura, Adam pegava no sono.

Acordava e dizia:

— Lee? É você, Cal? Sabe que nunca tive problemas com meus olhos. Acho que amanhã vou examiná-los sem falta.

Em meados de fevereiro, Cal foi até a cozinha e disse:

— Lee, ele fala o tempo inteiro sobre isso. Vamos levá-lo para examinar os olhos.

Lee cozia abricós. Deixou o fogão, fechou a porta da cozinha e voltou ao fogão.

— Não quero que ele vá — falou.

— Por que não?

— Não acho que o problema sejam os olhos. Descobrir a verdade poderia perturbá-lo. Deixe-o em paz por uns tempos. Teve um grande choque. Deixe que melhore. Posso ler para ele tudo o que quiser.

— O que acha que é?

— Não quero dizer. Pensei que talvez o dr. Edwards pudesse vir aqui para uma visita amigável, só para cumprimentar seu pai.

— Faça como achar melhor — disse Cal.

Lee perguntou:

— Cal, tem visto Abra?

— Claro que a tenho visto. E ela sai correndo.

— Não pode alcançá-la?

— Claro, e poderia derrubá-la e dar-lhe um soco na cara e obrigar a falar comigo. Mas não faço isso.

— Talvez devesse simplesmente quebrar o gelo. Às vezes a barreira é tão tênue que cai quando tocamos nela. Alcance-a. Diga que quer falar com ela.

— Não vou fazer isso.

— Sente-se terrivelmente culpado, não?

Cal não respondeu.

— Não gosta dela?

Cal não respondeu.

— Se continuar assim, vai se sentir pior, não melhor. É melhor se abrir. Eu o estou avisando. É melhor se abrir.

Cal gritou:

— Quer que conte ao meu pai o que fiz? Faço isso, se você me mandar fazer.

— Não, Cal. Não agora. Mas quando ele melhorar, você vai ter de contar. Vai ter de fazer isso por si mesmo. Não pode arcar com tudo sozinho. Isto vai matá-lo.

— Talvez eu mereça ser morto.

— Pare com isso! — disse Lee friamente. — Esse pode ser o tipo mais barato de autocomiseração. Pare com isso!

— E como é que se para com isso? — perguntou Cal.

Lee mudou de assunto.

— Não entendo por que Abra não vem aqui, nem uma vez sequer.

— Não há nenhuma razão para ela vir aqui agora.

— Não é do seu feitio. Algo está errado. Você a tem visto?

Cal fez uma careta.

— Já disse que sim. Está ficando maluco também. Tentei falar com ela três vezes. Ela fugiu.

— Há algo de errado. Ela é uma boa mulher, uma mulher de verdade.

— É uma garota — disse Cal. — Fica estranho você a chamar de mulher.

— Não — disse Lee suavemente. — Algumas são mulheres desde o momento em que nasceram. Abra tem o ar adorável de uma mulher, e a coragem, força... e sabedoria. Ela sabe das coisas e as aceita. Aposto que não seria capaz de ser mesquinha ou fútil, a não ser quando é encantador ser fútil.

— Você realmente tem uma bela opinião sobre ela.

— O bastante para achar que não nos abandonaria. Sinto falta dela. Peça que venha me visitar.

— Eu lhe disse que ela fugiu de mim.

— Pois bem, corra atrás dela então. Diga que quero vê-la. Que sinto sua falta.

Cal perguntou:

— Podemos voltar aos olhos do meu pai agora?

— Não — disse Lee.

— Vamos falar de Aron?

— Não.

[3]

Cal passou todo o dia seguinte tentando encontrar Abra a sós, mas só depois das aulas ele a viu sozinha à sua frente, a caminho de casa. Dobrou uma esquina, correu por uma rua paralela e deu a volta, calculando o tempo e a distância para que pudesse surgir bem na frente dela enquanto seguia para casa.

— Olá — disse ele.

— Oi. Achei que o tinha visto atrás de mim.

— E viu. Dei a volta no quarteirão correndo para chegar à sua frente. Queria falar com você.

Ela o encarou com seriedade.

— Podia ter feito isso sem dar a volta no quarteirão.

— Tentei conversar com você na escola. Você fugiu.

— Você estava furioso. Não queria falar com você furioso.

— Como sabe que eu estava furioso?

— Podia ver em seu rosto e na sua maneira de andar. Não está furioso agora.

— Não, não estou.

— Quer carregar meus livros? — Ela sorriu.

Um calor se apossou dele.

— Sim... sim, eu quero.

Colocou os livros escolares dela debaixo do braço e caminhou ao seu lado.

— Lee quer ver você. Pediu-me que lhe dissesse isso.

Ela ficou contente.

— Verdade? Diga a Lee que vou aparecer. Como vai seu pai?

— Não muito bem. Seus olhos o incomodam.

Caminharam em silêncio até que Cal não pôde aguentar mais.

— Tem notícias de Aron?

— Sim.

Ela fez uma pausa.

— Pegue o meu caderno e procure lá dentro.

Ele abriu o caderno. Havia um cartão-postal de um centavo entre uma folha e outra. "Cara Abra", dizia. "Não me sinto limpo. Não sou digno de você. Não fique triste. Estou no Exército. Não se aproxime do meu pai. Adeus, Aron." Cal fechou o caderno de um golpe.

— O filho da puta — sussurrou.

— O quê?

— Nada.

— Ouvi o que você disse.

— Sabe por que ele foi embora?

— Não. Acho que posso deduzir, somar dois e dois. Não quero. Não estou preparada, isto é, a não ser que queira me contar.

Subitamente, Cal perguntou:

— Abra, você me odeia?

— Não, Cal, mas você me odeia um pouco. Por quê?

— Eu... eu tenho medo de você.

— Não devia ter.

— Eu a magoei mais do que sabe. E é a namorada do meu irmão.

— Como foi que me magoou? E não sou a namorada do seu irmão.

— Está bem — disse ele com amargura. — Vou lhe contar, e não quero que esqueça que me pediu para contar. Nossa mãe era uma prostituta. Dirigia um prostíbulo aqui na cidade. Descobri isso há muito tempo. Na noite de Ação de Graças, levei Aron até lá e a mostrei a ele. Eu...

Abra interrompeu nervosamente.

— O que foi que ele fez?

— Ficou maluco, simplesmente enlouqueceu. Gritou com ela. Do lado de fora me derrubou com socos e fugiu. Nossa querida mãe se matou. Meu pai... está com algum problema. Agora você sabe a meu respeito. Agora tem uma razão para fugir de mim.

— Agora eu sei a respeito dele — disse ela calmamente.

— Meu irmão?

— Sim, seu irmão.

— Ele era bom. Por que eu disse que *era*? Ele é bom. Não é mau ou sujo como eu.

Os dois caminhavam muito lentamente. Abra parou, Cal parou e ela o encarou.

— Cal — disse ela. — Eu sabia a respeito de sua mãe há muito, muito tempo.

— Sabia?

— Ouvi meus pais conversando quando achavam que eu dormia. Quero dizer-lhe uma coisa que é difícil de dizer, mas seria bom dizer.

— Quer me dizer?

— Preciso dizer. Não faz muito tempo que eu cresci e deixei de ser uma menina. Entende o que quero dizer?

— Sim — respondeu Cal.

— Tem certeza?

— Sim.

— Pois bem. É difícil dizer agora. Gostaria de ter dito na ocasião. Eu não amava mais Aron.

— Por que não?

— Tentei chegar a uma conclusão. Quando éramos crianças, nós dois vivemos uma história que havíamos inventado. Mas quando cresci essa fantasia não me bastava. Eu precisava de outra coisa, porque a história não era mais verdadeira.

E então...

— Espere, deixe eu terminar. Aron não cresceu. Talvez não vá crescer nunca. Queria a história e queria que ela fosse do jeito dele. Não suportava que fosse de outra maneira qualquer.

— E quanto a você?

— Eu não queria saber como seria. Só queria estar lá enquanto estivesse acontecendo. E, Cal, nós éramos praticamente estranhos. Só mantínhamos aquilo porque estávamos acostumados. Mas eu não acredito mais na história.

— E quanto a Aron?

— Ia fazer a história acontecer do jeito dele, mesmo que tivesse de, arrancar o mundo pela raiz.

Cal ficou parado, olhando para o chão.

Abra disse:

— Acredita em mim?

— Estou pensando.

— Quando crianças, somos o centro de tudo. Tudo nos acontece. As outras pessoas não passam de fantasmas com quem conversamos. Mas quando a gente cresce, assumimos o nosso lugar e temos apenas nosso próprio tamanho e forma. As coisas saem de nós para os outros e vêm dos outros para nós. É pior, mas é muito melhor também. Fico contente de que me tenha contado sobre Aron.

— Por quê?

— Porque agora sei que eu não inventei tudo aquilo. Ele não suportou saber a verdade sobre sua mãe porque não era assim que queria que a história fosse, e não aceitaria outra história. Então abandonou o mundo. Da mesma maneira que abandonou a mim, quando quis se tornar um padre.

Cal falou:

— Vou ter de pensar.

— Dê-me meus livros — disse ela. — Diga a Lee que irei visitá-lo. Sinto-me livre agora. Quero pensar também. Acho que eu amo você, Cal.

— Eu não sou bom.

— Acho que amo por isso mesmo.

Cal caminhou rapidamente para casa.

— Ela virá amanhã — disse a Lee.

— Ora, você está animado.

[4]

Dentro de casa, Abra caminhou na ponta dos pés. No vestíbulo, ela se deslocou rente à parede onde o chão não rangia. Colocou seu pé no primeiro degrau das escadas atapetadas, mudou de ideia e foi até a cozinha.

— Finalmente chegou — disse sua mãe. — Não veio diretamente para casa.

— Tive de ficar depois das aulas. Papai está melhor?

— Acho que sim.

— O que diz o médico?

— A mesma coisa que disse no início, excesso de trabalho. Só precisa de um descanso.

— Não tem parecido cansado — disse Abra.

Sua mãe abriu uma lata, tirou três batatas e as levou à pia.

— Seu pai é muito corajoso, querida. Eu já devia ter sabido. Está fazendo muito trabalho voluntário de guerra além do seu próprio trabalho. O médico disse que às vezes um homem tem um colapso de repente.

— Devo ir vê-lo?

— Sabe, Abra, tenho a impressão de que ele não quer ver ninguém. O juiz Knudsen telefonou e seu pai mandou dizer a ele que estava dormindo.

— Posso ajudá-la?

— Vá trocar a roupa, querida. Não vai querer sujar seu belo vestido.

Abra passou na ponta dos pés pelo quarto do pai e entrou em seu próprio quarto. Era um quarto claro e de cores vivas, com papel de parede envernizado. Fotografias emolduradas de seus pais na cômoda, poemas emoldurados nas paredes e seu armário de roupas — tudo no devido lugar, o assoalho encerado e seus sapatos dispostos diligentemente lado a lado. Sua mãe fazia tudo para ela, insistia nisso — planejava as coisas para ela, tudo o que ela vestia.

Abra há muito tempo desistira de ter qualquer particularidade em seu quarto, até mesmo um objeto pessoal. Era um esquema já definido há tanto tempo que ela não considerava seu quarto como um local reservado. Suas particularidades pertenciam à sua mente. As poucas cartas que guardava ficavam na sala de estar, arquivadas entre as páginas dos dois volumes das *Memórias de Ulysses S. Grant*, que, como ela sabia muito bem, nunca haviam sido abertas por ninguém a não ser por ela mesma desde a sua publicação.

Abra sentia-se satisfeita e não investigava a razão. Sabia de algumas coisas sem questioná-las e não falava delas. Por exemplo, sabia que seu pai não estava doente. Estava se escondendo de alguma coisa. Assim como sabia que Adam Trask estava doente, pois o vira caminhando pela rua. Perguntava-se se sua mãe sabia que seu pai não estava doente.

Abra deixou o vestido deslizar até o chão e colocou uma bata de algodão para seus afazeres domésticos. Escovou os cabelos, passou na ponta dos pés pelo quarto do pai e desceu as escadas. No pé da escadaria, abriu seu caderno e tirou o cartão-postal de Aron. Na sala de estar folheou o volume dois das *Memórias*, pegou as cartas de Aron, dobrou-as bem e, erguendo a bata, enfiou-as sob o elástico que prendia suas calcinhas. O pacote a fez parecer um pouco volumosa. Na cozinha, colocou um avental grande para esconder a saliência.

— Pode raspar as cenouras — disse a mãe. — A água já está quente?

— Está quase fervendo.

— Coloque um cubo de caldo de carne naquela xícara, sim, querida? O médico diz que vai fortalecer seu pai.

Quando sua mãe levou a xícara fervente ao andar de cima, Abra abriu a portinhola do incinerador do fogão a gás, colocou as cartas e as queimou.

Sua mãe voltou rapidamente, dizendo:

— Sinto cheiro de queimado.

— Queimei o lixo. Estava cheio.

— Gostaria que me perguntasse quando quiser fazer uma coisa dessas — disse sua mãe. — Estava guardando o lixo para aquecer a cozinha de manhã.

— Desculpe, mamãe — falou Abra. — Não pensei nisso.

— Deveria tentar pensar nessas coisas. Parece-me que anda um tanto desatenta ultimamente.

— Desculpe, mamãe.

— Quem poupa sai ganhando — disse a mãe.

O telefone tocou na sala de jantar. Sua mãe foi atendê-lo. Abra ouviu a mãe dizer: — Não, não pode vê-lo. São ordens do médico. Ele não pode receber ninguém... não, ninguém.

Voltou à cozinha.

— O juiz Knudsen de novo — disse.

53

[1]

No dia seguinte, na escola, Abra sentia-se feliz porque ia visitar Lee. Encontrou Cal no corredor.

— Contou a ele que eu ia até lá?

— Começou a fazer umas tortas — disse Cal. — Colocou uniforme, um colarinho alto apertado, uma túnica mal-ajambrada e perneiras.

— Você ainda tem de ir ao treinamento — disse Abra. — Vou chegar lá antes. As tortas são de quê?

— Não sei. Mas guarde duas para mim, ok? Cheiravam a morango. Deixe só duas para mim.

— Quer ver o presente que comprei para Lee? Olhe!

Ela abriu uma pequena caixa de papelão.

— É um novo tipo de descascador de batatas. Só tira a pele. É fácil. Comprei para Lee.

— Lá se vão minhas tortas — falou Cal. — Se eu me atrasar um pouco, não vá embora antes de eu chegar lá, promete?

— Gostaria de levar meus livros para casa?

— Sim — respondeu Cal.

Abra o fitou longamente nos olhos até que ele baixou a vista. Depois deu meia-volta e afastou-se rapidamente.

[2]

Adam dera para dormir até tarde, na verdade dera para dormir com muita frequência — cochilos curtos durante a noite e durante o dia. Lee o observava periodicamente até o encontrar acordado.

— Sinto-me bem esta manhã — disse Adam.

— Se pode chamar isto de manhã. Já são quase onze horas.

— Meu Deus! Preciso me levantar.

— Para quê? — perguntou Lee.

— Para quê? Sim, para quê! Mas eu me sinto bem, Lee. Podia caminhar até a junta de recrutamento. Como está o tempo lá fora?

— Frio — disse Lee.

Ajudou Adam a se levantar. Botões, cadarços e outros detalhes no ato de se vestir eram problemas para Adam.

Enquanto Lee o ajudava, Adam falou:

— Eu tive um sonho, muito real. Sonhei com meu pai.

— Um grande cavalheiro pelo que eu soube — disse Lee. — Li aquela pasta de recortes que o advogado do seu irmão mandou. Deve ter sido um grande cavalheiro.

Adam olhou calmamente para Lee.

— Sabia que ele era um ladrão?

— Deve ter tido um sonho — disse Lee. — Ele está enterrado em Arlington. Um recorte dizia que o vice-presidente esteve no seu enterro, e o secretário de Guerra. Não acha que o *Salinas Index* poderia gostar de escrever um artigo sobre ele... em tempos de guerra, sabe. Gostaria de rever o material?

— Ele foi um ladrão — disse Adam. — Eu não pensava assim antigamente, mas penso agora. Ele roubou do Grande Exército da República.

— Não acredito nisso — disse Lee.

Lágrimas afloraram aos olhos de Adam. Com muita frequência nos últimos tempos, Adam era assolado repentinamente por lágrimas. Lee falou:

— Sente-se aqui que vou lhe trazer o café da manhã. Sabe quem vem nos visitar esta tarde? Abra.

Adam perguntou:

— Abra? — E depois: — Ah, sim, Abra. É uma boa moça.

— Eu a adoro — disse Lee simplesmente. Fez Adam sentar-se diante da mesa de jogo no seu quarto de dormir. — Gostaria de trabalhar no quebra-cabeça enquanto preparo o seu café?

— Não, obrigado. Não esta manhã. Quero pensar sobre o sonho antes que o esqueça.

Quando Lee trouxe a bandeja com o café da manhã, Adam estava adormecido na sua cadeira. Lee o acordou e leu o jornal para ele enquanto comia e depois o ajudou na sua toalete.

A cozinha tinha o doce aroma de tortas, e algumas das frutinhas haviam caído no forno e queimado, deixando um cheiro intenso e agridoce, agradável e adstringente.

Uma alegria silenciosa crescia dentro de Lee. Era a alegria da mudança. O tempo está acabando para Adam, pensou. O tempo também deve estar acabando para mim, mas eu não o sinto. Sinto-me imortal. Quando era jovem, eu me sentia mortal — mas agora não me sinto mais. A morte recuou. Perguntou a si mesmo se este sentimento seria normal.

E perguntou-se também o que Adam quis dizer ao afirmar que o pai era um ladrão. Parte do sonho, talvez. E então o pensamento de Lee digressionou, como geralmente fazia. Supondo que fosse verdade — Adam, o homem mais rigidamente honesto que se poderia encontrar, vivendo a vida inteira de dinheiro roubado. Lee riu consigo mesmo — agora este segundo testamento e Aron, cuja pureza tinha algo de autoindulgência, vivendo toda a sua vida dos lucros de um bordel. Seria algum tipo de piada ou as coisas se equilibravam de modo que, se algo fosse longe demais numa direção, um deslocamento automático movia a balança e o equilíbrio era restabelecido?

Pensou em Sam Hamilton. Havia batido em tantas portas. Possuía tantos projetos e planos e nenhum lhe dera qualquer dinheiro. Mas, naturalmente, ele possuía tanto, era tão rico. Não era possível dar a ele mais do que já tinha. Riquezas parecem favorecer os pobres de espírito, os pobres de interesse e alegria. Na verdade, os ricos são um pobre bando de bastardos. Ficou pensando se isso seria verdade. Eles agiam como se o fossem certas vezes.

Pensou em Cal queimando o dinheiro para se punir. E a punição não lhe doera tanto quanto o crime. Lee disse a si mesmo "Se existir um lugar onde um dia eu me juntarei a Sam Hamilton, vou ter um monte de boas histórias para lhe contar", e seu pensamento prosseguiu voando: "Mas ele também terá as dele!"

Lee entrou no quarto de Adam e o encontrou tentando abrir a caixa em que guardava os recortes sobre o seu pai.

[3]

Soprava um vento frio naquela tarde. Adam insistiu em ir dar uma olhada na junta de recrutamento. Lee agasalhou-o e o ajudou a sair.

— Caso se sinta fraco, simplesmente se sente, onde quer que esteja — disse Lee.

— Farei isso — concordou Adam. — Não me senti tonto o dia inteiro. Poderia dar um pulo até o Victor e pedir que examine meus olhos.

— Espere até amanhã. Eu o acompanharei.

— Vamos ver — disse Adam, e partiu, balançando os braços com um ar de bravata.

Abra chegou com os olhos brilhantes e um nariz vermelho do vento gelado e vinha com tamanho ar de prazer que Lee abafou suavemente uma risada quando a viu.

— Onde estão as tortas? — perguntou. — Vamos escondê-las de Cal. Sentou-se na cozinha.

— Ah, fico tão feliz de estar de volta.

Lee começou a falar e engasgou, e então o que ele queria dizer parecia bom de ser dito — de ser dito cuidadosamente. Pairou ao redor dela.

— Sabe, nunca desejei muitas coisas na minha vida — começou. — Aprendi desde cedo a não desejar coisas. Desejar acabava simplesmente trazendo desapontamento.

Abra disse alegremente:

— Mas você deseja algo agora. O que é?

Ele desabafou:

— Desejaria que você fosse minha filha...

Ficou chocado consigo mesmo. Foi até o fogão, apagou o gás sob a chaleira e o acendeu de novo.

Ela disse suavemente:

— Gostaria que fosse meu pai.

Ele olhou rapidamente para Abra e desviou o rosto.

— Verdade?

— Sim, verdade.

— Por quê?

— Por que eu o amo.

Lee saiu rapidamente da cozinha. Sentou-se no seu quarto apertando as mãos com força até que parou de soluçar. Levantou-se e pegou uma pequena caixa de ébano entalhado de cima da sua escrivaninha. Um dragão subia ao céu na caixa. Levou-a até a cozinha e colocou-a na mesa entre as mãos de Abra.

— É para você — disse, num tom sem nenhuma inflexão.

Ela abriu a caixa e viu um pequeno botão de jade verde-escuro e, entalhada na sua superfície, uma mão direita humana, uma mão adorável, os dedos curvados e em repouso. Abra tirou o botão da caixa e o examinou, depois o umedeceu com a ponta da língua e passou-o suavemente pelos lábios cheios e apertou a pedra fria contra sua face.

Lee falou:

— Era o único ornamento de minha mãe.

Abra levantou-se, colocou os braços ao redor dele e o beijou na face e foi a única vez que tal coisa aconteceu em toda a sua vida.

Lee riu.

— Minha calma oriental parece ter-me abandonado — disse. — Deixe-me fazer o chá, querida. Ele vai me recuperar.

Já junto ao fogão, ele disse:

— Nunca usei aquela palavra, nunca uma vez sequer para ninguém no mundo.

Abra disse:

— Acordei alegre esta manhã.

— Eu também — disse Lee. — Sei o que me fez feliz. Você vinha me visitar. — Fiquei feliz com isso também, mas...

— Você mudou — afirmou Lee. — Não é mais de modo algum uma menininha. Pode me contar o que aconteceu?

— Queimei todas as cartas de Aron.

— Ele fez coisas ruins contra você?

— Não. Acho que não. Ultimamente não me sentia bem com ele. Sempre quis explicar-lhe que não me sentia bem.

— E agora que não precisa ser perfeita, você pode ser boa. É isso?

— Acho que sim. Talvez seja isso.

— Sabe sobre a mãe dos meninos?

— Sim. Sabe que não provei uma só das tortas? — disse Abra. — Minha boca está seca.

— Beba um pouco de chá, Abra. Você gosta de Cal?

— Sim.

Lee disse:

— Ele está abarrotado com um monte de coisas boas e de coisas más. Pensei que uma única pessoa poderia quase com o peso de um dedo...

Abra curvou a cabeça sobre o chá.

— Ele me pediu para ir ao Alisal quando as azaleias silvestres florirem.

Lee colocou as mãos sobre a mesa e inclinou-se para a frente.

— Não quero lhe perguntar se você vai.

— Não precisa — disse Abra. — Eu vou.

Lee sentou-se do outro lado da mesa diante dela.

— Não se afaste desta casa por muito tempo.

— Meu pai e minha mãe não querem que eu venha aqui.

— Eu só os vi uma vez — disse Lee, cínico. — Pareciam ser boas pessoas. Às vezes, Abra, os remédios mais estranhos são eficazes. Eu me pergunto se ajudaria se soubessem que Aron acabou de herdar cem mil dólares.

Abra acenou gravemente com a cabeça e lutou para impedir que os cantos de sua boca se curvassem para cima.

— Acho que ajudaria — disse ela. — Eu me pergunto como daria a notícia a eles.

— Minha querida, se eu ouvisse uma notícia dessas, acho que o meu primeiro impulso seria telefonar para alguém. E talvez a ligação estivesse ruim.

Abra acenou com a cabeça.

— E você contaria de onde veio o dinheiro?

— Isto eu não contaria — disse Lee.

Ela olhou para o relógio-despertador pendurado num prego na parede.

— Quase cinco horas — disse. — Tenho de ir embora. Meu pai não tem passado muito bem. Achei que Cal chegaria logo do treinamento.

— Volte muito breve — disse Lee.

[4]

Cal estava na varanda quando ela saiu.

— Espere por mim — disse e entrou em casa e derrubou seus livros.

— Cuide muito bem dos livros de Abra — gritou Lee da cozinha.

A noite de inverno despontou com um vento glacial e os lampiões da rua com seus carvões crepitantes balançavam nervosamente, fazendo as sombras dardejarem de um lado para o outro como um jogador de beisebol correndo para a segunda base. Homens que voltavam do trabalho para casa enterravam os queixos nos sobretudos e apressavam-se em direção do calor. Na noite silenciosa, a música monótona da pista de patinação podia ser ouvida a muitos quarteirões de distância.

Cal disse:

— Pode segurar seus livros por um minuto, Abra? Quero abrir este colarinho. Está decepando minha cabeça.

Tirou os ganchos dos colchetes e suspirou com alívio.

— Estou todo esfolado — disse, e voltou a pegar os livros. Os galhos da grande palmeira no jardim dos Berges fustigavam a casa com golpes secos e um gato miava sem parar na porta de alguma cozinha fechada para ele.

Abra disse:

— Não acho que você daria um grande soldado. É independente demais.

— Eu poderia ser um grande soldado — falou Cal. — Este treinamento com estas velhas carabinas Krag-Jorgensens me parece uma bobagem. Quando chegar a hora, e eu me interessar, vou ser bom.

— As tortas estavam maravilhosas — disse Abra. — Deixei uma para você.

— Obrigado. Aposto que Aron vai dar um bom soldado.

— Sim, vai, e o soldado mais bonito do Exército. Quando vamos atrás das azaleias?

— Só quando a primavera chegar.

— Vamos partir cedo e levamos um almoço.

— Poderia estar chovendo.

— Vamos de qualquer maneira, chova ou faça sol. — Ela pegou seus livros e entrou no jardim. — Vejo você amanhã — disse.

Ele não tomou a direção de casa. Caminhou na noite nervosa, passando pela escola secundária e pela pista de patinação — uma pista coberta por uma grande lona e uma orquestra mecânica fazendo barulho sem parar. Não havia uma viva alma patinando. O velho dono estava sentado infeliz na bilheteria, desfolhando a ponta de um rolo de ingressos com o indicador.

A rua estava deserta. O vento jogava papéis na calçada. Tom Meek, o policial, saiu da confeitaria Bell's e acompanhou o passo de Cal.

— É melhor fechar o colarinho dessa túnica, soldado — disse baixinho.

— Olá, Tom. Essa coisa horrível está muito apertada.

— Não o tenho visto à noite na cidade ultimamente.

— Não.

— Não me diga que se regenerou.

— Talvez.

Tom se orgulhava da sua capacidade de brincar com as pessoas e fazer com que aquilo soasse sério. Disse:

— Parece que arranjou uma namorada.

Cal não respondeu.

— Soube que seu irmão falsificou a idade e entrou para o Exército. E você pegou a garota dele?

— Ora, claro — disse Cal.

O interesse de Tom se aguçou.

— Quase esqueci — disse. — Soube que Will Hamilton está espalhando que você ganhou quinze mil dólares com feijões. É verdade?

— Claro — falou Cal.

— Não passa de um garoto. Que vai fazer com todo aquele dinheiro?

Cal sorriu para ele.

— Eu o queimei.

— Que quer dizer?

— Simplesmente encostei um fósforo nele e o queimei.

Tom olhou-o bem no rosto.

— Ah, sim! Claro. E fez uma boa coisa. Vou entrar por aqui. Boa noite.

Tom Meek não gostava de que as pessoas brincassem com ele.

— O fedelho filho de uma puta — disse consigo mesmo. — Está ficando esperto demais.

Cal seguiu lentamente pela rua principal, olhando a vitrine das lojas. Pensou onde Kate estaria enterrada. Se conseguisse descobrir, achou que poderia levar um buquê de flores, e riu de si mesmo por causa do impulso. Era uma coisa boa ou ele estava se enganando? O vento de Salinas levaria embora um túmulo, que diria um buquê de cravos. Por algum motivo lembrou o nome mexicano para cravos. Alguém devia ter-lhe dito quando era menino. Chamavam-se Pregos do Amor — e cravos-de-defunto eram os Pregos da Morte. Era uma palavra como pregos — *claveles*. Talvez devesse colocar cravos-de-defunto na sepultura de sua mãe.

— Estou começando a pensar como Aron — falou para si mesmo.

54

[1]

O inverno parecia relutante em afrouxar suas garras. O tempo continuou frio, úmido e ventoso bem depois do seu término. E as pessoas repetiam: "São aqueles canhões gigantescos que estão atirando na França, estragando o clima no mundo inteiro."

Os cereais demoraram a brotar no vale do Salinas e as flores silvestres vieram tão tarde que algumas pessoas acharam que não viriam mais.

Sabíamos — ou pelo menos confiávamos — que no Primeiro de Maio, quando todos os piqueniques das escolas dominicais aconteciam no Alisal, as azaleias silvestres que cresciam às margens do rio estariam em floração. Faziam parte do Primeiro de Maio.

O Primeiro de Maio foi frio. O piquenique foi cancelado por uma chuva gélida e não havia um broto aberto sequer nas azaleias. Duas semanas depois, elas ainda não haviam florescido.

Cal não sabia que seria assim quando fez das azaleias o sinal do seu piquenique, mas a partir do momento em que o símbolo foi estabelecido ele não podia ser violado.

O Ford estava protegido no galpão de Windham, os pneus calibrados e duas novas baterias a postos para pegar mais facilmente. Lee foi alertado para preparar sanduíches quando o dia chegasse, ficou cansado de esperar e parou de comprar pão de sanduíche a cada dois dias.

— Por que não vão de qualquer maneira? — perguntou.

— Não posso — disse Cal. — Eu falei em azaleias.

— E como vai saber?

— Os filhos do Silacci moram lá e vêm à escola todo dia. Dizem que vai ser dentro de uma semana ou dez dias.

— Ó, Deus! — disse Lee. — Não sobrecarreguem o seu piquenique.

A saúde de Adam melhorava lentamente. O amortecimento deixava aos poucos sua mão. E conseguia ler um pouco — um pouco mais a cada dia.

— Só quando estou cansado é que as letras dançam — disse. — Ainda bem que não coloquei óculos para arruinarem minha vista. Eu sabia que meus olhos estavam em ordem.

Lee assentiu com a cabeça e ficou satisfeito. Tinha ido a São Francisco em busca dos livros de que precisava e escrevera pedindo um número de separatas. Conhecia tudo o que se sabia sobre a anatomia do cérebro e os sintomas e as consequências da lesão e do trombo. Estudara e fizera perguntas com a mesma intensidade inabalável de quando havia capturado, atacado e curado um verbo hebraico. O dr. H.C. Murphy acabara conhecendo Lee muito bem e passara da impaciência com um criado chinês a uma genuína admiração por um estudioso. O dr. Murphy até pedira emprestado algumas separatas e relatórios de Lee sobre diagnose e prática. Disse ao dr. Edwards: "Aquele china sabe mais sobre a patologia da hemorragia cerebral do que eu e, aposto, tanto quanto o senhor." Falava com uma espécie de raiva afetuosa diante do fato de que fosse assim. A profissão médica se irrita inconscientemente com o conhecimento leigo.

Quando Lee relatou a melhora de Adam, ele falou:

— Parece-me que a absorção está continuando...

— Tive um paciente — disse o dr. Murphy, e contou uma história esperançosa.

— Tenho sempre medo da recorrência — afirmou Lee.

— Isso você tem de deixar ao Todo-poderoso — disse o dr. Murphy. — Não podemos remendar uma artéria como se fosse um tubo de borracha. A propósito, como consegue que ele o deixe tirar sua pressão sanguínea?

— Aposto na pressão dele e ele aposta na minha. É melhor do que corrida de cavalos.

— Quem ganha?

— Bem, eu poderia ganhar — disse Lee. — Mas não ganho. Isso estragaria o jogo... e a medição.

— Como consegue impedi-lo de ficar agitado?

— Inventei um método — disse Lee. — Eu o chamo de terapia conversacional.

— Deve ocupar todo o seu tempo.

— E ocupa — disse Lee.

[2]

Em 28 de maio de 1918, tropas americanas enfrentaram sua primeira missão importante na Primeira Guerra Mundial. A Primeira Divisão, comandada pelo general Bullard, recebeu ordens de capturar o vilarejo de Cantigny. O vilarejo, num terreno elevado, dominava o vale do rio Avre. Era defendido por trincheiras, metralhadoras pesadas e artilharia. A frente se estendia por quase dois quilômetros.

Às seis e quarenta e cinco da manhã, em 28 de maio de 1918, o ataque começou depois de uma hora de preparação pela artilharia. As tropas envolvidas eram o 28º de Infantaria (coronel Ely), um batalhão do 18º de Infantaria (Parker), uma companhia da Engenharia, a divisão de artilharia (Summerall), além de um reforço de tanques franceses e lança-chamas.

O ataque foi um sucesso completo. As tropas americanas se entrincheiraram na nova frente e rechaçaram dois poderosos contra-ataques alemães.

A Primeira Divisão recebeu as congratulações de Clemenceau, Foch e Pétain.

[3]

Só no final de maio os rapazes Silacci trouxeram a notícia de que os brotos rosa-salmão das azaleias estavam surgindo. Foi numa quarta-feira, quando o sino das nove horas soava, que lhe contaram.

Cal correu para a aula de inglês e, justamente quando a srta. Norris tomava o seu assento na pequena plataforma, ele agitou seu lenço e assoou o nariz com estardalhaço. Foi então ao lavatório dos rapazes e esperou até ouvir através da parede a descarga do vaso do lado das meninas. Atravessou a porta do porão, caminhou rente à parede de tijolos vermelhos, contornou a pimenteira e, ao sair do campo de visão da escola, andou lentamente até que Abra o alcançou.

— Quando foi que apareceram? — perguntou ela.

— Esta manhã.

— Vamos esperar até amanhã?

Ele olhou para o sol amarelo alegre, o primeiro sol do ano a aquecer a terra.

— Quer esperar?

— Não — disse ela.

— Nem eu.

Partiram numa corrida — compraram pão no Reynaud e puseram Lee em ação. Adam ouviu vozes ruidosas e veio olhar na cozinha.

— Que algazarra é essa? — perguntou.

— Vamos fazer um piquenique — disse Cal.

— Não é dia de aula?

Abra disse:

— Claro que é. Mas é um feriado também.

Adam sorriu para ela.

— Você está corada como uma rosa.

Abra gritou:

— Por que não vem conosco? Vamos ao Alisal colher azaleias.

— Ora, eu gostaria de ir — falou Adam, e então: — Não, não posso. Prometi ir até a fábrica de gelo. Estamos colocando umas novas tubulações. Está um dia maravilhoso.

— Traremos algumas azaleias para o senhor — disse Abra.

— Gosto delas. Muito bem, divirtam-se.

Quando ele saiu, Cal disse:

— Lee, por que não vem conosco?

Lee olhou rispidamente para ele.

— Não achava que você fosse um tolo — disse.

— Venha! — gritou Abra.

— Não sejam ridículos — disse Lee.

[4]

É um agradável pequeno regato que passa gargarejando através do Alisal contra as montanhas Gabilan a leste do vale do Salinas. A água murmureja sobre pedras redondas e lava as raízes polidas das árvores que se agarram ali.

O cheiro das azaleias e o odor sonolento do sol liberando a clorofila enchiam o ar. Na margem do riacho, o Ford descansava, ainda exalando suavemente o seu superaquecimento. O banco traseiro estava empilhado de ramos de azaleia.

Cal e Abra sentaram-se na margem entre os papéis do piquenique. Balançavam os pés dentro da água.

— Sempre murcham antes de chegar em casa — disse Cal.

— Mas são um pretexto tão bom, Cal — disse ela. — Se você não fizer, acho que eu vou ter...

— O quê?

Ela estendeu o braço e pegou na mão dele.

— Isto — disse.

— Eu tive medo.

— Por quê?

— Não sei.

— Eu não tive.

— Acho que as garotas não têm medo de muitas coisas.

— Acho que não.

— Nunca tem medo?

— Claro — disse ela. — Tive medo de você depois que disse que eu fiz xixi nas calças.

— Aquilo foi uma maldade — disse ele. — Gostaria de saber por que o fiz. — E subitamente ficou em silêncio.

Seus dedos apertaram a mão dele.

— Sei no que está pensando. Não quero que pense nisso.

Cal olhou para a água ondulante e rodopiou uma pedra marrom redonda com o dedo do pé.

Abra disse:

— Você acha que tudo lhe acontece, não é? Acha que atrai coisas más.

— Bem...

— Bem, vou contar-lhe uma coisa. Meu pai está encrencado.

— Como encrencado?

— Não fico ouvindo por trás das portas, mas ouvi o suficiente. Ele não está doente. Está apavorado. Fez alguma coisa.

Cal virou a cabeça.

— O quê?

— Acho que tirou algum dinheiro da sua firma. Não sabe se seus sócios vão colocá-lo na cadeia ou deixar que tente repor a quantia.

— Como é que sabe?

— Eu os ouvi gritando no quarto onde ele está recolhido. E minha mãe ligou o fonógrafo para abafar os gritos deles.

— Você não está inventando isso tudo?

— Não. Não estou inventando.

Cal se aproximou e colocou a cabeça no ombro dela e seu braço avançou timidamente ao redor da cintura de Abra.

— Sabe, você não é o único... — Ela olhou de lado para o rosto dele. — Agora estou com medo — disse ela fracamente.

[5]

Às três da tarde, Lee estava sentado à sua escrivaninha, folheando um catálogo de sementes. As fotos das ervilhas-de-cheiro eram coloridas.

— Ficariam muito bem na cerca dos fundos. Fariam uma tela que ocultaria o brejo. Não sei se existe sol suficiente ali.

Ergueu os olhos ao som de sua própria voz e sorriu consigo mesmo. Cada vez mais, ele se pegava falando sozinho em voz alta quando a casa estava vazia.

— É a idade — disse em voz alta. — Os pensamentos vão ficando mais lentos e...

Parou e ficou rígido por um momento.

— É estranho... escutei algo. Não sei se deixei a chaleira no gás. Não... eu me lembro.

Escutou de novo.

— Graças a Deus não sou supersticioso. Seria capaz de ouvir fantasmas caminharem, se quisesse. Seria capaz...

A campainha da frente tocou.

— Aí está. Era o que eu estava escutando. Deixa tocar. Não vou me deixar levar por sensações. Deixa tocar.

Mas não tocou de novo.

Um cansaço obscuro baixou sobre Lee, uma desesperança que forçava seus ombros para baixo. Riu de si mesmo.

— Posso ir lá e descobrir que é um folheto de propaganda debaixo da porta ou ficar sentado aqui e deixar minha velha mente tola me dizer que a morte está na soleira da porta. Pois bem, eu quero ver a propaganda.

Lee sentou-se na sala de estar e olhou para o envelope no seu colo. E subitamente cuspiu nele.

— Está bem — disse. — Já vou abrir, seu desgraçado. — E rasgou o envelope na lateral e por um momento o virou com a mensagem para baixo.

Olhou por entre os joelhos para o chão.

— Não — disse. — Não tenho este direito. Ninguém tem o direito de retirar qualquer experiência pessoal de outro. Vida e morte foram prometidas. Temos direito à dor.

Seu estômago se contraiu.

— Não tenho coragem. Sou um covarde. Não poderia suportar.

Foi ao banheiro e mediu três colheres de chá de elixir de brometo num copo e acrescentou água até que o remédio vermelho ficasse rosado. Levou o copo à sala de estar e colocou-o sobre a mesa. Dobrou o telegrama e enfiou-o no bolso. Disse em voz alta:

— Odeio um covarde! Ai, meu Deus, como eu odeio um covarde!

Suas mãos tremiam e o suor frio umedecia sua testa.

Às quatro horas, ouviu Adam mexendo na maçaneta da porta. Lee lambeu os lábios. Levantou-se e caminhou lentamente até o vestíbulo. Levava o copo de fluido rosado e sua mão estava firme.

55

[1]

Todas as luzes estavam acesas na casa dos Trask. Com a porta parcialmente aberta, fazia frio na casa. Na sala de estar, Lee parecia enrugado como uma folha na poltrona ao lado da lâmpada. A porta de Adam estava aberta e o som de vozes vinha do seu quarto.

Ao entrar, Cal perguntou:

— O que está havendo?

Lee olhou para ele e apontou a cabeça para a mesa onde o telegrama estava aberto.

— Seu irmão morreu — disse. — Seu pai teve um derrame.

Cal partiu para o corredor.

Lee disse:

— Volte aqui. O dr. Edwards e o dr. Murphy estão lá. Deixe-os a sós.

Cal parou diante dele.

— É muito grave? Qual é o grau de gravidade, Lee?

— Não sei.

Falou como se estivesse lembrando de um fato antigo.

— Voltou para casa cansado. Mas eu tinha de ler o telegrama para ele. Era o seu direito. Durante cinco minutos, ele recitou várias vezes a notícia para si mesmo em voz alta. E então parece que ela penetrou no seu cérebro e explodiu ali.

— Está consciente?

Lee disse com um ar de cansaço:

— Sente-se e espere, Cal. Sente-se e espere. Acostume-se com a situação. Estou tentando fazer isso.

Cal pegou o telegrama e leu o seu comunicado trágico e dignificado.

O dr. Edwards apareceu, carregando sua maleta. Fez um aceno breve com a cabeça, saiu e fechou a porta suavemente atrás de si.

O dr. Murphy colocou a maleta na mesa e sentou-se. Suspirou.

— O dr. Edwards pediu-me para lhes contar.

— Como está ele? — perguntou Cal.

— Vou lhe dizer tudo o que sabemos. Você é o chefe da família agora, Cal. Sabe o que é um derrame?

Não esperou que Cal respondesse.

— Neste caso, é um vazamento de sangue no cérebro. Certas áreas do cérebro são afetadas. Houve vazamentos anteriores, menores. Lee sabe disso.

— Sim — disse Lee.

O dr. Murphy olhou para ele e depois de novo para Cal.

— O lado esquerdo está paralisado. O lado direito, em parte. Provavelmente, não há visão no olho esquerdo, mas não podemos determinar isso. Em outras palavras, seu pai está praticamente incapacitado.

— Pode falar?

— Um pouco, com dificuldade. Não o canse.

Cal lutou com as palavras.

— Ele pode melhorar?

— Já ouvi falar de casos de reabsorção com essa gravidade, mas nunca presenciei um.

— Quer dizer que ele vai morrer?

— Não sabemos. Poderia viver uma semana, um mês, um ano, até dois anos. Poderia morrer esta noite.

— Vai me reconhecer?

— Terá de descobrir isso por si mesmo. Vou mandar uma enfermeira esta noite e depois terá de contratar enfermeiras permanentes.

Levantou-se.

— Sinto muito, Cal. Aguente firme! Você vai ter de aguentar. — E acrescentou: — Sempre me surpreende como as pessoas podem suportar. Sempre o fazem. Edwards virá aqui amanhã. Boa noite.

Estendeu a mão para tocar nos ombros de Cal, mas Cal se afastou e caminhou em direção ao quarto do pai.

A cabeça de Adam se apoiava nos travesseiros. Seu rosto estava calmo, a pele pálida; sua boca reta, nem sorridente, nem reprovadora. Os olhos estavam abertos e tinham grande profundidade e clareza, como se pudéssemos ver até o fundo deles e como se eles pudessem ver em profundidade o ambiente que os cercava. E os olhos eram calmos, conscientes, mas não interessados. Giraram lentamente na direção de Cal quando ele entrou no quarto, encontraram o seu peito, subiram depois para o seu rosto e permaneceram ali.

Cal sentou-se na cadeira reta ao lado da cama. Ele disse:

— Sinto muito, pai.

Os olhos piscaram lentamente, como o piscar de uma rã.

— Pode me ouvir, pai? Pode me entender?

Os olhos não mudaram nem se mexeram.

— Fui eu — gritou Cal. — Sou o responsável pela morte de Aron e por sua doença. Eu o levei à casa de Kate. Apresentei-o à mãe. É por isso que ele foi embora. Não quero fazer coisas más, mas eu as faço.

Abaixou a cabeça do lado da cama para escapar dos olhos terríveis e ainda podia vê-los. Sabia que ficariam com ele, seriam uma parte dele, por toda a sua vida.

A campainha tocou. Num momento, Lee entrou no quarto seguido por uma enfermeira — uma mulher forte e grande, com grossas sobrancelhas negras. Abriu sua mala e foi como se tivesse entrado uma brisa no aposento.

— Cadê o meu paciente? Aí está ele! Ora, tem uma bela aparência! Que faço eu aqui? Talvez seja melhor o senhor se levantar e cuidar de mim, parece tão bem. Gostaria de cuidar de mim, bonitão?

Enfiou um braço musculoso debaixo do ombro de Adam e sem esforço o soergueu para a cabeceira da cama e manteve-o elevado com o braço direito, enquanto com o esquerdo afofava os travesseiros e o fazia recostar sobre eles.

— Travesseiros frescos — disse. — Não adoram travesseiros frescos? E onde fica o banheiro? Vocês têm um urinol e uma comadre? Podem colocar uma cama de campanha no quarto para mim?

— Faça uma lista — disse Lee. — E se precisar de alguma ajuda com ele...

— Por que precisaria de ajuda? Vamos nos dar muito bem, não é, meu docinho?

Lee e Cal retiraram-se para a cozinha. Lee disse:

— Antes que ela chegasse, eu ia insistir para que você jantasse alguma coisa. A comida pode servir a qualquer propósito, bom ou ruim. Aposto que ela é assim. Você pode comer ou não, como queira.

Cal sorriu para ele.

— Se tentasse me obrigar, eu vomitaria. Mas do jeito que coloca a questão, acho que vou fazer um sanduíche.

— Não pode comer um sanduíche.

— Mas eu quero um sanduíche.

— Tudo acaba funcionando de uma forma ultrajante. É quase um insulto o fato de todo mundo reagir mais ou menos da mesma forma.

— Não quero sanduíche — disse Cal. — Ainda sobrou alguma torta?

— Muitas, na cesta de pão. Podem estar um pouco moles.

— Gosto delas moles — disse Cal. Trouxe a cesta para a mesa e colocou-a à sua frente.

A enfermeira deu uma olhada na cozinha.

— Parecem deliciosas — disse ela, pegando uma torta, mordendo e falando entre uma dentada e outra. — Posso telefonar para a farmácia Krough e pedir as coisas de que preciso? Onde fica o telefone? Onde vocês guardam as roupas de cama e de banho? Onde está a cama que ficaram de trazer? Já acabaram de ler o jornal? Onde disseram que fica o telefone?

Pegou outra torta e se retirou.

Lee perguntou suavemente:

— Ele falou com você?

Cal sacudiu a cabeça para a frente e para trás como se não pudesse parar.

— Vai ser terrível. Mas o médico tem razão. Somos capazes de suportar qualquer coisa. Por isso, somos animais maravilhosos.

— Eu não sou — disse Cal numa voz sem nenhuma expressão. — Não consigo suportar. Não, eu não consigo suportar. Não tenho essa capacidade. Vou ter de... vou ter de...

Lee agarrou seu pulso com força.

— Ora, seu covarde, seu vira-lata. Todo cercado pelo bem, não ouse sugerir uma coisa dessas! Por que o seu sofrimento é mais refinado do que o meu?

— Não é sofrimento. Eu lhe contei o que fiz. Matei meu irmão. Sou um assassino. Ele sabe disso.

— Ele falou isso? Diga a verdade, ele disse isso?

— Não precisava falar. Estava nos seus olhos. Falou com os olhos. Não há lugar algum onde eu possa me refugiar, não há lugar algum.

Lee suspirou e soltou seu pulso.

— Cal — disse ele pacientemente. — Ouça bem. Os centros cerebrais de Adam estão afetados. Qualquer coisa que você veja nos olhos dele pode ser pressão daquela parte do seu cérebro que governa a sua visão. Não está lembrado? Ele não conseguia ler. Não eram os seus olhos, era a pressão. Não pode saber se ele o acusou. Não pode saber disso.

— Ele me acusou. Eu sei. Disse que sou um assassino.

— Então ele o perdoará. Eu prometo.

A enfermeira apareceu na porta.

— O que você está prometendo, Charley? Você me prometeu uma xícara de café.

— Vou preparar agora. Como está ele?

— Dormindo como um bebê. Tem alguma coisa para ler nesta casa?

— Gostaria do quê?

— Qualquer coisa para me distrair.

— Vou levar o café para você. Tenho algumas histórias picantes escritas por uma rainha francesa. Poderiam ser muito...

— Pode trazê-las com o café — disse ela. — Por que não tira uma soneca, meu filho? Eu e Charley cuidamos do quartel. Não esqueça do livro, Charley.

Lee colocou a máquina de fazer café na boca do gás. Foi até a mesa e disse:

— Cal!

— O que quer?

— Vá procurar Abra.

[2]

Cal ficou de pé na varanda bem-arrumada e manteve o dedo no botão da campainha até que a dura luz sobre a porta se acendeu, a tranca noturna rangeu e a sra. Bacon olhou para fora.

— Quero falar com Abra — disse Cal.

Sua boca ficou aberta de espanto.

— Você quer o quê?

— Quero falar com Abra.

— Não pode. Abra está no quarto dela. Vá embora.

Cal gritou:

— Eu disse que queria falar com Abra.

— Vá embora senão eu chamo a polícia.

O sr. Bacon gritou:

— O que é? Quem está aí?

— Não se incomode, volte para a cama. Você não está bem. Eu cuido disto.

Virou-se de novo para Cal.

— Saia já desta varanda. E se tocar a campainha de novo eu vou telefonar para a polícia. Vamos, vá andando!

A porta bateu, a tranca rangeu e a luz dura sobre a porta se apagou.

Cal ficou sorrindo no escuro, pois pensou em Tom Meek aproximando-se pesadamente e dizendo "Olá, Cal. O que está aprontando?"

A sra. Bacon gritou do lado de dentro.

— Eu o estou vendo. Vamos, vá embora! Saia da varanda!

Ele desceu lentamente a calçada e se dirigiu para casa, mas não tinha andado um quarteirão quando Abra o alcançou. Estava ofegante da corrida.

— Saí pelos fundos — disse ela.

— Vão descobrir que você saiu.

— Não me importo.

— Não se importa?

— Não.

Cal disse:

— Abra, matei meu irmão e meu pai está paralítico por minha causa.

Ela pegou o seu braço e agarrou-se a ele com as duas mãos.

Cal disse:

— Não me ouviu?

— Ouvi, sim.

— Abra, minha mãe era uma prostituta.

— Eu sei. Você me contou. Meu pai é um ladrão.

— Eu tenho o sangue dela, Abra. Não entende?

— Eu tenho o sangue dele — disse ela.

Caminharam lado a lado em silêncio enquanto ele tentava recuperar o seu equilíbrio. O vento estava frio e apressaram o passo para se aquecer. Passaram pelo último lampião de rua nos arredores de Salinas e a escuridão se estendia à sua frente, a estrada não era calçada mas sim pegajosa com sua lama preta.

Tinham chegado ao fim do calçamento e das luzes de rua. A estrada debaixo de seus pés estava escorregadia com lama da primavera e o capim que roçava em suas pernas molhado de orvalho.

Abra perguntou:

— Onde estamos indo?

— Eu queria fugir dos olhos do meu pai. Estão diante de mim o tempo todo. Quando fecho meus olhos eu ainda os vejo. E sempre os verei. Meu pai vai morrer, mas seus olhos ainda estarão olhando para mim, dizendo-me que matei o meu irmão.

— Você não o matou.

— Sim, eu o matei. E seus olhos disseram que eu o matei.

— Não fale assim. Onde estamos indo?

— Um pouco mais adiante. Tem uma vala e uma casa de bomba, e um salgueiro. Lembra-se do salgueiro?

— Eu me lembro dele.

Ele disse:

— Os galhos descem como uma tenda e suas pontas tocam no chão.

— Eu sei.

— De tarde, nas tardes ensolaradas, você e Aron abriam os galhos e entravam debaixo do salgueiro e ninguém podia vê-los.

— Você espiava?

— Sim, claro, eu espiava.

E ele disse:

— Quero que entre debaixo do salgueiro comigo. É o que eu quero fazer.

Ela parou e sua mão o fez parar também.

— Não — disse ela. — Isso não é direito.

— Não quer entrar comigo?

— Não se você estiver fugindo, não, não quero.

Cal disse:

— Então não sei o que fazer. O que eu devo fazer? Diga-me o que fazer.

— Vai me ouvir?

— Não sei.

— Vamos voltar — disse ela.

— Voltar? Para onde?

— Para a casa do seu pai — respondeu Abra.

[3]

A luz da cozinha jorrava sobre eles. Lee havia acendido o forno para aquecer o ar gelado.

— Ela me fez vir até aqui — disse Cal.

— Claro que fez. Eu sabia que ela faria isso.

Abra disse:

— Ele teria vindo por vontade própria.

— Nunca saberemos disso — falou Lee.

Deixou a cozinha e num momento estava de volta.

— Ele ainda está dormindo.

Lee colocou uma garrafa de pedra e três pequenas xícaras de porcelana translúcida sobre a mesa.

— Eu me lembro disso — disse Cal.

— Deveria lembrar-se.

Lee serviu o licor escuro.

— Tomem um pequeno gole e deixem o líquido rolar na língua.

Abra pousou os cotovelos sobre a mesa da cozinha.

— Ajude-o — disse ela. — Você é capaz de aceitar as coisas, Lee. Ajude-o.

— Não sei se sou capaz de aceitar as coisas ou não — disse Lee. — Nunca tive uma oportunidade de tentar. Sempre me vi com alguma... não incerteza, mas incapacidade de lidar com a incerteza. Sempre tive de chorar sozinho.

— Chorar? Você?

Ele disse:

— Quando Samuel Hamilton morreu, o mundo se apagou como uma vela. Eu a acendi de novo para ver suas criações adoráveis e vi seus filhos arremessados, dilacerados e destruídos como se algum espírito de vingança estivesse em ação. Deixem o ng-ka-py rolar na língua.

Continuou:

— Tive de descobrir a minha estupidez sozinho. E a minha estupidez foi esta: eu achava que os bons são destruídos enquanto os maus sobrevivem e prosperam.

"Achei que certa vez um deus zangado e desgostoso derramou fogo derretido de um cadinho para destruir ou purificar a sua pequena obra de barro.

"Eu achava que havia herdado tanto as cicatrizes do fogo como as impurezas que tornam o fogo necessário... tudo herdado, pensei. Tudo herdado. Vocês sentem assim?"

— Acho que sim — disse Cal.

— Não sei — disse Abra.

Lee sacudiu a cabeça.

— Isso não é bom o bastante. Não é uma maneira de pensar boa o bastante. Talvez... — E ficou em silêncio.

Cal sentiu o calor da bebida no estômago.

— Talvez o quê, Lee?

— Talvez vocês venham a ficar sabendo que cada homem em cada geração é um produto refinado. Será que um artífice, mesmo na velhice, perde a vontade de fazer uma xícara perfeita — leve, resistente e translúcida?

Ergueu sua xícara contra a luz.

— Todas as impurezas eliminadas pelo calor e prontas para um fluxo glorioso e, para isso, é preciso mais fogo. E então talvez resulte numa pilha de escória, ou surja aquilo de que ninguém no mundo jamais desiste, a perfeição.

Esvaziou sua xícara de bebida e disse em voz alta:

— Cal, me ouça. Pode imaginar que aquilo que nos fez, seja lá o que for, cessaria de continuar tentando?

— Não consigo assimilar isso — disse Cal. — Não agora, neste momento.

Os passos pesados da enfermeira soaram na sala de estar. Ela entrou como um vendaval pela porta e olhou para Abra, cotovelos sobre a mesa, apoiando as faces entre as palmas das mãos.

A enfermeira disse:

— Vocês têm uma jarra? Eles sentem sede. Gosto de ter uma jarra de água à mão. Vocês sabem, eles respiram pela boca.

— Ele está acordado? — perguntou Lee. — Aqui tem uma jarra.

— Sim, está acordado e descansado. Lavei seu rosto e penteei seus cabelos. É um bom paciente. Tentou sorrir para mim.

Lee se levantou.

— Venha comigo, Cal. Quero que você venha também, Abra. É preciso que venha.

A enfermeira encheu a sua jarra na pia e apressou-se à frente deles.

Quando invadiram o quarto, Adam estava apoiado no alto dos seus travesseiros. Suas mãos brancas repousavam com as palmas para baixo de cada lado do corpo e os tendões, das juntas dos dedos até o pulso, estavam retesados. Seu rosto parecia de cera e suas feições cheias de arestas estavam ainda mais marcadas. Respirava lentamente entre lábios pálidos. Seus olhos azuis refletiam a luz noturna enfocada na sua cabeça.

Lee, Cal e Abra postaram-se ao pé da cama e os olhos de Adam moveram-se lentamente de um rosto para o outro e seus lábios se mexeram imperceptivelmente num cumprimento.

A enfermeira disse:

— Aí está ele. Não o acham bonito? É o meu querido. É o meu docinho.

— Silêncio! — disse Lee.

— Não vou permitir que cansem o meu paciente.

— Saia do quarto — disse Lee.

— Vou ter de relatar isso ao médico.

Lee investiu sobre ela.

— Saia do quarto e feche a porta. Vá escrever o seu relatório.

— Não tenho o hábito de receber ordens de chinas.

Cal disse:

— Saia agora e feche a porta.

Ela bateu a porta com força suficiente para registrar a sua raiva. O som fez Adam piscar.

Lee chamou:

— Adam!

Os olhos azuis e grandes buscaram a voz e finalmente encontraram os olhos castanhos e brilhantes de Lee.

Lee disse:

— Adam, não sei o que você pode ouvir ou entender. Quando teve a mão amortecida e seus olhos se recusavam a ler, eu descobri tudo o que podia. Mas algumas coisas ninguém, a não ser você, pode saber. Você pode, por trás dos seus olhos, estar alerta e consciente, ou pode estar vivendo num sonho nebuloso e confuso. Pode, como uma criança recém-nascida, perceber apenas luz e movimento.

"Seu cérebro foi danificado e pode ser que você seja uma coisa nova no mundo. Sua bondade pode ser maldade agora e sua extrema honestidade pode ser impaciência. Ninguém pode saber, a não ser você mesmo. Adam! Pode me ouvir?" Os olhos azuis tremeram, fecharam-se lentamente e se abriram.

Lee disse:

— Obrigado, Adam. Sei como é difícil. Vou lhe pedir para fazer uma coisa ainda mais difícil. Aqui está o seu filho Caleb, seu único filho. Olhe para ele, Adam!

Os olhos pálidos olharam até encontrarem Cal. A boca de Cal se mexeu secamente e não fez nenhum som.

A voz de Lee atalhou:

— Não sei quanto tempo você vai viver, Adam. Talvez muito tempo. Talvez uma hora. Mas seu filho viverá. Vai se casar e seus filhos serão os únicos remanescentes deixados por você.

Lee enxugou os olhos com os dedos.

— Ele fez uma coisa num momento de raiva, Adam, porque achava que você o havia rejeitado. O resultado da sua raiva foi que o irmão dele, o seu filho, morreu.

Cal disse:

— Lee, você não pode.

— Eu preciso — disse Lee. — Mesmo que o mate, preciso. Eu tenho a escolha. — E ele sorriu tristemente e citou: "Se culpa existe, é culpa minha."

Os ombros de Lee se aprumaram. Ele falou com clareza:

— Seu filho está marcado por uma culpa que ele mesmo criou, criada por ele mesmo, tão grande que quase não a consegue suportar. Não o esmague com a rejeição. Não o esmague, Adam.

A respiração de Lee sibilava em sua garganta.

— Adam, dê a ele a sua bênção. Não o deixe sozinho com a sua culpa. Adam, está me ouvindo? Dê a ele a sua bênção.

Um fulgor terrível luziu nos olhos de Adam e ele os fechou e manteve fechados. Uma ruga formou-se entre suas sobrancelhas.

Lee disse:

— Ajude-o, Adam, ajude-o. Dê-lhe uma chance. Deixe-o ser livre. É tudo o que um homem possui para distingui-lo dos animais. Liberte-o! Abençoe-o!

Toda a cama pareceu tremer sob a concentração. A respiração de Adam acelerou com o seu esforço e então, lentamente, sua mão direita se ergueu — ergueu-se alguns centímetros e depois pousou na cama de novo.

O rosto de Lee estava abatido. Aproximou-se da cabeceira da cama e enxugou a face úmida do doente com a ponta do lençol. Contemplando os olhos fechados, Lee sussurrou:

— Obrigado, Adam, obrigado, meu amigo. Pode mexer com os lábios? Faça seus lábios formarem o nome dele.

Adam abriu os olhos com um cansaço mortal. Seus lábios se abriram, fecharam e tentaram de novo. Então os pulmões se encheram. Ele expeliu o ar e seus lábios modelaram o suspiro que saía. Sua palavra sussurrada pareceu pairar no ar:

— *Timshel*!

Seus olhos se fecharam e ele dormiu.

Este livro foi composto na tipografia Minion Pro
em corpo 11,5/15, e impresso em
papel off-white no Sistema Cameron da
Divisão Gráfica da Distribuidora Record.